Excalibur

Herausgegeben von
Melissa Andersson
und
Gerd Rottenecker

Die Chroniken von Deverry im Droemer Knaur Verlag:

1. Der Wanderer von Deverry (Band 70121)
2. Die Ausgestoßenen von Deverry (Band 70122)
3. Dämmerung über Deverry (Band 70123)
4. Der Magier von Deverry (Band 70124)
5. Zeit der Verbannung (Band 70125)
6. Zeit der Omen (Band 70126)

Weitere Bände in Vorbereitung.

Katharine Kerr

DIE CHRONIKEN VON DEVERRY

6

Zeit der Omen

Ins Deutsche übertragen von
Regina Winter

Knaur

Die amerikanische Originalausgabe erschien 1993
unter dem Titel »A Time of Omens« bei Bantam Spectra, New York

Besuchen Sie uns im Internet:
www.droemer-knaur.de

Deutsche Erstveröffentlichung 9/99

Umschlagkonzept: Melissa Andersson
Umschlaggestaltung: Agentur Zero, München
Umschlagillustration: Geoff Taylor, »A Time of Omens«
Karte: Dieter Jüdt, Trier
Lektorat: Michael Ballauff & Harald Jösten, Kiel
Satz: Ventura Publisher im Verlag
Druck und Bindung: Clausen & Bosse, Leck
Printed in Germany
ISBN 3-426-70126-X

2 4 5 3 1

Für meine Großmutter,
Nance Jordan Ashton.

KARTE

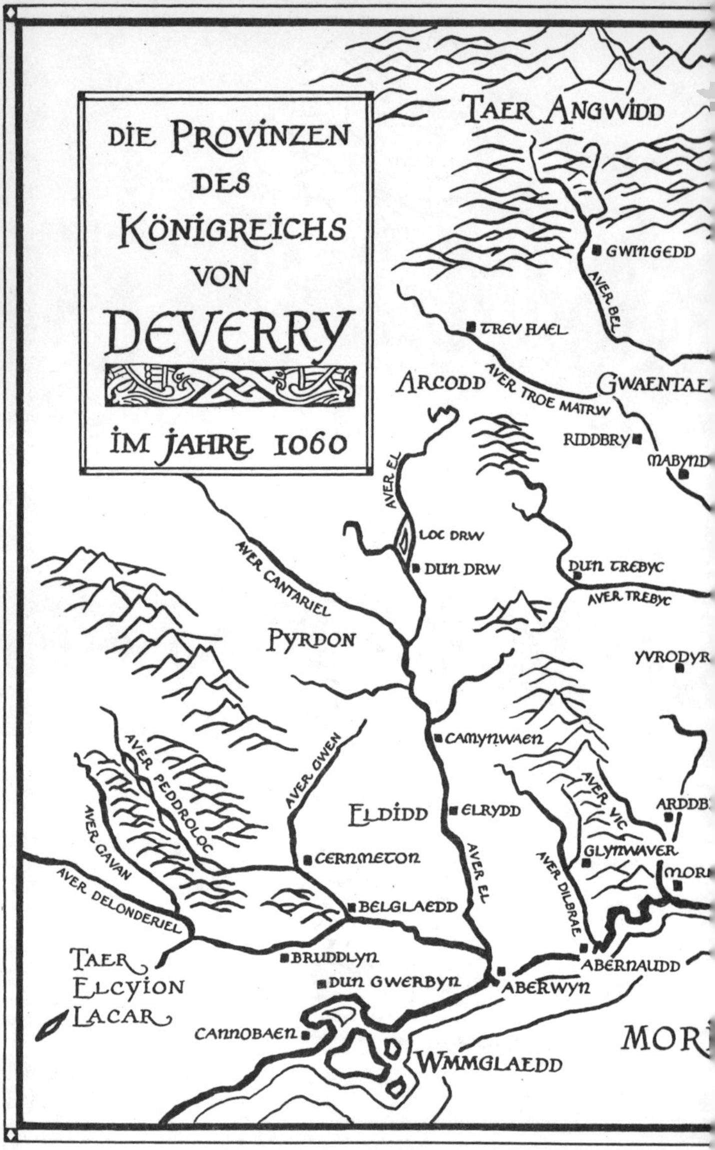
DIE PROVINZEN
DES
KÖNIGREICHS
VON
DEVERRY
IM JAHRE 1060
TAER ANGWIDD
GWINGEDD
AVER BEL
TREV HAEL
ARCODD
AVER TROE MATRW
GWAENTAE
RIDDBRY
MABYND
AVER EL
LOC DRW
DUN DRW
DUN TREBYC
AVER TREBYC
AVER CANTARIEL
PYRDON
YVRODYR
CAMYNWAEN
AVER OWEN
AVER PEDDROLOC
AVER GAVAN
ELDIDD
ELRYDD
AVER VIC
ARDDB
CERNMETON
AVER EL
AVER DILBRAE
GLYNWAVER
MOR
AVER DELONDERIEL
BELGLAEDD
TAER
ELCYION
LACAR
BRUDDLYN
DUN GWERBYN
ABERNAUDD
ABERWYN
CANNOBAEN
WMMGLAEDD
MOR

TAER ANGWIDD
DUN PYR
LADOTYN
BOBYR
CAER ICEL
ERRGONNY
AVERBY
PREN CLUDAN
CAMYN YRAEN
CANTRAE
DUN CANTRAE
LYN EBYN
AVER NAIDDYR
GADDMYR
DUN ARDDVIC
LAENWN
BELGWEGYR
LUGHCARN
AVER CAN
HENDYR
GLASLOC
AVER LUGH
MUIR
LOC LAS
DUN HIRAEDD
BLAEDDBYR
RCONEDD
DUN DEVERRY
AVER LIT
BUCCBRAEL
MWBBRY
CWM PECL
AVER NERR
DEVERRY
CENCYN
LOC TAMYO
DRAUDDBRY
AUDDGLYN
NAIN GYR
AVER BEL
AVER GWARMAEL
RIDDLIT
DUN AEDYN
AVER TAB
DUN MANNANAN
CERRMOR
SLAITH
YNIS BEL
BEL METON
MOC
AD MOCYCLAU
DUN TONAU
DDAE
YNISODD PECL

PROLOG
WMMGLAEDD
1096

Auf den inneren Ebenen gibt es keine Zeit, wie wir sie kennen. Daher kann ein Vorzeichen sich ebenso auf Dinge beziehen, die wir als längst vergangen wahrnehmen, wie auf Dinge, die in dem Augenblick geschehen, in dem das Vorzeichen erfolgt, und auch auf Dinge, die wir erst noch wahrnehmen müssen. Vergangenheit, Gegenwart, Zukunft – diese Zustände existieren nicht in der Welt, von der ein Vorzeichen ausgeht, aber man kann selbstverständlich nicht leugnen, daß sie in unserer Welt existieren …

Die Pseudo-Iamblichus-Rolle

In jenen Tagen verlief die Ostgrenze des Elfenlandes mitten durch einen Wald. Ein Reisender, der die Hochebenen verließ und sich nach Osten wandte, kam einen sanften, mit Eichen bestandenen Abhang hinab und stieß dort auf mehrere Flüsse, welche die Grenze bezeichneten. Es war nicht einfach, in diesem Gewirr von Bäumen und dichtem Unterholz das Land der Menschen (genauer gesagt Eldidd, Pyrdon und Arcodd – die drei westlichen Provinzen des Königreichs Deverry) zu finden. Wenn man von Westen nach Osten zog, stellte die sandige Küste des südlichen Meeres eine erheblich verläßlichere Straße dar – selbstverständlich nur, wenn man sich bis nach Süden durchkämpfen konnte, um die Küste überhaupt zu erreichen. Dieser uralte Wald täuschte Reisende oft, es sei denn, sie oder ihre Begleiter kannten den Weg gut.

Die Frau, die spät an diesem Sommertag aus dem Wald

herausritt, war mit einer ganzen Horde solcher Begleiter unterwegs: Sylphen und Feen schwebten für die meisten Menschen unsichtbar in der Luft um sie herum; Gnome klammerten sich an ihren Sattel oder hockten auf dem Rücken des Ersatzpferdes, das sie führte; Undinen erhoben sich aus jedem Bach und Teich, an dem sie vorbeikam, um ihr freundlich zuzuwinken. Aber ihre Freunde waren nicht das einzig Seltsame an Jill. Ihr silbernes Haar, kurz geschnitten wie das eines Jungen, und die feinen Linien, die ihre Augen umgaben und sich bis über ihre Wangen zogen, zeigten, daß sie mindestens fünfzig Jahre alt sein mußte, wenn nicht älter. Doch sie strahlte so viel Lebenskraft aus, so wie ein Feuer Hitze ausstrahlt, daß es unmöglich war, sie sich anders als jung vorzustellen. Sie war die mächtigste Zauberin in Deverry.

Die erste menschliche Ansiedlung, die ein Reisender erblickte, der von Westen kam, war die geheiligte Stätte von Wmmglaedd. Der Tempel lag in jenen Tagen, bevor die Versandung des Flusses und menschliche Arbeit den Strand verbreitert hatten, auf einer von mehreren kleinen Inseln. Jill ritt durch hohes Gras an den Klippen entlang zu einer felsigen Bucht, wo die Wellen mit leisem Murmeln über den Kies wuschen, als bedauerte das Meer endlos eine falsche Entscheidung. Etwa eine Meile vom Land entfernt sah sie die Hauptinsel sich vor dem Glitzern des südlichen Meeres erheben.

Sie führte ihre beiden Pferde zu zwei Steinsäulen, die den Beginn eines steinernen Damms kennzeichneten, der jetzt noch unter Wasser lag, aber als sie eine Weile das Wasser beobachtete, wie es an den Verzierungen am Rand der Säule leckte, bemerkte sie, daß jede Welle ein wenig niedriger anschlug als die vorige. Kreischend schossen Seevögel über Jill hinweg, anmutige Möwen und die ungelenken Pelikane, die heiligen Tiere des Gottes Wmm, die alle zum Fressen gekommen waren, als die Ebbe den felsigen Strand freigelegt hatte. Endlich tauchte der Damm auf, im abfließenden Wasser glitzernd wie eine silberne Seeschlange. Jill konnte ihre Pferde über diesen unsichtbaren Pfad führen. Am anderen Ende des Damms erhob sich ein steinerner Torbogen, der mit Einlegearbeiten aus buntem Marmor geschmückt war, die kunstvoll verschlungene Muster und Pelikane zeigten; außerdem war dort eine Inschrift eingemeißelt: »Wasser bedeckt und enthüllt alles.«

Etwa zehn Meilen lang und sieben breit, mit einem Haupthügel inmitten von rauhen Seegraswiesen, beherbergte die Insel zu diesem Zeitpunkt vier Tempelkomplexe. Brochs so groß wie die Festung eines Adligen, hölzerne Gästehäuser, Ställe für das Vieh und für Reittiere und eine Reihe heiliger Schreine, die an pittoresken Stellen aufgestellt waren. Der Tempel war im Jahr 690 als bescheidene Zuflucht für Gelehrte und Mystiker gebaut worden, aber während des langen Bürgerkriegs im 9. Jahrhundert hatten seine Priester die Voraussicht und das Glück gehabt, eine wichtige Rolle beim Aufstieg des wahren Königs zu seinem Thron zu spielen. Nachdem der Krieg vorüber war, fanden sich hier hin und wieder Verzweifelte ein, um das Orakel zu befragen. Im Lauf langer Jahre war dieser dünne Besucherstrom zu einer Flut von Pilgern angeschwollen, alle beladen mit Geschenken, um sich die Gunst des Gottes zu erwerben.

Nun war Wmmglaedd reich. Jill, die ihre Pferde immer noch führte, verließ den Damm und folgte einer sandsteingepflasterten Straße durch das kleine Städtchen, das sich in der Nähe der Tempel erhob. Städter und Besucher schlenderten auf den Straßen umher oder saßen an den Fenstern eines der vielen Gasthäuser. Hausierer versuchten, Gebäck oder kleine Silbermedaillen oder Andenken aus Steingut zu verkaufen. Jill wehrte sie alle ab und ging weiter, mied auch den Hauptkomplex, in dem es vor Pilgern und Priestern nur so wimmelte, und nahm einen wenig benutzten Pfad, der sich nach Südosten erstreckte, vorbei an Bäumen, die vom ununterbrochenen Wind verrenkt und verkrüppelt waren. In einer kleinen Bucht des felsigen Strandes ragte ein Anlegesteg ins Meer, und daneben lag eine Fähre vor Anker. Kaum eine Meile entfernt erhob sich die Ostinsel, welche die meisten Besucher wenig interessierte, aus dem Meer.

»Hallo, Jill!« Der Fährmann, ein untersetzter Priester in einem orangefarbenen Gewand, winkte ihr mit beiden Händen, als sie ihre Pferde vorsichtig den steilen Weg hinabführte. »So schnell schon zurück?«

»Ja. Wie war es hier? Ruhig?«

»Hier ist es immer ruhig.« Er grinste und entblößte seine braunen Zahnstummel. »Seine Heiligkeit hat wieder Gelenkschmerzen.«

»Ehrlich gesagt erstaunt es mich, daß ihr hier von diesem Nebel nicht alle so gebeugt und steif wie alte Frauen seid.«

»Das ist wahr. Aber heute haben wir zumindest ein wenig Sonne. Das sollten wir genießen.«

Da immer noch Ebbe war, war die Überfahrt kurz und angenehm, obwohl der Fährmann einen schwierigen Rückweg haben würde. Jill führte ihre Pferde an Land, verabschiedete sich von dem Priester, der angesichts der auf ihn zukommenden Arbeit laut seufzte, und ging über eine windgepeitschte Wiese auf einen Tempelkomplex zu, der erheblich kleiner und schlichter war als jene auf der Hauptinsel. An den Ausläufern eines niedrigen Hügels standen ein paar Rundhäuser und ein Stall im Schatten verkrüppelter Eichen. Staub wirbelte über den abgetretenen Rasen und den jämmerlichen Gemüsegarten. Sie übergab ihre Pferde einem herbeieilenden Stallburschen und trug ihre Satteltaschen und ihr Bettzeug in eine Hütte, die als Gästehaus diente, warf die Sachen auf die schmale Pritsche und entschied, hiermit ausgepackt zu haben. Mit einer Verbeugung kam ein Diener herein und brachte ihr eine Waschschüssel und einen Krug Wasser.

»Seine Heiligkeit ist in der Bibliothek.«

»Ich werde zu ihm gehen.«

Nachdem sie sich gewaschen hatte, blieb sie noch einen Augenblick schweigend stehen, um ihre Fragen im Kopf ganz deutlich zu formulieren. Wie alle anderen Pilger war sie zum Tempel des Wmm gekommen, weil sie Hilfe bei einer Entscheidung brauchte, in ihrem Fall über eine Reise zu den abgelegenen Inseln des bardekianischen Archipels, was dieser Tage tatsächlich ein gewichtiges Unternehmen war. Wahrscheinlich würde sie jahrelang unterwegs sein, und beinahe ebenso wahrscheinlich war es, daß sie nicht einmal finden konnte, wonach sie suchte: die Übersetzung eines einzigen Wortes, das auf der Innenseite eines Rings eingraviert war. Das Wort war zwar in elfischen Buchstaben geschrieben, schien aber in keiner Sprache etwas zu bedeuten und hätte, nach allem, was sie wußte, ein Name oder auch reiner Unsinn sein können. Allerdings wußte Jill auf die geheimnisvolle Weise der Dweomermeister, daß die Inschrift auf etwas hinwies, das für Tausende von Menschen und Elfen Leben oder Tod bedeuten würde. Wann dies geschehen würde, wußte sie nicht genau. Eines Tages, vielleicht sogar bald.

Sie nahm an – aber das war nur Spekulation –, daß die Antwort in Bardek lag. Sie hoffte, daß die Priester des Wmm diesen Verdacht entweder bestätigen oder entkräften würden.

Die Bibliothek des Wmm war ein langgezogenes Gebäude im bardekianischen Stil, bedeckt mit Tonschindeln, um die Brandgefahr zu verringern. Drinnen glühten ständig eine Reihe von Torffeuern, um die feuchte Kälte von der Sammlung von über fünfhundert Büchern und Schriftrollen fernzuhalten – einem für jene Zeit gewaltigen Wissensschatz. Jill fand den obersten Bibliothekar, Suryn, an seinem Stehpult am

Fenster, von dem aus man die Eichen sehen konnte. Vor sich hatte er eine bardekianische Schriftrolle. Er blickte auf und lächelte Jill an; wie immer tränten seine schwachen Augen von der Anstrengung des Lesens.

»Oh, da seid Ihr ja, Jill! Ich habe nach diesem Verweis Ausschau gehalten, den Ihr suchtet.«

»Die Historienrolle? Ihr habt sie gefunden?«

»Das habe ich, gerade in diesem Augenblick, also ist es gut, daß Ihr jetzt gekommen seid. Das muß ein Vorzeichen sein.«

Obwohl er nur scherzte, spürte Jill, wie es ihr eiskalt über den Rücken lief.

»Tatsächlich habe ich beide Quellen gefunden, von denen Ihr gesprochen habt.« Er tippte mit einem Knochengriffel auf den Papyrus, den er vor sich hatte. »Hier ist die Rolle, und sie enthält tatsächlich einen Verweis auf Elfen auf den Inseln. Nun, vielleicht sind es Elfen. Seht sie Euch an, und ich hole den Kodex.«

Die Rolle war eine uralte Chronik des Stadtstaates Arbarat, weit im Süden der bardekianischen Inseln. Da Jill erst kürzlich gelernt hatte, bardekianisch zu lesen, brauchte sie einige Zeit, um damit zurechtzukommen.

Ein Schiffbrüchiger wurde nahe dem Hafen an den Strand gespült. Er hieß Terrso und war ein Kaufmann aus Mangorat … Dann folgte einiges über die Versuche des Archon, den Mann in seine Heimat zurückzuschicken, was Jill nur überflog. *Bevor er uns verließ, berichtete Terrso uns von seinen Abenteuern. Er behauptete, weit in den Süden vorgestoßen zu sein, sogar über Anmurdio hinaus, und ein seltsames Volk entdeckt zu haben, das im Dschungel lebte. Diese Leute, behauptete er, waren mehr Tiere als Menschen, denn sie lebten auf Bäumen und hatten lange, spitze Ohren. Da er so sehr vom Fieber geschüttelt wurde, nahm niemand seine Worte ernst.*

»Verflucht sollen sie sein!« fauchte Jill.

»Sie geben sich wahrlich nicht mit Einzelheiten ab, nicht wahr?« Suryn war zurückgekehrt. »Hier ist der Lughcarn-Kodex. Seid vorsichtig damit, bitte. Er ist sehr alt.«

»Selbstverständlich, Euer Heiligkeit, beunruhigt Euch deshalb nicht. Darf ich ihn mit ins Gästehaus nehmen? Ich muß mich ein wenig von meiner Reise erholen.«

Suryn sah sie blinzelnd an.

»O ja, Ihr wart ja inzwischen weg. Selbstverständlich – wie dumm von mir. Ihr könnt den Kodex natürlich mitnehmen. Gibt es ein Pult in der Hütte?«

»Ja, ein gutes und auch einen Kerzenleuchter.«

Jill badete und aß ein schlichtes Mahl, bevor sie dazu kam, sich den Kodex anzusehen. Inzwischen, am frühen Abend, war es schon wieder neblig. Es wurde dunkel und kalt in der Hütte. Mit Hilfe des Wildvolks entzündete Jill ein Feuer, dann steckte sie eine Lesekerze, so lang und dick wie ein Kinderarm, auf den schmiedeeisernen Dorn, der am Pult dafür vorgesehen war. Bevor sie die Kerze entzündete, setzte sie sich jedoch auf den Boden ans Feuer, um den Salamandern zuzusehen, die in den Flammen spielten, und eine Weile über die Arbeit, die vor ihr lag, nachzudenken und noch einmal alle Informationen durchzugehen, die sie über die geheimnisvolle Inschrift hatte. Obwohl er ein hübscher Gegenstand war, hergestellt aus Zwergensilber und mit Rosen graviert, hatte der Ring selbst keine Magie.

Sie wußte bereits viel von seiner Geschichte. Der Ring hatte einmal einem menschlichen Barden namens Maddyn gehört, der in den Westen gereist war und ihn dort einem elfischen Dweomermeister geschenkt hatte. Dieser Meister hatte ihn seinerseits an jene geheimnisvollen, nicht wirklich körperlichen Wesen weitergegeben, die man als Wächter bezeichnete. Jill vermutete, daß die Wächter die Inschrift hinzugefügt hatten. Der Ring hatte zuvor keine Inschrift gehabt, aber als ein Wächter das Schmuckstück in die physische Welt zurückbrachte, indem er ihn einem anderen Barden, diesmal einem Elfen namens Devaberiel, übergab, war er mit diesem kleinen Rätsel versehen. Soweit die Dweomermeister sagen konnten, konnten Wächter wichtige Vorzeichen über zukünftige Möglichkeiten so deutlich wahrnehmen wie Menschen die Sonne. Da alle darauf bestanden, die Inschrift sei mit einem wichtigen Wyrd verknüpft, sah Jill keinen Grund, an ihren Worten zu zweifeln. Abstrakte Begriffe wie »warum« schienen jedoch für die Wächter keine Bedeutung zu haben, und es gab viele Erklärungen, die in der Geschichte schlicht fehlten.

Wie immer, wenn es Abend wurde, mußte Jill an ihren alten Lehrer denken, und er fehlte ihr. Obwohl Nevyn nun schon seit Monaten tot war, wurde ihre Trauer mitunter so heftig, daß es ihr vorkam, als sei er gerade erst einen Tag zuvor gestorben. Wenn er nur hier wäre, dachte sie dann – ihm würde es schnell gelingen, dieses elende Rätsel zu lösen! Ein grauer Gnom, ein Geschöpf, das sie seit Jahren kannte, erschien neben ihr und kletterte auf ihren Schoß. Ganz knorrige Arme und Beine und eine lange warzige Nase, blickte er mit einer glaubwürdigen Imitation menschlicher Traurigkeit zu ihr auf.

»Dir fehlt Nevyn auch, wie?« sagte Jill. »Nun, er ist weitergegangen, wie er es mußte. Das müssen wir alle einmal.«

Obwohl der Gnom nickte, bezweifelte Jill, daß er sie verstanden hatte. Mit einem Satz sprang er von ihrem Schoß, fand eine Kupfermünze, die in einer Ritze im Boden steckte, und begann, sie herauszuziehen. Jill fragte sich, ob sie Nevyn in den langen Zyklen von Geburt und Wiedergeburt jemals wieder begegnen würde. Nur wenn das notwendig war, dachte sie, und sie wußte, daß es lange Jahre dauern würde, bevor er wiedergeboren würde – zweifellos lange nach ihrem eigenen Tod, aber weit vor ihrer nächsten Geburt. Alle Seelen ruhten zwischen ihren Leben auf den inneren Ebenen, aber Nevyns

Leben war vom Dweomer so unnatürlich verlängert worden – er war über 400 Jahre alt geworden –, daß er zweifellos auch länger ruhen würde als üblich. Das nahm sie zumindest an. Es war am Ende die Entscheidung der Herren des Wyrd und nicht ihre. Das sagte sie sich oft, obwohl sie sich danach sehnte, ihn wiederzusehen.

Schließlich ärgerte sie sich über ihre eigene Stimmung, stand auf und ging zum Lesepult, aber die Chronik vergrößerte ihre Melancholie nur noch. Jill hatte versucht, sich an ein Ereignis aus einem ihrer früheren Leben zu erinnern, aber sie war sich dieser Existenzen nur trübe bewußt, denn selbst eine große Dweomermeisterin wie sie konnte nur die allgemeinen Umrisse und gelegentlich ein winziges Detail aus früheren Leben zurückrufen. Dennoch war sie sich sicher, daß sie – oder genauer gesagt, ihre frühere Inkarnation, denn in jenem Zyklus hatte sie einen männlichen Körper gehabt – dabeigewesen war, als der Rosenring geschmiedet wurde. In jenem Leben war sie als Krieger namens Branoic mit einem ausgesprochen wichtigen Kriegshaufen geritten, der persönlichen Wache des Königs im Bürgerkrieg – soviel wußte sie zumindest.

Sie hatte allerdings vollkommen vergessen, daß Nevyn bei diesen Ereignissen nicht nur anwesend gewesen war, sondern eine ausgesprochen wichtige Rolle gespielt hatte, vielleicht sogar die wichtigste. Sein Name erschien fast auf jeder Seite des Kodex. Als Jill die gestelzten Ansprachen las, die der Chronist Nevyn in den Mund gelegt hatte, schüttelte sie gereizt den Kopf: Er hätte sich nie so steif und förmlich ausgedrückt! Plötzlich fiel ihr auf, daß sie weinte. Die Flut lang begrabener Trauer – nicht nur um Nevyn, sondern auch um andere Freunde, die ihre Seele in diesen mehr als 200 Jahren vergessen hatte – schien einen eigenen Dweomer auszuüben. Statt einfach den trockenen Bericht des Chronisten zu lesen, erinnerte sie sich an die abgelegene Seefestung von Dun Drwloc, wo

Nevyn den jungen Piraten unterrichtet hatte, dessen Schicksal es war, König zu werden, und an den langen Ritt der Silberdolche, den es gebraucht hatte, um den Prinzen nach Cerrmor und zu seinem Schicksal zu bringen. Die ganze Nacht stand sie dort, las einige Teile der Geschichte, erinnerte sich an andere, bis die reine Faszination über das Rätsel ihren Schmerz wieder begrub.

VERGANGENHEIT
PYRDON UND DEVERRY
843

Nichts geht je wirklich verloren.

Die Pseudo-Iamblichus-Rolle

I

Im Jahr 843. In diesem Winter, kurz vor dem kürzesten Tag, lagen zwei Nächte hintereinander Doppelringe um den Mond. In der dritten Nacht starb König Glyn unter Schmerzen, nachdem er einen Kelch Met getrunken hatte …

Die Heiligen Chroniken von Lughcarn

Der Morgen war klar, mit einem Rest Winterkälte im Wind, aber gegen Mittag ließ der Wind nach, und es wurde warm. Als er sein Pferd und das des Prinzen aus dem Stall führte, pfiff Branoic bei der Aussicht, ein paar Stunden aus der Festung herauszukommen, vergnügt vor sich hin. Den ganzen Winter lang, den er in Dun Drwloc eingesperrt gewesen war, hatte er das Gefühl gehabt, daß die hohen Steinmauern immer enger geworden waren.

»Auf dem Weg zu einem Ausritt, Junge?«

Branoic drehte sich um und sah Nevyn, den Berater des Prinzen, neben einem kaputten Wagen im Hof stehen. Der Silberdolch wußte zwar nicht, warum, aber Nevyn verblüffte ihn jedesmal wieder. Zum einen lag das daran, daß der alte Mann zwar schneeweißes Haar hatte und sein Gesicht so faltig war wie Sackleinen, er sich aber bewegte wie ein junger Krieger. Ein weiterer Grund bestand darin, daß Nevyns eisblaue Augen sich immer bis in seine Seele zu bohren schienen.

»Ja, Herr«, erklärte Branoic mit einem Nicken, das halbwegs als Verbeugung durchgegangen wäre. »Ich bringe auch das Pferd des Prinzen nach draußen. Wir waren in diesem Winter alle zu lange im Stall.«

»Da habt Ihr recht. Aber seid vorsichtig. Paßt gut auf den Prinzen auf.«

»Selbstverständlich, Herr. Das tun wir doch immer.«

»Seid an diesem Morgen doppelt vorsichtig. Ich habe ein Vorzeichen erhalten.«

Branoic wurde kälter, als er es allein dem frischen Morgenwind zuschreiben konnte. Aber immer noch war er froh, freute er sich, daß er mit dem Prinzen ausreiten konnte und nicht mit seinem zahmen Zauberer zu Hause bleiben mußte.

Den ganzen Winter über hatte Nevyn sich bereits gefragt, wann der König in Cerrmor wohl sterben würde, aber er sollte die Neuigkeiten erst an diesem Tag erhalten, kurz vor der Tagundnachtgleiche. Am Abend zuvor hatte es in Dun Drwloc geregnet, was auch die letzten Schneereste im Schatten der Mauern zu braunen Schlammpfützen hatte schmelzen lassen. Etwa zwei Stunden vor Mittag, als der Himmel aufklarte, stieg der alte Mann auf die Zinnen und spähte über den schiefergrauen See hinweg. Er war beunruhigt und fragte sich, wieso er seit fünf Monaten keine Nachrichten mehr aus Cerrmor erhalten hatte. Da die Jünger des dunklen Dweomer rund um die Festung lauerten, war er davor zurückgeschreckt, durch das Feuer Kontakt mit anderen Dweomermeistern aufzunehmen, weil er nicht belauscht werden wollte. Doch nun dachte er daran, das Risiko einzugehen. Alle Vorzeichen wiesen darauf hin, daß König Glyn demnächst von seinem Wyrd eingeholt wurde.

Aber noch während er dastand und überlegte, erhielt er seine Nachrichten auf eine Art, die er nie erwartet hätte. Im Hof entstand plötzlich eine Unruhe, die ihn aus seinen Überlegungen riß. Verärgert drehte er sich um und schaute nach unten, wo er Maryn entdeckte, der gerade an der Spitze seiner zehn Männer durchs Tor galoppiert kam. Der Prinz hielt etwas Glänzendes in der rechten Hand und fuchtelte damit herum, während er sein Pferd zügelte.

»Page! Such sofort nach Nevyn!«

»Ich bin hier oben, Junge!« rief Nevyn zurück. »Ich komme runter.«

»Nein! Ich komme rauf. Dort sind wir ungestörter.«

Maryn stieg ab, warf die Zügel einem Pagen zu und rannte zur Leiter. Im Winter war er weitere zwei Zoll gewachsen, und seine Stimme war tiefer geworden, wodurch er mehr und mehr wie das vollkommene Abbild eines künftigen Königs aussah, blond und gutaussehend und mit klugen, grauen Augen. Aber er war immer noch Junge genug, um das, was er in der Hand hielt, ins Hemd zu stecken und schnell die Leiter zu den Zinnen hinaufzuklettern. Nevyn konnte an seinem beunruhigten Blick erkennen, daß ihn etwas verstört hatte.

»Worum geht es, mein Lehnsherr?«

»Wir haben etwas gefunden, Nevyn – die Silberdolche und ich. Nachdem wir losgeritten sind, haben wir die Straße nach Osten genommen. Etwa drei Meilen von hier fanden wir sie.«

»Fandet Ihr wen?«

»Die Leichen. Sie sind alle mit Schwertern erschlagen worden. Wir haben drei tote Pferde, aber zuerst nur zwei tote Männer gefunden. Den dritten fanden wir weiter weg in einem Feld, als hätte er versucht davonzurennen, bevor sie ihn umbrachten.«

Mit einem Keuchen beinahe körperlichen Schmerzes lehnte sich Nevyn an die kalte Steinmauer.

»Wie lange waren sie schon tot?«

»Ach, schrecklich lange.« Maryn sah aus, als würde ihm bei der Erinnerung übel.

»Maddyn sagt, es könnte gut ein paar Monate her sein. Sie sind erst gefroren, meint er, und dann wahrscheinlich letzte Woche wieder aufgetaut. Die Raben haben sich an ihnen zu schaffen gemacht. Es war ziemlich ekelhaft. Alles, was sie dabeihatten, war auseinandergewühlt und verstreut, als hätte sie jemand durchsucht.«

»Das ist zweifellos auch passiert. Kannst du mir sonst noch etwas über diese bedauernswerten Männer sagen?«

»Sie kamen aus Cerrmor. Hier.« Maryn griff in sein Hemd und holte eine angelaufene Briefröhre heraus. »Sie war leer, als wir sie fanden, aber seht Euch das Wappen an. Ich habe auf dem Heimritt einen Teil davon saubergerieben.«

Nevyn drehte die Röhre hin und her und fand die polierte Stelle, wo drei winzige Schiffe eingraviert waren.

»Auf einem der Schilde war noch die Bemalung zu erkennen«, fuhr Maryn fort. »Es war das Schiffswappen. Ich wünschte, wir hätten die Botschaften erhalten, die sich in dieser Röhre befanden.«

»Das wünschte ich auch, Euer Hoheit, aber ich glaube, ich weiß, was darin stand. Wir sollten am besten nach unten gehen und die gesamte Truppe aufmarschieren lassen. Wir sind zweifellos Monate zu spät, aber ich werde keine Ruhe geben, bevor wir nicht nach den Mördern gesucht haben.«

Als sie zum Broch zurückkehrten, wurde Nevyn klar, daß es nun gleichgültig war, ob er den Dweomer benutzte, um sich mit seinen Verbündeten in Verbindung zu setzen. Es war offensichtlich, daß ihre Feinde bereits alles wußten, was sie wissen wollten.

Maddyn hielt die Jagd nach den Mördern für eine Zeitverschwendung. Auch alle anderen in der Truppe waren nicht sonderlich darauf versessen, bei dieser feuchten Kälte ein Lager im Freien aufzuschlagen, aber niemand dachte auch nur im Traum daran, Nevyns Plan zu widersprechen. Wenn überhaupt, hätte es nur Maddyn selbst versuchen können, denn immerhin war er eine Art Barde und hatte somit die Freiheit des Barden, alles anzusprechen, was er wollte. Darüber hinaus war er stellvertretender Befehlshaber dieser Söldnertruppe, die seit kurzem die Wache des Prinzen bildete. Der eigentliche Befehlshaber, Caradoc, hatte zuviel Angst vor Nevyn, um auch nur einen Ton zu dem alten Mann zu sagen, während Maddyn in gewisser Weise der einzige wahre Freund war, den Nevyn hier hatte. Mit allen Vorräten beladen, die die Festung am Ende dieses harten Winters erübrigen konnte, machten sich die Silberdolche mit dem Prinzen und dem alten Nevyn an der Spitze gegen Mittag auf den Weg. Sie hatten auf einem Wagen ein paar Diener mit Schaufeln mitgenommen, die die Leichen anständig begraben sollten.

»Zumindest haben sich die verfluchten Wolken verzogen«, sagte Caradoc seufzend. »Ich habe übrigens mit dem Oberjäger des Königs gesprochen. Er sagte, es gäbe etwa zehn, zwölf Meilen nordöstlich von hier, direkt am Fluß, ein altes Jagdhaus. Wenn wir es finden können, hat es vielleicht immer noch eine Art Dach.«

»Falls wir überhaupt in diese Richtung reiten.«

Sie fanden die ermordeten Männer und ihre Pferde, wo sie sie zurückgelassen hatten. Es quälte Maddyn, daran zu denken, wie nahe diese drei der Sicherheit gewesen waren, als ihr Wyrd sie eingeholt hatte. Während die Diener sich nach einer Stelle umsahen, wo der tauende Boden schon weich genug war, lief Nevyn hin und her wie ein Jagdhund und untersuchte alles – die Toten, die Pferde, den feuchten Boden rund um sie herum.

»Mußtet ihr hier alles zertrampeln, Maddo?« nörgelte er.

»Nun, wir haben nach Fußabdrücken und Spuren und solchen Dingen gesucht. Hätten sie eine Spur hinterlassen, dann hätten wir sie gefunden, aber Ihr dürft nicht vergessen, daß der Boden schon gefroren war, als dies geschah.«

»Das stimmt. Wo ist der dritte – der, der beinahe davongekommen wäre?«

Maddyn führte ihn über das Feld zu der aufgedunsenen

Leiche. Der Gestank war schlimm genug, daß der Barde sich in einiger Entfernung hielt, aber Nevyn kniete sich gleich neben den Toten und begann, den Boden sorgfältig zu untersuchen, als glaubte er, dort einen kostbaren Edelstein zu finden. Endlich stand er auf und wandte sich mit einem letzten angewiderten Kopfschütteln ab.

»Habt Ihr etwas gefunden?«

»Nein. Um ehrlich zu sein, bin ich nicht einmal sicher, wonach ich gesucht habe. Es kam mir nur so vor, als ob …« Nevyn hielt inne und starrte ins Leere. »Ich möchte mir die Hände waschen, und ich sehe da drüben einen Bach.«

Maddyn ging mit ihm. Während der alte Mann niederkniete, sich die Hände wusch und über die Kälte des Wassers schimpfte, spannte er sich plötzlich an, starrte wieder ins Leere und legte den Kopf ein wenig schief, als lauschte er einer weit entfernten Stimme. Erst jetzt bemerkte Maddyn, daß es in dem kleinen Bach von glasig blauen Undinen nur so wimmelte. In ihrer Mitte und dennoch über sie hinausreichend wie ein Mensch, der aus einem anderen Raum durch eine Tür hereinkommt, war eine Erscheinung wahrzunehmen. Maddyn konnte sie kaum erkennen, es war nur ein silbernes Schimmern, das wie eine Art unnatürlicher Nebel sowohl Wasser als auch Luft zu sein schien und sich zu einer Gestalt formte, die vielleicht niemals außerhalb seines Bedürfnisses, sie als Gestalt zu sehen, existiert hatte. Dann war sie wieder verschwunden, und Maddyn schauderte.

»Ist jemand über dein Grab gelaufen?« fragte Nevyn freundlich.

Als Nevyn sich umsah, bemerkte er Owaen und den Prinzen, die auf sie zukamen und bereits in Hörweite waren.

»Wahrscheinlich. Owaen, hast du etwas Neues gefunden?«

»Ich bezweifle, daß es etwas zu finden gibt. Aber der junge Branoic hat das hier entdeckt. Es scheint sehr wichtig zu sein, obwohl er nicht so recht weiß, warum.« Owaen schaute ziemlich mürrisch drein, als er Nevyn ein dünnes Knochenstück reichte, etwa sechs Zoll lang und kaum einen halben Zoll breit, aber an beiden Enden spitz. »Manchmal glaube ich, der Junge ist verrückt.«

»Überhaupt nicht.« Nevyn drehte das Knochenstück in seinen dünnen, gichtigen Fingern hin und her. »Es ist ein Menschenknochen. Und seht, wie er bearbeitet ist. Jemand hat ihn zurechtgeschliffen und ihn poliert.«

»Was?« Owaens schlechte Laune wich dem Ekel. »Was ist das, eine Art Messergriff?«

»Nein, es ist ein Griffel, um Linien auf Pergament zu zeichnen.«

»Ein Griffel?« warf Maddyn ein. »Wer würde so etwas aus Menschenknochen machen?«

»Ja, wer, mein Junge? Das ist eine Antwort, die ich wirklich gerne hätte: wer?«

Getreu seiner Rolle als Gelehrter rezitierte Nevyn über den Leichen ein paar angemessene Zeilen aus der Dämmerungszeit, dann stiegen die Silberdolche wieder in den Sattel und überließen es den Dienern, mit dem Begräbnis fortzufahren. Maddyn spornte sein Pferd an, um an die Spitze neben den alten Mann zu gelangen, und erinnerte an das verfallene Jagdhaus.

»Nun, es wird eine bessere Zuflucht sein als gar keine«, meinte Nevyn.

»Ihr nehmt doch nicht an, daß unsere Feinde dort lagern?«

»Das haben sie vielleicht einmal getan, aber inzwischen sollten sie lange weg sein.« Er zwinkerte Maddyn zu. »Das weiß ich aus relativ verläßlicher Quelle. Sagt den Männern, daß wir uns nicht mehr lange umsehen werden, Maddo. Ich brauche nur noch einen letzten Blick, das ist alles.«

Erst in diesem Augenblick war Maddyn sicher, daß er in dem Bach tatsächlich mehr als nur Undinen gesehen hatte.

Bei Sonnenuntergang erreichten sie das Jagdhaus, ein hölzernes Rundhaus, dessen Dach halb verfallen war und das sich mit einem Stall zusammen hinter einer Palisade duckte, der so viele Stämme fehlten wie einem Bauern Zähne. Als sie noch etwa fünfhundert Schritt von dem Haus entfernt waren, wurden die Pferde unruhig. Sie schnaubten und begannen, auf der schlammigen Straße zu tänzeln. Maddyn hatte das Gefühl, sie wären nur zu gern davongerannt, wenn sie nicht so müde von dem langen Ritt gewesen wären.

»Oh!« sagte Nevyn. »Mein Lehnsherr, Ihr wartet hier mit Caradoc und den Männern. Maddyn, du, Owaen und Branoic, ihr kommt mit mir.«

»Ihr solltet lieber mehr Männer mitnehmen, Berater«, wandte Maryn ein.

»Ich werde keine kleine Armee brauchen, Herr. Sehr wahrscheinlich gibt es dort nur noch unangenehme Erinnerungen.«

»Aber die Pferde …«

»… sehen Dinge, die Menschen nicht sehen, aber Menschen wissen Dinge, die Pferde nicht wissen. Und mit diesem Rätsel werdet Ihr Euch zufriedengeben müssen.«

Nevyn hatte tatsächlich recht, obwohl sich die »unangenehme Erinnerung« als erheblich schlimmer erweisen sollte. Die Männer stiegen ab und gingen den letzten Rest des Weges zum Jagdhaus zu Fuß. Sobald sie durch eine Lücke in der Palisade das Geviert betraten, sahen und rochen sie, was die Tiere so verschreckt hatte. Direkt innen, an die Palisade genagelt, hing die Leiche eines Mannes, halb von Vögeln zerfressen und in der Frühjahrswärme verwest. Das schlimmste daran war allerdings nicht der Gestank. Die Leiche hing mit dem Kopf nach unten und war bestialisch verstümmelt worden – man hatte dem Mann den Kopf abgeschnitten, ihn zwischen seine Beine gesteckt und ihm die abgeschnittenen Geschlechtsteile in den

Mund gestopft. Branoic ertrug diesen Anblick nur kurz, dann wandte er sich ab, ging ein paar Schritte zur Seite und übergab sich geräuschvoll.

»Ihr Götter!« flüsterte Owaen. »Was ist das?«

Auch Nevyn sah jetzt aus, als wäre ihm ausgesprochen elend zumute. Er war kreidebleich geworden, und sein Gesicht sah mit all den Falten mehr denn je wie altes Pergament aus. Er fuhr sich mit der Zunge über die trockenen Lippen, und schließlich sagte er: »Wahrscheinlich ein Deserteur oder eine Art Verräter. Sie haben ihn so zurückgelassen, damit seine Seele keine Ruhe findet. Also gut, Jungs, kehrt zur Truppe zurück. Ich nehme an, sie werden uns zustimmen, daß wir heute nacht hier lieber kein Lager aufschlagen.«

»Bei den Ärschen der Götter, das glaube ich auch!« Owaen wandte sich Maddyn zu. »Ich weiß, die Pferde sind müde, aber wir sollten lieber zusehen, daß wir noch ein paar Meilen zwischen uns und diesen unheilvollen Ort bringen.«

»Das solltet ihr wirklich«, warf Nevyn ein. »Ich werde hierbleiben.«

»Ihr bleibt hier auf keinen Fall allein«, zischte Maddyn.

»Ich brauche keine Männer mit Schwertern, Junge. Ich bin nicht in Gefahr. Wenn ich nicht einmal mit einem Gespenst zurechtkomme, was für eine Art Zauberer bin ich dann?«

»Was wird aus diesem armen Kerl?« Owaen wies mit dem Daumen auf die Leiche. »Wir sollten ihn begraben.«

»Darum werde ich mich kümmern.« Nevyn ging auf das Tor zu. »Ich hole nur mein Pferd, und dann macht ihr euch auf den Weg. Holt mich morgen früh wieder ab.«

Als sie spät ihr Lager auf einer Wiese anderthalb Meilen flußabwärts aufschlugen, fiel Maddyn auf, daß Nevyn ziemlich viel über diese geheimnisvollen Leute zu wissen schien, die dieses grauenvolle Epitaph an der Palisade zurückgelassen hatten. Obwohl er normalerweise recht neugierig war, entschied er, den alten Mann lieber nicht nach einer Erklärung zu fragen.

Im letzten Tageslicht führte Nevyn sein Pferd in das halb eingestürzte Jagdhaus, band es an einem langen Seil an der Wand fest und versorgte es. Dann legte er sein Bettzeug und die Satteltasche neben der Feuerstelle ab, wo die Mietlinge des dunklen Dweomermeisters, der offenkundig hinter dieser ganzen Angelegenheit stand, noch aufgeschichtetes Feuerholz zurückgelassen hatten. Nachdem er sich überzeugt hatte, daß der Kamin frei war, legte er ein paar Scheite in die Feuerstelle und entzündete sie mit einem Fingerschnippen. Im Schein des Feuers sah er sich dann ausführlich im Raum um und stocherte sogar mit der Spitze seines Tischdolchs in den verrotteten Holzwänden herum. Seine Geduld wurde belohnt, als er unter einem Haufen Laub, der durch ein Fenster hereingeweht worden war, eine daumennagelgroße Zinnscheibe fand, wie sie zur Dekoration auf Satteltaschen und dergleichen aufgenäht werden. Darauf war ein Eberkopf eingraviert.

»Das ist erstaunlich«, sagte er laut. »Das Territorium des Eber-Clans liegt weit von hier entfernt, aber wenn sie die Reise aus irgendeinem Zweck für notwendig hielten ... bedeutet das, daß sie mit dem dunklen Dweomer verbündet sind?«

Der Gedanke ließ ihn schaudern. Er steckte die Scheibe in die Hosentasche, dann ging er vor dem Feuer auf und ab und dachte darüber nach, was er mit dem Gespenst anfangen wollte. Zunächst mußte er natürlich feststellen, ob die arme Seele, deren Körper draußen verweste, den Schauplatz ihres Todes tatsächlich immer noch heimsuchte. Er legte mehr Holz aufs Feuer, stocherte mit einem grünen Zweig darin herum, bis es gleichmäßig brannte, und suchte dann einen kleinen Haufen des feuchten und schimmeligen Strohs zusammen, das im Laufe der Jahre vom Dach gerutscht war. Falls er es brauchen sollte, würde dies genug dichten Qualm abgeben. Dann setzte er sich vor die Feuerstelle, entspannte sich und wartete.

Es dauerte einige Zeit, bis er die Präsenz spürte. Anfangs schien es nur ein Windhauch zu sein, der durch die Tür hinter ihm drang, aber er sah, wie die Salamander im Feuer ihre Köpfe in diese Richtung drehten. Die Stille im Zimmer schien dichter zu werden. Nevyn sagte nichts und regte sich nicht. Nicht einmal, als ihm von der ätherischen Kraft, die von dem Gespenst ausging, eine Gänsehaut über den Rücken lief. Auch ein Geräusch erklang nun, ein feuchtes Schnuppern, als suche ein Jagdhund überall auf dem Boden nach einer Spur. Hier und da ertönte ein Rascheln, als kratzte ein Tier mit Krallen auf dem Boden herum. Als die Luft rund um Nevyn kälter wurde, konzentrierte er sich weiter auf ebenmäßige Atemzüge. Mit sprühenden Funken verschwanden die Salamander. Das Geschöpf stand direkt hinter ihm.

»Hast du etwas hier vergessen, das dir keine Ruhe läßt, Junge?«

Er spürte verwundertes Staunen. Dann trieb das Wesen wieder davon und schnüffelte und kratzte dort herum, wo die Wand auf den Boden stieß.

»Hier ist etwas vergraben, nicht wahr?«

Die Kälte näherte sich wieder, zögerte und verharrte etwa fünf Fuß links von ihm. Nevyn konnte die verzweifelte Angst ebenso deutlich spüren wie die Kälte. Langsam und ruhig streckte er die Hand aus und griff nach dem schmutzigen Stroh.

»Ich wette, du würdest dich gerne wieder fest und warm fühlen. Komm herüber zum Feuer, Junge.«

Als das Wesen ins warme Licht hineintrieb, konnte Nevyn spüren, wie die Angst mit schleimigen Tentakeln nach ihm griff. Langsam kam er auf die Knie und warf das halbverfaulte Stroh dorthin, wo das Feuer am heißesten war. Einen Augenblick stank es nur, dann wirbelte grauer Qualm auf. Das Wesen warf sich aufs Feuer wie ein Nagel auf einen Magneten. Da es als Muster ätherischer Kraft »lebte«, saugte es sofort den Qualm auf und ordnete die feinen Aschepartikel seinem Muster entsprechend. Über dem Feuer erschien die Gestalt eines jungen Mannes, nackt, aber vollständig, da die Messer seiner Mörder dem ätherischen Körper nichts hatten antun können. Nevyn warf eine weitere Handvoll Stroh ins Feuer, damit noch mehr Rauch entstand, dann hockte er sich auf die Fersen.

»Du kannst nicht hierbleiben. Du mußt weiterreisen, Junge, weiter zu einem neuen Leben. Du kannst nicht zu diesem zurückkehren.«

Die Rauchgestalt schüttelte den Kopf, dann zog sie sich wieder vom Feuer zurück, und was blieb, war nur gewöhnlicher Rauch. Aber es klebten noch genug Aschepartikel an der Matrix, um das Gespenst weiterhin deutlich sichtbar zu machen, als es durch den Raum schwebte und abermals begann, an einem lockeren Brett zwischen Boden und Mauer herumzukratzen. Nevyn konnte auch erkennen, daß dabei unvermeidlich dieses Rascheln und Schnüffeln entstand, das er zuvor gehört hatte.

»Was ist da drunter? Laß mich dir helfen. Du hast nicht mehr die Hände zum Graben.«

Das Wesen schwebte zur Seite und schien nichts dagegen zu haben, daß Nevyn herüberkam und sich niederkniete. Als er seinen Tischdolch zog und begann, das Brett hochzustemmen, kniete sich das Gespenst ebenfalls, als wollte es zusehen. Obwohl dieses Brett etwas neuer zu sein schien als die anderen ringsumher, brach das verrottete Holz von den Nägeln und löste sich in Splittern und Brocken. Darunter, in einer flachen Grube im Boden, lag ein länglicher Kasten, etwa zwei Fuß lang, aber nur zehn Zoll breit.

»Dein Schatz?«

Obwohl das Wesen jetzt nur noch als ein Hauch von Rauch im Feuerlicht zu sehen war, schüttelte es verneinend den Kopf und hob beide Hände – flehend, dachte Nevyn, entweder um Verzeihung oder darum, daß der alte Mann etwas tun möge, oder vielleicht um beides. Als er nach unten griff und den Kasten hochhob, verrutschte ein Gewicht darin, wobei ein unangenehmer Geruch durch die Fuge rund um den Deckel drang. Nevyn, der glaubte, gegenüber allen Arten von Tod abgehärtet zu sein, öffnete den Deckel und hätte sich beinahe übergeben – diesmal nicht wegen des Geruchs, sondern wegen des Anblicks. In der Schachtel lag die Leiche eines neugeborenen Jungen, durch eine Mischung aus Gewürzen und Flüssigkeiten vor der Verwesung bewahrt. Dieses wenige Tage alte Kind war auf dieselbe Art geschändet worden wie die Leiche an der Palisade.

Da eine Menge Staub von dem Kasten aufgewirbelt war, sah das Gespenst kurze Zeit wieder beinahe fest aus, zumindest waren Hände und Gesicht deutlich sichtbar, als es den Kopf zurückwarf und die Arme zu einem lautlosen Klagen ausstreckte.

»Dein Kind?«

Das Gespenst schüttelte den Kopf, dann sackte es zusammen und fiel vor Nevyn nieder wie ein Verbrecher, der einen großen Herrn um Gnade anfleht.

»Du hast geholfen, es zu töten? Oder – aha, ich sehe – deine Freunde wollten es töten. Du hast Einspruch erhoben, und sie haben dich gezwungen, das Wyrd dieses Kindes zu teilen.«

Der Staub fiel zu Boden. Das Gespenst war verschwunden. Lange Zeit starrte Nevyn nur die beklagenswerte Leiche in diesem winzigen Sarg an. Obwohl er nie zuvor das Unglück gehabt hatte, solche Verstümmelungen zu sehen, hatte er einiges über ihre Bedeutung gehört – ein paar halbvergessene Legenden, die nun am Rand seiner Erinnerungen emporklommen und ihn drängten, die Leiche sorgfältig zu untersuchen. Endlich nahm er seine ganze Willenskraft zusammen und brachte den Kasten zum Feuer, wo es hell genug war. Doch zunächst holte er ein paar Lappen aus seiner Satteltasche, um seine Hände darin einzuwickeln, bevor er die verstümmelten Teile der kleinen Mumie herausholte. Darunter fand er eine dünne Bleiplatte, etwa zwei mal vier Zoll und jenen fluchbeladenen Talismanen sehr ähnlich, die dumme Bauern immer noch irgendwo in der Hoffnung vergruben, ihren Feinden Schaden zuzufügen. Darauf waren Worte in der uralten Sprache der Dämmerungszeit eingraviert, die zu dieser Zeit nur noch Gelehrte und Priester beherrschten – und außerdem einige Worte, die nicht einmal Nevyn übersetzen konnte.

So soll es sein. Maryn, König, Maryn, König Maryn. Tod, nicht sterben. Aranrhodda ricca ricca Bubo lubo.

Nevyns Gesicht und seine Hände schienen sich in Eis zu verwandeln, alt und taub und steif. Als er aufblickte, sah er sich von Wildvolk umgeben, das ihn ernst anstarrte, einige mit weit aufgerissenen Augen, andere saugten nervös an den Fingern oder hatten erschrocken die Münder aufgerissen.

»Es waren böse Männer, die das getan haben, nicht wahr?«

Sie nickten zustimmend. Im Feuer flackerte eine hochaufragende, goldene Flamme auf und erstarb dann wieder zu einem vage menschlichen Gesicht innerhalb des Glühens.

»Hilf mir«, sagte Nevyn zum Herrn des Feuers. »Ich möchte diese Leiche draußen hereinbringen und dann sie und dieses grauenvolle Ding hier verbrennen. Dann werden beide Seelen ihre Ruhe finden.«

Ein zustimmender Funkenregen war die Antwort.

Nevyn steckte die Bleiplatte in die Tasche, falls es Maryn Schaden zufügen würde, wenn sie schmölze. Er suchte seine Sachen zusammen, belud sein Pferd und führte es eine Viertelmeile den Fluß hinab, wo er es anpflockte. Als er zum Jagdhaus zurückkehrte, war das Feuer bereits von der Feuerstelle auf die restlichen Holzvorräte übergegangen. Mit Hilfe des Wildvolks gelang es Nevyn, den verrotteten Palisadenbalken, an dem die Leiche hing, aus dem Boden zu ziehen und ins Haus zu zerren. Er legte Leiche und Stamm so dicht wie möglich ans Feuer, dann bettete er das verstümmelte Baby auf die Brust des Mannes, der versucht hatte, es zu retten. Obwohl ihm mehr als je danach zumute war, sich zu übergeben, zwang er sich zur Ruhe und hob die Hände über den Kopf, um die Großen herbeizurufen.

»Bringt sie zur Ruhe. Eilt ihnen entgegen, wenn sie frei sind.«

Aus dem Himmel erklangen drei gewaltige Schläge, wie das Klatschen göttlicher Hände. Nevyn begann zu schaudern, und im Feuer sanken die Flammen in Anbetung nieder.

Obwohl Nevyn den Silberdolchen versichert hatte, daß er nicht in Gefahr war, hatten sie ihm nicht so recht geglaubt. Nachdem die Männer ihre Pferde angepflockt und ihre Abendmahlzeit zu sich genommen hatten, gab Caradoc den Befehl, alles trockene Holz zusammenzusuchen, das sie finden konnten, und ein paar Lagerfeuer zu errichten. Maddyn ging davon aus, daß dieses Gerede von Gespenstern den Hauptmann ebenso beunruhigt hatte wie die anderen Männer und daß Caradoc sich daher ebenso wie sie nach Licht sehnte.

»Wir werden heute nacht Wachen aufstellen, Jungs«, sagte Maddyn. »Sollen wir Strohhalme ziehen?«

Statt dessen meldeten sich so viele freiwillig, daß sein einziges Problem darin bestand, zu entscheiden, wer wo stehen sollte. Nachdem der erste Kreis von Wachen Posten bezogen hatte, rollten sich einige Männer in ihren Decken zusammen und schliefen ein – oder waren zumindest mutig genug, so zu tun. Die meisten aber blieben am Feuer sitzen und erhielten es mit Stöcken und Rindenresten so begierig am Leben wie ein Priester eine heilige Flamme. Nach etwa einer Stunde ließ Maddyn den Prinzen in der Obhut von Caradoc und Owaen an einem der Feuer zurück und machte sich auf, die Wachen zu inspizieren. Diese waren relativ ruhig, machten Witze über Gespenster und ihre eigene Nervosität, aber als er zu Branoic kam, der bei den Pferden Posten bezogen hatte, fand er den jungen Mann so angespannt wie eine Harfensaite.

»Ach, komm schon, Junge! Sieh dir die Pferde an, die sind vollkommen friedlich. Wenn hier etwas umginge, würden sie uns warnen.«

»Ihr habt gehört, was Nevyn gesagt hat, und er hat recht. Es gibt Dinge, die Pferde nicht wissen. Maddyn, du kannst mich verspotten, wie du willst, aber in dieser Gegend gehen böse Dinge um.«

Maddyn wollte gerade einen Witz darüber machen, als die Schläge ertönten – entferntes Grollen wie Donner aus klarem Himmel. Branoic gab einen Laut von sich wie ein getretener Hund und fuhr herum, um auf einen Turm silbriger Flammen zu zeigen, der in einiger Entfernung aufleuchtete. Soweit Maddyn sagen konnte, war dies die Richtung des alten Jagdhauses. Obwohl sie über eine Meile entfernt waren, sah Maddyn die Reflexion des Lichts im Fluß, während es schien, als würden die Flammen bis in den Himmel steigen. Dann fielen sie wieder in sich zusammen, und beide Männer blinzelten geblendet. Vom Lager waren Schreie und Flüche zu hören. Rings um sie wieherten Pferde, bäumten sich auf und rissen an den Stricken, mit denen sie angebunden waren.

»Komm mit!« Maddyn packte Branoic am Arm. »Nevyn muß etwas zugestoßen sein!«

Stolpernd machten sie sich auf – zu Fuß, weil es zu lange gedauert hätte, die Pferde zu beruhigen und zu satteln. Gerade als Maddyn endlich wieder etwas klarer sehen konnte, kam jemand auf sie zu: Nevyn selbst, der in aller Ruhe sein Pferd hinter sich herführte.

»Ihr Götter, Herr! Wir dachten schon, Ihr wäret tot.«

»Aber nein. Ich habe das mit dem Feuer ein wenig übertrieben, nicht wahr? Ich habe so etwas noch nie ausprobiert, und ich denke, ich muß demnächst vorsichtiger sein.«

Nevyn weigerte sich, mehr darüber zu sagen, bis sie das Lager erreichten. Dort umringten ihn die Männer und bedrängten ihn mit ihren Fragen, bis Maryn sie anschrie, sie sollten still sein und den Berater durchlassen. Es sprach für die Autorität des jungen Prinzen, daß sie alle sofort gehorchten. Sobald Nevyn den Kreis der Lagerfeuer erreicht hatte, sah er sie alle überrascht an.

»Ich habe euch doch gesagt, daß ich mich um das Gespenst kümmere, Jungs, und das habe ich getan. Ihr braucht euch keine Sorgen mehr zu machen.« Er sah sich mit gespielter Verlegenheit um. »Wenn sich vielleicht jemand um mein Pferd kümmern würde, dafür wäre ich sehr dankbar.«

Owaen packte die Zügel und führte das zitternde Tier zu seinen Artgenossen.

»Kommt schon, guter Berater.« Maryn grinste ihn mit dem Wagemut der Jugend an. »Damit könnt Ihr die Geschichte nicht wirklich abtun.«

»Nun, vielleicht nicht.« Der alte Mann dachte kurz nach, aber Maddyn war sicher, daß er seine kleine Rede bereits vorbereitet hatte. »Um ein Gespenst zur Ruhe zu bringen, muß man seine Leiche verbrennen. Also habe ich ein großes Feuer entfacht und das grausige Ding hineingeschoben. Aber leider hatte ich vergessen, welche Gase bei der Verwesung entstehen, und dann ist das ganze Jagdhaus explodiert. Ich hoffe, Euer Vater wird mir das nicht übelnehmen, mein Lehnsherr. Immerhin habe ich eines seiner Häuser zerstört, so alt und verfallen es auch gewesen sein mochte.«

Sehr zu Maddyns Überraschung glaubten alle diese für ihn selbst alles andere als befriedigende Geschichte. Er nahm an, sie wollten es unbedingt glauben, damit sie nicht mehr über diese finsteren und beunruhigenden Dinge nachdenken mußten. Später, als die meisten Männer, der Prinz und der Hauptmann eingeschlossen, in ihren Decken schliefen, bekam Maddyn ein wenig mehr von der Wahrheit zu hören, während er und Aethan mit dem alten Mann an einem heruntergebrannten Feuer saßen.

»Ihr seid genau der Mann, mit dem ich sprechen muß«, sagte Nevyn zu Aethan. »Ihr seid doch oben in Cantrae für den Eber geritten, nicht wahr? Seht Euch einmal diese Zinnscheibe an. Ist dieses Schwein dasselbe Wappen oder eine andere Version?«

»Das ist ganz bestimmt das Wappen des Gwerbret.« Aethan hielt das Metallstück dicht an das letzte brennende Holzscheit. »Die Biegung der langen Eckzähne ist charakteristisch, und man hat mir gesagt, daß dieses Zeichen auf der Rückseite der erste Buchstabe des Wortes *apred* sei.«

»Genau. Damit ist das also klar. In diesem Winter befand sich zumindest ein Mann des Ebers im Jagdhaus – obwohl es natürlich auch jemand sein könnte, den man aus dem Kriegshaufen ausgestoßen und der seine alte Ausrüstung mitgenommen hat.«

»Ich kann mir nicht vorstellen, daß einer der Jungs, mit denen ich geritten bin, einen Toten so behandeln würde.«

»Ah. Nun, der Mann, dem dies gehört, war vielleicht derjenige, der getötet wurde. Man hat ihn umgebracht, weil er versuchte, etwas Ehrenhaftes zu tun. Soviel konnte ich herausfinden.«

»Ihr habt mit dem Gespenst gesprochen?« Es fiel Maddyn schwer zu sprechen, und Aethan starrte den alten Mann nur entsetzt an.

»Nicht unbedingt gesprochen, aber ich habe Fragen gestellt, und es konnte nicken oder den Kopf schütteln.« Der alte Mann lächelte Maddyn heimtückisch an. »Schau nicht so entsetzt drein, Junge. Wenn ich mich recht erinnere, hat man dich selbst einmal für ein Gespenst gehalten.«

»Das stimmt, aber ich war wirklich tot.«

»Nun, obwohl dieser arme Kerl erheblich weniger lebte als du, war er auch nicht ganz tot. Er ist es nun, und die Götter werden ihn, wie ich hoffe, belohnen.« Nevyn dachte einen Moment nach und betrachtete dabei stirnrunzelnd die Metallscheibe. »Sagt mir etwas, Aethan. Als ihr für Cantrae geritten seid, habt ihr jemals Gerüchte von Hexerei und Schwarzer Magie gehört? Hat jemand jemals erwähnt, irgendwer habe seltsame Kräfte, das Zweite Gesicht oder so etwas?«

Aethan setzte zu einem Schulterzucken an, dann erstarrte er und zuckte zusammen wie ein Mann, der im Sattel sein Gewicht verlagert und dabei eine alte Prellung spürt.

»Vor vielen Jahren ist schon etwas Seltsames passiert. Ich diente als Leibwächter der verwitweten Schwester des Gwerbret, und einmal ritten wir aufs Land hinaus. Der Herbst war schon weit fortgeschritten, aber sie bestand darauf, einen Falken mitzunehmen. Es gibt nichts mehr zu jagen, sagte ich, aber sie lachte und erklärte, sie würde das Wild, das sie suchte, schon finden. Und das tat sie, und ich will verflucht sein, wenn sie den Vogel nicht auf eine gewöhnliche Krähe ansetzte, und selbstverständlich schlug der Falke sie sofort. Die Schwester des Gwerbret riß der Krähe Federn aus den Flügeln und dem Schwanz und warf den Rest weg.« Er schwieg einige Zeit. »Ich fragte, wofür sie die Federn brauchte, und sie lachte wieder und meinte, sie wolle mich verzaubern. Und das hat sie tatsächlich getan, aber ob sie die verfluchten Federn dazu benutzte oder nicht, weiß ich nicht. Sie hat sie jedenfalls nicht gebraucht.« Abrupt stand Aethan auf. »Habt Ihr noch eine Frage, Herr?«

»Nein, und verzeiht mir, daß ich eine alte Wunde geöffnet habe.«

Aethan drehte sich nur um und ging ins Dunkel davon. Maddyn zögerte, dann entschied er, es wäre besser, ihn mit seinem alten Schmerz allein zu lassen.

»Es tut mir wirklich leid«, sagte Nevyn. »Wurde Aethan aus dem Kriegshaufen ausgeschlossen, weil er der Schwester des Gwerbret den Hof machte?«

»Ja, aber es war ein wenig mehr als schöne Worte und Blumensträuße, wenn ich recht informiert bin.«

»Aha. Ich habe Lady Merodda einmal gesehen. Sie war eine der unangenehmsten Frauen, denen ich je begegnet bin. Ich frage mich wirklich, was das alles zu bedeuten hat, Junge. Behalte bitte für dich, was du gerade gehört hast. Die Männer haben genug, worum sie sich Sorgen machen müssen.«

»Und ich wohl nicht, oder?«

»Ach, du.« Nevyn lachte leise in sich hinein. »Ich weiß doch, daß es dich vor Neugier schier zerreißt.«

»Da bin ich gar nicht so sicher. Nun, Herr, ich bin kurz davor, im Stehen einzuschlafen, und ich sollte mich wohl lieber hinlegen.«

Sobald er sich in die Decken gewickelt hatte, schlief Maddyn tatsächlich ein, aber er wachte einmal kurz vor der Morgendämmerung auf und sah, daß Nevyn immer noch am Feuer saß und in die letzten Reste der Glut starrte.

Am nächsten Morgen ritten sie alle zurück nach Dun Drwloc. Am Abend rief Nevyn Maddyn und Caradoc zu einer Besprechung in die Privatgemächer des Königs. Casyl besaß eine Landkarte der drei Königreiche, sorgfältig und in allen Einzelheiten von den Priestern des Wmm gezeichnet. Diese Karte hatte ihn, wie er immer wieder gern bemerkte, mehr als das Gewicht des dünnen Pergaments in Gold gekostet. Während Nevyn und der König darüber nachdachten, wie sie Maryn nach Cerrmor bringen könnten, starrte Maddyn die Karte im flackernden Kerzenlicht fasziniert an. Er konnte zwar nicht lesen, aber er konnte deutlich die Flüsse und Berge erkennen, den Canaver und die Hügel von Cantrae, in denen er fast sein ganzes Leben verbracht hatte, die langen Flüsse von Deverry, die in den nördlichen Bergen entsprangen, und schließlich den Aver El, diesen Fluß mit dem seltsamen Namen, dessen Quelle sich direkt in dem See vor den Fenstern der Festung befand.

Auch alle Grenzen der Königreiche und ihrer Provinzen waren in Rot eingezeichnet. Auch ohne Buchstaben konnte Maddyn erkennen, daß es vom Loc Drw nach Cerrmor ein langer, gefährlicher Ritt sein würde. Solange sich der Prinz in Pyrdon befand, war er in Sicherheit, aber die Grenze lag gut hundert Meilen von der Grenze nach Cerrmor entfernt. Daher würde ein Teil der Reise durch feindliches Cantraeland gehen müssen.

»Es beunruhigt mich, daß ein Feind etwas von Maryns Wyrd weiß.« Casyls Stimme brachte Maddyn wieder in die Gegenwart zurück. »Am wichtigsten ist natürlich, wo sich ihre Ländereien befinden und ob der Prinz sie durchqueren muß oder nicht, obwohl ich mich immer wieder frage, wer sie nun eigentlich sind und wen sie unterstützen.«

»Ich befürchte sehr, mein Lehnsherr«, meinte Nevyn, »daß sie nur sich selbst treu sind, aber ich wette, sie sind sich nicht zu schade, Informationen an den Meistbietenden zu verkaufen.«

Caradoc nickte grimmig.

»Es gibt Söldnertruppen und es gibt Söldnerspione«, erklärte der Hauptmann. »Ich bin einigen der letzteren begegnet. Rabenfutter und sonst nichts. Sie haben nicht mehr Ehre als ein Wiesel.«

»Wenn das so ist«, fuhr Casyl fort, »dann wette ich, der Hauptankäufer ihrer widerwärtigen Waren ist der König von Cantrae.«

»Vergeßt nicht, mein Lehnsherr, daß es im Augenblick in Cerrmor zweifellos vor Intrigen nur so wimmelt«, meinte Nevyn. »Es hat nun schon so viele Vorzeichen gegeben, die auf den wahren König hinweisen, und eben soviele Spekulationen darüber, wer er sein könnte. Ich bin sicher, daß man dort inzwischen Maryns Abstammung gut kennt. Und dann werden sich zweifellos viele ehrgeizige Männer finden, die nicht einsehen, wieso die Vorzeichen sich nicht auch auf sie oder ihre Söhne beziehen können – jedenfalls wenn man sie entsprechend zuschneidet.«

»Genau.« Der König fuhr mit der Fingerspitze die Grenze von Pyrdon entlang. »Unser Prinz könnte ganz unterschiedliche Feinde haben. Nevyn, wißt Ihr, wer zur Zeit in Cerrmor Regent ist? Oder hat der Kampf um den Thron bereits begonnen?«

»Ich fürchte letzteres, mein Lehnsherr, aber ich weiß es nicht genau. Wenn Ihr mich jetzt entschuldigt, werde ich versuchen, es herauszufinden.«

Also entließ ihn der König und nahm diesen Hinweis auf Dweomer recht unbeschwert auf. Es ist seltsam, dachte Maddyn bei sich, wie leicht man sich an Dweomer gewöhnt, als wäre es ganz natürlich und eine Welt ohne Magie die Abweichung. Maryn trat vor Aufregung von einem Fuß auf den anderen. Obwohl Maddyn es ihm nachfühlen konnte – immerhin war es das Wyrd des Jungen, um das es hier ging –, war er auch beunruhigt, denn er konnte sich noch gut daran erinnern, wie er selbst fünfzehn Jahre alt und überzeugt gewesen war, unsterblich zu sein, ganz gleich, was anderen Männern geschah. Inzwischen wußte er das besser, und er wünschte dem Prinzen nicht, daß er dieselben schlechten

Erfahrungen machen mußte wie er. Offensichtlich hatte sein Hauptmann sich ähnliche Gedanken gemacht.

»Wenn der König von Cantrae seine gesamte Armee aufstellt«, sagte Caradoc, »dann gibt es in Pyrdon nicht genug Männer, um für die Sicherheit unseres Prinzen zu garantieren.«

Casyl verzog schmerzlich das Gesicht.

»Vergebt mir, daß ich so unverblümt spreche, Eure Hoheit, aber …«

»Ihr braucht Euch nicht zu entschuldigen, Hauptmann. Ihr habt durchaus recht. Was schlagt Ihr vor? Ich sehe, daß Ihr eine Idee habt.«

»Nun, mein Lehnsherr, wahrscheinlich wissen unsere Feinde – wer immer sie sein mögen –, daß der Prinz versuchen wird, Cerrmor zu erreichen, aber sie werden ihn immer noch finden müssen. Ich schlage vor, daß Ihr einen Trupp ausgewählter Männer, wie Ihr sie als Wache des Prinzen aussuchen würdet, auf die Straße nach Osten schickt. Dann machen wir uns eine Weile später in Richtung Eldidd auf den Weg. Der Prinz kommt mit uns – als Silberdolch. Wer wird auf einem Misthaufen nach einem Edelstein suchen?«

»Da habt Ihr recht.« Casyl nickte bewundernd. »Da habt Ihr wirklich recht, Hauptmann.«

»Das ist großartig!« warf Maryn ein. »Ich wollte immer einen dieser Dolche haben. Hast du dir schon einmal einen näher angesehen, Vater? Sie sind wirklich schön.«

»Das sind sie.« Casyl unterdrückte ein Lächeln. »Eine Kleinigkeit noch, Hauptmann. Wenn ich recht verstehe, habt Ihr Cerrmor im Unfrieden verlassen. Wird es für Euch nicht gefährlich sein, dorthin zurückzukehren?«

»Wenn ich lange genug lebe, mein Lehnsherr, könnte das schon sein. Daran habe ich allerdings seit zwölf, dreizehn Jahren nicht mehr gedacht.« Er warf Maryn einen Blick zu.

»Ich nehme an, wenn es notwendig wird, könnte ich den wahren König um Begnadigung bitten.«

»Die ist Euch sicher, Hauptmann.« Maryn richtete sich gerade auf, und alle konnten plötzlich sehen, was für ein Mann er eines Tages sein würde. »Bis ich als König in Dun Deverry Einzug halte, werdet Ihr Euch zweifellos mindestens dreimal verdient genug gemacht haben.«

Abrupt wandte Casyl sich ab und ging zum Fenster hinüber. Maddyn war der einzige, dem auffiel, daß sein Lehnsherr Tränen in den Augen hatte.

Am nächsten Morgen ging Nevyn zu den Mannschaftsunterkünften und bat Caradoc und Maddyn zu etwas, das er »einen Spaziergang« nannte. Sie gingen zum Seeufer hinunter, direkt vor die Mauern der Festung, und setzten sich auf die Felsen am Wasser. Einen Augenblick sah Nevyn sich nur um, aber er hatte die Lider halb gesenkt, und sein Blick war so seltsam, daß Maddyn annahm, der Berater arbeite an einem Zauber.

»Ich denke, hier sollten wir sicher sein«, bemerkte der alte Mann schließlich und bestätigte damit den Verdacht des Barden. »Das Wasser wird als eine Art Schild dienen und uns vor Spionen schützen. Also gut. Hauptmann, ich habe Neuigkeiten aus Cerrmor. Die Hauptstadt ist in Aufruhr, aber sie ist zerrissen von Verzweiflung und Intrigen. Der einzige, der die Cerrmor-Seite zusammenhält, ist der Regent, ein gewisser Tieryn Elyc, ein ehrenhafter und offensichtlich kluger Mann, aber selbst er war nicht in der Lage, viele Lords davon abzuhalten, auf die Seite von Cantrae überzuwechseln.«

»Elyc? Doch nicht etwa Elyc von Dai Aver?«

»Genau der. Kennt Ihr ihn?«

»Ich kannte ihn vor verflucht langer Zeit. Wenn er sich nicht verändert hat, ist er wirklich ein anständiger Mann.«

»Also gut. Theoretisch ist er Regent des Königreichs, bis

Glyns älteste Tochter heiratet und einen Erben hat, aber ich bezweifle, daß er in der Lage sein wird, die Ordnung so viele Jahre aufrechtzuerhalten.«

»Wie alt ist das Mädchen?« wollte Maddyn wissen.

»Dreizehn, also gerade eben heiratsfähig. Unser Prinz wird sie selbstverständlich heiraten müssen, und zwar so bald wie möglich. Ich bin sicher, daß ihre Mutter das einsehen wird, sobald wir Maryn nach Cerrmor gebracht haben. Ich höre, alle in der Stadt fürchten sich vor der Anarchie.«

»Dann werden sie Maryn dort zweifellos mit Jubel und Blumen im Haar willkommen heißen«, sagte Caradoc. »Gut.«

»Das mag sein, aber zunächst müssen wir ihn dorthin bringen. Ich schlage vor, wir brechen morgen früh auf.«

Da Caradoc seinen Plan geheimhalten wollte, sagten er und Maddyn den anderen Silberdolchen, sie wollten eine Stadt an der Grenze zu Eldidd überfallen, um den Feind abzulenken, wenn der Erbprinz mit seiner Eskorte nach Cerrmor ritt. Niemand kam auf die Idee, den Plan, der auf seine Art vernünftig schien, in Frage zu stellen. In der kalten Morgendämmerung ritten Maryn und Nevyn mit großem Pomp aus der Festung, begleitet von hundert Männern aus der Wache des Königs und mehreren Wagen, die mit Vorräten und Geschenken für die Herren von Cerrmor beladen waren. An der Spitze des Zuges ritt ein Herold mit dem Banner von Pyrdon. Mit ihnen zog der König, begleitet von seiner eigenen Ehrengarde, um sie, wie es hieß, bis zur Grenze zu begleiten. Die Königin weinte ganz offen, silberne Hörner ertönten, das Volk jubelte dem jungen Prinzen zu. Nur Maddyn und Caradoc wußten, daß sie einfache Kleidung und eine Rüstung für Maryn mitgenommen hatten und daß die Geschenktruhen leer waren.

Als die Silberdolche sich später an diesem Morgen im Hof versammelten, kamen nur ihre eigenen Frauen, um sie zu verabschieden. Als er Clwna einen Abschiedskuß gab, fühlte sich Maddyn irgendwie schuldig – sie erwartete, sie alle in einer oder zwei Wochen wiederzusehen, während er wußte, daß es Monate dauern würde, bevor sie nach den Frauen schicken konnten, wenn sie überhaupt so lange überlebten. Clwna schien ihm anzusehen, daß etwas nicht stimmte, denn sie küßte ihn mehrmals und klammerte sich an ihn.

»Komm schon, meine Süße, was ist denn los?«

»Ich mache mir Sorgen, das ist alles. Das tue ich jedesmal, wenn du in den Krieg reitest, oder ist dir das noch nicht aufgefallen?« Tränen standen in ihren Augen. »Ach, Maddo, diesmal ist es noch schlimmer. Etwas wird geschehen. Ich weiß es einfach.«

»Sei still, meine Kleine. Wenn das so ist, dann ist das eben mein Wyrd, und was können wir dagegen tun?«

Obwohl sie versuchte, sich zu einem Lächeln zu zwingen, zitterten ihre Lippen. Sie drückte seine Hand ein letztes Mal, dann rannte sie in die Unterkunft zurück. Sie würde sich die Augen ausweinen, das wußte er, und wieder quälte ihn die Schuld.

»Ach komm schon, Maddo!« Das war Aethan, der auf ihn zukam und sein Pferd hinter sich herführte. »Wir werden bald wieder dasein. Diese Hunde in Eldidd sind doch zu dumm zum Kämpfen.«

»Das stimmt.« Nun war er es, der sich zu einem Lächeln zwang. Der Hauptmann hatte darauf bestanden, keinem die Wahrheit zu sagen, bis sie etliche Meilen von der Festung entfernt waren. »Wo steckt der junge Branoic?«

»Hier.« Branoic führte sein Pferd in die Linie. Der Junge grinste so breit, als wären sie auf dem Weg zu einem Fest. »Hoffen wir, daß unsere Feinde zumindest gut genug kämpfen können, damit es nicht langweilig wird. Ihr Götter, ich dachte schon, ich verliere in diesem Winter den Verstand, eingeschlossen in der Festung, mit nichts anderem zu tun, als mich zu betrinken und zu würfeln.«

»Hört euch den an!« Aethan verdrehte die Augen. »Ich wette, wir bekommen bald genug Blut zu sehen.«

Die Worte kamen Maddyn wie ein Vorzeichen vor, aber er lächelte weiter.

»Aethan, tu mir einen Gefallen, ja? Reite du mit unserem jungen Branno hier und paß ein bißchen auf ihn auf.«

Der Junge setzte dazu an, empört zu erklären, er brauche keine Hilfe, aber Aethan kam dem mit einem freundschaftlichen Fausthieb zuvor.

»Das werde ich tun, zumindest bis die Kämpfe beginnen. Dann kann er auf mich aufpassen.«

Sie waren beide so aufgeregt wie Pferde, die nach einem Winter im Stall wieder auf die Weide kommen. Der Anblick der beiden rührte Maddyn beinahe zu Tränen – der eine finster und schon fast grauhaarig, sein ältester Freund, der andere blond und jung und so neu in seinem Leben, und dennoch kam es ihm so vor, als kenne er Branoic schon seit hundert Jahren. Als der Hauptmann seine Befehle ausgab, gab es anderes zu tun, dennoch grübelte Maddyn auf dem Weg nach Süden immer wieder darüber nach. Es war gefährlich für einen Kämpfer, seine Freunde so gern zu haben, besonders, wenn sie sich auf den gefährlichsten Weg machten, den sie je geritten waren.

»Was ist los mit dir?« sagte Caradoc plötzlich. »Hast du Verstopfung oder so?«

»Ach, halt doch den Mund!«

»Hört! Hört! Wir sind heute wohl schlecht gelaunt, wie?«

»Tut mir leid, Carro. Ich hasse Lügen, und besonders solche. Mich von Clwna zu verabschieden, wenn sie und die anderen Frauen denken, daß wir in einer Woche wieder da sind – das macht mir einfach zu schaffen.«

»Sie werden mit der Wahrheit leben müssen, genau wie die Jungs. Hör mir zu, Maddo. Heute brechen wir zu einem Ritt auf, den die Götter selbst von uns verlangen. Unsere kleinlichen Sorgen haben keine Bedeutung. Keine. Hast du mich verstanden?«

»Jawohl.« Plötzlich schauderte er, weil Caradoc so ruhig von solchen ernsten Dingen sprach. »Also gut. Das Wyrd eines Mannes läßt sich ohnehin nicht verändern.«

»So ist es, und wir reiten dem unseren entgegen.«

Maddyn drehte sich um, um ihn anzusehen, und fragte sich wieder einmal, wer Caradoc wohl gewesen war, in diesem anderen Leben, bevor er etwas so Ehrloses getan hatte, daß er sich auf den langen Weg machen mußte. Er nahm an, er würde es schließlich herausfinden – selbstverständlich nur, wenn sie alle lange genug lebten, um Dun Cerrmor zu erreichen.

Branoic war überrascht, daß die Silberdolche an diesem Nachmittag keine größere Strecke zurücklegten. Obwohl die Frühlingstage noch kurz waren, hätten sie vor Sonnenuntergang durchaus zwölf Meilen hinter sich bringen können, statt dessen schlugen sie ihr Nachtlager am Ufer des Elaver auf, nur fünf Meilen von der Festung entfernt. Branoic pflockte sein und Aethans Pferd an, während der ältere Mann ihre Ausrüstung zu einem Lagerfeuer brachte und ihre Rationen abholte. So froh er war, die Festung verlassen zu können, war Branoics Stimmung an diesem Abend dennoch finster, und er schimpfte mit den Pferden, weil sie die Köpfe schon senkten und zu fressen begannen, während er noch versuchte, das Zaumzeug gegen ein Halfter auszutauschen. Er war enttäuscht und ärgerlich, weil er hier in Pyrdon bleiben mußte, statt den wahren König auf seiner Reise nach Cerrmor zu begleiten – das sagte er sich jedenfalls. Da er nie gelernt hatte, wirklich über sich selbst nachzudenken, schien ihm diese Ausrede wahr genug.

Als er ins Lager zurückkehrte, hatten es sich die meisten schon bequem gemacht. Einige rollten ihr Bettzeug aus, andere versuchten mühsam, Feuer zu entzünden. Er fand Maddyn und Aethan an einem Lagerfeuer, das bereits brannte – obwohl niemand genau wußte, warum, war es allgemein bekannt, daß es Barden am leichtesten fiel, ein Feuer zu entzünden. Als er auf das Feuer zuging, spürte er sein Herz auf eine seltsame Weise klopfen, wie es das in der letzten Zeit öfter tat, furchtsam und fragend, bis er bemerkte, daß Aethan seine Sachen tatsächlich zu denen von Maddyn und seinen eigenen gelegt hatte. Daß die beiden ihm gestatteten, sein Lager mit ihnen aufzuschlagen, war so erfreulich, eine solche Erleichterung nach seiner Befürchtung, Maddyn würde ihn woanders unterbringen, daß er kurz daran dachte, tatsächlich woanders hinzugehen, nur um so zu tun, als interessierte es ihn nicht. Maddyn blickte auf und lächelte, und Branoic fiel in einen schnelleren Schritt, angezogen von diesem Lächeln wie ein Durstiger vom Wasser.

»Soll ich dein Pferd für dich anpflocken, Maddo?«

»Nein, das habe ich bereits erledigt. Seid ihr hungrig, Jungs? Wir sollten lieber gleich essen, weil es später noch eine Überraschung geben könnte.«

»Eine was?« Aethan schien eher verärgert. »Sprichst du wieder in Rätseln?«

»Das tut dir nur gut, es hält deinen Geist frisch. Nun ja, das bißchen Geist, was du hast.«

Aethan deutete einen Faustschlag an und grinste. Sie kannten einander schon so lange, daß sich Branoic in solchen Augenblicken immer wie ein Außenseiter fühlte, wie ein Fremder, der nie die Sprache dieser beiden verstehen würde.

»Aber ich bin wirklich hungrig«, fuhr Aethan fort. »Was ist mit dir, Branno? Hast du Lust auf das trockene Brot des Königs?«

»Es wird genügen. Vielleicht können wir uns bei dem Überfall ein Faß Bier organisieren, um dieses üble Zeug damit runterzuspülen.«

Bei dieser vollkommen normalen Bemerkung setzte Maddyn einen wissenden Blick auf, aber Branoic sagte nichts dazu. Der Barde würde ihnen sein Geheimnis verraten, wann er wollte, und keinen Augenblick vorher.

Es stellte sich heraus, daß sie nicht lange warten mußten. Als die Sonne unterging, hörten sie eine der Wachen vom Rand des Lagers rufen und standen auf, um nachzusehen, was los war. Aus dem Osten kamen zwei Männer herangeritten, und als die untergehende Sonne sie in goldenes Licht tauchte, erkannte Branoic den Erbprinzen und den Berater. Neben ihm lachte Aethan triumphierend.

»Wir reiten also doch nach Cerrmor, wie? Gut gemacht, Maddo! Wir haben uns alle von den Fanfaren und all dem Pomp heute früh im Hof blenden lassen.«

Lachend und johlend verließ die ganze Truppe das Lager und lief ihrem Herrn entgegen. Da er sich seiner Stellung als neuester Mann in der Truppe sehr bewußt war, hielt sich Branoic an der Seite, statt sich zum Prinzen durchzudrängen. Leise vor sich hin murmelnd, ließ Nevyn die Menge hinter sich und kam mit seinem Pferd zu dem jungen Mann.

»Ihr Götter!« fauchte er. »Wenn das so weitergeht, werden sie das Geschrei noch in Dun Drwloc hören.«

»Nun, Herr, wir waren alle verdammt enttäuscht, weil wir dachten, wir würden nicht mit dem Prinzen reiten.«

»Ach ja? Das ehrt euch. Nun hör mir gut zu, Junge, von jetzt an ist Maryn ein Silberdolch und nichts anderes. Caradoc wird euch das zweifellos noch alles mitteilen, aber es wird nicht schaden, es mehr als einmal zu sagen.«

»Selbstverständlich, Herr. Ich nehme an, er wird auch einen neuen Namen bekommen?«

»Nein.« Nevyn lächelte hintersinnig. »Ich denke, wenn unsere Feinde diesen kleinen Kunstgriff durchschauen, erwarten sie einen falschen Namen, also wird er Maryn bleiben. In dieser Gegend ist das ein sehr gewöhnlicher Name.«

»Das stimmt, aber …«

»Vertrau mir, Junge. Es gibt Zeiten, da ist es am sichersten, etwas dort zu verstecken, wo es jeder sehen kann.« Dann lächelte er nicht mehr und sah plötzlich sehr müde aus. »Ich werde beten, daß dies nicht eine jener Zeiten ist.«

»Das werde ich ebenfalls tun.«

»Danke. Ach, und außerdem möchte ich dich und Maddo und auch Aethan um einen Gefallen bitten. Kann Maryn das Feuer mit euch teilen und mit euch zusammenbleiben?«

»Selbstverständlich! Ihr Götter, wir werden uns über alle Maßen geehrt fühlen.«

»Zweifellos, aber strengt euch bitte an, ihn so zu behandeln wie jeden anderen. Er wird sich nicht daran stören – er weiß, daß davon sein Leben abhängen könnte.«

Branoic nickte zustimmend, aber im Geist war er halb betrunken vor Stolz – nicht, weil der wahre König von ganz Deverry heute abend mit ihm zusammen essen würde, sondern weil Nevyn angenommen hatte, daß Maddyn und er zusammengehörten. Maddyn und ich, dachte er, das hört sich ganz richtig an. Dann wurde er rot und fragte sich, wieso sein Herz so laut klopfte, wie es sonst nur geschah, wenn er ein hübsches Mädchen sah.

Obwohl er nie mit Branoic oder einem anderen Silberdolch darüber gesprochen hätte, standen Nevyn noch ein paar Kunstgriffe zur Verfügung, um den Prinzen zu verbergen. Zum einen nahm er einfach all den Zauber zurück, den die Elementargeister über den Jungen gelegt hatten, so daß Maryn in abgetragenen Brigga und einem geflickten Hemd vollkommen seine übernatürliche Aura von Macht und Anziehungskraft verlor. Außerdem legte er mit Maryns vollkommenem Einverständnis einen Zauberbann über den Prinzen, der bewirkte, daß der Junge gewisse Probleme mit dem Sprechen hatte – wenn auch mit sonst nichts. Er erklärte ihm auch, daß diese Probleme mit einem einfachen Stichwort wieder verschwinden würden. Als der Zauber Wirkung zeigte, stotterte der Prinz, der immer hatte sprechen können wie der Held eines alten Epos, nun jedesmal, wenn er versuchte, die richtigen Worte zu finden, um einem ganz gewöhnlichen Alltagsgedanken Ausdruck zu verleihen. Sämtliche Silberdolche rissen erstaunt die Augen auf und erklärten, sie würden ihn inzwischen selbst nicht mehr erkennen, wenn sie es nicht besser wüßten, aber sie dachten, daß der Prinz nur so tat als ob.

Was in gewisser Weise ja auch stimmte, oder genauer gesagt, der Prinz hatte ohnehin immer nur eine Rolle in dem seltsamen Epos gespielt, das all diese Männer nicht mit Worten, sondern mit ihren Leben erzählten. Manchmal kam sich Nevyn, wenn er sich an den glücklichen, liebenswerten kleinen Jungen erinnerte, der Maryn einmal gewesen war, wie ein Mörder vor. Im Lauf der Jahre hatte er den Prinzen so gut ausgebildet, daß Maryn jede Spur von Individualität verloren hatte und gnadenlos zurechtgeschnitten war wie eine Hecke im königlichen Garten. Manchmal war es schwer zu sagen, ob Maryn überlebensgroß war oder eher kleiner, ein großer Held aus der Zeit der Dämmerung oder nur das Abbild eines Helden, wie ein Maler aus Bardek es zeichnen würde – nur mit Tinte und dünn aufgetragenen Farben.

Aber, trotz allem: Das Königreich brauchte einen solchen Mann, der das Königtum benutzen würde, statt sich von ihm benutzen zu lassen. Nevyn konnte nur hoffen, daß in einem zukünftigen Leben entweder er oder die Herren des Wyrd

Maryn dafür entschädigen könnten, daß er seine Persönlichkeit abgeschält hatte wie eine Apfelschale.

Zunächst mußten sie allerdings den Jungen und seinen Berater sicher nach Cerrmor bringen. Nevyn hatte auch eine Möglichkeit gefunden, sich selbst zu verbergen. Da es irgendeinen Grund geben mußte, daß ein alter Mann mit einer Söldnertruppe reiste, beschloß er, sich als Edelsteinhändler auszugeben, der den Männern eine Gebühr zahlte, damit sie ihm erlaubten, ein Stück des Wegs mit ihnen zu reiten. Er wußte genug über kostbare Steine, um glaubwürdig zu wirken, und da Casyl ihm die wenigen königlichen Juwelen überlassen hatte, die sie der Prinzessin von Cerrmor mitbringen sollten, konnte er sie als seine Handelsware ausgeben. Die wirkliche Gefahr lag nun in der verzweifelten Notwendigkeit, ihre falschen Identitäten aufrechtzuerhalten. Da Dweomer offensichtliche Spuren auf den ätherischen und astralen Ebenen hinterläßt, die jene, die nach ihnen suchen, finden können, konnte Nevyn keinen Dweomer benutzen, bis der Prinz sicher auf dem Land von Cerrmor war – nicht einen einzigen Zauber. Er konnte nicht einmal ein Feuer entzünden oder jemanden mit Hilfe des Zweiten Gesichts suchen. Er bat auch die Könige der Elemente, ihr Volk von ihm fernzuhalten, was bedeutete, daß ihm die Hilfe des Wildvolks ebenfalls nicht zur Verfügung stand. Nach zweihundert Jahren, in denen er vom Dweomer umgeben gewesen war, fühlte er sich nun so nackt wie in einem dieser lächerlichen Träume, in denen man dem Hochkönig vorgestellt wird und dabei bemerkt, daß man irgendwie den Rock oder die Brigga zu Hause gelassen hat.

Am Morgen hatten sie mit einem banaleren Problem zu kämpfen, oder zumindest hoffte Nevyn zutiefst, daß es banaler Art sei. Sie erwachten unter einem schiefergrauen Himmel und bei Westwind, der nach Frühlingsregen roch, und kurz nach Mittag brach der Sturm über sie herein. Obwohl es stetig weiter regnete, ließ der Wind nach ein paar Stunden nach. Nevyn und der Hauptmann waren der Ansicht, sie sollten lieber weiterreiten, solange die Straßen noch passierbar waren. Der alte Mann fragte sich jedoch, ob der Sturm ein natürliches Phänomen war oder ob ein dunkler Dweomermeister ihn heraufbeschworen hatte. Es gab aber nichts, was er hätte tun können, um das herauszufinden, ohne sich selbst zu verraten, und noch weniger konnte er mit seinem eigenen Dweomer zurückschlagen.

Als er an diesem Abend ein kaltes Abendessen mit Caradoc teilte, mußte er sich zwingen, nicht ins Lagerfeuer zu sehen, damit er dort das Wildvolk nicht entdeckte. Da der Hauptmann selbst in sein eigenes Hiraedd versunken war, war es eine unangenehme Mahlzeit, bis Nevyn sich entschloß, Caradoc irgendwie aufzuheitern, da es im Augenblick nichts gab, was er für den Prinzen tun konnte.

»Was beunruhigt Euch, Hauptmann? Es muß eine wirklich ernste Angelegenheit sein.«

»Schaue ich so finster drein?«

»Das tut Ihr wahrhaftig.«

Caradoc seufzte und zögerte, dann zuckte er mit den Achseln.

»Nun, guter Berater – ich meine, guter Kaufmann –, ich frage mich gerade, was für eine Art Willkommen man mir in Cerrmor bereiten wird.«

»Nun, der König hat Euch bereits begnadigt – und das im vorhinein.«

»Aber ich werde das nie von ihm erwarten, wenn es ihm Ärger machen könnte, und das ist durchaus möglich. Es gibt einen mächtigen Lord, der etwas gegen diese Art von Begnadigung haben könnte, und ich möchte nicht, daß er hinter dem Rücken des Prinzen intrigiert.«

»Aha.«

Sie schwiegen beide einen Augenblick.

»Ach, Pferdedreck!« sagte Caradoc abrupt. »Es ist folgendes passiert: Ich war aus diversen Gründen, die ich lieber für mich behalten würde, zu Hause nicht willkommen, und mein Vater fand einen Platz für mich im Kriegshaufen eines Mannes namens Lord Tidvulc. Habt Ihr je von ihm gehört?«

»Nein, habe ich nicht.«

»Nun, er war ein recht anständiger Mann, aber sein ältester Sohn war ein widerlicher Topf Aalschleim – nicht, daß man das einer Lordschaft sagen könnte. Also hat sich Seine junge Lordschaft – ihr Götter, ich habe beinahe seinen Namen vergessen – wartet, ich glaube, er hieß Gwaryn oder Gwarc oder so – jedenfalls, diese kleine Eiterbeule hat eine Unfreie geschwängert. Ich denke, er hatte genug von einem Hund an sich, daß ihm die Flöhe nichts ausmachten. Und dann besaß er die unglaubliche Unverschämtheit, sie umbringen zu wollen, damit die ganze Geschichte nicht herauskommt. Ich kam zufällig an ihrer Hütte vorbei, und zum Glück waren ein paar der Jungs bei mir, denn wir hörten die arme Frau schreien und schluchzen, als Seine adlige Lordschaft versuchte, sie zu erwürgen. Also habe ich ihn gepackt und ihm beide Arme gebrochen.« Caradoc schaute bedauernd drein. »Ich weiß nicht, was plötzlich über mich gekommen ist. Sie war nur eine Unfreie, aber es erschien mir irgendwie falsch.«

»Ich würde mich an Eurer Stelle nicht dafür schämen, Hauptmann. Im Gegenteil.«

Caradoc tat dieses Lob mit einer Geste ab.

»Also hat mich Lord Tidvulc aus dem Kriegshaufen geworfen. Ich hatte das Gefühl, er wollte es nicht, aber es ging immerhin um seinen erstgeborenen Sohn. Das Problem ist, Seine Lordschaft war kein junger Mann mehr, als ich ihn vor all diesen Jahren verließ, und ich möchte wetten, daß sein Sohn inzwischen selbst Lord ist.«

»Und zweifellos wird er alles andere als erfreut sein, Euch

zu sehen. Nun, ich verstehe, um was es Euch geht, aber andererseits könnte er inzwischen längst tot sein. Es hat in Cerrmor viele Kämpfe gegeben.«

»Da habt Ihr recht.« Der Hauptmann sah erheblich fröhlicher aus. »Laß uns darum beten. Im Augenblick kann ich sowieso nichts anderes tun.«

Fünf Tage lang ritten die Silberdolche im Regen über die Landstraßen und Wildpfade von Pyrdon und mieden die belebteren Straßen. Obwohl die Söldner einen unaufhörlichen Strom von Flüchen über das krank machende Wetter von sich gaben, wie man es von Kriegern kennt, blieben sie alle gesund. Nur Nevyn machte die feuchte Kälte zu schaffen. Manchmal brauchte er am Morgen Hilfe, wenn er aufstehen wollte, und er konnte hören, wie seine Gelenke knackten und sich jedesmal beschwerten, wenn er aufs Pferd stieg. Selbst seine vom Dweomer bewirkte Vitalität hatte ihre Grenzen. Gerade, als er daran dachte, sich eine seiner eigenen Arzneien zu verabreichen, ging der Sturm zu Ende, aber dann wurde es heiß und stickig. Mücken und Fliegen kamen in Schwärmen und hingen dick wie Rauch über ihrer Marschlinie. Am nächsten Tag erreichten sie den Fluß, der die Grenze von Pyrdon markierte, und an seinem Zusammenfluß mit dem Aver Trebyc die einzige wirklich große Stadt im Westen.

Damals war Dun Trebyc ein völlig anderer Ort als jenes Zentrum der Gelehrsamkeit, das es heute ist. Obwohl die Stadt nominell auf dem Land von Cantrae lag und der hiesige Lord einen kleinen Tribut zahlte, um dem Schein Genüge zu tun, war Dun Trebyc in Wahrheit eine freie und auf Neutralität bedachte Stadt – eine Stadt, in der sich Spione beider Seiten zum Nutzen beider oder keiner Seite trafen, immer davon abhängig, wie viele von ihnen gerade logen. Da dort außerdem jeder Mann bewaffnet umherging und Söldner nichts Ungewöhnliches waren, wunderte sich niemand über die Silberdolche, die an einem dampfend heißen Nachmittag durchs Tor ritten. Nach all dem Schlamm, durch den sie geritten waren, freuten sich die Männer über die festen Straßen, obwohl sie nicht mit Steinen, sondern nur mit Holz gepflastert waren, und auf die Aussicht einer Nacht in einem Gasthaus.

»Ich hoffe nur, wir können eines finden, das wir für uns allein haben«, meinte Caradoc zu Nevyn. »Das letzte, was wir brauchen, ist eine Kneipenschlägerei, und wenn man zwei freie Truppen in derselben Kneipe mischt, ist genau das zu erwarten.«

Sehr zu Nevyns und des Hauptmanns Erleichterung hatten sie tatsächlich das Glück, ein Gasthaus am Osttor zu finden, das gerade von einer anderen Söldnertruppe verlassen worden war. Obwohl die Männer zu viert oder zu fünft in jedem kleinen Zimmer schlafen mußten, hatten alle einen Platz, ihre Decken auszubreiten, und ein Dach über dem Kopf. Wie es sich für seine Stellung als reicher Kaufmann gehörte, hatte Nevyn eine winzige Kammer mit einem richtigen Bett für sich. Branoic trug ihm sein Gepäck nach oben, und Maryn bestand darauf, mit einem Eimer Holzkohle für das Kohlebecken hinterherzukommen.

»Niemand wird glauben, daß ein Pr-Prinz K-Kohlen tragen würde«, sagte der Junge. »Ihr Götter, ich bin fr-froh, wenn wir erst den Hafen erreicht haben! Der ver-verfluchte Name ist so schwierig auszusprechen. Ich werde mich nie wieder über jemanden l-lustig machen, der st-stottert, das schwöre ich.«

»Kommt Ihr zum Essen herunter?« wollte Maddyn wissen.

»Das glaube ich nicht. Ich habe dem Mädchen im Schankraum bereits gesagt, sie soll mir einen Krug dunkles Bier und ein wenig kaltes Fleisch heraufbringen. Diese alten Knochen sind sehr müde geworden, Jungs.«

Sie waren tatsächlich müde genug, daß er sich ein paar

Stunden hinlegte, nachdem das Mädchen ihm sein mageres Essen gebracht hatte. Da Nevyn normalerweise nie länger als vier Stunden schlief, war er überrascht, als er in einem dunklen Zimmer erwachte und das Holzkohlenfeuer schon fast ausgebrannt war. Er füllte mehr Kohle nach und blies darauf wie ein gewöhnlicher Mann, dann wischte er sich die Hände an den Brigga ab und setzte sich hin, um nachzudenken.

Mehr als je zuvor wünschte er sich, er könnte einfach mit Hilfe des Feuers und des Zweiten Gesichts mit den anderen Dweomermeistern sprechen, die ihm bei seinem Plan halfen. Er wollte unbedingt wissen, ob sich die Situation in Cerrmor seit seinem letzten Gespräch mit den dortigen Belpriestern verändert hatte, und er hätte auch gerne mehr über diesen Tieryn Elyc erfahren. Außerdem blieb da noch das Problem ihrer Feinde, die sie vielleicht schon längst durchschaut hatten.

»Nevyn?« Das war Maddyn, der zögernd in der Tür stand. »Habt Ihr Maryn gesehen?«

»Nicht, seit ihr meine Sachen raufgebracht habt.« Nevyn sprang auf wie ein fliehender Hase. »Hast du ihn gesehen?«

»Nein. Und ich habe schon dieses ganze verfluchte Gasthaus durchsucht, sogar die Latrinen.«

Leise schimpfend folgte Nevyn dem Barden in den Schankraum, wo einige Silberdolche tranken und Würfel spielten. Beim Anblick ihres Kommandanten schwiegen sie sofort, und Nevyn wußte genau, daß es Ärger geben würde. Maddyn war offensichtlich derselben Ansicht.

»Ich will eine Antwort!« zischte er. »Wo ist Maryn?«

Die Männer sahen sich eine ganze Weile lang gegenseitig an, bevor ein schlanker junger Mann namens Albyn endlich die Stimme erhob und dabei die Wand anstarrte, statt Maddyn anzusehen.

»Er ist mit ein paar anderen weggegangen.«

»Das reicht nicht. Wo ist er, und mit wem?«

»Er ist mit Branoic und Aethan zusammen, also ist er in guten Händen.«

»Wo sind sie?«

»Ach, wir haben uns während des Abendessens unterhalten, und es stellte sich heraus, daß der Junge noch nie ...«, er warf Nevyn einen nervösen Seitenblick zu, »... nie mit einem Mädchen zusammen war. Also dachten wir alle, daß das eine Schande sei, und ...«

»Bei allen Göttern im Himmel!« Maddyns Stimme war nur noch ein Knurren. »Willst du damit sagen, daß diese beiden erbärmlichen Tröpfe mit Maryn in ein Bordell gegangen sind?«

»Genau. Äh, es sollte nur ein Spaß sein, Maddo.«

»Du dummer Hund! Welches Bordell?«

»Woher sollen wir das wissen, Maddo? Keiner von uns war je vorher in Dun Trebyc. Sie werden schon eins gefunden haben.«

Als Maddyns Wangen ein gefährliches Rot annahmen, wich Albyn zurück, um einem Schlag zu entgehen, der nie fiel. Maddyn atmete tief ein und riß sich zusammen.

»Wir werden jetzt alle rausgehen und uns erkundigen. Ihr sechs treibt die anderen Jungs zusammen und zieht jeweils in Vierergruppen los, um diese elende kleine Stadt zu durchsuchen. Findet ihn. Habt ihr mich verstanden? Findet ihn schnell.«

Als die Männer sich beeilten, dem Befehl zu folgen, sah Nevyn kaum mehr, was geschah. Er konnte spüren, wie das Blut in seinen Schläfen rauschte, zum Teil vor Zorn, aber überwiegend vor Angst. Maryn befand sich in einer der gesetzlosesten Städte im ganzen Königreich, und er selbst durfte nicht einmal einen Hauch von Dweomer benutzen, um ihn zu finden.

»Wir sollten selbst lieber auch suchen«, meinte Maddyn.

»Ja. Und wenn ich Aethan und den jungen Branoic in die Finger bekomme …«

»Was immer Ihr mit ihnen vorhabt, ich werde sie festhalten, damit Ihr es tun könnt.«

In einer Stadt wie Dun Trebyc war es nicht sonderlich schwierig, ein Bordell zu finden.

Unten am Fluß fanden die beiden Silberdolche und der Prinz den *Springenden Widder*, ein überraschend großes, zweistöckiges Rundhaus mit eigenen Stallungen dahinter und einer Palisade aus Baumstammhälften. Über dem Tor, direkt neben dem bemalten Holzschild, hing ein abgewetzter Besen, der nach säuerlichem Bier roch.

»Diesem Schild nach zu schließen, verkaufen sie hier noch mehr als Bier«, sagte Branoic grinsend. »Laßt uns reingehen, Jungs.«

Der Stall erwies sich als große, offene Scheune ohne Boxen. Als sie ihre Pferde an der abgelegenen Seite anbanden, bemerkte Branoic, daß Aethan sich die anderen Pferde ansah, so gut es im trüben Laternenlicht möglich war.

»An diesen Zaumzeugen gibt es ganze Menge Wappen. Sieht aus, als wären hier noch andere Söldner. Hört mir zu, ihr beiden Milchbärte – paßt auf, was ihr da drin sagt. Wir haben hier Rivalen, und ich will keine Schlägerei riskieren. Habt ihr das verstanden?«

»Schon gut«, meinte Branoic. »Ich bin nicht hergekommen, um eine Schlägerei anzufangen.«

Im Schankraum war es drückend heiß, und die Gäste drängten sich dicht – Kaufleute, Reiter des örtlichen Lords, ein paar andere Silberdolche und eine große Gruppe von Männern einer Söldnertruppe, die ein schwarzes Schwert auf den Ärmel gestickt hatten. Außerdem gab es hier eine Unzahl junger Frauen in diversen Stadien der Entkleidung und drei ältere

Frauen mit hartem Blick, die das Bier ausschenkten. Obwohl sie schon im Gasthaus genug getrunken hatten, bestand Aethan drauf, drei Krüge dunklen Biers zu bestellen. Sobald sie ihr Bier hatten, suchten sie sich einen ruhigen Platz an der Wand und nahmen die Handelsware in Augenschein. Maryn war dunkelrot geworden, obwohl Branoic nicht hätte sagen können, ob das von der Hitze oder der Verlegenheit kam. Er nahm an, von beidem.

»Mir gefällt die Rothaarige da drüben«, sagte Aethan. »Will einer von euch sie haben?«

Maryn zuckte nur mit den Achseln und steckte die Nase in den Bierkrug.

»Ich nicht«, sagte Branoic. »Mach schon, Junge!«

Als Aethan davonging, kam eine blasse Frau mit blondem Haar, die Branoic ein wenig an Clwna erinnerte, herübergeschlendert. Sie war nur mit einem Stück roter bardekianischer Seide über den Hüften bekleidet. Obwohl sie Branoic anlächelte, war es Maryn, an den sie sich drängte.

»Und wie heißt du, Junge?« sagte sie und klimperte mit Wimpern, die pechschwarz mit bardekianischem Kajal eingerahmt waren.

»M-M-Maryn.« Er konnte den Blick kaum von ihren Brüsten und den Brustwarzen wenden, die in einem unnatürlichen Rot schimmerten. »W-w-wie – ach v-v-verflucht!«

»Ach, laß dich von diesem Stottern nicht stören! Ein gutaussehender Junge wie du braucht keine schönen Worte, um das Herz eines Mädchens zu gewinnen.« Sie zwinkerte Branoic zu. »Und was dich angeht, mein Freund, es sieht so aus, als wäre unsere Avra da drüben ganz allein.«

Am Feuer hatte sich eine Frau mit blonden Locken und einem halbdurchsichtigen Hemd niedergelassen und betrachtete Branoic interessiert. Branoic überließ den Prinzen der wohlgeübten Aufmerksamkeit der jungen Hure und eilte zu

Avra, bevor ein anderer sie beanspruchen konnte. Als er näher kam, setzte sie sich aufrecht hin und bedachte ihn mit einem trägen Lächeln. Das Hemd klebte ihr verschwitzt an Rücken und Brüsten. Aus irgendeinem Grund fand Branoic diesen Anblick an diesem Abend unglaublich erregend. Er setzte sich neben sie und küßte sie ohne ein weiteres Wort. Aus dem süßen Geschmack ihres Mundes schloß er, daß sie Zimt gekaut hatte.

»Oh, das gefällt mir«, sagte sie lächelnd. »Ein Mann, der weiß, was er will. Kann ich einen Schluck von diesem Bier haben?«

Grinsend reichte er ihr den Krug, den sie in beide Hände nahm, damit sie wie ein durstiges Kind trinken konnte.

»Es ist heiß hier heute abend.«

»Zu heiß.« Sie reichte ihm den beinahe leeren Krug zurück. »Oben ist es wahrscheinlich kühler. Willst du mitkommen?«

Als Antwort setzte er den Krug ab, stand auf und streckte die Hand aus, um sie auf die Beine zu ziehen. Sie drängten sich vorsichtig durch die Menge zur Hintertür und nach draußen, wo eine Holztreppe sich die Außenwand emporzog. Am Ende dieser Treppe, direkt hinter der offenen Tür, saß eine zahnlose alte Frau, die sich ihr Haar mit Henna orangefarben gefärbt hatte, deren knotige Finger mit billigen Ringen bedeckt waren und die ziemlich ungeschickt so tat, als spänne sie Wolle.

»Bring ihn ganz nach hinten, Avra. Das Zimmer mit dem Fenster ist frei«, sagte sie und gähnte. »Ihr Götter, hier ist heute nacht wirklich viel los.«

Rußfleckige Korbgeflechtwände trennten das Obergeschoß des Gebäudes in winzige Kämmerchen, die nach vergossenem Bier und Schweiß und anderem rochen, aber irgendwie paßte das alles zu den verschwitzten Brüsten und dem wirren Haar der Hure, als wären es Bestandteile eines seltsamen, aber mächtigen Zaubers. Als Avra eine schmutzige Decke beiseite zog und eine winzige Kammer mit nur einer Strohmatratze auf dem Boden betrat, zwängte sich Branoic hinter ihr herein, faßte sie um die Taille und küßte sie wild.

»Oh, das könnte nett werden«, murmelte sie. »Ich mag es, wenn ein Mann ein wenig grob wird, wenn du verstehst, was ich meine.«

Als er ihr einen Klaps auf die Hinterbacken versetzte, kicherte sie und küßte ihn.

»Avra!« Das war die Stimme der Alten, so krächzend wie die einer Krähe. »Avra, komm sofort her, du kleines Miststück! Hier ist Caer der Schmied, und er schwört, daß du ihm ein Silberstück aus der Tasche gestohlen hast!«

»Möge ihm ein Dämon ins Auge scheißen!« schrie Avra. »Ich habe nichts getan, du dumme alte Kuh!«

»Er will hier alles kurz und klein schlagen! Schaff deinen fetten Arsch sofort hier rüber!«

»Du solltest lieber gehen.« Branoic hätte die alte Hexe am liebsten erwürgt. »Ich werde warten. Es sieht so aus, als wärst du es wert, daß man auf dich wartet.«

»Vielen Dank. Ich würde auch dasselbe über dich sagen. Mach die Fensterläden ein wenig auf, Liebster.« Und als sie schon auf dem Weg war: »Ich komme, Schweinetitte!«

Zeternd gingen die beiden Frauen den Flur entlang, wo ihnen eine zornige Männerstimme antwortete.

Mit einiger Vorsicht, da die Lederscharniere schon ziemlich verrottet waren, öffnete Branoic die Fensterläden und streckte den Kopf nach draußen, um die kühle Nachtluft einzuatmen. Unten im Hof, im Licht der Laternen, standen Männer beisammen, tranken, sangen oder lachten über den einen oder anderen Witz. Als Branoic eine Frau hinter sich kichern hörte, hoffte er, daß Avra zurückgekommen war, aber das Geräusch kam von der anderen Seite der Korbwand zu seiner Rechten.

Während er die Frau deutlich hören konnte, sprach der Mann, den sie bei sich hatte, mit einer tiefen, knurrenden Stimme, und er konnte kein Wort verstehen.

»Das habe ich von einem bardekianischen Seemann gelernt«, fuhr sie kichernd fort. »Ich schwöre, so etwas hast du noch nie im Leben gespürt. Ach, komm schon, fünf Kupferstücke mehr können einem Mann wie dir nicht viel bedeuten.«

Das Knurren klang skeptisch. »Weil es nicht gut für den Rücken ist, deshalb! Erst mußt du ...« Hier verklangen ihre Worte in beiderseitigem Kichern. »Und dann drücke ich ein bißchen. Sie nennen es Äpfel ausstechen. Was hältst du davon?«

Seinem Lachen nach zu schließen, war er mit der Extrazahlung einverstanden. Branoic ging hinüber zur Tür, zog die Decke weg und spähte hinaus in den Flur, aber Avra war nirgendwo zu sehen. Als er gerade daran dachte, sich auf die Suche nach ihr zu machen, begann das Paar nebenan abwechselnd zu kichern und zu grunzen, als ob dieser exotische Kunstgriff, den sie ihm zeigte, einer Menge gemeinsamer Anstrengung bedurfte. Branoic strengte sich seinerseits an, so ehrenhaft zu sein und sie zu ignorieren, aber er war auch nur ein Mensch, mit der für Menschen üblichen Neugier. Er kehrte zum Fenster zurück, zögerte, dann bückte er sich, um durch die winzigen Löcher in der Korbwand zu spähen, die allerdings mit altem Dreck verstopft waren.

»Oh, ihr Götter«, kicherte das Mädchen nebenan spöttisch. »Nun, versuchen wir es noch einmal, ja?«

Ihr Kunde stimmte lachend zu. Branoic verfluchte seine eigene Neugier, aber er entdeckte, daß die Trennwand nicht ganz bis zur Decke reichte, und nach einem letzten Versuch, das zu ignorieren, stieg er auf die Fensterbank und versuchte, über die Wand hinwegzuspähen. Leider hatte er vergessen, daß er schon eine ganze Menge Bier getrunken hatte, und nun wurde ihm vom Aufstieg ganz schwindelig. Unwillkürlich versuchte er, sich an der Korbwand abzustützen. Sie gab nach, er griff fester zu, das Paar dahinter schrie erschrocken auf, und Branoic rutschte auf dem schmierigen Fensterbrett aus. Mit einem Aufschrei, der halb ein Warnschrei war, fiel Branoic vorwärts und stürzte in die Korbwand. Zusammen mit zerberstenden, schmutzigen Weidenruten landete er auf dem halbnackten Paar.

Kreischend wand sich die Frau und konnte sich befreien, bevor die nächste Trennwand von der Wucht niederstürzte und die dahinter mit sich in die nächste riß – und so ging es quer durch das ganze runde Stockwerk. Unter gestotterten Entschuldigungen – Branoic konnte sich später nie erinnern, was er wirklich gesagt hatte – kam er auf die Beine, gerade als der andere Mann aufsprang, seine Brigga hochzog und den Gürtel packte. Es war ein großer, bulliger Mann, und er war viel zu wütend, um auch nur zu fluchen. Die Wappen auf seinem Hemd wiesen ihn als Mitglied der anderen Söldnertruppe aus.

»Wer bist du – ein verfluchter Silberdolch? Dafür werde ich dir den häßlichen Kopf abhacken!«

»Ich wollte nicht – Entschuldigung …« Branoic schnappte nach Luft, mehr aus Scham als aus Angst.

Als der Bursche dazu ansetzte, sein Schwert zu ziehen, rutschte ihm seine Brigga wieder auf die Knie und zwang ihn zu einem kurzen Augenblick des Friedens, während er nach seinem Gürtel tastete. Um ganz sicher zu sein, griff Branoic selbst zur Waffe und wurde mit einem weiteren erzürnten Aufschrei belohnt. Das Mädchen schrie laut, und im selben Augenblick stürzte Aethan durch das, was von der Tür geblieben war.

»Steck das Schwert weg, Branoic, du Arschloch, und komm sofort mit!«

Der andere Mann war so verblüfft, daß er einfach nur dastand und die Brigga festhielt, während Aethan Branoic vor sich herschob. Nach dem Geschrei unter den zerbrochenen Korbwänden zu schließen, hatte das Bordell wirklich einen geschäftigen Abend. Die beiden Silberdolche drängten sich durch die Tür und rannten schnell die Treppe zum Hof hinab, wo sich inzwischen eine neugierige Menschenmenge versammelt hatte.

»Ich war gerade mit dieser rothaarigen Schlampe wieder auf dem Weg nach unten, als ich dein dummes Gesicht über der Wand sah.« Aethan beherrschte seine Stimme so mühsam, daß Branoic annahm, er sei immer noch wütend, bis der ältere Mann vor Lachen brüllte. »Ihr Götter, wie die alle ausgesehen haben! Warte, bis ich Maddo davon erzähle!«

»O Scheiße! Müssen wir das wirklich?«

»Ich schon.« Aethan keuchte. »Ich – Ihr Götter! Wo ist Maryn?«

Überwältigt von eiskalter Scham, drehte sich Branoic herum und rannte ohne nachzudenken die Treppe wieder nach oben. Aethan folgte ihm auf dem Fuß. Inzwischen waren Männer und Frauen dabei, nach unten zu stürzen, hielten sich Kleidungsstücke vor oder versuchten, sich unterwegs anzuziehen, fluchten und fauchten und zischten, sie würden diesen unmöglichen Silberdolch finden, der für all das verantwortlich war, und ihm das Herz herausreißen. Aethan packte Branoic am Arm und zog ihn in den Schatten.

»Hol die Pferde und bring sie auf die Straße«, zischte er. »Ich werde den Jungen finden und den Rest unserer Männer warnen.«

Branoic huschte zum Stall und holte dort ihre drei Pferde. Sein Herz raste vor Schreck – was, wenn dem wahren König von ganz Deverry etwas geschah, und alles war seine Schuld? Plötzlich wurde ihm klar, wie gefährlich dieser kleine Streich war – Maryn mitten in eine fremde Stadt zu bringen, wo nur ein paar Männer ihn bewachten, und ihn dann ganz allein mit einer Hure gehen zu lassen. Was, wenn das Mädchen von jemandem bezahlt worden war? Er nahm die Zügel der Pferde in eine Hand, schob die Stalltür mit der anderen auf und fand sich direkt Maddyn und Nevyn gegenüber.

»Wo ist der Prinz?« fauchte Maddyn.

»Das weiß ich nicht. Aethan sucht ihn.«

Maddyn schlug ihm mit dem Handrücken ins Gesicht.

»Es sollte mich eigentlich nicht überraschen, daß du so etwas Dummes tust, aber von Aethan hatte ich Besseres erwartet. Und was, im Namen der Götter, ist hier eigentlich los?«

Branoic wollte etwas sagen, aber er brachte kein Wort mehr heraus. Tränen traten ihm in die Augen, ganz gleich, wie sehr er sich anstrengte, sie zu unterdrücken. Nevyn packte ihn am Arm und schüttelte ihn.

»Denk nach, Junge! Heb dir die Scham für später auf.«

»Ich – ich – ich …«

Die Pferde begannen zu stampfen und die Köpfe zu schütteln. Inzwischen waren Branoics Hände so verschwitzt, daß er die Zügel kaum halten konnte.

»Nevyn!« Das Flüstern kam von direkt über ihnen. »S-s-seid Ihr das?«

»Ja!« Auch der alte Mann klang jetzt, als wollte er weinen, aber vor Erleichterung. »Maryn, wo bist du?«

»Auf dem Heuboden. Wir sind hierhergek-k-kommen, um ein wenig Ruhe zu haben.«

»Dann komm herunter! Gib dem Mädchen ein paar Münzen – ich kann mir vorstellen, daß sie sie verdient hat –, und komm sofort hierher!«

»Ja, Herr. S-s-sofort.«

Man hörte Silber klirren, ein Kichern und ein Rascheln im

Heu. Dann kletterte Maryn die Leiter herunter und sprang auf den Boden. Nevyn schlang beide Arme um ihn und zog ihn fest an sich.

»Es tut mir leid«, stotterte Maryn. »Aber ich …«

»Ich will kein Wort mehr davon hören. Aber wenn du jemals wieder etwas so Dummes tust …« Plötzlich hielt Nevyn inne und schaute warnend zum Heuboden hoch, wo das Mädchen wartete. »Nun, ich nehme an, es ist alles in Ordnung.« Er wandte sich Branoic zu. »Junge, du brauchst dich nicht zu ducken und auszusehen wie der leibhaftige Tod. Dein Streich hat ein gutes Ende gefunden.«

Branoic zuckte nur die Achseln. Er konnte nicht erklären, daß es Maddyns Verachtung war, die ihn quälte. Der Barde selbst war zum Stalltor gegangen und spähte durch den Spalt hinaus; fluchend kam er jetzt wieder zurück.

»Nevyn, nehmt zwei dieser Pferde und bringt Maryn hier weg. Als wir hergekommen sind, sah ich eine Hintertür hinter den Bäumen. Branoic, du kommst mit mir. Wir müssen Aethan finden. Diese Menschenmenge da gefällt mir nicht.«

Erst viel später fiel Branoic ein, daß er Maddyn in diesem Augenblick die Wahrheit hätte sagen sollen, aber zu diesem Zeitpunkt war ihm einfach zu elend zumute. Er war sicher, Maddyn würde ihn für einen Feigling halten, wenn er nicht mitkäme. Draußen fanden sie etwa dreißig Leute beiderlei Geschlechts vor, die sich lautstark miteinander unterhielten. Ein paar von ihnen lachten sogar – man konnte davon ausgehen, daß sie alle woanders gewesen waren, als die Wände eingestürzt waren – und versprachen, diese wunderbare Geschichte überall weiterzuerzählen, sehr zum Ärger jener, die in Branoics unbeabsichtigter Falle gesessen hatten.

»Ich glaube, Aethan steht da drüben in der Tür zum Schankraum«, flüsterte Maddyn. »Du bist größer als ich – kannst du ihn sehen?«

Branoic stellte sich auf die Zehenspitzen und schirmte die Augen mit der Hand ab.

»Ja.« Er winkte Aethan zu. »Gut, er hat mich gesehen.«

Leider hatte das auch der kräftige Mann aus der benachbarten Kammer. Er war inzwischen vollständig bekleidet und bahnte sich unter großem Geschrei seinen Weg durch die Menge.

»Du! Du bist das kleine Arschloch, das mit allem angefangen hat!«

Überrascht wandte sich Maddyn Branoic zu, der zu stottern begann wie der Prinz.

»Entschuldigung, ich w-w-wollte nicht …«

»Du wolltest zusehen, du widerlicher kleiner Lüstling! Dafür werde ich dir den Kopf auf den Pflastersteinen glattschleifen! Ich werde …«

In diesem Augenblick kamen Aethan und zwei andere Männer von der Schwarzen-Schwerter-Truppe. Hinter ihnen erkannte Branoic ein paar Silberdolche und weitere Männer der anderen Söldnertruppe, während die erfahrenen und klugen Frauen sich zurückzogen, um Platz zu machen, als Branoics Opfer zum erstenmal zuschlug. Zutiefst erleichtert, daß es nicht zum Schwertkampf kommen würde, schlug Branoic zurück und traf den Unterkiefer des Burschen. Frauen schrien, der Mann stürzte bewußtlos zu Boden, irgendwo kreischte die zahnlose Alte nach den Stadtwachen. Branoic konnte Maddyn rufen und Aethan aufheulen hören, als sich der regennasse und glitschige Schenkenhof in einen Kampfplatz verwandelte.

In diesem Gedränge war es schwierig herauszufinden, wer Freund oder Feind war, besonders, da die Männer immer wieder ausrutschten und in den Schlamm fielen und dann wieder auf die Beine kamen, um weiterzukämpfen. Branoic fand sich einem schielenden, braunhaarigen Burschen gegenüber, versetzte ihm einen Schlag in den Magen und einen ins

Gesicht, fiel beinahe selbst über ihn, als der andere stürzte, riß sich los, wich einem Bierkrug aus, den jemand nach ihm geworfen hatte, und hielt dann am Rand der Prügelei inne, um nach Luft zu schnappen, nur um zu sehen, daß ein anderer direkt auf ihn zustürmte. Er packte den Kerl am Arm, riß ihn herum und schleuderte ihn in die wild schreiende Menge zurück, die ihn in diesem Augenblick an eine Schale blasenwerfender, überquellender Hefe erinnerte. Gerade als er sich selbst wieder hineinstürzen wollte, packte ihn jemand von hinten. Er fuhr herum und konnte seinen Schlag gerade noch aufhalten, denn er stand Aethan gegenüber.

»Komm mit, Junge – die erinnern sich doch nicht mal daran, warum sie sich schlagen. Eil dich!«

»Es fing gerade an, Spaß zu machen!«

»Komm sofort mit! Du wirst keinen Spaß mehr haben, wenn der Hauptmann beschließt, dir die Haut vom Rücken abzuziehen.«

Ohne ein weiteres Wort folgte Branoic ihm in den Schatten an der offenen Hintertür, wo Maddyn schon im Sattel saß und die Zügel der beiden andere Pferde hielt. Draußen am Flußufer konnte er die anderen Silberdolche sehen, zu Pferd und bereit aufzubrechen.

»Niemand ist besser als ein Silberdolch, wenn es darum geht, dem Gesetz auszuweichen«, sagte Aethan grinsend. »Steig auf, Branno. Die Stadtwachen kommen.«

Als er im Sattel saß, wandte sich Branoic dem Barden zu.

»Maddyn, es tut mir so verflucht leid.«

»Ach, sei still! Wir kümmern uns später darum, aber ich sage dir, Junge, ich will dein häßliches Gesicht nicht mehr sehen, bis ich erheblich ruhiger bin.«

Als sie, um jeden Verdacht zu vermeiden, in ruhigem Trab zum Gasthaus zurückkehrten, dachte Branoic ernsthaft daran, sich vor Scham zu Tode zu hungern.

Bei all der Unruhe im Schenkenhof fiel es Nevyn und Maryn nicht schwer, durch das hintere Tor davonzuschlüpfen und loszureiten, ohne daß jemand sie bemerkte. Sobald sie wieder in ihrem eigenen Gasthaus waren, übergab Nevyn die Pferde einem anderen Silberdolch und zerrte den Prinzen in sein Zimmer. Obwohl er versuchte, verlegen zu tun, mußte Maryn doch immer wieder grinsen.

»Hör mir zu, Junge!« sagte Nevyn, aber er fühlte sich schon besiegt, bevor er mit seinem kleinen Vortrag begann. »Es geht mir nur um deine Sicherheit. Sich in die Stadt davonzuschleichen, nur von diesen beiden Idioten bewacht, war eine sehr dumme Idee.«

»Das stimmt, und es tut mir leid.«

»Du siehst kein bißchen so aus, als würde es dir leid tun. Wenn du nach dieser Geschichte nicht mehr ohne Mädchen leben kannst, dann laß dir von deinen Freunden eines mitbringen. Mädchen wie diese haben nichts dagegen, ein paar Schritte zu laufen, wenn man sie gut genug bezahlt.«

»Zweifellos weiß mein gelehrter B-B-Berater viel über diese Dinge.«

Nevyn widerstand mit einiger Anstrengung dem Impuls, dem wahren König von ganz Deverry eine Ohrfeige zu verpassen. Sehr trübe erinnerte er sich, daß er selbst einmal so jung und so selbstgefällig in bezug auf sein erstes Mädchen gewesen war – vor ungefähr zweihundert Jahren. Solche Erinnerungen hatten für ihn eher an Bedeutung verloren. Plötzlich verschwand Maryns Grinsen, und er setzte sich auf den wackeligen Hocker und starrte zu Boden.

»Stimmt etwas nicht?«

»N-n-nein. Ich habe nur nachgedacht. Mein Vater und Ihr habt mir immer wieder gesagt, ich müsse G-G-Glyns Tochter heiraten.«

»Das haben wir, und das wirst du tun.«

»Wie alt ist sie?«

»Dreizehn.«

»Nun, dann ist sie wenigstens alt genug.« Er blickte mit besorgtem Stirnrunzeln auf.

»Ist sie hübsch?«

»Ich habe keine Ahnung.«

»Ich nehme an, ich m-m-muß sie sogar heiraten, wenn sie z-z-zwanzig Warzen hat und schielt.«

»Genau, Euer Hoheit. Sie symbolisiert das Königreich.«

Maryn ächzte und starrte wieder zu Boden.

»N-n-nun, dann hoffe ich, daß sie hübsch ist«, sagte der Prinz schließlich. »Jetzt, wo ich weiß, was …« Und dann wurde er tatsächlich rot und sah nicht älter als zehn Jahre aus. »Ich sollte lieber ins B-B-Bett gehen.«

»Ja. An deiner Stelle würde ich so tun, als schliefe ich, wenn Maddyn zurückkommt. Unser Barde schien diesen Abend überhaupt nicht witzig zu finden.«

Beim Frühstück am nächsten Morgen versammelte Maddyn die Silberdolche, die im *Springenden Widder* gewesen waren, um herauszufinden, was eigentlich geschehen war. Er nahm an, es wäre erheblich besser für die Missetäter, wenn er sich um die Angelegenheit kümmerte, bevor Caradoc oder Owaen sich ihrer annahmen. Im Lauf dieser unangenehmen Mahlzeit bemerkte er, daß Branoic sich so weit entfernt wie möglich hingesetzt hatte, nichts aß und nur dann etwas sagte, wenn die anderen ihn zu lange quälten. Obwohl Maddyn zunächst wütend gewesen war, lachte er schließlich so laut wie die anderen Männer, als Branoic, der so sehr stotterte wie der Prinz und doppelt so rot war, die Bemerkung der Hure über das Äpfelentkernen wiederholte.

»Also gut«, sagte Maddyn schließlich. »Niemand ist getötet worden, und das ist gut so. Mach dir keine Gedanken mehr,

Branno. Ich kann nicht lügen und behaupten, daß ich mich an deiner Stelle anders benommen hätte.«

Alle nickten grinsend. Branoic schaute ein bißchen weniger elend aus, griff nach einem Stück Brot und strich Butter darauf. Obwohl alle weiteraßen, merkte Maddyn, daß ein paar der Männer immer noch unruhig waren.

»Raus damit, Steryc.«

»Ach, bei den Höllen, Maddo, ich frage mich bloß …« Er warf Branoic einen Blick zu. »Hast du herausgefunden, was sie meinten? Mit dem Äpfelentkernen?«

»Nein. Es ging alles viel zu schnell.«

Als Steryc ehrlich bedauernd mit den Schultern zuckte, fingen alle an zu johlen. Das war nun wirklich das Ende der Angelegenheit, nahm Maddyn an, und stürzte sich auf sein eigenes Frühstück. Aber als er danach den Schankraum verließ, erschien seine kleine blaue Fee, und bei ihr waren zwei graue Gnome, die auf und ab tanzten und besorgt die Stirn runzelten. In dem üblicherweise ausdruckslosen Blick der Fee stand so etwas wie Sorge.

»Was ist los?« flüsterte Maddyn. »Ihr solltet nicht einmal hier sein. Ihr solltet lieber verschwinden, bevor Nevyn euch sieht. Schnell!«

Aber sie blieben bei ihm, die Fee auf seiner Schulter, die Gnome klammerten sich wie verängstigte Kinder an sein Bein. Er dachte einen Augenblick nach, dann ging er mit dem Wildvolk zusammen in Nevyns Kammer. Der alte Mann saß am Fensterbrett und schaute hinaus aufs Land. Maddyn zögerte, weil er sich fragte, ob er jetzt wohl eine Meditation unterbrach, aber Nevyn drehte sich um und lächelte – bis er das Wildvolk bemerkte.

»Was soll das? Ihr solltet nicht hier sein!« Alle drei begannen auf und ab zu springen und zeigten an die Decke, die kleinen Gesichter angestrengt und konzentriert verzogen.

»Ihr Götter!« Nevyn war ernsthaft beunruhigt. »Jemand beobachtet uns?«

Sie schüttelten die Köpfe, dann begannen sie einander zu zwicken und zu schubsen.

»Jemand hat letzte Nacht den Kampf bemerkt.«

Alle nickten, dann verschwanden sie, und obwohl Maddyn keine Ahnung hatte, was geschah, wurde ihm allein von Nevyns Miene eiskalt vor Angst.

»Das ist wirklich eine ernste Sache, Maddo. Wann sind sie zu dir gekommen?«

»Gerade jetzt. Ich bin direkt hergekommen.«

»Gut. Das hast du richtig gemacht.« Nevyn begann, auf und ab zu gehen. »Ihr Götter, ich weiß nicht, was ich tun soll!«

Maddyns Unbehagen wurde stärker. Er hatte so lange blind darauf vertraut, der alte Mann könne jedes Problem lösen, daß dieses Eingeständnis der Hilflosigkeit ihm wie die Todesstrafe vorkam.

»Wir müssen Dun Trebyc verlassen«, sagte der Dweomermann schließlich. »Aber wir müssen es auf die richtige Weise tun. Wir müssen weiterhin so tun, als wären wir vollkommen normale Söldner.«

»Nun, in diesem Fall würden wir nicht ohne einen richtigen Auftrag weiterziehen. Kein Edelsteinhändler ist reich genug, eine ganze Bande von Söldnern einzustellen. Wenn er das wäre, hätte er eigene Leibwächter.«

»Das stimmt. Wir müssen eine bessere Tarnung finden. Ich – wer ist da? Herein!« Die Schritte, die sie gehört hatten, waren Caradocs gewesen, der hereinkam und den alten Mann mit einem Nicken grüßte.

»Wir müssen die Stadt verlassen, Nevyn. Bisher hatten wir Glück, aber ich wette, die Stadtwachen werden bald vorbeikommen und Fragen über die Prügelei stellen.«

»Das dachte ich auch. Ich glaube, ich weiß, wo ich einen

Auftrag für uns finden kann. Da ich jetzt ein Kaufmann bin, sollte ich meinem neuen Gott meine Aufwartung machen, oder? Ich bin im Tempel des Nwdd, wenn ihr mich braucht.«

Als der alte Mann wenig später zurückkehrte, brachte er zwei Kaufleute mit, die – nach der feinen Wolle ihrer Brigga und Umhänge zu schließen – recht wohlhabend waren. Sie waren beide untersetzt und Mitte Dreißig, und Nevyn stellte sie als Budyc und Wffyn vor.

»Wir haben vielleicht einen Auftrag für Euch, Hauptmann.« Budyc fuhr sich nervös mit der Hand über seinen schwarzen Schnurrbart. »Der Edelsteinhändler hier sagt, Ihr seid verläßlich.«

»Jedenfalls mehr als die meisten«, sagte Caradoc. »Und jeder meiner Jungs kann kämpfen wie ein Dämon. Das schwöre ich am Altar des Gamyl, wenn Ihr wollt.«

Die Kaufleute sahen einander fragend an.

»Wir sollten es versuchen«, sagte Wffyn. »Um diese Jahreszeit ist es nicht einfach, eine Truppe zu finden, die nicht bereits einem Adligen Treue geschworen hat.«

Budyc nickte zustimmend.

»Also gut, Hauptmann. Was soll es kosten?«

»Ein Silberstück pro Mann beim Vertragsabschluß und ein weiteres jede Woche, zwei, wenn es zum Kampf kommt, und ihr zahlt den vollen Sold für jeden Mann, der getötet wird.«

Wieder sahen die beiden einander an, und wieder zuckte Budyc die Achseln.

»Also gut. Wir haben keine Zeit zum Feilschen. Verlaßt die Stadt so bald wie möglich, Hauptmann. Wir treffen uns auf der Straße nach Süden.«

»Wohin gehen wir?«

»Das sage ich Euch, wenn wir Dun Trebyc hinter uns gelassen haben.« Budyc gestattete sich ein dünnes Lächeln. »In dieser Stadt haben alle Wände Ohren.«

Nach einem feierlichen Handschlag verabschiedeten sich die Kaufleute. Maddyn und Caradoc wandten sich Nevyn zu, sobald die Tür hinter den beiden zugefallen war.

»Ich kann Euch überhaupt nichts sagen.« Nevyn hob protestierend beide Hände. »Ich weiß nur, daß sie aus Cerrmor kommen, nach Süden ziehen wollen und daß beide reich und zuverlässig sind.«

»Das sollte genügen.« Caradoc hielt inne und strich sich nachdenklich mit der Hand übers Kinn. »Maddyn, sorg dafür, daß unser Junge morgen früh mitten in der Truppe reitet.«

»Ja. Ich werde mich darum kümmern, daß Aethan und Branoic ein Auge auf ihn haben – das gibt ihnen eine Gelegenheit, sich wieder zu bewähren.«

»Gute Idee.« Dann warf der Hauptmann Nevyn einen Blick zu. »Ich dachte daran, ihn zwischen mir und Owaen reiten zu lassen, aber das wäre zu verdächtig.«

»Das stimmt. Übrigens, Hauptmann, ich habe im Tempel jede Menge Neuigkeiten gehört. Ich muß sagen, die Kaufmannsgilden leisten viel, wenn es darum geht, zu hören, was zu hören ist. Der König von Cantrae scheint an der Ostgrenze eine größere Offensive zu planen – es heißt, etwa in der Gegend von Buccbrael. Zumindest zieht er alle Männer im Westen für einen großen Aufmarsch ab.«

»Das wäre wunderbar. Beten wir dafür.«

»Immer vorausgesetzt, er wendet sich nicht nach Cerrmor, bevor wir dorthin gelangen. Der Westen ist immer Cerrmors schwächster Punkt gewesen, und jetzt, nachdem der Wolfs-Clan seine Ländereien verlassen und ins Exil gehen mußte, ist es zweifellos noch schlimmer.«

»Ach, wißt Ihr«, meinte Caradoc. »Die Grenze hat schon eine lange Zeit ohne die Wölfe gehalten. Wann sind sie ins Exil gegangen – vor zwanzig Jahren?«

»Ist es schon so lange her? In meinem Alter verliert man so schnell den Überblick über die Zeit.«

Kurz vor Mittag verließen die Silberdolche Dun Trebyc unter einem wolkigen Himmel, der alle bei dem Gedanken an noch mehr Regen stöhnen ließ, aber es blieb trocken, bis sie ihre Auftraggeber trafen. Etwa zwei Meilen von der Stadt entfernt wartete Budyc auf einem wunderschönen Rotschimmelwallach. Als Caradoc die Truppe langsamer reiten ließ, fiel Maddyn zu Nevyn zurück, und der Kaufmann nahm den Platz neben dem Hauptmann ein.

»Wir reiten noch ein wenig weiter nach Süden«, sagte Budyc. »Dann eine Weile nach Westen. Aber nicht weit.«

»Wie wäre es, wenn Ihr uns etwas mehr über diesen Auftrag erzählen würdet?«

»Noch nicht.« Budyc stellte sich in den Steigbügeln auf und sah sich in der Ebene um, als suchte er nach Feinden. »Es ist noch zu früh. Heute abend, Hauptmann. Heute abend werdet Ihr alles begreifen.«

Als Maddyn ihm einen nervösen Blick zuwarf, lächelte der alte Mann nur und zuckte mit den Achseln, als wollte er ihm sagen, er solle ganz ruhig bleiben. Wäre es nicht um den Prinzen gegangen, hätte Maddyn tatsächlich mehr Ruhe bewahren können, aber so drehte er sich immer wieder um und schaute zu Maryn. Da die Straße breit war, ritten sie in Viererreihen, und Maryn war in der zweiten Reihe mit Branoic und Aethan auf beiden Seiten und Albyn neben Aethan – eine ziemlich furchterregende Leibwache. Zweifellos konnte auch der junge Prinz mit dem Schwert umgehen, wenn er es mußte – er hatte die besten Lehrer gehabt, die das kriegerische Pyrdon zu bieten hatte –, aber den ganzen sonnigen Nachmittag lang dachte Maddyn über den schmerzlichen Unterschied zwischen Übungsduellen und echten Kämpfen nach. Früher oder später würde Maryn unweigerlich Blut auf der Klinge haben. Maddyn betete aus ganzem Herzen, daß es noch lange dauern würde.

Ein paar Stunden vor Sonnenuntergang kamen die Silberdolche zu einem Weg, der westlich von der Hauptstraße wegführte, und Budyc zeigte darauf. Owaen ritt an der Linie entlang und befahl den Männern, jetzt hintereinander zu reiten, wodurch Maryn zwischen Branoic und Aethan auf etwa die Hälfte der Linie geriet. Maddyn war mit dieser Anordnung nicht sonderlich glücklich, doch blieb das Land um sie herum friedlich. Auf ihrem Weg sahen sie zwei Bauernhöfe, eine Kuhherde und ansonsten nichts anderes, außer Feld um Feld mit Kohlköpfen und Rüben, die unter den wachsamen Augen kleiner Mädchen wuchsen, welche die Vögel verscheuchten. Endlich, als die Sonne so niedrig am Himmel stand, daß alle in der Truppe blinzelten und fluchten, kamen sie zu einem tiefen Bach, der von Weiden und Haselbüschen gesäumt war. Dort wartete neben seinem schwarzen Pferd der Kaufmann Wffyn auf sie, und durch eine Lücke in den Bäumen konnte Maddyn eine Kanalbarke am Ufer vertäut sehen.

»Da seid ihr ja!« rief Wffyn. »Gut! Die erste Schiffsladung ist gerade angekommen.«

Als Budyc vorwärts ritt, wurde Maddyn klar, daß diese Männer Schmuggler sein mußten – ein Verdacht, der später bestätigt wurde, nachdem die Silberdolche ihr Lager aufgeschlagen hatten. Zusammen mit Owaen folgte Maddyn Caradoc stromaufwärts, um sich mit den Kaufleuten über die Strecke des nächsten Tages zu unterhalten, und fand vier Barken, die aus einer Reihe von Wagen beladen wurden. Mit nacktem Oberkörper und gewaltig schwitzend, liefen Budyc und Wffyn immer wieder zwischen Barke und Ufer hin und her, gaben den Besatzungen Anweisungen oder halfen selbst, die Fracht zu verladen.

»Sieht aus wie Bierfässer«, meinte Owaen. »Aber von so

schwerem Bier habe ich noch nie gehört. Seht nur, wie diese armen Kerle schwitzen!«

»Ja, und außerdem klappert Bier nicht.«

»Was in drei Höllen ist hier los?« murmelte Caradoc ein wenig gereizt. »Und seht euch nur die erste Barke an!«

Die Viehbarke hatte ein hölzernes Geländer, und direkt darüber hatte man eine Reihe von ausgestopften Kuhschädeln auf Stäbe gesteckt. Während die drei Silberdolche noch mit offenen Mündern starrten, begann ein Mann, die Schädel mit einem Lederlappen abzuwischen, summte, während er arbeitete, und trat hin und wieder zurück, um einen besseren Blick auf das Ergebnis seiner Arbeit zu haben.

»In der Nacht und aus der Entfernung sehen sie wie echte Kühe aus«, meinte Budyc, als er zu ihnen trat. »Genug, um Leute, die zufällig vorbeikommen, zu überzeugen, daß es eine ganz gewöhnliche Barke ist.«

»Also gut, Mann«, fauchte Caradoc. »Was soll das alles?«

»Wißt Ihr, wie die Meister der Schmelzöfen oben im Norden rohes Eisen wiegen? Sie messen es in ›Bullen‹ – das Maß beträgt so viel Eisen, wie man in der Dämmerungszeit für einen Bullen erhielt. Das hat mir zumindest der Gildemeister gesagt. Und genau das haben wir hier: eine Ladung von Bullen und Fässern mit dem dunkelsten Bier im Königreich.«

Da verstand Maddyn sowohl den Witz als auch den Grund des Transports, aber Owaen starrte den Kaufmann weiterhin verblüfft an.

»Eisen, Junge«, sagte ihm Maddyn. »Sie schmuggeln Eisen nach Dun Cerrmor, und ich wette, im Austausch dafür erhalten sie erheblich mehr als einen Bullen.«

»Das könnte man sagen.« Budyc spreizte sich ein wenig. »Aber wir machen keinen so gewaltigen Profit. Denkt darüber nach – wir müssen die Wagen für den trockenen und die Barken für den nassen Teil der Reise mieten, wir müssen die

Leute für ihr Schweigen bezahlen und für die Grenzüberquerung Wachen wie Euch anheuern – wir verdienen etwas dabei, aber nur gerade eben genug. Und dann bedenkt die Gefahr. Warum, glaubt Ihr, haben wir Euch angeheuert? Die Männer aus Cantrae werden uns aufhalten, wenn sie können, und solche wie mich werden sie nicht als ehrenhaften Gefangenen betrachten. Wenn es nicht Cerrmor helfen würde, bezweifle ich, daß ich hier mitmachen würde.«

»Sagt mir eins«, meinte Caradoc, »glaubt Ihr, daß am Ende des Sommers noch viel von Cerrmor zu retten ist?«

»Das weiß ich nicht.« Budycs Blick verfinsterte sich. »Nun, da der König tot ist, leben wir nur von der Hoffnung. Hoffnung und Vorzeichen – jeden verdammten Tag kann man jemanden hören, der etwas davon erzählt, daß der wahre König auf dem Weg zum Thron sei, und die Stadt glaubt es zum größten Teil immer noch, aber ich frage Euch, Hauptmann – wieviel länger können wir standhalten? Der Regent ist ein guter Mann. Ohne ihn wären wir inzwischen alle zu Cantrae übergelaufen, aber er ist nur ein Regent. Schade, daß er so verflucht ehrenhaft ist – wenn er die Tochter des Königs heiraten und einen Sohn zeugen würde, würden wir ihm alle bald als König zujubeln.«

»Aber er will es nicht?«

»Er will es nicht, und er sagt, er würde es niemals tun. Es sei denn, es bringt ihm jemand den unwiderlegbaren Beweis, daß der wahre König tot ist und nie mehr beanspruchen kann, was ihm zusteht.«

»Das ist eine interessante Weigerung. Hat er auch verbreiten lassen, daß er für diesen Beweis zahlen wird?«

Einen Augenblick starrte Budyc ihn nur an, dann fluchte er und warf Caradoc einen eindeutig angewiderten Blick zu.

»Ich verstehe, worauf Ihr anspielt, aber Tieryn Elyc würde nie so tief sinken, daß er …« Gerade noch rechtzeitig hielt er inne. »Es tut mir leid, Hauptmann. Ihr kommt nicht aus Cerrmor, und Ihr könnt glauben, was Ihr wollt.«

»Oh, ich habe einmal in Cerrmor gelebt, und ich kenne Elyc und hielt viel von ihm. Ich habe mich nur gefragt, wie sein plötzlicher Aufstieg ihn vielleicht verändert hat. An einem Tag war er nur ein unbedeutender Lord, am nächsten praktisch ein König. Es gibt Männer, die so etwas nicht verkraften können.«

»Das ist wahr, aber Elyc steht immer noch fest auf dem Boden. Und das ist gut so, denn wer weiß schon, wie lange Menschen von Hoffnung leben können?«

Erst spät am Morgen machte sich ihre seltsame Karawane nach Süden auf. Der Bach war gerade eben tief genug für die schwere Ladung, und die Strömung trieb sie nicht sonderlich schnell. Daher hatten die Männer für diesen Teil der Reise ihre Maultiere eingespannt und treidelten die Barken. Dennoch bewegte sich alles nur gefährlich langsam. Branoic befürchtete schon, vor Ungeduld den Verstand zu verlieren, bevor sie Cerrmor erreichten.

»Ihr Götter, du siehst aus, als hättest du in eine bardekianische Zitrone gebissen!« sagte Aethan. »Was läßt dich so sauer sein?«

»Was geht es dich an? Treib's doch mit einem Maultier!«

»Br-Bran, er hat recht«, stotterte Maryn. »Irgend etwas quält dich doch.«

Da er sich nicht dazu bringen konnte, den jungen König zu beleidigen, zuckte Branoic nur mit den Schultern und wünschte sich, er würde tatsächlich wissen, was ihn so beunruhigte. Maryn dachte einen Augenblick nach und runzelte heftig die Stirn, während er um Worte rang.

»Laß ihn in Ruhe, Junge«, kam Aethan ihm zuvor. »Mir macht es nichts aus. Branno, es liegt nur daran, nie zu wissen, ob hinter dem nächsten Busch ein Hinterhalt lauert. Ich habe selbst das Gefühl, als wären meine Brigga voller Hummeln.«

»Ja, es tut mir leid. Du hattest recht, daß ich sauer bin. Ich wünschte, wir könnten schneller reisen.«

»Das werden wir bald. Wenn ich es richtig verstanden habe, wird dieser Bach ein paar Meilen von hier zu einem anständigen Fluß.«

Aethan hatte zwar recht, was die Verbreiterung des Baches anging, aber die Sonne ging schon unter, als sie endlich Wasser erreichten, das deutlich schneller floß. An diesem Abend stellte Caradoc doppelte Wachen um das Lager auf. Am nächsten Morgen schickte er Späher weit voraus und wechselte die zehn Männer an der Spitze und in der Nachhut immer wieder aus. Während sie sich im Lauf der nächsten Tage langsam von Bach zu Bach, von schützenden Baumreihen zu Dickichten weiterbewegten, wurde die Vorsicht zur Routine. Mit jedem dadurch bedingten Aufenthalt, selbst wenn es nur darum ging, die Späher zu wechseln, wuchs Branoics schlechte Laune wie die schwarzen Wolken eines Sommergewitters.

Daß Owaen auch noch beschloß, ihm auf die Nerven zu gehen, verbesserte seine Laune nicht gerade. Es kam Branoic so vor, daß jedesmal, wenn er sich auch nur umdrehte, Owaen schon da war, um ihn darauf hinzuweisen, daß seine Ausrüstung nicht ordentlich poliert, sein Pferd nicht gepflegt genug war, daß er zu lässig oder zu aufrecht im Sattel saß, daß er so sauer wie Wieselpisse dreinschaute oder zu viele dumme Witze machte. Da er entschlossen war, sich seinen Silberdolch zu verdienen, biß Branoic die Zähne zusammen und sagte nichts. Auf keinen Fall wollte er als Querulant gelten. Am vierten Abend, als sie in einer Flußbiegung ihr Lager aufschlugen, ging Branoic zu einer der Barken, um sich etwas zu essen zu holen, und traf dort auf Owaen, der mit Maddyn sprach. Da Owaen mit dem Rücken zu ihm stand und viele Männer in der Nähe waren, hörte der stellvertretende Kommandant nicht, daß Branoic näher gekommen war.

»Ich schikaniere ihn nicht! Er ist einfach nicht gut genug«, fauchte Owaen. »Ist unser kleiner Branno etwa sofort winselnd zu dir gerannt, weil er sich verfolgt fühlte?«

Branoic packte ihn an der Schulter, riß ihn herum und schlug ihm, so fest er konnte, ins Gesicht, alles in einer einzigen glatten Bewegung. Owaen sackte nach hinten wie ein halbleerer Getreidesack. Leise fluchend kniete sich Maddyn neben ihn, als der Hauptmann schon angerannt kam und ein halbes Dutzend Silberdolche sich um sie drängten. Branoic rieb seine schmerzenden Knöchel und wäre am liebsten gestorben oder hätte sich in Luft aufgelöst. Er war sicher, daß er mindestens ausgepeitscht und im schlimmsten Fall aus der Truppe gestoßen würde. Als er eine Hand auf seiner Schulter spürte, fuhr er herum und fand sich Nevyn gegenüber, der zu seiner großen Überraschung lächelte – nur ein wenig, aber er lächelte.

»Er ist ein arroganter kleiner Mistkerl, nicht wahr?« meinte Nevyn. »Aber du mußt lernen, dich zusammenzunehmen, Junge.«

»Normalerweise kann ich das auch. Aber Owaen hat etwas an sich …«

»Ich weiß. Glaub mir, ich weiß. Hier kommt der Hauptmann. Sehen wir, was er dazu zu sagen hat.«

Caradoc lächelte überhaupt nicht.

»Verflucht sollst du sein, Bran! Hast du in deinem Ochsenschädel denn nicht die geringste Vernunft? Mit einem solchen Schlag hättest du ihn töten können! Du hättest ihm das Genick brechen können! Du hattest das Recht, ihn herauszufordern oder zu mir zu kommen, aber einfach …«

»Hauptmann!« Nevyn hob die Hand und setzte eine gewichtige Miene auf. »Wartet einen Augenblick, bitte! Wir sind seltsamen Kräften unterworfen, finsteren Dingen, die wir nicht verstehen können. Ich muß befürchten, daß einer unserer Feinde versucht hat, uns mit Magie gegeneinander aufzubringen. Branoic ist solchen Dingen gegenüber empfänglicher als die meisten.«

»Bei den verkrusteten Eiern des Höllenfürsten!« Caradoc wurde ein wenig bleich. »Könnt Ihr etwas dagegen tun?«

»Das kann ich, wenn Ihr mir den Jungen überlaßt.«

»Selbstverständlich. Und ich werde mit Owaen sprechen – macht Euch deshalb keine Gedanken.«

Nevyn schloß den Griff fester um Branoics Schulter und brachte ihn weg, bevor jemand noch etwas sagen konnte.

»Ich danke Euch, Nevyn, daß Ihr mich da herausgeholt habt. Wißt Ihr, ich fühle mich die letzte Zeit so seltsam, daß ich beinahe wirklich glaube, daß ich verzaubert worden bin.«

»Das solltest du auch, denn es ist wahrscheinlich wahr.«

Branoic fluchte leise.

»Ich muß zugeben, daß ich die Dinge dem Hauptmann gegenüber ein wenig aufgebauscht habe«, fuhr Nevyn fort. »Aber es ist mehr als wahrscheinlich, daß unsere Feinde jeden faulen Zauber einsetzen, der ihnen zur Verfügung steht. Wenn wir anfangen, uns untereinander zu bekämpfen, werden sie es viel leichter haben. Beobachte dich von nun an gut, Junge. Wenn du bemerkst, daß du wieder in eine solche Stimmung kommst, sag es mir sofort.«

»Das werde ich tun, Herr, das verspreche ich aus ganzem Herzen.«

Aber als er ins Lager zurückkehrte, stellte Branoic fest, daß seine Laune sich erheblich gebessert hatte, gerade so, als hätten die Feinde aufgehört, ihn anzugreifen, nachdem ihr Plan nun entdeckt war.

Da sich Caradoc um Owaen kümmerte, fiel es Maddyn zu, sich Branoics anzunehmen – nicht, daß ihm das etwas ausmachte, besonders, da der Junge offenbar aufgehört hatte zu schmollen. Am nächsten Morgen wählte Maddyn ihn zusammen mit Aethan und sechs anderen Männern für seinen Spähtrupp aus. Das Land hier war überwiegend flach und gehörte zum fruchtbarsten in ganz Deverry – fetter schwarzer Boden, gut bewässert durch ein Netz von Bächen und kleinen Flüssen, die derzeit das königliche Eisen nach Cerrmor trugen. Vor den Bürgerkriegen war dieser Bereich – das Yvrobecken, wie es heute heißt – mit kleinen Bauernhöfen besiedelt gewesen, alle umgrenzt von Hecken, da es nicht genug Steine für Mauern gab. Nun konnten sie lange zwischen einzelnen Höfen reiten, und hier und da sahen sie das schwarze Skelett eines ausgebrannten Hauses einsam am Horizont. Nachdem der kleine Trupp die Hauptgruppe und damit auch Owaen hinter sich gelassen hatte, war Branoic wieder vergnügt wie immer, pfiff und schwatzte, während sie einen schattigen Weg entlangritten.

»Ich hoffe, es wird dem Prinzen ohne uns nichts geschehen, Maddo.«

»Nun, es sind noch etwa siebzig andere Silberdolche da. Ich denke, er kann einen Morgen lang auf uns verzichten.«

»Wahrscheinlich.« Branoic schien den Sarkasmus überhaupt nicht zu bemerken. »Wie lange wird es noch dauern, bis wir das Territorium von Cerrmor erreichen?«

»Vielleicht zwei Tage«, warf Aethan ein. »Ich habe gehört, wie sich der Hauptmann und der alte Nevyn gestern abend darüber unterhielten. Wir sind im Augenblick vielleicht schon auf Land, das offiziell zu Cerrmor gehört, aber immer noch zu nah an der Grenze, um die Dinge zu leicht zu nehmen.«

»Oh, wir werden die Dinge noch jahrelang nicht leicht nehmen können«, sagte Branoic. »Falls überhaupt je. Dieser Krieg hat nun schon fast hundert Jahre gedauert, und nach allem, was wir wissen, wird er noch weitere hundert Jahre dauern, bis …«

»Sei still!« fauchte Maddyn. »Still! Ich höre etwas!«

Mit Zaumzeugklirren und Pferdeschnauben kam der Trupp zum Stehen, und schließlich war es ruhig. Sie standen auf einem gewundenen Pfad, der von einer Hecke begrenzt wurde, aber als Maddyn sich in die Steigbügel stellte, konnte er darüber hinwegsehen. Etwa hundert Schritt vor ihnen bog der Weg ein letztes Mal ab und mündete dann auf eine wilde Wiese, wo vier Männer standen und ihre Pferde am Zügel hielten, während sie sich unterhielten, ihrer Haltung nach über etwas sehr Wichtiges. Schnell setzte Maddyn sich wieder hin.

»Dort sind Männer«, flüsterte er. »Ich konnte ihre Wappen nicht genau sehen, aber auf einem der Schilde war ein grünes, geflügeltes Tier.«

»Ein geflügelter Drache vielleicht?« fragte Aethan.

»Mag sein. Reiten wir zurück.«

Während die Männer die Pferde wendeten und sich zurückzogen, verfluchte Maddyn den unvermeidlichen Lärm. Aber falls die Männer, die er entdeckt hatte, sie gehört hatten, folgten sie ihnen nicht. Es schien schrecklich lange zu dauern, bis sie den Haupttrupp und die Barken erreichten. Als sie sie schließlich fanden, sah Maddyn, daß man die Barken mit dem Bug ans Ufer gezogen und im Haselgesträuch vertäut hatte. Caradoc kam auf sie zu.

»Die Späher sind zurück, Maddo. Es sieht aus, als stünde uns Ärger bevor. Hast du etwas gesehen?«

»Ja, und deshalb sind wir zurückgekommen. Sieht aus wie ein anderer Spähtrupp, und einer der Männer trägt vielleicht den grünen Drachen der heiligen Stadt.«

»Der Späher sagte, er hätte einen Eber oder zwei gesehen.« Aethan fluchte leise.

»Ein schlechtes Zeichen«, fuhr Caradoc fort. »Vollständige

Bewaffnung, Jungs. Wir lassen die Barken mit einer Wache hier zurück.«

»Was ist mit dem Prinzen?«

»Er wird am sichersten sein, wenn er mit uns kommt. Wenn der Kriegshaufen vor uns nur auf der Spur von Schmugglern ist, werden sie versuchen, uns zu umgehen und sich die Barken zu schnappen, also ist es sinnlos, ihn zurückzulassen. Wenn sie ihn wollen – was ich befürchte –, dann werden sie mit uns allen fertig werden müssen, um ihn zu bekommen.«

»Wir werden uns im Kreis bewegen und versuchen, sie von der Flanke anzugreifen. Vor uns liegt eine schmale Straße, wo wir leicht in die Falle gehen könnten.«

»Also gut, reiten wir über die Felder.«

Sie zogen nach Osten, über einstmals bearbeitetes Land, auf dem jetzt nur Brennesseln und Löwenzahn wuchsen. Da sich die Felder vom Flußufer entlang einen Abhang hinaufzogen, hatten sie nach kurzer Zeit einen niedrigen Kamm erreicht und konnten einigermaßen weit sehen. Im Süden, auf derselben Seite des Flusses wie sie, kam ihnen ein Kriegshaufen entgegen. Leise fluchend hob Caradoc die Hand und gab den Befehl zum Halten, dann stellte er sich in den Steigbügeln auf und fing an zu zählen.

»Etwa sechzig, siebzig?« sagte er zu Maddyn und Owaen. »Nun, das paßt. Also gut, Jungs, wir suchen uns einen Platz und sehen, wo sie auf uns zukommen.«

Direkt gegenüber, am anderen Ende der Wiese, wuchs eine dichte Hecke, die ihnen ein wenig Rückendeckung geben würde, und sie bezogen Stellung in einem flachen Halbkreis, immer zwei Männer hintereinander, mit Caradoc und Owaen in der Mitte und dem Prinzen in der zweiten Reihe des linken Horns, mit Branoic zur Linken und Aethan zur Rechten. Selbst nach all diesen Jahren fühlte sich Maddyn ein wenig beschämt, als er der üblichen Prozedur folgte und sich zurückzog, um in einem Gebüsch ein paar hundert Schritt entfernt Zuflucht zu suchen. Bei dieser Schlacht würde er zumindest eine wichtige Rolle spielen, indem er die Verbindung zwischen der Truppe und den etwa fünfzehn Männern herstellte, die sie als Wache bei den Barken zurückgelassen hatten. Die Befehle waren eindeutig: Sollte der Kampf schlecht ausgehen, würden sich die Überlebenden zu den Barken zurückziehen und schlimmstenfalls für den Prinzen sterben.

Entschlossen kam der andere Kriegshaufen auf sie zugetrabt, die Männer zogen Speere aus den Scheiden unter ihren rechten Beinen und lockerten die Schwerter. Sie gaben sich nicht einmal den Anschein, verhandeln zu wollen. Die Silberdolche saßen lässig in den Sätteln, es sah fast aus, als dösten sie vor sich hin. Eine Pose, die so manchen gutgläubigen Gegner in der Vergangenheit teuer zu stehen gekommen war. Als die Feinde näher kamen, konnte Maddyn sehen, daß sie ganz unterschiedliche Wappen hatten: den goldenen Widder auf hellblauem Grund von Hendyr im Norden, den grünen geflügelten Drachen der heiligen Stadt, und zwischen ihnen – tatsächlich in der Mehrheit – den roten Eber von Cantrae. Maddyns Magen zog sich zusammen, als er sich fragte, wie viele seiner alten Freunde die vergangenen Kriegsjahre überlebt hatten, nur um sich jetzt seiner Truppe gegenüberzufinden.

Während sich der Kriegshaufen zum Angriff über die Wiese verteilte, traf Maddyn etwas mit der Wucht eines körperlichen Schlages: Dieser Kriegshaufen hatte auf sie gewartet, war tatsächlich Hunderte von Meilen gekommen, um sie hier abzufangen, hatte irgendwie genau gewußt, wo sie zu finden waren. Dann fielen ihm die Gerüchte ein, der König von Dun Deverry zöge im Westen Männer zusammen – das war eine Falle gewesen, um dafür zu sorgen, daß keine neutralen Männer aus Cerrmor in der Nähe waren, wenn der Eber den wahren König hier seinem Wyrd zuführen wollte. Mit klopfendem Herzen sah Maddyn sich hektisch um und fragte sich, ob er es wohl wagen sollte, zu Nevyn zurückzureiten. Als ob sie seine Erregung spürte, erschien die blaue Fee auf dem Sattelknauf und nahm eine seiner Hände in ihre beiden Hände.

»Geh zu den Barken. Hol Nevyn. Hol die Wachen. Schnell!«

Gerade als die Fee verschwand, stießen die Eber einen Kriegsschrei aus und griffen an. Erdbrocken wurden aus der Wiese gerissen, und Staub stieg auf, als sie ihren Gegnern entgegengaloppierten, ihr Hauptmann voran, direkt auf Caradoc zu. Die Silberdolche warfen ihre Speere in einem flachen Bogen. Die Speere der Feinde kamen ihnen pfeifend und mit blitzenden Spitzen entgegengeflogen. Als die Hauptleute den Kampf begannen, schrien beide Truppen herausfordernd und brachen aus der Linie: Nun hatte der Kampf im blutigen Ernst begonnen. Ununterbrochen vor sich hin schimpfend, stellte sich Maddyn in den Steigbügeln auf und versuchte zu sehen, was geschah, versuchte verzweifelt, in dem Wirbel sich aufbäumender Pferde und schreiender Männer den Prinzen zu entdecken.

Er konnte Branoic erkennen, dessen Größe ihn über die meisten Reiter hob, als sich ein ganzer Trupp von Feinden auf ihn stürzte und Maddyn ihn wieder aus dem Blickfeld verlor, aber er sah nie den Prinzen, der einer der kleinsten Männer der Truppe war. Am Rand der Panik ritt er hierhin und dorthin und fragte sich, ob Maryn bereits im ersten Angriff getötet worden war. Plötzlich wurde ihm klar, daß der Kampf sich um Branoic drehte, daß mehr und mehr Feinde versuchten, ihn anzugreifen, und immer mehr Silberdolche sich aus anderen Gefechten lösten, um sie aufzuhalten. Er konnte nur annehmen, daß Branoic verzweifelt versuchte, Maryn – vielleicht sogar einen verwundeten Maryn – zu verteidigen, und ohne nachzudenken, zog er das Schwert.

Er wollte seinem Pferd gerade die Sporen geben, als er hinter sich Hufschlag und Rufe hörte. Er drehte sich um und sah die fünfzehn Silberdolche vom Fluß direkt auf sich zugaloppieren, und Nevyn hielt sich wie ein Hauptmann an ihrer Spitze.

»Zum Prinzen!« rief Maddyn. »Hinter Branno! Zum Prinzen!«

Mit Kriegsgeschrei rasten die Männer an ihm vorbei und den Hügel hinab, um dem Feind in die Flanke zu fallen. Nevyn zügelte sein Pferd neben ihm.

»Seht nur, Herr!« keuchte Maddyn, heiser vom Schreien. »Branoic versucht offenbar, ihn zu retten – dort ist der Kampf am heftigsten.«

Totenbleich, aber still wie der Tod schirmte Nevyn die Augen mit einer Hand ab und spähte zu dem tobenden, schiebenden Mob hinab.

»Sie sind nicht hinter Maryn her – es geht ihnen um Branoic! Ihr Götter, das hätte ich wissen müssen! Bei den Höllen – unser Plan ist ohnehin verraten, und ich will verflucht sein, wenn ich hier einfach sitze und nicht den Dweomer nutze, den die Götter mir geschenkt haben!«

Mit einem Wutgeheul hob der alte Mann seinen Arm zum Himmel, als grüßte er die Sonne mit einem Schwert, dann senkte er ihn langsam wieder, bis er direkt auf die Schlacht unter ihm zeigte. Leise murmelte er ein paar Worte in einer seltsamen Sprache, die Maddyn nicht verstehen konnte, die ihm aber merkwürdig vertraut vorkam.

»Jetzt!«

Eine unglaubliche Menge von Wildvolk erschien und raste den Hügel hinab auf den Feind zu. Auf Nevyns Befehl sprangen blaue und silberne Flammen aus seiner Hand und folgten dem Wildvolk. Wie Blitze zuckten diese Flammen auf die Pferde des Feindes zu, während sich das Wildvolk aus der Luft auf sie stürzte und sowohl Tiere wie Menschen zwickte, kratzte und biß. Die erschrockenen Pferde bäumten sich auf, schlugen aus, wieherten und tänzelten, und die Eber und ihre Verbündeten konnten nichts dagegen tun. Jene Pferde, die das Glück gehabt hatten, sich am Rand der Schlacht zu befinden, rissen sich los und galoppierten davon, als wären die Teufel hinter ihnen her. Diejenigen, die in der Mitte festsaßen, begannen, alles in ihrer Umgebung zu treten und zu beißen. Owaen und Caradoc schrien die Silberdolche an, sich zurückzuziehen. Als der Kampf sich auflöste, flohen die Männer des Ebers, und die Menschen brüllten noch lauter als die Pferde, als das Wildvolk sich weiter mit Zähnen und Klauen auf sie stürzte.

Maddyn hörte ein seltsames Geräusch. Es dauerte nur kurz, bis ihm klar wurde, daß er und Nevyn lachten.

»Ich bezweifle, daß sie sich zu einem weiteren Angriff formieren werden«, sagte der alte Mann mit sanfter Stimme.

»Das stimmt, Herr, und seht, dort ist der Prinz, sicher und gesund. Ich sollte am besten Caudyr und seinen Wagen holen. Wir haben dort unten Verwundete.«

Maddyn hatte erst eine halbe Meile zurückgelegt, als ihm der Wundarzt bereits entgegenkam. Zusammen kehrten sie aufs Schlachtfeld zurück, wo Nevyn schon dafür sorgte, daß die Silberdolche die Verwundeten unter den toten und sterbenden Pferden hervorzogen, während Caradoc, Owaen und der Prinz an der Seite einen Kriegsrat hielten. Da der Kampf nur so kurz gewesen war, hatten die Feinde nicht viel Schaden anrichten können. Ein paar Männer hatten üble Schnittwunden, aber als Maddyn mit ein paar Männern das Schlachtfeld nach Gefangenen absuchte, fand er nur drei tote Silberdolche und ein paar Pferde, die so schwer verwundet waren, daß man sie von ihrem Elend erlösen mußte. Maddyn gratulierte sich gerade zu dem geringen Verlust, als er Aethan sah.

Die Beine unter seinem toten Pferd, lag Aethan am Flußufer auf dem Rücken. Ein Schwerthieb hatte seine Rüstung durchtrennt und war durch die Seite in die Lunge gedrungen. Er lebte noch, aber bei jedem Atemzug drangen Blutblasen aus seinem Mund und liefen ihm übers Kinn. Maddyn ließ sich neben ihm auf die Knie nieder, drückte das Pferd halb weg und zog seinen alten Freund unter dem Tier heraus. Dann legte er ihm einen Arm um die Schulter und wiegte Aethans Kopf an seiner Brust. Aethan sah ihn mit umwölkten Blick an.

»Ich bin es – Maddo. Möchtest du ein wenig Wasser?«

»Laß mich nicht allein.«

»Nein. Ich werde Caudyr rufen.«

»Das wird nichts nützen.«

Maddyn spürte die Wahrheit dieser Worte wie einen Speer in seinem Herzen.

»Ich schreibe ein Lied über dich. Genau wie für einen Lord.«

Aethan lächelte mit blutigen Lippen zum Himmel hinauf. Es dauerte lange, bis Maddyn begriff, daß er tot war. Er schloß Aethans Augen, legte ihn nieder und blieb lange Zeit neben seinem toten Freund sitzen, starrte ins Leere, versuchte sich ein anständiges Gorchan für Aethan einfallen zu lassen und fragte sich, wieso ihm die Worte fehlten. Dann schien Caradoc plötzlich aus dem Nichts aufzutauchen und kniete sich neben ihn.

»Er war ein guter Junge. Er wird mir fehlen.«

Maddyn nickte. Als Caradoc ihm eine Hand auf den Arm legte, schüttelte Maddyn sie ab, und nach einiger Zeit ging der Hauptmann wieder weg – Maddyn sah nicht, wohin oder warum. Plötzlich war er so müde, daß die ganze Welt weit entfernt und farblos schien. Er legte sich neben Aethan auf die blutdurchtränkte Erde, legte einen Arm um ihn und den Kopf an seine Schulter. Trübe hörte er seine eigene Stimme, die ihm sagte, er müsse verrückt sein, daß nichts auf dieser Welt oder darunter Aethan zurückbringen würde, aber in diesem Augenblick spielte Vernunft keine Rolle. Verrückt oder nicht, er wollte noch eine Weile bei Aethan bleiben, nur eine kleine Weile, bevor sie ihn auf dem Schlachtfeld ins Grab legten. Ihm war nicht bewußt, daß er eingeschlafen war, aber plötzlich war es dunkel, und Caradoc weckte ihn mit einem festen Rütteln.

»Steh auf. Steh auf, oder ich muß dich schlagen. Du mußt jetzt gehen.«

Als Maddyn sich aufsetzte, packte ihn Branoic bei einer Hand und der Hauptmann bei der anderen, und zusammen zogen sie ihn auf die Beine.

»Bleib bei ihm, Branno. Ich muß zurück zum Prinzen. Und halte ihn um der Götter willen davon ab, bei der Beerdigung zuzusehen.«

Maddyn ließ sich wie ein Blinder von Branoic zu dem Lager flußaufwärts führen, wo die Barken nun sicher ans Ufer gezogen waren und bereits Lagerfeuer brannten. Branoic brachte ihn zu einem dieser Feuer, suchte dann in einer Satteltasche und holte ein sauberes Hemd heraus.

»Du bist voller Blut. Zieh dich um – dann geht es dir schon besser.«

Maddyn nickte und warf das schmutzige Hemd auf den Boden, dann griff er nach dem Bierkrug, den Branoic ihm reichte.

»Diese Mistkerle auf den Barken hatten die ganze Zeit Bier dabei, aber das haben sie uns nicht gegönnt. Der alte Nevyn hat sie dazu gebracht, daß sie es uns geben. Er sagte, wenn wir schon unser Leben für sie aufs Spiel setzen, könnten sie uns zumindest ein Bier ausgeben.«

Wieder nickte Maddyn und trank ein paar Schlucke. Als Branoic sich neben ihn setzte, sah er, daß die Ruhe des Jungen nur gespielt war – ihm liefen Tränen über die Wangen. Sehr vorsichtig und sehr langsam stellte Maddyn den Bierkrug neben sein blutbeflecktes Hemd, dann schlug er die Hände vors Gesicht und schluchzte, weinte wie ein Kind und wiegte sich hin und her, bis Branoic ihn packte und ihn in die Arme nahm, damit er aufhörte. Schließlich hob Maddyn die Stimme zu einem Klageschrei, und noch lange in dieser Nacht trauerte er, getröstet von der Umarmung eines Freundes. Aber inmitten all seiner Trauer mußte er immer wieder daran denken, daß das Bitterste daran war, daß Aethan nicht lange genug leben durfte, um Cerrmor und die Thronbesteigung des wahren Königs zu sehen.

»N-N-Nevyn, das verstehe ich nicht«, sagte Maryn nachdenklich. »Die F-F-Feinde haben nicht versucht, mich zu töten. Sie wollten Branoic. Ich habe ihn b-b-beschützt – oder es zumindest versucht.«

»Versucht, wahrhaftig!« warf Caradoc ein und grinste wie ein stolzer Vater. »Das habt Ihr hervorragend gemacht, mein Prinz. Ihr führt diese Klinge wirklich wie ein echter Silberdolch.«

Maryn wurde dunkelrot von dem Lob, aber er sah Nevyn weiter an und wartete auf Antwort. Sie saßen an Caradocs Feuer und unterhielten sich leise, so daß die anderen Männer sie nicht hören konnten. Nach einigem Nachdenken beschloß Nevyn, daß er nach dem Spektakel dieses Nachmittags genausogut die ganze Wahrheit sagen konnte.

»Nun, mein Lehnsherr, es war ein Versehen meinerseits, obwohl ich zugeben muß, daß sich alles zum Guten gewendet hat. Ich möchte, daß ihr das beide geheimhaltet.« Er schaute vom Prinzen zum Hauptmann, bis sie zustimmend nickten. »Der junge Branoic hat eine natürliche Begabung zum Dweomer. Da er total ungeübt ist, kann er sie nicht benutzen – er wird nicht in der Lage sein, jemanden zu verzaubern. Aber bedenkt, daß unsere Feinde verzweifelt auf der Suche nach einer Spur des wahren Königs waren. Zu Hause in Pyrdon weiß natürlich jeder, wie der Prinz aussieht, aber wir sind schon weit von daheim entfernt. Und so versuchen unsere Feinde mit Bannsprüchen und dem Zweiten Gesicht, etwas zu finden, und sie entdecken tatsächlich eine magische – wie soll ich es nur nennen? Ihr wißt doch, wie ein Stein an der Feuerstelle Hitze ausstrahlt, nachdem das Feuer lange gebrannt hat? Man kann den Stein glühen sehen und die Luft darüber schimmern. Nun, eine magische Begabung hat ebenfalls so etwas wie eine Ausstrahlung. Hier haben wir also Branoic – hochgewachsen und stark, ein wunderbarer Kämpfer, ein gutaussehender Mann – den könnte man leicht für einen Prinzen halten, und darüber hinaus stinkt er geradezu nach Dweomer.«

»Sie haben ihn für mich gehalten!« rief Maryn. »Sie hätten ihn t-t-töten können! Ich hätte mir nie verzeihen können, wenn das geschehen wäre.«

»Besser er als Ihr, Eure Hoheit«, meinte Caradoc trocken. »Und ich weiß, daß Branno mir da tausendmal zustimmen würde.«

»Genau«, sagte Nevyn. »Wißt Ihr, mein Lehnsherr, ich wette, sie haben Euch für den Pagen des Prinzen gehalten. Hervorragend. Sollen sie sich ruhig weiter diesem Irrtum hingeben.«

»Was soll ich tun? S-s-sein Pferd morgen früh satteln? Das werde ich gerne tun, wenn das hilft.«

»Zu offensichtlich«, sagte Caradoc. »Wir machen einfach weiter wie bisher, Euer Hoheit, wenn Euch das nichts ausmacht. Bisher scheint es hervorragend funktioniert zu haben.«

»Ja.« Nevyn dachte einen Augenblick nach. »Glaubt Ihr, ich sollte mir Maddyn einmal ansehen?«

»Laßt ihn mit seiner Trauer allein, Herr. Es gibt nichts, was wir tun können, um seine Wunde zu heilen, so leid mir das auch tut. Bei den Höllen, er kannte Aethan mindestens zwanzig Jahre lang, vielleicht länger, seit er ein junger Welpe in einem Kriegshaufen war.«

»Es ist schwer, einen solchen Freund zu verlieren, Ihr habt recht. Ich werde ihn in Ruhe lassen.«

Einige Zeit saßen sie noch schweigend da und schauten in die Flammen, die vor Salamandern nur so wimmelten – obwohl nur Nevyn das Wildvolk sehen konnte. Nun, nachdem er in aller Öffentlichkeit Dweomer benutzt hatte, sah er keinen Grund, sich weiter harmlos zu geben, und das Wildvolk wanderte überall im Lager herum, betrachtete jeden Mann und spähte in jede Barke. Später, als es im Lager ruhig war, benutzte Nevyn das ersterbende Feuer, um sich mit den Priestern in Cerrmor in Verbindung zu setzen. Sie mußten erfahren, daß der wahre König nur noch drei Tagesritte entfernt war und daß seine Feinde versucht hatten, ihn auf der Straße zu töten.

II

Das Jahr 843. Wir entdeckten, daß Bellyra, die älteste Tochter von Glyn dem Zweiten, König von Cerrmor, in der Nacht zu Samaen geboren war. Der hohe Priester erklärte das zu einem Vorzeichen. So, wie sie in der Nacht geboren wurde, die zwischen zwei Welten liegt und so am Wesen beider teilhatte, war es für sie bestimmt, Mutter zweier Königreiche zu werden. Aber einige im Tempel murrten und erklärten, von einer solchen Geburt könne nichts Gutes kommen, da sie die Welt der Lebenden und Toten überbrücke, denn es bedeutete, daß Bellyra in die Anderlande gehöre und nur an Samaen selbst eine richtige Frau sein könne. Sie war – so erklärten diese Lästerer und Verräter – ein Mädchen, das nicht wirklich vorhanden war …

Die Heiligen Chroniken von Lughcarn

Mitten in Dun Cerrmor, inmitten der Erdwälle und Ringe von Steinmauern und der großen Kreise miteinander verbundener Brochs und Türme, lag ein Garten. Obwohl er nur etwa dreißig Schritte im Geviert maß, gab es hier einen winzigen Bach mit einer ebenso winzigen Brücke, einen Rasen, ein paar Rosenbüsche. Und dort stand ein alter Weidenbaum, vollkommen knorrig, eine Trauerweide, die (so hieß es jedenfalls) von dem alten Zauberer gepflanzt worden war, der einmal König Glyn dem Ersten gedient hatte, damals, bevor der Bürgerkrieg begann. Wenn Bellyra ihr Kleid ein wenig hochzog und aufpaßte, wo sie hintrat, konnte sie ein ganzes Stück weit den Baumstamm hinaufklettern und sich in eine bequeme Astgabel setzen, wo der Hauptstamm als Rückenlehne diente. Im Frühjahr und Sommer, wenn die Blätter so dicht wie die Fransen eines bardekianischen Schals waren, konnte niemand sie dort oben sehen. Sie blieb dann oft für Stunden, sah zu, wie die Sonne auf dem Bach glitzerte, und dachte über die Geschichte Dun Cerrmors und ihres Clans nach, und manchmal auch über diesen legendären Zauberer selbst.

Ein paar Jahre zuvor hatte sie in einem Abstellraum oben in einem der Türme einen staubigen alten Kodex gefunden. Da ihr Vater darauf bestanden hatte, daß all seine Kinder lesen lernten, war sie in der Lage gewesen, die krakelige Schrift zu entziffern. Sie hatte entdeckt, daß ihr neuer Schatz eine Geschichte von Dun Cerrmor war, beginnend mit dem Bau der Stadt – etwa neunzig Jahre vor dem Krieg – und Jahr um Jahr bis 822 reichend, wo sehr zu ihrem Ärger der Erzählfluß mitten auf der Seite, tatsächlich sogar mitten im Satz, abbrach. In den vergangenen Jahren hatte sie das alte Buch als Führer benutzt, um jedes Zimmer in jedem Turm zu erkunden, den sie betreten durfte, und mit einiger Heimtücke auch die meisten in jenen Türmen, die ihr eigentlich verboten waren. Mit einem Faß Tinte, das sie gestohlen hatte, und selbst hergestellten Riedfedern führte sie die Geschichte sogar fort, bis beinahe alle leeren Seiten vollgeschrieben waren mit Informationen, die sie den Schreibern und dem Kämmerer entlockt hatte und die zumeist die neuesten An- und Umbauten betrafen.

Niemand hatte je ihr Stöbern bemerkt. Den größten Teil ihres Lebens war sie von kaum jemandem beachtet worden, es sei denn, daß sich jemand davon überzeugen wollte, daß sie genug zu essen und Kleidung hatte und sie rechtzeitig ins Bett gesteckt wurde. Ihren Unterricht in Lesen, Singen, Handarbeit und Reiten erhielt sie unregelmäßig, wenn der eine oder andere Diener Zeit für sie hatte. Als sie neun war, starb ihr Bruder, der Erbe. Da wurde sie kurze Zeit wichtig – aber nur, bis ihre Mutter einen weiteren Jungen zur Welt brachte.

Sie konnte sich noch an die wunderbaren Festbankette erinnern, die ihr Vater aus Anlaß der Geburt des neuen Erben gegeben hatte. Sie erinnerte sich auch an die Lügen und das Flüstern hinter seinem Rücken und das Stöhnen, das aus dem Zimmer ihrer Mutter drang, als die Wahrheit unausweichlich klar war: Dieser zweite Sohn war blind zur Welt gekommen und würde nie König werden können. Ein Jahr nach seiner Geburt verschwand das Baby. Bellyra erfuhr nie, was mit ihm geschehen war, und sie hatte immer noch Angst zu fragen. Sie hatte allerdings sein Verschwinden in ihrem Buch festgehalten, mit einer Anmerkung, in der sie darüber spekulierte, ob wohl das Wildvolk ihn geholt hätte. Aber nun war ihr Vater tot, und ihre Mutter saß in ihrem abgedunkelten Schlafzimmer und ernährte sich von bardekianischem Wein. Es würde keine weiteren Erben geben, es sei denn, sie selbst gebar dem Mann welche, den der Regent und der Hof für sie auswählen würden.

An diesem besonderen Tag hielt sie den Kodex im Schoß, während sie dösend in ihrem Weidenbaum saß. Sie wählte eher zufällig ein paar Zeilen aus, die sie las, und gab sich dann Tagträumen darüber hin, wie wunderbar die alten Zeiten gewesen waren, als ihr Clan noch stark und mächtig war, als seine großen Könige ganze Truhen von Tribut erhalten und seine mächtigen Krieger die Möglichkeit gehabt hätten, den Bürgerkrieg zu gewinnen. Nun schien ein Sieg ausgesprochen unwahrscheinlich, obwohl all die Getreuen ihr versicherten, daß die Götter ihnen helfen würden, sie in Dun Deverry auf den Thron der Königin zu setzen. Hier und da spähte Bellyra durch die Blätter nach oben und betrachtete den höchsten Turm in der Festung, der hinter dem Hauptbroch gerade noch zu sehen war. Einmal, so berichtete ihr Buch, war ein Prinz von Eldidd in diesem Turm zwanzig Jahre lag als Geisel gehalten worden. Manchmal hatte sie das schreckliche Gefühl, daß auch sie dort enden würde, eine Gefangene für den Rest ihres Lebens, bis sie an Altersschwäche starb, und mit ihr die Linie von Cerrmor.

»Es könnte natürlich auch sein, daß sie mich einfach erwürgen«, sagte sie zu dem Baum. Sie sprach oft mit der alten Weide, da ihr sonst niemand zuhörte. »Manchmal hört man davon, daß Frauen erwürgt oder erstickt werden, damit sie keine Kinder mehr bekommen. Ich weiß nicht, was schlimmer wäre, ich weiß es wirklich nicht – tot zu sein oder für immer eingeschlossen. Die Diener sagen alle, ich gehörte ohnehin in die Anderlande, also wäre es vielleicht besser, mich erwürgen zu lassen, dann hätte ich es hinter mir. Oder ich könnte Gift nehmen. Das wäre irgendwie romantischer. Ich könnte das in mein Buch schreiben, während das Gift zu wirken beginnt: ›Die edle Prinzessin Bellyra hob den goldenen Kelch süßen Todes an die Lippen und lachte höhnisch und verächtlich über die widerwärtigen alten Cantraemänner, die an ihre Tür klopften. Ha, ha, ihr Hunde, bald könnt ihr mich mit euren häßlichen …‹ Häßlichen was? Händen? Plänen? Oder wie wäre es mit ›mich mit euren mörderischen, unehrenhaften Händen nicht mehr erreichen‹? Das gefällt mir am besten. Es klingt irgendwie gut.«

Der Weidenbaum seufzte im Wind, als stimmte er ihr zu. Bellyra kaute auf der Unterlippe und dachte weiter nach. Es würde wunderbar aussehen, wenn die Männer von Cantrae erst die Tür aufgebrochen hatten und sie dann auf ihrem Bett lag, das Haar kunstvoll übers Kissen drapiert, ein letztes höhnisches, trotziges Lächeln auf den Lippen. Sie durfte nur nicht vergessen, ihr bestes Kleid anzuziehen, aus purpurfarbener bardekianischer Seide, das ihre Kinderfrau aus einem alten Bankettischtuch geschnitten hatte, welches sie in einer anderen Abstellkammer gefunden hatte. Vielleicht weinte der König von Cantrae sogar eine Träne um ihre Schönheit, und es tat ihm leid, daß er sie hatte erwürgen lassen wollen. Nach allem, was sie über die Lords von Cantrae gehört hatte, bezweifelte sie allerdings, daß es ihnen leid tun würde. Wahrscheinlich würden sie eher erleichtert sein, daß sie ihnen die Arbeit erspart hatte.

Vom Rand des Gartens kam ein Geräusch. Die Tür in den Broch öffnete sich in quietschenden Angeln. Sie erstarrte und umklammerte das Buch fest.

»Bellyra! Prinzessin!«

Das war die Stimme von Tieryn Elyc, und durch die Bäume konnte sie sehen, wie er am Rand der kleine Brücke über dem Bach stand. Bellyra kam der Tieryn immer so alt vor wie der alte Zauberer ihrer Tagträume, aber in Wahrheit war er in diesem Jahr erst vierzig geworden und noch so schlank und muskulös wie die meisten jungen Männer, obwohl sein blondes Haar tatsächlich grau wurde und er feine Linien um die blauen Augen hatte.

»Bellyra! Kommt heraus – ich weiß, daß Ihr das seid. Die Köchin sagte mir, wo ich Euch finden könnte.«

Erbost über Nerras Verrat, steckte Bellyra das Buch in die Schärpe und begann herunterzuklettern. Als der Baum zu wackeln begann, überquerte der Tieryn die Brücke.

»Da seid Ihr ja«, sagte er mit leisem Lachen. »Ihr werdet langsam ein wenig zu alt, um auf Bäume zu klettern wie ein Junge.«

»Ganz im Gegenteil, Herr. Je älter man wird, desto einfacher wird es, weil die Beine länger werden.«

»Aha. Ich verstehe. Aber wißt Ihr, Ihr solltet aufpassen, Eure Hoheit, weil Ihr nun die einzige Erbin seid, die Cerrmor hat.«

»Ach, kommt schon. Niemand wird mich in der weiblichen Linie regieren lassen.«

»Es geht darum, Euer Hoheit, daß Ihr in Sicherheit seid, damit Ihr den wahren König heiraten könnt, wenn er Cerrmor erreicht.«

»Und wann wird das sein? Wird der Mond sich in ein Boot verwandeln und mit ihm darauf vom Himmel herabsegeln?«

Elyc schnaufte ein wenig und fuhr sich mit beiden Händen durchs Haar. Entsetzt bemerkte Bellyra, daß er den Tränen nahe war.

»Es tut mir leid, Herr. Bitte weint nicht. Es tut mir wirklich leid.« Elyc blickte auf, mit einem eigenartigen Blick – dann lachte er.

»Ich fühle mich tatsächlich so weinerlich wie ein Mädchen, Euer Hoheit. Ihr habt für eine so junge Frau ziemlich gute Augen.«

»Das kommt davon, daß ich hier aufgewachsen bin. Es ginge Euch ähnlich, wenn Ihr im Palast gelebt hättet.«

»Zweifellos. Aber hört zu, Mädchen – denn ein Mädchen seid Ihr, wenn auch ein königliches. Es gehört sich nicht, die Hoffnung von Menschen niederzutrampeln, wenn Hoffnung alles ist, was sie haben. Vergeßt das nicht.«

»Ach ja? Was glaubt Ihr wohl, wie ich mich fühle, zu wissen, daß ich vielleicht erwürgt werde, bevor ich fünfzehn bin und auch nur verlobt, geschweige denn verheiratet?«

Elyc verzog das Gesicht, und einen Moment befürchtete sie, daß er diesmal wirklich anfangen würde zu weinen.

»Euer Hoheit«, sagte er schließlich. »Cerrmor kann immer noch eine Armee von über dreitausend loyalen Männern aufstellen …«

»Und Cantrae hat beinahe siebentausend. Ich habe gehört, wir ihr das Lord Tammael gesagt habt.«

»Kleine Heimlichtuerin! Was macht Ihr, schleicht in der großen Halle herum, wenn alle glauben, Ihr seid im Bett?«

»Genau. Es ist meine Halle, oder nicht? Da ich die Erbin bin, kann ich herumschleichen, soviel ich will.«

Plötzlich lachte er ehrlich erfreut.

»Wißt Ihr, Euer Hoheit, manchmal habt Ihr wirklich den

königlichen Geist. Aber hört mir zu. Sobald der wahre König kommt, werden ein gutes Tausend dieser Cantraemänner wieder uns gehören. Ihre Lords sind aus Angst und keinem anderen Grund nach Dun Deverry übergelaufen, und sie haben Hunderte von Gründen, die Eber und ihren falschen König zu hassen. Gebt ihnen neue Hoffnung, und sie werden unter unser Banner zurückkehren.«

»Also gut, Herr.« Plötzlich fiel ihr auf, daß sie in solchen Augenblicken königlich sein und ihren Cadrovidoc nicht wie ein Fischweib ankeifen sollte. »Wahrhaft, Wir haben großes Vertrauen in Euer Verständnis militärischer Dinge.«

Obwohl es ihr so vorkam, daß Elyc ein Grinsen unterdrückte, machte er eine passable Verbeugung.

»Nun, verehrter Regent, wolltet Ihr aus einem bestimmten Grund mit mir sprechen?«

»Nein. Ich machte mir nur Sorgen und fragte mich, wo Ihr wäret.« Er hielt inne und sah sich in dem von hochaufragenden Türmen umgebenen Garten um. »Ihr seid hier wahrscheinlich relativ sicher.«

»Es sei denn, ein Meuchelmörder kröche unter den Mauern durch.«

»Ach ja? Hat der Barde Euch mit Schreckgeschichten amüsiert?«

»Nein. Seht Ihr, wo der Bach dort unter der Mauer durchfließt? Nun, dieses Wasser kommt aus der Molkerei, wo sie die Käselaibe aufbewahren. Das fließende Wasser hält sie im Sommer kühl. Aber es erreicht die Molkerei durch einen unterirdischen Tunnel, der bis vor die Festung führt, zu einem breiten Bach, der sich durch das Marktviertel zum Fluß hinunterzieht. Der Tunnel wurde 769 von Glyn dem Ersten gebaut, als der Zauberer hier war – der, der sich als Gärtner ausgab, um das Vertrauen des Königs zu gewinnen und …«

»Zauberer? Schwatzt nicht von einem elenden Zauberer!«

Er schrie sie beinahe an. »Ich habe nie von diesem verfluchten Tunnel gewußt. Ihr Götter, Euer Hoheit, das ist eine ernsthafte Angelegenheit!«

»Das denke ich auch. Deswegen habe ich das mit dem Mörder erwähnt.«

»Wir müssen den Tunnel zumauern – aber wartet, wenn es zu einer Belagerung kommt, werden wir das Wasser brauchen.«

Etwas über Fallgitter und Schmiede murmelnd, ging Tieryn Elyc davon, nachdem er sich knapp in ihre Richtung verbeugt hatte. Bellyra dachte einen Augenblick daran, wieder in den Baum zurückzuklettern, aber das Tagträumen war ihr vergangen. Es wurde auch spät. Bald schon würde die Sonne hinter die Mauern sinken, und dann würde es im Garten kalt werden. Sie überquerte die Brücke, betrat einen Turm, stieg eine Wendeltreppe hinauf, ging einen Flur entlang zu einer weiteren Treppe, die zu einer anderen Tür hinabführte, die sie schließlich in den Hof hinausbrachte. Als sie an der Küchenhütte vorbeikam, sah sie zwei der Küchenjungen, die ein geschlachtetes Schwein säuberten. Die Leber lag dampfend und blutend auf den Pflastersteinen.

»Modd, würdest du mir bitte ein Stück von der Leber abschneiden?«

»Für diese räudige Katze, die Ihr da habt, Euer Hoheit?«

»Sie ist nicht räudig, sie ist nur halb verhungert. Wie soll sie ihre Kätzchen bekommen, wenn sie nicht einmal Milch produzieren kann?«

Als sie ihm ihr strahlendes Lächeln schenkte, gab er nach, erwiderte das Lächeln, schob sich mit einem blutbeschmierten Handgelenk das Haar aus der Stirn und sah sich in dem unordentlichen Hof um.

»Hol mir ein paar Kohlblätter da drüben, damit ich das Fleisch einpacken kann«, sagte er zu dem jüngeren Küchenburschen. »Und dann schneiden wir der königlichen Katze ein Abendessen ab.«

»Sie ist tatsächlich jetzt die königliche Katze. Also spotte nicht darüber!«

Die fragliche Katze wohnte mit ihr in ihren Räumen, den alten Kinderzimmern, die das Stockwerk über der Frauenhalle einnahmen. Die Hälfte des runden Stockwerks bestand aus einem einzigen großen Zimmer mit einer Feuerstelle, wo sie, ihr Bruder und ihre jüngere Schwester einmal gegessen und ihre Bäder genommen hatten. An der Feuerstelle lagen ein paar kleine Holzpferde, die Caturyc an dem Abend, als er krank geworden war, dort liegengelassen hatte. Irgendwie konnte sich niemand dazu entschließen, sie aufzuheben und wegzulegen, obwohl der Junge schon seit Jahren tot war. Die andere Hälfte war in kleine, keilförmige Kammern unterteilt, eine für jedes Kind und eine für die alte Kinderfrau, die Gwerna, Bellyras achtjährige Schwester, begleitet hatte, als man sie zu einer Tante in einer Festung auf dem Land gebracht hatte. Um ihrer zarten Gesundheit willen, hieß es, aber Bellyra wußte, daß man sie als jüngere Erbin in Sicherheit gebracht hatte, falls Cerrmor am Ende des Sommers belagert würde. Als Erbprinzessin war es Bellyras Wyrd, die Belagerung durchzuhalten. Sie würde sehr tapfer sein müssen, nahm sie an, und versuchen, niemandem im Weg zu sein.

In ihrer eigenen Kammer befanden sich ein einzelnes Bett, eine Mitgifttruhe, ein schrecklich verblaßter alter Wandteppich an der Wand und der untere Teil eines alten Bierfasses, das der Schreiner für sie zersägt hatte, angeblich als Bett für ihre Puppen, aber tatsächlich für Melynna, die hoch trächtige rote Katze, die Bellyra halb verhungert und mit einer verletzten Pfote, die sie vom Jagen abhielt, im Garten gefunden hatte. Inzwischen heilte die Pfote, und die Katze begann, wieder dicker zu werden, da sie so oft am Tag gefüttert wurde, wie die Prinzessin Futter für sie erbetteln oder stehlen konnte, aber Bellyra wollte sie nicht aufgeben, und Melynna sah wohl auch keinen Grund zu gehen. Als Bellyra die Leberstücke auf den Boden legte, kam die Katze aus ihrem Bett, das mit einem zerrissenen Leinenhemd gepolstert war, aus dem die Prinzessin herausgewachsen war, und machte sich an ihre blutige Mahlzeit.

»Was ist mit deiner Sandkiste? Noch nicht zu schmutzig? Gut. Wenn deine Kinder erst geboren sind, werden wir Probleme haben, sie zu verstecken. Nun, ich denke mir bis dahin einen Plan aus. Ich möchte nicht, daß jemand sie ertränkt.«

Melynna blickte auf, leckte sich über die Schnurrhaare und maunzte einen heiseren Dank.

In dem größeren Raum stand Bellyras Schreibtisch mit ihrem Tintenfaß, dem Griffel und den ordentlich aufgereihten Federn an einem Fenster. Sie legte das Buch darauf, setzte sich auf den Hocker und schaute aus dem Fenster auf den Haupthof und die großen, eisenbeschlagenen Tore hinab (errichtet im Jahr 724 von Gwerbret Ladoic, dem Vater Gwyns des Ersten), die offenstanden und Ausblick auf die Stadt dahinter gewährten. Die Scharniere und Verstärkungen waren rostig geworden – Eisen rostete in Cerrmors salziger Luft schnell.

»Es ist schön und gut, wenn Elyc von Fallgittern redet«, sagte sie zu der Katze. »Aber wo sollen die Schmiede das Metall dafür hernehmen?«

Genau in diesem Augenblick liefen unten Diener auf die Tore zu, und als wäre es ein Omen, fuhren mit gewaltigem Rumpeln und Klappern Ochsenwagen in den Hof. Bellyra konnte von ihrem Fenster aus sehen, daß sie bis zum Rand mit Eisenbarren beladen waren. Ringsherum drängten sich Reiter – wohl eine Söldnertruppe, die man angeheuert hatte, um diese kostbare Fracht auf der langsamen Reise aus dem Norden zu beschützen. Sie spürte, wie ihr Herz schneller zu schlagen begann, als sie aufstand.

»Liebe Göttin, laß es ein Vorzeichen sein. Es wäre in diesem Augenblick ein wunderbares Vorzeichen. Liebe Göttin, ich möchte so gern am Leben bleiben und erwachsen werden.«

Sie spürte die Tränen in ihren Augen, heiß und beschämend. Und dann zwang sie sich, nicht mehr zu weinen, und lief zur Tür und zur Treppe. Sie sollte in der großen Halle sein, um die Kaufleute willkommen zu heißen, die ihr diesen Schatz gebracht hatten, sie sollte anwesend sein und sie anlächeln und ihnen ihre Gunst zeigen, damit sie sich noch über das Geld, das der Kämmerer ihnen zahlte, hinaus belohnt fühlen.

Als sie die große Halle erreichte, standen Tieryn Elyc, Lord Tammael, der Kämmerer, der Seneschall und die beiden Verwalter bereits um den Ehrentisch auf dem Podium, zusammen mit drei Kaufleuten in karierten Brigga: Zwei dieser Kaufleute waren noch jung, der dritte sehr alt. Er hatte dichtes weißes Haar und ein Gesicht, das so faltig war wie ein Stück Sackleinen. Da gerade alle um die Bezahlung für das Eisen feilschten, bemerkte niemand, daß Bellyra hereingekommen war. Im Rest der Halle eilten die Diener hektisch umher und versuchten, genug Bierkrüge für die Söldner zu finden, als die Männer hereinkamen, lachend und scherzend, jeder mit einem silbernen Dolch am Gürtel. Bellyra hielt sich unsicher hinter Tieryn Elyc und wartete auf eine Gelegenheit, ihre Dankesrede zu halten, als der alte Kaufmann endlich zu ihr hinsah.

»Ah, zweifellos die Erbprinzessin«, sagte er mit einer erstaunlich tiefen und gelenkigen Verbeugung. »Ich habe doch die Ehre, mit Bellyra von Cerrmor zu sprechen, nicht wahr?«

»Das habt Ihr, guter Mann.« Bellyra richtete sich auf und bot ihm die Hand zum Kuß. »Ihr habt unseren königlichen Dank für die Gefahr, in die Ihr Euch begeben habt, um uns Eisen zu bringen, das viel wertvoller ist als glänzendes Gold.«

»Ich danke Euer Hoheit für diese Anerkennung aus tiefstem Herzen.«

Bellyra war zornig, Elyc wieder lächeln zu sehen, aber das schien dem alten Mann nicht aufzufallen.

»Und wie heißt Ihr, guter Mann?«

»Mein Name, Euer Hoheit, ist eine Art Scherz, aber es ist dennoch mein Name. Ich heiße Nevyn.«

»Genau wie der Zauberer!« Sie errötete und schämte sich dafür, wie ein Kind damit herausgeplatzt zu sein. »Ich meine, ich habe von einem Zauberer mit diesem Namen gelesen.«

Inzwischen lachte Elyc regelrecht über sie, und sie entschied, daß sie ihn nicht ausstehen konnte, ob er nun Regent war oder nicht.

»Ihr werdet der Prinzessin verzeihen, guter Mann.« Er trat vor, um die Angelegenheit in die Hand zu nehmen. »Sie ist noch ein wenig jung für ihre Stellung und …«

»Zu jung? Oh, das ist sie nicht, Euer Gnaden, und sie hat ungewöhnlich gut aufgepaßt, als man sie unterrichtete. Ich habe dasselbe Buch gelesen, das wette ich. Es gab tatsächlich einmal einen Zauberer namens Nevyn, der in dieser Stadt hier lebte – so habe ich zumindest gehört.« Er zwinkerte Bellyra verschwörerisch zu. »Vielleicht hat meine Mutter mich deshalb so genannt, Euer Hoheit, weil dieser Name sozusagen berühmt war.«

Elyc lächelte höflich. Nevyn verbeugte sich und überließ es den beiden jungen Kaufleuten, die Verhandlungen über die Bezahlung weiterzuführen. Bellyra konnte nur hoffen, daß es genug Silber in der Schatzkammer gab, um sie zu bezahlen; sie bezweifelte es allerdings. Inzwischen kam der königliche Kriegshaufen in die Halle, um nachzusehen, was diese Aufregung zu bedeuten hatte. Obwohl es erst Frühlingsanfang war, hatten einige der Lords, die treu zu Cermor standen, bereits ihre Kriegshaufen zum Hof gebracht. Auch die Adligen erschienen nun und setzten sich an Tische auf dem Podest. Ihre Männer nahmen auf der unteren Ebene Platz. Bellyra rief ein paar Pagen zusammen und befahl ihnen, der Köchin zu sagen, sie bräuchten Erfrischungen für die Adligen, und jemand solle den Kellermeister und ein weiteres Faß Bier für die Kriegshaufen suchen. Während die Pagen davontrotteten, bemerkte sie, daß Elyc die Diskussion über die Bezahlung dem Kämmerer überlassen hatte und zum Rand des Podests gegangen war. Er schien einen der Söldner anzustarren, die dort saßen. Plötzlich lachte er und sprang vom Podest.

»Caradoc! Du bist es wirklich, bei allen Göttern und ihren Frauen!«

Mit einem verblüfften, aber erfreuten Grinsen kam ein Mann auf ihn zu, ein hochgewachsener Mann mit blondem, schon sehr ergrautem Haar und blauen Augen. Obwohl er von der Straße schmutzig war und unrasiert, bewegte er sich mit so natürlicher Würde, daß Bellyra nicht einmal überrascht war, als Elyc ihn umarmte wie einen Bruder. Zum zweiten Mal an diesem Tag sah sie den Tieryn den Tränen nahe.

»Ihr erinnert Euch an mich, Euer Gnaden?« sagte Caradoc.

»Rede nicht solchen Unsinn, du Dummkopf! Ob ich mich erinnere? Wie könnte ich dich je vergessen? Götter, Ihr habt mir meinen einzigen glücklichen Tag inmitten dieses verfluchten Durcheinanders beschert!« Elyc hielt inne und sah sich die schäbige Söldnertruppe an, die schweigend dieses Spektakel beobachtete. »Das sind deine Männer?«

»Wie kommst du darauf, ich könnte der Hauptmann sein?«

»Weil ich dich kenne. Komm mit mir aufs Podest. Wir werden das mit einem Kelch Met feiern.« Dann drehte er sich um und entdeckte Bellyra in der Nähe. »Selbstverständlich nur, wenn Euer Hoheit erlauben?«

»Selbstverständlich, Lord Regent, vorausgesetzt, Ihr sagt mir, wer Euer Freund ist.«

»Das ist ein gerechter Handel, Euer Hoheit. Darf ich Euch meinen Pflegebruder Caradoc aus Cerrmor vorstellen, der ins Exil gezwungen wurde, weil er ehrenhaft handelte?«

»Das ist wirklich eine seltsame Art, es auszudrücken, Elyc, aber du konntest schon immer gut mit Worten umgehen.« Der Söldner verbeugte sich vor ihr. »Euer Hoheit, ich bin geehrt, mich in Eurer Gegenwart zu finden.«

»Ich danke Euch, Hauptmann. Ihr und Eure Männer seid mir mehr als willkommen, aber ich weiß nicht, ob wir das Geld haben, um Euch zu bezahlen, was Ihr üblicherweise fürs Kämpfen bekommt.«

»Bellyra! Euer Hoheit, meine ich!« zischte Elyc. »Wenn Ihr solche Dinge mir überlassen wolltet ...«

»Warum sollte sie?« sagte Caradoc grinsend. »Es ist ihr Königreich, oder? Euer Hoheit, ich wäre geehrt, wenn ich für Eure Sache kämpfen dürfte, und würde nicht mehr beanspruchen als ein Dach über dem Kopf und Speis und Trank für meine Männer.«

Bellyra beschloß, daß sie ihn gut leiden konnte.

»Also gut, Hauptmann. Zweifellos habt Ihr viel mit Eurem Pflegebruder zu besprechen, und ich werde diese Kriegsangelegenheiten Euch überlassen.«

Dann drehte sie sich auf dem Absatz herum und stolzierte davon, bevor Elyc sie noch einmal tadeln konnte, und stieß dabei direkt mit dem alten Kaufmann zusammen, der offenbar ganz in der Nähe gestanden hatte.

»Verzeiht!« keuchte sie. »Ich kann heute offenbar nichts richtig machen.«

»Ich glaube, Euer Hoheit, daß Ihr sehr vieles richtig macht, und außerdem habt Ihr mich ja nicht gerade umgestoßen.«

»Ich danke Euch, guter Mann. Alle sagen mir immer, was ich falsch mache, aber nie, was ich wirklich tun sollte. Es ist so schrecklich zu wissen, daß sie mich nur wollen, weil ich

Kinder kriegen kann!« Sie errötete, schockiert, vor einem Fremden so unverblümt gesprochen zu haben, aber Nevyn lächelte nur und tätschelte ihr die Schulter.

»Ich fürchte, das ist so, aber das Leben hat Euch noch viel mehr zu bieten. Ihr müßt nur lernen, es zu finden. Kommt, setzt Euch an den Ehrentisch – nicht dort unten hin! Nehmt Euren wahren Platz zur Rechten des Regenten ein.« Nevyn zog ihr einen Stuhl heran, dann setzte er sich links von ihr hin, ohne auch nur zu warten, ob er darum gebeten wurde.

Als Bellyra Elyc einen nervösen Blick zuwarf, bemerkte sie, daß er sie stirnrunzelnd anstarrte, aber mit Nevyn an ihrer Seite starrte sie einfach zurück und rief ihn mit einem Winken herbei.

»Euer Pflegebruder ist willkommen, an unserem Tisch zu sitzen, selbst links von Euch, wenn er das möchte.«

»Ich danke Euch, Euer Hoheit.« Ein wenig unwillig gehorchte Elyc ihrem indirekten Befehl und setzte sich zusammen mit Caradoc hin. »Darf ich für mich und meine Gäste etwas zu trinken bringen lassen?«

Bellyra ignorierte den Sarkasmus, nickte zustimmend und drehte sich dann demonstrativ zu Nevyn. Der Lärm in der großen Halle wurde durch erstauntes Flüstern über einen der seltenen Auftritte der Prinzessin neben wichtigen Männern verstärkt.

»Ihr sagt, Ihr hättet in einem Buch von diesem Zauberer gelesen, Euer Hoheit?« fragte Nevyn. »Darf ich fragen, in welchem?«

»Es war nur eine Art Chronik, die ich in einem der Türme gefunden habe. Die oberen Räume sind vollgestopft mit solchen Dingen. Dies hier war tatsächlich nur ein Kodex, kein wirkliches Buch. Der Oberschreiber hat mir den Unterschied erklärt, und er sagt, es sei sehr wichtig. Dennoch, jemand – der Name wird nie genannt – schrieb diese Geschichte von Dun

Cerrmor, wann alles erbaut wurde, wer hier wohnte, und manchmal fügte er sogar hinzu, was für ein Bankett gegeben wurde. Wann immer er sich mit den Jahren 760 bis 790 befaßt, erwähnt er diesen großen Zauberer namens Nevyn, der den alten Weidenbaum im inneren Garten gepflanzt hat und der schließlich Berater des Königs wurde.«

»Aha. Nun, mein Großvater war tatsächlich ein verblüffender Mann, aber ich bezweifle sehr, daß er ein Zauberer war. Es ist allerdings sehr selten, daß jemand vom Gärtner zum Berater aufsteigt, Euer Hoheit, und ich nehme an, das kam vielen wie Zauberei vor.«

»Oh.« Bellyra war bitter enttäuscht. »Zweifellos habt Ihr recht, guter Mann, aber ich hatte so sehr gehofft, daß er ein echter Zauberer war! Dennoch ist es großartig, seinen Enkel kennenzulernen, nachdem ich so viel über ihn gelesen habe. Ich nehme an, daß Eure Familie mit dem, was er hinterlassen hat, das Handelsgeschäft eröffnete?«

»Das stimmt. Ich habe mit Kräutern und Arzneien gehandelt, aber die Zeiten sind ernst genug, um mein altes Geschäft beiseite zu legen und für den wahren König zu tun, was ich kann.«

»Nun, Eisen ist zweifellos die beste Arznei für eine Armee. Glaubt Ihr wirklich, daß der wahre König jemals herkommen wird?«

»Das glaube ich mit ganzem Herzen, Euer Hoheit, und ich glaube auch, es wird bald geschehen.«

»Das hoffe ich. So kann es nicht mehr weitergehen. Wißt Ihr, ich werde ihn heiraten müssen. Ich hoffe, er wird nicht zu häßlich sein oder so alt wie Tieryn Elyc, aber es ist im Grunde gleich. Die Köchin sagt, im Dunkeln seien alle Katzen grau.«

»Darf ich das so verstehen, daß Ihr und Eure Mutter nichts gegen eine solche Ehe hättet?«

»Meine arme Mutter! Das einzige, wogegen sie noch etwas

hat, ist ein leerer Weinkrug. Und was mich angeht – wenn er wirklich der wahre König von ganz Deverry ist, wäre es ausgesprochen dumm von mir, ihn abzulehnen, oder? Ich will nicht für den Rest meines Lebens hier sitzen und verschimmeln.«

»Euer Hoheit haben eine sehr direkte und erfrischende Art, Euch auszudrücken, und ich glaube, wenn ich so freimütig sein darf, daß Ihr eine hervorragende Königin abgeben werdet.«

»Ich danke Euch. Ihr seid offenbar der einzige, der das denkt.« Seufzend stützte sie das Kinn in die Hand und schaute zur unteren Ebene der Halle, wo die Männer tranken und lachten und Würfelspiele spielten. »Aber wir haben auch viel gemeinsam. Euch hat man einfach ›niemand‹ genannt, und ich bin nie wirklich geboren.«

»Wie bitte, Euer Hoheit?«

»Ich kam an Samaen zur Welt – kurz nach Sonnenuntergang, also zur allerschlimmsten Zeit. Die Hebamme hat sich auf die Beine meiner Mutter gesetzt, um mich noch aufzuhalten, und als das nicht funktionierte, hat sie versucht, mich wieder reinzuschieben, aber das hat meiner Mutter so weh getan, daß sie ihr befohlen hat aufzuhören. Also rannte die Hebamme schreiend aus dem Zimmer, und die Dienerinnen meiner Mutter mußten mich entbinden. Sie haben alle möglichen Priester geholt, um mich sofort zu segnen, damit das Wildvolk oder die Geister mich nicht holen konnten. Selbstverständlich erinnere ich mich an nichts davon. Sie haben es mir erzählt, als ich älter war.«

»Das ist eine verblüffende Geschichte! Aber wißt Ihr, es werden noch mehr Kinder an Samaen geboren. Die meisten von ihnen sind ganz normal.«

»Ich habe mich eigentlich auch immer ganz normal gefühlt.« Sie zwickte die Haut an ihrem Handgelenk. »Eigentlich ganz solide, meint Ihr nicht?«

»So sieht es aus, Euer Hoheit.«

Inzwischen hatten Pagen und Dienerinnen runde Körbe mit Brot und Platten mit kaltem Fleisch und Käse gebracht, außerdem Met für die Adligen und Bier für ihre Männer, selbstverständlich auch für die Söldner, die zu Elycs Pflegebruder gehörten. Bellyra griff nach einem Stück Schinken und knabberte daran, während sie den Regenten und den Hauptmann beobachtete, die so intensiv über alte Zeiten redeten, als versuchten sie, die Gegenwart angestrengt fernzuhalten. Hin und wieder schlug der eine dem anderen auf Schulter oder Arm, was Bellyra für ein Zeichen dafür hielt, daß sie sich wirklich gern hatten. Nevyn hüstelte höflich, um ihre Aufmerksamkeit wieder auf sich zu ziehen.

»Hat es viele Vorzeichen für den wahren König gegeben, Euer Hoheit?«

»Ja, guter Mann. Sehen wir mal ... Elyc spricht ununterbrochen davon, also sollte ich in der Lage sein, mich an sie zu erinnern. Als erstes soll er angeblich vor dem letzten Vollmond vor Beltane kommen, was bedeutet, daß er sich lieber beeilen sollte, weil das morgen abend ist. Und dann kommt er angeblich aus dem Westen, aber nicht aus Eldidd. Und dann gibt es noch eine Menge Zeichen darüber, daß Hengste vor ihm herrennen oder ihn bringen, was ich sehr seltsam finde, weil niemand einen Hengst als Schlachtroß reitet. Er soll mit einer Armee kommen, die keine Armee ist, ein Mann sein, aber kein Mann ...«

»Wie bitte?«

»Seltsam, nicht wahr? Ich meine, man ist entweder ein Mann oder eine Frau, und dazwischen gibt es nicht viel, oder? Aber Vorzeichen sind manchmal so. Und was war noch? Einige sagen, er wird praktisch als Bettler an sein eigenes Tor kommen, was vermutlich Dun Cerrmor bedeutet ...« Sie hielt inne, weil ihr plötzlich eine Menge seltsamer Dinge auffielen.

»Augenblick! Sie sagen auch, daß niemand sein Herold sein wird.«

»Ach ja?«

»Das tun sie. Und eine Söldnertruppe ist eine Armee, die keine Armee ist, und dieser Vollmond wird morgen abend sein, oder?« Sie spähte in die Halle und sah sich mit klopfendem Herzen die Söldner an. Sie wußte, daß Nevyn lächelte, aber sie hatte Angst, den alten Mann anzuschauen, weil er vielleicht ihre Hoffnungen zerstören könnte. »Ein Mann, der kein Mann ist? Was ist mit jemandem, der immer noch ein Junge ist, aber mit den Männern reitet und wie einer kämpft? Er hat nicht einmal einen Bart, nicht wahr?«

»Wer, Euer Hoheit?«

»Der blonde Junge dort am letzten Tisch, der neben diesem großen breiten Burschen mit der Narbe auf der Wange sitzt und mit niemand redet. Kennt Ihr seinen Namen?«

»Den des großen Burschen?«

»Den meine ich nicht. Hört auf, mich zu necken, Nevyn. Wer ist dieser Junge?«

»Er heißt Maryn. Das ist in Pyrdon, wo er herkommt, ein ganz gewöhnlicher Name.«

»Das Wappen von Pyrdon ist ein Hengst.«

»Das ist es.«

Ihr Herz klopfte so fest, daß sie Angst hatte, es würde ihr jeden Augenblick in den Mund springen und sie vom Sprechen abhalten.

»Wie seid Ihr auf diesen Jungen gekommen?« wollte der alte Mann wissen und senkte dabei die Stimme zu einem Flüstern.

»Das weiß ich nicht. Oder … ich glaube, er hat mich angesehen.«

»Das hat er. Euer Hoheit sind eine sehr schöne junge Frau.«

»Ach, hört auf, mir zu schmeicheln! Ich weiß, daß ich nicht sonderlich gut aussehe.«

»Ich kann mir vorstellen, daß Ihr bis vor etwa einem Jahr nur langbeinig und schlaksig wart, und Euer Gesicht war vielleicht ein wenig dünn und spitz – aber das, Euer Hoheit, war vor einem Jahr. Wir müssen Euch einen anständigen Spiegel besorgen.«

»Das geht nicht. Aber ich wünschte mir, Ihr würdet wirklich die Wahrheit sagen.«

»Nun, es gibt Zeiten, da werden einem Wünsche gewährt.« Er hielt dramatisch inne. »Und Zeiten, wo das nicht geschieht.«

»Ach, Ihr neckt mich nur und nichts weiter!«

»Wartet, Kind, wartet und habt noch eine Weile Geduld. Ich kann Euch nicht versprechen, daß alles für immer und ewig gut und wunderbar wird, aber es wird tatsächlich besser werden, und zwar bald.«

Sie zögerte und fragte sich, warum sie ihm so instinktiv vertraute, aber tatsächlich war sie nie zuvor jemandem begegnet, der so freundlich zu ihr gewesen war.

»Also gut, Nevyn. Ehrlich gesagt, genügt es mir schon zu wissen, daß es nicht noch schlimmer wird.«

Ein Hüsteln an ihrer Schulter brachte sie dazu, sich umzudrehen. Dort stand der junge Emryc, der Oberpage, der in diesem Sommer zwölf geworden war. Er war ein rothaariger Junge mit kleinen grünen Augen und betrachtete sie immer ein wenig von oben herab, als würde er sie bedauern. Es gab Zeiten, da dachte sie daran, ihn prügeln zu lassen.

»Die Köchin will wissen, ob wir anfangen sollen, das Essen aufzutischen.«

»Hör mal, Junge.« Nevyn beugte sich vor. »Du solltest immer einen Ehrentitel hinzufügen, wenn du Mitglieder des königlichen Haushalts zum ersten Mal ansprichst, und dies danach mit einer gewissen Regelmäßigkeit wiederholen.«

»Und wer seid Ihr, alter Mann?«

Nevyn starrte ihn mit seinen eisblauen Augen nieder.

»Ich bitte um Verzeihung, guter Mann«, stotterte Emryc. »Ich bitte um Verzeihung, Euer Hoheit.«

»Ich verzeihe dir – zumindest diesmal«, sagte Bellyra. »Und wir haben eine ganze Halle voller Männer, also sollten wir ihnen etwas zu essen geben. Ach, und sag Lord Tammael, es ist Zeit, die Fackeln zu entzünden.«

Emryc eilte so rasch davon, daß Bellyra sich fragte, ob Nevyns Großvater nicht doch ein Zauberer gewesen war und der Enkel ein wenig von seiner Begabung geerbt hatte. Der alte Mann sah im Augenblick allerdings kaum magisch aus: Er aß Käse, trank Bier und gähnte hin und wieder.

»Es wird tatsächlich dunkel hier, Euer Hoheit«, bemerkte er. »Draußen muß die Sonne fast untergegangen sein.«

»Das glaube ich auch.«

»Gut.«

»Wird bei Sonnenuntergang etwas geschehen?«

»Wartet, Euer Hoheit. Mehr kann ich nicht sagen.«

Sie hatte keine andere Wahl, als genau das zu tun – zu warten und mit quälender Ungeduld zuzusehen, wie Lord Tammael seine Runde durch die große Halle machte, die Fackeln in ihren Haltern entzündete und den Dienern befahl, die Erdbrocken in der Feuerstelle zur Seite zu räumen und das Feuer, das den Tag über darunter geglüht hatte, richtig zum Brennen zu bringen. Als das Licht aufflackerte und lange Schatten wie Speere durch die Halle sandte, wurde es plötzlich seltsam ruhig, und Caradoc brach sein Gespräch mit Tieryn Elyc ab, um sich umzudrehen und Nevyn anzusehen. Der alte Mann lächelte nur und aß ein weiteres Stück Käse.

»Verriegelt Ihr bei Sonnenuntergang die Tore der Festung, Euer Hoheit?«

»Nein, erst zur Mitternachtswache, weil einige Leute aus der Stadt in der Festung arbeiten und erst spät nach Hause gehen.«

»Ah. Sehr gut.«

Die Fackeln schienen plötzlich heller zu brennen. Obwohl kein Hauch von Wind in der großen Halle zu spüren war, flackerten sie auf, und die Flammen erhoben sich gerade und stetig und mit nur einem Hauch von Rauch. Aus der Ferne, von irgendwo aus dem Hof, hörte sie Menschen murmeln – nein, sie rezitierten etwas, und dazu schlug eine Trommel. Plötzlich ertönten schrille Bronzetrompeten.

»Priester!« flüsterte Elyc. »Bei allen Dämonen der Hölle – was ist da draußen los?«

Bevor er aufstehen konnte, um nachzusehen, wurden die großen, geschnitzten Tore zur Halle aufgestoßen. Wieder erklangen die Hörner, die Trommeln schlugen, und das Rezitieren wurde lauter. In Viererreihen kamen die Priester des Bel in die Halle, so viele, daß Bellyra annahm, daß sie sich aus allen Tempeln im Umkreis in Cerrmor versammelt haben mußten. Sie hatten ihre Köpfe rasiert und trugen die langen, schlichten Leinenhemden ihres Standes, goldene Ringe um den Hals und goldene Sicheln an der Taille. In langer Reihe schritten sie im Rhythmus der Trommeln durch die Halle und rezitierten ihre Gebete in der Sprache der Dämmerungszeit. An ihrer Spitze ging Nicedd, der uralte Oberpriester, der so alt war, daß er das Tempelgelände kaum mehr verließ – aber an diesem Abend war sein Schritt so fest wie der eines jungen Mannes. Ein wenig zitternd, erhob sich Tieryn Elyc, um ihm entgegenzutreten.

»Euer Heiligkeit! Wieso ehrt Ihr uns auf diese Weise?«

»Spart Euch die Worte, Regent! Wo ist der wahre König?«

»Wie bitte, Euer Heiligkeit? Ich weiß es nicht – ich wünschte, ich wüßte es, aber ich weiß es nicht.«

»Ihr lügt! Alle Vorzeichen sagen, daß der wahre König von ganz Deverry jetzt in dieser Festung weilt. Wo ist er?«

Die Trompeten schmetterten ein letztes Mal, die Trommeln verstummten. Alle in der großen Halle drehten sich um und starrten Elyc an, als wollten sie ihn des übelsten Verrats bezichtigen. Der Regent konnte diese Blicke nur verblüfft und erschrocken erwidern.

»Bel hat heute zu uns gesprochen. Bel hat uns Vorzeichen geschickt. Bel hat uns mit der Wahrheit gesegnet.«

»Gepriesen sei der Name des Heiligen!« flüsterte der Priester hinter ihm. »Gepriesen sei das Himmelslicht!«

»Wenn der Gesetzgeber spricht, müssen alle Männer und auch alle Frauen zuhören. Der wahre König befindet sich in diesen Mauern, Regent.«

Elyc versuchte, etwas zu sagen, aber er versagte jämmerlich. Schweiß trat ihm auf die Stirn. Bellyra dachte über ihre ausführlichen Kenntnisse der Festung nach: Wenn der König in einer verborgenen Kammer gefangengehalten würde, wäre sie zweifellos die Richtige, das herauszufinden. Dann fiel ihr auf, daß sich Nevyn während der aufregenden Zeremonie vom Tisch davongestohlen hatte, und zum zweiten Mal an diesem Abend schlug ihr das Herz bis zum Hals. Als Nicedd die drei Treppen zum Podium emporging, die goldene Sichel an seinem Gürtel wie eine Waffe, sank Elyc auf die Knie.

»Wo ist der wahre König von ganz Deverry?« Der Priester drehte sich um und sah die Männer an. »Er sitzt unter euch! Erkennt ihr ihn denn nicht?«

Weiter hinten in der Halle stand Maryn auf – eine einfache Geste, nur ein sehr junger Mann, der aufstand und einen schmutzigen, zerrissenen Umhang beiseite warf, aber in diesem Augenblick hielten alle in der Halle, von den Adligen bis zu den Küchenmädchen, den Atem an. Es schien, als wäre die Sonne zurückgekehrt, um auf Maryn zu scheinen, nur ein paar Herzschläge lang, bis sie weiter in die Anderlande eilte. Es schien, als umhüllte ihn ein Sommerwind, zerzauste sein goldenes Haar und füllte die rauchige Halle mit dem Duft von Rosen. Es schien, als würde die ganze Luft rund um ihn lebendig, als genügte seine reine Anwesenheit, die große Halle mit der Energie eines Sommergewitters zu füllen.

»Wer ruft nach dem König?« Seine Stimme klang fest und klar.

»Ich.« Langsam und bedächtig kniete Nicedd sich neben Elyc. »Euer Hoheit.«

Das Knistern des Feuers in der Feuerstelle wirkte lauter als Donnergrollen, während der wahre König von ganz Deverry von der Rückseite der Halle bis zum Podest und dann die Treppe hinaufging. Bellyra konnte weder jubeln noch sich rühren – sie konnte nicht einmal mehr klar denken. Wie der Gesang der Priester liefen ihr ganz von selbst Gedanken durch den Kopf: Das ist mein Ehemann ... warum habe ich mich nicht einmal ordentlich gekämmt? Als Maryn auf dem Podium stand, blieb er vor Elyc stehen und bedachte ihn mit diesem jungenhaften, unschuldigen Lächeln, das wie ein Aufblitzen von Licht wirkte.

»Bin ich hier willkommen, Regent?«

»Mein Lehnsherr.« Elyc wollte mehr sagen, aber er weinte zu sehr. »Mein heiliger Lehnsherr.«

Maryn beugte sich vor, griff nach den Händen des Tieryn und zog ihn auf die Beine. In diesem Augenblick konnten die Männer des Kriegshaufens es nicht mehr aushalten. Sie jubelten und riefen seinen Namen und stießen Kriegsschreie aus, sie standen auf und kletterten auf Bänke und Tische, sie begannen mit den Füßen zu stampfen und jubelten und schrien noch lauter. Maryn schenkte ihnen dasselbe bezaubernde Lächeln, dann hob er die Hand, um Schweigen zu gebieten. Und als hätten sie es geübt, waren alle in der Halle sofort still. Plötzlich hatte Bellyra Angst vor ihm, vor diesem schönen Jungen, der selbst ein Zauberer zu sein schien und der sie so plötzlich alle erobert hatte, ohne auch nur sein Schwert zu ziehen.

»Männer«, sagte Maryn. »Für diesen Tag wurde ich geboren. Für diesen Tag wurden wir alle geboren. Das ist erst der Anfang. Eines schönes Tages wird auf dem Thron von Dun Deverry ein wahrer König sitzen, und das ganze Reich wird wieder Frieden haben. Laßt uns um des Königreichs willen darum beten, daß dieser Tag nahe ist.«

Als der Jubel abermals ausbrach – ein geradezu wahnsinniges Aufheulen –, wuchs Bellyras Angst zu blinder Panik. Niemand bemerkte, daß sie den Tisch verließ und sich in den Schatten auf dem Podium durch die kleine Tür nach draußen schlich. Sie stand einen Augenblick im Dunkeln und spürte, wie die Wände rings um sie von dem Jubel bebten, als wäre die gesamte Festung über die Ankunft des Königs außer sich geraten. Dann rannte sie den Flur entlang und die Treppe am abgelegenen Ende hinauf, rund und rund, immer weiter nach oben, bis sie endlich keuchend in der Sicherheit der Kinderzimmer eintraf.

Aus reiner Gewohnheit hatte irgendeine Dienerin die Kerzen in den Wandleuchtern entzündet und ihr ihre Kindermahlzeit auf den Schreibtisch gestellt, eine Schale Brot und Milch und eine andere mit getrockneten Äpfeln, die in wäßrigem Wein und Honig eingeweicht waren. Bellyra brachte das Brot und die Milch zu Melynna, dann setzte sie sich neben ihr auf den Boden und sah ihr beim Fressen zu. Die Katze war jetzt wirklich sehr dick geworden, und sie stand breitbeinig auf, um ihre Mahlzeit aufzuschlecken.

»Weißt du was, Melynna? Der König ist da. Er heißt Maryn.«

Die Katze blickte tatsächlich auf und leckte sich kurz die Schnurrhaare, bevor sie sich wieder an die Milch machte.

»Ich nehme an, ich werde bald verheiratet sein. Und eines Tages werde ich dann aussehen wie du jetzt. Obwohl ich nur jeweils ein Junges nach dem anderen bekommen werde. Ich wette, es würde den Männern gefallen, wenn Frauen ganze

Würfe haben könnten wie du. Sie wüßten von Anfang an, wie viele Erben sie hätten.«

Plötzlich bemerkte sie, daß sie weinte. Noch während sie schluchzte, staunte sie über ihr eigenes Weinen. Maryn sah gut aus, war jung, ehrfurchtgebietend und viel wunderbarer, als sie je erwartet hätte – sie hätte sich niemals zugestanden, von einem solchen Mann auch nur zu träumen. Eine wie mich wird er niemals lieben können, dachte sie, deshalb weine ich.

»Euer Hoheit!« Das war Nevyn, der in der Tür stand. »Was ist denn?«

»Er wird mich niemals lieben, aber er wird mich trotzdem heiraten müssen.« Obwohl sie wegen der Tränen nur verschwommen sehen konnte, erkannte sie doch das ehrliche Mitgefühl in der Miene des alten Mannes, der zu ihr kam, zögerte und sich dann neben sie auf den Boden setzte. Melynna blickte auf und erstarrte. Normalerweise rannte sie vor allen außer Bellyra davon, aber als Nevyn die Hand ausstreckte, schnupperte sie an seinen Fingern, schien einen Moment nachzudenken und fraß dann ruhig weiter. Nevyn holte einen alten Lappen aus der Briggatasche und reichte ihn Bellyra so feierlich, wie ein Höfling ein Stück feines Leinen überreichen würde. Bellyra putzte sich die Nase, wischte sich das Gesicht ab und fühlte sich trotzdem immer noch vollkommen elend.

»Euer Hoheit, Maryn wird niemals wirklich eine Frau lieben, aber er wird Euch gern haben. Es tut mir aus tiefstem Herzen leid, aber so wird es sein. Seine wahre Liebe wird immer dem Land und dem Volk von Deverry gehören. Ich habe ihn dazu erzogen, wißt Ihr, also weiß ich es.«

»Ihr habt ihn erzogen?«

»Ich war sein Lehrer, seit er ein Kind war.«

»Seid Ihr ein Zauberer? Bitte, macht mir diesmal nichts vor!«

»Ja, das bin ich.«

»Das zumindest ist gut. Ich hatte so darauf gehofft.«

»Ich möchte Euch allerdings bitten, dieses Geheimnis für Euch zu behalten.«

Zu ihrer großen Erleichterung belehrte Nevyn sie nicht weiter. Anders als jeder Erwachsene, den sie je kennengelernt hatte, verkündete er nicht, sie solle dankbar sein, daß die Göttin sie zu einem so wunderbaren Wyrd erwählt hatte, und er wies auch nicht darauf hin, daß die meisten Frauen froh sein würden, überhaupt einen Mann zu bekommen, erst recht einen so gutaussehenden. Er stand einfach auf und sah sich stirnrunzelnd um.

»Warum wohnt Ihr nicht in der Frauenhalle? Ihr seid zweifellos alt genug.«

»Meine arme Mutter ist sehr krank. Oder, um Euch die Wahrheit zu sagen, sie trinkt den ganzen Tag bardekianischen Wein, und dann weint sie und wiegt sich hin und her und jammert um meinen Vater, und dann fängt sie an, um meinen älteren Bruder zu trauern, und alle sagen, wenn ich da bin, wird es nur noch schlimmer für sie, weil ich überlebt habe und er gestorben ist.«

»Vielleicht kann ich sie heilen, wenn sich alles ein wenig beruhigt hat. Aber ich habe Euch Edelsteine aus Pyrdon mitgebracht, als Morgengabe, und ich denke, wir sollten einige davon verkaufen und Euch damit ein paar eigene Räume einrichten. Schöne Räume, die zu Eurem Rang passen. Lyrra – darf ich Euch Lyrra nennen?«

»Ich wäre sehr geehrt, Nevyn.« Sie stand auf und knickste erfreut, während er sich zur Erwiderung verbeugte.

»Lyrra – wie ich schon sagte, das Leben wird Euch Trost bieten, und es gibt keinen Grund auf der Welt, wieso Ihr ihn nicht haben solltet. Als erstes werden wir Euch aus dieser trübseligen Kinderstube herausbringen. Habt Ihr irgendwelche Festkleider?«

»Eine ganze Menge, aber sie sind alle ziemlich schäbig.«

»Nun, ich kenne mich mit solchen Dingen nicht aus, aber Ihr werdet sicher wissen, was Ihr selbst wollt, nachdem Ihr erst einmal das Geld für feines Tuch habt. Ach, und vergeßt nicht, nachdem Ihr nun Königin sein werdet, könnt Ihr Euch Eure eigenen Dienerinnen und Hofdamen auswählen.«

»Darf ich jede bitten, die ich will?«

»Selbstverständlich, und ich wette, sie werden alle begeistert die Gelegenheit ergreifen, am Hof zu leben.«

»Dann könnte Elyssa kommen! Das ist Elycs Tochter von seiner ersten Frau, wißt Ihr, und sie ist meine beste und einzige Freundin. Als es eine Weile so aussah, als müßte ich ihn heiraten, war das einzige Gute dabei, daß sie dann meine Stieftochter sein würde – obwohl es auch seltsam gewesen wäre, weil sie fünfzehn ist. Aber wenn sie erst hier ist, wird sie mir mit den Kleidern und den Möbeln helfen können.«

»Ich bin froh, daß Ihr zumindest nicht Elyc heiraten müßt, obwohl er auf seine Weise ein guter Mann ist. Nun, zieht Euer bestes Kleid an, und kämmt Euer Haar wie eine Dame. Ihr könnt es nicht mehr als Zopf tragen. Ich bin hergekommen, um Euch wieder in die Halle zu holen. Da die Priester hier sind, wird Nicedd Eure Verlobung noch an diesem Abend segnen.«

»Werden wir bald heiraten? Ich wette, alle wollen, daß ich sofort damit anfange, die widerlichen Erben zu produzieren.«

»Wenn man Euer Alter bedenkt, werden sie noch ein wenig warten müssen, und das geschieht ihnen ganz recht. Aber Maryn wird in diesem Sommer in den Krieg ziehen müssen. Wir sollten Euch beide noch vor Beltane verheiraten und ihn offiziell zum König erklären.«

Nachdem Bellyra ihr purpurfarbenes Kleid angezogen und die Schärpe so arrangiert hatte, daß die Soßenflecken, die das Kleid in seinem früheren Leben als Tischtuch abbekommen hatte, bedeckt waren, ging Nevyn davon und fand eine Dienerin, die er vorübergehend als Zofe zu der Prinzessin schickte.

Da sie keinen Spiegel hatte, mußte Bellyra sich auf das Wort der beiden verlassen, daß sie mit im Nacken zusammengebundenen Haaren sowohl reizend als auch Jahre älter aussah.

»Warum habt Ihr eigentlich keinen richtigen Spiegel?« fragte Nevyn.

»Ich soll nicht hineinschauen. Da ich an Samaen zur Welt gekommen bin, haben alle Angst, wenn ich in einen Spiegel schaute, würde ich überhaupt kein Spiegelbild sehen, oder vielleicht einen Dämon, der mich ansieht, oder so etwas.«

»Ihr Götter! Was für ein Unsinn!« Er wandte sich der Dienerin zu. »Mädchen, du gehst sofort in die Halle der Königinmutter und holst einen Spiegel. Widersprich mir nicht! Zweifellos schläft die Königinmutter bereits und wird es nicht einmal merken.«

Obwohl sie die Finger kreuzte, um sich gegen Magie zu schützen, folgte das Mädchen Nevyns Befehl und kehrte kurz darauf mit einem Handspiegel aus polierter Bronze zurück. Bellyra brauchte allerdings noch einige Zeit, um ihre Angst abzuschütteln und hineinzusehen. Obwohl sie wußte, daß sie kein Dämon war, hatte sie wirklich Angst, kein Spiegelbild entdecken zu können. Statt dessen fand sie sich schließlich einem bemerkenswert hübschen Mädchen mit lockigem blondem Haar und großen grünen Augen gegenüber, das den zarten Mund vor Überraschung halb geöffnet hatte.

»Bin ich das wirklich?«

»Ja.« Nevyn stellte sich hinter sie und spähte ihr über die Schulter. »Das Spiegelbild, das ich sehe, sieht genau wie die Prinzessin hier aus.«

Erst dann konnte sie ihm glauben.

Schon auf der Treppe konnte sie das fröhliche Lachen und die lauten Stimmen aus der großen Halle hören. An der kleinen Tür erstarrte sie. Wäre Nevyn nicht direkt hinter ihr gewesen, hätte sie sich wieder umgedreht und wäre davongelaufen.

»Kommt schon, Kind, Ihr habt die Kraft dazu. Wenn der Priester Euch fragt, ob Ihr Maryn zum Verlobten wünscht, müßt Ihr nur ja sagen und zulassen, daß er Euch küßt – Maryn, meine ich, nicht der Priester. Nicedd küssen zu müssen wäre auch für mich keine Freude.«

Bellyra kicherte, wenn auch ein wenig gequält.

Als sie zusammen aufs Podium hinaustraten, drehten sich die Männer um und starrten sie an. Überall hörte sie Flüstern: Ist das die Prinzessin? Sie muß es ja wohl sein, nein, das ist unmöglich, warum ist uns nie aufgefallen, wie schön sie ist? Sie würde diesen Augenblick nie vergessen: Ganz gleich, was später in ihrem Leben geschah, sie würde immer in der Lage sein, sich diesen Moment in Erinnerung zu rufen, wie man einen Edelstein aus einer Schatzkiste nimmt – diesen Augenblick, als sie durch die kleine Tür in ihr Leben als Frau hinaustrat und alle in der großen Halle schwiegen, um sie anzusehen.

Maryn saß am Kopf des Ehrentisches, und irgendein Diener hatte einen Umhang im rot-silbern-schwarzen Karo von Cerrmor gefunden, um seinen Stuhl damit zu drapieren, und ein Hemd mit dem Schiffswappen von Cerrmor, das er tragen konnte, so daß der Prinz, als er sich erhob, um sie zu begrüßen, in aller Augen bereits der König war. Er verbeugte sich, griff nach Bellyras Hand und küßte sie: Er lächelte sie auf eine Art an, die ihre Hand zittern ließ.

»Herrin«, flüsterte er. »Ich bin glücklich und geehrt, daß Ihr die Erbprinzessin seid.« Und dann zwinkerte er ihr so frech wie ein Page zu.

Zur Antwort konnte sie nur lächeln. Das Blut stieg ihr heiß in die Wagen, und sie hatte das Gefühl, vom höchsten Turm von Dun Cerrmor zu fallen, immer tiefer und tiefer bis in den kleinen Garten im Herzen der Festung, aber nie so ganz die Sicherheit der alten Weide und des kleinen Baches zu erreichen. Maryn hatte sie erobert, ohne auch nur das Schwert zu ziehen, genau wie die Männer, und sie würde ihr Leben lang seine Gefangene sein. Obwohl sie jetzt noch zu jung war, um es zu erkennen, sollte sie mehrere Jahre später feststellen, daß ihr Wyrd ihr eine besessene Liebe geschickt hatte, die die meisten Frauen für einen großen Schatz hielten, aber einige – die weiseren – auch für ein Krebsgeschwür, das in ihrem Herz wuchs.

Da die Kämpfe des Sommers bevorstanden, verloren die Priester keine Zeit, das königliche Paar zu verheiraten und Maryn als König einzusetzen. Eine ganze Woche lang gaben sich die Festung und die ganze Stadt großartigen Festen hin: Turniere, Bankette, Bardenwettbewerbe, Gildenparaden, noch mehr Festessen, Regatten im Hafen und Tanz auf den Plätzen der Stadt. Wohin immer der neue König ging, die Silberdolche waren als seine persönliche Ehrengarde dabei, alle in Hemden mit Schiffswappen und roten Umhängen als Zeichen ihres neuen Status. Während der König sich bei jedem Fest sehen lassen mußte, selbst wenn er nur eine kurze Weile bleiben konnte, segelte die Truppe auf einer trunkenen Meile von Gelächter durch diese warmen Frühlingstage. Nur Maddyn schlich umher wie ein Gespenst, sprach selten, lächelte niemals, fauchte hin und wieder Branoic an, der ihm überallhin folgte, und entschuldigte sich dann ebenso plötzlich. Aber selbst in seiner von Trauer durchdrungenen Wut sah er sich selbst ganz deutlich, wußte, daß ein Teil seines Schmerzes das einfache und sichere Wissen war, daß dieser Schmerz mit der Zeit vergehen und Aethan zu einer Erinnerung würde, nur am Leben gehalten von dem Totenlied, das sein Freund, der Barde, für ihn geschrieben hatte. Manchmal, wenn er ein wenig Zeit hatte, konnte er an dem Gorchan arbeiten, und mitunter erhielt er sogar einen Rat oder eine Ermutigung von einem der königlichen Barden, die seine Versuche rührend fanden.

Eines Morgens zog er sich, noch bevor der König oder Branoic aufgestanden waren, in eine abgelegene Ecke des Hofs zurück, setzte sich auf einen Stapel alter Säcke und stimmte seine Harfe. Er arbeitete mechanisch, summte die Intervalle und stimmte die Saiten, ohne sich selbst wirklich zuzuhören, weil er an all die Zeiten dachte, als er dasselbe in Gegenwart von Aethan getan hatte. Der hatte ihn immer geneckt, wie langsam er war oder wie furchtbar die Harfe klang, oder hatte andere kleine Witze gemacht, die irgendwie nie richtig trafen. Ganz plötzlich merkte er, daß ihn jemand beobachtete, und als er aufblickte, sah er die Königin in der Nähe stehen. Sie war barfuß, trug ein altes blaues Kleid, das Haar fiel ihr ungekämmt auf die Schultern, und sie hatte eine Schale Milch in der Hand.

»Euer Hoheit! Ich bitte um Verzeihung! Ich habe Euch nicht gesehen.«

»Steht jetzt bloß nicht auf und verbeugt Euch. Ich bin nur herausgeschlichen, um ein wenig Milch für meine Katze zu holen. Sie hat in der letzten Wache dieser Nacht vier Junge geworfen.«

»Dann kann ich ihr nur gratulieren! Aber Euer Hoheit hätten eine Dienerin …«

»Ihr habt wahrscheinlich recht, aber um ehrlich zu sein, ich bin nicht all dieses Verbeugen gewöhnt, diese Kratzfüße und daran, daß Leute die ganze Zeit um mich herumwimmeln.« Sie gähnte und hielt sich die freie Hand vor den Mund. »Maryn schlief noch, als ich ging. Ich sollte lieber zurückgehen. Aber wie kommt es, daß Ihr hier draußen sitzt und spielt?«

»Ich wollte einfach nur einen Fleck, wo ich meine Ruhe habe.«

»Dann kommt mit mir, und ich zeige Euch eine bessere Stelle. Sie ist eigentlich nur für die königliche Familie gedacht, aber Maryn hat mir erzählt, wie sehr er Euch und Caradoc und Owaen achtet, also könnt Ihr sie auch nutzen.«

Maddyn nahm seine Harfe und folgte ihr in einen der Türme, eine Treppe hinauf, eine andere wieder hinab, um eine Ecke und durch einen Irrgarten von Fluren in einen weiteren Turm und wieder hinaus, bis er bemerkte, daß sie in einem Korridor waren, der ihn schließlich zu dem Turm führen sollte, in dem die königliche Familie wohnte. Bellyra öffnete eine letzte kleine Tür, und dann standen sie in einem Garten, in dem Rosen und eine gewaltige Trauerweide wuchsen, deren Zweige bis zum Boden reichten.

»Da.« Bellyra sah sich zufrieden um. »Wenn Ihr auf diesen Baum klettert, kann Euch niemand sehen, obwohl sie Euch selbstverständlich hören werden, wenn Ihr spielt. Ich bin hier oft hingekommen, aber ich werde die Zeit dafür nicht mehr haben.« Einen Augenblick sah sie traurig aus. »Ihr könnt auch auf der Brücke sitzen, wenn Ihr nicht in den Baum klettern wollt, oder einfach auf der Wiese.«

»Meinen untertänigsten Dank, Euer Hoheit. Ich frage mich nur, ob ich jemals wieder nach draußen finde.«

»Ach, Ihr könnt einfach die Pagen fragen. Sagt Ihnen, ich hätte Euch erlaubt, daß Ihr hierherkommen dürft. Und jetzt bringe ich diese Milch zu Melynna.«

Sie verabschiedete sich, und Maddyn ging über die Brücke und setzte sich im Schneidersitz an den kleinen Bach. In der warmen Sonne, geschützt von den Mauern, die ihn umgaben, spürte er, wie seine Trauer nachließ. Aethan wäre stolz, dachte er, wenn er wüßte, daß ich die Gunst der Königin gewonnen habe. In einer feierlichen Menge erschienen vielfarbige Gnomen, und seine blaue Fee setzte sich neben seine Harfe und blickte zu ihm auf.

»Ach, es wird mir bald bessergehen, Kleine«, sagte er zu ihr. »Aber es freut mich, daß ihr euch solche Sorgen macht.«

Als sie lächelte – ein wirklich liebevolles Lächeln statt ihres üblichen boshaften Grinsens –, glaubte er für einen kurzen Augenblick, echte Gefühle in ihrem leeren Blick zu sehen. Dann gähnte sie, zeigte ihre nadelspitzen Zähne und legte sich auf den Bauch ins Gras, um zuzuhören, während er die Harfe weiter stimmte und mit ein paar Akkorden und Läufen begann. Da er ganz allein war, verlor Maddyn jegliches Zeitgefühl. Er hörte erst auf zu spielen, als sein Magen laut genug knurrte, daß es die Musik übertönte. Dann fiel ihm auf, wie hoch die Sonne bereits stand.

»Ihr Götter, es muß beinahe Mittag sein!«

Das Wildvolk verschwand, als er die Harfe nahm und nach drinnen ging. Er fragte sich, ob er jemals in die große Halle zurückfinden würde, aber als er noch unsicher am Fuß der Treppe stand, kam Branoic heruntergetrampelt.

»Da bist du ja, du Bastard! Wo warst du nur? Die ganze verfluchte Truppe ist auf der Suche nach dir, und auch ein Teil von Tieryn Elycs Wachen.«

»Was? Wofür brauchen sie mich? Was habe ich getan?«

»Nichts, du Dummkopf! Wir hatten Angst, daß du dich ertränkt hast oder so.«

»Bei den schwarzen Eiern des Höllenfürsten! Hab' ich einen so schlimmen Eindruck gemacht?«

»Ja.«

Branoic sah ihn forschend an, als versuchte er, irgendeinen Hinweis, wie geringfügig auch immer, auf Maddyns Zustand zu finden.

»Also gut«, sagte Maddyn. »Ich würde nie etwas so Dummes tun – nicht, wenn der König jeden Mann braucht, den er bekommen kann. Das schwöre ich dir auch, wenn du willst.«

»Dein Wort genügt mir.«

»Also gut.«

Als sie auf den Hof hinausgingen, fragte Maddyn sich, wieviel mehr Trauer der Krieg ihm noch bringen würde. Branoic, Caradoc, selbst der mürrische, arrogante Owaen bedeuteten ihm viel zuviel. Ein vorsichtiger Mann hätte sein Herz verhärtet und geschworen, nie wieder solchen Schmerz zu empfinden, aber Maddyn wußte, daß er nie ein vorsichtiger Mann gewesen und nun zu alt war, um sich jetzt noch zu ändern. Lieber einen Freund verlieren, als niemals einen zu finden, sagte er sich. Ja, das war wirklich besser.

In der hellen Sonne blieben sie einen Moment stehen, während Branoic einem Cerrmormann zuschrie, sie hätten diesen elenden Barden endlich gefunden. Maddyn schaute zufällig nach oben, zu einem der hohen Türme. Als er die junge Königin sah, die sich aus dem Fenster lehnte und ihm zulachte und winkte, hob sich sein Hiraedd ein wenig mehr. Zumindest *sie* ist glücklich, dachte er, und bei allen Göttern, wir werden kämpfen, damit es so bleibt!

Ein paar Tage nach der Hochzeit erinnerte sich Nevyn an den bleiernen Fluchtalisman, den er in Pyrdon gefunden hatte und seitdem mit sich trug. Obwohl er es haßte, das Ding zu behalten, hatte er Angst, es zu zerstören, weil er befürchtete, daß dies Maryn irgendwie schaden könnte. Logischerweise hätte die Magie, die den Fluch geschaffen hatte, keine wahre Macht haben können, da sie irgendwo zwischen offenem Aberglauben und der untersten Ebene dunkelsten Dweomers hing, aber wann immer er die Bleiplatte in der Hand hielt, konnte er spüren, daß Böswilligkeit von diesem Ding ausströmte wie ein übler Geruch. Dreimal hatte er versucht, Bann- und Vertreibungsrituale durchzuführen, dreimal hatte sich nichts geändert. Er versuchte darüber zu meditieren oder den Talisman mit dem Zweiten Gesicht zu betrachten, aber auch das half nichts. Wer immer diesen Gegenstand mit Bösem befrachtet hatte, hatte es so getan, daß Nevyns Macht das nicht verändern konnte.

Die Frage war also, was er damit tun sollte. Sein erster Gedanke war, die Platte irgendwo an einer versteckten Stelle der Festung tief zu vergraben. Da sie aber auch ursprünglich vergraben gewesen war, hätte das vielleicht bedeutet, die Macht des Dings zu vergrößern. Wenn er es in seiner Kammer verbarg, konnte jemand es dort zufällig finden oder vielleicht sogar bewußt suchen. Der Feind, der diesen Zauber verursacht hat, war immerhin immer noch am Werk – entweder ein ehrlicher Feind am Hof von Cantrae oder ein Verräter hier in Cerrmor. Bald schon würde Nevyn den König auf seiner ersten Kampagne begleiten. Was würde passieren, wenn man sie gefangennahm und durchsuchte und dann den Fluchtalisman bei ihm fand? Er dachte auch daran, was geschehen könnte, wenn einer von Maryns Freunden oder Verbündeten zufällig dieses Ding bei ihm fände. Er dachte daran, es in einen der großen Tempel unten in Cerrmor zu bringen, aber Priester waren zu oft korrumpiert und Tempel zu oft überfallen und ausgeraubt worden, als daß ihn dieser Gedanke beruhigt hätte. Und wenn er die Bleiplatte in den Ozean warf, würde die langsame Auflösung des Metalls dem König vielleicht ebenso schaden.

Er fragte sich, ob er Maryn von dem Fluch erzählen sollte, aber am Ende entschied er sich dagegen. Für den Rest dieses Sommers mußte Maryn unbedingt übernatürliches Selbstvertrauen und Ruhe ausstrahlen, wenn er die gebrochene Moral seines neuen Reiches wieder aufrichten wollte. Die kleinste Sorge, die sein strahlendes Lächeln berührte, könnte zu einer Katastrophe führen. Wieder und wieder umkreiste Nevyn das Problem, bis ihm einfiel, daß es tatsächlich eine Person im Königreich gab, die für die Sicherheit des Talismans garantieren konnte – zumindest, solange es wichtig war: die Königin. Sie würde Dun Cerrmor nicht verlassen, bis der Krieg vorbei war und Maryn in Dun Deverry zum Hochkönig gekrönt wurde. Wenn Cerrmor fiele und man sie gefangennahm, würde das ohnehin bedeuten, daß Maryn tot und ihre Hoffnung zerstört war, und dann wäre die Bleiplatte vollkommen bedeutungslos.

An diesem Morgen ging er zu Otho dem Zwerg, dem Schmied der Silberdolche, dem man eine große Hütte als Schmiede und Wohnhaus überlassen hatte. Obwohl er einem vom Bergvolk eher trauen konnte, ein Schweigegelübde zu halten, als einem Menschen, sagte er Otho nur, er brauche einen festen Behälter aus Zwergensilber, um etwas Böses hineinzutun, ohne zu erwähnen, um was es genau ging. Otho arbeitete eine ganze Woche lang Tag und Nacht und überreichte ihm schließlich am Abend, bevor König und Berater die Festung verlassen sollten, einen verblüffend festen und schweren, aber auch wunderschönen Kasten mit doppelten Wänden, zwei Schlössern und einem Geheimfach im Boden, um die Platte aufzunehmen.

»Ich werde das Fach verlöten, und Ihr könnt ein paar Bannsprüche darüber sprechen, Herr«, sagte Otho vergnügt. »Und dann könnte selbst der Höllenfürst weder hinein- noch herauskommen.«

»Das glaube ich Euch. Ihr Götter, ist dieser Kasten schwer!«

»Das ist er. Und ich habe den Deckel mit Ornamenten versehen, wie Ihr gesagt habt, damit sich niemand fragt, wieso er sich in der Kammer einer Frau befindet. Ich muß zugeben, daß mir die Rosen wirklich gefallen. Und die Damen mögen ein Blütenmuster immer.«

»Es gefällt mir auch. Und nun sagt mir den Preis, und ich werde Euch bezahlen.«

Einen Augenblick zögerte Otho, trat von einem Fuß auf den

anderen und schaute gequält drein. Schließlich seufzte er, als hätte man ihm das Herz gebrochen.

»Es kostet nichts, Herr. Betrachtet es als Geschenk für den wahren König und seine großartige kleine Königin.«

»Otho! Meinen untertänigsten, untertänigsten Dank!«

»Ha! Ich weiß, was Ihr denkt. Ihr hättet nie geglaubt, daß Ihr einmal den Tag erlebt, an dem ich umsonst arbeite, wie?« Plötzlich grinste er. »Mir geht es ebenso.«

An diesem Abend beriet sich Maryn ein letztes Mal mit seinen Hauptleuten, und Nevyn nutzte diese Gelegenheit, um Bellyra oben in der Frauenhalle zu besuchen, wo er dank seines hohen Alters jederzeit Zutritt hatte. Sie saß auf einem hochlehnigen geschnitzten Stuhl, umgeben von ihren Hofdamen und einer roten Katze mit vier kleinen Kätzchen, die auf einem grünen Seidenkissen lagen. Selbst in ihrem roten Seidenkleid und mit einer königlichen Brosche an der Schulter sah die Königin so jung und verloren aus, daß ihn wegen seines Planes schwere Zweifel überfielen. Dennoch, er hatte keine andere Wahl, und als sie ihn herzlich und dennoch mit dem richtigen Maß an Distanz grüßte, konnte er in ihrem Blick die starke Frau erkennen, die sie einmal sein würde.

»Euer Hoheit, ich bitte um einen Gefallen – ein Wort unter vier Augen.«

»Selbstverständlich.« Sie wandte sich ihren Frauen zu und entließ sie mit einer anmutigen Geste. »Ihr könnt in einiger Zeit zurückkommen, und dann trinken wir alle zusammen einen netten Kelch Wein.«

Lächelnd und knicksend zogen sie sich zurück, und Nevyn konnte sie noch im Flur schwatzen hören. Ohne darum gebeten zu werden, setzte sich Nevyn neben die Königin und begann mit seiner Geschichte, erwähnte dabei aber nicht das verstümmelte Baby. Während sie zuhörte, wurden ihre großen Augen nur noch größer, und sie war ganz aufmerksam.

»Werdet Ihr dieses Ding nehmen und für mich verstecken, Euer Hoheit?«

»Das werde ich tun, aber ich wünschte, Ihr hättet mir nicht gesagt, was es ist. Wenn dieser Kasten ein Geheimfach hat, hättet Ihr es einfach hineinstecken und versiegeln lassen können.«

»Ihr müßt wissen, was Ihr bewacht, Euer Majestät – und außerdem würde ich nie ein solches Ding bei jemandem lassen, ohne vorher die Zustimmung der betreffenden Person einzuholen.«

»Ihr habt selbstverständlich recht. Also gut, ich werde mich über den Kasten selbst begeistert zeigen und nicht sonderlich viel Aufmerksamkeit darauf verwenden, was ich hineintue. Und falls jemand mich darum bitten sollte, werde ich mich weigern, ihn wegzugeben, weil das dem armen Otho das Herz brechen würde.«

»Wunderbar, Euer Hoheit! Das ist genau die richtige Antwort.«

Aber noch während er sprach, spürte er, wie sich kaltes Bangen um sein Herz zog, und er fragte sich, ob er gerade eine große Gefahr verschenkt hatte. Sei nicht so dumm, sagte er sich gereizt – das elende Ding kann nicht viel Macht haben, oder du hättest es gewußt! Und tatsächlich, nachdem es erst einmal in den Kasten aus Zwergensilber gelegt und mit Bannsprüchen versiegelt war, konnte Nevyn nicht mehr die geringste Spur von Bösem wahrnehmen. Am Morgen präsentierte er zusammen mit Otho das Geschenk der Königin, die überzeugend so tat, als sei sie unglaublich überrascht und erfreut, und dem Zwerg einen Kuß gab, der ihn erröten und stottern und öffentlich fluchen ließ – und von da an gehörte Otho mit Leib und Seele der Königin.

Gemeinsam machten sich Nevyn und Maryn an der Spitze einer Armee zu jenem langen Ritt auf, der schließlich Lord um

Lord und Kriegshaufen um Kriegshaufen auf die Seite des neuen Königs bringen und die Aussicht auf einen Sieg von einem hoffnungsvollen Traum zu einer begründeten Wahrscheinlichkeit werden lassen sollte. Da er an jenem Morgen, als sie die hohen Steinmauern von Dun Cerrmor hinter sich ließen, weder Erfolg noch Versagen vorhersehen konnte, konnte Nevyn nur hoffen, daß er die richtige Entscheidung getroffen hatte. Obwohl der Dweomer und die Priesterschaft nun schon viele Jahre lang geplant und intrigiert hatten, war die ganze Angelegenheit weit über ihre Kontrolle hinausgewachsen. Mit dem Hochkönig ritten nicht nur ihre Pläne, sondern auch sein Wyrd.

Die Kopie der Chronik brach mitten auf der Seite ab. Jill wurde plötzlich klar, daß das graue Morgenlicht bereits heller war als ihre Kerzenflammen und daß ihr Rücken von der langen Trance der Nacht steif war und schmerzte. Ächzend wandte sie sich vom Stehpult ab und stellte fest, daß das Feuer im Kamin nicht mehr brannte. So ärgerlich es war, den Rest der Geschichte zu verlieren, sie brauchte sie nicht wirklich, denn sie konnte sich jetzt an alle Einzelheiten erinnern. Otho der Zwerg hatte den Rosenring für die Königin hergestellt, die ihn ihrerseits Jahre später Maddyn, dem Barden, als Dank für einen kleinen Gefallen gegeben hatte. In jener abgeschlossenen Atmosphäre des Hofs, wo alle Frauen eingesperrt und behütet wurden wie ein Schatz, gab es einige, die dieses Zeichen mißverstanden hatten, einfach nur – das nahm Jill im nachhinein jedenfalls an –, um irgend etwas zu tun zu haben. Was immer der Grund gewesen sein mochte, es waren neidische Gerüchte entstanden. Was darauf gefolgt war, wußte sie nicht, obwohl sie vermutete, daß die Geschichte schlimm ausgegangen war. Tatsächlich war ihre Unkenntnis so vollständig, daß sie nur davon ausgehen konnte, daß Branoic kurz nach der

Übergabe des Ringes gestorben war – wahrscheinlich in einer Schlacht.

Diese Schlachten waren längst vorbei und ihre Geschichten von Tausenden von Barden und Chronisten erzählt, aber ihre Nachwirkungen hallten immer noch wider, obwohl das alles zweihundert und mehr Jahre zurücklag. Und was war mit den anderen Menschen, die damit zu tun gehabt hatten? Zum Beispiel die junge Königin – würde ihre Seele irgendwann wiederkehren, um einen weiteren Knoten in dieses Rätsel zu knüpfen? Jill hatte das Gefühl, daß der Dweomer Bellyra einiges schuldete, um sie für diese uralte Tragödie zu entschädigen. Und was war mit jenen Frauen, die durch ihren Klatsch die Tragödie erst hatten entstehen lassen? Auch sie hatten eine Schuld abzutragen, vielleicht dem Rosenring und seinem Träger gegenüber. Otho der Zwerg war immer noch am Leben, obwohl er inzwischen selbst für einen vom Bergvolk sehr alt geworden war. Hatte er eine Verbindung mit dem Ring, den er vor so langer Zeit geschaffen hatte? Und dann war da noch die Seele, die einmal Maddyn gewesen war – jetzt Rhodry von Aberwyn, und mit dem Rosenring wieder vereint … Nachdem Nevyn tot war, war es ihr zugefallen, diese Rätsel zu lösen, über diese Menschen zu wachen und sie anzuleiten. Und es war Zeit, daß sie sich an die Arbeit machte.

Gähnend und sich reckend, brachte ihr ein Diener eine Schale Milch und Brot und einen Krug frisches Waschwasser.

»Guten Morgen. Seine Heiligkeit fragt sich, wie lange Ihr bei uns bleiben werdet. Nicht, daß er sich wünscht, daß Ihr uns verlaßt. Er fragt sich nur.«

»Sagt ihm, ich werde mich heute nachmittag auf den Weg machen. Ich habe eine lange Reise vor mir.«

»Ah. Kehrt Ihr nach Aberwyn zurück?«

»Ein wenig weiter als das. Nach Bardek.«

»So etwas! Das ist wirklich eine lange Reise. Aber Ihr reist doch nicht allein, oder?«

»Das werde ich wohl.« Nachdenklich hielt sie inne. »Nun, wißt Ihr, es gibt tatsächlich jemanden, den ich bitten könnte mitzukommen, und das wäre vielleicht eine gute Idee. Er kennt die Inseln erheblich besser als ich. Ich werde darüber nachdenken.«

GEGENWART

Bedenkt die Wurzeln für eine einfache und banale Tat, zum Beispiel Brot zum Frühstück kaufen. Ein Bauer hat das Korn auf einem Feld gesät, das seine Ahnen der Wildnis abgerungen haben. In der uralten Stadt hat ein Müller das Mehl gemahlen und ein Bäcker das Brot gebacken. Der Händler hat es in einem Wagen, der von einem Wagenschmied und seinen Lehrlingen gebaut wurde, zu eurem Haus gebracht. Selbst der Esel, der den Wagen zieht – was für Geschichten könnte er erzählen, wenn ihr ihn verstehen könntet? Und dann gebt ihr dafür eine Münze aus Kupfer, das aus dem Herzen der Erde gegraben wurde, ihr, die ihr aus einem Bett aus Träumen und Dunkelheit aufgestanden seid, um im Licht der gewaltigen, erschreckenden Sonne zu stehen. Sind nicht schon in den Teppich solch einer morgendlichen Mahlzeit Tausende von Fäden verwoben? Wie kann man dann erwarten, daß die Vorzeichen großer Ereignisse so leicht zu lesen wären?

Die Pseudo-Iamblichus-Rolle

I
DER BUBE DER BLÜTEN
BARDEK 1098

Auf dem öffentlichen Platz breitete sich der Markt von Luvilae aus, ein See bunter Sonnendächer und kleiner Buden. Akrobaten führten ihre Kunst auf improvisierten Bühnen vor. Fahrende Sänger saßen im Schatten von Bäumen und spielten für Kupferstücke. Die Männer des Archon, die Bronzehelme mit roten Federbüschen trugen, gingen immer zu zweit, um die Ordnung aufrechtzuerhalten. Eine warme Brise trug den Duft nach Räucherwerk und gebratenem Schweinefleisch, Blütenparfum und gewürztem Gemüse heran. An einer Seite, hinter einer Reihe von Buden, in denen blaue und purpurfarbene Töpferwaren verkauft wurden, weissagte eine Hellseherin einer Kundin die Zukunft. Unter dem gestreiften hellblauen Sonnendach und zwischen Vorhängen feilschten die Frauen an einem niedrigen Tisch über den Preis. Die ältere, in Schwarz gehüllt, wie es dem Handel mit Vorzeichen angemessen war, sank seufzend auf die Kissen. Die junge Frau, die wie ein Junge in Leinenhemd und Sandalen gekleidet war, kniete auf einer Matte aus gestampfter Baumrinde und fuhr sich mit beiden Händen durch ihr lockiges schwarzes Haar. Akantha, die ein wenig von der Hitze keuchte, nahm eine Ebenholzschachtel unter dem Tisch hervor und kippte die sechsundneunzig Kacheln aus polierten Knochen aus. Die meisten fielen mit der Gravur nach unten, ein gutes Zeichen, aber als Akantha die wenigen anderen umdrehte, fiel eine zu Boden. Stirnrunzelnd hob sie diese auf.

»Hilf mir, sie zu mischen, Kleine. Bring sie zur rechten Seite des Tisches – rechts von mir aus gesehen.«

Marka legte beide Hände flach auf die Kacheln und mischte sie mit einem Geräusch, das ein wenig wie Donnergrollen klang.

»Das genügt«, sagte Akantha schließlich. »Zieh fünf.«

Die alte Frau drehte die ausgewählten Kacheln auf die andere Seite und legte sie zu einem Rechteck. Die Zwei der Speere und die Vier des Golds erschien, gefolgt von drei verschiedenen Kacheln aus der Blumenreihe: dem Buben, der Sechs und schließlich der Prinzessin, die Akantha in die Mitte des Rechtecks legte.

»Bin ich das?« wollte Marka wissen.

»Das kann sein, es kann sein. Vielleicht wirst du auch eines Tages der Prinzessin dienen. Das weiß ich noch nicht genau. Aber dieser Bube hier gefällt mir nicht. Vielleicht ein Geliebter. Er gehört zur selben Reihe, aber er ist kein Prinz, nicht wahr? Sei vorsichtig, was ihn angeht, Mädchen. Die Sechs gefällt mir allerdings gut. Das spricht wirklich von Glück, sogar viel Glück, aber nicht ohne Ärger.« Sie legte einen langen, knochigen Zeigefinger auf die Zwei der Speere. »Aber nichts, womit du nicht fertig werden kannst, würde ich sagen. Drei Blüten im ersten Zug, das ist wirklich Glück. Und jetzt zieh vier Gruppen von jeweils drei.«

Jede Gruppe bildete ein Dreieck. Lange Zeit betrachtete Akantha sie schweigend. Ein- oder zweimal setzte sie an zu sprechen, dann schüttelte sie nur den Kopf. Marka wußte gerade genug über die Kacheln, um zu verstehen, daß die erweiterte Lesung irgendwie nicht eindeutig werden wollte. Vorzeichen von unglaublichem Glück lagen direkt neben jenen, die schreckliches Pech verhießen, während die geringeren Zahlen alle wichtigen Trümpfe um sich konzentrierten. Die erste war die Drei der Blüten.

»Nun, die Lesung sollte recht gut werden. Hier reckt sich eine weitere Blüte aus dem Boden. Wir haben die Neun der

Schwerter für Luft, also steht dir ein wenig rauher Seegang bevor. Und für das Wasser haben wir die Königin der Vögel, obwohl diese Kachel nicht gerade an einem Platz ist, wo ich sie gern sehe. Nein, Wasser und Vögel sind keine glückliche Ehe, Mädchen, überhaupt nicht. Aber sieh dir das an! Für das Feuer haben wir die Zehn des Goldes! Sehr viel Glück, besser geht es gar nicht. Und für den Äther haben wir schließlich den … den Prinzen der Schwerter? Oh, bei den Sternengöttinnen! Das ist einfach Unsinn. Hör zu, junge Marka, manchmal wollen die Götter einfach nicht, daß man die Zukunft erkennt. Mehr kann ich darüber nicht sagen. Achte nicht auf das, was ich heute früh gesagt habe, und was dein Geld angeht – komm am Abend wieder, und ich gebe dir eine neue Lesung umsonst. Manchmal werden die Dinge nach Sonnenuntergang klarer.«

»Danke, aber das geht nicht. Wir müssen eine Vorstellung geben, sobald es dunkel ist.«

»Ach ja, du gehörst zu dieser Truppe von der Hauptinsel, nicht wahr?«

»Ja. Ich bin Seiltänzerin. Ich meine, ich war es einmal.« Sie hielt gerade noch inne, bevor sie all ihre Bitterkeit diesem mitfühlenden, wenn auch bezahlten Ohr ausschüttete. »Jetzt jongliere ich.«

Als sie davoneilte, versuchte Marka, nicht mehr an die Lesung zu denken, aber die schlechte Aura umgab sie wie ein nasser Umhang. Nichts schien dieser Tage richtig zu laufen, nicht einmal so etwas Einfaches, wie sich die Zukunft aus den Kacheln lesen zu lassen. Luvilae war zwar die Hauptstadt von Zama Manae, der südlichsten Insel im Archipel von Orystinna, aber es hatte nur zwanzigtausend Einwohner und war daher nicht der Ort, an dem eine Akrobatentruppe ein Vermögen machen konnte. Marka fragte sich, wieso ihr Vater sie überhaupt hergebracht hatte, aber zur Zeit tat ihr Vater vieles, was ihr unverständlich war. Die Unruhe, die sie deshalb verspürte, war wie eine eisige Berührung an ihrem Rücken, ein Wissen, das sie sich weigerte zu akzeptieren. Er hat es doch versprochen, dachte sie dann immer, das kann es nicht wieder sein.

Mit schierer Willenskraft zwang sie sich, nicht mehr an diese alten Geschichten zu denken. Immerhin war sie aus wichtigeren Gründen in die Stadt geschickt worden, als sich die Zukunft lesen zu lassen. Sie kaufte sich ein Stück Schweinebraten, ging kauend weiter und sah sich die anderen Straßenkünstler auf dem Markt an. Die einzigen Jongleure, die sie entdeckte, waren ungeschickt, und Seiltänzer gab es überhaupt keine. Sie entdeckte eine Truppe von Bodenakrobaten, aber die konnten nicht mit den komplizierten Kunststücken der Männer ihrer Truppe mithalten. Die meisten anderen waren Musiker. Insgesamt war die beste Vorstellung, die sie bei diesem ersten Rundgang entdeckte, eine mit dressierten Affen.

Als sie sich gerade ein Stück Kuchen kaufte, bemerkte sie, daß sich an einer Seite des Marktplatzes, im Schatten einer großen Platane, eine kleine Menschenmenge versammelte. Die Kuchenhändlerin zeigte mit einem klebrigen Finger darauf.

»Wenn das dieser Barbar ist, solltest du ihn dir ansehen. Seine Vorstellung ist wirklich gut, obwohl ich schwören könnte, daß der Mann nicht richtig im Kopf ist!«

Marka ging hinüber, konzentrierte sich dabei aber vor allem auf den Kuchen, da es unmöglich war, ihn zu essen, ohne Zucker ans Kinn zu bekommen. Sie fand einen Platz an der Seite, von wo aus sie allerdings zunächst nur Tücher sehen konnte, die hoch über der Menge in der Luft hingen, und das Geschwätz des Burschen hörte, eine ununterbrochene Flut von unanständigen Witzen und geistreichem Blödsinn, all das mit einer wohlklingenden Stimme vorgebracht und ohne jeglichen ausländischen Akzent. Sie nahm an, daß sein Barbarentum nichts weiter als eine gute Verkleidung war, bis es ihr gelang, sich weiter nach vorn zu drängen.

Eine Weile konnte sie ihn nur mit offenem Mund anstarren. In ihrem ganzen Leben hatte sie niemanden mit so heller Haut gesehen, als hätte man ihn wie ein Stück Leinen in Zitronensaft getränkt und in der Sommersonne bleichen lassen. Seine Haut war von einem hellrosigen Beige, und sein Haar, so fein und glatt wie Seide, hatte die silbrige Farbe von Mondlicht, mit einer hauchfeinen Spur von Gold darin, die im Kontrast zu seinen stahlgrauen Augen stand. Er trug ein seltsames Hemd mit langen, weiten Ärmeln, das an den Schultern gerafft und über einem ebenso seltsamen Kleidungsstück gegürtet war, das seine Beine in weite blaue Stoffröhren faßte. Er war also tatsächlich einer dieser legendären Barbaren aus den wilden Königreichen im Norden! Marka brauchte einen Augenblick, um sich von diesem Anblick zu erholen, bevor sie sich ganz seinen Kunstfertigkeiten widmen konnte.

Und diese Fähigkeiten waren nicht zu verachten. In seinen schlanken Händen schienen die Seidentücher lebendig zu werden. Sie zischten durch die Luft, blieben dort hängen und schwebten dann in Spiralen abwärts oder verwoben sich miteinander, während er weiter vor sich hin schwatzte oder sang. Als Marka ihm zusah, wurde ihr bitter bewußt, daß sie im Jonglieren erst eine Anfängerin war. Wie ungeschickt würde sich ihre Vorstellung neben dieser hier ausnehmen. Als er innehielt und der Menge einen bedeutungsvollen Blick zuwarf, prasselten die Münzen nur so auf ihn nieder. Lachend und unter Verbeugungen steckte er sich die Tücher in die Ärmel, bückte sich, um die Münzen aufzuheben, und ließ sie einmal rund um seinen Kopf fliegen, bevor sie in seiner Kleidung verschwanden.

»Der Große Krysello ist sehr erfreut!« verkündete er. »Gestattet ihm, edle Damen und Herren, Euch noch eine Weile länger mit seinen bescheidenen Kunststücken zu erfreuen.«

Als er sich abermals verbeugte, erschienen drei Eier, scheinbar aus dem Nichts, und landeten in seinen Händen. Bevor er mit diesem neuen Kunststück begann, schaute er zufällig in Markas Richtung. Seine Augen wurden ein wenig größer, sein Lächeln war reines Entzücken, dann konzentrierte er sich rasch wieder auf seine Vorstellung. Marka war vollkommen verblüfft. Sie wußte zwar, daß sie recht hübsch war, aber noch nie hatte ein Mann sie so angesehen, als würde schon ihr Anblick ihn ungeheuer glücklich machen. Ihr zweiter Gedanke war, daß ihr ganzes Gesicht voller Puderzucker sein mußte. Sie lief dunkelrot an, drängte sich durch die Menge und floh vor dem Großen Krysello und seinem Lächeln.

Am öffentlichen Brunnen wusch sie sich den Zucker ab und machte sich dann auf den Weg zum städtischen Karawanenlager am Rand der Stadt. Die Truppe hatte vier Zelte und zwei Wagen, die unter ein paar Palmen am Rand des Lagers im Kreis standen. Es war besser, sich von den anderen Reisenden fernzuhalten, die Straßenkünstler immer schnell bezichtigten, Diebe zu sein. Die fünf Akrobaten übten hinter den Zelten ihre Nummer, während Vinto, der Anführer der Truppe, sie beobachtete und kommentierte. In der Mitte des Zeltkreises brannte ein großes Lagerfeuer. Orima, Markas Stiefmutter, war mit den beiden anderen Frauen der Truppe, Delya und Keeta, damit beschäftigt, gewürztes Gemüse in einem Kessel über dem Feuer zuzubereiten und auf einem großen Eisenrost Fladenbrote zu backen. Sie brachen ihr Gespräch ab, als Marka sich näherte.

»Was ist denn, Rimi?«

»Nichts. Wie kommst du darauf?«

Marka zögerte – unwillig, sich auf eine Konfrontation einzulassen. Orima kniff die dunklen Augen ein wenig zusammen. In der Stille konnte Marka das Meeresrauschen vom nahen Strand hören, ebenso die Männer, die Übungskadenzen sangen.

»Wo ist Vater?«

»Er schläft.« Sie wandte sich ab und starrte stirnrunzelnd in den Topf. »Er will sich für die Vorstellung heute abend ausruhen.«

Bevor Marka noch etwas sagen konnte, trat Keeta hinter sie, packte sie am Ellbogen und schob sie vom Lagerfeuer weg. Mit der riesengroßen Keeta, die so stark war wie zwei durchschnittliche Männer, zu streiten war reine Zeitverschwendung.

»Wenn du wirklich lernen willst, wie man eine brennende Fackel auffängt«, sagte sie, »dann solltest du anfangen zu üben.«

Sie gingen zum Rand der Klippe, blieben dort eine Weile stehen und spähten auf die Wellen hinab, die am Kiesstrand höher und höher anschlugen. Weit am Horizont bildete das Meer eine Linie wie ein gestreckter Draht, vollkommen flach und landlos. Wenn man weit genug nach Süden segelte – das hatte man Marka jedenfalls immer erzählt –, kam man zu einem riesigen Wasserfall, der sich in die feurige Unterwelt ergoß, wo das Wasser verdampfte. Dann erhob es sich wieder als Wolken, die sich ausregneten und den Kreislauf abermals begannen.

»Du willst mich doch jetzt nicht unterrichten?« sagte Marka schließlich.

»Doch, das will ich.« Keeta grinste, ein Aufblitzen weißer Zähne in ihrem dunklen Gesicht. »Aber ich habe zufällig auch genug von deinen Streitereien mit deiner Mutter.«

»Diese Frau ist nicht meine Mutter, besten Dank.«

Keeta seufzte.

»Nun, wieviel älter als ich ist sie denn? Vier, fünf Jahre? Wie kannst du von mir erwarten, daß ich …«

»Ich erwarte gar nichts von dir.« Keeta hob abwehrend die riesige Hand. »Außer, daß du nicht alles noch schlimmer machen solltest. Hör zu, ich weiß, daß sie sich dir gegenüber aufspielt. Das tut sie bei jedem. Aber wir sind hier in einer unangenehmen Situation, weil wir im Hinterland festsitzen. Dein Vater weigert sich, über Geld auch nur zu sprechen. Ich wette, es gibt ohnehin nicht mehr viel Geld, über das man reden könnte.«

Plötzlich wurde Marka ganz elend. Sie setzte sich in das rauhe Gras und starrte aufs Meer hinaus. Kurze Zeit später ließ sich Keeta mit dramatischem Seufzen neben ihr nieder.

»Du bist inzwischen alt genug, dich mit diesen Dingen zu beschäftigen. Wenn das Publikum dir Trinkgeld gibt, dann verstecke es, und gib es nicht deinem Vater. Ich mache dasselbe. Wir können ein paar Münzen extra brauchen, wenn wir die Hauptinsel je wiedersehen wollen.«

»Also gut.«

»Ich frage mich, was er damit macht.« Keeta stand auf und reckte sich. »Gibt er es für *sie* aus?«

»Schon möglich.« Wieder spürte Marka dieses eisige Wissen, das an ihrer Wirbelsäule entlangschnitt. Du solltest es ihr sagen, dachte sie, du solltest ihr jetzt auf der Stelle die Wahrheit sagen. Aber das zu tun hätte bedeutet, die Wahrheit vor sich selbst zuzugeben.

Schließlich seufzte Keeta abermals und schüttelte den Kopf. »Laß uns lieber üben. Wir brauchen ein paar Stücke Treibholz, die sowenig im Gleichgewicht sind wie Fackeln.«

Als Marka ihr zum Strand hinunter folgte, fühlte sie sich wie der schlimmste Feigling der Welt. Aber ich muß sicher sein. Ich kann es niemandem sagen, ehe ich sicher bin. Das war zumindest ihre Ausrede.

Mit Keeta zu üben heiterte Marka beträchtlich auf, aber als sie zum Lager zurückkehrte, stellte sie fest, daß ihr Vater wach war – zumindest so gut wie wach. Er kam aus dem Zelt getaumelt, gähnte gewaltig, rieb sich die verquollenen Augen und sah sich mit einem dümmlichen Grinsen um, das ihn wie einen verblüfften Ochsen aussehen ließ. Hamil war so groß wie

Keeta, aber viel kräftiger, ein gutaussehender Mann mit großen schwarzen Augen und üppigem Mund, dessen kurzgeschnittenes lockiges Haar an den Schläfen gerade erst grau wurde. Aber in der letzten Zeit hatte er alt ausgesehen. Seine Augen waren oft glasig, sein Blick in die Ferne gerichtet. Er sprach langsam und gedehnt und hatte Fett angesetzt.

»Marka?« fragte Hamil. »Hast du dir den Markt angesehen?«

»Ja. Es gibt nur zwei Nummern, derentwegen wir uns Sorgen machen müssen. Einer hat dressierte Affen, und dagegen können wir gar nichts ausrichten. Und dann gibt es noch einen Jongleur, aber der ist allein. Ich habe noch nie gesehen, daß jemand so mit Tüchern umgehen konnte. Er ist wirklich phantastisch.«

»Ach wirklich?« meinte Orima spöttisch. »Vielleicht sollten wir dich bei ihm in die Lehre schicken.«

Marka öffnete den Mund zu einer boshaften Antwort, aber dann fiel ihr Keeta auf, die hinter ihrem Vater und der Stiefmutter stand und grimmig den Kopf schüttelte.

»Er könnte uns allen etwas beibringen«, sagte Marka statt dessen. »Das Beste daran ist, daß er ein Barbar ist. Ein echter Barbar aus dem Norden.«

»Das allein wird die Leute schon anziehen.« Mit einem letzten Gähnen schlenderte Hamil hinüber zum Feuer und setzte sich auf den niedrigen Hocker neben seine Frau. »Ich frage mich, ob er wohl Lust hat, mit einer größeren Truppe zu reisen. Wir könnten jemanden gebrauchen, der die Leute anlockt.«

»Wenn er wirklich so gut ist, braucht er seine Einnahmen mit niemandem zu teilen.« Auch Keeta setzte sich jetzt in den Kreis. »Vielleicht sollten wir es mit Affen versuchen.«

»Sie stinken. Und sie beißen«, wandte Orima ein. »Und sie hinterlassen überall ihren Dreck. Das liegt daran, daß sie soviel Obst essen. Ich will keine Affen in meiner Truppe.«

»Wenn du jemals eine eigene Truppe haben solltest«, fauchte Marka, »dann kannst du das ja entscheiden.«

»Marka!« sagten Hamil und Keeta gleichzeitig. Dann fuhr Hamil alleine fort: »Du entschuldigst dich sofort bei deiner Stiefmutter.«

»Wofür?«

Hamil erhob die fleischige Hand zum Schlag.

»Es tut mir leid, Rimi.«

Orima seufzte nur und lächelte triumphierend. Alle anderen im Kreis wandten verlegen den Blick ab.

»Ich muß noch ein bißchen üben.«

Als Marka sich auf dem Absatz herumdrehte und davonging, fragte sie sich, ob es wohl eine Möglichkeit gab, Orima umzubringen und der Strafe zu entgehen. Der Gedanke war so intensiv, daß er sie erschreckte.

»Sie *ist* es, berückende Beherrscherin betörender Bannsprüche«, sagte Salamander. »Sollte sich der Große Krysello in einer solch wichtigen Angelegenheit täuschen? Ich sage dir, ich habe sie gesehen – meine geliebte Alaena, wiedergeboren und zu mir zurückgekehrt.«

»Da habe ich meine Zweifel«, sagte Jill. »Seit ihrem letzten Leben ist wirklich nicht genug Zeit vergangen.«

Schmollend goß Salamander sich mehr Wein nach. Sie waren in ihrem Zimmer im besten Gasthaus von Luvilae – nach Jills Maßstäben ein Palast, nach Salamanders beinahe ein Schweinestall –, einem kleinen Raum mit einem gekachelten Boden und Kissen statt Möbeln. Jill nahm einen der flachen Weinkelche entgegen und dachte nach.

»Ich möchte keine schmerzlichen Erinnerungen wecken, aber wie lange ist Alaena schon nicht mehr unter uns?«

»Seit dreißig Jahren. Nun, beinahe dreißig. Also gut, es sind achtundzwanzig.«

»Und wie alt ist dieses Mädchen?«

»So etwa sechzehn.«

»Das ist nach den Maßstäben der Herren des Wyrd keine lange Zeit. Es ist durchaus möglich – nur nicht sonderlich wahrscheinlich.«

»Das weiß ich doch. Aber Ihr Götter, unsere Ehe war nur so kurz! Sie wollte sicher so bald wie möglich zurückkommen.«

»Ich nehme an, um deinetwillen?«

Er verzog das Gesicht.

»Nicht um meinetwillen«, sagte er schließlich. »Weil sie das Leben so sehr liebte.«

Jill fragte sich, ob sie in solchen Situationen je objektiv sein könnte. Da es offenbar ihr Schicksal war, jeden Mann zu verlieren, den sie liebte, wollte sie Salamanders Chance zum Glück nicht mit ihrer eigenen Bitterkeit verderben. Er saß da und starrte stirnrunzelnd in seinen Kelch, bis ihr das für ihn ungewöhnliche Schweigen auf die Nerven ging.

»Wohnt sie hier in der Stadt?«

»Hmm?« Er blickte verblüfft auf. »Ich bitte um Verzeihung, was hast du gesagt?«

»Du bist wirklich ziemlich durcheinander.«

»Das muß ich zugeben. Ich dachte gerade daran, wie Alaena gestorben ist.«

Er stand auf, ging zu einem der kleinen Fenster, lehnte sich ans Fensterbrett und starrte in den Hof. Alter Schmerz ließ sein ungewöhnlich schönes Gesicht finster wirken. Jill wartete auf die Geschichte und seine übliche Wortflut. Aber nichts geschah.

»Wohnt sie hier in der Stadt?« wiederholte sie.

»Nein. Ich habe ein wenig auf dem Markt herumgefragt, bevor ich hierher zurückkam. Sie ist ausgerechnet Akrobatin! Sie gehört zu einer Truppe, die gerade von der Hauptinsel hergekommen ist.« Als er sich wieder umdrehte, hatte er ein breites, künstliches Lächeln aufgesetzt. »Stell dir das vor! Ich habe schon von seltsamen Wendungen des wilden und wundersamen Wyrd gehört, aber das hier …«

»Laß das, ja? Ich nehme an, es schadet nichts, sie ein wenig kennenzulernen. Aber um sämtlicher Götter willen, vergiß bitte nicht, daß sie, selbst wenn sie durch irgendeinen bizarren Zufall dieselbe Seele sein sollte, die du als Alaena kanntest, nicht mehr dieselbe Person ist. Du hast keine Ahnung, wer dieses Kind ist. Keine.«

»Das stimmt, sosehr das meinem begierigen Herzen auch weh tut.«

Es gab Zeiten, in denen Salamander Jill schier in den Wahnsinn treiben konnte, und das hier war eine davon. Sein halbelfisches Blut ließ ihn zwar jung aussehen, aber er war gut fünfzig Jahre älter als sie, und obwohl er daher lange vor ihr begonnen hatte, den Dweomer zu studieren, hatte sie ihn dermaßen überholt, daß in Wahrheit sie – wenn es auch unausgesprochen blieb – die Meisterin war und er der Geselle. Er stellte ihre Autorität, die in letzter Konsequenz von Nevyn selbst stammte, im allgemeinen nicht in Frage, aber es brauchte keinen Dweomer, um zu erkennen, daß er die Situation unerfreulich fand.

»Du bist wirklich böse mit mir, wie?« Salamander wischte sein Lächeln weg.

»Ihr Götter! Du hast mir versprochen, dich deinen Studien zu widmen, aber dann hast du eine Ablenkung nach der anderen gefunden. Und jetzt das! Und du mußt auch an das Mädchen denken. Sie ist nur ein Kind.«

»In Deverry wäre sie schon seit Jahren verheiratet.«

»Dies hier ist aber nicht Deverry.«

»Ich habe schon befürchtet, daß du das sagen würdest. Jill, bist du böse mit mir oder mit der ganzen Welt? Mit der Verzögerung zum Beispiel. Wir ziehen jetzt schon seit Monaten in Bardek umher, finden hier eine Spur und eine dort, aber nie genau das, was du wissen willst.«

Jill holte tief Luft und dachte nach.

»Das mag sein. Geduld war nie meine starke Seite.«

»Und nun hat sich das ruhmreiche Luvilae als eine weitere falsche Spur erwiesen, als eine Sackgasse, als ein Haus ohne Türen, ein …«

»Bitte – *ein* Bild genügt mir durchaus. Aber es gibt immer noch diesen Buchhändler in Inderat Noa. Ich hoffe, daß er mir weiterhelfen kann.«

»Ich nehme an, du willst direkt dorthin.«

»Ich hatte tatsächlich daran gedacht. Warum nicht? Oh, selbstverständlich. Das Mädchen. Wahrscheinlich willst du ein paar Tage um sie herumschnüffeln.«

»Wie primitiv du dich ausdrückst!« Er grinste, steckte die Daumen in den Gürtel und lehnte sich an die Wand zurück. »Aber ich denke, ich könnte heute abend wirklich auf den Marktplatz gehen. Zweifellos wird ihre Truppe am Abend, wenn es kühler ist, ihre Vorstellung geben.«

Als sie mit der Vorstellung begannen, sah es zunächst so aus, als wollten die Götter ihnen einigermaßen vernünftige Einnahmen gewähren. In der Abendkühle hatte sich eine große Menschenmenge vor der improvisierten Bühne versammelt, die sie zwischen zwei Bäumen aufgestellt hatten, an denen das Seil angebunden war. Während die Männer die hohen Fackeln aufrichteten und Marka umherrannte, um sie anzuzünden, bemerkte sie eine ganze Anzahl gutgekleideter Leute in der Menge. Sie hoffte, daß sie es nicht für unter ihrer Würde hielten, Straßenkünstlern ein wenig Kleingeld zuzuwerfen. Das Beste von allem war, daß ihr Vater hellwach und quicklebendig war und sogar mit der Truppe lachte und scherzte, als sie sich hinter der Bühne versammelten. Die ersten Auftritte verliefen gut: ihre eigene Jongleurnummer, die Schüler der Akrobaten und Keetas Auftritt mit den brennenden Fackeln. Als die Truppe innehielt, um das Seil festzuzurren, regnete es Kupfermünzen, und Marka fand hier und dort auch ein Silberstück.

Mit großer Geste ließen sich der Flötist und der Trommler im Schneidersitz am Bühnenrand nieder und begannen dann mit der Musik für den Hauptteil der Vorstellung, den Tanz auf dem Seil. Marka wischte sich das Gesicht mit einem Tuch ab, trat zur Seite und beobachtete mehr die Zuschauer als die Vorstellung. Bis Orima zu ihnen gestoßen war, war sie selbst auf dem Seil aufgetreten – etwas, das sie schon als Kind von ihrer Mutter gelernt hatte und somit recht gut konnte. Eine Kuh, die auf einem Damm herumstolziert – so sieht Rimi aus, dachte sie bei sich. Dann bemerkte sie weit hinten in der Menge den barbarischen Jongleur. Ihr Herz begann heftiger zu klopfen, sie klammerte ihre Finger um das Tuch und konnte nicht im geringsten verstehen, warum, außer vielleicht, weil er so gut aussah. Plötzlich bemerkte er sie und lächelte sie an. Sie lief rot an, haßte sich dafür und wandte sich ab.

Gekleidet in ein kurzes, fließendes Seidenhemd über einem Lendenschurz, näherte sich Orima gerade dem drahtumwundenen Seil, das locker zwischen den beiden Holztürmen der Bühne hing, gut sechs Fuß über der Bühne. Mit einem strahlenden Lächeln zum Publikum kletterte sie hinauf und vollführte einen Flickflack auf dem Podium. Sie verbeugte sich – nach Markas Einschätzung viel zu oft –, dann griff sie nach der Balancierstange und sprang aufs Seil, um anmutig bis zur Mitte zu laufen. Als die Menge jubelte und klatschte, drehte sie sich um und trippelte so leichtfüßig zur Plattform zurück, daß das Publikum entzückt aufschrie. Marka konnte ihren eigenen Zorn praktisch wie schwarze Galle im Mund spüren. Als Orima das Seil abermals betrat, zögerte sie einen winzigen Augenblick zu lang. Das Seil schwang weg und schnappte zurück; ihr vorgestreckter Fuß tastete – zu spät. Mit einem Aufschrei stürzte sie, landete auf allen vieren, unverletzt, aber wütend, als die Menge anfing zu lachen. Leise vor sich hin schimpfend, eilte sich Hamil, ihr zu helfen, während die Akrobaten zurück auf die Bühne rannten und eine Nummer improvisierten. Es nützte nichts. Lachen und Kichern, ein paar Beschimpfungen, und die Menge zerstreute sich. Niemand warf auch nur noch eine einzige Münze.

In mürrischem Schweigen, kaum imstande, einander anzusehen, löschten sie die Fackeln, bauten die Bühne ab und luden alles in die Wagen, während Orima unter einer nahen Palme hockte. Marka war erschrocken und gab sich selbst und ihren bösen Wünschen die Schuld an dem Sturz, obwohl sie sich immer wieder sagte, daß so etwas unmöglich war. Sehr zu ihrer Erleichterung sprach niemand mehr von dem Unfall, bis sie wieder im Lager waren, wo Delya und der junge Rosso auf die Zelte aufpaßten. Während sich die Männer um Pferde und Wagen kümmerten, hockten Hamil und die Frauen bedrückt am Feuer. Delya warf ihnen einen forschenden Blick zu und sagte dann nichts mehr. Das Schweigen wurde immer bedrückender, bis Orima schließlich einen Schmollmund machte und mit einem bemalten Fingernagel auf Marka zeigte.

»Sie hat mich verhext!« kreischte sie. »Deine kostbare kleine Tochter hat mich verhext! Sie hat den bösen Blick.«

»Mach dich nicht lächerlich«, fauchte Hamil. »Wir fallen alle mal.«

»Sie hat den bösen Blick!« Orima stampfte mit dem zierlichen Fuß auf.

»Willst du wohl den Mund halten? Wenn dein Kopf nicht so leer wäre, könntest du auf dem Seil besser das Gleichgewicht halten.«

»Du Schwein! Du dreckiger Lüstling!«

Orima und Hamil begannen sich gegenseitig anzuschreien.

Der Rest der Truppe verdrehte die Augen und trabte davon, und sie unterhielten sich erst, als sie weit genug vom Feuer entfernt waren. Marka rannte hinter Keeta her. Sie wußte, wie der Streit enden würde. Die beiden würden sich plötzlich in die Arme fallen und in ihr Zelt schleichen ... sie wollte gar nicht daran denken. Die beiden Frauen gingen im Mondlicht zum Rand der Klippe und sahen zu, wie unten die Wellen schäumten.

»Keeta?« sagte Marka schließlich. »Du glaubst doch nicht, daß es wirklich etwas bewirken kann, wenn man jemandem Böses wünscht?«

Keeta lachte, ihre dunkle Stimme so tröstlich wie eine mütterliche Umarmung.

»Nein, ganz bestimmt nicht. Warum? Fühlst du dich schuldig?«

»Na ja, jetzt kommt es mir albern vor.«

»Aber es ist nur verständlich, Kleines. Mach dir deshalb keine Gedanken. Sie ist gestürzt, weil sie einen Fehler gemacht hat, das ist alles.« Keeta seufzte tief. »Zumindest haben sie genug verdient, um eine Weile davon leben zu können.«

»Aber wie werden wir wieder nach Hause kommen? Das hier ist die einzige elende Stadt auf dieser widerlichen kleinen Insel, und niemand wird mehr sehen wollen, wie sich die Kuh abermals überschlägt.«

»Oh! Was für eine böse Zunge du doch hast!«

»Aber ich habe recht.«

Keeta gab eine Art Grunzen von sich.

»Oder etwa nicht?«

»Was das Publikum angeht, ja. Ich würde Rimi aber nicht als Kuh bezeichnen. Dein Vater hat recht. Wir fallen alle hin und wieder.«

»Mir ist so etwas nie passiert! Und auch dafür haßt sie mich. Weißt du, wovor ich Angst habe? Daß sie Vater so lange bearbeiten wird, bis er mich an einen Sklavenhändler verkauft. Damit hättet ihr alle genug zur Überfahrt, nicht wahr? Ich wette, ich würde eine Menge bringen.«

»Willst du wohl still sein? Das ist das Schrecklichste, was ich je gehört habe! So etwas würde dein Vater nie tun.«

»Er vielleicht nicht, aber sie.«

Keetas Schweigen stand für eine ganze Schriftrolle voller Antworten.

Am nächsten Morgen schlief Marka lange. Sie teilte ein Zelt mit Keeta und Delya, aber als sie erwachte, waren die beiden längst weg, ihre Decken säuberlich zusammengefaltet und an die Seite geräumt, und die heiße Sonne fiel durchs Segeltuch. Von draußen konnte sie Stimmen und vergnügte Bosheiten hören, Fetzen von Gesang und nicht ernst gemeinten Flüchen – das Alltagsleben des Lagers. Sie zog sich an, suchte ihren Knochenkamm und ging nach draußen, um dort blinzelnd im Sonnenlicht ihre Locken zu entwirren. Obwohl alle anderen schon wach und in der Nähe waren, gab es kein Zeichen ihres Vaters oder Orimas. Wahrscheinlich immer noch im Bett. Bei dem Gedanken verzog Marka das Gesicht.

»Da bist du ja!« rief Keeta. »In dem Korb an der Feuergrube ist frisches Brot.«

Zusammen setzten sie sich neben einen Stoß Feuerholz, während Marka an ihrem Frühstück knabberte.

»Ich habe gerade mit Vinto gesprochen«, sagte Keeta. »Auch er macht sich wegen des Geldes Sorgen. Dein Vater hat Andeutungen darüber gemacht, die Akrobaten nicht bezahlen zu können.«

Marka wurde plötzlich beinahe übel.

»Aber wenn er ihnen weniger zahlt, werden sie gehen. Sie sind gut genug, um sich alleine durchschlagen zu können.«

»Ich weiß. Ich dachte, du könntest vielleicht mit deinem Vater sprechen. Du hast immer noch großen Einfluß auf ihn.«

»Wenn ich etwas sage, wird die Kuh das Gegenteil behaupten, nur damit sie muhen kann.«

»Marka!« Aber Keeta zögerte und verzog den Mund in bitterer Anerkennung der Wahrheit. »Vielleicht sollte ich lieber mit ihm reden. Ich war vor Jahren schon einmal mit einer anderen Truppe gestrandet, und ich kann mich noch sehr gut daran erinnern. Zu gut. Ich möchte nicht …« Wieder zögerte sie. »Hoppla. Ist das nicht der Barbar?«

Das Gesicht von einem weichen Lederhut beschattet, kam der Jongleur auf einem schönen – und teuer aussehenden – grauen Wallach zum Lager geritten. Er stieg vor dem Zeltkreis aus dem Sattel, sah sich einen Augenblick um und führte sein Pferd dann zu der Feuergrube, während alle im Lager ihm entgegengingen. Marka spürte, wie ihr Herz heftiger zu schlagen begann, als er sich träge vor ihnen verbeugte, einfach weil er so schlank und anmutig war.

»Einen schönen guten Morgen«, verkündete er grinsend. »Ich heiße Salamander, und ich möchte gern mit dem Leiter Eurer Truppe sprechen. Ich hätte einen geschäftlichen Vorschlag zu machen.«

»Nun, er ist immer noch in seinem Zelt«, sagte Keeta. »Aber er sollte jeden Augenblick hier sein.«

Salamander warf einen Blick zum Himmel, als wollte er den Sonnenstand überprüfen. Vinto und Keeta wechselten bedeutungsschwere Blicke und versuchten insgeheim, den Preis seiner schönen Kleidung und des Zaumzeugs des Pferdes einzuschätzen.

»Ich bin seine Tochter«, sagte Marka. »Vielleicht könnt Ihr mir sagen, was Ihr wünscht.«

»Vielleicht könnt Ihr mir wirklich helfen. Ich fragte mich, wohin Ihr wohl unterwegs seid, da es nicht so aussieht, als böte die Stadt noch länger ein frisches und profitables Feld für Eure Talente.«

Wieder warfen Keeta und Vinto einander einen Blick zu, diesmal ein wenig gequält.

»Äh, wir haben noch nichts Genaues beschlossen. Wir wollen vielleicht zur Hauptinsel zurückkehren.«

»Aha. Nun, meine Begleiterin und ich sind auch noch nicht ganz sicher, wohin wir uns wenden wollen, und ich dachte daher ...« Er hielt inne.

Hamil kroch aus seinem Zelt, und als er sich aufrichtete, schwankte er so sehr, daß Marka zuerst dachte, er wäre krank. Sie lief hinüber, um ihn zu stützen, und war entsetzt über den Druck seines Gewichts, als er sich zur Seite lehnte. Trübe war sie sich bewußt, daß alle im Lager zu reden begannen.

»Papa, was ist los?«

Als Antwort lächelte er nur – ein träges, geheimnisvolles Lächeln – und wandte ihr den Blick zu. Seine Lider waren schwer, die Augen gerötet. An ihm hing ein Duft wie von Räucherwerk. Marka keuchte, als das eisige Wissen sie bis in die Wirbelsäule traf. Einen Moment lang spürte sie, wie die Erde sich unter ihr drehte.

»Es ist der weiße Rauch, nicht wahr? Oh, Papa, du hast es doch versprochen!« Aufheulend stieß sie ihn von sich.

»He.« Er taumelte und ließ sich schwer zu Boden sacken. »Kleines Biest.«

»Hast du wieder damit angefangen? Warum nur ... sie war es, nicht wahr? Sie hat es für dich besorgt! Verflucht soll sie sein!«

Inzwischen waren auch die anderen da. Marka schoß davon und duckte sich ins Zelt ihres Vaters. Nackt, auf Händen und Knien versuchte Rimi verzweifelt, Erde über ein Loch im Boden zu schaufeln. Der Stiel einer Pfeife ragte noch daraus hervor. Marka packte sie am Haar, riß sie hoch und schlug ihr ins Gesicht. Rimi quiekte wie ein Schwein und schlug zurück, aber nur schwächlich.

»Du Dreckstück! Du Dreckstück aus dem Rinnstein!« Wieder schlug Marka zu. »Du hast meinem Vater Opium besorgt. Ich sollte dich dem Archon ausliefern. Ich sollte dich umbringen!«

Quiekend und fluchend versuchte Rimi, sich ihr zu entwinden. Marka hatte die Hände schon um ihre Kehle geschlungen, als Keeta sie von hinten packte. Es hatte keinen Zweck, gegen diese kräftigen Hände anzukämpfen.

»Delya, sorg dafür, daß die kleine Hure sich anzieht und hier verschwindet!« Keeta zerrte Marka zurück. »Und du, junge Dame, kommst mit mir.«

Draußen drängten sich die Akrobaten um Hamil und stellten lautstark Fragen. Keeta führte Marka zur Feuergrube, wo Salamander immer noch stand und in die Asche starrte, als interessierte sie ihn heftig. Einer nach dem anderen gaben die Akrobaten ihr Gespräch mit Hamil auf und kamen herüber. Marka begann zu schluchzen, ob vor Wut oder Trauer, wußte sie nicht genau. Keetas eisige Stimme schnitt durch ihre Hysterie.

»Er hat das schon öfter getan, nicht wahr?«

»Seit Jahren nicht mehr. Er hat es versprochen. Was glaubt ihr wohl, wieso meine Mutter ihn verlassen hat?«

»Und sie hat dich bei ihm gelassen?« warf Vinto ein.

»Er wollte mich nicht gehenlassen, und er hat versprochen aufzuhören. Er hat es versprochen.«

Sie verbiß sich die Tränen und blickte auf. Keeta schaute entsetzt drein und schüttelte immer wieder den Kopf. Vinto fuhr sich mit beiden Händen durchs Haar und starrte einen Augenblick zu Boden.

»Nun«, sagte er schließlich. »Es tut mir leid, kleine Marka, aber die Jungs und ich, wir setzen uns ab. Wir können allein genug verdienen, um auf die Hauptinsel zurückzukehren, und dann wird uns schon etwas einfallen.« Er warf Keeta einen

Blick zu. »Du und Delya, ihr seid willkommen, uns zu begleiten.«

Keeta seufzte scharf, zögerte, dann sah sie Marka an.

»Nur, wenn du auch mitkommst, Kleines. Ich kann dich nicht hierlassen.«

Marka hatte das Gefühl, ihre Zunge sei so angeschwollen, daß sie ihr den Hals verstopfte. Sie konnte ihrer Freundin nur wie betäubt ins Gesicht starren.

»Du kleines Miststück, du Giftschlange!« Das war Rimi, die sich nun angekleidet und in Würde gewickelt hatte. »Du solltest lieber mit ihnen gehen! Glaubst du etwa, daß ich noch mit dir zu tun haben will?«

Marka wußte nicht, was sie sagen sollte.

»Sei still«, fauchte Keeta. »Ihr Vater hat auch noch etwas dazu zu sagen.«

»Vater wird auf sie hören.« Marka hörte ihre eigene Stimme wie die einer Fremden. »Wenn sie zusammen rauchen, dann wird er auf sie hören. Immerhin hat er wegen des weißen Rauchs schon meine Mutter verloren.«

Wieder begann sie zu weinen, ein hilfloses Jammern, und sie haßte sich dafür. Durch ihre Tränen sah sie, wie Rimi sie triumphierend anstarrte, ihr Gesicht verschwommen wie ein dunkler Mond. Marka hob die Hände und trat vor; dann packte sie jemand fest und zog sie zurück: der barbarische Jongleur.

»Es wäre sicherlich sehr zufriedenstellend, meine Turteltaube, deine Fingernägel über ihre glatte Haut zu ziehen, aber es wäre sowohl unprofitabel als auch Zeitverschwendung. Das Opium selbst wird statt deiner seine Krallen in sie schlagen.«

Rimi fluchte wie ein Matrose, dann drehte sie sich auf dem Absatz um und stapfte davon. Marka wand sich aus dem lockeren Griff des Barbaren und wischte sich das Gesicht mit dem Ärmel. Als sie sich umsah, war von Hamil nichts mehr zu sehen. Aus der Entschlossenheit, mit der Rimi auf den Palmenhain am Rand des Lagers zumarschierte, konnte Marka jedoch schließen, daß er dort Zuflucht gesucht hatte. Vinto, seine Akrobaten, Keeta und Delya und auch Salamander – Marka wurde plötzlich bewußt, daß alle sie anstarrten, als wäre sie eine Kranke, die vielleicht sterben könnte.

»Du kannst nicht bei ihnen bleiben«, sagte Keeta schließlich. »Das geht einfach nicht. Ich weiß nicht, was mit dir passieren würde, aber …«

»Ich kann es erraten«, zischte Vinto. »Sie ist kein Kind mehr, Keeta! Sie kann ruhig die Wahrheit hören. Wie lange wird es noch dauern, bis dieser Schweinehund von einem Vater verlangt, daß sie und Rimi sich verkaufen, damit er sich weiter seinen Rauch leisten kann?«

Wieder spürte Marka, wie sich die Erde unter ihr zu bewegen schien. Salamander legte ihr sanft eine Hand auf die Schulter, um sie zu stützen. Sie schüttelte sie ab.

»Dann sollten wir jetzt lieber packen«, sagte Marka. »Vinto, für das Geld, das wir dir schulden, solltest du dir zumindest ein Pferd und einen Wagen nehmen.« Ihre Stimme wäre beinahe gebrochen, aber sie zwang sich weiterzureden. »Wenn wir alle unser Geld zusammenlegen, können wir vielleicht heute noch ein Schiff zur Hauptinsel bekommen.«

Keeta seufzte erleichtert und murmelte einen Dank zu den Sternengöttinnen.

»Wenn es euch nicht stört, daß ich mit euch zusammen auftrete«, sagte Salamander, »könnten wir vielleicht alle zusammen reisen. Sollen wir in das Gasthaus gehen, in dem ich wohne, und dort einen Schluck Wein trinken? Dann können wir genauer planen.«

»Gern«, meinte Vinto. »Über die Anteile können wir später sprechen. Erst sollten wir sehen, daß wir aus diesem stinkenden Lager herauskommen.«

Während des Wegs in die Stadt mußte Marka plötzlich an die Kartenlegerin denken. Glück vermischt mit Desaster, nicht wahr? Nun, das Desaster war eingetreten, aber wo blieb das Glück?

In Salamanders Gasthaus rang der dickliche Wirt schon bei dem Gedanken, Straßenkünstler in seinem Schankraum zu haben, die Hände, aber der Jongleur überredete ihn, Wein und Kuchen zu servieren – und der Wein war so gut, daß Marka wirklich beeindruckt war. Als sie auf Kissen rund um einen niedrigen Tisch saßen und sich verlegen unterhielten, bemerkte sie, daß Vinto bereits begann, sich dem Mann zu unterwerfen, nur in Kleinigkeiten, aber sie hatte das Gefühl, daß dieser Fremde früher oder später die gesamte Truppe leiten würde. Da sie an der Seite saßen, konnte sie sich im Flüsterton mit Delya unterhalten.

»Stört es dich nicht, daß sich alles so verändert?«

»Stören? Ach, wenn Keeta es für eine gute Idee hält, mache ich mit. Was hältst du von diesem Mann?«

»Ich weiß nicht. Er sieht schrecklich gut aus.«

»Ich denke schon. Und er ist zweifellos daran gewöhnt, die Führung zu übernehmen. Er sagt, er habe eine Begleiterin – ich frage mich, wie sie wohl sein mag.«

Marka war plötzlich so bitter enttäuscht, daß sie beinahe geweint hätte. Sie hatte vergessen, daß einem solchen Mann die Frauen gewiß überallhin folgten und daß er sich ganz sicher nicht für ein ungelenkes Mädchen wie sie interessierte.

Jill erfuhr von Salamanders neu erworbener Akrobatentruppe, als der Wirt nach oben gerannt kam, nachdem er den Wein serviert hatte. Mit bebendem Doppelkinn und mit den Händen fuchtelnd, verbeugte er sich viele Male, während er mit der Neuigkeit herausplatzte.

»Es sind mindestens zehn von ihnen! Und sie sind wahrscheinlich alle Diebe! Ich habe nicht genug Platz! Ich weiß nicht, was Euer – äh – Freund sich dabei gedacht hat!«

»Gedacht? Wie ich ihn kenne, hat er überhaupt nicht gedacht. Also gut. Ich gehe nach unten.«

Inzwischen hatten mehrere Krüge Wein die Runde gemacht, und alle am Tisch kicherten und unterhielten sich ein wenig zu laut. Jill blieb einen Moment in der Tür stehen und beobachtete Salamander, der über seine eigene Großzügigkeit strahlte und den Gastgeber spielte wie ein deverrianischer Lord. Ihm gegenüber saß eine hübsche junge Frau und betrachtete ihn mit einer solch intensiven Melange aus Begierde und Verzweiflung, daß es durchaus möglich schien, daß sie ihn in ihrem letzten Leben geliebt hatte.

»Oh, Jill, da bist du ja!« rief Salamander. »Setz dich zu uns! Freunde, das hier ist Gilyan von Brin Toraedic, eine Gelehrte, die mich damit geehrt hat, daß sie mit mir reist, während sie seltene Manuskripte sucht. Sie geht einem Auftrag der gelehrten Priester von Wmmglaedd nach, einer geheimnisvollen und magischen Insel in unserem abgelegenen Königreich.« Die Truppe reagierte auf dieses Geschwätz mit ehrlicher Ehrfurcht. Die Männer erhoben sich, um sich zu verbeugen, und die Frauen nickten ihr zu, mit Ausnahme von Marka, die sie nur anstarrte. Der grauhaarige Bursche neben Salamander wollte aufstehen und ihr seinen Platz überlassen, aber Jill bedeutete ihm mit einer Geste, sitzen zu bleiben.

»Es geht mir nur um ein Wort mit Salamander«, sagte sie. »Nicht, daß er es jemals bei einem einzigen Wort belassen könnte.«

Salamander verzog bei dieser Bemerkung das Gesicht, aber er kam auf die Beine und folgte ihr auf den Hof hinaus. Jill hockte sich auf den Rand eines gekachelten Brunnens und starrte ihn wütend an.

»Ich wollte in Ruhe reisen.«

»Äh, ja. Ich erinnere mich tatsächlich, daß du so etwas erwähnt hattest. Aber wir werden innerhalb einer großen Gruppe viel sicherer sein.«

»Mir war nicht bewußt, daß wir uns in Gefahr befinden.«

Salamander seufzte und setzte sich neben sie.

»Seien wir ehrlich.« Jill sprach jetzt deverrianisch, um sicher zu sein, daß sie nicht belauscht werden konnten. »Du tust das, um bei dem Mädchen eine Chance zu bekommen, nicht wahr?«

»An dieser Geschichte ist noch ein wenig mehr!«

Sie zog die Brauen hoch.

»Jill, sie haben meine Hilfe gebraucht. Der Führer ihrer Gruppe hat all ihr Geld für weißen Rauch ausgegeben, und sie sind in dieser Stadt gestrandet, wo sie nie ein weiteres Kupferstück verdienen werden.«

»Dein Herz ist groß genug, die ganze Welt zu umarmen, und deine Zunge reicht, um sie zuzudecken. Ich sage immer noch, daß es das Mädchen war, das diesen Ausbruch von Mitgefühl inspiriert hat.«

»Nun ja.« Er tunkte die Hand ins Wasser und schnippte dann die Tropfen von den Fingerspitzen. »Ja, nun.« Dann blickte er auf und lächelte strahlend. »Aber da du ohnehin mit diesem Buchhändler in Inderat Noa reden wolltest, müssen wir zur Hauptinsel zurückkehren und dieses alles andere als ruhmreiche Eiland durchqueren, also können sie genausogut mit uns kommen.«

»Das nehme ich an! Und das Mädchen wird zweifellos besser dran sein, wenn du auf sie aufpaßt.«

Salamander griff nach ihrer Hand und küßte sie.

»Meinen untertänigsten Dank!«

Jill entzog ihm die Hand, stand auf und schüttelte ihren Kopf – eher über sich, weil sie wieder einmal nachgegeben hatte.

Später jedoch, als sie hörte, daß Marka mit ihrem süchtigen

Vater und seiner eifersüchtigen jungen Frau unterwegs gewesen war, kam sie zu der Ansicht, daß sie das Richtige getan hatte. Später an diesem Abend, als der unwillige Wirt ihnen Zimmer zugewiesen und widerstrebend das Essen serviert hatte, ging Jill in den kühleren Hof hinaus, und Keeta folgte ihr, eine Blechlaterne in der Hand.

»Ich wollte Euch nur dafür danken, daß Ihr Salamander erlaubt habt, uns mitzunehmen. Wenn er uns nicht das Geld für das Schiff vorstrecken würde, wüßte ich nicht, was wir tun sollten.«

»Nun, es war seine Entscheidung, aber Ihr seid willkommen.«

»Oh, bitte!« Keeta lachte – ein angenehmes, tiefes Lachen. »Es ist offensichtlich, daß Ihr es seid, die hier die Entscheidungen fällt, ganz gleich, wieviel er redet – und bei den Sternengöttinnen, er redet tatsächlich ziemlich viel! Aber ich bin froh, daß wir Marka von ihrem Vater wegbringen können, bevor sie kalte Füße bekommt und zu ihm zurückkehrt.«

»Es ist schwer, die Bande einer Familie zu brechen, und Marka ist noch sehr jung.«

»Hmm.« Keeta setzte sich auf die Brunnenkante. Selbst im Sitzen konnte sie der stehenden Jill noch direkt ins Gesicht schauen. »Sie ist ein kluges Kind, und in vielerlei Hinsicht älter, als sie scheint. Bei anderen Dingen hingegen ...«

Jill wartete und wußte nicht genau, was die Frau andeuten wollte. Keeta betrachtete die Lichtflecke, welche die Laterne aufs Wasser warf.

»Ich habe so etwas schon öfter gesehen«, sagte Keeta schließlich. »Ein junges Mädchen in derselben Truppe mit einem gutaussehenden Mann. Manchmal gibt es deshalb Ärger – jedenfalls Ärger für sie. Ich habe vor, Marka ein wenig Vernunft beizubringen. Ihr braucht keine Sorge zu haben, daß sie sich wegen Eures Mannes zum Narren macht.«

»Wie bitte?« Jill brach in Lachen aus. »Laßt mich Euch versichern, daß Salamander mehr ein Bruder für mich ist als alles andere.«

»Oh! Nun, damit sind wir den halben Ärger schon los.«

»Und die andere Hälfte?«

»Ich würde die kleine Marka ungern schwanger und verlassen sehen.«

»So etwas würde er nicht tun. So seltsam das klingen mag – er sieht zwar aus wie die Art von Mann, die sich davonschleicht, ohne auch nur einen Blick zurückzuwerfen, aber das ist er nicht. Was Frauen angeht, hat er mehr Ehre als die meisten.«

»Das dürfte nicht schwierig sein, wie?« Keeta überlegte einen Augenblick, dann lächelte sie. »Nun, das erleichtert mich. Ich möchte nicht, daß das Kind einen Ärger los wird und sich den nächsten aufhalst.«

Dann nahm Keeta die Laterne und ging wieder ins Haus. Jill blieb noch ihm kühlen Hof zurück. Inzwischen hatte der Mond den Höchststand bereits hinter sich und begann, nach Westen zu sinken. Sein silbernes Licht fiel durch die wenigen Bäume und tanzte auf der bewegten Wasseroberfläche des Brunnens. Während Jill noch hinsah, schien das Licht sich zu verdichten und Form anzunehmen, wie Rauch über einem ersterbenden Lagerfeuer. Zunächst dachte Jill, daß es nur Wildvolk in einer halbmaterialisierten Gestalt war, das im Wasser spielte. Dann bemerkte sie, daß dieses Licht wirbelte, anwuchs, sich nach oben reckte, um schließlich eine silberne Säule von etwa zehn Fuß Höhe und vier Fuß Durchmesser zu bilden. In dieser Säule, ganz silbern schimmernd, stand eine vage elfische Gestalt, nicht so fest wie das Wasser, aber fester als ein Lichtstrahl.

Jill streckte die Hände mit nach außen gewandten Handflächen aus, dann sprach sie zum Gruß die magischen Namen der

Herren des Wassers, denn sie glaubte, dieses Wesen sei einer der Elementarkönige. Aber als die Gestalt innerhalb der Lichtsäule deutlicher wurde, bemerkte sie, daß sie einer Elfenfrau gehörte, und dazu einer, die ihr mit ihrem langen, silberblonden Haar und den stahlgrauen Augen vertraut vorkam.

»Dallandra! Wie bist du …« Jill war zu überrascht, um mehr sagen zu können.

Gekleidet in ein elfisches Hemd und eine Lederhose, wirkte Dallandra beinahe wirklich, als sie über dem Wasser des Beckens schwebte. Jill hatte sie nie zuvor so klar gesehen. Sie konnte die einzelnen Locken ihres Haares unterscheiden, die Tuchfalten ihres Hemdes und ein Stück Landschaft hinter ihr sehen, eine Wiese und einen einzelnen Baum. Um den Hals trug Dallandra an einer Goldkette einen einzelnen großen Amethyst, der zu einem Ornament geschnitten war – das glaubte Jill zumindest. Aber als die Elfenfrau sprach, war ihre Stimme nur als Gedanke zu hören.

»Jill! Was machst du hier?«

»Ich versuche herauszufinden, was das Wort in dem Rosenring bedeutet. Erinnerst du dich noch daran? Der Ring, der jetzt Rhodry Maelwaedd gehört.«

»Selbstverständlich. Deshalb habe ich dich ja gesucht.« Stirnrunzelnd starrte sie auf etwas in der Nähe ihrer Füße, das Jill nicht sehen konnte. »Aber ich meinte eigentlich, warum bist du in Bardek?«

»Du weißt, wo ich bin? Warum?«

»Ich kann deine Umgebung sehen, und das paßt zu dem, was man mir von den Inseln erzählt hat. Aber bitte, ich habe nicht viel Zeit.«

»Nun, es sieht so aus, daß ein Teil des Volkes nach der Verbrennung nach Süden geflohen ist, und vielleicht leben sie immer noch südlich von hier. Ich habe eine Karte gefunden, welche die Inseln südlich von Anmurdio zeigt, und ein paar alte Historien, die darauf hinweisen, daß es einmal Elfen in Bardek gab. Ich bin hergekommen, um sie zu suchen.«

Dallandra riß die Augen weit auf, und die Überraschung brach ihre Konzentration. Die Gestalt begann zu verblassen, während die Lichtsäule zu einer dicken Rauchsäule wurde, die silbern im Mondlicht wirbelte.

»Dallandra!« Ohne nachzudenken, war Jill aufgesprungen und rief: »Dalla! Warte! Wie bist du hierhergekommen?«

Mit einem letzten Wirbel schien die Säule zu verwehen, Rauch im Wind, eine Verdichtung des Mondlichts, dann war sie verschwunden.

Lange Zeit saß Jill noch auf der Bank und dachte intensiv nach. Dallandra war eine Dweomermeisterin von großer Macht, die vor einigen hundert Jahren ihr Wyrd mit dem jener seltsamen Geschöpfe verbunden hatte, die man als die Wächter kannte. Jill hatte sie zuletzt im Westland gesehen, das tausend Meilen entfernt und, was wichtiger war, auf der anderen Seite des Meeres lag. Es war unmöglich, über eine große Wasserfläche hinweg Dweomer zu bewirken, da die Ausstrahlung der Elementarkräfte und die astralen Vibrationen ein Bild schneller zerbrachen, als selbst der größte Dweomermeister es aufbauen konnte. Andere Dweomermeister hatten Jill damals gesagt, daß Dallandra ihre gewöhnliche körperliche Existenz lange hinter sich gelassen hatte, obwohl keiner von ihnen genau wußte, in welchem Stadium sie sich befand. Sie war bestenfalls halbkörperlich, ein Geschöpf aus ätherischer Substanz, was sie gegenüber den Wasserkräften eigentlich noch verwundbarer machen sollte als jede normale auf magischem Weg hergestellte Gestalt. Und dennoch war sie hier gewesen, oder zumindest eine klare Projektion ihres Selbst auf der körperlichen Ebene. Jill war nicht in der Lage, dieses Rätsel zu lösen.

Als sie wieder ins Haus ging, hielt sie kurz an der Tür des

Schankraums inne und beobachtete Salamander, der immer noch am Tisch saß, einen halbleeren Weinbecher in den schlanken Händen, und lächelnd zuhörte, wie die Scherze zwischen den Akrobaten wie jonglierte Gegenstände hin und her flogen. Er war vielleicht einsam, dachte Jill. Die Götter allein wissen, was für eine armselige Gesellschaft ich sein kann, wenn ich beschäftigt bin. Dennoch war sie immer noch verärgert, daß er sich auf diese Weise von seinen Studien ablenkte. Immerhin hatte sie Nevyn versprochen, daß sie sich um Salamanders Dweomerausbildung kümmern und ihr Bestes tun würde, damit er sein ganzes Potential entwickelte. In ihrer Vorstellung war jedes Versprechen, das sie gegenüber Nevyn abgelegt hatte, ein heiliges.

Dallandra war nach Bardek gekommen, um Jill zu suchen, oder um es genauer zu sagen, sie hatte Jill auf den inneren Ebenen gesucht und sie an einen Ort verfolgt, der sich schließlich als Bardek herausgestellt hatte. Wenn sie ihrem eigenen Empfinden nachging, war es nur ein paar Wochen her, seit sie ihren Ehemann, den Dweomermeister Aderyn von den Silberflügeln, im Westland verlassen hatte, obwohl sie natürlich wußte, daß für Menschen und Elfen über zweihundert Jahre vergangen waren. Sie war sich des Bruchs zwischen den beiden Zeitflüssen zwar bewußt, aber es fiel ihr schwer, damit zurechtzukommen. Sie hatte das Gefühl, Jill gerade erst am Vortag gesehen zu haben, dabei war es in Wahrheit beinahe drei Jahre her. Bei dieser letzten Begegnung hatte Jill sie nach dem Geheimnis des Rosenringes gefragt, und Dallandra hatte versucht, eine Antwort für die menschliche Dweomermeisterin zu finden.

»Ich habe den Zeitunterschied vergessen«, sagte sie zu Evandar. »Sie war vollkommen überrascht, daß ich mich erinnerte.«

»Du wirst dich schließlich an Ebbe und Flut gewöhnen und erkennen, wieso wir uns nicht mit den Angelegenheiten dieser Welt, aus der du kommst, abgeben. Das alles eilt vorbei wie Lichtblitze auf einem fließenden Fluß.«

»Ja. Wie viele ihrer Jahre sind hier ein Tag?«

»Was? Woher soll ich das wissen?«

»Hast du nie daran gedacht, es herauszufinden?«

»Wozu denn? Außerdem verändert sich das Tempo der Dinge.«

»Es verändert sich? Nun, das ist wirklich ärgerlich. Nach welchem Prinzip?«

»Nach was?«

»Nun, ich meine, es muß doch ein Muster oder so etwas wie Regelmäßigkeit in diesen Wechseln geben.«

Evandar starrte sie nur verblüfft an. Dallandra dachte nach und versuchte es noch einmal.

»Was ist mit den Barden? Gibt es keine alten Sprichwörter und Überlieferungen über die Zeit?«

»Im Sommer läuft die Sonne schnell wie ein Mädchen über den Himmel«, sagte er prompt. »Im Winter bewegt sie sich langsam wie eine alte Frau.«

»Mir ist noch nie aufgefallen, daß es hier Winter sein kann.«

»Doch. Das weiß man an der Art, wie die Zeit hinkt. Jetzt, in der Sommerhitze, flattert sie dahin wie ein Vogel.«

»Und was ist mit Frühling und Herbst? Gibt es auch darüber Sprichwörter?«

»Nicht über den Frühling, aber es gibt einen Tag im Herbst des Jahres, an dem unsere Zeit und ihre Zeit zusammenfallen.«

»Und das ist?«

»Im Land der Menschen ist es der Tag zwischen den Jahren.«

»Ein Tag *zwischen* den Jahren? So etwas habe ich noch nie gehört.«

Er zuckte nur mit den Achseln. Sie saßen an diesem Abend

auf einer grasigen Hügelkuppe – es schien zumindest, als ob sie dort säßen – und blickten hinab in die wehenden Nebel über einer Ebene, die von Flüssen durchzogen und von vereinzelten Gehölzen bedeckt war. Weit hinten am Horizont ging der Mond auf, groß und golden.

»Ich verstehe nicht, warum du mir nicht sagen willst, was dieses Wort im Ring bedeutet.«

»Ich verstehe es selbst auch nicht, aber ich werde es dir trotzdem nicht sagen.« Er griff nach ihrer Hand und küßte sie. »Wieso willst du dieser Menschenfrau überhaupt helfen?«

»Weil sie uns helfen wird. Sie hat mir versprochen, daß sie sich um das Kind kümmern wird, wenn es auf der Welt ist, und es ist nur höflich, ihr dabei zu helfen herauszufinden, was sie wissen muß.«

»Aber es ist ein Rätsel, und zwar eins meiner besten, und ich werde ihr die Antwort nicht verraten.«

Einen Moment betrachtete sie ihn – dieses seltsame Geschöpf, das auf eine noch seltsamere Art jetzt ihr Geliebter war. Obwohl er überwiegend wie ein Elf aussah, hatte sein Haar die gelbe Farbe von Löwenzahn – es war kein natürliches Blond –, seine Lippen waren so rot wie Sauerkirschen und seine Augen von einem verblüffenden Türkis, so künstlich wie eine der Farben, die elfische Handwerker mischten, um ihre Zelte zu bemalen.

»Was diese Inseln im Süden angeht«, meinte Evandar dann, »sie interessieren mich tatsächlich. Würdest du ihr helfen wollen, sie zu finden? Dabei werde ich sie gerne unterstützen, als Ausgleich für die Hilfe, wenn das Kind erst auf der Welt ist.«

»Du sollst gesegnet sein, mein Liebster! Das würde ich wirklich gerne tun.«

»Wunderbar! Sag es ihr, während ich mich nach den Inseln umsehe.«

»Das werde ich tun, aber erst werde ich Elessario suchen und sie mitnehmen. Sie sollte ganz in der Nähe sein.«

Und so dauerte es – dank der Ungleichheit der Zeit in Jills Welt – ein paar Wochen, bevor Dallandra ihr wieder erschien.

Inzwischen ließ die Artistentruppe zusammen mit Jill und Salamander Luvilae hinter sich. Die Hauptinsel des Archipels von Orystinna hat die Form eines Tieres, dessen Kopf nach Norden zeigt und dessen langer Schwanz sich in Form einer Halbinsel etwa fünfzig Meilen nach Süden erstreckt. Mit Erreichen Arabats, der Stadt am Ende des Schwanzes, hatte die Truppe mit ihren alten Wagen und gebrechlichen Pferden eine lange, langsame Reise nach Norden bis in die nächstgrößere Stadt, Inderat Noa an der Westküste der Hauptinsel, vor sich. Marka war entzückt, als Salamander darauf bestand, daß sie nicht auf dem rumpelnden Wagen, sondern auf seinem Pferd sitzen sollte, welches er selbst über die sonnige Straße führte. Sie legten oft Rast ein, um in kleineren Städten und Marktflecken am Weg aufzutreten. Auf jedem Marktplatz kaufte Salamander etwas für die Truppe, ein Stück Seide für ein Kostüm hier, ein paar neue bemalte Lederkeulen für die Akrobaten dort, alles von seinen eigenen, immer hohen Einnahmen.

»Man braucht Geld, um Geld zu verdienen«, sagte er dann immer. »Vinto und ich werden diese Truppe zur besten in ganz Orystinna machen.«

Bei diesen Worten lächelte Marka nur und dachte, daß Salamander zweifellos alles erreichen konnte, wenn er es nur wollte.

Jetzt, da Orima nicht mehr bei ihnen war, forderte Marka ihren Platz auf dem Seil zurück. Sie betrachtete es als eine Art Trost dafür, daß sie ihren Vater verloren hatte, obwohl sie im Lauf der Tage verblüfft feststellte, daß er ihr nur wenig fehlte. Hamil hatte sie zwar nie schlecht behandelt, aber auch nicht sonderlich gut. Was ihr tatsächlich fehlte, war das Bewußtsein, eine Familie zu haben, einen festen Ort oder eine Verbindung in der Welt. Von jetzt an würde diese Truppe – oder eine ähnliche – die einzige Familie sein, die sie hatte. So ging es vielen umherziehenden Artisten auf den bardekianischen Inseln. Sie tröstete sich damit, daß sie zumindest Keeta und Delya hatte, die sie nun schon seit sechs Jahren kannte – in der wechselhaften Welt von Wanderartisten fast eine Ewigkeit.

Und dann war da natürlich Salamander, den sie noch erheblich tröstlicher fand. Manchmal suchte sie sich einen Platz in sicherer Entfernung und sah ihm lange zu, wenn er seine Vorstellung gab oder trainierte oder einfach nur am Lagerfeuer stand und etwas aß. Die meiste Zeit wagte sie nicht, sich ihm zu nähern. Einmal jedoch, als er mit den Seidentüchern arbeitete, bemerkte er sie und rief sie zu sich.

»Möchtest du lernen, wie man sie wirft?« fragte er.

»Ja.« Sie war überrascht, daß sie diese Antwort so schnell gegeben hatte. »Wenn es dir nichts ausmacht, es mir beizubringen.«

»Nicht im geringsten.«

Danach hatte sie eine Ausrede, lange Zeit am Tag in seiner Gesellschaft zu verbringen, obwohl ihr hin und wieder auffiel, daß Keeta oder Jill sie mißbilligend betrachteten.

Nach einer dieser Übungsstunden erzählte Salamander ihr, daß er eigentlich Ebañy hieß, aber sie mußte versprechen, das als Geheimnis zu bewahren – was ihr einen Augenblick eisigen Zweifels verursachte. Obwohl sie vollkommen von ihm bezaubert war, war Marka klug genug zu bemerken, daß er einige recht seltsame Dinge für sich behielt. Immer wenn er von den barbarischen Königreichen im Norden sprach, wurde er vorsichtig. Er erwähnte nie seine Familie oder seine Heimatstadt. Er erzählte nie, warum oder wie er zum Artisten geworden war.

»Glaubst du, er ist vielleicht der ausgestoßene Sohn eines Adligen?« fragte Marka Keeta eines Abends. »Vielleicht ist er sogar ein in Ungnade gefallener Prinz.«

Keeta schnaubte.

»Das mit der Ungnade würde ich sofort glauben.«

»Sei nicht so gemein! Aber manchmal frage ich mich zum Beispiel, ob er verheiratet ist.«

»Marka, meine Liebe, du hast wirklich einen klugen Kopf auf deinen Schultern. Aber nein, ich habe Jill gefragt, und sie sagte nein.«

»Oh, ich bin so froh! Wir können Jill doch vertrauen, oder?«

»Jill hat etwas an sich, meine Liebe, das mich glauben läßt, daß wir ihr unser Leben anvertrauen können.« Keeta runzelte die Stirn und biß sich nachdenklich auf die Unterlippe. »Ich komme mir ganz dumm vor, daß ich das gesagt habe, aber es stimmt.«

Marka achtete kaum auf diese letzte Bemerkung, aber was sie über Ebañy gehört hatte, schmeckte süßer als der beste Honig. Tagelang genoß sie es und ging nun davon aus, daß keine andere Frau Anspruch auf ihn hatte. Dennoch verhielt er sich distanziert oder brüderlich, bis sie zu dem bitteren Schluß kam, daß sie ihm nur leid tat.

Am Tag, bevor sie Inderat Noa erreichten, bezog die Truppe einen öffentlichen Lagerplatz neben der Straße. Sie hätten zwar vor Einbruch der Dunkelheit noch ein paar Meilen zurücklegen können, aber sie beschlossen, lieber früher ihr Lager aufzuschlagen und nicht zu riskieren, nicht in die Stadt eingelassen zu werden, weil sie zu spät kamen. Nachdem die Zelte erst aufgestellt und die Pferde versorgt waren, machte sich Marka auf die Suche nach Ebañy. Auf einer Seite des Lagerplatzes standen ein paar knorrige Eichen und eine Reihe von Bänken um einen Steinbrunnen, den die Archonten von Inderat Noa dort für die Reisenden erbaut hatten. Als sie näher kam, sah Marka, daß Salamander mit Jill zusammensaß, und etwas an ihrer angespannten Haltung ließ sie zögern. Als Ebañy sie bemerkte, zuckte er derart zusammen und lächelte so nervös, daß ihr klar wurde, daß die beiden über sie gesprochen hatten. Plötzlich kam sie sich vor, als wäre sie acht Jahre alt. Sie wurde rot – da war sie ganz sicher. Ohne ein Wort drehte sie sich um und rannte ins Lager zurück, schlüpfte in ihr Zelt und warf sich auf ihre Decken, um zu weinen.

»Was ist eigentlich aus der Mutter des Mädchens geworden?« wollte Jill wissen.

»Um ehrlich zu sein, das weiß ich nicht«, antwortete Keeta. »Sie war schon lange weg, als ich mich Hamils Truppe angeschlossen habe. Es war damals eine ziemlich große Truppe.«

Sie saßen auf einer Steinbank unter ein paar Bäumen auf dem Marktplatz von Inderat Noa, einem großen, eleganten, offenen Areal mit Brunnen und gepflasterten Pfaden zwischen Buden und Ständen. Die Nachmittagshitze tanzte über dem Pflaster wie Wasserdampf über den Brunnen. In der Nähe feilschten Salamander und Vinto mit ein paar Männern des Archon um eine Auftrittserlaubnis.

»Ich habe gehört, Markas Mutter sei nach Mangortinna zurückgekehrt«, fuhr Keeta fort. »Ich glaube, sie stammte von dort.«

»Aha. Ich verstehe nicht, wieso sie ihre Tochter nicht mitgenommen hat.«

»Wie hätte sie das tun können? Sie und Hamil waren verheiratet.«

»Nun, was ...«

»Ach ja! Du sprichst unsere Sprache so gut, daß ich immer wieder vergesse, daß du eine Fremde bist. Nach unseren

Gesetzen ist ein Kind das Eigentum seines Vaters. Die Mutter hat kein Recht, es sei denn, er räumt es ihr ein.« Keeta runzelte die Stirn. »Das ist ein Grund, wieso ich mich entschlossen habe, nie zu heiraten.«

»Das kann ich verstehen. Mangortinna, wie? Nun, wenn sie nach Hause zurückgekehrt ist, werden wir sie wahrscheinlich nie finden, selbst wenn wir es versuchten.«

»Warum solltest du sie finden wollen?«

»Ach, ich bin vielleicht nur sentimental, aber ich denke, ich sollte … nun, ihre Meinung einholen, denke ich. Weißt du, Salamander möchte Marka heiraten.«

»Sie heiraten? Sie wirklich vor dem Gesetz heiraten?«

»Genau.«

»Das ist ja wunderbar! Er ist die Art Mann, der sich gut um sie kümmern könnte, und sie will ihn ganz bestimmt heiraten.«

Jill lachte.

»Und du hast mir gerade noch erzählt, wie schrecklich die Ehe ist.«

»Für mich wäre sie schrecklich, aber ich weiß, daß die Art, wie ich mein Leben führe, nicht jeder Frau behagt. Ich hatte wirklich Angst, daß Marka unverheiratet und schwanger dastehen würde, ganz gleich, was du über sein Ehrgefühl gesagt hast.«

»Bisher hat er sie nicht einmal angerührt.«

»Bisher. Aber sie ist ein hübsches kleines Ding.«

»Das ist wahr, und was für unseren Salamander noch wichtiger ist, sie betet ihn an.«

»Hmm. Und was ist so falsch daran, daß sie heiraten?«

»Nun, er ist ein ganzes Stück älter als sie, mehr als du glaubst. Und dann, nun …« Sie zögerte, unsicher, wie sie es erklären sollte und wieviel.

Jemand rief nach ihnen. Salamander kam, die Auftrittserlaubnis in der Hand, auf sie zu, und Jill ließ das Thema fallen. Vinto sah ausgesprochen zufrieden aus.

»Wir werden unsere berühmte Kaskade der Wunder auf dem Ostplatz aufführen«, erklärte Salamander. »Dieser Platz ist nicht nur gepflastert und relativ eben, er liegt auch in einem wohlhabenderen Stadtviertel. Wir sollten ins Lager zurückkehren und den anderen von unserem Glück erzählen. Und ich möchte sehen, wie Delya und Marka mit den neuen Kostümen weitergekommen sind.«

»Ich werde in der Stadt bleiben«, warf Jill ein. »Ich möchte mit dem Buchhändler sprechen. Und ich sollte vermutlich die Priester des Dalae-oh-contremo noch einmal aufsuchen.«

Obwohl es in Inderat Noa mehrere große öffentliche Plätze gab, zogen sich die meisten Straßen wie Tunnel unter Arkaden von Häusern und Geschäften hindurch, die direkt über sie hinweggebaut waren, um Schatten zu spenden. Während Jill durch dieses trüb beleuchtete Labyrinth schlenderte, zog sie eine ganze Reihe von Wildvolk an: Die großen, purpurn gestreiften Gnome, die es hier in Bardek gab, eilten auf ihren kleinen, dicken Beinen hinter ihr her. Obwohl ihr vertrauter grauer Gnom ebenfalls erschien, nahm er eine kleinere Gestalt als üblich an, damit er auf ihrer Schulter sitzen und mit herrschaftlicher Verachtung auf die lila Gnome hinabstarren konnte. Niemand sonst in den belebten Straßen konnte ihre Begleiter sehen, obwohl hier und da ein Passant plötzlich ins scheinbar Leere starrte, wenn ein Gnom ihn anrempelte oder ihn unhöflich zur Seite schob.

Der Buchhändler konnte das Wildvolk allerdings recht gut sehen, denn er hatte seit etwa dreißig Jahren den Dweomer studiert. Daenos kleiner Laden war zwischen einem Obstgeschäft und einem Korbflechter in einer Sackgasse eingezwängt, in der es nach Zitronen und trockenem Gras roch. Als Jill und ihr Wildvolk sich in den angenehm kühlen Laden drängten, kam der alte Mann nach vorn, um sie alle zu begrüßen, drohte den Gnomen mit den Fingern und ermahnte sie, ihre kleinen Klauentatzen von den seltenen Schriftrollen und Kodizes zu lassen, die überall aufgestapelt waren.

»Ich habe die Landkarte gefunden«, verkündete er. »Der Besitzer hat sie übrigens billig verkauft. Sie ist kein besonderes Sammlerstück.«

Das Stück gestampften Rindenpapiers war etwa zwei Fuß lang und anderthalb Fuß breit und an den Rändern ziemlich zerrissen und schmutzig und mit alten Weinflecken übersät. Ganz oben auf der Karte waren die verblichenen Umrisse des Schwanzes der Hauptinsel und der winzigen Inseln im Süden davon zu sehen. Links davon lag der Archipel Anmurdio, der mit etwas dunklerer Tinte gezeichnet war.

»Anmurdio liegt erheblich weiter entfernt, als diese Karte glauben läßt«, bemerkte Daeno. »Wer weiß also, wie weit diese Inseln hier entfernt sind.«

Er legte einen knochigen Finger auf eine Gruppe von vier Inseln, die viel zu rund eingezeichnet waren, als daß die Küstenlinie hätte akkurat sein können, und die sich offenbar weit südlich von Anmurdio befanden. In die Mitte des Ozeans dazwischen hatte der Schreiber eine Seeschlange und ein fettes Ungeheuer mit großen Reißzähnen eingezeichnet. Daeno griff nach der Landkarte und drehte sie um, um auf mehrere Reihen winziger krakeliger Schrift auf der Rückseite zu weisen. »Varro, der Kaufmann, zeichnete diese Landkarte durch die Gnade der Sternengöttinnen zur Regierungszeit von Archon Trono. Das war nach deverrianischer Zeitrechnung 977, zumindest ungefähr.«

»Ich danke Euch herzlich, daß Ihr Euch all diese Mühe gemacht habt«, meinte Jill.

»Keine Ursache. Ich fürchte nur, diese Karte wird Euch nicht sonderlich weiterhelfen.«

»Es ist besser, als überhaupt keine Karte zu haben. Außerdem habe ich etwas, das ich herumzeigen kann, wenn ich nach Anmurdio komme.«

»Wißt Ihr, es heißt, auf den kleineren Inseln gäbe es Kannibalen.«

»So, wie es im südlichen Meer Seeschlangen gibt?«

Daeno lachte und nickte zustimmend, während er die Karte aufrollte.

»Die Sache ist«, fuhr Jill fort, »ich werde hier auf der Hauptinsel nie einen Kaufmann dazu überreden können, sein Schiff und sein Glück für den verrückten Plan aufs Spiel zu setzten, nach Süden zu segeln. Nun ja, es gab einen, aber er hatte eine Frau und drei Kinder, und ich konnte es nicht zulassen. Ich konnte es einfach nicht.«

»Selbstverständlich nicht.« Daeno hielt inne, um nach den Gnomen zu schlagen, die auf der Theke herumsausten. »Ich bin überrascht, daß Ihr überhaupt jemanden gefunden habt. Wer war es denn? Ein Mann von hier?«

»Nein, ein Kaufmann oben in Orysat – ein Mann namens Kladyo.«

»Elaenos Junge?«

»Genau der! Kennt Ihr denn – oh, selbstverständlich kennt Ihr Elaeno!«

»Nun, nicht sonderlich gut, aber wir sind uns hier und da begegnet, und selbstverständlich auch mitunter auf der ätherischen Ebene. Hm, stimmt es, daß sein Dweomermeister ein Deverrianer war?«

»Das stimmt, und es war derselbe, der mich unterrichtet hat. Er hieß Nevyn.«

Daeno pfiff leise vor sich hin. Die Gnomen waren plötzlich alle totenstill, um zu lauschen.

»Doch nicht *der* Nevyn?« fragte der alte Mann. »Ach, hört mich nur reden! Es kann doch wohl nur einen geben!«

»Ihr habt also von ihm gehört?«

»Wie bitte?« Daeno lachte laut. »Jeder Dweomermeister in diesem Teil der Welt hat von Nevyn gehört! Er hat viele Jahre auf den Inseln verbracht. Manchmal war er zwanzig, dreißig Jahre hier, dann verschwand er für noch längere Zeit. Wahrscheinlich ist er nach Hause, in Euer Königreich, zurückgekehrt. Ihr müßt alles darüber wissen.«

Tatsächlich wußte Jill es nicht und war eher überrascht, es jetzt herauszufinden. Daeno plapperte vergnügt weiter.

»Aber um auf Euer Problem zurückzukommen: Wenn Ihr nach Süden segeln wollt, nehme ich an, daß Anmurdio der beste Ort ist, um nach einem Schiff zu suchen.«

Als Jill wieder im Lager eintraf, war die Truppe bereits bei der Arbeit und bereitete die Kostüme und Requisiten für die Abendvorstellung vor. Salamander saß auf einem Wagen, ließ die Beine über den Rand baumeln wie ein Bauernjunge und schnitzte auch wie einer. Er bearbeitete ein Stück Treibholz, das schon erkennbar die Form eines Vogels hatte.

»Man kann gut damit jonglieren.« Zur Illustration dieser Bemerkung warf er das Holz in die Luft und fing es mit derselben Hand wieder auf. »Und ich weiß, was du denkst, berückende Beherrscherin betörender Bannsprüche: Wenn ich nur so viel Zeit und Erfindungsreichtum, von Klugheit, Geist und Willigkeit nicht zu reden, für den Dweomer einsetzte, könnte ich dich bald eingeholt haben.«

»Wahrscheinlich eher überholt. Du hast mir die natürliche Begabung voraus.«

»Oh, bitte, necke mich nicht und verspotte mich auch nicht.«

»Nichts dergleichen. Ich mußte für alles, was ich erreicht habe, verflucht hart arbeiten, während es dir fast in den Schoß fällt. Ich nehme an – nein, ich weiß –, daß ich mich deshalb so oft über dich ärgere.«

»Oh.« Stirnrunzelnd betrachtete er den Holzvogel. »Nun, das

ändert die Dinge tatsächlich. Jill, ich muß mich bei dir entschuldigen. Ich versuche, mein frivoles Wesen zu beherrschen, aber ich fürchte, es ist etwas, womit ich geboren bin.«

»Es ist etwas, das du überwinden könntest.«

Er zuckte mit den Achseln und wandte sich wieder einem kleinen Wirbel zu, der an einen Flügel erinnerte.

»Ebañy, ich verstehe dich einfach nicht.«

»Ich verstehe mich auch nicht.«

»Wirst du bitte damit aufhören, mir auszuweichen?«

Plötzlich ernst geworden, blickte er auf, aber sie hätte nicht sagen können, ob er es wirklich meinte oder einfach nur die Miene aufsetzte, die sie von ihm erwartete.

»Dweomer bedeutet dir alles, nicht wahr?« sagte er.

»Ja. Mehr als Essen und Trinken, mehr als das Leben.«

»Mehr als die Liebe.«

»Das ist keine Frage.«

»Ach, mein armer Bruder! Ich glaube nicht, daß er je verstehen wird, wieso du ihm den Dweomer vorgezogen hast. Nicht mehr, als es dich wahrscheinlich interessiert, ob er das tut oder nicht.«

»Das ist ungerecht.«

Er zuckte zusammen, weil sie so bitter klang.

»Sieh mal.« Jill versuchte es auf andere Weise. »Ich weiß, daß die Übungen am Anfang langweilig sein können. Als ich all die angemessenen Anrufungen und Begrüßungen der Elementarkönige und -herren lernte, glaubte ich, vor schierer Langeweile den Verstand zu verlieren. Aber es ist es mehr als wert. Jetzt kann ich in ihren Welten reisen, wann ich will, und die Wunder dort sehen. Aber das weißt du. Du hast einen Vorgeschmack davon erhalten. Ich kann einfach nicht verstehen, wieso du nicht mehr willst.«

»Ich verfüge einfach nicht über deine Hingabe an diese Kunst.«

»Ach, Pferdedreck!«

»Du bist doch immer noch die Tochter eines Silberdolchs!« Grinsend blickte er auf, aber dann wurde er wieder ernst. »Aber es ist kein Pferdedreck, liebe Freundin, liebe, geschätzte Begleiterin. Jill, wenn du etwas willst, dann bist du so zielstrebig und stur, daß es mir den Atem raubt. Der Rest der Welt ist nicht so.«

»Ich rede nicht vom Rest der Welt.«

»Also gut. Ich bin auch nicht so.«

Jill zögerte und versuchte zu verstehen.

»Du hattest doch selbst einmal Zweifel, ob du dich der Kunst widmen solltest, oder nicht?« fuhr er fort.

»Ja. Aber das war, als ich noch nicht wußte, was sie zu bieten hatte. Du weißt es. Ich kann wirklich nicht verstehen, wie du so weit gehen und dann aufgeben konntest.«

»Ach, das liegt daran, daß du den Dweomer aus Liebe studierst, es für mich aber nur eine Verpflichtung ist.«

»Du liebst die Dweomerarbeit wirklich nicht?«

»Ich denke, das müßte nach all den Jahren deutlich genug sein.«

Sie kannte ihn gut genug, um zu wissen, daß er versuchte, eine Lüge zu umgehen.

»Denk doch einmal darüber nach.« Salamander sprach rasch weiter, bevor sie ihn entlarven konnte. »War dein Vater nicht der größte Schwertkämpfer von ganz Deverry? Errang er nicht großen Ruhm, wo immer er kämpfte – der Silberdolch, der Gedemütigte, Ausgestoßene, der die besten Kämpfer im Königreich beschämte? Aber hat er dieses Leben genossen? Hat ihm sein Ruhm Freude gemacht? Alles andere als das!«

»Das stimmt. Aber worauf willst du eigentlich hinaus?«

»Darauf, daß ein Mann eine große Begabung haben kann und trotzdem keinen Schweinefurz für das Leben gibt, zu dem diese Begabung ihn führt.«

»Und so empfindest du, was den Dweomer angeht?«

»Nicht genau so, nicht wörtlich, nicht präzise oder nicht einmal in den Grundzügen. Es war nur ein Beispiel.«

Aber genau in diesem Augenblick rutschte sein Daumen auf dem Messer aus, und er schnitt sich in die Hand. Mit einem leisen Aufschrei warf er sowohl Vogel als auch Klinge auf den Wagen und begann, sich selbst und seine Ungeschicklichkeit zu verfluchen. Blut tropfte auf den Boden.

»Du solltest mich das lieber verbinden lassen«, sagte Jill. »Ich hoffe, daß dieses verfluchte Messer sauber war.«

»Das macht nichts. Der Schnitt ist tief genug, um sich selbst auszuwaschen.«

Das stimmte, aber er war glücklicherweise nicht tief genug, um Salamander einen dauerhaften Schaden zuzufügen. Später sollte sich Jill an diesen Unfall und das damit verbundene unbewußte Geständnis erinnern und sich verfluchen, daß sie seine Bedeutung damals nicht erkannt hatte.

Zusammen mit anderen aus Evandars Volk war Dallandra an einem sonnigen Tag auf einer saftig-grünen Wiese unterwegs, in der rote und goldene Blüten leuchteten. Mit ihren bunten Kleidern und ihrem Goldschmuck leuchteten auch die Wächter wie Blüten im hohen Gras, und wie immer konnte Dallandra sie nicht genau zählen. Selbst hier, im Sonnenlicht eines Sommernachmittags, umgaben sie Schatten und ließen die Grenzen, die eine Person in unserer Welt definierten, verschwommen erscheinen. Aus dem Augenwinkel sah sie ein paar junge Mädchen, die schwatzend im Gras saßen, über etwas kicherten und sich dann erhoben wie ein Vogelschwarm. Oder es schien, daß im Schatten eines gewaltigen Baums eine Gruppe von Musikern so süße Melodien spielte, daß sie ihr schier das Herz zerrissen, aber dann sah sie nur einen einzelnen Mann mit einer Laute. Diese Wesen waren wie Flammen in einem Feuer oder Wellen in einem Bach, ganz klar einzeln zu sehen, nur um wieder mit dem Ganzen zu verschmelzen.

Einige waren jedoch deutlich unterscheidbar, mit eigenen Gedanken und Persönlichkeiten. Evandar und seine Tochter Elessario waren diejenigen, die sie am besten kannte, aber es gab auch andere Männer und Frauen, die Namen und Gesichter wie Ehrenzeichen trugen. Im tanzenden Sonnenlicht winkten sie ihr grüßend zu, während sie über die Wiese ging.

»Habt ihr Elessario gesehen?« fragte sie, aber die Antwort lautete immer nein.

Am Rand der Wiese floß ein Fluß, und zu diesem Zeitpunkt war er breit und träge. Zu anderen Zeiten hatte Dallandra ihn schmal und mit wild schäumendem Wasser gesehen, und wieder an anderen Tagen war er kaum mehr als ein Sumpf. Jetzt glitzerte das Wasser in der Sonne, und grüne Binsen standen am Ufer wie Schwertklingen, die man an der Stätte eines Waffenstillstands in den Boden gestoßen hatte. Zwischen ihnen stand ein weißer Reiher auf einem Bein.

»Elessario!«

Der Reiher drehte den Kopf, um sie mit einem gelben Auge zu betrachten, wurde dann undeutlich und verwandelte sich in eine junge Frau mit unmöglich gelbem Haar, die nackt ans Ufer watete. Dallandra reichte ihr die Hand und half ihr, aus dem Wasser zu klettern. Elessario hob ein Hemd vom Gras und zog es sich über den Kopf. Obwohl sie auf den ersten Blick schön war mit ihren Menschenohren und Elfenaugen, fiel auf den zweiten Blick auf, daß ihre Augen ebenso gelb waren wie ihr Haar, daß sie smaragdgrüne Katzenpupillen hatte und ihre Zähne spitz zuliefen.

»Brauchst du mich für etwas, Dalla?«

»Ja. Komm und schau dir etwas mit mir zusammen an.«

Hand in Hand wie Mutter und Kind gingen sie flußabwärts und machten sich auf die Suche nach Bardek. Hier in der Welt der Wächter, wie die Elfen Evandars Volk nannten, konnten Bilder leicht zur Realität werden, zumindest für jene, die entsprechend ausgebildet waren. Zunächst schuf Dallandra in ihrem Geist ein Abbild Jills, so klar und detailliert wie möglich. Dann versetzte sie dieses Bild in die Landschaft hinaus – was nur ein mentaler Kunstgriff war und kein echter Dweomer, so seltsam es auch für jene klingen mag, die nicht wissen, wie man es bewerkstelligt. Diese mentalen Abbilder waren leblose Dinge, selbst in dieser Welt, und lösten sich so schnell wieder auf wie ein Bild, das man sich in einer Wolke oder in einem Feuer vorstellt. Hin und wieder jedoch hielt eins von ihnen ein wenig länger oder schien leuchtender und solider. Während eine faszinierte Elessario hinter ihr herschlenderte, ging Dallandra zu dem Ort, an dem das deutlichste Abbild erschienen war, und begann wieder von vorn. Jedesmal wurde ein Bild aus dieser neuen Reihe fester und blieb lange genug, um die nächste Stufe ihrer Reise zu beginnen.

Während sie diesen Hinweisen folgten, veränderte sich die Landschaft rings um sie her. Der Fluß wurde schmaler und flacher, das üppige Gras welkte, bis es braun und trocken war. Sie kamen an großen Felsen vorbei, die sich aus der Erde erhoben, und fanden schließlich eine Kiesstraße, die in den Nebel hineinführte. Ganz plötzlich ließ das Zwielicht die Welt violett-grau leuchten.

»Da sind wir«, sagte Dallandra. »Komm und sieh dir eine Menschenstadt an.«

Sie trieben wie Vögel auf dem Wind im Nebel und sanken in großen Bögen abwärts, bis der Nebel einem Sternenhimmel wich. Unter ihnen lag eine weiße Stadt, die in der Hitze eines bardekianischen Abends flimmerte. Hier und da war in den dunklen Straßen ein goldener Lichtpunkt zu sehen – eine Laterne, die jemand trug. In der Mitte der Stadt jedoch flackerte ein gewaltiges Meer von Lampen zwischen den bunten Fahnen, Buden und Ständen des Marktplatzes. Rund um diese Ansammlung von Straßen und Licht erstreckte sich eine dunkle Ebene zu einem Horizont, der vom letzten Rest des Sonnenuntergangs noch schwach grünlich leuchtete. Mit einem leisen Entzückensschrei begann Elessario abwärts zu gleiten, auf ein paar Fetzen von Musik zu, die zu ihnen empordrangen, aber Dallandra ergriff sie am Arm.

»Noch nicht. Es ist schön, nicht wahr?«

»Werde ich Wunder wie diese sehen, wenn ich erst einmal geboren bin, Dalla?«

»Ja.« Dallandra zögerte, gefangen zwischen Wahrheit und Trauer. »Aber sie werden dir wahrscheinlich nicht so wunderbar vorkommen. Du wirst sie dann für vollkommen selbstverständlich halten.«

Ein letztes Abbild Jills zeigte ihnen den Weg zu einem Lager am Rand der Stadt. Unter ein paar Palmen dösten Pferde und Maultiere, Menschen gingen hin und her. An einigen Stellen flackerten Lagerfeuer auf, aber am Rand erhob sich eine silberblaue Säule wie ein Leuchtfeuer aus einem Brunnen. Daneben, auf einer kleinen Bank, saß Jill. Dallandra kam es so vor, als ginge sie einfach auf sie zu, aber nach Jills überraschtem Aufschrei zu schließen, waren sie ihr wohl ganz plötzlich erschienen.

»Jill, ich habe Elessario mitgebracht. Sie ist diejenige, die ihr Volk in unsere Welt führen wird.«

»Dann mußt du sehr tapfer sein, Elessario.« Jill erhob sich. »Ich grüße dich.«

Das junge Mädchen starrte sie an, ganz ernst und plötzlich schüchtern geworden.

»Versteht sie wirklich, was das zu bedeuten hat, Dalla?« fuhr Jill fort.

»Das hoffe ich.«

»Du solltest dich lieber genau davon überzeugen. Jemandem

eine solche Last aufzubürden, der nicht genau weiß, was er tut …«

»Aber Jill, wenn ihr Volk nicht durchbricht, werden sie sterben. Verblassen. Verschwinden. Und ehe nicht eine von ihnen die Reise unternimmt, wird es keiner tun.«

»Dennoch muß sie wissen, was …«

»Ich werde mein Bestes tun, es ihr zu erklären. Ihr zu helfen, es zu verstehen.«

»Gut.«

Sie betrachteten einander nachdenklich. Während Dallandra keine Ahnung hatte, wie sie für Jill aussah, erschien ihr die menschliche Dweomermeisterin wie eine Gestalt aus buntem Glas, schimmernd und glitzernd, als sie einander über eine Kluft zwischen den Welten hinweg betrachteten. Einzelheiten wie Mienenspiel und Nuancen der Stimme wurden einfach nicht klarer, aber Dallandra konnte Jills Ungeduld wie einen Stachel in einer alten Wunde spüren. Als sie sich ihren eigenen Gedanken zuwandte, begann sie die Vision zu verlieren: Jills Abbild wurde flacher, dann löste es sich auf, als flöge sie rasch davon.

»Jill!« rief sie. »Die Inseln! Evandar wird nach ihnen suchen!«

Sie wußte nicht, ob Jill sie gehört hatte. Rings um sie her wirbelte die Welt vorbei, grün und golden, weiß und rot, Gesichter und Teile von Gesichtern, Worte und Namen, die von einem purpurnen Wind davongeweht wurden, seltsame Wesen und Ausschnitte von Landschaften, rund und rund, schneller und schneller und immer weiter nach oben. Dallandra umklammerte Elessarios Hand fest mit beiden Händen und riß sie mit sich, als sie sich weiter nach oben drehten, immer höher, an Stimmen und Bildern vorbei, bis sie schließlich, mit einem Krachen wie dem Schlag eines Schwerts auf einen hölzernen Schild, ins Gras der Flußwiese fielen, wo die anderen in der

Sommersonne tanzten. Elessario rollte sich auf den Rücken und begann zu lachen.

»Das war aufregend! Es war wirklich ein wunderbares Spiel! Wird Geborenwerden auch so sein, Dalla?«

»Ja, aber rückwärts. Das heißt, du gehst abwärts und abwärts anstatt nach oben.«

»Und wo werde ich dann herauskommen?« Elessario setzte sich und schlang die Arme um die Knie.

»An einem Ort, wo es ganz warm und dunkel und sicher ist und wo du lange schlafen wirst.« Dallandra hatte ihr diese Geschichte schon hundertmal erzählt, aber das Mädchen hörte sie immer wieder gern. »Dann wirst du dich plötzlich an einem hellen Ort finden, und jemand wird dich halten, und du wirst wirklich erfahren, was Liebe ist. Aber es wird nicht alles einfach sein, Elli, meine Süße. Alles andere als das.«

»Du hast mir schon von den schweren Dingen erzählt. Schmerz und Blut und Schleim.« Stirnrunzelnd blickte sie über die Blütenwiese. »Aber ich möchte jetzt nichts davon hören, bitte.«

Dalla spürte, wie sich ihr das Herz zusammenzog. Sie fragte sich zum tausendsten Mal, ob sie wirklich das Richtige tat, ob sie tatsächlich genug wußte, um für dieses seltsame Volk, das hier in einem mörderischen Wirbel des Zeitflusses gefangen saß, das Beste zu tun. Vor undenkbar langer Zeit, im Morgenlicht des Universums, hatten auch diese Funken unsterblichen Feuers geboren werden sollen, wie alle anderen Seelen. Sie hatten die Last der Fleischwerdung auf sich nehmen sollen, um mit den anderen Seelen in den Kreislauf von Leben und Tod einzutreten, aber irgendwie, auf eine Art, an die selbst sie sich nicht mehr erinnern konnten, waren sie, wie sie es ausdrückten, »zurückgeblieben«. Ohne die Disziplin der Welten der Form waren sie zum Untergang verurteilt, aber nach so langer Zeit in diesem magischen Land, das sie gefunden – oder geschaffen – hatten, kam ihnen die stinkende, schmerzende, bedrückende Trägheit, die man als Leben bezeichnet, eher widerwärtig vor. Einer nach dem anderen würden sie verglühen und sterben wie Funken, die zu weit vom Feuer weggeflogen waren, wenn niemand sie in die Welt hinabführte. Ich weiß zu wenig, dachte Dalla. Ich habe keine Ahnung, was ich tue, und ich habe nicht genug Macht. Ich tue das aus den falschen Gründen. Ich kann es nicht, ich werde versagen, ich werde nie in der Lage sein, sie zu retten.

Leider gab es niemanden außer ihr, der es auch nur versuchen wollte.

Der Händler hatte seine Waren im Schatten neben einem öffentlichen Brunnen ausgebreitet. Er war ein alter Mann mit hellbrauner Haut und schütterem, weißem Haar, hockte auf den Fersen hinter einem kleinen roten Teppich und starrte ungerührt in die Menge, als wäre es ihm gleich, ob ihm jemand etwas abkaufte oder nicht. Ordentlich vor ihm aufgereiht, lagen unterschiedliche Packungen der Kacheln, die man hier zur Zukunftsdeutung benutzte. Von Päckchen aus Rindenpapier, in denen sich billige Holzplättchen befanden, bis hin zu einem Kachelsatz aus wunderbar bemalten Knochen in einer geschnitzten Holzschachtel mit Bronzescharnieren. Marka zählte ihr Geld zweimal, aber sie hatte nicht einmal genug für die billigste Version. Als sie ihren Beutel zögernd wieder ins Hemd steckte, würdigte sie der alte Mann endlich eines Blickes.

»Wenn es Euch bestimmt ist, sie zu besitzen, dann werdet Ihr das Geld schon bekommen«, meinte er. »Sie haben die Macht, sich ihren wahren Besitzer zu wählen.«

»Stimmt das wirklich?«

»Ja.« Er beugte sich vor und fuhr mit der knochigen Hand über den Deckel der geschnitzten Holzschachtel. »Ich habe diese Kacheln seit Jahren überall auf Orystinna verkauft, und inzwischen weiß ich alles über sie. Diese billigen Dinger dort haben überhaupt keine Macht. Ein Mann oben in Orysat bringt sie kistenweise aus Bardektinna. Ich nehme an, sie werden dort von Sklaven hergestellt. Und jene in den Tuchbeuteln mögen für einen Anfänger gut genug sein. Aber hin und wieder gerate ich auch an einen wirklich schönen Satz wie diesen hier. Man kann spüren, daß sie anders sind.«

Er griff nach einer Kachel und hielt sie mit der Bemalung nach oben. Es war der Prinz der Vögel, wunderbar geschnitzt, mit einem flatternden Flügel und einem langen Schnabel, und der Handwerker hatte in die eingeritzten Linien ein wenig blaue und grüne Farbe gerieben. Als sie die Kachel betrachtete, hatte Marka das seltsame Gefühl, den ganzen Satz und vor allem die Schachtel wiederzuerkennen.

»Auf der Unterseite ist ein Weinfleck«, sagte sie und stellte entsetzt fest, daß sie laut gesprochen hatte.

»Tatsächlich.« Das gab der Händler nur unwillig zu. »Aber es ist nur ein kleiner Fleck und ziemlich verblaßt. Er hat die Kacheln nicht beschädigt.«

Trotz des heißen Sommertages wurde es Marka plötzlich eiskalt. Sie zwang sich zu einem Lächeln, dann stand sie auf. Sie konnte nur noch daran denken, vor dieser Schachtel mit den Kacheln zu fliehen. Als jemand sie von hinten an der Schulter berührte, schrie sie auf.

»Ich bitte tausendmal um Verzeihung!« Das war Ebañy, halb lachend, halb besorgt. »Du hast mich wohl nicht kommen sehen. Ich wollte dich nicht erschrecken.«

»Nun, ich habe gerade, äh, mit diesem Mann gesprochen. Er, äh, hat interessante Waren anzubieten.«

Ebañy warf einen Blick auf die Waren und riß dann die Augen auf wie ein Kind. Als er sich niederkniete, um besser sehen zu können, hätte Marka ihn am liebsten angeschrien und angefleht, mit ihr wegzugehen. Aber als er ihr zuwinkte, kniete sie sich neben ihn, so nah, wie sie es wagte. Er holte den Bauern der Blüten aus der geschnitzten Schachtel und hielt die Kachel hoch, damit die goldenen Blüten im Licht glitzerten. Der Händler, der sofort Ebañys teures Hemd aus dem feinsten Leinen richtig eingeschätzt hatte, beugte sich lächelnd vor.

»Sie haben der jungen Dame sehr gefallen.«

»Da bin ich sicher.« Ebañy lächelte, aber der Blick seiner grauen Augen war seltsam kalt und distanziert, wie ein Aufblitzen von Stahl. »Wo habt Ihr die gekauft?«

»Ich erhielt sie im letzten Jahr oben in Delinth von einem Kaufmann. Er hat sie beim Spiel gewonnen, sagte er mir, drüben auf Surtinna. Er reist dort regelmäßig hin.«

»Ihr erinnert Euch nicht zufällig, in welcher Stadt er sie fand?« Ebañy legte den Bauern zurück und griff nach einer Handvoll anderer Kacheln. Sie in seinen langen, schmalen Fingern zu sehen hätte beinahe bewirkt, daß Marka ohnmächtig geworden wäre – aber sie hätte nicht sagen können, warum.

»Äh, nun …« Der Händler dachte einen Augenblick nach. »Ich glaube, es war Wylinth, aber das würde ich nicht beschwören; ich habe seitdem mit vielen Menschen gesprochen und viele Geschichten gehört.«

»Selbstverständlich. Wieviel wollt Ihr dafür?«

»Zehn Zotars.«

»Ach ja, und dabei würde der Mond mich nur zwölf kosten. Zwei Zotars.«

»Wie bitte? Die Schachtel allein ist soviel wert.«

»Aber sie hat einen Weinfleck. Drei Zotars.«

Als beide genußvoll weiterfeilschten, konnte Marka kaum mehr zuhören. Auch Ebañy wußte von dem Fleck, genau wie sie es gewußt hatte, obwohl keiner von beiden die Schachtel hochgehoben und sich die Unterseite angesehen hatte. Es tat ihr leid, daß sie überhaupt hier stehengeblieben war und mit dem Händler geredet hatte. Es tat ihr leid, daß sie diese Kacheln gewollt hatte, und noch mehr, daß er sie nun kaufte – und dann fiel ihr auf, daß er sie für sie kaufte, einfach nur, weil er wußte, daß sie sie haben wollte. Als er zufällig zu ihr hinsah und lächelte, hatte sie das Gefühl, vor Glück beinahe sterben zu müssen. Endlich wechselten fünf Zotars den Besitzer, und Ebañy klappte den Deckel der Schachtel zu und reichte sie Marka. Sie drückte den Kasten fest an die Brust, beugte sich vor und küßte ihn, einem plötzlichen Impuls folgend, auf die Wange.

»Ich danke dir. Sie sind wunderschön.«

Er lächelte nur, so liebenswert, daß ihr Herz heftig zu klopfen begann. Er erhob sich, dann half er ihr auf und nahm ihr die Schachtel wieder ab, um sie zu tragen.

»Kehren wir ins Lager zurück. Ach, und außerdem, hier ist vielleicht nicht der geeignete Ort für eine solche Frage, aber willst du mich heiraten? Ich weiß, daß ich nach euren Gesetzen deinen Vater fragen müßte, aber zurückzukehren und diesen würdigen Herrn zu finden wäre ausgesprochen ermüdend, und es würde außerdem zu einer unerträglich bedrückenden Wiedervereinigung führen.«

»Dich heiraten? Dich wirklich und wahrhaftig heiraten?«

»Genau.«

Als er über ihre Überraschung lachte, wurde ihr klar, daß sie vollkommen bereit gewesen war, alles zu tun, was er von ihr wollte.

»Darf ich dein Schweigen als Ja oder Nein deuten?«

»Als Ja, du Idiot.«

Mit einem Schluchzen, das sie durch und durch schüttelte und für das sie sich haßte, begann Marka zu weinen, und den ganzen Weg zurück zum Lager schniefte sie aufs uneleganteste.

»Du elender, erbärmlicher Dummkopf!« schrie Jill, aber zum Glück dachte sie zumindest daran, es auf deverrianisch zu tun. »Ich könnte dich erwürgen!«

»Beruhige dich doch.« Salamander wich ehrlich verängstigt zurück. »Ich verstehe nicht, wieso dich das so ärgert, ich verstehe es wirklich nicht.«

Jill hielt inne, ihr Zorn verflog, während sie nachdachte. Sie machte sich einfach Sorgen um das Mädchen, das glaubte, nur einen jungen umherziehenden Artisten zu heiraten, wo die Wahrheit so anders war.

»Es tut mir leid, daß ich so wütend geworden bin«, sagte sie schließlich. »Ich nehme an, es ist, weil sie noch so jung ist und du nicht – ganz gleich, wie gut du durch dein elfisches Blut aussiehst.«

»Aber das ist ebenfalls ein Grund. Denk doch darüber nach. Ich bin mehr als ein Jahrhundert alt, meine Turteltaube, alt für einen Menschen, jung für einen Mann vom Volk, aber ich bin keines von beiden.« Seine Stimme zitterte einen Augenblick vor Bitterkeit, dann beherrschte er sich wieder. »Wer weiß, wie lange ein Halbblut lebt? Ich gebe zu, Marka ist kaum mehr als ein Kind. Ich hoffe, daß wir diesmal die Möglichkeit haben, zusammen alt zu werden. Zuvor hätte ich sie lange überlebt, selbst wenn sie nicht an diesem Fieber gestorben wäre.«

»Oh.« Jill konnte es nicht über sich bringen, ihn noch länger zu tadeln. »Nun, es ist schließlich nicht meine Angelegenheit, ob das Mädchen dich heiratet oder nicht.«

»Vielleicht habe ich ein wenig übereilt gehandelt. Das lag daran, daß ich sie mit diesen Kacheln gesehen habe. Ihr Götter, wie oft habe ich sie beobachtet, wie sie an diesem kleinen Tisch saß und sich über die Kacheln beugte und mit mir darüber scherzte, was sie sah, oder …«

»Selbst wenn sie wirklich Inkarnationen derselben Seele

sind, sind Marka und Alaena nicht dieselben Personen. Das ist von einem Leben zum anderen bei niemandem so.«

Tränen traten ihm in die Augen, und er wandte sich ab. Jill seufzte. Sie saßen in ihrem Zelt am Rand des Lagers. Von draußen konnte Jill Marka aufgeregt schwatzen hören, unterbrochen von Keetas tiefer Stimme. Es war unmöglich, daß Salamander sein Angebot jetzt noch zurücknahm.

»Nun, dann ist das wohl entschieden«, sagte sie. »Ich werde allein nach Anmurdio fahren.«

»Wie bitte? Das kann ich nicht zulassen!«

»Und ich kann nicht zulassen, daß du dieses Kind mitschleppst.«

»Warum nicht? Es ist nicht gefährlicher als das Leben, das sie zuvor führte, als sie überall herumzog und nie wußte, wo ihr nächstes Kupferstück herkommt. Wir werden einigermaßen sicher sein. Deshalb habe ich doch die Truppe aufgebaut.«

»Willst du mir damit etwa sagen, du dummer, schwatzhafter Elf, daß du all diese Akrobaten mit nach Anmurdio nehmen willst?«

»Aber natürlich.«

Jill konnte ihn nur anstarren. Er setzte sein liebenswertestes Lächeln auf.

»Hör mir doch nur einen Augenblick zu, berückende Beherrscherin betörender Bannsprüche, und alles wird so klar wie ein Sommerhimmel werden. Denk zurück an unsere Jugend und unsere Abenteuer in Slaith. Oh, das ruhmreiche Slaith! Aber leider ist es meinem Brüder und seinem berechtigen Zorn zu verdanken, daß seine Beete von Fischeingeweiden nicht mehr die warme tropische Luft mit ihrem Duft erfüllen und keine Piraten mehr durch diese geschmückten Straßen stolzieren, ebensowenig ...«

»Willst du endlich den Mund halten, oder soll ich dir die Zunge rausschneiden? Sag, was du zu sagen hast!«

»Also gut, aber du kannst der Rhetorik eines Mannes tatsächlich jede Blüte rauben. Der wichtige Punkt, meine Turteltaube, ist folgender: Slaith war eine Piratenhöhle, aber selbst dort, an diesem Ort der Verdammten, hat meine bescheidene Berufung als Gerthddyn dafür gesorgt, daß wir willkommen und vor jedem Angriff sicher waren. Weit mehr als willkommen wird auf dem abgelegenen, ja beinahe isolierten Anmurdio eine ganze Truppe von Artisten sein.«

»Hmm. Ich gebe es ungern zu, aber du könntest recht haben.«

»Selbstredend. Ich habe manche Stunde tief in Gedanken verbracht und diesen Plan ausgearbeitet. Vielleicht können wir sogar etwas verdienen.«

»Also gut! Da ich ohnehin nichts dagegen tun kann, werde ich bei deinem dummen Plan mitmachen. Arme kleine Marka – eine schöne Art, eine Ehe zu beginnen!«

»Aha! Diesmal bist du es, die den Fehler macht. Du erinnerst dich an die verwöhnte Alaena, die reiche Witwe, der es an nichts mangelte. Marka hat ein ebenso schweres Leben hinter sich wie du, als du als Kind mit deinem Vater im ganzen Königreich herumgezogen bist.«

Jill sagte etwas ungeheuer Widerwärtiges – einfach, weil er recht hatte –, aber er lachte nur.

Später an diesem Nachmittag machte sich Jill auf die Suche nach Marka und fand sie vor dem Zelt, das sie mit Delya und Keeta teilte. Sie hatte eine große Matte ausgebreitet und die Kacheln, die vielleicht aus einem anderen Leben zu ihr zurückgekehrt waren, darauf arrangiert.

»Marka?« sagte Jill. »Ich wollte dir gratulieren.«

»Oh, vielen Dank!« Als sie aufblickte, war ihr Lächeln so unschuldig und freudig, daß es Jill beinahe das Herz zerriß. »Weißt du, ich hätte nie geglaubt, daß ich einmal so glücklich sein könnte.«

»Nun, das freut mich.« Jill setzte sich. »Keeta hat mir erzählt, daß die Truppe zusammenlegen will, um dir ein Hochzeitskleid zu kaufen.«

»Ja, das ist so nett von ihnen.« Sie zögerte kurz. »Aber du siehst irgendwie traurig aus, genau wie Keeta und Delya. Warum?«

»Ach, Hochzeiten haben etwas an sich, das uns alte Frauen traurig macht. Laß dich davon nicht beunruhigen.«

»Aber es beunruhigt mich. Ihr tut alle so, als würde ich ins Gefängnis des Archon geschleppt, statt zu heiraten.«

Jill zögerte, aber das Mädchen hatte eine ehrliche Antwort verdient.

»Nun, ich denke, es liegt daran, daß diese Art Glück nicht dauern kann – einfach nur, weil das Leben ist, wie es ist. Also macht es einen in gewisser Weise traurig, eine Frühlingsblüte zu sehen und zu wissen, daß sie mit dem Sommer verblassen wird. Ich weiß, das klingt schrecklich, aber glaubst du, daß du immer so überwältigend glücklich sein wirst?«

»Nun, ich wünschte, ich könnte es sein, aber du hast recht. Also gut, wenn das alles ist …«

Es ging noch um vieles mehr, aber dies war nicht der Augenblick, sich wie ein Geier auf all die Sorgen zu stürzen, die ältere Frauen bei einer Hochzeit beunruhigen: das langsame Sterben der Jugend eines Mädchens, den schnellen Tod der kleinen Freiheiten, die ihr zwischen dem Haus ihres Vaters und dem ihres Mannes erlaubt gewesen waren, nicht zu reden von der Möglichkeit, in jenen Tagen – Hunderte von Jahren, bevor der Dweomer den Frauen beibrachte, ihre Schwangerschaften zu kontrollieren – im Kindbett oder aus Erschöpfung nach zu vielen Geburten zu sterben.

»Das ist wirklich ein schöner Satz von Zukunftskacheln«, sagte Jill statt dessen. »Hat Salamander sie dir geschenkt?«

»Ja. Sind sie nicht wunderhübsch?« Sie runzelte die Stirn

und legte den Kopf ein wenig schief. »Weißt du, es war seltsam. Ich sah sie auf dem Marktplatz, als sie noch in der Schachtel waren, und ich habe sie nicht einmal berührt. Aber irgendwie wußte ich, daß die Schachtel unten einen Weinfleck hat. Und weißt du, was das merkwürdigste war? Ebañy wußte es auch. Und er hat ebenfalls nicht einmal hingesehen.«

Jills Zweifel daran, daß das Mädchen tatsächlich eine Wiedergeburt Alaenas war, verschwanden.

»Nun, manchmal passiert so etwas.« Sie stand rasch auf, bevor Marka weitere Fragen stellen konnte. »Ich denke, das bedeutet einfach, daß sie dir vorbestimmt waren. Ebenso, wie dir wahrscheinlich Ebañy vorbestimmt war.«

Marka bedachte sie mit einem Lächeln, das so strahlend war wie der Vollmond.

Nach der Vorstellung, als alle am Feuer saßen und ihre Mitternachtsmahlzeit verzehrten, gab es eine kleine Feier. Vinto war ein guter Musiker, der das Wela-Wela, ein zitherähnliches Instrument, spielte. Ein anderer der Akrobaten trommelte, und der Flötenspieler übertraf sich selbst, besonders da es genug Hintergrundgeräusche gab, um gelegentliche Mißtöne zu überspielen. Alle lachten und sangen, prosteten Salamander und Marka mit vollen Rotweinbechern zu. Selbst einige der Kaufleute, die ebenfalls hier lagerten, kamen herüber und brachten gefüllte Datteln, Nußkuchen und andere traditionelle Geschenke für solche Gelegenheiten. Nach einiger Zeit gingen der Lärm und die vielen Leute Jill auf die Nerven, und als sie sich zu einem Spaziergang aufmachte, schlossen sich Keeta und Delya ihr an. Sie fanden eine Bank am Brunnen und setzten sich hin, um das Glitzern des Wassers im Mondlicht zu betrachten. Obwohl Delya lächelte, ein wenig errötet vom Wein, und leise vor sich hin summte – tatsächlich trug sie kein einziges Wort zu diesem Gespräch bei –, schien Keeta ausgesprochen melancholisch.

»Nun gut«, sagte sie schließlich. »Zumindest macht Salamander den Eindruck, als gäbe er einen besseren Ehemann ab als die meisten.«

»Das wird er ganz bestimmt«, sagte Jill. »Ich kenne ihn schon lange, und das kann ich ehrlich sagen.«

»Gut. Übrigens, hat er dir gegenüber etwas von Anmurdio erwähnt?«

»Ja. Was hältst du von der Idee?«

»Es ist eine gute Idee. Die Leute dort bekommen nicht oft gute Vorstellungen zu sehen, also sollten wir wirklich einiges Geld machen können.«

»Nun, das ist eine Erleichterung. Ich möchte euch nicht alle mitschleppen, wenn sich die Reise für euch absehbar als Desaster erweisen würde.«

»Aber ich verstehe nicht recht, wieso sich dort seltene Bücher und andere Dinge befinden sollten, die dich interessieren.«

Jill suchte bei einer Variante der Wahrheit Zuflucht.

»Es kann durchaus sein, daß ich überhaupt nichts finde. Aber vor sehr langer Zeit gab es in dem Land, das an unser Königreich grenzt, einen schrecklichen Krieg, und einige Flüchtlinge haben sich nach Süden gewandt. Sie haben sich nicht im eigentlichen Bardek oder hier auf Orystinna niedergelassen. Ich würde gern wissen, was aus ihnen geworden ist und welche Bücher sie auf ihrer Flucht mitgenommen haben.«

»Ich muß sagen, daß es in eurem Land offenbar schrecklich viele Kriege gibt.«

»Ja, ich fürchte schon.«

Keeta warf ihrer Gefährtin einen Blick zu und lächelte plötzlich.

»Delya, du schläfst schon beinahe. Willst du zurückgehen?«

»Hmm?« Delya schreckte auf und gähnte. »Es geht mir gut.«

»Wir sollten lieber wieder zum Lager gehen.« Keeta stand auf und streckte die Hand aus. »Komm schon.«

Mit einem Nicken zu Jill erhob sich Delya und ließ sich davonführen. Auch Jill dachte daran, wieder zurückzukehren, beschloß aber, noch eine Weile hier im Dunkeln zu sitzen. Die Hitze des Feuers und der Lärm erschienen ihr wie eine Last, und außerdem hoffte sie, daß Dallandra noch einmal zur physischen Ebene durchdringen würde. Seit ihr Dalla mit Elessario erschienen war, hatte Jill versucht, ihre rätselhaften letzten Worte zu deuten, von denen sie nur »Inseln« und »Evandar« verstanden hatte. Ob *Evandar* nun der Name der Inseln war, auf denen die Flüchtlinge sich niedergelassen hatten, oder der einer Person, wußte sie nicht. Aber obwohl sie noch lange Zeit am Brunnen wartete, ließ sich die elfische Dweomerfrau nicht sehen.

Als Jill ins Lager zurückkehrte, war es still geworden, und nur noch Keeta saß gähnend am niedergebrannten Feuer.

»Ich habe deine Sachen und Decken in unser Zelt gebracht. Salamander und Marka sollten ein Zelt für sich haben. Ich dachte, ich sollte lieber aufbleiben und es dir sagen.«

»Aha«, meinte Jill. »Danke.«

Während die Truppe sich am Morgen in die Stadt begab, um die Hochzeit offiziell im Palast des Archon anzumelden, blieb Jill im Lager. Aber sie ging ihnen entgegen, um sie zu begrüßen, als sie zurückkehrten. An der Spitze der kleinen Prozession, seitlich im Sattel von Salamanders Grauem sitzend, ritt die errötende, lächelnde Marka, und ihr neuer Ehemann ging neben ihr her. Die Akrobaten in ihren bunten Kostümen folgten singend und lachend, jonglierten und tanzten. Eine Gruppe von Kindern und anderen Stadtbewohnern folgte ihnen und betrachtete die Akrobatenhochzeit wie eine weitere Vorstellung. Salamander und Marka waren nur zu froh, ihnen zu geben, was sie wollten. Als sie das Lager erreichten, hob er sie aus dem Sattel und küßte sie. Zum Jubel der Menge nahmen sie sich bei den Händen und verbeugten sich, während der Rest der Truppe umhereilte und die Münzen aufsammelte, die über das Paar niederregneten. Jill stellte fest, daß Salamander eine perfekte Ehefrau für sich gefunden hatte.

Gegen Abend jedoch holte sie ihn von Tanz und Musik weg. In den länger werdenden Schatten gingen sie zusammen zu den Palmen am Rand des Lagers. Ein leichter Wind war aufgekommen und wirbelte Staub auf.

»Es gibt etwas, das ich dich fragen wollte«, sagte Jill auf deverrianisch. »Als du dich bereit erklärt hast, mit mir nach Bardek zu kommen, hast du da bereits gehofft, Alaena wiederzufinden?«

»Ich kann dich nicht anlügen. Das war tatsächlich der Grund.«

Jill schnaubte, und noch währenddessen wurde ihr klar, daß sie sich wie Nevyn anhörte.

»Aber Jill, es ist doch alles nur zu unserem Besten gewesen! Bin ich nicht dein Führer, dein Begleiter, dein treuer Gefährte und Hund gewesen, während ich gleichzeitig meine Geliebte vor einem möglichen Leben in Sklaverei retten konnte, in das dieses Ungeheuer von einem Vater sie verkaufen wollte?«

»Es war Keeta, die sie gerettet hat. Du warst nur der Köder.«

»Nun gut. Du hast manchmal wirklich eine sehr unangenehme Art, dich auszudrücken.«

»Das bricht mir fast das Herz. Morgen früh werden wir uns ein Schiff suchen, das uns nach Anmurdio bringt, und dort unsere Suche fortsetzen.«

»Das Schiff habe ich bereits gefunden.« Er lächelte sie strahlend an. »Wir mußten im Palast des Archon ziemlich lange warten, und mit uns wartete auch ein Kapitän, der seine letzte Fracht anmelden wollte, und siehe da, wir kamen zu einer Übereinkunft.«

Das war das schlimmste an Salamander, dachte Jill. Gerade wenn man dazu ansetzte, ihn einmal wirklich ins Gebet zu nehmen, machte er zur Abwechslung mal etwas richtig.

Evandar hatte sich auf einer Hügelkuppe niedergelassen, von der aus man die Reste eines Gartens sehen konnte: Rosen, die vollkommen verwildert waren, Hecken, die lange grüne Finger in die Luft streckten, und schlammige Wege. Die früher rechteckigen und halbkreisförmigen Beete hatten sich irgendwie verzogen, als wäre die rechte Hälfte geschrumpft und die linke in die Länge gezogen.

»Es sieht aus«, meinte er zu Dallandra, »als hätte ein Riese daran gezerrt.«

»Ich verstehe, was du meinst. Ist das der Garten, den du mir gezeigt hast, als ich zum erstenmal herkam?«

»Ja, aber jetzt ist er verdorben. Und das Haus, die wunderschönen Räume, die ich für dich geschaffen habe – auch sie haben sich alle in Luft aufgelöst und sind weit, weit davongetragen worden. So ist es immer. Ich versuche zu bauen, wie unser Volk einmal gebaut hat, aber nie bleibt etwas übrig.«

»Diese Welt hier ist zum Fließen geschaffen, nicht für feste Formen. Wenn du nur in meine Welt geboren werden würdest …«

»Nein!« Gereizt schüttelte er den Kopf. »Sprich nicht mehr davon.«

Sie kannte seine Stimmungen und ließ das Thema fallen.

»Ich habe ein Wunder entdeckt, Dalla. Erinnerst du dich an die Inseln, von denen deine Freundin sprach? Sie haben Rinbaladelan dort wieder aufgebaut, aber es ist nur eine jämmerliche Kopie – Holz anstelle von Stein.«

»Du hast sie gefunden? Das hast du mir nicht gesagt!«

Er zuckte mit den Achseln, dann stand er auf und betrachtete eine Weile den Garten oder was davon übriggeblieben war.

Zwielicht sammelte sich purpurfarben am Himmel und ließ rings um ihn Schatten wie Regen niederfallen. Wind zerzauste sein gelbes Haar mit einem Aufblitzen beinahe spürbaren Lichts. In solchen Augenblicken fragte Dalla sich manchmal, wer oder was er wohl war und wo sie sich befanden. Ob sie vielleicht gar gestorben war und dieses hell leuchtende Land nur eine Illusion von Leben war, entstanden aus Erinnerung und Sehnsucht? Es war, als drohten genau diese Fragen die Welt, die sie umgab, zu zerstören. Der Hügel, auf dem sie standen, löste sich auf und begann in Nebelschwaden davonzutreiben, während der Garten unter ihnen zu einem Haufen Unkraut und trockenem Holz wurde. Evandar wurde so dünn wie ein Schatten, ein bunter Schatten, der in der Luft hing. Das Herz schlug ihr bis in den Hals.

»Geh nicht!« Die Worte brachen geradezu aus ihr hervor. »Ich liebe dich.«

Plötzlich stand er wieder vor ihr, und die Hände, die sie an den Schultern packten, der Mund, der sich auf ihren drückte, waren warm und fest. Er küßte sie voller Begierde und zog sie fest an sich. Zusammen sanken sie auf die Knie. Dallandra verlor alles Bewußtsein ihres Körpers, als wäre er tatsächlich nichts weiter als ein reines Abbild. Aber sie konnte Evandar spüren, der sie umschlang, spürte die Energie, die von ihm ausging, so deutlich wie einen Körper aus Fleisch und Blut, spürte die Kraft, die aus ihrer eigenen Essenz ausströmte und sich mit seiner mischte, während sie eine Ekstase teilten, die intensiver war als jedes sexuelle Vergnügen, das sie je gekannt hatte. Auf Wogen von Empfindungen, die sie laut aufschreien ließen, schienen sie dahinzutreiben, ein miteinander verwobenes Doppelbewußtsein.

Und dennoch konnte Dallandra sich wie immer hinterher nicht genau erinnern, was überhaupt geschehen war, was diese Empfindungen hervorgerufen hatte. Sie lagen auf dem Hügel, hielten einander umschlungen wie gewöhnliche Liebende, und ohne daß sie auch nur daran gedacht hätte, waren die Illusionen von Kleidung, die sie trugen, zurückgekehrt. Dallandra fühlte sich kühl, wachsam, beinahe unnatürlich ruhig, und Evandar lächelte sie nur an, als wäre er überrascht darüber, was sie alles geteilt hatten. Als er sie losließ, sah sie den Garten wieder blühen.

»Ich liebe dich auch«, sagte er, als hätte nichts ihr vorheriges Gespräch unterbrochen. »Dalla, ich habe mich für so klug gehalten, als ich dich hierherlockte, aber nun bist du die Jägerin und die Schlinge. Und am Ende wirst du mich zweifellos verlassen, wie man ein Tier zurückläßt, das schon so lange in der Falle verwest, daß sein Fell ganz verdorben ist.«

Sie riß sich los, setzte sich und fuhr sich durch ihr langes, wirres Haar. Schon fühlten ihre Hände und ihr Haar sich wieder vollkommen normal an, nicht anders als zuvor. Evandar stützte sich auf einen Ellbogen und sah ihr zu, mit so erschütterter Miene, als hätte man ihm gesagt, man werde ihn morgen hinrichten.

»Am Ende wirst du mich zwingen zu gehen«, sagte sie schließlich. »Ich liebe dich zu sehr, um zu bleiben und zuzusehen, wie du dich in nichts auflöst.«

»Das ist eine grausame Art, es auszudrücken.«

»Ach ja? Was hätte ich statt dessen sagen sollen?«

»Ich weiß es nicht.« Er hielt inne, dann schüttelte er den Kopf. »Bei diesen Göttern, von denen du immer sprichst – ich bin heute abend sehr müde. Ich habe auf der Suche nach diesen Inseln einen langen Weg zurückgelegt. Du solltest sie selbst sehen.«

»Das möchte ich gern. Ich wünschte, ich könnte mit Jill darüber sprechen.«

»Warum nicht? Du hast meinen Segen, Liebste.«

»Darum geht es nicht. Ich habe nie genug Zeit, viel zu sagen, nachdem ich sie gefunden habe, bevor die Vision wieder zerbricht.«

»Wenn du darauf bestehst, nur in einer Vision zu ihr zu gehen.«

»Wie sollte ich es sonst tun?«

»Bist du nicht hier in einer Welt zwischen den Welten? Warte! Verzeih mir, ich habe vergessen, daß du es nicht weißt. Komm mit mir, Liebste, und ich werde dir zeigen, wie man unsere Straßen beschreitet.« Er zögerte und legte den Kopf schief wie ein Hund. »Wo ist Elessario?«

»Das weiß ich nicht.«

»Sehen wir schnell, was sie macht. Ich habe ein ungutes Gefühl.«

Und dieses Gefühl war tatsächlich gerechtfertigt. Hand in Hand schwebten sie vom Hügel herunter und fanden die anderen Wächter bei einem Festessen auf der Wiese. Es sah so aus, als säßen sie in einem riesigen Pavillon aus Goldstoff, der Reihen um Reihen langer Tische mit silbernen Kerzenleuchtern beherbergte, aber als Dallandra sich erst innerhalb des Pavillons befand, bemerkte sie, daß sie durch das Dach die Sterne sehen konnte. Musik erklang über die Gespräche und das Gelächter hinweg, als sie von Tisch zu Tisch gingen und nach Evandars Tochter fragten. Niemand hatte Elessario gesehen. Plötzlich veränderte sich der Pavillon, das Tuch wurde zu Stein, die Wiese zu Stroh, die Banner zu verblichenen Wandbehängen. Aus dem Augenwinkel glaubte Dallandra ein Feuer in einer riesigen Steinfeuerstelle zu sehen, aber als sie direkt hinschaute, war es nur der Mond, der hinter einem Fenster aufging.

»Komm mit.« Evandar zog sie mit sich. »Das hier gefällt mir nicht.«

An der hinteren Tür fanden sie Elessario, gekleidet in ein langes blaues Kleid mit einer silbern-weiß-grün karierten

Schärpe. In der Hand hatte sie einen Laib Brot, den sie einer alten Bettlerin anbot, die in Lumpen gekleidet war und sich auf einen Stock stützte.

»Mutter, Mutter«, sagte das Mädchen. »Warum willst du nicht hereinkommen und mit uns feiern?«

»Ich bin nicht mehr willkommen in der Halle deines Vaters. Kind, erkennst du denn nicht, daß sie deinen Tod wollen? Komm mit, komm mit mir in die Sicherheit. Es ist besser, als Bettler auf der Straße zu leben, als in dieser tödlichen Üppigkeit.«

»Nein, Mutter! Sie wollen uns Leben geben – wahres Leben, wie wir es nie zuvor gesehen haben.«

Die alte Frau spuckte auf den Boden.

»Rührend, Alshandra, wirklich rührend«, sagte Evandar plötzlich. »Du solltest wirklich sehen, daß du nach Deverry geboren und zu einem Barden wirst.«

Mit einem Wutschrei richtete sich die Bettlerin auf, die Lumpen fielen wie Wasser von ihr ab, und nun war sie wieder mit einem Hirschlederhemd und Stiefeln bekleidet. Ihr Stock wurde zu einem Jagdbogen, und das Haar fiel ihr golden auf die Schultern. Am Rand ihres Blickfelds bemerkte Dallandra vage, daß der Steinbroch hinter ihnen verschwunden war und statt dessen wieder der goldene Pavillon im Mondlicht schimmerte.

»Ich verfluche dich, Evandar!« zischte Alshandra. »Der Fluch einer Mutter soll auf dir und deiner Elfenhure liegen!«

Mit einer Windböe verschwand sie. Evandar rieb sich das Kinn und seufzte.

»Sie konnte immer schon ein wenig lästig sein«, stellte er fest. »Elli, komm mit. Ich möchte Dallandra etwas beibringen, und ich will dich hier nicht allein lassen.«

Für ein bardekianisches Handelsschiff war das Schiff sehr solide gebaut. Es hatte genug Platz im Frachtraum für die Ausrüstung der Truppe, ebenso wie an Deck, zwischen dem einzigen Mast und dem Heck, genug Platz für ein Lager aus improvisierten Zelten war. Die Pferde hatte man lieber an Deck im Bug angebunden, als sie in den stinkenden Frachtraum zu hieven. Die meiste Zeit der Überfahrt verbrachte Jill in der Gesellschaft dieser Tiere. Unter normalen Umständen war das Leben der Truppe von Scherzen, Tratsch und Gefühlsaufwallungen, von plötzlich ausbrechenden Streitigkeiten und Schwüren unsterblicher Treue geprägt. Nun, da sie in unbekanntes Land segelten, waren sie so angespannt wie die Saiten eines Wela-Wela. Zwischen den Pferden und der Bugreling hatte Jill die Ruhe, die sie für ihre Meditationen brauchte. Hin und wieder kam Keeta zu ihr, um sich, wie sie es ausdrückte, ein wenig auszuruhen.

»Ich weiß manchmal nicht, wie du diese Leute ertragen kannst«, meinte Jill eines Morgens.

»Ich auch nicht.« Keeta grinste. »Ach, sie sind wirklich in Ordnung, und sie sind die einzige Familie, die ich je haben werde. Sie können auch anstrengend sein. Es ist Markas Heirat, weißt du. Sie hat mit nichts angefangen, ein Lehrling, ein Waisenkind, das wir alle bedauerten, und nun ist sie die Frau des Oberhaupts dieser Truppe. Alle sind aufgewühlt, alle wollen ihre neuen Positionen finden.«

»Und Salamander ist tatsächlich euer Oberhaupt?«

»O ja. Daran besteht überhaupt kein Zweifel.«

In diesem Augenblick wurde Jill klar, was sie an Salamanders Hochzeit gestört hatte. Er hatte sich so mit Verantwortung für andere beladen, daß sie ihn nicht mehr tadeln konnte, weil er seine Dweomerstudien vernachlässigte. Sie sagte nichts, sondern beobachtete nur, wie er sich in den nächsten Tagen mit der Truppe beschäftigte oder grinsend neben seiner neuen

Frau saß. Vielleicht weiß er es selbst tatsächlich am besten, dachte sie dann. Vielleicht hat er einfach nicht die Willenskraft, vielleicht ist er irgendwo tief in seinem Herzen zu schwach, um sein Schicksal wirklich in die Hand zu nehmen. Doch trotz dieser vernünftigen Argumente hatte sie das Gefühl, einen Toten zu betrauern. Um Nevyns willen wollte sie ihr Bestes tun, um ihn davon abzuhalten, sein Talent vollkommen zu vernachlässigen, aber hier, auf dem engen Schiff, hatte sie keine Gelegenheit, ihn zur Rede zu stellen.

Jill haßte Anmurdio von dem Augenblick an, da sie an Land gingen. Orystinna war zwar ebenso heiß gewesen, aber immerhin trocken, da die Berge den Wind ablenkten. Anmurdio, der Sammelname für eine Gruppe vulkanischer Inseln, war den tropisch feuchten Stürmen völlig ungeschützt ausgesetzt. Selbst wenn es nicht wirklich regnete, heulte doch stets der Wind, oder wenn es einen Moment still war, wurde es so feucht, daß alle sich wünschten, es würde endlich zu regnen beginnen. Die kleinen Städte – unordentliche Ansammlungen von Holzhäusern – schienen in dem ewigen Schlamm zwischen den Urwäldern zu versinken. Man konnte das Wasser nicht ohne Beimischung von Wein trinken; Rindfleisch war unbekannt und Brot selten. Aber all das wäre noch erträglich gewesen, hätten nicht die Moskitoschwärme dick wie Rauch in der Luft gehangen.

In den schweren Wagen weiterzureisen wäre unmöglich gewesen, aber zum Glück lagen die kleinen Städte des Archipels alle direkt am Meer. Fluchend über die zusätzlichen Kosten, ging Salamander einen Handel mit dem Besitzer eines kleinen Küstenschiffs ein, das gerade groß genug für die Truppe selbst war. Die Zugpferde, die Marka wie Haustiere liebte, mußten für weiteres Geld in der Hauptstadt untergebracht werden – wobei »Stadt« für Myleton Noa ein nicht gerade passender Begriff war.

Als alle teuren Arrangements endlich getroffen waren, begann es zu regnen, und es hörte drei Tage lang nicht mehr auf. Der Regen wusch das letzte Geld der Truppe weg, zusammen mit ihrem Rest guter Laune. Mit einem Sack voll Scherzen und Komplimenten watete Salamander von einem zum andern und versuchte, die Moral aufrechtzuerhalten und Streitereien zu verhindern. Wie Jill ihm eines Abends sagte, als sie für einen Augenblick allein waren, war er dafür wirklich zu bewundern.

»Dennoch«, meinte sie. »Wenn du dich nur bei deinen Studien so anstrengen würdest ...«

Er beschäftigte sich damit, Moskitos totzuschlagen.

»Ich wollte schon seit längerer Zeit mit dir reden«, fuhr sie gnadenlos fort. »Du hast zweifellos in der letzten Zeit einiges an Boden verloren, aber jetzt, da du verheiratet bist, gibt es keinen Grund, ihn nicht zurückzugewinnen.«

»Da hast du sicher recht, berückende Beherrscherin betörender Bannsprüche – das ist vollkommen akkurat, präzise und korrekt, aber die Zeiten sind ein wenig unruhig, um nicht zu sagen lärmig, da wir hier alle in diesem stinkenden Gasthaus aufeinander sitzen, und ich kann mich nicht konzentrieren. Im Augenblick ist der einzige Dweomer, nach dem mir zumute ist, ein Wetterzauber, um diesen elenden Regen zu vertreiben. Aber ich weiß, daß ich damit gegen deine hochentwickelte Ethik verstoßen würde.«

»Die Lage ist dafür noch nicht verzweifelt genug.«

»Das stimmt. Und zweifellos wird es bald von selbst aufklaren. Der Wirt versichert mir immer wieder, daß so viel Regen für diese Jahreszeit eher ungewöhnlich ist.«

Der Wirt kannte sich offensichtlich aus, denn am nächsten Morgen erwachten sie unter einem wolkenlosen Himmel. Mit sehr viel besserer Laune machte sich die Truppe daran, ihre Ausrüstung für die nächste Vorstellung zu säubern und vorzubereiten.

»Ich bete zu allen Göttern, daß ich recht hatte, was den Profit hier angeht«, meinte Salamander zu Jill. »Wenn das nicht der Fall ist, dann stecken wir wirklich, wie das Sprichwort sagt, ohne Schwert mitten in der Schlacht.«

Sie sagte nichts, aber nur unter Aufwendung großer Willenskraft.

»Ich weiß, was du denkst«, fuhr er dramatisch finster fort. »Du könntest es genausogut gleich sagen, dann hast du es hinter dir.«

»Ich fragte mich nur, wieso sich überhaupt jemand hier jemals niedergelassen hat und wieso sie so lange geblieben sind.«

»Perlen.« Plötzlich grinste er. »Schwarze und weiße Perlen, Perlmutt und wunderschöne Muscheln aller Art, die besten und seltensten für die Juweliere von Bardek. Und außerdem gibt es hier schwarzen Obsidian, den man nach Hause exportieren kann, und man kann die Papageien und anderen seltenen Vögel verkaufen, die die Damen auf Surtinna so erfreuen. Handelsschiffe segeln ununterbrochen hin und her.«

»Alles nur unwichtiger Kleinkram, wenn du mich fragst.«

»Unwichtiger Kleinkram hat schon viele reich gemacht. Selbstverständlich sind auch viele hier gestorben. Der Reichtum der See fordert seinen Preis.«

»Wenn es so gefährlich ist, solltest du die Truppe vielleicht gleich wieder nach Hause bringen.«

»Nicht, bevor ich meinen Plan ausprobiert habe. Und heute abend, hier auf dem Marktplatz von Myleton Noa, werde ich das tun!«

Der Marktplatz war eine große Schlammfläche inmitten der Stadt. Rundherum standen die wenigen öffentlichen Gebäude, die die Stadt zu bieten hatte: ein Zollhaus, die Residenz des Archon, eine Kaserne der Stadtwache und das Haus eines

Geldwechslers, der, wenn man dem Weinhändler glauben durfte, seine eigene Wache hatte.

»Er ist ein kluger Mann, der alte Din-var-tano«, bemerkte er zu Jill. »Und so ehrlich, wie das Meer tief ist. Aber so ein Geizkragen! Ihr Götter! Er lebt wie ein Sklave und will nicht heiraten, weil es zu teuer ist, eine Frau zu unterhalten. Ich wette, wir werden ihn heute abend bei der Vorstellung nicht sehen. Er würde sich verpflichtet fühlen, sich von einem seiner kostbaren Kupferstücke zu trennen! Aber es sieht so aus, als ob alle anderen hier wären.«

Jill und der Weinhändler standen auf den Holzstufen des Archonpalasts, ein wenig oberhalb der Menschenmenge, die sich auf dem schlammigen Platz drängte. Der alte Mann hatte seine kleine Bude auf der obersten Treppe aufgebaut, und während sie sich unterhielten, beschäftigte er sich eifrig damit, Weinbecher auf dem Geländer aufzustellen. Im samtenen Zwielicht stellten die Akrobaten rund um die Bühne Fackeln auf, während Salamander selbst unter dem Seil stand und daran zog, um sich zu überzeugen, daß es sicher war.

»Hier sind noch nie Artisten durchgekommen«, fuhr der Weinhändler fort. »Ich wette, ich werde nach der Vorstellung gute Geschäfte machen.«

»Zweifellos. Es sieht so aus, als wäre es ein wenig einsam in Anmurdio.«

»So einsam, wie das Meer tief ist, das ist sicher. Manchmal tut es mir leid, daß ich hierhergekommen bin, aber andererseits kann man hier leben, wie man will, ohne daß viele Beamte herumschwirren, einen mit ihren Gesetzten belästigen und alles überzählige Geld in die Steuerkasse wandern lassen.«

»Aha. Sagt mir eins: Habt Ihr je von Schiffen gehört, die weiter nach Süden gesegelt sind?«

»Nach Süden? Wozu das? Da gibt es nichts weiter als Meer und Wind.«

»Seid Ihr sicher?« Sie hielt inne, um einen besonders großen Moskito zu töten, der auf ihrem Handgelenk gelandet war. »Ihr habt nie von irgendwelchen Inseln weiter im Süden gehört?«

Nachdenklich saugte er an seinen Zahnstümpfen.

»Nie«, sagte er schließlich. »Aber ich kann Euch sagen, wen Ihr danach fragen könnt. Seht Ihr diesen großen Burschen da drüben neben der Fackel, den mit dem roten Hemd – ja, das ist er. Er heißt Dekki, und er ist ein echter Seemann. Er fährt überallhin, und nicht nur an Orte, die auf Karten verzeichnet sind, wenn Ihr versteht, was ich meine.«

Jill seufzte, denn sie verstand. Wahrscheinlich ein Pirat, und für Piraten hatte sie nicht sonderlich viel übrig. Bevor sie den Weinhändler mehr fragen konnte, erklangen auf der Bühne Trommel und Flöte. Applaudierend drängte sich die Menge näher. Die Vorstellung hatte begonnen.

Vom ersten Augenblick an, als der jüngste und ungeschickteste Akrobat auf der Bühne seine Räder schlug, wußte Jill, daß Salamanders Instinkte sie einem finanziellen Triumph entgegengesteuert hatten. Ganz gleich, ob einer der Artisten ein schwieriges Kunststück vollendet durchführte oder bei einem einfachen versagte, die Menge applaudierte und jubelte. Am Ende jedes Teils der Vorstellung klirrten Münzen auf die Bühne. Immerhin waren diese Kolonisten nach den Maßstäben anderer Städte relativ wohlhabend, aber es fehlte ihnen an Luxus, für den sie ihr Geld ausgeben konnten. Zum Höhepunkt der Vorstellung, als Keeta ihre flammenden Fackeln jonglierte und Marka auf dem Seil tanzte, schrie die Menge begeistert und stampfte mit den Füßen. Silber blitzte im Fackellicht wie Regen. Als Jill sich umdrehte, um mit dem Weinhändler zu sprechen, sah sie ihn völlig gebannt und lächelnd auf die Bühne starren. Salamander selbst gelang das größte Kunststück, indem er die Menge bewog, wieder zu schweigen. Es kam Jill so vor, als sonnte er sich in der Aufmerksamkeit der

Massen wie ein Mann auf seiner Veranda. Am liebsten hätte sie ihn gerüttelt, bevor er vollkommen eindöste.

Endlich waren die Artisten so erschöpft, daß selbst Jubel und Münzen sie nicht mehr beleben konnten, und die Vorstellung ging zu Ende. Inzwischen stand der Mond schon tief am Horizont, und das Rad der Sterne hatte sich ein ganzes Stück weitergedreht. In einem kühleren Wind vom Meer blieb die Menge noch auf dem Platz, sah zu, wie die Truppe ihre Bühne abbaute, oder stand an den diversen Buden und Ständen, um zu essen und zu trinken. Als Dekki vorbeikam, teilte sich die Menge an der Weinbude wie das Meer vor einem Schiffsbug, um ihn durchzulassen. Der Weinhändler reichte ihm einen Becher, ohne daß der Mann darum bitten mußte. Der Pirat zahlte allerdings auch den doppelten Preis – Jill nahm an, daß seine hohe Stellung in der Stadt von seiner Großzügigkeit abhing, ebenso wie der Respekt, den ein deverrianischer Lord bei seinen Leuten genoß. Der Weinhändler verbeugte sich.

»Diese Dame hier würde gerne mit Euch sprechen, Dekki.« Er wies mit dem Daumen auf Jill. »Sie ist eine Gelehrte und Kartenzeichnerin.«

»Ach ja?« Seine Stimme war ein Knurren wie entfernter Donner. »Dann ist es mir eine Ehre. Was wollt Ihr wissen?«

Sie entfernten sich ein wenig von der Menge durstiger Kunden und stellten sich zu einem Fackelpaar. Jill zog die Karte aus dem Hemd und rollte sie im flackernden Licht auf.

»Die habe ich in Inderat Noa bekommen«, sagte sie. »Seht Ihr diese Inseln dort im Süden? Ihr wißt nicht zufällig, ob es sie wirklich gibt?«

»Nun, es würde mich nicht überraschen, wenn Ihr mir sagtet, es gäbe sie. Drücken wir es einmal folgendermaßen aus: Irgend etwas ist da draußen.« Er nahm die Karte und starrte stirnrunzelnd die verblaßten Zeichnungen an. »Einmal sind meine

Männer und ich durch einen Sturm vom Kurs abgekommen, und es war ein verdammt übler Sturm. Wir segelten viele Tage vor ihm nach Süden und haben es gerade so eben geschafft, aber wir fanden das Wrack eines Schiffes, das nicht solches Glück hatte. Wir entdeckten, was wir für eine Galionsfigur hielten, und zogen sie an Bord. Wir dachten, es sei ein Schiff aus Anmurdio, und wollten sie mit nach Hause nehmen, um vom Besitzer eine Belohnung zu kassieren. Hmm. Nie in meinem Leben habe ich so etwas gesehen.« Er gab ihr die Karte zurück.

»Es war eine Frau, eine lächelnde Frau mit langem Haar, wirklich gute Schnitzarbeit – man hätte glauben können, mit den Fingern durchfahren zu können. Aber sie hatte Flügel, besser gesagt, was wir fanden, hatte Stummel von Flügeln. Sie waren vermutlich an den beiden Bugseiten angebracht gewesen. Jedenfalls, in den Gürtel, den sie trug, waren diese Buchstaben geschnitzt. So etwas habe ich noch nie gesehen. Ich bezeichne sie zwar als Buchstaben, aber nach allem, was ich weiß, hätten es genausogut magische Zeichen sein können.«

»Und was ist mit diesem Ding geschehen?«

»Ach, wir haben es wieder ins Meer geworfen. War keines unserer Schiffe.«

»Aha. Es muß also von irgendwo aus dem Süden gekommen sein?«

»Wahrscheinlich. Und dann sind da diese Kugeln. Unten an den Stränden im Süden findet man manchmal nach einem Sturm diese Glaskugeln.« Er bog seine großen Hände. »Ungefähr so groß. Es bringt Pech, eine zu zerbrechen. Die Priester sagen, es müssen böse Geister darin gefangen sein. Aber das setzt voraus, daß jemand das Glas geblasen und die Geister eingefangen hat.«

»Ich nehme nicht an, daß Ihr daran interessiert seid, eines

Tages nach Süden zu segeln, nur um herauszufinden, was sich dort befindet?«

»Ganz bestimmt nicht!«

»Nicht einmal, wenn Euch jemand gut dafür bezahlt?«

»Nicht einmal dann. In der Unterwelt kann man kein Geld ausgeben. Dieser Sturm brachte uns ungefähr so weit, wie man segeln kann, wenn man noch gesund nach Hause zurückkehren will, und wir waren beinahe verhungert, als wir den nächsten Hafen erreichten.«

Die Art, wie er den Kopf schüttelte, und die Spur von Angst in seiner Stimme machte es nur zu deutlich, daß keine Überredungskunst der Welt ihn dazu bringen konnte, es sich noch einmal zu überlegen. Jill gab ihm zum Dank für die Information noch einen Becher Wein aus, dann verabschiedete sie sich und ging hinüber zu den Artisten. Sie lachten und scherzten und erledigten ihre Abbauarbeit praktisch im Tanz. Sie waren so glücklich, so erleichtert, daß Jill es nicht übers Herz bringen konnte, ihnen die Feier zu verderben. Sie würde am nächsten Morgen mit Salamander sprechen.

»Ebañy?« rief sie. »Ich kehre ins Gasthaus zurück. Ich bin immer noch vollkommen erledigt von der Reise.«

Er warf ein Seil auf den Wagen und eilte zu ihr, um sie im flackernden Fackellicht forschend zu betrachten. Er sah selbst erschöpft aus, schweißüberströmt, seine Augen tief im Schatten.

»Jill, ist alles in Ordnung? Du siehst in letzter Zeit so bleich aus.«

»Das ist die Hitze.« Und während sie sprach, wurde ihr die grimmige Wahrheit klar. »Ich bin nicht daran gewöhnt, und ich bin nicht mehr so jung wie früher. Und das Klima scheint auch von dir seinen Tribut zu fordern.«

Er nickte zustimmend und strich sich mit beiden Händen das verschwitzte Haar aus dem Gesicht.

»Bleib selbst nicht mehr zu lange auf, mein Freund«, sagte Jill. »Was mich angeht … ich denke, ich werde etwas von diesem verwässerten Wein oder weinigen Wasser, oder was immer das sein soll, trinken und dann ins Bett gehen.«

Sie war so erschöpft, daß sie sofort einschlief und nicht einmal hörte, wie die Truppe nach Hause kam.

Mitten in der Nacht erwachte Jill allerdings schweißgebadet. Da das Fenster ein Fleck von nur geringfügig hellerem Grau war als das Zimmer selbst, konnte sie nur annehmen, daß der Mond bereits untergegangen, die Dämmerung aber noch weit entfernt war. Leise vor sich hin schimpfend, stand sie auf, trocknete sich mit einem schmutzigen Hemd ab und zog das sauberere an, um nach draußen zu gehen und frische Luft zu schnappen. Das Anwesen war vollkommen still und dunkel, abgesehen von dem leisen Murmeln des Wassers im Brunnen und dem Funkeln der Sterne am Himmel. Vorsichtig ging sie über die geborstenen Pflastersteine zum Brunnen und ertastete sich einen Platz am Rand. Hier draußen, mit einem Hauch von Wind, der ihr übers Gesicht strich, und dem Geräusch des plätschernden Wassers, war ihr kühl genug, daß sie nachdenken konnte.

Es war unmöglich, in Anmurdio ein Schiff für die Reise nach Süden zu bekommen. Das war jetzt vollkommen klar. Selbst wenn sich die Besatzung als vertrauenswürdig erwies, würden sie und ihre Passagiere die lange Fahrt mit einiger Wahrscheinlichkeit nicht überleben. Je mehr sie daran dachte, desto deutlicher wurde ihr, daß sie die Truppe niemals einer solchen Gefahr aussetzen würde, nicht einmal, wenn sie das beste Schiff der Welt hätten. Und Marka? Sie bedachte Salamander im Kopf mit ein paar ausgewählten Flüchen. Sie konnten das Mädchen weder mitnehmen noch sie zurücklassen, es sei denn, daß Salamander bei ihr blieb. Aber konnte Jill alleine gehen? Sie mußte zugeben, daß schon der Gedanke, allein über das südliche Meer zu reisen, sie trotz all ihrer Dweomermacht erschreckte, aber sie wußte auch, daß sie es tun würde, wenn es unbedingt sein mußte. Als sie aufblickte, standen die Sterne hell und kalt am Himmel und ließen selbst eine Dweomermeisterin und ihre Sorgen in den Gezeiten von Licht und Dunkelheit klein und unwichtig wirken. Wie eine Kranke, die gern nachts eine Laterne in ihrem Zimmer hat, schnippte Jill mit den Fingern und rief das Wildvolk des Aethyr herbei. Sie kamen, drängten sich um die halbverfallene Steinnymphe inmitten des Brunnens und sonderten ein schwaches, aber tröstliches Licht ab.

Das silberne Licht ließ Jill an Dallandra denken, und dann traf sie eine Idee wie ein wohlgezielter Pfeil. Jill zeigte auf einen der Geister, der in der Nähe hockte.

»Ihr kennt das Land der Wächter. Holt Dallandra her.«

Der Geist verschwand, aber ob er wirklich verstanden hatte, was Jill von ihm wollte, hätte sie nicht sagen können. Sie wartete lange Zeit und war schon kurz davor, wieder hineinzugehen, als sie bemerkte, daß sich ein Hauch von Silberlicht über dem Brunnen sammelte.

»Dalla?« Sie flüsterte den Namen kaum hörbar.

Dallandra war gekleidet wie eine Elfenfrau, aber ohne den Amethyst an ihrem Hals, und sie erschien nicht über dem Brunnen, sondern kam Jill über den Hof entgegen, so fest und greifbar wie die Pflastersteine.

»Ich kann nicht glauben, daß ich es geschafft habe«, meinte sie auf elfisch und grinste. »Aber es hat funktioniert, und jetzt bin ich hier. Jill, ich habe dir so viel zu sagen. Evandar hat die Inseln gefunden, und wir können dich hinbringen.«

»Hinbringen?« Jill war so verwirrt, als hätte ihr gerade jemand auf den Kopf geschlagen. »Ihr habt ein Schiff?«

»Nein, aber wir brauchen auch keins. Es ist Evandars Dweomer. Aber ich weiß nicht, wie viele von euch wir …«

»Ich werde die einzige sein. Ich möchte niemanden sonst mitnehmen. Ich kann dir nicht sagen, wie dankbar ich bin! Nach allem, was ich weiß, hätten wir die Reise mit dem Schiff nicht überlebt.«

»Wahrscheinlich nicht.« Dallandra hielt inne und warf über die Schultern einen Blick auf etwas, das nur sie sehen konnte. »Ich muß mich immer noch beeilen, obwohl es erheblich einfacher ist, wenn wir uns auf diese Weise unterhalten. Aber Evandar hat mir eingeschärft, dir noch etwas zu sagen: Die Bewohner dieser Inseln achten und ehren den Dweomer mehr als alles andere unter Sonne und Mond, also werden sie dich willkommen heißen.«

»Ich kann dir nicht sagen, wie froh ich bin, das zu hören! Ich habe mir deshalb schon Sorgen gemacht.«

»Zweifellos.« Wieder lächelte sie. »Wann möchtest du gehen? Ich nehme an, du mußt dich noch verabschieden.«

»Und ein paar Sachen packen. Und dann gibt es noch etwas, das ich tun muß, bevor ich gehe – nicht, daß Salamander mir dafür dankbar sein würde. Ich glaube nicht, daß wir eine Zeit festlegen können. Wenn ich sage, in zwei Wochen, wie willst du wissen, wann das ist?«

»Ja, das ist schwierig. Aber ich habe einen Plan. Es gibt einen Ort, wo ich warten kann, ganz nah an deiner Welt, und die Zeit dort ist der euren ein wenig ähnlicher. Bereite dich vor, und ich komme, sobald ich kann. Schick mir einen vom Wildvolk als Boten.«

»Wunderbar! Ich danke dir tausendmal.«

»Keine Ursache.« Wieder hielt Dallandra inne, starrte zu Boden und runzelte die Stirn. »Das Kind. Es wird bald zur Welt kommen müssen, weil es in unserem Land Schwierigkeiten gibt. Ich kann es dir nicht erklären. Ich verstehe es selbst nur halb. Aber es wird bald geschehen.«

Ganz plötzlich hatte Jill eine Idee. Es konnte gut sein, daß

Salamander und seine Frau dem Dweomer dienen würden, ob sie wollten oder nicht.

»Sag mir eins – könnte das Kind hier zur Welt kommen? Auf den Inseln, meine ich?«

»Nein, keinesfalls. Alle Vorzeichen weisen darauf hin, daß es im Westland geboren wird.«

»Das ist schade.«

»Warum?«

»Oh, es ist nur, daß ich einen frischgebackenen Ehemann kenne, der einen wunderbaren Vater für ein solches Kind abgeben würde.«

»Das ist gut, denn siehst du, es werden später noch mehr solcher Kinder geboren werden – zumindest wenn ich es wirklich schaffe. Jill, ich habe manchmal solche Angst!«

»Nun, wenn ich dir irgendwie helfen kann ...«

»Ich danke dir.«

Sie nahmen einander an den Händen. Jill war überrascht, wie warm und fest Dallandras Hand sich anfühlte. Sie hatte eine kühle, ätherische Berührung erwartet.

»Wenn solch große Dinge bevorstehen«, sagte Jill, »dann sollte ich am besten alles, was noch zu erledigen ist, schnell hinter mich bringen, und mich dann auf den Rückweg nach Deverry machen.«

»Wenn die Zeit gekommen ist, werde ich dich nach Deverry zurückbringen – mach dir darüber keine Sorgen. Es gibt viele Wunder, von denen ich dir erzählen und die ich dir zeigen muß, wenn wir erst einmal Zeit haben, eine Weile miteinander zu reden, aber jetzt ...«

»Ich verstehe. Du solltest lieber gehen. Es ist beinahe Morgen, und wenn andere dich hier finden, werden sie Fragen stellen.«

Dallandra ging auf das Tor des Hofs zu, drehte sich noch einmal um, um zu winken, und verschwand dann in einem

Schimmer von grauem Morgenlicht. Wunder, wahrhaftig! dachte Jill. Plötzlich lachte sie laut, weil sie daran denken mußte, was für ein wunderbarer Scherz es wäre, wenn Salamander tatsächlich Vater eines vom Dweomer berührten Kindes würde. Selbst Nevyn, der meist so grimmig war, hätte diesen Witz zu würdigen gewußt.

Als Dallandra von Schwierigkeiten gesprochen hatte, hatte sie nichts anderes gemeint als Alshandras Böswilligkeit. Es stellte sich jedoch heraus, daß diese längst nicht das einzige Problem war. Nachdem Dallandra Jill verlassen hatte, reiste sie auf gewundenen Straßen und durch Nebel in Evandars Land zurück. Er wartete auf der Hügelkuppe, von wo aus er durch die Nacht auf die Wiese hinabschaute, auf der sein Volk im Fackellicht tanzte. Die Musik trieb auf dem Wind zu ihnen hinauf: Harfen und Trommeln und Flötenklänge.

»Du bist zurückgekommen«, sagte er. »Ich habe mich die ganze Zeit nach dir gesehnt.«

»Glaubst du, ich würde dich so schnell wieder verlassen?«

»Ich weiß nicht mehr, was ich denken soll. Ich habe mich für so klug gehalten, mit all meinen Scherzen und Rätseln, und nun stellst du mir ein Rätsel, auf das ich keine Antwort finde.« Er schüttelte den Kopf. »Ich nehme an, du hast Jill gefunden?«

»Ja, und sie wird unserem Weg dankbar folgen. Aber was meintest du mit einem Rätsel, auf das du keine Antwort weißt?«

Plötzlich blitzten seine türkisfarbenen Augen auf, und er grinste.

»Das werde ich dir nicht sagen, weil ich das Rätsel, das du für mich darstellst, mit einem eigenen beantworten will. Oder vielleicht …« Er hielt inne und lauschte.

Dallandra hörte es ebenfalls: ein dünnes Kreischen im auflebenden Wind. Ohne ein weiteres Wort drehten sie sich um und warfen sich in die Luft, er plötzlich ein Falke, ein roter

Falke aus Deverry, während sie sich wie üblich in einen grauen, unbestimmbaren Vogel verwandelt hatte. Beide hatten Flügelspannen von mindestens fünfzehn Fuß. Sie segelten auf dem heftiger werdenden Wind über den grasbewachsenen Hügel zur Blumenwiese, wo alle verwirrt und schreiend umherrannten. In der dunkler werdenden Nacht flackerten die Fackeln, einige davon verloschen.

»Elessario!« Der Ruf drang zu ihnen hinauf. »Sie ist verschwunden!«

Der Falke stieß einen schrillen Schrei aus und flog zum Fluß. Dallandra folgte, betete um Mondlicht, und wie zur Antwort erschien der Mond über dem Horizont, riesig und aufgebläht, und warf ein kränklich gelbes Licht. Tief unten, auf dem öligen Fluß, sah sie einen Umriß, der von hier oben wie ein Holzsplitter aussah, der sich stromaufwärts schob. Evandar stürzte abwärts. Dallandra folgte vorsichtiger und entdeckte eine schwarze Barke, gerudert von Sklaven, die angestrengt gegen den Strom ankämpften. Am Bug stand Alshandra, und sie schien mindestens zehn Fuß hoch, eine Kriegerin in glitzernder Rüstung, die einen Pfeil auf die Sehne ihres Bogens gelegt hatte. Kreischend schoß der Falke abwärts und stürzte sich auf sie, bevor sie zielen und schießen konnte. Vogelklauen zerrissen ihr Gesicht, der Schnabel hackte auf ihre Arme ein, als sie aufs Deck stürzte und unter wütendem Geschrei mit dem Bogen auf den Vogel einschlug.

Mit schweren schwarzen Ketten gebunden, hockte Elessario ein paar Fuß entfernt und schluchzte. Dallandra verstand genug von diesem Land, um die Ruhe zu bewahren. Sie landete auf Deck und warf die Vogelgestalt wie einen Umhang ab.

»Brich die Ketten!« sagte sie. »Beweg einfach nur die Arme, und sie werden abfallen.«

Elessario folgte dieser Anweisung und lachte laut, als sich die Ketten in Wasser verwandelten und in einer Pfütze zu ihren

Füßen zerflossen. Mit einem Wutschrei warf Alshandra den Falken ab und kam auf die Knie hoch. Boot, Sklaven, Rüstung, Nacht – alles verschwand so schnell wie die Ketten. In der goldenen Sonne eines späten Nachmittags standen sie in Elfengestalt am grasigen Ufer, umgeben von den anderen Wächtern.

»Ach, geht weg, ihr alle!« zischte Alshandra.

Lachend flüchteten sie.

Dallandra legte Elessario den Arm um die Schultern und zog sie an sich, während Alshandra und Evandar einander gegenüberstanden, nun beide in Hofkleidung: Hemden aus Goldlamé, Diademe aus Gold und Edelsteinen und silberfarbene, mit Pelz gesäumte Umhänge. Und dennoch verlief über Alshandras Wange ein Kratzer von den Klauen eines Falken, und Evandar hatte eine bläulich-rot geschwollene Stelle im Gesicht.

»Sie ist meine Tochter, und ich werde sie bringen, wohin ich will«, sagte Alshandra.

»Nicht, solange sie nicht freiwillig geht, und die Ketten zeigten, daß dies nicht der Fall war. Wohin wolltest du sie bringen? Weiter nach innen?«

»Das geht dich nichts an.« Alshandra wandte sich Dalla zu. »Du kannst meinen Mann behalten, weil ich seiner schon lange müde geworden war, bevor du zu uns kamst, aber meine Tochter gebe ich dir nicht.«

»Ich will sie nicht um meinetwillen. Ich will nur, daß sie das Leben bekommt, das ihr zusteht – das auch dir zustehen würde.«

Mit einem Aufschimmern von Licht wechselte Alshandra die Gestalt, wurde alt, faltig, jämmerlich, in Lumpen gehüllt.

»Du wirst sie weit, weit wegbringen, und ich werde sie nie wiedersehen.«

»Dann komm mit ihr. Folge ihr, so wie alle von deinem Volk es tun werden. Folge ihr ins Leben.« Dallandra warf einen Blick auf Elessario. »Möchtest du mit deiner Mutter gehen?«

»Nein, ich will bei dir bleiben.«

Alshandra heulte auf, wuchs riesig an, gekleidet wie eine Jägerin in ihrem Hirschlederhemd und den Stiefeln, den Bogen fest in den Händen.

»Du willst es nicht anders, Hexe! Am Ende wirst du diese Schlacht verlieren. Das schwöre ich. Ich habe in deiner häßlichen kleinen Welt einige gefunden, die mir helfen werden. Ich habe Freunde gefunden, mächtige Freunde. Sie werden mir meine Tochter zurückgeben, wenn sie versucht, uns zu verlassen. Das haben sie mir versprochen, und ich weiß, sie werden ihr Versprechen halten, weil sie mir zu Füßen liegen.«

Dann war sie verschwunden, verloschen wie eine Flamme. Der Wind schien kälter geworden zu sein, und das Sonnenlicht hatte sich verdunkelt. Zitternd und bleich lehnte sich Elessario an Dallandra.

»Freunde? Zu ihren Füßen?« sagte Evandar. »Ich frage mich, was sie damit meint. Ich möchte es wirklich gern wissen. Das kann nichts Gutes bedeuten.«

»Ich will dir nicht widersprechen.« Dallandra hörte, wie schwach und dünn ihre Stimme klang. »Wir sollten herausfinden, was das für Freunde sind.«

»Wird das gut sein? Ich weiß es nicht, ich frage dich nur.«

»Ich weiß es auch nicht. Können wir uns von all dieser Musik und dem Lärm zurückziehen?«

»Selbstverständlich. El, ich möchte dich nicht allein lassen. Komm mit uns.«

»Ich bin so müde, Vater. Ich möchte nicht.«

»Nun, ich werde dich nicht einfach hier am Fluß schlafen lassen wie einen Köder. Ich …« Plötzlich lächelte er. »Also gut, meine Liebe, meine Tochter, mein Schatz. Du sollst deine Ruhe haben. Dallandra, wenn du hierher an meine Seite kommen würdest?«

Verwirrt kam Dallandra seiner Bitte nach. Evandar hob die Hand und zeichnete mit dem Finger einen Kreis in die Luft, der dann über seine Tochter fiel. Er rezitierte etwas in einer Sprache, die Dallandra noch nie gehört hatte, nur leise und kurz, während Elessario gähnte und sich die Augen rieb. Es sah so aus, als würde ihr Haar vom Wind zerzaust, als breitete er es aus, während sie nach oben hineingriff. Ihre Finger wurden länger und schlanker, wuchsen weiter, ihre Arme streckten und reckten sich, erstarrten, und plötzlich war ihr Körper von grau-brauner Rinde umgeben und ihr Haar grün und golden und voller Blätter. Ein junger Eichenbaum, etwa sieben Fuß hoch und schlank, nickte im Abendwind.

»Alshandra wird nie auf die Idee kommen, dort nach ihr zu suchen«, meinte Evandar. »Manchmal kann sie ein bißchen dumm sein.«

Dallandra starrte nur den jungen Baum an, bis Evandar ihre Hand ergriff und sie wegführte.

Während Evandar sich in seinem seltsamen Heimatland mit seiner Frau auseinandersetzte, versuchte Jill sich dessen zu entledigen, was sie als ihre Verpflichtung gegenüber Salamander betrachtete. Nach dem Triumph in Myleton Noa setzte die Truppe Segel und machte sich auf, ein paar Meilen an der Küste entlangzufahren, um in einem anderen durchnäßten Städtchen anzukommen, wo man sie wie Könige empfing. Jill hatte das deutliche Gefühl, daß Salamander ihr aus dem Weg ging. Nachdem alle an Bord des kleinen übelriechenden Küstenboots untergebracht waren, gab es keine Möglichkeit mehr, mit ihm allein zu sprechen. Wann immer sie dann an Land nach ihm suchte, um mit ihm über seine Studien zu sprechen, schien er immer gerade mit einem Wirt zu verhandeln, einem Mitglied der Truppe ein Kunststück beizubringen oder ein Problem der Akrobaten zu lösen. Endlich jedoch machte er an einem Abend in einer relativ großen Stadt namens Injaro den Fehler, vom Abendbrottisch aufzustehen, während Marka und ihre Freunde noch blieben. Jill folgte ihm nach oben und drängte ihn in seinem Zimmer in die Enge.

»Oh, ich wollte gerade wieder nach unten gehen«, quiekte er. »Ich muß mit Vinto sprechen und mich davon überzeugen, daß die Truppe bereit ist, morgen an Bord zu gehen. Wir verlassen die Stadt mit der ersten Ebbe.«

»Ach ja? Warum hast du dann all die Lampen angezündet?«

»Äh, ich habe nach etwas gesucht. Hast du schon gepackt? Wenn nicht, solltest du lieber anfangen.«

»Hör auf damit.«

Mit einem tiefen Seufzer ließ sich Salamander auf ein großes lila Kissen nieder und bedeutete Jill, sich ihm gegenüberzusetzen. Aus der Nähe konnte sie den Geruch süßen Weines an ihm riechen und die dunklen Ringe unter seinen geschwollenen Augen sehen. »Ich frage mich, wie deine Studien fortschreiten.« Sie versuchte, so sanft wie möglich zu klingen.

»Ich habe nicht eine einzige Sache erledigen können, und das weißt du genausogut wie ich. Jill, ich bin so verdammt müde!«

»Nun, wann hast du dann vor, wieder anzufangen?«

»Niemals.«

Das letzte, was sie erwartet hatte, war Offenheit. Salamander riß die Augen auf und wurde dermaßen starr, daß sie wußte, daß er selbst erschrocken war, aber obwohl sie wartete, weigerte er sich, es zurückzunehmen, sondern beobachtete nur die Insekten, die um die Öllampen schwirrten, und ließ das Schweigen andauern.

»Glaubst du wirklich, du kannst dem Dweomer einfach den Rücken zukehren und davongehen?« fragte sie schließlich.

»Ich habe zumindest vor, es zu versuchen.« Seine Hände zitterten so sehr, daß er sie fest auf die Oberschenkel drücken mußte. »Ich habe wirklich genug davon, daß man mir dauernd erzählt, was ich tun muß.«

»Wie ist es dazu gekommen?«

»Ich dachte, das wäre klar, eindeutig und nicht zu übersehen. Ich habe etwas gefunden, das mir wichtiger ist als Dweomermacht.« Er hielt inne und setzte sein sonniges Lächeln auf, und nie war ihr das weniger angemessen vorgekommen. »Ein normales Leben, Jill, ein normales Leben. Hat das für solche wie dich auch nur die geringste Bedeutung?«

»Wovon redest du? Was ist so großartig daran, mit einer Truppe halbverhungerter Akrobaten und diesem armen Kind, das du geheiratet hast, auf der Straße herumzuziehen?«

»Selbstverständlich ist es nicht großartig – das ist es ja gerade.«

»Du bist verrückt, Ebañy.«

»Wahrscheinlich kommt es dir so vor. Aber das ist mir gleich. Ich habe die Frau gefunden, die ich liebe, und eine Möglichkeit, eine eigene Familie zu haben, während wir umherreisen, genau wie ich es immer gern getan habe. Ich will verflucht, von der Seuche befallen, vernichtet und verdammt sein, wenn ich auch nur das geringste davon aufgebe.«

»Ich bitte dich auch nicht, etwas aufzugeben, sondern das Talent zu entwickeln, mit dem du geboren worden bist.«

»Talent? Ihr Götter!« Und plötzlich explodierte er, sprach viel zu schnell und mit gepreßter Stimme, als wollte er sich verzweifelt davon abhalten, laut zu schreien: »Ich habe genug von diesem Wort. Glaubst du etwa, ich hätte je darum gebeten? Talent! Aber ja, ich weiß, daß ich für die Magie begabt bin. In meinem langen und verfluchten Leben habe ich nichts anderes zu hören bekommen, von dem Tag an, als mein elender Vater mich zu Aderyn zerrte, als ich noch ein kleiner Junge war. Talent. Du hast so ein großartiges Talent zum Dweomer. Du mußt studieren. Es wäre eine Verschwendung, nicht zu studieren. Dein Volk braucht dich als Dweomermeister. Nicht eine, nicht eine einzige verdammte Seele, weder Elf noch Mensch, niemand auf der ganzen Welt hat mich je gefragt, ob ich den verfluchten Dweomer studieren *will*. Sie haben mich immer nur gedrängt und geschoben und verspottet und gemeckert, bis ich bei allen Göttern im Himmel genug allein von dem Wort Dweomer habe.«

»Das tut mir leid, aber …«

»Erspar mir deinen Sarkasmus.«

»Das war keiner. Ich wollte dich nur darauf hinweisen, daß …«

»Ich will es nicht hören! Beim schwarzen, haarigen Arsch des Höllenfürsten, Jill, verstehst du denn nicht? Ich habe endlich gefunden, was ich will, und es ist mir ganz gleich, wieviel Platitüden und Beschimpfungen du über mich häufst.«

»Wer hat je gesagt, du könntest es nicht haben?«

»Der Dweomer selbst. Wie kannst du dasitzen und mir erzählen, ich könnte beides haben – ausgerechnet du von allen Menschen auf dieser Erde?«

Jill war gefährlich nahe daran, ihm eine Ohrfeige zu versetzen. Ihr Zorn darüber, daß er diese alte Wunde geöffnet hatte, überraschte sie so sehr, daß sie kein Wort herausbrachte. Als er plötzlich schwach wurde und zurückwich, wurde ihre Wut so kalt wie eine Stahlklinge an einem Wintermorgen. Langsam erhob sie sich, blieb noch kurz stehen, die Hände auf den Hüften, und schaute auf ihn hinab, wie er dort auf dem Kissen hockte und die Hand hob, als wollte er einen Schlag abwehren.

»O ja, ich glaube, ich verstehe.« Ihre Stimme knirschte wie ein Stiefel, der durchs Eis bricht. »Du bist ein Feigling.«

Sofort war er auf den Beinen, rot angelaufen und von einer Wut zitternd, die ihrer durchaus entsprach.

»Nach allem, was ich für dich aufs Spiel gesetzt habe, nach allem, was ich für dich getan habe ...«

»Für *mich* hast du überhaupt nichts getan. Du hast es für den Dweomer und für das Licht getan.«

»Ich gebe keinen ...« Er hielt sich gerade noch vor der Blasphemie zurück. »Also gut. Hat es dir nicht genügt, was ich für das Licht durchgemacht habe?«

»Du kannst einen solchen Dienst nicht abwiegen wie Mehlsäcke und sagen, ›das genügt, ich will nicht mehr‹. Aber das ist gleich. Mein Weg ist nicht dein Weg. Es war mir unmöglich, sowohl Rhodry als auch den Dweomer zu haben, aber es gibt keinen Grund, wieso du nicht eine Familie haben und trotzdem studieren könntest. Wenn ich geheiratet hätte, wäre mein Leben das meines Mannes gewesen. Das ist das Wyrd einer Frau, nicht deins. Du kannst Markas Leben haben und das deine. Du bist einfach nur zu faul zum Studieren, nicht wahr? Das ist die häßliche Wahrheit. Faul und ein Feigling.«

»Spotte, soviel du willst. Ich habe mich entschieden.«

»Also gut. Es liegt mir fern, dich von etwas abzuhalten. Nichts auf dieser Welt, darüber oder darunter, kann dich zwingen, das Geburtsrecht wieder aufzunehmen, das du weggeworfen hast. Aber ich will verflucht sein, wenn ich noch hierbleibe und dir dabei zusehe.«

Sie drehte sich auf dem Absatz herum und ging aus dem Zimmer, warf die Tür hinter sich zu und eilte den schmalen Flur entlang, der nach Staub und Feuchtigkeit stank. Sie hatte vorgehabt, in der Nachtluft einen Spaziergang zu machen, bis sie beide wieder vernünftiger waren, aber Salamander war wütend genug, ihr zu folgen.

»Ich habe genug davon, wie du dich aufspielst«, zischte er. »Glaubst du denn, ich weiß nicht, daß du mich verachtest?«

»Das tue ich nicht. Ich kann nur nicht mehr zusehen, wie du dein Leben wegwirfst.«

»Ach, tue ich das? Ist das alles, was du von Marka hältst? Eine Verschwendung meines hochwohlgeborenen und ach so begabten Selbst?«

»Selbstverständlich nicht! Mit dem Mädchen hat das gar nichts zu tun.«

»Es hat alles zu tun mit ihr. Das verstehst du nicht. Du bist genau wie Nevyn, Jill, so widerwärtig und kaltherzig.«

»Sag kein Wort gegen Nevyn!«

Ihr Unterton erschreckte sogar sie. Ebañy blieb mitten in der Antwort stecken und wich gegen die Wand zurück, als wäre sie ein Mörder, der sich hereingeschlichen hatte, um ihn umzubringen.

»Du verwöhnter, stinkender, schwatzhafter, kleiner Geck«, fuhr sie fort. »Dann mach doch, was du willst – verflucht sollst du sein!«

Sie rannte aus dem Gasthaus, über den Hof hinweg, knallte eines der Tore hinter sich zu und stapfte davon. Wildvolk umgab sie wie eine Armee, und ob es ihr Zorn oder unsichtbare, aber vor Energie knisternde Präsenz der Geister war – niemand, kein einziger Dieb oder Betrunkener wagte sich während ihrer langen, ziellosen Wanderung auch nur in ihre Nähe. Sie ging durch die schlammigen Straßen von Injaro und dann hinaus aufs Land – nur das Licht, welches das Wildvolk des Acthyr ausstrahlte, verhinderte, daß sie sich das Genick brach. Plötzlich wurde ihr klar, wie gefährlich weit sie sich von der Stadt entfernt hatte, ganz gleich, wieviel Dweomer sie hatte, und sie kehrte um. Bei all ihrer Erschöpfung war sie immer noch zu wütend, um Salamander gerecht zu beurteilen.

Gegen Morgen brachte sie ihre Wanderung auf eine kleine Anhöhe oberhalb des Hafens, wo sie unter einigen baumhohen Farnsträuchern stehenblieb, um Luft zu holen. Weit unter ihr, am Ende eines langen Piers, lag ein Boot in einer Pfütze von Fackellicht vor Anker. Wie Ameisen bewegten sich die Artisten hin und her und überreichten den Matrosen ihr Gepäck, damit diese es verstauten. Am Landende des Piers überwachte Salamander das Hin und Her, während ein paar Hafenarbeiter die Bühne und die Ausrüstung der Truppe von einem Wagen abluden. Jill fluchte laut. Sie hatte vergessen, wie früh die Ebbe eintreten würde. Zum Glück hatte sie noch Zeit. Sie konnte schnell nach unten laufen, Salamander sagen, daß sie ihre Sachen aus dem Gasthaus holen würde, und dann zu dem Küstenschiff zurückkehren, bevor es in See stach.

Eine Weile blieb sie dort stehen, lehnte sich an einen der riesigen Farne und fragte sich, wieso sie sich nicht beeilte. Der Himmel im Osten hatte schon jenes pelzige Grau angenommen, das die Dämmerung ankündigte. Ihr Gnom erschien und zupfte sie am Hemdsaum, als wollte er sie zum Schiff führen. Sie hob ihn hoch und überzeugte sich, daß er ihr aufmerksam zuhörte.

»Sag Dallandra, es ist Zeit. Finde sie bei den Wächtern. Sie wird wissen, wer dich geschickt hat.«

Mit einem Schwall muffiger Luft verschwand der Gnom. Jill beobachtete weiter die Geschäftigkeit am Pier. Es schien, daß alle an Bord waren, aber Salamander blieb noch an Land zurück, spähte die Straße in die Stadt entlang, ging hin und her, wartete. Als der Kapitän das Schiff verließ, um mit ihm zu sprechen, fuchtelte Salamander mit den Armen und schüttelte störrisch den Kopf. Der Himmel war jetzt silbern, und schon hing Hitze in der feuchten Luft. Jill verspürte einen letzten Zweifel: War sie einfach nur störrisch? Verließ sie einen Freund, und auch noch einen, den sie so viele Jahre kannte? Aber mit der kalten Intuition des Dweomer wußte sie, daß sie das Richtige tat, daß sie ihn ebensowenig zwingen konnte, sein Wyrd aufzunehmen, wie Nevyn es vor vielen Jahren bei ihr gelungen war.

Schließlich machte Salamander eine hilflose Geste, schüttelte den Kopf und folgte dem Kapitän an Bord. Gerade, als das Schiff vom Pier ablegte, kam der graue Gnom zurück und grinste breit. Jill hob ihn wieder hoch und hielt ihn, wie ein Kind eine Puppe umklammert, während sie zusah, wie das Schiff davonsegelte, bis es in der halb durchscheinenden Dämmerung verschwand. Schweiß lief ihr über den Rücken.

»Nun, wir können wenigstens hoffen, daß die älteren Brüder eine bessere Insel zur Besiedlung gefunden haben als diese hier, aber ich muß zugeben, daß ich meine Zweifel habe.«

Der Gnom setzte ein bedrücktes Gesicht auf, dann verschwand er.

Das Schiff hatte bereits ein paar Meilen zurückgelegt, als Marka bemerkte, daß etwas mit Salamander nicht stimmte. Sie stand am Heck des Bootes, schaute ins Kielwasser und schwatzte mit dem Steuermann, als Keeta sich zwischen Kisten und Truhen zu ihr durchdrängte.

»Marka, du solltest dich lieber um deinen Mann kümmern. Er ist vorn am Bug.«

Als sie dorthin eilte, folgte Keeta ihr, aber sie hielt sich in respektvoller Entfernung. Am Bug beugte sich Salamander vor, als hielte er nach etwas Ausschau, aber Marka sah sofort, daß er ins Nichts starrte.

»Ebañy?«

Er regte sich nicht und schien sie gar nicht gehört zu haben. Einen Augenblick war sie wie gelähmt von der plötzlichen Angst, daß nichts, was sie sagte, ihn je erreichen könnte, daß sie, wenn sie versuchte, ihn zu berühren, direkt durch ihn hindurchgreifen würde, daß er nie wieder zuhören würde, wenn sie etwas sagte. Als hätte ein Alptraum sein Netz über sie geworfen, veränderte sich auch das Licht und wurde einen kurzen Moment ganz blau und kalt. Sie bekam kein Wort heraus, denn sie wußte, daß er sie niemals mehr hören würde. Sie schluchzte leise, und er fuhr herum und setzte ein Lächeln auf.

»Nun, wir sind gut auf den Weg gekommen, nicht wahr?«

Die Illusion zerbrach. Gewöhnliches Sonnenlicht tanzte auf dem Meer und fiel warm auf beider Haut und Haar. Aber als er weiterlächelte, hatte Marka das Gefühl, er hätte sie geschlagen, um auf diese Weise zu verbergen, wie verletzt er war.

»Ich befürchtete, es ginge dir nicht gut.«

»O nein. Ich habe nur nachgedacht.«

So bedrückt, wie sie war, konnte sie ihn nur ansehen und sich fragen, ob er sie immer noch liebte.

»Salamander?« Keeta trat vor. »Wo ist Jill?«

»Sie kommt nicht mit. Es gibt nichts auf diesen stinkenden Inseln, was sie interessieren würde, also ist sie nach Orystinna zurückgekehrt.«

»Ach ja?« Keeta zog eine Braue hoch.

»Ja.« Wieder lächelte Ebañy, diesmal etwas unbeschwerter. »Sie muß sich um ihre Arbeit kümmern, und sie hat gemerkt, daß sie keine Chance hat, in diesen muffigen kleinen Städten seltene Bücher zu finden.«

»Nun, das ist zweifellos wahr.« Keeta zögerte einen Augenblick. »Ich habe mich schon gefragt, wieso sie überhaupt mitgekommen ist. Aber glaubst du, daß sie in Sicherheit ist, so allein?«

»Meine gute Frau!« Ebañy lachte laut. »Ich habe nie jemanden gekannt, der besser auf sich aufpassen konnte als Jill.«

Keeta nickte, dachte nach und lächelte dann selbst.

»Das mag stimmen. Ich bin allerdings ein wenig überrascht, daß sie nicht Lebewohl gesagt hat, aber sie ist sicherlich nicht die Frau für lange Abschiede. Das hat man ihr angesehen.«

Ebañy lächelte weiter, bis Keeta sich schließlich auf die

Suche nach Delya machte. Dann drehte er sich um und starrte wieder aufs Meer hinaus, als müsse er sich anstrengen, nicht zu weinen. Marka fiel nichts anderes ein, als sich still neben ihn zu stellen. Vor ihnen erstreckte sich das Meer wie eine Straße, grün-blau und von braunen Algen gefleckt. Möwen schossen in der aufgehenden Sonne umher.

»Nun gut«, sagte Ebañy schließlich. »Selbst alte Freunde müssen sich früher oder später einmal trennen.«

»Wird Jill dir fehlen?«

Er nickte und starrte weiter aufs Wasser.

»Nun, mein Liebster.« Marka hätte vor Erleichterung am liebsten geweint, nur weil ihr eingefallen war, was sie sagen konnte. »Wenn wir weiter so gut zurechtkommen, können wir vielleicht eines Tages nach Deverry fahren und sie dort besuchen. Wenn sie nach Wmmglaedd zurückkehrt, dann wissen wir ja, wo wir sie finden können.«

Er wandte sich ihr zu, und diesmal war sein Lächeln echt.

»Das kann sein. Irgendwie hatte ich das vergessen.«

»Du Dummer.« Sie legte ihm die Hand auf den Arm. »Mein geliebter Dummkopf.«

»Du liebst mich, nicht wahr? Du liebst mich ganz bestimmt?«

»Was? Mehr als mein Leben.«

»Sag so etwas nicht.« Er packte sie so fest an den Schultern, daß es weh tat. »Das bringt Unglück.«

»Das wußte ich nicht.«

»Aber du liebst mich? Bei den Göttern! Wenn du mich nicht liebst, dann habe ich …« Er schluchzte beinahe.

»Selbstverständlich liebe ich dich. Ich liebe dich so sehr, daß ich es kaum sagen kann.«

»Es tut mir leid.« Er ließ sie los, dann nahm er sie wieder in die Arme, diesmal sanfter. »Verzeih mir, meine Liebe. Ich muß zugeben, ich hatte schon Tage, an denen es mir besserging.«

Er küßte sie. »Warum überläßt du mich nicht diesem Anfall von Trauer oder was immer das sein mag?«

Den ganzen Morgen stand er allein da und grübelte. Marka hatte eine plötzliche Vorahnung, die nichts mit Dweomer zu tun hatte: Selbst wenn ihre Ehe fünfzig Jahre und länger dauern würde, würde sie ihren Mann nie wirklich kennen. Das wurde ihr nun klar, wo es nach jedem Gesetz von Deverry und Bardek viel zu spät war, es sich noch einmal anders zu überlegen. Sie erinnerte sich auch an die alte Wahrsagerin in Luvilae. Der Bauer der Blüten, dachte sie. Das war er: Ebañy. Ich habe den Bauern der Blüten geheiratet, und jetzt werde ich nie Prinzessin sein.

Nachdem Jill zugesehen hatte, wie das Schiff am Horizont verschwand, kehrte sie ins Gasthaus zurück, zahlte die Rechnungen, welche die Truppe offengelassen hatte, und packte dann ihre Sachen: ihre Kleidung, die Landkarten und Stücke von Manuskripten, die sie auf dem Archipel gefunden hatte, eine Auswahl von Kräutern. Und in einem Anfall von Sparsamkeit ließ sie den Rest beim Wirt zur Aufbewahrung zurück, als hätte sie vor, eines Tages zurückzukehren. Beladen wie ein Hausierer, verließ sie die Stadt durch das Westtor und folgte der schlammigen Straße. Als sie in den Wald kam, sah sie Dallandra, die zwischen zwei Bäumen auf sie wartete. Im Sonnenlicht schien die Elfenfrau so körperlos wie ein Nebelhauch, der sich in den Zweigen gefangen hatte.

»Bist du bereit?« fragte Dalla. »Vergiß nicht, die Zeit verläuft selbst an den Grenzen der Welten anders. Es wird uns vorkommen, als hätten wir uns nicht lange in den Torlanden aufgehalten, aber es ist möglich, daß wir Jahre später wieder herauskommen. Wir müssen uns beeilen.«

Gemeinsam traten sie in den sonnengefleckten Schatten zwischen die gewaltigen Bäume. Zunächst glaubte Jill, daß nichts geschehen wäre, doch dann fiel ihr auf, daß die dichten Blätter von einem so intensiven Grün waren, als beständen sie aus Smaragden. Als sie ein paar Schritte vorwärts trat, sah sie vor sich eine windzerzauste Graslandschaft. Sie drehte sich um und stellte fest, daß der Wald verschwunden war, verschluckt von einem durchsichtigen Nebel, dessen zarte Grau- und Lavendeltöne Spuren von Rosa und Blau zeigten. Während sie noch zusah, schwoll der Nebel weiter an und umgab sie mit willkommener Kühle.

»Da«, sagte Dallandra. »Jetzt bist du nicht mehr wirklich in deinem Körper.«

Jill spürte ein Gewicht um ihren Hals und bemerkte, daß dort an einer goldenen Kette eine winzige Statue ihrer selbst hing, die aus Obsidian geschnitzt war. Dallandra lachte.

»Meine ist aus Amethyst. Es ist ziemlich unhöflich von Evandar, solch einen Stein für dich zu benutzen. Er ist so grimmig.«

»Oh, das paßt ganz gut zu mir.«

Vor ihnen erstreckten sich drei Wege durch das Grasland. Einer führte nach links zu einer dunklen Hügelkette, so unwirklich und finster, daß Jill wußte, sie konnte nicht Teil eines Landes sein, das Dallandra als ihr Zuhause bezeichnete. Ein Weg führte nach rechts, in steil aufragende Berge, bleich und schimmernd in der reinen Luft hinter dem Nebel und mit verschneiten Gipfeln, die so hell schimmerten, als wären sie von innen beleuchtet. Der dritte Weg führte geradeaus, auf eine neblige Ebene. Ein Mann, gekleidet wie ein Elf, kam ihnen auf diesem mittleren Weg entgegen. Sein Haar war so gelb wie die Blüten von Löwenzahn. Als er näher kam, bemerkte Jill, daß seine Augen türkisblau und seine Lippen so rot wie Kirschen waren. Sie spürte die magische Kraft, die von ihm ausging, beinahe so deutlich wie den Nebel.

»Guten Morgen, schöne Dame.« Er sprach deverrianisch.

»Meine Liebste sagte mir, Ihr wollt Euch auf Eurem Weg beeilen und nicht in meinem geliebten Land verweilen. Das ist schade, denn ich hätte Euch so manches Wunder zu zeigen.«

»Ich fühle mich wahrlich geehrt von Eurer Einladung, aber ich muß eine andere Art von Wunder finden. Wenn ich mich recht an die Geschichten über Euch erinnere, ist es eines, das Ihr vielleicht selbst interessant findet – die Inselzuflucht der See-Elfen.«

Er grinste und enthüllte dabei seine nadelspitzen Zähne.

»Eines Tages werde ich Euch dort vielleicht besuchen.« Er wandte sich Dallandra zu. »Ich habe den richtigen Weg gefunden. Sollen wir gehen?«

Als Antwort lächelte sie nur und nahm seine Hand. Jill ging neben ihnen her, als die beiden lässig wie ein vornehmes Paar auf einem Spaziergang durch den Park ihres Landsitzes die mittlere Straße entlangschlenderten. Sie waren weiterhin von Nebel umgeben, der sich direkt vor ihnen in Wirbeln wässerigen Sonnenlichts teilte und dunkle Bäume erkennen ließ. Von rechts konnte Jill hören, wie die Wogen eines unsichtbares Meeres sich schäumend an einem ebenso unsichtbaren Strand brachen.

»Diese drei Straßen, die Ihr zuerst gesehen habt, das sind die Mütter aller Straßen«, erklärte Evandar. »Menschen und Elfen, jedes denkende Wesen unter allen Sonnen, überall – sie glauben immer, sie folgten einer Straße, die sie selbst gebaut haben, aber all diese irdischen Straßen sind nur die Töchter jener drei.«

»Tatsächlich?« meinte Jill. »Ich werde Euch nicht widersprechen, wenn Ihr doch, bei allem was ich weiß, durchaus recht haben könntet.«

»Und da diese drei die Mütter aller irdischen Straßen sind, beginnen alle irdischen Straßen hier und enden auch hier. Ihr könnt von einer zur anderen gelangen und herauskommen, wo Ihr wollt – immer vorausgesetzt, Ihr wißt, wie Ihr dorthin gelangt.«

»Aha.« Jill lächelte. »Das ist also der Trick.«

»Ja.« Er erwiderte das Lächeln. »Und es ist nicht so einfach zu lernen.«

»Das glaube ich gern.«

»Ich könnte Euch nun selbstverständlich diesen Trick beibringen, wenn Ihr hierbleiben und ihn lernen wollt.«

Jill verspürte eine beinahe schmerzliche Versuchung, aber sie lachte nur und schüttelte den Kopf.

»Nicht, daß ich nicht dankbar für das Angebot wäre. Aber derzeit habe ich etwas anderes zu tun.«

»Das ist Eure Wahl.« Evandar verbeugte sich leicht spöttisch. »Nun, es braucht einiges, um diese Straßen von ihren Müttern zu entwirren. Sie sind ein wenig wie die Reste, die ein Wandteppichweber übrigläßt: ein großer Korb Garn in allen Farben, alles miteinander vermischt. Einen einzelnen Faden herauszuziehen, ohne ihn mit dem Rest zu verknoten, ist gar nicht so einfach. Daher sollten wir einen Augenblick innehalten und nachdenken.«

Sie hatten eine niedrige Erhebung erreicht, deren Abhang sanft in eine weitere, von winzigen Bächen durchkreuzte Grasebene überging. Hier und da waren Brombeerhecken zu sehen. Weit entfernt, am Horizont, konnte Jill gerade noch im Nebel aufragende Türme erkennen, alle aus weißem Stein, als befände sich dort eine gewaltige Stadt. Obwohl Evandar von vielen Straßen gesprochen hatte, konnte sie nur eine sehen, die sich in Windungen wie ein Fluß durch die Ebene wand.

Es schien, als hätte der Wächter ihren Gedanken vernommen. »Es liegt alles an der Art, wie man sich bewegt. Diese Straßen sehen zu Anfang alle gleich aus. Kommt mit, wir müssen direkt dort an diesen grauen Steinen vorbei.«

Nun, da er sie darauf hingewiesen hatte, konnte Jill tatsächlich die Felsen sehen, die sich etwa auf der Hälfte des Abhangs aus dem Boden schoben. Als sie vorbeikamen, bemerkte sie, daß die Steine offenbar bearbeitet worden waren: Man hatte sie mit einem groben Werkzeug behauen und in einem Kreis arrangiert.

»Hier biegen wir ab, glaube ich«, sagte Evandar.

Die Sonne wurde heller, als sie ein Bachufer erreichten, gesprenkelt mit Flecken goldenen Lichts und gesäumt von gelben Wildblumen. Obwohl es ihr so schien, als hätten sie eine lange Strecke zurückgelegt, konnte Jill immer noch das Rauschen des unsichtbaren Ozeans hören.

»Und was ist mit Wasserstraßen? Fahren alle Schiffe auf diesem Meer, das ich dort drüben höre?« Sie zeigte vage in die Richtung des Geräuschs. »Ist dort ein Hafen, in dem alle Schiffe irgendwann vor Anker gehen?«

»Genau. Und auch das wiederum nur, falls sie ihren Weg dorthin finden können. Falls. Eure Urahnen sind auf diesem Meer gesegelt, als Cadwallon der Druide sie aus der Sklaverei und der Niederlage führte, die sie in jenem Land Gallia erleiden mußten. Aber das wißt Ihr selbstverständlich.«

»Wie bitte?« Jill blieb stehen und wandte sich ihm zu. »Das weiß ich absolut nicht. Wovon sprecht Ihr da?«

Evandar lachte.

»Cadwallon war ein wunderbarer Mann, wenn auch mitunter ein wenig mürrisch. Ich kannte ihn gut. Ich wünschte wirklich, Ihr würdet die Gastfreundschaft meiner Halle in Anspruch nehmen – es gibt viele Geschichten, die ich Euch erzählen kann.«

Als Jill bereits ins Wanken geriet, schaltete sich Dallandra ein und warf Evandar einen erbosten Blick zu.

»Hör ihm nicht zu, Jill. Du kannst es dir nicht leisten, so viele Jahre über einem Kelch Met zu verschwenden.«

»Du bist wirklich unhöflich, meine Liebe.« Aber Evandar

lachte. »Leider sprichst du die Wahrheit. Es wäre selbst für meine Verhältnisse gewissenlos, unseren Gast weiter in Versuchung zu führen. Seht Ihr dort, wie die Sonne durch den Nebel bricht? Ich glaube, sie scheint auf die Insel, nach der Ihr sucht.«

Der Nebel vor ihnen öffnete sich wie eine Tür und ließ einen Sonnenstrahl hereinfallen. Als sie näher kamen, spürte Jill die dampfende Hitze eines tropischen Tages.

»Tausend Dank, Evandar. Dalla, werde ich dich wiedersehen?«

»Nun, um die Wahrheit zu sagen, ich dachte daran mitzukommen, zumindest für eine Weile.« Sie warf ihrem Geliebten, der finster dreinschaute, einen Blick zu. »Für dich werden es nur Augenblicke sein.«

»Also gut. Dann geh mit meinem Segen, solange du wieder zurückkehrst.«

»Das werde ich.« Dallandra lächelte schalkhaft. »Diesmal zumindest.«

Bevor er protestieren konnte, ließ sie seine Hand los und trat in den Sonnenstrahl hinein. Als Jill ihr hinterhereilte, fand sie das Licht so intensiv, daß es ihr in den Augen brannte und sie blinzeln ließ. Blind taumelte sie vorwärts und fiel im weichen Sand auf die Knie.

»Ihh, das ist schrecklich«, sagte Dallandra ganz aus der Nähe. »Ich habe das Gefühl, als bestünde ich aus Brei, und ich bin gerade über ein Stück Treibholz oder so gefallen.«

Nach vielem Schimpfen konnte Jill endlich wieder vernünftig sehen und bemerkte, daß sie unter einer grellen Sonne auf einem Strand knieten. Links von ihr erstreckte sich glitzernd das Meer, rechts erhoben sich bleiche Sandsteinklippen, und vor ihr zog sich der weiße Sand weiter und weiter. Wildvolk umschwärmte sie, kletterte ihr in den Schoß, tätschelte nervös ihre Arme. Dallandra kam auf die Knie und schirmte ihre

Augen mit der Hand ab, um zu den Klippen hinaufzuspähen. Die Statue um ihren Hals war verschwunden, und als Jill automatisch eine Hand an ihre eigene Kehle legte, fand sie auch ihren Anhänger nicht mehr. Sie spürte jetzt auch wieder ihr Gepäck auf dem Rücken. Im nebligen Land der Wächter hatte es praktisch kein Gewicht gehabt. Unentschlossen stand Dallandra da, schaute hierhin und dahin und kaute nachdenklich auf der Unterlippe.

»Warte! Dort hinten … ein ganzes Stück die Küste entlang … siehst du diese schwarzen Flecken am Himmel?«

»Nein.«

»Es tut mir leid. Ich habe vergessen, daß du keine Elfe bist. Aber es sieht aus, als wären es Vögel, die dort kreisen und tauchen. Ich wette, es ist eine Flußmündung, und an einer Flußmündung könnte es gut einen Hafen geben.«

»Das ist wahr. Zumindest wird es dort frisches Wasser und Fische geben.«

»Ja, du brauchst etwas zu essen. Bist du sicher, daß du wirklich hierbleiben willst?«

»Ich habe keine große Wahl. Mach dir keine Sorgen, Dalla. Ich habe so manches lange Jahr allein an wilden Orten verbracht, und ich habe die Elementargeister, die mir helfen, wenn es notwendig wird.«

»Also gut. Und ich werde nach dir Ausschau halten. Wenn du mich rufst, komme ich. Es wird eine Weile dauern, aber ich komme.«

»Ich danke dir, und ebenso danke ich Evandar.«

Dallandra lächelte, dann drehte sie sich um und ging aufs Meer zu, auf eine Stelle, wo es so aussah, als hätte die Sonne eine goldene Straße aufs Wasser gelegt. Sie watete in die sanften Wellen, schien dann direkt über diese goldene Straße zu gehen und verschwand wie Nebel im hellen Licht. Offenbar kannte sie den Trick, von dem Evandar gesprochen hatte und mit dessen Hilfe sie nun in das Land der Mütter aller Straßen zurückkehrte.

Jill gestand sich einen Augenblick zu, sie zu beneiden, dann konzentrierte sie sich auf das, was vor ihr lag. Das Wildvolk umgab sie noch immer, silberne Undinen spielten in den Wellen, die sich am Strand brachen, Sylphen und Feen schwebten wie Kristalle im Sonnenlicht. An der Spitze eines Rudels warziger grüner und lila Gnomen stolzierte ihr treuer grauer Gnom einher und stocherte mit einem Ast im Sand herum. Als Jill nach ihm rief, kam er zu ihr, und die anderen folgten ihm langsam.

»Ich brauche eure Hilfe. Wißt ihr, wo die älteren Brüder sind?«

Der graue Gnom nickte und grinste und enthüllte dabei seine nadelspitzen Zähne. Die lila Burschen waren plötzlich ganz aufmerksam.

»Es muß hier irgendwo eine Stadt geben, wahrscheinlich ein Stück vom Strand entfernt. Ich muß wissen, wo sie ist.«

In einem Aufwirbeln von Sand verschwanden sie alle, und Jill konnte nur hoffen, daß die Gnomen sie verstanden hatten.

Sie selbst hielt sich an den festen Sand an der Wasserlinie und ging weiter den Strand entlang, nach Süden, wie sie jetzt wußte, nachdem sich die Sonne genug bewegt hatte, daß sie erkennen konnte, daß sie unter- und nicht aufging. Es dauerte noch lange, bis sie die herumwirbelnden Flecke in der Luft sehen konnte, die Dallandra bemerkt hatte, und noch länger, bis sie darin tatsächlich weiße Vögel erkennen konnte. Zu diesem Zeitpunkt war ihr aufgefallen, daß das Land sich ein wenig absenkte und die Klippen flacher und flacher wurden. Sie sah auch eine bräunliche Wasserströmung, die vom Land ausging und sich ins Meer ergoß. Dallandra hatte also tatsächlich einen Fluß gefunden, und Jill war froh darüber. In der brennenden Hitze sehnte sie sich sehr danach, in Süßwasser zu schwimmen, ebenso nach dem Schatten von Bäumen, die dort vielleicht am Ufer standen.

Als sie die Flußmündung erreichte, fand sie dort leider Krokodile, die auf grauen Felsen lagen oder träge im Schlamm zwischen den Binsen dösten. Jill begann sie zu zählen, aber nach dem fünfzigsten gab sie auf. Während die Reptilien blinzelten und in der Nachmittagssonne schliefen, huschten kleine braune Vögel zwischen ihnen hin und her, ohne daß die Krokodile sich an ihnen störten, aber Jill hatte nicht vor, das selbst auszuprobieren. Sie holte eine ihrer Wasserflaschen aus dem Gepäck und trank einen tiefen Schluck – es war warm und schmeckte nach Leder, aber zumindest war es naß. Wenn der Fluß, wie es sehr wahrscheinlich war, weiter aufwärts tiefer wurde und stärkere Strömung hatte, würde sie eine sicherere Stelle finden, an der sie trinken konnte.

Inzwischen sank die Sonne im Westen, und mit der kühleren Abendluft hoben sich Schwärme von Insekten wie Nebel vom Flußufer. Tief im Dschungel begannen Vögel zu zwitschern. Mit einem Gähnen und einem Grunzen warfen sich ein paar Krokodile in den Fluß. Jill hielt es für besser, ein größeres Stück Land zwischen sich und die Reptilien zu bringen.

Da sie die Nacht nicht im Dschungel verbringen wollte, ging sie zurück zum Strand und ein paar Schritte den Weg zurück, den sie gekommen war. In sicherer Entfernung von der Wasserlinie fand sie den grau gebleichten Stamm eines Baumes, die Wurzeln voll trockener Algen, und mehrere kleine Treibholzstücke, die gut für ein Lagerfeuer geeignet waren. Sie hoffte, daß Krokodile ein Feuer ebenso fürchteten wie andere Wildtiere. Also schwang sie den Rucksack von den schmerzenden Schultern, legte ihn im Schatten des Baumstamms ab und begann, ihr Lager aufzuschlagen.

Als Jill weiteres Treibholz sammelte, entdeckte sie den ersten Beweis, daß Evandar tatsächlich die richtige Insel gefunden hatte. Halb vergraben im Sand, fand sie eine zerbrochene Planke, die auf solche Art zugeschnitten und gebogen war, daß sie nur von einem Schiff stammen konnte. Es war natürlich auch möglich, daß sie vom Wrack eines bardekianischen Handelsschiffes stammte und Hunderte und Aberhunderte von Meilen von der Strömung hierhergetragen worden war. Doch Jill bezweifelte das. Im letzten Tageslicht huschte sie umher, suchte nach mehr Treibholz und wühlte wie ein Maulwurf im Sand, bis sie schließlich, gerade als das Zwielicht dick und grau wurde, ein flaches Brett ausgrub, das einmal zu einer Truhe oder einer Bank gehört haben mochte. Es schien die abgesplitterte Hälfte eines großen Ovals zu sein und war mit Mustern bedeckt, die ganz und gar nicht bardekianisch aussahen.

Nachdem sie das Feuer mit weniger interessantem Treibholz angezündet hatte, studierte Jill ihre Entdeckung im Feuerlicht. Das Holz schimmerte durch das eingedrungene Meersalz leicht bläulich. Obwohl das Brett ausgebleicht und zersplittert war, entdeckte sie an einer Ecke zwei Kerben, die auf Scharniere hinwiesen – es hatte also wirklich zu einer Truhe gehört. Mit der Fingerspitze konnte sie ein Muster von Ranken und Blüten verfolgen, die sich lässig, beinahe zufällig über die gesamte Oberfläche zogen und nicht in strenge Bänder gefaßt waren, wie die bardekianischen Handwerker sie liebten, und durch die Blätter dieser Ranken spähte hier und da Wildvolk. Auf der anderen Seite fand Jill tief eingeschnitzte Buchstaben, eindeutig elfisch, wenn auch ein wenig anders als jene, die sie gelernt hatte.

Die Symbole waren ihr immerhin vertraut genug, daß sie versuchen konnte, die Worte zu entziffern. Die meisten waren mit dem fehlenden Teil des Brettes verschwunden. Es gab einen anmutigen Haken, den man »ba« aussprach, und hier das schräge Kreuz des »de«.

»Tran Rinbaladelan linalandal …«, sagte sie laut, und ihr wurde kalt, als sie den Namen der Stadt hörte. »Rinbaladelan, Sohn des was? Nein, warte! Der Sohn von Rinbaladelan, nicht andersherum.«

Eine neue Stadt, gegründet von den Flüchtlingen? Durchaus möglich – und warum sollte dieser Name nicht auf der Truhe eines lange versunkenen Schiffs stehen, um auf den Heimathafen hinzuweisen? Sie warf das Brett zu ihrer Ausrüstung, dann stand sie auf und legte mehr Holz aufs Feuer. In den blauen und goldenen Flammen sprangen und tanzten die Salamander, rieben die Rücken wie Katzen an den brennenden Scheiten. Jill schlenderte aus dem Lichtkreis heraus, so daß sie die Sterne erkennen konnte, die hell und klar über ihr hingen und ihr so nahe schienen, als könnte sie einfach die Hand ausstrecken und sie berühren. Sie wünschte sich, soviel zu wissen wie ein Kapitän oder Steuermann, damit sie die Sterne lesen und herausfinden konnte, wie weit im Süden sie sich befand, aber obwohl sie so viele seltsame Dinge wußte, war das Buch der Sterne ihr verschlossen geblieben. Weiter unten am Strand war das leise Rauschen der Wellen zu hören.

Doch woher kam dieser Lärm? Plötzlich wurde ihr klar, daß sie schon seit einiger Zeit ein entferntes Geräusch gehört und es halb bewußt für Brandung gehalten hatte, aber hier, in dieser geschützten Bucht und bei Ebbe schlugen keine solchen Wellen an den Strand. Sie fröstelte, erstarrte und versuchte, das leise, aber rhythmische Bum-Bum-Bum zu ergründen, das durch die Nacht drang.

Nach einiger Zeit schien das Geräusch lauter zu werden und wie die Schritte eines gewaltigen Tieres, das würdevoll einherstolzierte, näher zu kommen. Sie eilte zurück zum Feuer, fragte sich, ob sie es löschen oder brennen lassen sollte, verfluchte sich, weil sie keine Waffe mitgenommen hatte, und entschied dann, daß ein einzelnes Schwert ihr gegen ein so großes Tier ohnehin nicht helfen würde. Dann lachte sie laut über sich selbst. Immerhin konnte sie sich mit Hilfe des Dweomer wehren. Zweifellos würde ätherisches Feuer jedes Tier, riesig oder nicht, abschrecken – wenn es denn tatsächlich ein Tier war, das sie hörte. Das Geräusch war jetzt eindeutig näher und kam unzweifelhaft aus der Gegend der Flußmündung. Jill trat vom Feuer weg, spähte ins Dunkel, bis ihre Augen sich ein wenig angepaßt hatten, und sah dann an der Flußmündung winzige Lichtpunkte flackern. Das Dröhnen wurde noch lauter. Trommeln. Trommeln und Fackeln am Flußufer, und sie hätte gewettet, daß die Trommeln dem Zweck dienten, die Krokodile abzuschrecken. Plötzlich war sie von Wildvolk umgeben, einer ganzen Armee grüner und lila Gnomen und einem Schwarm von Feen, die aufgeregt umherschwärmten. Ihr eigener grauer Gnom erschien und tanzte ebenfalls.

»Die älteren Brüder, nicht wahr?«

Er nickte zustimmend und grinste. Kurze Zeit später konnte sie die dunklen Umrisse von zehn Gestalten erkennen, die sich aus den Schatten um den Fluß lösten und mit hoch erhobenen Fackeln auf den Strand hinauskamen. Sie konnte sogar den Trommler erkennen, der am Ende der Reihe ging und mit einem Stock auf eine große, flache Trommel einschlug. Sie kehrte zu ihrem Feuer zurück, warf mehr Holz darauf, um es zum Gruß aufflackern zu lassen, und wartete mit verschränkten Armen, während die Gestalten näher kamen und auf dem weichen Sand ein wenig ins Stolpern gerieten. Nachdem sie die Krokodile weit zurückgelassen hatten, hörte der Trommler auf. In etwa zehn Fuß Entfernung blieben sie stehen, am Rande des Lichtkreises, aber Jill konnte sie dennoch deutlich genug sehen: Sie waren tatsächlich Elfen, mit langen, zarten Ohren und mondbleichem Haar. Sie trugen weite Hemden, die mit etwas Glitzerndem gegürtet waren und ihnen bis über die Knie reichten, und jeder hatte einen Köcher an der Hüfte und einen

Bogen über dem Rücken. Jill hoffte, daß sie dieselbe Elfensprache beherrschten, die sie kannte.

»Ich grüße Euch«, sagte sie. »Und hoffe, daß ich hier willkommen bin.«

Sie hörte überraschtes Flüstern. Ein Mann trat aus der Menge vor und kam ein paar Schritte auf sie zu. Seine Gürtelschnalle zeigte den Kopf eines Drachen, golden und so groß wie seine Handfläche. Als er sprach, konnte sie ihn tatsächlich verstehen, wenn auch mit einigen Schwierigkeiten. Sein Dialekt unterschied sich erheblich stärker von dem des Westvolks, als sich die Sprache von Eldidd von der des eigentlichen Deverry unterschied.

»Fremde sind nie sonderlich willkommen. Bist du ein Opfer des Zorns des Meeres?«

Sie brauchte einen Augenblick, bis sie verstand, daß er sie für eine Schiffbrüchige hielt.

»Nein. Ich bin hierhergekommen, weil ich nach dir und deinem Volk gesucht habe.«

Automatisch schaute er zur Bucht und drehte sich dann stirnrunzelnd wieder zu Jill um.

»Ich sehe kein Schiff.«

»Nein.« Sie konnte nichts anderes als die Wahrheit sagen. »Ich bin mit dem Dweomer gereist, und ich bin gekommen, um euch zu grüßen und um eure Hilfe zu bitten, im Namen des Lichts, das hinter allen Göttern scheint.«

Jill hatte noch nie jemanden so überrascht gesehen. Er drehte sich auf dem Absatz um, starrte zum Strand, wandte sich ihr kopfschüttelnd wieder zu und rang mit offenem Mund nach Worten. Die Männer hinter ihm waren einen Moment lang totenstill, dann begannen sie aufgeregt zu tuscheln, bis ihr Anführer ihnen zurief, sie sollten ruhig sein.

»Es mag dir unhöflich erscheinen, wenn wir einen Beweis verlangen, aber unter diesen Umständen ...«

Jill lächelte, hob die Hand und beschwor die Geister des Aethyr herauf. In einem Aufflackern von bläulichem Licht kamen sie zu ihr und ließen ihre Hand und ihren Arm heller leuchten als eine Fackel. Rings um sie her erschien das Wildvolk und breitete sich auf dem Strand aus wie eine Armee.

»Verzeih, daß ich an dir gezweifelt habe.« Der Anführer der Elfen verbeugte sich tief. »Ich heiße Elamanderiel, und im Namen des Lichts heiße ich dich willkommen.«

Nachdem Dallandra Jill verlassen hatte, folgte sie der Sonnenstraße, bis das Gold verblaßte und die Wellen kleinen gelben Blüten wichen, die an einem Bach wuchsen. Sie folgte dem Bach den Hügel hinauf, am Steinkreis vorbei und schließlich zum Meer, dessen Wellen sich an jedem Strand und an keinem brachen. Endlich kehrte sie zurück zum Fluß und fand die Wächter dort tanzend auf der Wiese, als wäre in diesem Land nie etwas Beunruhigendes geschehen. Unter dem jungen Eichenbaum, der seine Tochter verbarg, saß Evandar im Gras und spielte schrille Töne auf einer Knochenflöte, die etwa sechs Zoll lang und totenbleich war.

»Ein seltsames kleines Ding«, meinte er. »Ich habe es da drüben gefunden, im Gebüsch, als hätte es jemand dort vergessen. Was, glaubst du, ist es, meine Liebste?«

»Ihh! Es sieht aus, als wäre es aus einem Elfenfinger gemacht.«

»Nicht wahr? Aber wie? Zwei Gelenke irgendwie zusammengeklebt? Nein. Aber es ist viel zu lang für ein einzelnes Knochenstück.« Er hielt seine Hand als Beispiel daneben.

»Ich habe mich schon gefragt, ob es dazu dient, etwas herbeizurufen, aber bisher ist nichts als Antwort zu meinem Spiel erschienen.«

»Das ist vielleicht besser so. Ich habe ein ganz unangenehmes Gefühl, wenn ich dieses Ding ansehe, und es wird noch schlimmer, wenn ich es höre. Ich wünschte, du würdest es einfach zerstören.«

»Das würde ich tun, aber es ist ein Rätsel, und ich denke, ein recht gutes.« Er warf die Pfeife in die Luft, schien sie wieder auffangen zu wollen, aber als er die Hand öffnete, war sie verschwunden. »Jetzt weiß ich, wo sie liegt, aber sonst weiß es niemand, und daher habe ich ein Rätsel mit einem Rätsel zugedeckt.«

»Ich kann mir wirklich nicht vorstellen, daß jemand von deinem Volk so etwas hergestellt hat.«

»Nein. Und daher frage ich mich: Wer hat es hier verloren, und was machen sie an meinem Fluß? Wir sollten uns besser um unsere Grenzen kümmern.«

Plötzlich waren sie nicht mehr allein: Wie Flammen, die aus dem Boden sprangen, umgaben sie Bewaffnete – wie viele, hätte Dallandra nicht sagen können –, die kupferfarbene Rüstungen und Helme trugen und lange Speere mit Bronzespitzen in den Händen hielten. Die Musik verklang, und schließlich kamen alle über die Wiese auf sie zu. In der Ferne konnte man Pferde wiehern hören.

»Als du weg warst, ist Alshandra wieder aufgetaucht«, sagte Evandar zu Dallandra. »Mit einigen der Bewohner von weiter innen.«

»Weiter innen? Ich wünschte, du könntest erklären ...«

»Es gibt zwei Höfe, meine Liebste, meinen Hof hier und den dunklen – den Hof jener, die weiter innen leben. Und das ist alles, was ich im Augenblick sagen werde. Aber sieh, unsere Pferde sind da!«

Ein Junge kam mit zwei goldfarbenen Pferden, die silberne Mähnen und Schweife hatten. Als Dallandra aufsaß, sah sie, daß sich die Fußsoldaten so schnell in eine Kavallerie verwandelt hatten, wie Veränderungen in diesem Land immer vor sich gingen. Unter Zaumzeugklirren folgten sie Evandar. Sie ritt neben ihm auf einer Straße, die sich vor ihnen ins Sonnenlicht erstreckte. Dennoch blieb der Nebel, eine graue, wabernde Mauer, die manchmal fest schien, manchmal dünn wurde und Ausblick auf schimmernde Städte oder waldige Berge gewährte. Dallandra fiel auf, daß der Nebel immer links von ihr war, als ritten sie in einem riesigen Kreis rund um eine grasbewachsene Ebene.

»Wir umreiten die Grenze«, rief Evandar.

Hinter ihm jubelte seine Armee, und Silberhörner erklangen.

Auf Pferden, die offenbar niemals müde wurden, ritten sie stundenlang, bis der Tag einem grünlichen Zwielicht wich und der Mond rosafarben und aufgebläht direkt über dem Horizont hing, sich nicht weiter erhob und auch nicht unterging. In diesem grausigen Licht passierten sie Ruinen von Städten, die offenbar einer großen Katastrophe zum Opfer gefallen waren, und schwarze, versengte Stümpfe toter Bäume, die mit uralter Asche bedeckt waren. Die Pferde stolperten nie, hielten nie inne, zogen immer weiter durch Tod und Nacht, bis – gerade als Dallandra kurz davor war, vor Angst laut zu schreien – der Tag wieder anbrach, blau und klar, und sie alle mit goldenem Licht überzog. Der Nebel wirbelte ein letztes Mal, dann wurde er von einem frischen Wind davongetragen. Direkt vor ihnen, auf der Blütenwiese, stand der Pavillon aus Goldtuch. Dallandra schluchzte erleichtert.

»Die Grenze ist sicher!« rief Evandar. »Geht und widmet euch eurer Musik und eurem Festessen, aber kommt zurück, wenn ich euch rufe.«

Hinter ihm verschwand die Armee wie Laub im Herbstwind. Er selbst sprang vom Pferd, half Dallandra abzusteigen und übergab dann die Zügel ihrer Pferde demselben Jungen, der so lautlos wie zuvor erschienen war. Dallandra sah ihm nach, wie er die Tiere um den Pavillon herumführte, und fragte sich laut, ob sie wohl verschwinden würden.

»Nein, sie kehren zu ihren Weiden zurück, wo wir sie gestohlen haben.« Evandar grinste. »Bist du müde, meine Liebste? Sollen wir uns dem Fest anschließen?«

»Es wäre mir lieber, wenn du mir ein paar Dinge erklären würdest.«

»Wenn ein Rätsel erklärt wird, ist es kein Rätsel mehr.«

Und weil sie tatsächlich sehr müde war, ließ sie das Thema fallen und gestattete ihm, sie in den Pavillon zu führen. Ihre Plätze – gepolsterte Bänke, auf denen sie sich ausstrecken konnten – standen am Kopf der Halle. Dallandra sank dankbar auf die weichen Kissen und nahm von einem Pagen einen goldenen Kelch Met entgegen. Erst jetzt bemerkte sie, wie hungrig sie nach dem langen Ritt war. Während sie aßen, traten einzelne Wächter an Evandar heran und erstatteten ihm leise Bericht über Dinge, die sie offenbar gesehen hatten. Harfen erklangen in der Nähe, lange traurige Melodien, während junge Stimmen sangen, bis Dallandra schließlich einschlief.

II
DER PRINZ DER SCHWERTER IM WESTLAND, HERBST 1112

Unter den Elfen des Graslandes war Calonderiel, Banadar der Ostgrenze, derjenige unter den Anführern, der die meiste Autorität – und den größten Kriegshaufen – besaß. Dennoch beruhte sein Anspruch auf Macht nach Maßstäben der Deverrianer auf einer seltsam schwachen Grundlage. Er stammte von niemand Besonderem ab und hatte keine wichtigen Verwandten – er war einfach der Sohn eines Pferdehirten, der seinerseits Sohn eines Webers war, dessen Vater wiederum in den alten Tagen, als die Elfen noch in ihrem eigenen Königreich weit im Westen gelebt hatten, einen großen Bauernhof bewirtschaftet hatte. Niemand hatte seine Familie je mit adligen oder bekannten Persönlichkeiten der alten Städte in Verbindung bringen können. Er war allerdings der beste Bogenschütze, der klügste Taktiker und einer der geachtetsten Anführer, die das Westland je gesehen hatte, und all das war beim Volk erheblich wichtiger als jede Frage der Abstammung. Dennoch war Rhodry ap Devaberiel immer wieder verblüfft, daß Calonderiels Autorität von niemandem angezweifelt wurde. Er selbst war stellvertretender Kommandant des Kriegshaufens des Banadar, und da er geschworen hatte, Calonderiel zu dienen, hätte er niemals einem Befehl oder einer Entscheidung des Banadar widersprochen. Manchmal wunderte er sich eben darüber, und schließlich verlieh er seiner Verwunderung laut Ausdruck.

»Und nun taucht dieser Aledeldar zur Herbstversammlung auf«, meinte Rhodry. »Was, wenn er und sein Sohn sich entschließen, mit uns zu reiten? Beunruhigt dich das nicht?«

»Warum sollte es?« Calonderiel blickte überrascht auf. »Stimmt etwas mit ihm nicht?«

»Soweit ich sehen kann, ist er in Ordnung. Nur – er ist König, oder? Jedenfalls der einzige, den ihr – wir – haben. Das muß doch Schwierigkeiten geben. Zwei Kutscher auf einem Wagen sorgen immer für eine holprige Fahrt.«

Calonderiel lachte nur. Es war spät am Abend, und sie saßen, in wollene Umhänge gewickelt, vor dem riesigen Zelt des Banadar. Zwischen den anderen Zelten (es waren über zweihundert) war alles schon dunkel und still. Man hörte nur hin und wieder das Bellen eines Hundes oder den Schrei eines hungrigen Babys.

»Nun, es wird nicht mehr so komisch sein, wenn er Befehle gibt, die deinen widersprechen.«

»Rhodry. Du verstehst uns immer noch nicht, wie? Wie lange lebst du jetzt bei uns? Dreizehn, vierzehn Jahre? Denk noch einmal darüber nach. Du hast oft gehört, daß Leute Del und seinen Sohn erwähnten, oder? Und wie? Genau wie sie von jedem anderen sprechen, den sie kennen. Tatsächlich verfügst du über mehr echte Macht als er. Du bist mein Stellvertreter, und alle Männer achten dich, also würde das Volk eher Befehle von dir als von ihm annehmen. Nicht, daß irgend jemand Del seine Position streitig macht. Er ist der Sohn von Halaberiel, und Halaberiel war der Sohn von Berenaladar, und Berenaladar war der Sohn von Ranadar, dem König vom Hohen Berg, und das ist alles. Aber da derzeit die Wölfe und Eulen und das Unkraut sein Königreich beherrschen, nun, bei der Dunklen Sonne, hat er keinen Grund, sich darauf etwas einzubilden.«

Verblüfft schüttelte Rhodry den Kopf. Calonderiel hatte vermutlich recht. Manchmal verstand er das Volk nicht, und zu Zeiten wie diesen bezweifelte er, daß es ihm jemals gelingen würde.

Als die Herbstversammlung, das Alardan, am nächsten Morgen offiziell begann, schien seine Einsamkeit sich zu verdoppeln. Es war das letzte große Fest vor der langen Reise in die südlichen Winterlager und daher eine aufwendige Angelegenheit. Wann immer eine neue Gruppe Reisender zusammen mit ihren Pferden und Schafen erschien, liefen ihnen alle entgegen, um ihre alten Freunde zu begrüßen, die sie seit dem Sommer nicht mehr gesehen hatten, und ihnen beim Auspacken zu helfen. Die Zeit für Besuche war kurz: Die Herden würden das Gras, das hier wuchs, schnell vertilgen, und dann mußte sich die Versammlung auflösen. Rhodry wanderte allein an den buntbemalten Zelten vorbei und nickte hier und da jemandem, den er kannte, lächelnd zu. Überall schwärmte das Wildvolk herum, grinsend und glotzend, wild umhersausend. Sie zogen Hunde am Schwanz und Kinder an den Haaren und verschwanden dann plötzlich, um ein paar Fuß entfernt wieder zu erscheinen. Auch alle vom Volk eilten geschäftig durchs Lager und bereiteten sich auf das Festmahl am Abend vor. Gruppen von Musikern stimmten ihre Instrumente und stritten sich darüber, was sie spielen sollten. Köche zerteilten geschlachtete Lämmer oder tauschten ihre kostbaren Vorräte an bardekianischen Gewürzen aus. Kinder rannten herum und brachten Zweige und Rindenstücke oder Körbe mit getrocknetem Dung zu den Kochfeuern, die, wie immer im Grasland, nie genug Brennstoff hatten.

An einem der Feuer fand Rhodry Enabrilia, die auf einer Holztruhe saß. Zu ihren Füßen stritten sich ihre beiden Enkelsöhne um ein paar Steingutpferdchen. Enabrilia sah an diesem Morgen müde aus, und in ihrem goldenen Haar waren deutlich graue Strähnen wahrzunehmen. Als Rhodry sich neben sie hockte, lächelte sie ihn an und schälte dann weiter Wurzeln mit ihrem kleinen Messer.

»Der Kriegshaufen ist immer im Weg, wenn es wirkliche

Arbeit zu tun gibt«, meinte sie freundlich. »Sie treiben sich überall herum und fragen, wann das Essen endlich fertig ist, und lenken die Mädchen ab, die eigentlich arbeiten sollten. Ihr seid alle gleich.«

»Das stimmt. Ich dachte, ich sollte dich einmal ablenken.«

»Also wirklich! Ich bin alt genug, deine Großmutter zu sein – vermutlich sogar deine Ururgroßmutter –, und heute früh spüre ich jedes einzelne meiner Jahre, das kann ich dir sagen.«

»Stimmt etwas nicht?«

»Es geht Oldana wieder schlechter.« Sie hielt inne und warf einen bedeutsamen Blick auf die Jungen, die bei der Erwähnung ihrer Mutter, die seit Monaten krank war, ganz Ohr waren.

»Aha.«

Zuhause in Eldidd, wo er ein großer Herr und einer der persönlichen Freunde des Hochkönigs gewesen war, hätte Rhodry den beiden Kindern, von denen eines kaum aus den Windeln war, nicht einmal einen zweiten Blick gegönnt. Da er aber nun auf dem Grasland war, streckte er Faren, dem jüngeren der beiden, der auf ihn zugewackelt kam und seine beiden winzigen Hände in eine von Rhodrys schwieligen Handflächen legte, die Arme hin.

»Komm, wir gehen spazieren, damit deine Großmutter in Ruhe kochen kann. Val, kommst du auch mit?«

Val schüttelte den Kopf und schnappte sich mit triumphierendem Grinsen beide Pferdchen. Mit Faren auf dem Arm nahm Rhodry seine ziellose Wanderung wieder auf. Mitten im Lager, in der Nähe des rituellen Feuers, das im Zentrum jedes Alardan brannte, fand er Calonderiel, der mit dem König und seinem jüngeren Sohn sprach, der mit sechsundzwanzig Jahren nach elfischen Maßstäben noch ein Kind war. Sie waren einander zu ähnlich, um etwas anderes als Vater und Sohn zu sein, mit rabenschwarzem Haar und hellgrauen Augen mit vertikalen lavendelfarbenen Katzenpupillen, und sie waren sogar für Männer des Volks sehr schlank. Rhodry war ernstlich schockiert zu sehen, wie respektvoll die beiden den Banadar behandelten, wie sie nachdenklich zu seinen Bemerkungen nickten und über seine kleinen Witze genauso lachten wie andere Männer. Als Rhodry sich zu ihnen gesellte, grüßten ihn beide, indem sie ihre Hände mit den Handflächen nach außen in Schulterhöhe erhoben. Auch dies taten sie mit einem Ausdruck ehrlicher Hochachtung, wo Rhodry doch von all seinen Instinkten dazu angeleitet wurde, vor ihrem königlichen Blut niederzuknien.

»Ich freue mich, dich zu sehen«, sagte Aledeldar. »Ich habe großen Respekt vor den Gedichten deines Vaters.«

»Ich ebenfalls«, erklärte Rhodry. »Nicht, daß ich sie sonderlich gut verstehen kann.«

Alle lachten, außer Faren, der sich in Rhodrys Armen umwandte und über seine Schulter zeigte.

»Wer ist das? Sie ist seltsam.«

»Schön vielleicht«, bemerkte Calonderiel. »Seltsam würde ich nicht sagen.«

Als Rhodry sich umdrehte, sah er eine scheinbar ganz gewöhnliche Elfenfrau mit honigblondem, taillenlangem Haar, das sie in zwei strengen Zöpfen trug. Sie stand etwa zwanzig Fuß entfernt zwischen den Zelten. Sie trug eine ganz gewöhnliche Lederhose und ein Leinenhemd und hatte einen Korb mit Gemüse in einer Hand, aber sie stand so reglos da und starrte die Männer so intensiv an, daß sie tatsächlich auf eine schwer zu beschreibende Art und Weise seltsam schien. Rhodry hatte das merkwürdige Gefühl, daß die Frau nicht wirklich da war, daß sie hinter einem unsichtbaren Fenster stand und auf das hektische Lager hinausspähte. Als Calonderiel ihr freundlich zuwinkte, drehte sie sich weg und ging rasch davon, verschwand in dem Gewimmel von Leuten zwischen den Zelten.

»Wie heißt sie?« fragte Rhodry.

»Das weiß ich nicht«, sagte Calonderiel. »Del, reitet sie mit deinem Alar?«

»Nein. Ich habe sie nie zuvor gesehen. Nun, es sind eine Menge Leute hier. Darunter müssen ja einige sein, die wir nicht kennen.«

Aus reiner Neugier hielt Rhodry für den Rest des Tages Ausschau nach dieser Frau. Obwohl er sie einigen Freunden beschrieb, erinnerte sich niemand an sie, dabei hätte sie auffällig genug sein müssen. Beim Volk war dunkelblondes Haar wie das ihre sehr selten und wies vermutlich auf einiges Menschenblut in ihrer Abstammung hin. Als er sie noch einmal bemerkte, während sie gerade Wasser für die Köche holte, rief Rhodry ihr von weitem einen Gruß zu, aber sie blickte nur kurz über ihre Schulter und eilte davon.

Er sah sie erst spät an diesem Abend wieder, lange nachdem das Festessen vorbei war. Auf der Seite des Lagers, die den Herden abgewandt war, hatte man das lange Gras zu gleich langen Stoppeln geschnitten und so einen Tanzplatz geschaffen. Im Fackellicht sammelte sich an einer Seite eine Reihe von Harfnern, Trommlern und Musikern, die elfische Rohrflöten spielten. Das Volk tanzte in langen Reihen, mit erhobenem Kopf und geradem Rücken, die Arme ebenfalls starr erhoben, während die Füße kunstvolle Sprünge vollführten. Manchmal behielten die Reihen der Tanzenden ihre Position bei, ein anderes Mal sprangen sie rasch und wild über die Wiese, bis alle lachend ins Gras fielen. Weiter und weiter ging der Tanz, bis die Älteren und weniger Kräftigen aufgaben – darunter auch Rhodry.

Schwitzend und außer Atem, ließ er sich neben einer hoch aufragenden Fackel nieder, weit genug von der Musik entfernt, daß er sich selbst denken hören konnte, und sah zu, wie die Tänzer sich vergnügten. Ein Rudel grauer Gnomen erschien, und sie ließen sich in Imitation ihres älteren Bruders keuchend auf den Rücken fallen. Als Rhodry lachte, setzten sie sich auf und grinsten, dann begannen sie, einander zu schubsen, weil alle gleichzeitig auf seinem Schoß sitzen wollten. Plötzlich fletschte einer von ihnen die Zähne und zeigte auf etwas hinter Rhodry. Der Rest sprang ebenfalls fauchend auf, dann verschwanden sie. Rhodry fuhr herum und sah die dunkelblonde Frau hinter sich stehen. Im Fackellicht sah es aus, als wären ihre Augen aus Blattgold.

»Einen guten Abend, meine Dame.« Er erhob sich auf die Knie. »Willst du dich zu mir setzen?«

Sie lächelte, dann kniete sie sich ihm gegenüber, statt sich hinzusetzen. Einen Augenblick betrachtete sie ihn mit einem Schweigen, das so tief und unergründlich war wie der Nachthimmel. Wieder war er vollkommen verstört von diesem Eindruck von Distanz, als wäre sie ein gemaltes Bild auf einer Tempelwand, das von hoch oben zu ihm niedersah. In ihrer Gegenwart schien das Lager weit hinter ihm zu liegen.

»Äh, ich heiße Rhodry, Sohn des Devaberiel. Habe ich die Ehre, deinen Namen zu erfahren?«

»Das denke ich nicht.« Zu seinem Schrecken sprach sie deverrianisch. »Mein Name ist nicht dafür gedacht, ihn weiterzugeben, aber ich tausche ihn gegen diesen kleinen Ring da ein.«

Unwillkürlich schaute Rhodry auf seine rechte Hand, wo er am Mittelfinger ein silbernes Band trug, etwa ein Drittel Zoll breit, in das Rosen eingraviert waren.

»Nun, ich muß mich entschuldigen, aber diesen Ring gebe ich nicht her, nicht einmal, um eine so schöne Dame wie dich zu erfreuen.«

»Er ist aus Zwergensilber gemacht. Wußtest du das?«

»Ja. Das ist dasselbe Metall, aus dem dieser Silberdolch besteht, den ich trage.«

»Ja, und beide wurden vor vielen, vielen Jahren von einem Zwerg geschmiedet.«

»Ich kenne den Mann, der den Dolch gemacht hat, und er ist tatsächlich ein Zwerg, aber der Ring ist elfischer Herkunft.«

»Nein, selbst wenn er eine elfische Inschrift auf der Innenseite hat. Er wurde vom Bergvolk gemacht, und ein wichtiger Mann des Volkes wie du, Rhodry Maelwaedd, sollte ihn nicht tragen.«

»Holla! Seit vielen Jahren hat mich niemand mehr bei diesem Namen genannt.«

Sie lachte und entblößte dabei Zähne, die im flackernden Licht seltsam scharf und glänzend wirkten.

»Ich kenne viele Namen, ich kenne wirklich all deine Namen. Rhodry, Rhodry, Rhodry.« Sie streckte die Hand aus. »Gib mir diesen Ring.«

»Nein! Wer bist du überhaupt?«

»Wenn du mir den Ring gibst, werde ich dir alles sagen.« Sie lächelte, ihr Mund plötzlich weich von tausend Versprechen. »Für diesen Ring, den du da trägst, werde ich sogar mehr tun als dir nur eine Geschichte erzählen. Warum gibst du mir keinen Kuß, Rhodry Maelwaedd?«

Rhodry stand auf.

»Nein, danke. Mir ist vor vielen Jahren etwas sehr Gefährliches passiert, und nun bin ich nicht mehr so frei mit meinen Küssen, weil ich denselben Fehler nicht zweimal machen will.«

Sie starrte ihn in kalter Wut an, während er sich fragte, ob er wohl den Verstand verloren hatte, eine so schöne Frau so kühl zu behandeln.

»Rhodry! Wo bist du?« Das war Calonderiels Stimme, die ein wenig schleppend klang und aus weiter Entfernung über die Musik zu ihm drang. »Harfner? Habt ihr Rhodry gesehen?«

Sie warf den Kopf zurück und heulte wie ein Wolf, dann war sie plötzlich verschwunden, wie das Wildvolk manchmal verschwand, ohne auch nur eine Staubwolke aufzuwirbeln oder die Flamme der Fackel zum Flackern zu bringen. Direkt hinter sich hörte Rhodry Calonderiel fluchen. Er fuhr herum.

»Da bist du ja!« Calonderiel lachte halb, halb schien er beunruhigt. »Bei der Dunklen Sonne, ich muß mich halb blind gesoffen haben, wenn ich dich nicht gesehen habe, und dabei standest du die ganze Zeit hier! Es war wohl wirklich ein bißchen zuviel.«

»Nun, ich habe nie erlebt, daß ein Schlauch Met an dir vorbeiging, ohne daß du probiert hättest.« Rhodry bemerkte, daß er zitterte und daß ihm kalter Schweiß ausgebrochen war. »Hast du diese Frau gesehen, die gerade hier war?«

»Frau? Nein, ich habe nicht einmal dich bemerkt, und erst recht keine Frau.«

»Die Frau, die wir zuvor gesehen haben, als wir mit dem König und seinem Sohn sprachen, die, die der kleine Faren seltsam genannt hat.«

»Ach, die.« Calonderiel rülpste laut. »Ich hoffe, ich habe nichts, äh, Wesentliches unterbrochen.«

»Nicht im geringsten, mein Freund. Hm, ich frage mich, ob der kleine Faren einen Anflug des Zweiten Gesichts hat. Wenn wir Aderyn das nächste Mal treffen, sollte er sich den Jungen einmal ansehen.«

»Eigentlich dachte ich, der Weise wäre bereits hier. Und wieso sprichst du deverrianisch?«

»Tue ich das? Oh, das tut mir leid.« Problemlos fiel er wieder in seine neue Sprache zurück. »Diese Frau sprach deverrianisch mit mir.«

»Welche Frau?«

»Die, die du nicht gesehen hast. Mach dir darüber keine Gedanken. Kehren wir ins Lager zurück.«

Als er in dieser Nacht einschlief, war Rhodry froh, daß er das Zelt mit einem ganzen Kriegshaufen teilte. Irgendwie hätte er sich allein gefährdet gefühlt.

Kurz vor Einbruch der Dämmerung erwachte das gesamte Lager von den Schreien und Flüchen der Hirten. Rhodry zog Hosen und Stiefel an und rannte nach draußen, wobei er sich noch schnell das Hemd überzog. Auch der Rest des Kriegshaufens war schon zur Pferdeherde östlich des Lagers unterwegs. Aus den Satzfetzen, die er hörte, konnte Rhodry schließen, daß etwas die Tiere erschreckt hatte.

Als sie die Weide erreichten, hatten die berittenen Hirten die meisten geflohenen Tiere schon wieder zusammengetrieben. Rhodry fand ein Pferd, das ihn kannte, sprang auf dessen nackten Rücken und beteiligte sich an der Jagd. Obwohl er im Dunkeln nicht so gut sehen konnte wie jene vom Volk, war seine Nachtsicht erheblich besser als die eines durchschnittlichen Menschen und auf jeden Fall gut genug, um im Mondlicht nach Pferden zu suchen. Er fand vier Stuten und ihre halb ausgewachsenen Fohlen, trieb sie zu einer kleinen Gruppe zusammen und brachte sie zurück, als sich der Himmel im Osten gerade grau zu verfärben begann. Mitten in der Herde waren drei Frauen unterwegs und zählten die Tiere mit einem Ruf oder einem Tätscheln für jedes Pferd. Rhodry übergab seine Stuten, dann sah er Calonderiel, der am Rand auf seinem goldenen Hengst saß, und ritt zu ihm.

»Was war hier los?«

»Ich will verflucht sein, wenn ich das weiß.« Calonderiel zuckte vielsagend die Schultern. »Einer der Jungen erzählte, daß die Pferde ganz plötzlich den Verstand verloren hatten: Sie wieherten und bäumten sich auf und traten nach etwas. Er sagte, er konnte kaum die Gestalten sehen, die sich bewegten, hundeähnliche Gestalten, die dann verschwanden. Ich nehme an, das Wildvolk hat uns wieder einmal einen seiner dummen

Streiche gespielt. Sie wissen, daß wir ihnen nichts tun können, und sie hielten es wahrscheinlich für einen guten Witz, uns alle schreiend umherreiten zu sehen.«

Rhodry hatte keinen Grund, anderer Meinung zu sein; vor allem, da offenbar kein Schaden entstanden war. Nachdem die Sonne erst einmal aufgegangen und die Tiere gezählt waren, fehlten nur noch drei Pferde, und ihre Spuren, die in verschiedene Richtungen führten, waren vollkommen klar erkennbar. Rhodry frühstückte, dann machte er sich auf, eines der Tiere zu verfolgen.

Er folgte dem Pferd den ganzen Morgen, bis er es schließlich gegen Mittag fand. Der rotbraune Wallach mit schwarzer Mähne und Schweif graste vergnügt an einem schmalen Fluß. Schnalzend und einen kleinen Sack Hafer vor sich haltend, ging Rhodry auf das Tier zu. Der Wallach verdrehte die Augen, dann entdeckte er den Hafersack, kam angetrabt, steckte seine Nase in den Sack und gestattete Rhodry, ein Seil an seinem Halfter anzubringen.

»Nun, zumindest hast du auf mich gewartet. Ich denke, ich esse jetzt selbst etwas, und dann gehen wir nach Hause.«

Rhodry sattelte sein eigenes Pferd ab, damit es sich wälzen konnte, und pflockte es dann an. Danach holte er sich Fladenbrot und Käse aus der Satteltasche und setzte sich an den Fluß. Er war gerade fertig, als er zufällig flußaufwärts blickte und etwas entdeckte, das ihn fluchend auf die Beine brachte. Etwa eine Viertelmeile entfernt stand ein Haselgebüsch. Daran war an sich nichts Ungewöhnliches – nur, daß er es vorher überhaupt nicht bemerkt hatte. Einen Moment dachte er darüber nach, aber am Ende war er vollkommen sicher, daß er in diese Richtung geschaut und nichts anderes als Grasfläche gesehen hatte, die sich bis zum Horizont erstreckte. Wieder überlegte er, dann siegte schließlich die Neugier, und er ging auf das Gebüsch zu, um es sich einmal anzusehen.

Als er näher kam, machte das Gebüsch einen absolut harmlosen Eindruck – ein kleines Gestrüpp aus niedrigen Bäumen und Schößlingen –, aber jemand saß dort auf einem seltsamen Eichenstumpf, und obwohl es ein windiger Tag war, regten sich die Haselzweige nicht. Trotz der warmen Sonne wurde Rhodry kalt. Er legte die Hand auf den Knauf seines Silberdolchs, blieb stehen und spähte in die Schatten. Die sitzende Gestalt erhob sich und kam ihm entgegengehinkt: eine uralte Frau mit krummem Rücken in braunen Lumpen, die sich auf einen Stock stützte und ein schwarzes Tuch um ihr weißes Haar geschlungen hatte. Ein paar Fuß entfernt von ihm blieb sie stehen und sah mit verquollenen Augen zu ihm auf.

»Guten Morgen, Silberdolch.« Sie sprach deverrianisch. »Du bist weit vom Land der Menschen entfernt.«

»Ebenso wie du, gute Frau.«

»Ich bin auf der Suche nach meiner Tochter. Sie haben sie mir gestohlen. Ich habe überall gesucht, aber ich kann sie in meinem eigenen Land nirgends finden. Sie haben sie mir weggenommen, meine kleine einzige Tochter, und nun wollen sie sie lebendig begraben. O ja, sie weben ihr ein Grabtuch, und dann begraben sie sie bei lebendigem Leib.«

»Wie bitte? Wer tut so etwas?«

Sie blickte ihn nur mit einem kleinen Lächeln an, das ein wenig zu berechnend schien, um zu dieser Frau zu passen. Der Wind zerzauste Rhodrys Haar. Die Haselbüsche regten sich nicht. Mit wild klopfendem Herzen wich Rhodry zurück.

»Wo gehst du hin, Silberdolch?« Ihre Stimme war ganz sanft und flehend. »Ich habe etwas zu tun für dich.«

Sie kam ihm nach, plötzlich jünger geworden, hochgewachsen und kräftig. Nun trug sie ein grünes Jagdhemd und Hirschlederstiefel, ihr Haar hatte die Farbe von Honig, und ihre Augen waren wie Blattgold. Rhodry schrie leise auf und taumelte rückwärts weiter, weil er ihr nicht den Rücken zuwenden wollte. Aus reinem Kriegerinstinkt zog er sein Schwert. In dem Augenblick, als der Stahl im Sonnenlicht aufblitzte, schrie sie zornig auf und verschwand wie eine verlöschende Kerzenflamme. Rhodry brach der kalte Schweiß aus. Schlotternd stand er am Flußufer. Dann drehte er sich um und flüchtete zu den Pferden. Mit ungeschickten, zitternden Händen sattelte er seinen Grauen, packte das Seil des Wallachs, stieg dann in den Sattel und galoppierte davon. Den ganzen Weg zum Lager hin wünschte er sich eine gute Straße, um noch schneller zu sein. Als er das Lager und besonders die anderen Männer des Kriegshaufens sah, kam ihm seine Angst jedoch nicht nur seltsam beschämend, sondern regelrecht dumm vor, und er erzählte niemandem, was geschehen war. Tatsächlich schien ihm der Vorfall, je mehr er darüber nachdachte, um so unwahrscheinlicher, bis er sich schließlich selbst einredete, daß er in der warmen Sonne eingeschlafen war und die ganze Geschichte nur geträumt hatte.

Zwei Tage später, am letzten Nachmittag des Alardan, starb Oldana. Rhodry war gerade im Lager unterwegs, als er Enabrilias schrillen Klageschrei hörte. Der Schrei schnitt wie ein Messer durch den Lärm des Lagers. Eine nach der anderen fielen Stimmen ein, schluchzend und weinend. Rhodry drehte sich um und lief zu Oldanas Zelt, schob sich durch die jammernde Menge am Eingang und ging hinein. Das Haar offen und zerzaust, versuchte Enabrilia, sich das Gesicht mit den Fingernägeln zu zerkratzen, während zwei ihrer Freundinnen ihre Hände packten, um sie davon abzuhalten. Oldana lag auf den Decken, ihre Arme weit ausgebreitet, die Augen immer noch offen. Sie war schon so lange krank, daß ihr Gesicht zunächst nicht kälter und nicht bleicher schien als zuvor, aber ihr Mund war schlaff. An der Zeltwand stand der kleine Faren und starrte seinen älteren Bruder an, der weinte, ohne wirklich zu verstehen, warum. Rhodry führte die beiden Kinder aus dem

Zelt. In Trauerzeiten gehörten Jungen zu den Männern, während sich die Frauen um die Toten kümmerten.

Draußen vor dem Zelt versammelten sich noch mehr Frauen, während die Männer im Lager umhereilten und sämtliche Feuer löschten. Sie trafen sich bei der Pferdeherde, wo Oldanas Bruder Wylenteriel Rhodry begegnete und seine Neffen mit einem gemurmelten Dank an den Stellvertreter des Banadar entgegennahm. Rhodry trat zu Calonderiel, der leise vor sich hin schimpfte.

»Sie war viel zu jung, um zu sterben! Manchmal verstehe ich die Götter wirklich nicht!«

»Wer kann das schon?« sagte Rhodry schulterzuckend. »Ich bin ebenfalls traurig, aber ich mache mir mehr Sorgen um ihre Söhne. Wo ist ihr Vater?«

»Irgendwo im Norden mit seinen Herden – dort hat man ihn jedenfalls zuletzt gesehen. Die Jungs sind ohnehin bei ihrem Onkel besser dran, wenn du meine Meinung wissen willst – nicht, daß irgend jemand mich gefragt hätte.« Der Banadar verzog säuerlich das Gesicht. »Wenn wir Glück haben, werden wir ihrem Vater unten im Winterlager begegnen. Das Alardan wird heute abend zu Ende gehen, und dann ziehen wir nach Osten.«

»Nach Osten?«

»Zur Begräbnisstätte. Ach, das stimmt – du warst ja noch nie dort. Wir sind nahe genug, um sie dorthin zu bringen.«

Rhodry war seltsam beunruhigt. Die heilige Begräbnisstätte lag direkt an der Grenze zu Eldidd, nicht mehr als hundert Meilen von Aberwyn, wo er einmal als Gwerbret regiert hatte, nicht weit entfernt von dem Ort, den er immer als Zuhause betrachtet hatte.

»Was ist denn?« wollte Calonderiel wissen. »Du bist blaß geworden.«

»Ja? Nun, es ist traurig, wenn jemand vom Volk so jung stirbt. Wir sollten am besten das Alardan abbrechen. Je eher wir uns auf den Weg machen, desto besser.«

Die Frauen bestreuten Oldanas Leiche mit Gewürzen und bedeckten sie mit getrockneten Blüten, bevor sie sie in weißes Leinen wickelten. Sie wählten ein weißes Pferd aus der Herde aus, um den Schlitten zu ziehen, der sie zum Ruheplatz ihrer Ahnen bringen würde. Als das Alar den Rest der Versammlung zu seiner traurigen Reise nach Osten hinter sich ließ, führte dieses Pferd die Marschlinie an. Rhodry und Calonderiel ritten zu beiden Seiten. Die kleinen Jungen, ebenso verwirrt wie traurig, reisten weiter hinten bei ihrem Onkel und ihrer Großmutter. Anstandshalber kamen der König und der junge Prinz mit ihnen – in Begleitung ihres Alars –, um der Zeremonie durch ihre Anwesenheit zusätzliche Würde zu verleihen. Sie brauchten zwei volle Tage und einen Teil des dritten, um den Forellensee zu erreichen. Während dieser Zeit aßen sie, was vom Festessen des Alardan übriggeblieben war, und schliefen nachts im Kalten, weil kein Feuer entzündet werden durfte, bevor Oldanas Seele sicher auf dem Weg in die andere Welt war. Langsam wurde das Grasland hügeliger. Endlich, direkt nach einem grauen Mittag, der schon den Winter versprach, kamen sie auf die letzte Kuppe.

Am Ende des grünen Abhangs lag der silberne See, ein langgestreckter Wasserfinger in einem schmalen Tal, das von Südosten nach Nordwesten zeigte. Im Norden breitete sich ein dichter Wald auf dem Talboden aus, und die dunklen Kiefern standen in solch ordentlichen Reihen, daß sie dort nicht natürlich gewachsen sein konnten. Calonderiel wandte sich Rhodry zu und zeigte auf den Wald.

»Dort ist es. Die Begräbnisstätte meiner und deiner Urahnen. Die Asche des Vaters deines Vaters wurde unter diesen Bäumen verstreut, obwohl ich glaube, daß deine Großmutter zu weit draußen im Grasland starb, als daß man sie hätte herbringen können.«

Als sie das Seeufer erreichten, bemerkte Rhodry, daß dort ein vorbereiteter Lagerplatz lag: Es gab in gleichmäßigen Abständen steinerne Feuergruben und kleine Hütten, in denen man Feuerholz trocken halten und Lebensmittel vor Tieren in Sicherheit bringen konnte. Die Elfen bauten die Zelte vor dem dunkler werdenden Himmel auf und banden die Pferde sicher an, falls es nachts ein Gewitter geben würde. Als der Abend kam, suchte Calonderiel Rhodry auf.

»Laß uns sehen, ob genug Feuerholz da ist. Die Frauen sagten mir, daß wir die Zeremonie am besten heute noch durchführen sollten.«

Zusammen traten sie in die dunklen und duftenden Korridore zwischen den Bäumen. In einer Lichtung, keine zehn Schritte vom Waldrand entfernt, stand ein Gebäude aus Naturstein und grob gezimmerten Stämmen von etwa dreißig Fuß Länge. Drinnen fanden sie aufgestapeltes Holz, das auf dem Grasland ein Vermögen dargestellt hätte.

»Gut«, sagte Calonderiel. »Hol die anderen her. Bringen wir es hinter uns, bevor es anfängt zu regnen.«

Wie aus Mitgefühl für ihre Trauer hielt der Regen sich zurück. Statt dessen wurde es windiger, die Wolken wurden weggeblasen, und nun waren die Sterne am Himmel zu sehen. Kurz vor Mitternacht verbrannte das Alar Oldanas Leiche, um ihre Seele zu befreien. Rhodry hielt sich am Rand der weinenden Menge. Obwohl er lange genug mit dem Westvolk unterwegs gewesen war, um Zeuge mehrerer Verbrennungen zu werden, verstörten sie ihn immer noch. Er war daran gewöhnt, seine Verwandten und Freunde in der Erde zu vergraben, zusammen mit Gegenständen, die sie im Leben geliebt hatten. Unwillkürlich bewegte er sich langsam rückwärts, löste sich aus der Menge, machte hier einen Schritt zurück, gestattete dort jemandem, sich vor ihn zu stellen, bis er schließlich in einiger Entfernung von den anderen allein war.

Heftiger Nachtwind peitschte auf die Seeoberfläche ein und heulte wie ein weiterer Trauernder um die Bäume. Rhodry schauderte ebenso vor Kummer wie vor Kälte, denn Oldana war so schön und noch so jung gewesen. Er hatte sie nicht gut gekannt, aber er würde sie im Alar vermissen. Beim Westvolk, diesem letzten Überrest eines Stammes, der kurz vor dem Aussterben stand, war der Tod einer Frau, die noch mehr Kinder zur Welt hätte bringen können, ein schrecklicher Schicksalsschlag. Inmitten der Menge brachen die Frauen in lautes Klagegeschrei aus, dem die Männer antworteten, halb in einer Rezitation, halb mit Schluchzen. Rhodry drehte sich um und rannte weg, quer durch das stille Lager zur anderen Seite. Er lief und lief am Seeufer entlang, bis er schließlich stolperte und ins Gras fiel. Lange Zeit blieb er einfach dort liegen und rang keuchend nach Atem. Als er sich aufsetzte, war das Feuer weit entfernt, eine goldene Blüte am Horizont. Das vom Wind aufgewühlte Wasser schwappte murmelnd ans Ufer.

»Du Feigling«, sagte er auf deverrianisch zu sich selbst. »Du solltest lieber zurückkehren.«

Das Alar würde von ihm, dem Stellvertreter des Banadar, erwarten, daß er anwesend war. Er stand auf, zog sich das Hemd herunter, fuhr automatisch mit der Hand über seinen Gürtel, um sich zu überzeugen, daß sein Schwert noch da war und sein Silberdolch. Der Dolch war verschwunden. Rhodry fluchte und fiel auf die Knie, um danach zu suchen. Er nahm an, daß die Waffe aus der Scheide gerutscht war, als er hingefallen war. In dieser Dunkelheit konnten selbst seine halbelfischen Augen wenig erkennen: nur die dunkleren Flekken niedergedrückten Grases vor den schwarzen Schatten der Halme, die noch aufrecht standen. Auf Händen und Knien kroch er umher, tastete sich vorwärts, schob das Gras zur Seite, hoffte, das Silber glitzern zu sehen, und betete, daß das elende Ding nicht irgendwie in den See gefallen war. Eine Gruppe Gnomen erschien, um ihm zu helfen, obwohl er bezweifelte, daß sie ihn wirklich verstanden, als er zu erklären versuchte, was er da tat. Endlich gab er verärgert auf und hockte sich auf die Hacken. Wie in einem Wirbelwind verschwanden sämtliche Gnomen.

»Rhodry, gib mir den Ring, und ich gebe dir den Dolch zurück.«

Die Stimme – ihre Stimme, ganz leise und verführerisch – erklang direkt hinter ihm. Fluchend sprang er auf, fuhr herum und sah sie in etwa fünf Fuß Entfernung stehen. Sie schien in einer Säule von Mondlicht zu schweben, als wäre die Luft, die sie umgab, ein Tunnel in eine andere Welt, wo der Vollmond schien, und sie trug elfische Kleidung, das bestickte Hemd und die Lederhose, in der er sie zuerst gesehen hatte. Ihr honigblondes Haar allerdings hing ihr offen über die Schultern. In einer Hand hielt sie seinen Silberdolch, mit der Klinge nach oben.

»Der Ring, Rhodry Maelwaedd. Gib mir den Rosenring, und du bekommst deinen Dolch zurück.«

»Und was, wenn ich ihn dir einfach abnehme?«

Sie lachte und verschwand – war plötzlich nicht mehr zu sehen. Als er fluchte, hörte er sie hinter sich lachen und fuhr abermals herum. Dort stand sie und hielt immer noch den Dolch.

»Du wirst mich nicht fangen können«, sagte sie. »Aber ich halte meine Versprechen. Ich verspreche, wenn du mir den Ring gibst, gebe ich dir deinen Dolch.«

»Nun, wenn du ihn unbedingt haben willst …«

Als er begann, den Ring vom Finger zu ziehen, trat sie vor, glitt über das Gras, und es kam ihm vor, als wäre sie plötzlich größer geworden. Ihre Augen funkelten golden in dem unwirklichen Mondlicht, das an ihr hing. Plötzlich bekam Rhodry Angst, zögerte und wich zurück, den Ring immer noch an seinem Finger.

»Wieso bist du so versessen auf dieses Stück Silber?«

»Das geht dich nichts an! Gib ihn mir!«

Sie trat vor, er wich zurück. Sie war jetzt riesengroß, ihr Haar wehte wie flackernde Flammen in einem Wind, der nur sie umgab, und es schien, als hätte sie den Dolch erhoben, um damit zuzustechen.

»Hör auf!« Das war die Stimme eines Mannes. »Du hast kein Recht auf diesen Ring!«

Rhodry konnte niemanden sehen, aber die Erscheinung schrumpfte plötzlich wieder auf die Größe einer normalen Elfenfrau zurück, und der Dolch lag in einer gesenkten Hand.

»Er gehörte ihm schon lange, bevor ich die Runen hineingraviert habe. Das weißt du. Gib es zu.«

Plötzlich erschien eine Gestalt zu der Stimme, ein Mann mit gelbem Haar und kirschroten Lippen. Lächelnd trat er zwischen Rhodry und die Frau, aber es war mehr ein Wolfslächeln als das eines Mannes. Das lange Hemd, das er trug, paßte in der Farbe zu seinen unnatürlich blauen Augen. Rhodry stellte vollkommen entsetzt fest, daß er ihn deshalb so deutlich sehen konnte, weil die Morgendämmerung bereits den Himmel im Osten silbern färbte. In dem Gespräch mit der Frau war praktisch die ganze Nacht vergangen. Sie starrte jetzt zu Boden und trat wie ein schmollendes Kind gegen das Gras.

»Gib ihn mir«, sagte der Mann.

Mit einem Wutschrei warf sie den Dolch direkt nach Rhodrys Kopf. Der duckte sich, wich gerade noch aus, und als er aufblickte, waren beide verschwunden. Der Dolch jedoch lag glitzernd im Licht der aufgehenden Sonne. Als er ihn aufhob, bemerkte er, daß er sich anfühlte wie zuvor – und erst dann wurde ihm überrascht klar, daß er erwartet hatte, die Waffe müßte sich irgendwie verändert haben. Er steckte sie in die Scheide, ließ aber die Hand auf dem Griff, als er sich auf den Rückweg zum Lager machte.

»Rhodry?«

Die Stimme erschreckte ihn so sehr, daß er leise aufschrie. Der Mann mit dem gelbem Haar lächelte entschuldigend.

»An deiner Stelle«, sagte er, »würde ich das Westland verlassen. Ins Land der Menschen wird sie dir nicht folgen.«

Wieder verschwand er. Rhodry legte den Rest des Weges bis ins Lager im Laufschritt zurück.

Der Leichenschmaus war lange vorüber. Die meisten schliefen nach der langen Trauernacht. Nur ein paar Hunde, einige der älteren Jungen und Calonderiel saßen um das angezündete Feuer vor dem Zelt des Banadar.

»Wo warst du?« fragte Calonderiel.

»Das weiß ich kaum.« Rhodry setzte sich neben ihn auf den Boden. Calonderiel dachte einen Augenblick nach, dann winkte er den Jungen und Hunden gleichermaßen zu.

»Geht. Es ist mir gleich, wohin – vielleicht ins Bett. Aber geht.«

Nachdem sie weg waren, legte der Banadar ein paar Zweige nach.

»Ich will es nicht ausgehen lassen«, meinte er. »Was meinst du damit, du weißt es kaum?«

»Genau das. Ich dachte, ich wäre nur eine Meile von hier entfernt, unten am See, aber die ganze Nacht ist wie in einem einzigen Augenblick vergangen, und ich sah eine Frau, die kam und ging wie das Wildvolk.«

Als Rhodry die Geschichte erzählte und endlich auch die früheren Vorfälle zugab, lauschte Calonderiel ohne ein Wort, schaute aber immer besorgter drein.

»Wächter«, sagte er schließlich. »Was du gesehen hast,

waren zwei Wächter. Ich weiß nicht genau, was sie sind, aber sie sind irgendwie mit dem Volk verbunden. Sie sind ganz bestimmt keine Götter und auch keine Elfen wie du und ich, und sie sind auch keine Menschen wie dein anderer Stamm. Zum Wildvolk gehören sie ebenfalls nicht, obwohl sie mir manchmal so vorkommen. Ich habe eine ganze Wagenladung alter Geschichten über sie gehört. Manchmal fügen sie jenen, die sie sehen, Schaden zu, aber häufiger helfen sie, deshalb nennen wir sie die Wächter. Die Barden sagen, daß beim Sturz von Rinbaladelan ein Wächter Seite an Seite mit den königlichen Schützen gekämpft hat, aber selbst seine Magie konnte die Horden am Ende nicht aufhalten.«

»Glaubst du also, ich sollte den Rat des Mannes annehmen?«

»Ich denke schon. Ihr Götter, ich wünschte, Aderyn wäre hier! Wir brauchen wirklich den Rat eines Dweomermannes.«

»Ich bin überrascht, daß er nicht zum Alardan gekommen ist. Das paßt einfach nicht zu dem alten Mann.«

»Das stimmt.« Calonderiel gähnte plötzlich mit einem kleinen Schaudern. »Laß uns ein wenig schlafen. Das war eine schreckliche Nacht. Vielleicht verraten deine Träume dir etwas Nützliches.«

An diesem Nachmittag träumte Rhodry allerdings vom langen Weg, von der Zeit, als er im Exil gewesen und als Silberdolch geritten war. Als er aufwachte, konnte er sich an nichts Besonderes erinnern, und der Traum verblaßte schnell, aber das Gefühl blieb erhalten – eine Art säuerliches Vorzeichen. Er fand sich allein im riesigen Zelt des Banadar, aber er hörte Flüstern von draußen. Als er sich anzog und hinausging, entdeckte er eine Gruppe von Männern, alle bleich und zitternd, die um Daralanteriel standen, den jungen Prinzen, der die Hände auf die Hüften gestützt hatte und wütend das Kinn reckte.

»Was ist los?« Rhodry war sofort wach.

»Verzeih«, sagte der Prinz. »Die Männer reden dauernd von Geistern, und ich versuche, ihnen Vernunft beizubringen.«

»Gut.« Rhodry wandte sich Jennantar zu, der von den Männern im Kriegshaufen für gewöhnlich der störrischste war. »Also was …«

»Spotte, soviel du willst, wir haben sie gesehen!« sagte Jennantar. »Oldana stand am Rand des Lagers, und wir konnten sie deutlich sehen.«

Der Rest nickte zustimmend.

»So etwas wie Geister gibt es nicht«, zischte Daralanteriel. »Nur Rundohren glauben an solchen Quatsch. Oh, ich bitte um Verzeihung.«

»Taktgefühl ist nicht gerade deine Stärke, wie? Aber ich nehme die Entschuldigung an. Betrachte es folgendermaßen: Die Männer haben etwas gesehen, also müssen wir uns fragen, was es ist.«

»Ich bin froh, daß wenigstens einer unseren Schwüren glaubt.« Jennantar warf Daralanteriel einen bösen Blick zu.

»Das reicht jetzt! Es ist ein Prinz, den du versuchst, mit deinen Blicken zu erstechen.« Schnell schob sich Rhodry zwischen die beiden. »Wo habt ihr dieses Ding gesehen?«

Jennantar führte Rhodry aus dem Lager hinaus auf den Wald zu, und alle anderen folgten ihnen. Er zeigte auf eine Stelle zwischen zwei uralten Kiefern.

»Direkt dort. Sie stand zwischen diesen Bäumen im Schatten, aber wir haben sie deutlich gesehen, in das weiße Leinen gewickelt, und ihr Haar war ebenfalls weiß.«

»Als ihr sie gesehen habt, schien sie fest zu sein, oder konntet ihr durch sie hindurchsehen wie durch Rauch?«

»Das ist interessant.« Jennantar dachte einen Augenblick nach. »In den Bardengeschichten kann man immer durch Geister hindurchsehen, aber sie kam mir vollkommen wirklich vor. Außerdem schien die Sonne, was ja wohl irgendwie hätte bewirken sollen, daß sie weniger wirklich aussah – aber so war es nicht.«

»Was habt ihr getan, als ihr sie gesehen habt?«

»Nun, um ehrlich zu sein, wir haben alle geschrien und uns fürchterlich erschrocken. Sie sagte nichts, sondern starrte uns nur an. Und Wyl sagte, seht euch ihr Haar an, es ist nicht mehr blond, es ist weiß geworden. Und sie lächelte, als sie das hörte, und verschwand ganz plötzlich.«

»Und du bist sicher, daß es Oldana war?«

»Sie sah genauso aus, bis auf das weiße Haar.«

Die anderen nickten zustimmend. Rhodry seufzte. Wer oder was auch immer dieser Geist, der seinen Ring haben wollte, sein mochte, es bestand kein Zweifel daran, daß sie ihre Gestalt nach Belieben ändern konnte.

Als sie zum Lager zurückkehrten, kamen ihnen drei Frauen entgegengerannt. Sie drängten sich um Rhodry und redeten alle gleichzeitig auf ihn ein: Auch sie hatten Oldana gesehen, in der Nähe des Zelts ihrer Familie.

»Ich nehme an, sie will ihre Kinder sehen, das arme Ding«, sagte Annaleria mit tränenerstickter Stimme. »Mir ginge es jedenfalls so.«

»Ihr Götter!« rief Rhodry. »Wo sind die Jungen?«

»Im Zelt ihrer Großmutter.«

»Gut. Geht zu ihr. Füllt dieses Zelt mit Frauen, und um der Liebe aller Götter willen, laßt nicht zu, daß diese Erscheinung den Jungen näher kommt. Wenn sie einen von ihnen in die Klauen bekommt, wird sie ihn dorthin mitnehmen, wo keiner von uns ihn zurückholen kann.«

Außer, indem Rhodry ihr den Ring übergab.

»Gehen wir. Eilt euch!«

Rhodry rannte auf das Lager zu und ließ die anderen verblüfft hinter sich zurück. Enabrilias Zelt, das mit Szenen von am Fluß trinkendem Wild bemalt war, stand an der Seite des Lagers, beinahe direkt am Seeufer. Als Rhodry näher kam, sah er, daß Val mit einem Ledereimer in der Hand auf dem Weg zum Ufer war. Rhodry rannte hinter ihm her und rief nach dem Jungen. Val blieb im hellen Sand stehen und sah ihm lächelnd entgegen. Draußen auf dem Wasser erschien so etwas wie ein Nebelhauch, der dann aber rasch dichter wurde.

»Lauf!« schrie Rhodry. »Komm her, Val!« Der Junge ließ den Eimer fallen und rannte auf Rhodrys offene Arme zu, als die Gestalt deutlicher wurde und ans Ufer kam. Sie sah Oldana so ähnlich – ihr Haar hatte nun auch die richtige Farbe, ein helles Gold –, daß Rhodry leise fluchte. Val wand sich in seinen Armen.

»Malamala!« rief er. »Laß mich los! Das ist meine Mutter.«

Rhodry hielt ihn fester und fluchte, als der Junge in Tränen ausbrach. Laut schreiend kamen Jennantar und das halbe Alar angerannt. Die Erscheinung drohte Rhodry mit der Faust, dann verschwand sie wie Rauch, der vom Wind davongeblasen wird.

»Sie ist weg«, schluchzte Val. »Warum hast du mich nicht gehen lassen?«

»Weil sie dich mit in die Anderlande genommen hätte, und es ist nicht deine Zeit zu gehen.« Rhodry sagte das einzige, was ihm einfiel. Er sah sich um und entdeckte Enabrilia, die sich durch die Menge drängte. »Hier ist deine Großmutter. Geh mit ihr. Ich werde später mit dir reden, Kleiner, aber ich weiß nicht, ob ich das je erklären kann.«

»Ich wollte mit Malamala gehen. Ich hasse dich! Ich will zu meiner Mutter.«

Nachdem Rhodry Enabrilia das weinende Kind überlassen hatte, drängten sich die anderen Frauen um sie wie eine Wache und brachten sie weg. Als Rhodry sich umsah, bemerkte er, daß Daralanteriel und die anderen Männer zwischen ihm und dem See standen.

»Es tut mir leid«, stotterte Dar. »Jennantar, ich hätte nie an deinen Worten zweifeln dürfen, und es tut mir leid. Ich …«

»Denk nicht mehr dran.« Jennantar legte dem Prinzen die Hand auf die Schulter. »Es ist schließlich unglaubwürdig genug. Rhodry, um der Liebe aller Götter willen, was war dieses – dieses Geschöpf?«

»Ich weiß es nicht wirklich.« Rhodry fuhr sich mit den Händen durchs Haar und spürte, daß er zitterte wie ein Fieberkranker. »Aber sie hat Böses im Sinn, was immer es sein mag. Suchen wir den Banadar.«

Rhodry konnte sehr störrisch sein, wenn er wollte, und manchmal auch, wenn er nicht wollte. Daß dieses Geschöpf so tief gesunken war, um sich den Ring zu verschaffen, bestärkte seinen Entschluß, daß sie ihn niemals haben sollte, ganz gleich, was es ihn kosten würde. Die anderen im Alar in Gefahr zu bringen war allerdings etwas anderes. Nachdem sie Calonderiel gefunden hatten, erzählte Rhodry ihm, was geschehen war. Dann führte er ihn von den anderen weg zum Waldrand, wo die Bäume nickend im aufkommenden Wind standen.

»Dieser Wächter, den ich gesehen habe, sprach die Wahrheit. Ich muß gehen, mehr um des Alars als um meinetwillen. Ich könnte nach Norden reiten und nach Aderyn suchen. Sie wird zweifellos mir und dem Ring folgen und euch in Ruhe lassen.«

»Das scheint mir das beste zu sein. Aber du kannst nicht alleine reiten. Das ist zu gefährlich. Ich werde mitkommen, und wir nehmen auch einen Teil des Kriegshaufens mit.«

»Ich danke dir aus tiefstem Herzen.« Rhodry hielt inne – wieder hatte er deverrianisch gesprochen. Nachdem er die Sprache so viele Jahre lang kaum gehört hatte, war er überrascht, daß er sie instinktiv wieder sprach, wenn er beunruhigt war. Er zwang sich, elfisch zu sprechen. »Ich habe mich nicht gerade darauf gefreut, allein da draußen zu sein, aber ich muß mit Aderyn sprechen. Ich weiß nicht, ob ich ihr nachgeben oder sie bekämpfen soll.«

»Wenn sie zu den Wächtern gehört, würde ich normalerweise sagen, du solltest tun, was sie will, aber ich frage mich langsam ...« Calonderiel dachte einen Augenblick nach und starrte stirnrunzelnd zum Horizont. »Ich habe nie von einem Wächter gehört, der versucht, auf diese Weise etwas von einem einfachen Sterblichen zu bekommen. Vielleicht ist sie eine Art böser Geist. Du hast recht. Aderyn müßte es wissen.«

»Ich frage mich, wo der alte Mann steckt.«

»Vermutlich im Norden, auf dem Weg zum Winterlager. Wäre er bereits weiter südlich gewesen, wäre er zum Alardan gekommen.«

Calonderiel übergab die Führung seines Alars bis zu seiner Rückkehr dem König und seinem Sohn. Mit zehn Männern und ein paar Packpferden machten Rhodry und Calonderiel sich auf den Weg nach Norden und legten noch gut zwölf Meilen zurück, bevor sie das Nachtlager aufschlugen. Da alle unter dem Sternenhimmel gut genug sehen konnten, zündeten sie kein Feuer an, sondern setzten sich nur in einem Kreis zusammen und sahen zu, wie der Mond aufging. Offenbar hatte niemand etwas zu sagen. Zweimal begann jemand zu singen; beide Male verklang die Musik nach ein paar Strophen.

»Ihr Götter!« sagte Calonderiel schließlich. »Was ist nur mit uns los?«

»Nun, es ist einfach schwer«, sagte Jennantar, »erst Oldana und nun Rhodry zu verlieren.«

»He!« fauchte Rhodry. »Ich bin noch nicht tot. Verflucht sollst du sein, aber wenn du so weiterredest, bist du es vielleicht bald.«

Alle rangen sich ein schwächliches Lachen ab.

»Ich habe nur gemeint, daß du nach Osten reitest«, sagte Jennantar.

»Glaubst du etwa, ich möchte das Westland verlassen? Nicht ohne Kampf, Freunde.«

Genau in diesem Augenblick hörten sie das Heulen, als hätte sie den perfekten Augenblick abgewartet. Ohne nachzudenken, war Rhodry aufgesprungen und trat ihr entgegen, als sie direkt hinter dem Elfenkreis erschien. Sie trug zwar nicht mehr Oldanas Gesicht, aber sie war immer noch in Weiß gekleidet, und ihr langes, offenes Haar war ebenfalls silberweiß.

»Meine Tochter.« Diesmal sprach sie elfisch. »Du verstehst das nicht. Sie werden sie mir wegnehmen. Ich muß diesen Ring haben.«

»Wieso wirst du deine Tochter verlieren, wenn ich den Ring behalte?«

»Ich weiß es nicht. Evandar will es mir nicht sagen, aber dieser Ring war dir vorherbestimmt, Rhodry Maelwaedd, lange Zeit, bevor du auf dieser Erde wiedergeboren wurdest. Erinnerst du dich nicht? Du hast ihn ihm vor langen Jahren gegeben, als du noch ein anderes Gesicht und einen anderen Namen hattest.«

Rhodry konnte sie nur anstarren. Er hörte, wie Calonderiel aufstand und neben ihn trat.

»Hör zu, Frau«, sagte der Banadar. »Wenn dieser Ring für Rhodry bestimmt war, dann ist das nicht deine Angelegenheit. Es tut mir leid, von deinem Schmerz zu hören, aber keiner von uns weiß das geringste über deine Tochter. Und was ist das für ein Unsinn über andere Gesichter und Namen? Ich glaube, du hast Rhodry mit jemandem verwechselt.«

Sie stieß noch einen Schrei aus, dann verschwand sie. Rhodry spürte, wie ihm kalter Schweiß über den Rücken lief. Obwohl sie in dieser Nacht Wache hielten und von da an auch Späher ausschickten, sahen sie dieses seltsame Wesen nicht mehr. Nach einigen Tagen des Suchens fanden sie eine frische Spur – Pferde und Schlitten –, die sie schließlich zu einem anderen Alar brachte, der an der Biegung eines Baches lagerte. Als sie auf die Zelte zuritten, kamen ihnen ein paar junge Männer entgegen, um sie willkommen zu heißen. Alle stiegen ab und führten ihre Pferde.

»Eine Frage«, sagte Calonderiel. »Reitet Aderyn von den Silberflügeln mit diesem Alar?«

Die beiden Männer verzogen schmerzlich das Gesicht und wechselten einen Blick.

»Ich nehme an, du hast die Neuigkeiten noch nicht gehört.«

»Neuigkeiten?« Rhodry wurde ganz kalt, als er ihre grimmigen Mienen sah.

»Es sind schlechte Neuigkeiten. Aderyn ist vor etwa zwanzig Tagen gestorben. Er war auf dem Weg zu einem großen Alardan irgendwo im Süden, aber er hat es nie erreicht.«

Rhodry grunzte wie jemand, den man in den Magen getreten hat. Er ließ einfach die Zügel seines Pferdes fallen und ging wie blind ein paar Schritte davon, während die anderen weiter mit dem Banadar sprachen. Er hörte sich reden, begriff, daß er in instinktiver Verleugnung den Kopf schüttelte, während er wieder und wieder nein, nein, nein murmelte. Oldanas Tod war traurig gewesen, aber daß Aderyn nicht mehr leben sollte, erschütterte seine ganze Welt. Der alte Mann war immer dagewesen, weise und stark und voll guten Rates, immer, seit jenen Tagen vor langen Jahren, als Rhodry mit zwanzig Jahren zum ersten Mal als Cadvridoc in den Krieg geritten war – damals noch Erbe Aberwyns. Calonderiel holte ihn ein und ergriff seinen Arm.

»Wie ist es geschehen?« fragte Rhodry. »Haben sie etwas darüber gesagt?«

»Er starb im Schlaf, so friedlich, wie man es nur wünschen kann. Nun, er hat ein langes Leben gehabt, nicht wie die arme kleine Oldana, und zweifellos ist er jetzt bei jenen Großen, von denen das Dweomervolk immer spricht.«

»Das ist wahr.« Wieder war Rhodry ohne nachzudenken ins Deverrianische gefallen. »Aber es tut mir dennoch schrecklich leid. Gibt es einen Schüler, der seine Stelle einnimmt?«

»Ja, aber er ist irgendwo im Norden. Sollen wir ihm nachreiten? Die Götter allein wissen, wann wir ihn einholen werden, und ich denke, du bist in viel zu großer Gefahr, als daß wir ziellos umherwandern könnten, mein Freund.«

»Ich ebenfalls. Ich denke, wir haben nicht nur schlechte Nachrichten, sondern auch ein Vorzeichen erhalten.«

»Du wirst uns verlassen?«

Rhodry zögerte und starrte zum Horizont und auf das endlose Meer von Grün hinaus, das sich im aufkommenden Wind wiegte. Jahrelang war sein ganzes Leben von Gras und Weiden, den Herden und den Jahreszeiten bestimmt gewesen, von der Freiheit, den Tieren und dem Gras zu folgen. Wieder ins Menschenland zurückzukehren, zu Städten und Bauernhöfen – was sollte er dort tun?

»Wenn ich hierbliebe, würde ich euch alle in Gefahr bringen«, sagte er laut. »Evandar – ich nehme an, das ist der Wächter, der an diesem Abend zu mir sprach –, Evandar schien zu glauben, daß es meine einzige Wahl sei. Und ohne Aderyn ...« Er hielt inne. »Nun, ich habe mein Schwert früher schon verkauft. Ich kann es wieder tun.«

»Ihr Götter! Nicht das!«

»Welche Wahl habe ich denn?«

»Ich weiß es nicht. Aber laß uns heute nacht hier lagern. Fälle keine übereilte Entscheidung, die dir dann leid tun wird.«

»Das ist ein guter Rat.«

Aber als sie an diesem Abend mit ihren Gastgebern ums Feuer saßen, schenkte Rhodry den Gesprächen und der Musik kaum Aufmerksamkeit. So sehr er es haßte, das Westland zu verlassen, spürte er doch, daß Deverry ihn anzog. Die Erinnerungen an die alte Heimat stiegen so lebhaft in seinem Kopf auf, wie seine Muttersprache zurückgekehrt war. Plötzlich wurde ihm klar, daß er seinen Ritt nach Osten als »Heimkehr« betrachtete. Er blickte auf und bemerkte, daß Calonderiel ihn besorgt betrachtete.

»Du siehst aus wie ein Mann mit üblen Furunkeln«, meinte der Banadar. »Oder grübelst du über diese Frau nach?«

»Weder noch. Ich habe mich entschlossen. Ich werde nach Osten gehen.«

Calonderiel seufzte.

»Ich sehe dich ungern gehen, aber es ist wahrscheinlich das beste. Ich nehme an, du wirst dort sicher sein. Zumindest wird dieser Geist dich nicht mehr heimsuchen. Aber was ist mit den Rundohren?«

»Wenn ich mich von Eldidd fernhalte, wird mich niemand erkennen.«

»Selbst wenn sie es täten, würden sie nie glauben, daß du Rhodry Maelwaedd bist. Wie seltsam, werden sie sagen, dieser Silberdolch sieht dem alten Gwerbret gewaltig ähnlich, der vor so vielen Jahren auf geheimnisvolle Weise ertrunken ist.«

Rhodry lächelte, aber es war ein freudloses Lächeln.

»Zweifellos. Werdet ihr mich noch bis zur Grenze begleiten?«

»Selbstverständlich. Es ist zu gefährlich, dich allein gehen zu lassen. Ich habe ein wenig deverrianisches Geld dabei. Die Handvoll, die ich vor ein paar Monaten von diesem Händler bekommen habe, erinnerst du dich? Das wirst du mitnehmen.«

»Hör zu, ich will nicht ...«

»Halt den Mund! Mir wird es ohnehin nichts nutzen, und dich wird es den Winter über warm halten. Du hast wirklich mehr Pech als jeder andere, den ich kenne.« Calonderiel schien ernstlich bedrückt. »Warum konnte dieses Miststück von einem Geist nicht wenigstens bis zum Frühjahr warten?«

Rhodry begann zu lachen. Es kam tief aus seinem Herzen,

erschütterte ihn, erstickte ihn beinahe, aber er lachte weiter und weiter, bis Calonderiel ihn an den Schultern packte und schüttelte.

Als er in den folgenden Tagen mit Calonderiel und den anderen weiter nach Osten ritt, mußte Rhodry immer wieder an Aderyn denken. Er erinnerte sich an all die Zeiten, die sie zusammen verbracht hatten, und an das, was der alte Mann für ihn getan hatte. Ihr Götter, dachte er dann, was wird jetzt aus dem Königreich? Erst ist Nevyn in Deverry gestorben und nun Aderyn im Westland! Obwohl er wußte, daß es genug Dweomerleute in beiden Ländern gab, um beide Völker zu schützen, beunruhigte ihn dieser Gedanke, und er hatte das Gefühl, daß etwas Gewaltiges und Schreckliches auf sie zukam. Die beiden Todesfälle – Oldana, so jung und so früh gestorben, und Aderyn, dessen Tod bei seinem hohen Alter keine wirkliche Überraschung war – mischten sich in seinem Kopf und ließen ihn fast völlig aus dem Gleichgewicht geraten.

Sie erreichten die Grenze nach Deverry in Pyrdon und überquerten sie an einem kalten, stillen Tag. Die Pferde waren ruhelos, weil sie ein nahendes Gewitter spürten. Sie tänzelten und schnaubten, als sie die unvertraute Oberfläche einer mit Holz gepflasterten Straße betraten. An einer Steinsäule mit dem Zeichen des sich aufbäumenden Hengstes der Gwerbrets von Pyrdon befahl Calonderiel zu halten.

»Es hat keinen Sinn, daß ihr weiter mitkommt«, sagte Rhodry. »Bittere Abschiede sollte man schnell hinter sich bringen.«

Dennoch blieben sie, saßen im Sattel und betrachteten die Säule. Da Rhodry lesen konnte, übersetzte er die Inschrift ins Elfische. Es ging überwiegend darum, daß die Gwerbrets dieses Land für sich beanspruchten, aber die Inschrift informierte sie auch, daß Drw Loc, die Hauptstadt des Rhan, etwa vierzig Meilen entfernt lag.

»Zwei Tagesritte«, sagte Calonderiel. »Wirst du heute nacht sicher sein?«

»Etwa zehn Meilen entfernt gibt es eine kleine Stadt, oder zumindest gab es sie, als ich das letzte Mal hier entlangritt. Ich werde dort Unterkunft finden. Und wenn dieser Mann namens Evandar mir die Wahrheit gesagt hat, werde ich hier im Menschenland sicher sein.«

»Falls er die Wahrheit gesagt hat.«

Die anderen Männer tauschten grimmige Blicke aus. Ihr Schweigen hing schwer in der Luft.

»Habt ihr dieses Wappen gesehen? Den Hengst?« Rhodry redete hauptsächlich um des Redens willen. »Ein anderer Zweig dieses Clans hält die Provinz Cwm Pecl. Dort hat einmal mein Vetter Blaern regiert, aber er ist schon vor vielen Jahren in die Anderlande geritten. Er hat seinen ältesten Sohn nach mir benannt. Vielleicht sollte ich nach Osten reiten und nachsehen, ob der junge Rhodry noch auf der Welt ist – hört mich nur reden! Er ist sicher nicht mehr jung. Wenn ich schon nichts anderes tun kann, kann ich wenigstens ein wenig Milch und Honig auf Blaerns Grab gießen.«

»Ihr Götter, du bist wirklich in morbider Stimmung!«

»Ja, das bin ich. Und es tut mir leid, dich verlassen zu müssen, mein Freund.«

»Ebenso wie mir. Ob du zurückkehrst oder nicht, Rhodry, du wirst immer mein Freund sein.«

Rhodry spürte einen Kloß in der Kehle und wandte schnell den Blick ab.

»Sag meinem Vater, wo ich hingegangen bin, ja?«

»Ja. Ihr Götter, auf diese Aufgabe freue ich mich wirklich nicht. Zweifellos wird er mich tagelang beschimpfen, weil ich dich einfach habe gehen lassen. Devaberiel ist der einzige, den ich kenne, der noch aufbrausender ist als ich.«

Beide lächelten und starrten dann zum Horizont, an dem sich ein Sturm ankündigte.

»Nun gut«, meinte Calonderiel schließlich. »Um der Liebe aller Götter willen, paß auf dich auf!«

Das Schweigen zog sich hin. Schließlich rief Calonderiel seine Männer zu sich.

»Reiten wir los! Es ist nicht notwendig, den Pfeil noch in der Wunde zu drehen.«

Rhodry zügelte sein Pferd, während die anderen davontrabten. Er starrte ihnen über das weite Grasland nach, bis er sie nicht mehr sehen konnte. Nun war er wieder ein Silberdolch, wieder auf dem langen Weg, und trug nur noch den Namen Rhodry, nicht Maelwaedd, nicht ap Devaberiel – kein Name, kein Zuhause, kein Clan, der ihn aufnahm. Er lachte sein wildes Berserkerlachen und galoppierte nach Osten. Es dauerte lange, bis er aufhören konnte zu lachen.

Später am Nachmittag, als sich Gewitterwolken am Himmel türmten, ritt Rhodry in ein Dorf namens Tiry, das aus etwa zwei Dutzend Rundhäusern bestand, die alle, weiß gekalkt und für den Winter mit frischem Stroh gedeckt, zwischen nun kahlen Eschen und Pappeln standen. Am Ufer des kleinen Flusses stand das Gasthaus, umgeben von einem Holzzaun. Als Rhodry sein Pferd auf den Hof führte, kam ihm der Wirt entgegen: ein untersetzter Bursche, mit Haar so blond und wirr wie das Strohdach.

»Ihr braucht einen Schlafplatz, wie?« meinte er. »Und die Götter wissen, daß ich heute abend niemanden wegschicke, nicht einmal einen Silberdolch wie Euch.«

»Ich danke Euch. Heute abend? Was ...«

»Ihr Götter, Mann! Es ist Samaen! Jetzt bringt dieses Pferd in den Stall.«

Rhodry war entsetzt, wie leicht er die Zeit nach den Maßstäben der Menschen aus den Augen verloren hatte. Wie hatte er

Samaen vergessen können, den Tag, an dem die Tore der Anderlande weit offenstanden und die unruhigen Toten im Land ihrer Familien einherwanderten! Jene, die nicht begraben worden waren, jene, die eine alte Schuld zu begleichen hatten, jene, die eine wahre Liebe zurückgelassen oder einen Schatz vergraben hatten – alle wanderten in dieser Nacht in Begleitung von Teufeln und Geistern umher, weil Samaen weder zu dieser noch zu jener Welt gehörte und daher beiden offenstand.

Nachdem sein Pferd versorgt und seine Ausrüstung ordentlich unter einem Tisch an der Feuerstelle verstaut war, setzten sich Rhodry und der Wirt, der Merro hieß, zu einem Krug Dunkelbier in den ansonsten leeren Schankraum.

»Ihr seid spät unterwegs, Silberdolch.«

»Ja, und das ist verflucht unangenehm. Ich konnte nämlich keinen Lord finden, der mich für den Winter aufnimmt.«

»Nun gut.« Der Wirt dachte nach. »Hier sind vor nicht allzu langer Zeit ein paar Kaufleute durchgekommen, aus Dun Trebyc, und sie haben mir von einer Fehde erzählt, die sich dort in den südlichen Hügeln anbahnt.«

»Das klingt nach Arbeit für einen Silberdolch.«

»So ist es. Also, Ihr reitet von hier direkt nach Osten, bis Ihr den See erreicht, dann nehmt Ihr die Straße nach Süden. Unterwegs könnt Ihr ja weiter nach dem Weg fragen. Wenn ein Krieg im Gang ist, wird das kein Geheimnis bleiben. Und wenn nichts daraus geworden ist, könntet Ihr es mit Seiner Gnaden, dem Gwerbret, versuchen. Er ist ein großzügiger Mann, wie man von ihm erwartet, und er erinnert sich noch an die alten Tage, als ihr Jungs einen König auf den Thron gesetzt habt – das sagt er wenigstens immer. Wir hier in Pyrdon erinnern uns alle noch an die alten Tage.« Merro trank einen Schluck Bier. »Dieses Dorf hier war einmal königliches Land, als es in Dun Drw statt eines Gwerbret noch einen König gab. Daher hat es seinen Namen. Ty Ric hieß es einmal, das Haus des Königs. Es gab in jenen Tagen ein königliches Jagdhaus, direkt hier, wo sich jetzt dieses Gasthaus befindet, obwohl davon selbstverständlich nicht ein einziger Balken mehr übrig ist. So sind die Dinge nun mal.«

»Interessant«, sagte Rhodry höflich. »Aber nun ist es ein freies Dorf?«

»Ja, und wir haben recht gute Bedingungen, was die Steuern angeht. Unser Lord hier, Lord Varyn, ist ein ehrenhafter Mann, aber selbst wenn das nicht der Fall wäre, erinnern wir uns noch an jene Tage, als dies hier Königsland war und nicht das seine. Wir halten uns an unseren Vertrag, und das tut auch der Gwerbret.« Merro hob seinen Bierkrug zu einem Gruß, trank einen Schluck und setzte dann seine ausführliche Lehrstunde über die örtliche Politik fort.

Als die Sonne so tief gesunken war, daß sie die Sturmwolken rotgold färbte, schloß Merro das Gasthaus. Rhodry ging mit ihm, seiner Familie und den anderen Dorfleuten zum Anzünden des Belfeuers. Auf der Kuppe eines niedrigen Hügels in der Nähe des Dorfes warteten zwei Priester, in weiße Hemden gekleidet, goldene Ringe um den Hals, goldene Sicheln am Gürtel, und der Dorfschmied und sein Sohn standen zur Hilfe bereit. Eine nach der anderen kamen die Familien den Hügel hinauf, brachten ein wenig Brennholz, legten es auf den Stapel und nahmen den Segen des Großen Bel entgegen. Nachdem sich alle Bewohner der Dörfer, die diesem Tempel zugeordnet waren, versammelt hatten und gesegnet waren, bereiteten die Priester das Holz für ein Feuer vor und besprühten es mit Öl. Wie als Antwort auf ihre Rezitationen wurde das Zwielicht so grau und dick wie Fell. Der Schmied entzündete Fackeln und hielt sich bereit.

Dann kam das Warten. Hunderte von Meilen entfernt, in Dun Deverry, der Stadt des Hochkönigs, würde der Oberpriester das erste Feuer entzünden. Sobald die Priester auf den nächstgelegenen Hügelkuppen die Flammen sahen, entzündeten sie ihr eigenes Holz. Jene, die ihnen am nächsten waren, sahen das und steckten ihr Feuer an – und so ging es weiter und weiter, und die Lichtstraßen breiteten sich durchs ganze Königreich aus wie ein Netz von Dweomer, bis schließlich von der Küste bis oben in Cerrgonny und von Cwm Pecl bis hierher, zur Grenze von Pyrdon, die Feuer loderten. Der jüngere Priester hob eine lange, gerade Messingtrompete alten Stils an die Lippen und starrte nach Osten. Die Dorfleute drängten sich im Dunkeln dichter aneinander. Plötzlich legte der Priester den Kopf zurück und blies einen rauhen, kreischenden Ton, der direkt aus dem Herzen der Dämmerungszeit zu kommen schien. Die Fackeln wurden gesenkt. Das Feuer flackerte auf, knisternd vor Öl, eine große, goldene Flamme hob sich in den Nachtwind. Als Rhodry sich umdrehte und den Horizont absuchte, sah er die benachbarten Feuer wie kleine Sterne, die auf den Hügelkuppen thronten.

Die Dorfleute schrien auf und beteten wortlos zu den Göttern um Schutz in dieser Nacht. Nur Silhouetten vor dem tanzenden Feuer, hoben die Priester die Arme über die Köpfe und begannen erneut zu rezitieren. Rhodry mußte an Oldana und an das andere Feuer denken, das am Forellensee entfacht worden war. Zweifellos hatte Aderyns Alar den alten Mann ebenfalls verbrannt, draußen auf dem Grasland, wo er gestorben war. Einen Moment fühlte Rhodry sich so seltsam, daß er sich schon fragte, ob er krank sei, dann bemerkte er, daß er weinte, laut und hilflos wie ein Kind, und überhaupt nicht mehr aufhören konnte. Zum Glück bemerkte ihn in der singenden, schreienden Menge niemand.

Als die Priester mit ihren Rezitationen fertig waren, erklang die Trompete abermals, und die Dorfleute machten sich auf den Heimweg. Die Kinder rannten nach Hause, und auch die

Erwachsenen gingen rasch – aber nicht zu rasch, denn es war nicht gut, den Geistern zu zeigen, daß man sich vor ihnen fürchtete. Rhodry hielt sich hinter der Familie des Wirts, und es gelang ihm, sich das Gesicht anständig abzuwischen, bevor sie das Gasthaus erreichten. Merro stellte ein paar Schalen mit Milch und Brot auf die Türschwelle, um sich der Freundlichkeit der Geister zu versichern, dann drängte er alle ins Haus und verbarrikadierte mit einem erleichterten Seufzer die Tür. Während seine Frau den Erwachsenen Bier eingoß, entzündete Merro das Feuer in der Feuerstelle.

»Also gut«, sagte er. »Mögen die Götter uns auch im kommenden Winter beschützen.«

Die Wirtsfrau stellte die Bierkrüge ab und verließ den Schankraum. Sie nahm den kleinen Jungen mit. Die beiden älteren Mädchen hockten sich ans Feuer, starrten in die Flammen und versuchten dort die Gesichter der Männer zu erkennen, die sie eines Tages heiraten würden. Rhodry und Merro saßen am Tisch und tranken schweigend. Draußen wurde der Wind stärker, raschelte im Strohdach und brachte die Fensterläden zum Klappern. Obwohl Rhodry sich immer wieder sagte, daß es nur der Wind sei, hörte er draußen die Toten umhergehen.

Merro verkündete gerade, er könne eine zweite Runde vertragen, als sie vom Hof her Hufschlag hörten.

Das konnte nur ein Pferd aus den Anderlanden sein. Merro wurde totenbleich und starrte die Tür an, während der Wind weiter raunte und ratterte. Jemand – etwas – klopfte so laut, daß die beiden Mädchen aufschrien. Rhodry sprang auf, die Hand am Schwertgriff, als es abermals klopfte.

»Wirt!« Die Stimme klang menschlich, männlich und tief. »Macht auf, um der Liebe der Götter willen!«

Merro saß wie erstarrt da, das Gesicht totenbleich.

»Es wird gleich regnen!« fuhr die Stimme fort. »Habt Mitleid mit einem Reisenden, der dumm genug war, am Samaenabend noch auf der Straße zu sein.«

Merro gab ein rasselndes Geräusch von sich.

»Beim schwarzen Arsch des Höllenfürsten!« sagte Rhodry und spürte, wie er grinste. »Lassen wir ihn rein, Wirt. Wenn sonst nichts dabei herauskommt, können wir wenigstens eine gute Geschichte über einen Geist erzählen, der Angst vor dem Regen hatte.«

Die Mädchen kreischten abermals, aber nur halbherzig, als ginge es ihnen hauptsächlich darum, den Schein zu wahren. Rhodry zog den Riegel zurück und öffnete die Tür. Der Mann, der davor stand, schien wirklich ein Mensch zu sein: hochgewachsen, breitschultrig, ein wenig fleischig, mit windzerzaustem, blondem Haar. In dem unsicheren Licht konnte Rhodry seine Augen nicht erkennen und hätte nicht sagen können, ob es nun Dämonenaugen waren oder nicht. Er hielt den Zügel eines ganz normal aussehenden Pferdes, das müde und mit gesenktem Kopf dastand – ein Grauer, soweit Rhodry sehen konnte. Am Himmel hingen schwarze Wolken. Ein paar Regentropfen fielen schon.

»Was meint Ihr, Merro?« rief Rhodry. »Für mich sieht er aus wie Fleisch und Blut.«

»Also gut.« Seufzend kam der Wirt zur Tür. »Aber bei allen Göttern im Himmel, Reisender, Ihr habt mich erschreckt! Jetzt laßt uns dem armen Tier ein wenig Heu geben.«

Bis Merro und der Fremde zurück in den Schankraum kamen, goß es in Strömen. Rhodry holte sich mehr Bier, dann zog er einen Fuß auf die Bank und stützte sich auf sein Knie, während er beobachtete, wie der Fremde seinen nassen Umhang ablegte und sich den Regen aus dem Haar schüttelte. Man wußte nie, was für Leute man auf dem langen Weg traf, aber dieser Bursche schien in Ordnung zu sein. Im flackernden Feuerlicht sah er jung aus, bestenfalls zwanzig, und seine blauen Augen waren vollkommen menschlich, weder hatten sie Katzenpupillen wie die Augen von Elfen, noch waren sie leer, wie man es von Dämonen behauptete. Er nahm einen Bierkrug vom Wirt entgegen, wollte etwas sagen und lehnte sich dann über den Tisch. Er kniff die Augen verwundert zusammen und lächelte, plötzlich erfreut.

»Kennen wir uns nicht, Silberdolch?«

»Nicht, daß ich wüßte.« Aber noch als er sprach, spürte Rhodry, wie sein Herz sich zusammenzog.

Er kannte diesen Jungen tatsächlich. Der Name lag ihm auf der Zunge, gerade so außer Reichweite, so vertraut wie sein eigener, und ebenso nah wie der Name waren ein Bild und eine Erinnerung.

»Wo kommt Ihr her?« fragte der Junge.

»Aus Eldidd. Ihr seid, Eurem Dialekt nach zu schießen, aus Deverry.«

»Ja, und vor diesem Sommer bin ich nie weiter nach Westen gekommen. Aber es ist seltsam, ich hätte schwören können ...« Er schwieg.

Rhodry war seit beinahe zwanzig Jahren nicht mehr in Deverry gewesen, und damals mußte dieser Bursche noch ein Baby gewesen sein.

»Wer ist Euer Vater?«

»Das kann ich Euch nicht sagen.« Der Junge zögerte, zog sich ein wenig in sich selbst zurück, und seine Miene wurde ausdruckslos. »Was meinen Namen angeht ... nennt mich einfach Yraen.«

»Also gut, Yraen. Ich heiße Rhodry, und das ist alles an Namen, was ich habe.«

»Es genügt für einen Silberdolch.« Yraen zögerte, legte den Kopf schief und sah Rhodry noch einmal an. »Ihr seid doch ein Silberdolch, nicht wahr? Ich meine, ich habe es einfach angenommen ...«

»Ja.« Rhodry zog den Dolch und warf ihn so, daß er bebend im Tisch zwischen ihnen steckenblieb. »Was geht es Euch an?«

»Nichts, überhaupt nichts. Ich habe nur gefragt.«

Yraen starrte lange auf das Zeichen, das in die Klinge graviert war: ein zustoßender Falke.

»Sagt es Euch etwas?« fragte Rhodry.

»Nein, aber es ist wunderbar gezeichnet. Man würde schwören, der Vogel kann tatsächlich fliegen.«

Rhodry erinnerte sich an den Wirt, und als er aufblickte, sah er, daß Merro seine Töchter gerade in die hinteren Räume scheuchte.

»Ich lasse euch Jungs jetzt allein«, verkündete er. »Streut Erde aufs Feuer, bevor Ihr Euch hinlegt, Silberdolch. Und nehmt Euch mehr Bier, wenn Ihr wollt.«

»Vielen Dank.«

Er holte sich mehr Bier, und als er an den Tisch zurückkehrte, hatte Yraen den Dolch herausgezogen und hielt ihn schräg ins Licht. Als Yraen ihn bemerkte, legte er den Dolch schnell wieder hin.

»Es tut mir leid. Ich hätte ihn nicht berühren dürfen, ohne Euch zu fragen.«

»Schon gut. Aber tut es nicht wieder.«

Yraen wurde so rot wie bardekianische Dachziegel, und Rhodry fragte sich, ob er nicht eher achtzehn war als zwanzig.

»Ihr seht aus, als wäret Ihr schon jahrelang auf dem langen Weg«, sagte der Junge schließlich.

»Ja. Wieso wollt Ihr das wissen?«

»Nun, äh, ich habe gehofft, einen Silberdolch zu finden. Glaubt Ihr, Eure Bande würde mich aufnehmen?«

»Oho. Ihr habt also einen Grund, durchs Königreich zu ziehen?«

Yraen starrte auf den Tisch und rieb mit der Handfläche immer wieder über die Kante des polierten Holzes.

»Ihr müßt mir nicht sagen, womit Ihr Euch entehrt habt«, meinte Rhodry. »Das geht mich wirklich nichts an, solange Ihr kämpfen und Euer Wort halten könnt.«

»Oh, ich bin ein ganz guter Kämpfer. Ich bin in … nun, äh, im Haushalt eines Lords ausgebildet worden. Aber …«

Rhodry wartete und trank mehr Bier. Er wußte, daß Yraen am Rand eines Geständnisses stand, das für den Jungen wichtiger war als für seinen Zuhörer. Plötzlich blickte Yraen auf.

»Es heißt, jeder Silberdolch hätte eine große Schande in seiner Vergangenheit.«

»Das stimmt. Es steht uns nicht zu, ein Urteil über andere zu fällen.«

»Aber wißt Ihr, ich habe überhaupt nichts getan. Ich will einfach nur ein Silberdolch sein. Das wollte ich immer, von dem Tag an, als ich davon gehört habe. Ich weiß nicht, warum. Ich will einfach nicht in der Festung meines, äh, meines Lords unten in Deverry sitzen und verschimmeln. Ich habe mit jedem Silberdolch gesprochen, der dort vorbeikam, und ich weiß tief im Herzen, daß mir der lange Weg vorbestimmt ist.«

»Dann müßt Ihr verrückt sein!«

»Das sagen alle.« Plötzlich grinste er. »Und ich denke, vielleicht ist Verrücktsein ja unehrenhaft genug.«

»Sehr unwahrscheinlich. Hört mir zu: Sobald Ihr diesen verfluchten Dolch nehmt, seid Ihr Euer Leben lang gezeichnet. Ihr seid ein ehrloser Mann, und Eure Schande wird jedesmal größer, wenn Ihr Geld von einem Lord nehmt, um für ihn zu kämpfen, statt ihm aus Treue zu dienen. Ihr Götter, wieso wollt Ihr Euer junges Leben wegwerfen? Versteht Ihr denn nicht, daß …«

»Ich verstehe mich selbst.« Ein Knurren lag in seiner Stimme. »Ihr sagt, was sie alle sagen. ›Du wirst es bereuen, aber dann ist es zu spät. Dann hast du dich vor den Augen des ganzen

Königreichs entehrt, und niemand will dich mehr aufnehmen, weil du ein verfluchter Silberdolch bist.‹ Das ist mir gleich.« Er erstarrte und erhob sich von der Bank. »Ihr habt mich gefragt, ob ich mein Wort halten kann. Nun, ich hätte eine Lüge erfinden können, irgend etwas von Ärger im Kriegshaufen oder so, aber das habe ich nicht, ich habe Euch die Wahrheit gesagt, und jetzt verhöhnt Ihr mich dafür.«

»Ich verhöhne Euch nicht, Junge. Glaubt mir, nichts liegt mir ferner.«

Yraen setzte sich wieder. Rhodry starrte in seinen leeren Bierkrug und gähnte. Die Ereignisse der vergangenen Wochen schienen plötzlich alle auf ihn einzudringen. Er war müde und er hatte viel getrunken – das waren, wie er annahm, die Gründe, daß er immer wieder denselben seltsamen Gedanken hatte. Gegen seinen Willen erinnerte er sich an den bösen Geist, der darüber sprach, daß er einmal ein anderes Gesicht und einen anderen Namen gehabt hätte, und an Dinge, die Aderyn Jahre zuvor gesagt hatte. Und an eine seltsame Frau des Wildvolks, die ihn gekannt hatte und die er nie hätte erkennen dürfen – und dennoch war es so gewesen. Und an Evandar, der erklärt hatte, er, Rhodry, sei schon der Besitzer des Rosenrings gewesen, bevor der Wächter die Inschrift eingraviert hatte, wo Rhodry den Ring doch nie ohne Inschrift gesehen hatte. Und nun Yraen, dieser vertraute Fremde. Wenn ein Mensch tot ist, ist er tot, sagte er sich. Die Tore zu den Anderlanden öffnen sich nur in eine Richtung. Plötzlich bemerkte er, daß Yraen immer noch redete.

»Habt Ihr mir überhaupt zugehört?« fauchte der junge Mann.

»Nein. Was habt Ihr gesagt?«

Angesichts Rhodrys direktem Blick errötete der Junge abermals.

»Ihr seid ein Adliger, nicht wahr?« fragte Rhodry.

»Woher wißt Ihr das?«

Yraen schien so ehrlich überrascht, daß Rhodry beinahe laut gelacht hätte, aber er konnte sich gerade noch zurückhalten.

»Kehrt zurück in die Festung Eures Vaters, Junge. Werft Euer Leben nicht für den Silberdolch weg. Wenn Ihr von Deverry bis hierher geritten seid, dann müßt Ihr auf dem Weg andere Silberdolche getroffen haben. Niemand wollte Euch in die Bande aufnehmen, nicht wahr?«

Yraen machte ein mürrisches Gesicht und rieb die Hand weiter an der Tischkante.

»Das dachte ich mir«, meinte Rhodry. »Die meisten von uns haben noch einen Rest Ehre übrig.«

»Aber ich will es unbedingt!« Er zögerte und versuchte, sich zusammenzunehnmen. »Was, wenn ich Euch bitten würde, Rhodry? Bitte, wollt Ihr mich aufnehmen? Bitte?«

Es fiel ihm schwer, sich so zu erniedrigen, aber einen Augenblick geriet Rhodry ins Wanken.

»Nein«, sagte er schließlich. »Denn damit würde ich einem Mann, der mir nie etwas angetan hat, nur schaden.«

Yraen fluchte vor sich hin.

»Westlich von uns gibt es nichts mehr, also hat es keinen Zweck, in diese Richtung zu reiten«, fuhr Rhodry fort. »Morgen solltet Ihr lieber nach Osten und zu Eurem Vater zurückkehren. Es wird bald Winter sein.«

Wie um dies zu unterstreichen, traf eine Windböe das Gasthaus. Stroh raschelte, Fensterläden klapperten, das Feuer rauchte. Rhodry wollte aufstehen, aber Yraen war schneller, sprang von der Bank und eilte zum Feuer.

»Ich kümmere mich darum«, sagte er. »Laßt uns einen Handel abschließen. Ich werde Euer Page sein, und wir reiten eine Weile zusammen. Ich werde Euch bedienen, wie ich den Lord bedient habe, der mich ausgebildet hat, als ich ein Page in seiner Festung war, und dann könnt Ihr sehen, ob ich gut genug für den Dolch bin.«

»Ihr seid ein Dummkopf! Das ist keine Frage des Sich-Beweisens!«

Yraen ignorierte ihn und beschäftigte sich mit dem Feuer. Funken flogen auf, Holzscheite fielen nieder und erstickten Kohlen, Holzkohlenstücke rollten in die Ecken und verglühten.

»Das solltet Ihr lieber mir überlassen.«

»Also gut. Es tut mir leid, aber zu Hause haben sich immer die Diener und nicht die Pagen ums Feuer gekümmert.«

»Zweifellos.«

»Aber ist das dort Euer Bettzeug? Ich werde es für Euch ausbreiten.«

Bevor Rhodry ihn aufhalten konnte, tat er das – an der besten Stelle, nahe dem Feuer, im saubersten Stroh –, und er bestand darauf, Rhodrys Ausrüstung ordentlich zusammenzulegen und sein Rasiermesser für den Morgen bereitzulegen. Er hätte Rhodry auch die Stiefel ausgezogen, wenn der das zugelassen hätte. Wer immer ihn ausgebildet hatte, hatte ihm tatsächlich einiges darüber beigebracht, wie man einen Lord bei einem Kriegszug bedient.

Rhodry erwachte am nächsten Morgen früh. Da der Schankraum kalt und der Wirt und seine Familie noch nicht aufgestanden waren, blieb er liegen, sah zu, wie es in den Ritzen um die Fensterläden grau wurde, und lauschte Yraens Schnarchen. Ein Junge, der ein Silberdolch werden wollte! Ein Junge, an den er sich – da war er sicher – erinnerte. Von irgendwo. Von irgendwann. Aus einer anderen … er scheute vor dem Gedanken wie ein Pferd vor einer Schlange auf der Straße. Jemand, den er einmal gekannt hatte, vor langer, langer Zeit, und dennoch – vielleicht war es gar nicht so lange her.

Rhodry schüttelte den Kopf, stand auf, zog so leise wie möglich seine Stiefel an, griff nach seinem Umhang und schlüpfte dann nach draußen, um die Latrine neben dem Stall zu benutzen. Auf dem Rückweg blieb er im Hof stehen. Es regnete nicht mehr, obwohl die Wolken immer noch tief hingen. Rhodry lehnte sich auf den niedrigen Holzzaun und schaute auf die Straße nach Norden, in Richtung Dun Drw. Dun Drw war die Hauptstadt des Rhan, die Stadt des Gwerbret, die einmal eine Königsstadt gewesen war. Wir erinnern uns hier in Pyrdon an die alten Zeiten, hatte Merro gesagt. Vielleicht, sagte Rhodry sich selbst, vielleicht tue ich das ja auch. Dann schüttelte er den Gedanken ab und ging wieder hinein.

Im Schankraum war Yraen inzwischen aufgestanden und beschäftigt. Das Feuer brannte wieder, die Erdklumpen waren ordentlich auf einer Seite der Feuerstelle aufgetürmt. Das Bettzeug war bereits gepackt und lag mit dem Rest der Ausrüstung an der Tür bereit. Yraen selbst verlangte gerade vom gähnenden Wirt heißes Wasser zum Rasieren. Im Morgenlicht konnte Rhodry sehen, daß der Junge tatsächlich eine Rasur brauchte, was seine Einschätzung von Yraens Alter wieder ein paar Jahre nach oben verschob.

»Guten Morgen, Herr«, sagte Yraen. »Unser Wirt sagt uns, es gibt Brot zum Frühstück und Trockenäpfel.«

»Das wird genügen – und hör auf, mich Herr zu nennen.«

Yraen grinste nur. Beim Frühstück versuchte Rhodry, sich mit ihm zu streiten, beschimpfte ihn und befahl ihm schlicht und einfach, nach Hause zu gehen, aber als sie das Gasthaus verließen, ritt Yraen mit ihm. Der Junge hatte ein wunderschönes Pferd, einen Grauschimmelwallach, der fast siebzehn Spannen hoch war, mit zartem Kopf, aber einer breiten Brust. Als Rhodry einen Blick auf die Flanke des Tieres warf, fand er das Brandzeichen des Königs dort.

»Ein Geschenk Seiner Hoheit an meinen Vater«, erklärte Yraen. »Und mein Vater hat ihn mir geschenkt.«

»Du erwartest doch nicht, daß ich glaube, du wärst mit dem Segen deines Vaters gegangen?«

»Nein. Ich habe mich wie ein Dieb in der Nacht davongeschlichen, und das ist das einzige, was mich bekümmert. Aber ich habe noch drei Brüder, also bleiben ihm genug Erben.«

»Aha, also hattest du zu Hause ohnehin keine Aussichten.«

»Keine, die der Rede wert gewesen wären.« Yraen grinste säuerlich. »Es sei denn, Ihr zählt es als Aussicht, im Kriegshaufen eines Bruders zu reiten.«

Da Rhodry einmal in derselben Lage gewesen war, konnte er das verstehen, aber es änderte nichts an seiner Entschlossenheit.

»Es ist eine bessere Aussicht, als du auf dem langen Weg je haben wirst. Zumindest wird dich jemand anständig begraben, wenn du stirbst, während du für deinen Bruder reitest. Ein schlammiger Graben auf dem Schlachtfeld ist das Beste, was ein Silberdolch erwarten kann.«

Yraen zuckte nur mit den Achseln. Ob er nun achtzehn oder zwanzig war – Rhodry nahm an, er sei noch zu jung zu glauben, daß er je sterben könnte.

»Hör zu, ich werde dich nicht in die Bande aufnehmen, und dabei bleibt es. Du verschwendest nur deine Zeit und deinen Atem, wenn du weiter um mich herumwuselst.«

Yraen lächelte nur und schwieg.

»Ihr Götter, du bist ein störrischer Welpe!«

»Rhodry, bitte.« Yraen drehte sich im Sattel, so daß er seinem unwilligen Mentor ins Gesicht sehen konnte. »Ich werde Euch etwas erzählen, das ich noch niemandem zuvor gesagt habe. Werdet Ihr mir zuhören?«

»Also gut.«

»Als ich etwa vierzehn und gerade vom Pagendienst nach Hause gekommen war, veranstaltete meine Mutter ein Fest. Eine ihrer Hofdamen hatte das Zweite Gesicht – ich meine, alle behaupteten das jedenfalls, und normalerweise hatte sie recht, wenn sie etwas direkt prophezeite. Also hatte sie sich als alte Hexe verkleidet, bei Kerzenlicht in eine Silberschüssel voll Wasser geschaut und anderen die Zukunft geweissagt. Hauptsächlich ging es ums Heiraten und andere alberne Angelegenheiten, aber als es um mich ging, schrie sie auf und wollte kein Wort sagen. Meine Mutter hat mich weggeschickt, damit ich das Fest nicht verderbe, aber später habe ich die Frau dazu gebracht, mir zu sagen, was sie gesehen hatte. Und sie sagte, sie sähe mich als Silberdolch, irgendwo weit weg in einem wilden Teil des Königreichs, und als sie das gesehen habe, habe sie irgendwie gewußt, daß es mein Wyrd sei, das mir von den Göttern auferlegt worden war. Und dann fing sie an zu weinen, und ich mußte ihr einfach glauben.«

Rhodry sah ihn lange forschend an, aber er hatte keine Ursache, an seinen Worten zu zweifeln. Tatsächlich errötete der Junge sogar, und diese Verlegenheit war ein weiterer Beweis dafür, daß seine Geschichte wahr war.

»Ich wette, Ihr haltet das für verrückt oder weibisch oder beides.«

»Nicht im geringsten. Nun, reite ein wenig mit mir, und dann werden wir sehen, was der lange Weg uns bringt. Nicht, daß ich dir etwas versprechen würde. Ich schicke dich nur nicht weg. Das ist ein Unterschied.«

»Das verstehe ich, aber ich danke Euch trotzdem.«

Als er an die Geschichte dachte, an die Erwähnung von Hofdamen und Festen, wurde Rhodry klar, wieso Yraen wie zwanzig aussah, sich aber manchmal wie ein Junge benahm. Er war offenbar in einem wirklich wohlhabenden Clan aufgewachsen, in der behüteten Mitte Deverrys. Durch die Macht und Stellung seiner Verwandten war er vor den schlechten Zeiten, die einen Mann an der Grenze früh altern ließen, bewahrt worden. Unwillig mußte er zugeben, daß er den

Jungen sogar bewunderte, daß er all diese Bequemlichkeiten hinter sich lassen und ins Abenteuer reiten wollte. Er wird es bald genug begreifen, dachte er. Wenn es erst einmal ungemütlich wird, kann ich ihn wieder nach Hause schicken – immer vorausgesetzt, er überlebt, was immer die Götter in unseren Weg schicken.

Im Augenblick sah es so aus, als schickten die Götter einen Sturm. Schiefergraue Wolken verbanden sich mit schwarzen, der Himmel hing niedrig über dem kalten Morgen, obwohl es noch eine ganze Weile nicht regnete. Sie ritten durch Bauernland, dann brachte sie eine Biegung der Straße zu einem kleinen Fichtengehölz und einer Hügelkuppe, wo sie die Pferde zügelten. Etwa dreißig Fuß unter ihnen lag Loc Drw. Dunkel und heftig vom Wind aufgewühlt, erstreckte es sich nach Norden, wo sie im Dunst gerade noch die Steintürme der Festung des Gwerbret erkennen konnten.

»Ich habe gehört, daß sie auf einer kleinen Insel steht«, bemerkte Rhodry. »Man erreicht sie über einen langen Damm. Eine hervorragende Verteidigungsstellung.«

»Aha. Nun, wenn aus dieser Fehde in den Hügeln nichts geworden ist, können wir dort vielleicht Zuflucht finden.«

Rhodry nickte nur. Diesen See zu sehen berührte ihn auf eine Weise, die er nicht verstand. Obwohl er nie in Pyrdon gewesen war, nicht ein einziges Mal in seinem Leben, kam ihm das Gewässer so schmerzlich vertraut vor, daß er nicht einmal überrascht war, plötzlich seinen Namen zu hören.

»Rhodry! Warte einen Augenblick!«

Als Rhodry sich im Sattel umwandte, sah er Evandar, der auf einem milchweißen Pferd mit rostbraunen Ohren auf ihn zugeritten kam. Der Wächter trug einen hellgrauen Umhang und hatte die Kapuze zurückgeschoben, so daß man sein löwenzahngelbes Haar sah.

»Du bist meinem Rat gefolgt.« Er lächelte auf eine Weise,

die freundlich gemeint war. Rhodry bemerkte, daß seine Zähne so spitz wie die einer Katze waren. »Gut, gut.«

»Ich hatte in dieser Angelegenheit kaum eine Wahl, aber es schien tatsächlich ein guter Rat gewesen zu sein. Sie ist mir nicht hierher gefolgt.«

»Ich bezweifle auch, daß sie das tun wird.« Evandar hielt inne und wühlte in einer kleinen Ledertasche, die er am Gürtel trug. »Ich habe eine Frage. Hast du jemals so etwas gesehen?«

»Eine Pfeife, oder?« Rhodry streckte automatisch die Hand aus und fing sie auf, als Evandar sie ihm zuwarf. »Ihh! Das sieht aus, als sei sie aus einem Menschenknochen gemacht!«

»Oder aus einem Elfenknochen, aber sie ist einfach zu lang. Ich dachte zuerst, man hätte zwei Fingergelenke zu einem einzigen verbunden, aber sieh sie dir einmal genau an.«

Rhodry hielt sie hoch und drehte sie hin und her. Plötzlich fiel ihm Yraen wieder ein. Der Junge umklammerte seinen Sattelknauf mit beiden Händen, beugte sich vor und starrte Evandar an. Er hatte den Mund weit aufgerissen und glotzte wie ein Dorftrottel.

»Ich habe dir doch gesagt, du solltest zurück zur Festung deines Vaters reiten«, sagte Rhodry grinsend. »Es ist noch nicht zu spät.«

Yraen schüttelte störrisch den Kopf. Evandar betrachtete ihn mit nachdenklich schiefgelegtem Kopf.

»Und wer bist du?«

»Ich heiße Yraen«, fauchte er. »Was geht es dich an?«

»Yraen? Nun, das ist ein Name mit gutem Vorzeichen«, Evandar lachte laut. »Großartig! Du hast einen guten Begleiter gefunden, Rhodry, und ich bin froh darüber. Guten Morgen, meine Herren. Ich wünsche euch beiden einen guten Morgen.«

Mit einem freundlichen Winken wendete er sein Pferd und trabte am Seeufer entlang davon. Bevor er sich kaum mehr als hundert Schritt entfernt hatte, schienen er und sein Pferd zu verschwimmen, sich aufzulösen und in Nebel zu verwandeln, der dann über den See getrieben wurde und verschwand.

»Ihr Götter«, flüsterte Yraen. »O Ihr Götter.«

»Geh nach Hause, wo es keine Geister gibt.«

»Nein. Das haben wir davon, daß wir einen Tag nach Samaen unterwegs sind! Und ich will verflucht und zweimal verflucht sein, wenn ich vor einem verdammten Geist davonrenne.«

»Er ist kein Geist. Unser Evandar ist noch erheblich seltsamer als das, und bei den Höllen, jetzt hat er mir diese verfluchte Pfeife dagelassen!« Rhodry blies ein paar leise Töne darauf. »Was für ein ekelhaftes Geräusch.«

»Ihr solltet sie in den See werfen. Das letzte, was uns noch fehlt, ist ein Rudel Geister, das Ihr damit herbeigerufen habt.«

»Nun, das weiß ich nicht, Junge. Es gibt Geister und es gibt Geister, und einige von ihnen können recht nützlich sein.« Er grinste und beugte sich vor, um seine Satteltasche aufzuschnüren. »Dieses Ding ist zu seltsam, um es wegzuwerfen. Es sieht aus, als wäre es aus dem Knochen eines Vogelflügels gemacht, aber es muß ein verdammt großer Vogel gewesen sein, ein Adler oder so. Willst du es dir genauer ansehen?«

»Nein.« Yraen räusperte sich, um das Schrille in seiner Stimme zu kaschieren. »Wir sollten uns lieber auf den Weg machen. Es wird bald regnen.«

»Gut. Nach Süden und dann nach Osten, hat Merro gesagt, und wir werden sehen, ob es bei dieser Fehde Arbeit für uns gibt.«

Etwa um die Zeit, als sich Rhodry und Yraen von dem See abwandten, erwachte Dallandra aus dem, was ihr wie ein normaler Nachtschlaf vorgekommen war. Der Pavillon aus Goldstoff war leer bis auf das Sonnenlicht, das so hell durch den Stoff schien, daß Dallandra das Gefühl hatte, inmitten einer Kerzenflamme zu liegen. Gähnend rieb sie sich die Augen, stand auf und ging nach draußen, wo sie stehenblieb, um sich zu fassen. Der Tanz war vorüber, die Wiese leer bis auf Evandar, der unter der Eiche saß. Als er sie kommen sah, erhob er sich und begrüßte sie.

»Da bist du ja, meine Liebste. Erfrischt?«

»Ja, aber wie lange habe ich geschlafen?«

»Nur eine Nacht.« Er grinste auf seine heimtückische Art. »Du hast ein wenig Ruhe gebraucht.«

»Hier war es nur eine Nacht, ja. Wie lange?«

»Oh, in der Zeit deiner Welt waren es ein paar Jahre, nehme ich an. Es war Winter dort, als ich Rhodry verlassen habe.«

»Als du was? Ihr Götter! Willst du mir wohl sagen, was du getan hast?«

»Ja, aber es gibt nicht viel zu erzählen. Ich wollte nur nachsehen, ob es ihm gutgeht.«

»Laß mich nachdenken. Er ist derjenige mit dem Ring, nicht wahr? Weißt du, ich wünschte wirklich, daß du mir von diesem Ring erzählen würdest.«

»Es gibt nichts zu erzählen. Der Ring ist ein ganz gewöhnliches Schmuckstück.«

»Aha! Dann hat Jill recht. Es ist tatsächlich die Gravur auf der Innenseite, die so wichtig ist!«

»Du bist viel zu klug für mich, meine Liebste. So ist es, und ich frage mich, ob Jill das Geheimnis bereits herausgefunden hat. Zweifellos wird das bald geschehen, weil sie auf ihre Art ebenso schlau ist wie du. Und warum sollte ich meinen Atem dafür verschwenden, euch Geheimnisse zu verraten, die ihr ohnehin selbst lösen könnt?«

Als Dallandra nach ihm schlug, lachte er und wich aus.

»Hast du Hunger, meine Liebste? Soll ich einen Diener rufen, damit er dir etwas zu essen bringt?«

»Nein, danke. Ich brauche nichts außer Antworten.«

Grinsend ignorierte er diese Andeutung.

»Hilf mir, nach etwas zu suchen«, bat er. »Diese elende Pfeife. Ich hatte sie heute früh noch, und nun habe ich sie verloren.«

»Das ist besser so. Ich schwöre, sie hätte dir nur Unglück gebracht. Wieso vergißt du sie nicht einfach?«

»Weil der Besitzer vielleicht danach suchen wird, und wenn ich sie hätte, könnte ich mit ihm handeln.« Er hielt inne und starrte stirnrunzelnd in die Binsen am Fluß. »Ich bin dort drüben entlanggegangen, nachdem ich zurückkam. Vielleicht habe ich sie in den Fluß fallen lassen. Ich hoffe bei diesen Höllen, von denen die Menschen immer reden, daß das nicht der Fall war.«

»Wieso suchst du nicht mit dem Zweiten Gesicht nach ihr?«

»Aber natürlich!« Wieder grinste er heimtückisch. »Dabei kann ich dir gleich ein Kunststück vorführen, das du vielleicht noch nie gesehen hast. Paß auf.«

Als er sich an den Fluß kniete, tat sie dasselbe und verharrte so, während er mit einer Handbewegung einen Kreis in der Luft beschrieb. Die Spur der Bewegung glühte, wurde fest und ließ sich dann wie eine Seilschlinge auf dem Wasser nieder, aber anders als ein Seil blieb sie am selben Fleck, statt weiter flußabwärts zu treiben. Innerhalb des Kreises erschienen Bilder, zunächst alle verschwommen, dann wurden sie klarer: eine schlammige Straße, ein verregneter Himmel, ein riesiger See, bewegt und finster. Zwei Reiter erschienen, ein Dunkelhaariger, ein Blonder.

»Rhodry«, bemerkte Evandar. »Und der hellhaarige Bursche heißt Yraen. Und hier bin ich und reite auf sie zu.«

Er ritt auf sie zu, sprach mit ihnen und gab Rhodry die Pfeife – die Erinnerungsvision brach, als Evandar leise fluchte.

»Ich habe sie ihm nicht wieder abgenommen. Nun, dann ist sie eben weg. Es hat keinen Sinn, sich darüber Gedanken zu machen.«

»Warte einen Augenblick! Wir können ihm dieses Ding, das Unglück bringen könnte, nicht einfach überlassen, ohne ihn zu warnen. Es ist, wie du sagst: Was, wenn der Besitzer danach sucht?«

Evandar zuckte die Achseln und wandte sich ab, um auf das Wasser zu starren, das zwischen den schwertscharfen Binsen floß. Plötzlich schien er alt, sein Gesicht wirkte verhärmt und viel zu bleich. Die Sonne verfinsterte sich, als wäre eine Wolke davorgezogen, und der Wind wurde plötzlich kalt.

»Was ist denn?« fragte sie scharf.

»Ich habe es vergessen. Ich habe einfach vergessen, daß ich ihm die Pfeife gegeben habe, vergessen, daß ich sie im Menschenland ließ!«

»Nun, wir alle vergessen hin und wieder etwas.«

Störrisch schüttelte er den Kopf.

»Das verstehst du nicht«, fauchte er. »Das hier ist eine wichtige Angelegenheit. Ich werde müde, meine Liebste, ich werde jeden Tag müder, und nun läßt offenbar auch noch mein Geist nach. Wie lange werde ich noch imstande sein, unser Land zu schützen?« Er hielt inne, rieb sich mit beiden Händen die Augen und grub seine Handwurzeln fest in die Augenhöhlen. »Es ist wahr. Du solltest mein Volk wegbringen, und zwar bald.«

Sie setzte zum üblichen Widerspruch an, wollte ihn anflehen, selbst mitzukommen, aber dann hatte sie eine Idee und sagte nichts mehr. Er ließ die Hände sinken, und als er sie wieder ansah, stand eine Spur Ärger in seinen türkisfarbenen Augen.

»Nun«, meinte sie beiläufig. »Wenn du dich entschlossen hast hierzubleiben, wie kann ich dir dann widersprechen?«

»Nein, du solltest mir nicht widersprechen.« Aber zum ersten Mal hörte sie Zweifel in seiner Stimme.

Sie nickte nur zustimmend und wandte sich ab.

»Jemand sollte zu Rhodry gehen«, meinte sie schließlich. »Wirst du das tun?«

»Das geht nicht. Einer von uns muß hierbleiben und Wache halten. Es war ehrlich gesagt ziemlich dumm von mir zu gehen, während du schliefst.«

»Aber ich bin ihm nie wirklich begegnet. Deine Erinnerungen können mir nicht helfen, ihn mit dem Zweiten Gesicht zu finden.«

»Das stimmt.« Er zögerte und dachte nach. »Ich weiß. Such nach der Pfeife. Auch du hattest sie in der Hand.«

»Also gut. Sehen wir, ob ich es kann, bevor ich irgendwo hingehe.«

Tatsächlich brachte sie das Abbild der Knochenpfeife direkt zu einer Vision von Rhodry. Aber als sie ihn fand, war sie froh, so vorsichtig gewesen zu sein und sich nicht sofort nach Deverry aufgemacht zu haben. Die Vision zeigte ihr eine Steinfestung, weit östlich der elfischen Grenze, wo kalter Schneeregen den Hof schlammig werden ließ. Die große Halle wimmelte nur so von Männern, von denen die meisten bewaffnet waren. In der Nähe der Mauer erschien die Pfeife, in Rhodrys Händen, obwohl Dallandra Rhodry selbst kaum klar sehen konnte, weil sie ihm nie auf der physischen Ebene begegnet war und ihn nur ihm Lauf von Jahren mehrmals in Visionen gesehen hatte. Soweit sie sagen konnte, zeigte er die Pfeife dem Barden eines Lords, der aber nur den Kopf schüttelte und mit den Achseln zuckte.

Da sie keine Elfen und auch niemanden mit der goldenen Aura eines Dweomermeisters in der Halle entdecken konnte, zwang Dallandra die Vision auf eine niedrigere Ebene, bis es so aussah, als stünde sie neben Rhodry in der großen Halle. Aus der Nähe konnte sie ihn erheblich deutlicher sehen, ebenso seinen Begleiter, den jungen Burschen, den Evandar Yraen genannt hatte, was das deverrianische Wort für Eisen und daher zweifellos ein Spitzname war. Der Barde, ein älterer Mann, stellte seine Harfe auf den Boden und nahm die Pfeife in die Hand, drehte sie in alle Richtungen.

Während sie noch dastand und sich in der Halle ihrer Vision umsah, fiel ihr das Aufblitzen blauen, ätherischen Lichts auf. An der Feuerstelle erschien etwas Menschengroßes mit einer Menschengestalt und drehte den Kopf nach links und rechts, aber der Form dieses Kopfes nach zu schließen – flach und mit einer Art Dachsschnauze und bläulich-grauem Fell –, war es kein menschliches Wesen. Es trug menschliche Kleider, aber von seltsamem Zuschnitt: braune Wollbrigga, die nur bis zu den Knien reichten, ein Leinenhemd, so weit wie das der Deverrianer, aber ohne Ärmel und Kragen. Um den Hals wand sich ein goldener Reif. Langsam stand das Wesen auf und begann, auf Rhodry zuzuschlendern, aber niemand in der Halle schien es zu sehen. Mehrmals wäre es um ein Haar mit einem der Männer zusammengestoßen, wenn es nicht rechtzeitig aus dem Weg gesprungen wäre.

Plötzlich fuhr Rhodry herum, schrie laut auf und zeigte auf das Tierwesen. Dallandra hatte ganz vergessen, daß er ein halber Elf und dadurch imstande war, ätherische Gestalten zu sehen, vorausgesetzt, sie befanden sich auf der physischen Ebene. Offenbar hatte das Geschöpf es ebenfalls nicht gewußt. Es kreischte und verschwand und ließ eine Wolke unangenehm aussehender ätherischer Substanz, ähnlich schwarzem Rauch, zurück. Offensichtlich war das Kreischen gedanklich erfolgt, denn keiner der Männer, nicht einmal Rhodry, reagierte darauf. Allerdings drängten sich einige Krieger nun um den Silberdolch, starrten ihn verwirrt an und begannen, Fragen zu stellen. Mit einer Flut von Erklärungen packte Yraen die Knochenpfeife mit einer Hand und Rhodrys Arm mit der anderen und zerrte ihn aus der Halle.

Dallandra folgte ihnen und blieb in ihrer Nähe, bis sie sicher war, daß das Dachswesen tatsächlich verschwunden war, dann brach sie die Vision ab. Sie fand Evandar, wo sie ihn verlassen hatte: am Ufer des Flusses. Als sie ihm erzählte, was geschehen war, wurde seine Miene so finster wie ein Sommergewitter.

»Dann ist es wirklich so, wie ich dachte, meine Liebste«, murmelte er. »Sie sollen verflucht sein! In meinem Land herumzuschnüffeln und einen Mann zu bedrohen, der unter meinem Schutz steht!«

»Wer?«

»Die vom finsteren Hof. Die, die weiter drinnen leben.« Er erhob sich, schnippte mit den Fingern und griff ein silbernes Horn aus der Luft. »Das könnte Krieg bedeuten.«

»Warte! Wenn ich jetzt zurückkehre und die Pfeife hole ...«

»Das ist gleich. Es geht hier um Grenzen, das ist der wichtige Punkt.«

Er hob das Horn an die Lippen und blies einen langgezogenen Ton, der ebenso süß wie erschreckend war. Mit Klirren von Bronze und Silber und lautem Kriegsgeschrei umringte ihn seine Armee.

»Unsere Grenzen! Sie haben unsere Grenzen durchbrochen!« rief Evandar laut. »Auf die Pferde!«

Mit lautem Jubel erhoben die Krieger ihre Speere und riefen nach den Pferden. Diener kamen aus dem Nichts und brachten ihnen die Reittiere, die allesamt weiß waren und rostbraune Ohren hatten. Evandar half Dallandra auf ihr Pferd, dann schwang er sich auf sein eigenes, nahm die Zügel in eine Hand und ritt neben sie.

»Sollten sich die Dinge gegen uns wenden, meine Liebste, dann fliehe zurück ins Westland, aber ich bitte dich, mich noch nicht sofort zu vergessen.«

»Niemals könnte ich dich vergessen.« Sie spürte, wie ihr kaltes Entsetzen die Kehle zuschnürte. »Aber was befürchtest du denn?«

»Das weiß ich nicht.«

Er lachte plötzlich so ausgelassen wie ein Kind. »Ich habe nicht die geringste Ahnung.«

Seine Krieger lachten mit ihm. Das Silberhorn in der ausgestreckten Hand, führte Evandar sie am Flußufer entlang. Über dem Murmeln des Wassers und dem Klirren von Zaumzeug und Rüstung fand es Dallandra unmöglich, ihm weitere Fragen zu stellen. Vermutlich hätte er sie ohnehin nicht beantwortet. Sie konnte nichts anderes tun, als weiterzureiten und sich schreckliche Bilder des Krieges vorzustellen.

Einmal, nach elfischer und menschlicher Zeitrechnung Hunderte von Jahren vorher, obwohl es ihr nur wie ein paar Jahre vorkam, hatte sie nach einer Schlacht getan, was sie mit Kräutern und Verbänden hatte tun können, als man ihr Verwundeten um Verwundeten herbeischleppte und ihn blutend oder sterbend auf den Wagen warf, auf dem sie arbeitete. Stunde um Stunde war es so weitergegangen, bis sie so erschöpft gewesen war, daß sie kaum mehr stehen konnte, aber sie konnte es auch nicht ertragen, diesen Menschen ihre Hilfe zu verweigern. Ihr war, als könne sie wieder das Blut riechen, das an ihren Händen und Armen klebte. Mit einem schmerzlichen Aufstöhnen schüttelte sie die Erinnerung ab. Evandar, der ein Stück vor ihr herritt, hörte sie nicht.

Inzwischen war der Fluß schmaler geworden und verlief in einer Schlucht etwa zwanzig Fuß unterhalb der Straße. Die Sonne hing rot und aufgebläht rechts von ihnen, als sähen sie sie nur durch den Rauch eines gewaltigen Feuers. Vor ihnen lagen Ebenen, so flach und scheinbar endlos wie jene des Westlands, erstreckten sich weiter bis zu einem Horizont, wo Wolken – oder war es Rauch? – wie eine erfrorene Welle hingen, alle vom Licht der Sonne blutrot gefärbt. Vor ihnen im Grasland blitzte dieses schreckliche Licht auf Speeren und Rüstungen. Evandar blies drei Töne auf dem Silberhorn. Die

Krieger hinter ihm heulten auf, und der Wind brachte als Antwort den Klang eines anderen Horns und die Kriegsschreie der Feinde zurück.

»Geh zur Seite!« brüllte Evandar Dallandra zu. »Bleib in Sicherheit, und sei darauf gefaßt zu fliehen!«

Kalt und zitternd folgte sie seiner Anweisung, lenkte ihr Pferd aus der Linie und ritt nach rechts davon, wo sie sich hinter dem Kriegshaufen halten konnte. Aber sowohl ihre Vorsicht als auch ihre Angst nützten an diesem Tag nichts. Als sie weiter auf die versammelte Armee zuritten, die auf der Ebene wartete, kam ihnen ein Herold entgegen, der einen auf deverrianische Art mit bunten Bändern geschmückten Stab hielt. Auf Evandars Befehl kam das Heer zum Stehen und breitete sich in einem Halbkreis am Fluß aus. Ihre in glitzernd schwarze Helme und Rüstungen gekleideten Gegner wendeten, um sich ihnen entgegenzustellen, hielten aber Distanz. In einer Mischung aus Neugier und Angst um das Leben ihres Geliebten trieb Dallandra ihr Pferd zum Trab an und kehrte zu Evandar zurück, als er dem Herold entgegenritt. Als Antwort auf ihre Geste folgte einer der Feinde dem Herold, aber er trug den Helm unter dem Arm und hielt den Speer locker mit der Spitze zum Boden.

Als sich die beiden Gruppen zwischen den Armeen begegneten, hätte Dallandra beinahe die Beherrschung verloren. Nur mit großen Schwierigkeiten unterdrückte sie einen Laut, der halb Schrei, halb Fluch gewesen wäre. Obwohl sowohl der Herold als auch der Krieger Menschengestalt hatten und menschliche Kleidung und Rüstung trugen, waren ihre Gesichter grotesk verzerrt. Der Herold war aufgequollen, und seine Haut hing in großen Falten warzigen Fleischs rund um seinen Hals, während der Krieger an einen Fuchs erinnerte, mit spitzen Ohren mit roten Fellbüscheln und rotem Haar, das ihm von der Stirn über den Schädel bis in den Nacken lief, während seine kleinen schwarzen Äuglein über einer langen, spitzen

Nase glitzerten. Der Herold war kahl und hatte einen Buckel, aber er sprach vollendetes Elfisch, und das mit wohlklingender Stimme.

»Was bringt dich auf dieses Schlachtfeld, Evandar? Mein Herr hat sich nicht gegen dich oder die Deinen gewandt.«

»Das hat er sehr wohl, guter Herold, gegenüber einem Mann, der zu mir gehört, und alles wegen eines kleinen Gegenstandes, der auf meinem Land verloren wurde und daher rechtmäßig mir gehört.«

Als der Herold den Kopf drehte, um sich dem Krieger hinter ihm zuzuwenden, schoben seine Hautschichten sich mit einem Geräusch wie dem Kratzen trockener Zweige übereinander. Der Krieger nickte, dann ritt er an die Seite des Herolds. Einen Augenblick betrachteten er und Evandar einander schweigend, während der Herold totenbleich wurde und begann, sein Pferd rückwärts zu lenken. Dallandra fiel auf, daß die Augen des uralten Geschöpfs rosa und verquollen waren.

»Ich verstehe kein Wort von dem, was du sagst«, sagte der Anführer des finsteren Hofes schließlich. »Was für ein Gegenstand?«

»Eine Pfeife aus einer Art Knochen«, sagte Evandar. »Ich nehme an, einer deiner Spione hat sie verloren. Ich habe sie einem Menschen namens Rhodry gegeben, und nun schnüffelt einer von deinem Volk hinter ihm her.«

»Ich weiß nicht, wovon du redest. Ich habe nie eine Knochenpfeife besessen oder gesehen.«

Evandar betrachtete ihn mit halb zugekniffenen Augen, während der Herold unruhig im Sattel hin und her rutschte.

»Sag mir eins«, meinte Evandar schließlich. »Hast du jemals einen Mann mit Kopf und Schnauze wie der eines Dachses gesehen oder seine Dienste entgegengenommen, ein Geschöpf mit grauem Fell, das sich kleidet wie ein Deverrianer, als diese zuerst in ihr neues Land kamen?«

»Und wie soll dieses Wesen heißen?«

»Das weiß ich nicht, aber er trägt einen gedrehten Goldreif um den Hals.«

»Dann kenne ich ihn tatsächlich, aber er gehört nicht mehr zu uns. Einige von meinem Volk haben sich meiner Herrschaft entzogen, Evandar, ebenso wie das offenbar bei dir geschehen ist.« Plötzlich grinste er und zog dunkle Lippen von scharfen, weißen Zähnen zurück. »Sogar deine Frau, sagen die Gerüchte.«

»Mein Lehnsherr!« Mit einem kleinen Aufschrei ritt der Herold zwischen sie. »Wenn wir hier sind, um eine Schlacht zu vermeiden, sollten wir solche Grobheiten vielleicht vergessen.«

»Geh weg, alter Mann«, zischte der Fuchskrieger. »Mein Bruder und ich werden diese Angelegenheit zusammen lösen.«

Dallandra hielt den Atem an. War dies die wahre Familie ihres Geliebten und seine wahre Gestalt? Evandar, der lässig auf seinem Pferd saß, lächelte seinen Rivalen einfach nur an und sah in diesem Augenblick, abgesehen von seinem gelben Haar, so vollkommen elfisch aus, daß es schwerfiel, ihn anders als einen Mann ihres eigenen Volkes zu sehen. Winselnd zog der Herold sich zurück.

»Frauen werden oft eines Mannes müde«, meinte Evandar immer noch lächelnd. »Kümmere dich um deine Rebellen, und ich kümmere mich um meine. Willst du mir etwa sagen, daß du keinen Einfluß mehr auf unseren dachsschnäuzigen Freund hast?«

»Genau. Einige wenige haben meinen Hof verlassen und behauptet, sie hätten anderswo mächtigere Beschützer gefunden. Zuerst dachte ich, sie wären zu dir übergelaufen.«

»Nein, so etwas ist nicht geschehen. Die Frau, die du erwähntest, hat ebenfalls von neuen und mächtigen Freunden gesprochen.«

Einen Augenblick starrten sie einander nur an, jeder beugte sich ein wenig über den Hals des Pferdes nach vorn, und sie sahen sich gegenseitig in die Augen, als könnten sie auf eine geheime Weise die Wahrheit herausfinden. Dann grunzte der Fuchskrieger leise, lehnte sich zurück und brachte den Speer in die Vertikale.

»Das hier ist nicht die Zeit für eine Fehde zwischen uns. Ich werde dir eine Waffe gegen diesen Rebellen geben.«

»Und ich biete dir zur Entgegnung meinen Dank, aber gib die Waffe der Frau, die mit mir reitet, weil sie diejenige ist, die sie brauchen wird.«

Der Krieger drehte sich um und sah Dallandra an, als hätte er ihre Anwesenheit jetzt erst bemerkt. Dann warf er ihr mit einem weiteren Grunzen den Speer zu. Sie fing ihn mit einer Hand, überrascht über die Länge und das Gewicht: gute Eiche mit einem blattförmigem Bronzekopf, der mit Bronzebändern ans Holz gebunden war.

»Mach ihn so kurz oder lang, wie es dir gefällt«, bemerkte er, dann wandte er sich wieder seinem Bruder zu. »Leb wohl, Evandar, und laß Frieden zwischen uns herrschen, bis wir diese Angelegenheit bereinigt haben.«

»Leb wohl, Bruder, aber ich wünschte, es gäbe immer Frieden zwischen uns.«

Der Fuchskrieger lächelte nur höhnisch. Er hob die Hand, an der jeder Finger statt in einen Nagel in eine schwarze Klaue auslief, wendete sein Pferd und ritt zurück zu seiner Armee. Mit einem Brausen wie von einer Flut, die sich in einen trockenen Graben ergießt, drehten sie sich alle herum und galoppierten davon, wirbelten eine Wolke von Staub auf und schrien laut über das Klirren des Zaumzeugs hinweg. Die plötzlich eintretende Stille schien lauter zu klingen als zuvor die Schreie, und der Staub senkte sich über einem leeren Feld, dessen Gras zertrampelt und zerrissen war. Hinter Evandar sammelte sich das schimmernde Heer unter enttäuschtem Murmeln.

»Wir reiten nach Hause«, verkündete er. »Dalla, dieser Speer ist so lang, daß du ihn unmöglich ins Menschenland mitnehmen kannst.«

Er schnippte mit den Fingern in Richtung der Waffe, dann wendete er sein Pferd, um sich wieder an die Spitze seiner Armee zu setzen. Dalla spürte, wie der Speer in ihrer Hand bebte, als wäre er ein lebendiges Wesen. Er schrumpfte so schnell, daß sie ihn beinahe verloren hätte. Sie drehte ihn herum und legte ihn quer über den Sattel, hinter den Sattelknauf, aber auch dann mußte sie sich noch anstrengen, ihn festzuhalten, während er weiter schrumpfte, bis sie schließlich so etwas wie einen Dolch in der Hand hielt – ein seltsames Ding mit einer blattförmigen Bronzeklinge und einem groben Holzgriff. Als sie genauer hinsah, bemerkte sie, daß auf dem Bronzeband an der Spitze winzige Drachen eingraviert waren.

»Dalla, komm mit!« rief Evandar. »Es ist zu gefährlich hierzubleiben.«

Sie steckte den Dolch in ihren Gürtel, dann wendete sie ihr Pferd und folgte ihnen, galoppierte, um sie einzuholen, und ließ das Tier wieder in Trab fallen, während sie ihre Truppen zurück auf die Wiesen führten. Die ganze Zeit ritt sie ein kleines Stück hinter Evandar, betrachtete seinen schlanken Rücken, sein gelbes Haar, seine ganze so akkurat nachgeformte elfische Gestalt, und fragte sich, wie er wirklich aussah, wenn kein Zauber auf ihm lag.

»Sagt mir ganz ehrlich, junger Yraen«, fragte Lord Erddyr, »hat Rhodry den Verstand verloren?«

»Das würde ich nicht sagen, Herr, aber ich kenne ihn noch nicht einmal ein Jahr.«

»Ich denke nur daran, daß er dauernd Dinge sieht, die nicht

vorhanden sind. Ich meine, ich gehe davon aus, daß sie nicht vorhanden sind.« Erddyr hielt inne und begann, auf seinem dicken grauen Schnurrbart herumzukauen.

In der Welt der Menschen war die Wintersonnenwende schon seit Monaten vorbei, obwohl es immer noch einige Zeit bis zur Frühjahrs-Tagundnachtgleiche dauern würde. In dicke Umhänge gehüllt, die sie gegen die Kälte schützten, traten der Lord und sein Möchtegernsilberdolch auf den Hof von Dun Gamullyn hinaus, wo Rhodry und Yraen den vergangenen Winter als Teil des Kriegshaufens des Lords verbracht hatten. Obwohl die Sonne noch kaum aufgegangen war, waren die Dienstboten bereits geschäftig bei der Arbeit, brachten Feuerholz und Essen in die Küchenhütte oder eilten in die Ställe, um sich um die Pferde zu kümmern. Gähnend und schaudernd kletterten die Männer, die über Nacht Wache gehalten hatten, gerade von den Zinnen.

»Nun gut, wenn der Kampf beginnt, ist es gleich, wer verrückt ist oder nicht«, meinte Erddyr schließlich. »Und ich wette, es wird jetzt bald losgehen. Der Schnee ist jetzt schon ... wie lange ... zwei Wochen ... weg. Unten in den Tälern beginnt schon das Gras zu sprießen. Bald, Junge, bald. Dann werden wir sehen, ob ihr beide euch euren Winter in meiner Festung verdient habt.«

»Ich schwöre Euch, Herr, wir werden unser Bestes tun, Eure Großzügigkeit zurückzuzahlen, selbst wenn es uns unser Herzblut kostet.«

»Du bist ein gebildeter Junge. Besonders für einen Silberdolchlehrling, oder was auch immer du bist.«

Erddyr lächelte, aber er betrachtete Yraen abschätzend, und sein Blick war ein wenig zu klug, als daß Yraen ihn gern ertragen hätte. Den ganzen Winter hatte er sein Bestes getan, dem Lord aus dem Weg zu gehen, was nicht schwer gewesen war, aber hin und wieder war ihm aufgefallen, daß Erddyr ihn und Rhodry mit dieser nachdenklichen Berechnung betrachtete.

»Lehrling ist ein gutes Wort dafür, Herr. Nun, ich sollte mich lieber auf den Weg machen und Euer Lordschaft nicht von seinen Geschäften abhalten.«

Erddyr lachte.

»Das ist wirklich gut gesagt! Eine nette Art auszudrücken, daß du dich gerne zurückziehen möchtest, bevor ich unbequeme Fragen stelle. Mach dir keine Sorgen, Junge. Hier im Westen seid ihr Silberdolche wertvoll, und wir haben alle gelernt, uns nicht in eure Angelegenheiten zu mischen.«

»Ich danke Euch, Herr.«

»Obwohl … nun ja …« Erddyr zögerte einen Augenblick. »Du mußt nicht darauf antworten, aber du und Rhodry, ihr stammt aus adligem Haus, nicht wahr?«

Yraen spürte, wie seine Wangen brannten. Hier war ein anderer, der sein Geheimnis direkt durchschaute, obwohl er versucht hatte, sich wie ein ganz gewöhnlicher Mann zu benehmen.

»Was Rhodry angeht, weiß ich das nicht, Herr«, stotterte er.

»Das mußt du auch nicht.« Erddyr versetzte ihm einen freundschaftlichen Klaps auf die Schulter. »Nun, ich will dich nicht länger quälen, Junge. Hol dir dein Frühstück.«

Als Yraen und Rhodry an diesem Nachmittag zusammen auf der Seite des Kriegshaufens in der großen Halle saßen, kam ein müder Bote herein, die Kleider ganz schlammbespritzt von den Frühlingsstraßen, und kniete vor Erddyr nieder. Der ganze Kriegshaufen sah schweigend zu, wie der Lord seinen Schreiber rief, um den Brief vorlesen zu lassen, aber sie konnten über dem allgemeinen Lärm der Festung die Stimme des alten Mannes nicht gut verstehen. Schließlich wurde Renydd, der Hauptmann des Kriegshaufens, an die Seite Seiner Lordschaft gerufen und brachte die Neuigkeiten zurück zu seinen Männern.

»Unser Herr und seine Verbündeten haben Glück, Jungs. Oldadd hat Tewdyrs Sohn und seinen halben Kriegshaufen auf der Straße als Geiseln genommen, einfach aus Zufall.« Er grinste. »Damit werden unsere Herren eine Menge Geld verdienen.«

Die Männer begannen zu johlen und häuften Beleidigungen auf Namen und Abstammung von Lord Tewdyr, der für seinen Geiz berüchtigt war. Wie immer bei Blutfehden war die Situation kompliziert. Zusammen mit mehreren anderen adligen Clans schuldeten Lord Erddyr, in dessen Dienst Rhodry und Yraen standen, und sein junger Verbündeter Lord Oldadd einem gewissen Lord Comerr Treue, der aus diversen Gründen mit einem gewissen Lord Adry in Fehde stand. Die meisten dieser Gründe lagen mehrere Generationen zurück. Adry hatte selbst Verbündete, und der wichtigste davon war der bereits erwähnte Geizhals Tewdyr, der nun seinen ältesten Sohn und über zwanzig seiner Männer würde freikaufen müssen.

Lord Erddyr verbrachte den Nachmittag damit, Botschaften zu versenden. Gegen Sonnenuntergang eskortierten Lord Oldadd und sein vierzig Mann starker Kriegshaufen ihre Gefangenen in die Festung. Da die Nächte langsam wärmer wurden, brachte man die Pferde aus dem Stall und machte diesen zum Gefängnis für die Geiseln. Ausgenommen war Lord Dwyn selbst, der auf sein Ehrenwort hin eher Erddyns Gast als sein Gefangener wurde. Während des Essens an diesem Abend beobachtete Yraen die Adligen an ihrem Tisch auf der anderen Seite der großen Halle. Erddyr und Oldadd lachten und scherzten. Dwyn starrte auf seinen Teller und schaufelte das Essen in sich hinein.

»Er sollte lieber soviel essen, wie er kann«, meinte Renydd grinsend. »So etwas Gutes bekommt er zu Hause nicht.«

Als die Männer laut lachten, blickte Dwyn auf und sah sie

an. Obwohl er zu weit entfernt gewesen war, um Renydds Bemerkung verstehen zu können, hatte er zweifellos erraten, daß man ihn verspottete. Yraen teilte die Heiterkeit der anderen, dann fiel ihm plötzlich auf, daß Rhodry, der neben der Tür im Stroh saß, wieder ins Nichts starrte. Seine Augen bewegten sich, als beobachtete er ein Geschöpf von der Größe einer Katze. Gelegentlich zuckten seine Lippen, als unterdrückte er ein Lächeln. Yraen stand auf und ging zu ihm und dachte daran, ihm zu sagen, er solle aufhören. Er war verlegen, weil dieser Mann schließlich sein Freund war, und er befürchtete, dieses verrückte Verhalten würde dafür sorgen, daß sie beide aus dem Kriegshaufen geworfen wurden, noch bevor der Krieg anfing. Aber was immer Rhodry glaubte zu beobachten, schien zu verschwinden, und dann wandte der Silberdolch seine Aufmerksamkeit wieder den Männern zu. Als er bemerkte, daß Yraen in der Nähe stand, grinste er.

»Hinter dieser Welt liegt eine andere Welt, unsichtbar für die Augen der Menschen, aber nicht für die der Elfen«, sagte Rhodry. »Das ist übrigens ein Zitat aus einem Buch.«

»Selbstverständlich: Mael der Seher. Seine *Ethik*, nicht wahr?«

»Genau. Hast du es gelesen?«

»Ja. Oh. Verflucht!«

»Was ist denn?«

»Mir ist gerade etwas eingefallen, das Erddyr heute früh zu mir gesagt hat. Er fragte mich, ob ich – wir, ich meine, du und ich – ob wir von adliger Herkunft seien. Und ich weiß nicht, wie er darauf gekommen war, aber ich nehme an, ich habe mich irgendwie zu höfisch benommen. Ich sollte nicht einmal zugeben, daß ich lesen kann, oder?«

»Das kommt darauf an. Hier draußen können wenige Adlige lesen, also nehme ich an, man würde dich deshalb nur für den Sohn eines Schreibers halten.«

»Und was ist mit dir? Du zitierst aus den Büchern des Sehers, aber ich kann mir nicht vorstellen, daß du in einem Skriptorium aufgewachsen bist.«

»Nein.« Rhodry grinste. »Aber wo ich meine Jugendjahre verbracht ... oh, bei den Göttern!«

Plötzlich sprang er auf und fuhr herum, sah aus der Tür und griff unwillkürlich zum Schwert. Yraen sah sich um und stellte erleichtert fest, daß niemand es bemerkt hatte. Als Rhodry nach draußen schlich, folgte er ihm und fragte sich, ob er selbst plötzlich den Verstand verloren hatte oder tatsächlich glaubte, daß Rhodry in Gefahr war.

Draußen im Hof war es dunkel und still, abgesehen von dem Lärm, der durch die Fenster der Festung nach draußen drang. Sobald sich Yraens Augen an das matte Licht eines Sternenhimmels und des Sichelmonds gewöhnt hatten, sah er Rhodry etwa fünf Fuß entfernt stehen. Nichts und niemand bewegte sich, aber Yraen konnte das Gefühl nicht abschütteln, daß man sie beobachtete.

»Rhodry?« flüsterte Yraen, obwohl er sich fragte, wieso er versuchte, leise zu sein. »Was ist denn?«

»Still! Komm her.«

So leise er konnte, trat Yraen neben ihn.

»Da drüben«, zischte Rhodry. »Bei den Karren. Kannst du ihn sehen?«

Gehorsam schaute Yraen hin. Etwa zehn Fuß vor ihnen stand ein Holzwagen, dessen Deichsel auf den Pflastersteinen ruhte. Auf seine weiß gestrichene Seite fiel das Licht aus einem der Festungsfenster. Yraen konnte den verschwommenen Schatten entdecken, den ein Bierkrug auf dem Fensterbrett warf. In dem reflektierten Licht hätte er alles sehen können müssen, was Rhodry sah ... wenn es dort tatsächlich etwas gab.

»Nein, ich kann nichts sehen.« Dennoch flüsterte er immer

noch. »Und noch weniger könnte ich sagen, daß es ein ›er‹ ist. Was willst du …«

Er hielt inne und spürte, wie ihm kalte Angst über den Rücken lief. Obwohl er nichts Festes zwischen dem Fenster und dem Wagen sehen konnte, fiel plötzlich ein Schatten, eine deutliche Silhouette, auf den beleuchteten Fleck. Er sah aus wie ein Schatten, den ein seitlich stehender Mann wirft, bis auf den Kopf, der stumpf war und eine Art Schnauze hatte. In einer Klauentatze trug das Wesen einen Dolch, erhoben und bereit. Lautlos zog Rhodry sein Schwert und ließ die Klinge im Licht aufblitzen. Der Schatten wurde undeutlich und verzerrt, wie ein Spiegelbild auf einem stillen Teich sich plötzlich bewegt, wenn jemand einen Stein ins Wasser wirft. Yraen hätte schwören können, daß er ein leises Geräusch hörte, etwa wie das Quieken eines Tieres, dann verschwand der Schatten. Mit leisem Lachen steckte Rhodry sein Schwert wieder ein.

»Glaubst du immer noch, ich wäre verrückt?«

Zu seiner Überraschung stellte Yraen fest, daß er kein Wort herausbrachte. Er zuckte mit den Achseln und hob hilflos die Hände. »Ich bezweifle nicht, daß alle in der Festung mich für verrückt halten«, fuhr Rhodry fort. »Und weißt du was – ich wünschte, ich wäre es. Es wäre alles viel einfacher.«

Yraen nickte mit einem leisen, gurgelnden Geräusch tief in der Kehle.

»Es ist Frühling. Die Straßen sind soweit wieder in Ordnung. Warum reitest du nicht einfach nach Hause, Junge?«

»Nein.« Endlich hatte Yraen seine Stimme wiedergefunden. »Ich will diesen silbernen Dolch, und ich gebe nicht so leicht auf, wenn ich etwas will.«

»So störrisch, wie es ein Lord sein sollte, wie? Nun, wie unser Seher in seinem Buch *Über den Adel* sagt, gehört es sich nicht, daß ein Adliger beim Gedanken an unsichtbare Dinge erbebt und vor etwas davonläuft, das er nicht sehen kann, nur weil er es nicht sehen kann.«

»Ich bin im Augenblick nicht in der Stimmung für große Gedanken großer Geister, danke. Ich – warte einen Augenblick! Was war das, was du vorher zitiert hast? Nicht für die Augen von Elfen, sagte er. Ich dachte immer, Elfen wären ein dummer Witz aus einer Bardengeschichte, aber …«

»Aber was?« Rhodry grinste ihn an.

»Ach, halt den Mund, du verfaulter Pferdeapfel!«

Yraen drehte sich auf dem Absatz um und kehrte wieder in Licht und Lärm der großen Halle zurück. Zum ersten Mal in den langen Monaten, seit er Dun Deverry und den Hof seines Vaters verlassen hatte, dachte er tatsächlich daran, nach Hause zurückzukehren.

In den nächsten Tagen hielt Yraen unruhig Wache, aber er sah keine weiteren Beweise verborgener Gegenstände oder Präsenzen. Die meiste Zeit hatten er und Rhodry nichts anderes zu tun, als in der großen Halle zu sitzen und mit dem Rest des Kriegshaufens um Kupferstücke zu würfeln, während die Verhandlungen zwischen Tewdyr und Erddyr mit dem Austausch von Herolden weitergingen. Es hieß, daß Tewdyr versuchte, um ein geringeres Lösegeld zu feilschen.

»Was für ein geiziger alter Mistkerl er doch ist«, sagte Renydd eines Morgens.

»Das könnt Ihr laut sagen«, meinte Rhodry. »Aber in gewissem Sinn hat er recht. In einem Krieg ist Geld so kostbar wie Menschenleben.«

»Für einen Silberdolch sieht das wohl so aus.«

In Renydds Stimme lag solch kalte Verachtung, daß Yraen am liebsten aufgesprungen wäre und ihn herausgefordert hätte, aber Rhodry zuckte nur mit den Achseln. Später sagte er beiläufig zu Yraen, daß es eine gute Möglichkeit für einen

Silberdolch sei, seine Arbeit zu verlieren, indem er im Kriegshaufen Unruhe stifte.

Bald sollte sowohl den Männern als auch den Lords klarwerden, daß Tewdyr sie aus gutem Grund hinhielt. Am Nachmittag des nächsten Tages kam ein Reiter mit der Nachricht, daß Erddyrs Verbündete sich in Bewegung gesetzt hatten und Lord Adry belagerten. Da man von Erddyr erwartete, daß er sofort zu ihnen stieß, war er gezwungen, seine Forderungen niedriger anzusetzen, woraufhin Tewdyr endlich nachgab und den Austausch organisierte. Früh am Morgen brachten die Lords Erddyr und Oldadd mit ihren gesamten Kriegshaufen die Gefangenen an einen neutralen Ort, zu einer alten Steinbrücke über einem tiefen Bach.

Auf der anderen Seite der Brücke wartete Tewdyr mit dem Rest seines Kriegshaufens und einem weiteren Lord, der fünfundzwanzig Männer mitgebracht hatte. Die beiden Herolde ritten im Schritt auf die Mitte der Brücke und besprachen sich unter wiederholten Verbeugungen. Ein Sack Geld wechselte den Besitzer. Erddyns Herold zählte es sorgfältig, dann brachte er es zu seinem Herrn. Grinsend steckte Erddyr den Beutel ins Hemd und rief seinen Männern zu, sie sollten die Gefangenen durchlassen. Mit hocherhobenem Kopf führte Lord Dwyn seine zwanzig Mann an die Seite seines Vaters.

»Gut«, sagte Renydd. »Jetzt kann der wirkliche Spaß anfangen.«

In der Festung hatte man alle Wagen in den Hof gezogen. Wie Ameisen, die Krümel zu einem Nest bringen, eilten Diener hin und her, um sie mit Korn und anderen Dingen zu beladen. Am Morgen würden die Kriegshaufen losreiten, um sich der Belagerung von Lord Adrys Festung anzuschließen.

»Dieser Comerr hat ein paar hundert Männer bei der Belagerung«, sagte Rhodry zu Yraen. »Und wir bringen ihm noch achtzig weitere. Es heißt, daß Adry ungefähr mit neunzig

Männern eingeschlossen ist, also hängt alles davon ab, wie viele Tewdyr und seine anderen Verbündeten bringen können. Hmm – ich wette, Tewdyr wird uns einen guten Kampf liefern. Dem alten Geizkragen haben wir einen Dorn in den Arsch gerammt.«

»Hast du gesehen, wie der Herold die Münzen gezählt hat? Ich wette, Erddyr hat ihm das befohlen.«

»Ich auch. Die meisten Herolde sind höflicher.«

Rhodry schwatzte weiter, aber Yraen hörte es kaum. Nun, da es zum Krieg kommen würde, wurde ihm von dem Geheimnis, das er mit sich trug, ganz kalt. Obwohl er zu Hause in Dun Deverry so manches Turnier gewonnen hatte, obwohl all die königlichen Waffenmeister erklärt hatten, er sei einer ihrer besten Schüler, war er nie in eine wirkliche Schlacht geritten, nicht ein einziges Mal in seinem jungen Leben. Da im Herzen des Königreichs Frieden herrschte, war es auch unwahrscheinlich, daß es je dazu gekommen wäre, wenn er sich mit seiner Stellung als verwöhnter, jüngerer Sproß königlichen Bluts zufriedengegeben hätte. Genau diese Sicherheit und dieser Luxus seines Lebens waren ihm aber immer wie eine Schande vorgekommen und hatten ihn nach draußen getrieben. Bis zu diesem eisigen Augenblick in Lord Erddyrs großer Halle war ihm nie eingefallen, daß er sich vielleicht fürchten könnte, wenn die Gelegenheit zum wirklichen Schlachtenruhm endlich kam.

Dennoch schien es an diesem Abend, als verspotte ihn sein Wyrd. Erddyr mußte natürlich eine Wache in der Festung zurücklassen. Er wählte ein paar der älteren und weniger kampffähigen Männer des Kriegshaufens aus, den anderen befahl er, zu würfeln und die Götter entscheiden zu lassen. Yraen verlor. Als er nur die Zwei würfelte, starrte er den Würfel lange verblüfft und ungläubig an. Dann stieß er jeden Fluch aus, der ihm einfiel. War er dazu verurteilt, sein gesamtes

Leben hinter Mauern und in Sicherheit zu verbringen, ganz gleich, wie sehr er auch versuchte auszubrechen? Plötzlich wurde ihm klar, daß sowohl Erddyr als auch Renydd über ihn lachten.

»Niemand könnte behaupten, daß es dir an Kampfgeist fehlt, Silberdolch«, sagte Erddyr. »Aber wenn ich für dich eine Ausnahme mache, muß ich auch für andere Ausnahmen machen, und wozu soll die Würfelei dann gut sein? Du bleibst hier und bewachst die Festung!«

»Wie Euer Lordschaft befehlen«, erwiderte Yraen. »Aber ich kann wirklich nicht glauben, was für ein Pech ich habe.«

In Südpyrdon sproß bereits der Winterweizen. Fedriges Grün überzog die Felder am Fluß, auf den Dallandra stieß, als sie in der Welt der Menschen erschien. Aus der Stellung der Sonne und ihrer geringen Kenntnis des Landes schloß sie, daß der Fluß nach Nordosten in die Hügel führte. Sie hatte sich auf ihre Reise gut vorbereitet. Sie trug deverrianische Kleidung, hatte ein gutes Pferd und alles an Ausrüstung dabei, was sie gebrauchen konnte – alles von Evandars Leuten gestohlen, ein wenig in dieser, ein wenig in jener Stadt. Das einzige, was ihr Gewissen beruhigte, war Evandars Versprechen, sie würden alles zurückgeben, wenn sie erst fertig war. Auf Dallandras Vorschlag hatten sie sie ausgerüstet, als wäre sie Jill, das einzige Vorbild für eine Frau allein auf deverrianischen Straßen, das ihr eingefallen war.

Also führte sie ein Maultier, das mit Kräutern und Arzneien beladen war, und ritt nun an ordentlichen Bauernhöfen vorbei, auf denen Espen und Pappeln die ersten grünen Knospen zeigten. Hinter den Erdmauern kaute abgemagertes weißes Vieh mit rostbraunen Ohren säuerliches Heu und sehnte sich nach fetten Weiden. In einer trägen Biegung des Flusses fand sie eine kleine Stadt. Etwa fünfzig runde Holzhäuser standen um einen offenen Platz, auf dem eine Gruppe von Frauen in langen blauen Kleidern am Steinbrunnen stand und klatschte. Bevor sie Dallandra bemerkten, war sie bereits abgestiegen und fragte sich bange, ob Evandars Zauber von menschlichen Augen wirklich nicht zu durchschauen war. Wenn sie ihre eigenen Hände oder ihr Spiegelbild im Wasser betrachtete, sah sie ihre übliche elfische Gestalt; Evandar hatte ihr aber versichert, daß andere eine weißhaarige Menschenfrau sehen würden und nichts weiter.

Schließlich nahm sie ihren Mut zusammen und ging zu den Frauen.

»Guten Morgen«, sagte sie. »Gibt es in dieser Stadt eine Schenke?«

»Ja, gute Frau, direkt da drüben.« Eine junge Frau lächelte sie an. »Ich möchte ja nicht unhöflich sein, aber wie ergeht es Euch, wenn Ihr in Eurem Alter noch umherreist?«

»Ach, ich bin ein altes Huhn und zu zäh für die Suppe.«

Die Frauen lachten alle freundlich und nickten einander zu, als wünschten sie sich selbst ein langes Leben. Dallandra war nun erheblich ruhiger, was ihre Verkleidung anging, und führte ihre Tiere über den Platz zur Schenke. In einem schlammigen Hof daneben band sie Pferd und Maultier an und betrat dann den Schankraum. Hier fand sie nur den Wirt selbst, einen jungen, dunkelhaarigen Burschen mit einer großen Leinenschürze, die er über Hemd und Brigga gebunden hatte.

»Guten Morgen, gute Kräuterfrau«, sagte er. »Soll ich Euch einen Krug bringen?«

»Dunkles, und zapft Euch selbst eins und setzt Euch dazu.«

Sie trugen ihr Bier zu einem Tisch am offenen Fenster und setzten sich in die bleiche Nachmittagssonne.

»Ich dachte daran, in die Hügel hinaufzureiten, um frische Kräuter zu sammeln«, sagte Dallandra. »Aber ein Hausierer, dem ich auf der Straße begegnet bin, warnte mich vor einer Blutfehde.«

»Ach ja?« Der Wirt trank einen Schluck Bier und dachte nach. »Nun, vor etwa zwei Wochen kam hier ein Kaufmann mit frisch geschorener Wolle für den hiesigen Weber durch. Er kam aus den Hügeln östlich von hier, und er war ziemlich beunruhigt über eine Fehde auf dem Land seines Lords. Lord Adry hieß er, glaube ich. Der Wollhändler sagte, daß bei einer solchen Gelegenheit der Krieg in der ganzen Region ausbrechen könnte, wie trockener Zunder Feuer fängt.«

»Das klingt nicht gut. Aber ich suche auch jemanden, und eine Fehde würde ihn anziehen, wie Met Fliegen anzieht. Er ist ein Silberdolch, ein Mann aus Eldidd, dunkles Haar mit grauen Strähnen, blaue Augen, und er spricht, wie Leute aus Eldidd eben sprechen. Habt Ihr hier jemanden gesehen, auf den diese Beschreibung paßt?«

»Nein, aber wenn er in dieser Gegend ist, wird er sicher bei Lord Adrys Fehde zu finden sein.«

Das Problem war, daß Dallandra keine Ahnung hatte, wohin genau Rhodry geritten war. Evandar hatte nur herausfinden können, daß der Silberdolch sich irgendwo in diesem Teil Pyrdons befand, aber Dallandra konnte sich nur auf die Knochenpfeife konzentrieren, die die meiste Zeit in Rhodrys Satteltaschen lag. Daher blieb ihr nichts anderes übrig, als herumzufragen wie ein gewöhnlicher Mensch.

Nachdem sie die kleine Stadt verlassen hatte, überquerte sie den Fluß auf einer wackeligen Holzbrücke und ritt nach Osten in die Hügel und damit auf Lord Adrys gefährliche Fehde zu. An diesem Abend schlug sie ihr Lager auf einer Wiese an einem kleinen Bach auf, wo sie Pferd und Maultier tränken konnte und zum Grasen anpflockte. In einem Bauernhaus in der Nähe kaufte sie einen halben Laib Brot und einen Armvoll Holz für ein Lagerfeuer. Nachdem es dunkel geworden war, rief sie das Wildvolk des Feuers herbei und zündete die Scheite mit einer Geste an.

Dallandra beschwor ein Gedankenbild der Knochenpfeife herauf, konzentrierte sich darauf und entsandte ihren Geist durch die inneren Lande, um die Spur aufzunehmen. Sie hatte Glück. Ganz plötzlich sah sie in einem Wirbel von Flammen nicht eine Erinnerung, sondern tatsächlich eine Vision der Pfeife, die in Rhodrys Händen lag. Er zeigte sie einem Kreis von Männern, die um ein Lagerfeuer standen. Als sie Rhodrys Augen einsetzte, um ihre Vision zu erweitern, erkannte sie, daß das Lagerfeuer nur eines von vielen war, die über eine Wiese verteilt waren, auf der sich Soldaten und Pferde drängten, ungefähr in Form eines großen Kreises. In der Mitte dieses Kreises konnte sie die dunkle Erhebung einer Festung mit Turm erkennen. Rhodry hatte tatsächlich jemand gefunden, der Söldner brauchte, und schien zu einer Belagerungsarmee zu gehören. Leider hatte Dallandra immer noch keine Ahnung, wo er sich befinden könnte. Sie wußte nur, daß es eine Wiese in hügligem Land war – eine Beschreibung, die auf Hunderte von Orten zutraf.

Gereizt brach sie die Vision ab und begann, vor dem heruntergebrannten Feuer auf und ab zu gehen. Bis jetzt war der unklare Bericht des Wirts über Lord Adrys Fehde der einzige Hinweis, den sie hatte, aber wenn tatsächlich alle Lords dieser Gegend in die Fehde hineingezogen worden waren, konnte Rhodry für jeden von ihnen reiten. Zumindest wird er bei der Belagerung an einer Stelle bleiben, dachte sie, und bei den Göttern sowohl meines Volkes als auch der Menschen, jeder im Umkreis von Meilen wird darüber reden!

Während Lord Erddyr seine Männer in den Kampf führte, übernahm seine Frau den Befehl über Festung und Festungswache. Lady Melynda, eine untersetzte Frau, war so grauhaarig wie ihr Mann und hatte humorvolle blaue Augen. Immer wenn sie lächelte, kniff sie die Lippen fest zusammen, was sie hochmütig erscheinen ließ. Aber als Yraen sie besser kennenlernte, bemerkte er, daß Melynda einfach ein paar Schneidezähne fehlten und sie das nicht zeigen wollte. Am Abend saß die Lady zusammen mit ihren beiden Hofdamen am Ehrentisch. Auf der anderen Seite der großen Halle saßen die Männer der Festungswache still und versuchten, sich wegen der Anwesenheit der Damen möglichst gut zu benehmen. Die Tage vergingen so langsam und lautlos, wie Wasser in einem breiten Fluß strömt. Die Männer hielten abwechselnd Wache auf den Mauern und bewegten ihre Pferde, indem sie rund um die Festung ritten. Hin und wieder ritten sie auch zur Abwechslung eine Viertelmeile die Hauptstraße entlang und galoppierten dann zurück.

Nach drei Tagen kam der erste Bote und berichtete Lady Melynda, daß die Belagerung ruhig verlief, und verließ die Festung am selben Abend wieder auf einem frischen Pferd. Die Lady begann eine kunstvolle Stickerei – ein paar Bettvorhänge, bedeckt mit ineinander verwobenen Ranken und dem roten Rosenwappen des Clans ihres Mannes. Am Ehrentisch maßen sie und ihre Frauen die großen Leinenstücke schweigend aus und stickten verbissen und stetig stundenlang daran. Yraen mußte beschämt an seine Mutter denken und an ihre eigenen Stickereien, die denen Lady Melyndas so ähnelten und die ihr immer geholfen hatten, Kummer und Enttäuschung zu vergessen. Vermutlich hatte auch sie einen neuen Bettvorhang oder so etwas begonnen, als der Kämmerer ihr berichtet hatte, daß ihr Sohn verschwunden war.

Am fünften Tag kam Rhodry als Bote Lord Erddyrs zur Festung zurück. Er war so sauber und gut rasiert, daß Yraen und alle anderen schon sehen konnten, daß die Belagerung ohne Zwischenfälle weiterging. Während er hastig an einem

Reitertisch etwas aß, drängte sich die Festungswache um ihn und fragte nach Neuigkeiten. Es gab keine.

»Belagerungen sind immer langweilig«, meinte Rhodry. »Ich frage mich, was aus dem alten Tewdyr und seinem Jungen geworden ist?«

»Die sind wahrscheinlich damit beschäftigt, Verbündete zu sammeln.« Yraen hoffte, etwas Kluges gesagt zu haben. »Hat Erddyr denn keine Spione?«

»Vielleicht schon, aber so etwas erzählt mir niemand.«

Die Männer seufzten zustimmend.

Nachdem er fertig gegessen hatte, ging Yraen mit Rhodry zum Tor und verabschiedete ihn dort, nur um etwas zu tun zu haben. Rhodry wollte gerade in den Sattel steigen, dann zögerte er und fuhr mit der Hand über die Satteltasche.

»Ich dachte daran, die hier bei dir zu lassen«, meinte Rhodry.

»Hmm? Wirst du denn nicht – Ihr Götter, die Pfeife.«

»Genau. Es ist ziemlich lästig, jeden Augenblick nach Dieben Ausschau halten zu müssen, und wir hocken eng gedrängt in diesem Lager, wo jeder jedes Wort hören kann. Ich kann das Ungeheuer nicht einmal verfluchen, wenn ich es herumstöbern sehe. Aber ich will dir auch nichts hierlassen, das dir Unglück bringt.«

»Woher werden diese, äh, Geschöpfe wissen, daß ich das elende Ding habe?«

»Das weiß ich nicht, aber ich setze dich ungern der Gefahr aus.«

»Ich bezweifle, daß ich in Gefahr sein werde. Wenn ich schon dein Lehrling bin, dann gehört es auch zu meinen Aufgaben, auf deine Sachen aufzupassen.«

»Also gut.« Rhodry begann, die Taschen vom Sattelknauf abzuschnallen. »Bist du sicher?«

»Ja.«

Rhodry reichte ihm die Satteltaschen, dann stieg er auf und

ritt los. Yraen kletterte auf die Mauer und sah ihm nach, wie er ins Zwielicht davonritt. Verflucht sei dieses Pech! dachte er wieder. Wenn es eine Schlacht gibt, werde ich sie verpassen. Das schlimmste daran war, daß er sich fragte, ob er nicht tief im Herzen sogar froh darüber war. Er nahm an, er hatte die Pfeife genommen, um zumindest ein wenig der Gefahr mit ihm zu teilen.

»Oh, die Situation ist wirklich schwierig, Dallandra«, sagte Timryc, der Wundarzt. »Es scheint, daß jeder Lord im Hügelland sich bewaffnet hat, und Ihr werdet es nicht einfach haben, Euren Silberdolch zu finden.«

»So sieht es aus. Andererseits werde ich zweifellos genug Gelegenheit bekommen, meine Kräuter anzuwenden.«

Timryc, ein kleiner verhutzelter Mann mit Haut von der Farbe einer Walnuß, nickte bedrückt. Drwmyc, Gwerbret Dun Trebyc und kraft des ihm von König und Wahlrat verliehenen Amtes Herr der Hügel von Pyrdon, war derjenige, dem er als oberster Arzt diente – eine Stellung, die ihn alles über die Angelegenheiten des Gwerbretrhyn erfahren ließ. Die exotischen Kräuter aus Bardek, die Dallandra dabeihatte (gestohlen von Priestern, die reich genug waren, sie entbehren zu können – das hatte Evandar ihr zumindest versichert), hatten sie direkt zu ihm gebracht und ihr die Gunst dieses wichtigen Mannes eingebracht. Nachdem er so viele von ihren Kräutern gekauft hatte, wie sie abgeben konnte, hatte der Arzt sie eingeladen, mit ihm zu essen – zweifellos auch aus Mitgefühl für ihr scheinbar fortgeschrittenes Alter.

»Der Krieg begann wegen ein paar Rindern«, fuhr Timryc fort. »Aber jetzt steht ein wenig mehr auf dem Spiel. Wißt Ihr, Seine Gnaden Drwmyc hat vor, weit oben in den Hügeln ein Tierynrhyn zu schaffen. Ich wette, die örtlichen Lords wollen herausfinden, wer von ihnen der Ehre würdig ist.«

»Aha. Und daher wird Seine Gnaden sich zweifellos nicht gleich einmischen.«

»Nicht, ehe sich jemand direkt an ihn wendet, was unwahrscheinlich ist. Immerhin möchte er einen Tieryn ernennen, der den Respekt seiner Vasallen hat.« Timryc nahm ein Messer mit Knochengriff, das auf dem Tisch lag, und betrachtete nachdenklich die feine Stahlklinge. »Selbstverständlich, wenn alles außer Rand und Band gerät und zu viele freie Bauern und ihre Höfe bedroht sind, wird der Gwerbret etwas unternehmen. Das wissen zweifellos auch die Lords, die in die Fehde verwickelt sind.«

»Hoffen wir es. Also ein förmlicher kleiner Krieg.«

»So sollte es sein.« Timryc legte das Skalpell wieder hin. »Wenn nicht, wird Seine Gnaden ihn beenden. Aber ich bin froh, daß Ihr vorbeigekommen seid und mir dieses Opium verkauft habt.«

Dallandra sah sich zerstreut in Timrycs kleinem Zimmer um. Hier, umgeben von Eichentäfelung und schönen Wandbehängen, fiel es ihr schwer, an Kriege zu denken, besonders an jene der Adligen, die nach Regeln ausgefochten wurden, die so eindeutig waren wie bei Turnieren, mit der einzigen Ausnahme, daß der Tod hier in Kauf genommen wurde.

»Die neueste Neuigkeit ist, daß Lord Adrys Festung unter Belagerung steht«, fuhr Timryc fort. »Ein gewisser Lord Erddyr leitet die Gruppe, die versucht, Adrys Verbündete davon abzuhalten, die Belagerung zu beenden. Wenn Ihr darauf besteht, in diese Gegend zu reiten, solltet Ihr vorsichtig sein. Es wird auf dem Weg dorthin sicher Scharmützel geben.«

»Wo befindet sich diese Festung denn genau? Ich bin Euch wirklich dankbar für diese Information.«

»Oh, keine Ursache. Ich werde Euch etwas noch Wertvolleres anbieten – einen Brief, der Euch sicheres Geleit verschafft.

Selbst der dümmste Reiter kann das Siegel des Gwerbret erkennen.«

Später an diesem Abend kehrte Dallandra in ihr Zimmer im Gasthof zurück und hatte den Geleitbrief und eine Karte, auf der der Weg zu Lord Adrys Festung eingezeichnet war, ins Hemd gesteckt. Da der Abend zu warm war für ein Feuer, benutzte sie die tanzenden Reflexionen einer Kerzenflamme in einem Eimer Wasser, um das Zweite Gesicht einzusetzen, aber sie sah nichts als störrische Dunkelheit, die ihr sagte, daß sich die Knochenpfeife in Rhodrys Satteltasche befand. In gewisser Weise war sie erleichtert, versagt zu haben, weil die Anstrengungen des Tages sie erschöpft hatten. Vom Reiten brannten ihr sämtliche Muskeln in Rücken und Beinen, und sie hatte das Gefühl, ganz und gar aus Blei zu bestehen. Es war lange her, seit sie zum letzten Mal ihren physischen Körper bewohnt hatte. In dieser Nacht träumte sie, daß sie mit Evandar im sonnigen Gras lag, in diesem Land, wo Leben Unbeschwertheit und Dweomer bedeutete, aber sie erwachte mit Tränen in den Augen zwischen schmutzigen Gasthauswänden.

Rhodry war den größten Teil der Nacht unterwegs und machte nur für ein paar Stunden Schlaf Station in der Festung von Lord Degedd, einem von Erddyrs Verbündeten, aß dort etwas und holte sich sein eigenes Pferd wieder ab, das er auf dem Hinritt gegen ein frisches Tier eingetauscht hatte. Etwa eine Stunde nach Sonnenaufgang machte er sich zur letzten Etappe seiner Reise auf. Als Vorsichtsmaßnahme ritt er in vollständiger Rüstung und mit dem Schild am linken Arm. Nachdem er das bebaute Land verlassen hatte, war er vollkommen allein und kam durch niedrige, mit Gebüsch bedeckte Hügel, wo in jedem winzigen Tal Feinde im Hinterhalt liegen konnten. Nach so vielen Jahren des Friedens im Grasland fand er die drohende

Gefahr auf angenehme Art beunruhigend, wie wenn man eine schöne Frau vorbeigehen sieht.

Gegen Mittag erreichte er die ersten gepflügten Felder von Adrys Ländereien, wo sich verängstigte Bauern auf ihre Hakken lehnten, um ihn anzustarren, als er vorbeiritt. Rhodry dachte eigentlich nur daran, wo er etwas zu essen herbekommen könnte, als er den letzten Hügel hinaufritt und das Geräusch hörte. Aus der Entfernung klang es nur wie ein Sturmwind in den Bäumen, aber sein Pferd warf den Kopf hoch und schnaubte nervös.

»Aha, mein Freund«, murmelte Rhodry. »Glaubst du, daß Lord Tewdyr hier auf uns wartet?«

Leise vor sich hin lachend, zog Rhodry den Speer und trabte zur Hügelkuppe hinauf. Das Geräusch wurde lauter und lauter und mündete schließlich in das Klirren von Schwertern auf Schilden und das Wiehern verängstigter Pferde. Auf der Hügelkuppe hielt Rhodry inne und schaute in das flache Tal, wo die Schlacht rund um die Festung tobte – eine wirbelnde, schreiende Masse von Menschen und Pferden. Auf der linken Seite standen die weißen Zelte der Belagerer, aber noch während Rhodry zusah, brach in ihnen Feuer aus. Schwarze Rauchwolken stiegen auf und vermischten sich mit dem Staub.

Rhodry stieß einen Kriegsschrei aus, spornte sein Pferd zum Galopp an und raste den Hügel hinab. Am Rand der Kämpfe, wo es noch Platz zum Manövrieren gab, waren kleine Einzelkämpfe entstanden. Rhodry warf einen seiner Speere auf einen unbekannten Rücken, zog und warf den nächsten, dann ritt er weiter, umkreiste das Feld und zückte das Schwert. In dem Rauch und Staub war es schwer, Freund von Feind zu unterscheiden. Endlich sah er zwei Männer, die einen dritten bedrängten, der auf einem Grauen saß. Als Rhodry hinüberritt, hörte er den einzelnen Reiter Erddyrs Namen rufen. Er spornte sein Pferd an und griff an. Er schlug auf einen Gegner ein, schrie Erddyrs Namen, um den Mann zu warnen, den er zu retten versuchte, dann schlug er nach dem Pferd eines Feindes. Schrill wiehernd bäumte sich das Tier auf, und als es die Füße wieder auf den Boden setzte, schlug Rhodry nach dem Reiter. Der riß seinen Schild hoch, um sich zu schützen. Rhodry trieb sein bebendes Pferd vorwärts und legte sein ganzes Gewicht in den Schwertstreich. Die Klinge durchdrang die Rüstung des Feindes und tötete ihn, während das Pferd in die Knie ging.

Mit einem heftigen Ruck riß Rhodry das Schwert heraus und wendete sein Pferd, aber der zweite Feind lag bereits am Boden, während sein Reittier davonrannte. Mit einem freundlichen Zuruf kam der Mann auf dem Grauen neben ihn – Renydd, der heftig nach Luft schnappte und vom Rauch in der Luft husten mußte.

»Du kommst gerade rechtzeitig, Silberdolch. Vielen Dank.«

»Bleibt bei mir, ja? Ich kann einen dieser Dreckskerle nicht vom anderen unterscheiden.«

Renydd nickte und schnappte weiter nach Luft. Sein Pferd schwitzte so, daß ihm grauer Schaum über den Hals lief.

»Ich muß dich um Verzeihung bitten, Silberdolch«, sagte Renydd. »Ich habe dich nicht sonderlich gut behandelt.«

»Macht Euch deshalb keine Sorgen. Wir haben im Augenblick keine Zeit für die Feinheiten der Höflichkeit.«

Draußen auf dem Feld lösten sich drei Männer aus der Masse der Kämpfenden und kamen direkt auf sie zu. Als Rhodry Erddyrs Namen rief, schrien sie als Antwort zurück: »Für Lord Adry!« Der Name klang wie ein schlechtes Omen. Wenn es den Männern aus der Festung gelungen war, sich bis zum Rand durchzukämpfen, dann waren die Belagerer dabei, die Schlacht zu verlieren. Mit lautem Berserkerlachen riß Rhodry den Schild hoch und griff sie an. Er schlitzte dem einen Reiter den Oberschenkel bis auf den Knochen auf, worauf dieser sein

Pferd herumriß und davonritt. Rhodry stürzte sich auf einen Mann in Schwarz. Der Feind fuhr mit einer geschmeidigen Bewegung zu ihm herum und schlug von der Seite zu. Rhodry fing den Streich mit seinem Schild ab, beugte sich vor, schob den Schild damit zur Seite und öffnete seine Verteidigung. Als er zustach, drehte sich sein Feind zurück, aber Blut floß ihm bereits aus der Seite. Wieder hörte Rhodry sich selbst lachen – dieses kalte Berserkerheulen. Der Feind riß sich los und schlug zu. Schwert klirrte gegen Schwert, als Rhodry gerade noch rechtzeitig parierte. Er war kaum in der Lage, das rauchfleckige Gesicht seines Feindes zu erkennen, in dem sich blaue Augen vor Schmerz halb schlossen, als er auf Rhodrys Pferd einschlug.

Das Pferd wich zu spät aus, und der Schlag traf es an der Seite des Kopfes. Taumelnd versuchte es, sich aufzubäumen, stolperte dann, stieß gegen den Rappen des Feindes und warf Rhodry beinahe in den Schoß des Mannes. Rhodry riß seinen Schild hoch und stach zu, als er spürte, daß das Pferd unter ihm zusammensackte. Mit einem Aufschrei wich der Feind von einem Schlag des Schildbeschlags gegen sein Gesicht zurück, und das Blut lief ihm wie ein Vorhang über die Augen. Als Rhodry abermals zustach, verfehlte er und traf den Rappen. Das Tier bockte und wand sich, warf seinen geblendeten Reiter ab und riß sich los, um davonzulaufen. Jetzt brach auch Rhodrys Pferd in die Knie. Rhodry warf den Schild weg, um sich nicht den Arm zu brechen, und fiel auf seinen Feind. Er hörte Hufschlag und riß gerade noch rechtzeitig die Arme über den Kopf, als ein Pferd über ihn und den anderen Mann hinwegsprang. Taumelnd kam er auf die Beine und packte den Verwundeten an der Schulter.

»Ihr müßt aufstehen«, schrie Rhodry. Sein ehemaliger Feind klammerte sich wie ein Kind an ihn. Das Schwert in der einen Hand, den anderen Arm um die Taille des Mannes geschlungen, taumelte Rhodry auf eine offene Fläche hinter dem Schlachtfeld zu. Er hatte keine Ahnung, wieso er versuchte, den Mann zu retten, den er gerade noch hatte töten wollen, aber er wußte, es hatte irgendwie damit zu tun, daß sie beide vom Pferd gefallen und nun auf dem Schlachtfeld so verwundbar wie Grashalme waren. Als sie ein kleines Gehölz erreichten, schob Rhodry den blinden Mann nach unten und sagte ihm, er solle dort bleiben, dann rannte er zurück in die Schlacht. Er mußte ein anderes Pferd finden. Plötzlich hörte er Silberhörner, deren Töne durch das Geschrei drangen: Jemand blies zum Rückzug. Er wußte nicht, wer. Das Schwert in der Hand, schnappte er erschöpft nach Luft und versuchte, durch den Rauch etwas zu erkennen. Ein Reiter auf einem Grauen kam direkt auf ihn zu: Renydd.

»Wir sind erledigt!« schrie Renydd. »Steig hinter mir auf.«

Als Rhodry aufsaß, spornte Renydd den Grauen an, aber dem Tier gelang nur ein ungeschickter Trab, und es stolperte schwitzend und schäumend über das offene Feld. Die Hörner drangen durch den Rauch wie das Krächzen von Raben. Als Rhodry husten mußte, drehte er sich um und sah, daß das Feuer das Gras um die Zelte erfaßt hatte und auf sie zubrannte. Rechts von ihnen ging eine Pappel in Flammen auf.

»Bei den Höllen!« fauchte Renydd. »Ich hoffe, es erreicht die Festung des Bastards und brennt sie nieder!«

Als sie auf die Straße zutrabten, gesellten sich drei von Comerrs Männern auf müden Pferden zu ihnen. Fluchend schlugen sie mit den flachen Seiten der Schwerter auf die Tiere ein und ritten vor dem Rauch davon, als schlüge er mit Krallen nach ihnen. Vor ihnen sahen sie, daß sich ein paar versprengte Krieger um einen Lord mit einem Schild mit Goldrand gesammelt hatten.

»Erddyr, den Göttern sei Dank«, sagte Renydd. »Herr! Lord Erddyr!«

»Komm hier rüber, Junge«, schrie Erddyr. »Wir haben ein Pferd für den Mann hinter dir.«

Rhodry stieg auf einen Fuchs mit einem blutenden Kratzer am Hals. Als sich die Truppe von etwa fünfzig Männern, von denen einige verwundet waren, langsam zur Festung eines anderen Verbündeten, Lord Degedd, zurückzog, stieß Lord Comerr mit etwa hundert Männern zu ihnen. Einer nach dem anderen holten weitere Krieger sie ein. Oben auf dem Hügel befahlen die Herren einen Halt, um die Pferde ausruhen zu lassen. Als Rhodry zurückblickte, sah er kein Anzeichen einer Verfolgung. In der Ferne wurde der Rauch langsam dünner.

Bei Sonnenuntergang erreichten sie Degedds Festung und drängten sich in den Hof – blutende Pferde, blutende Männer, stinkend nach Schweiß und Rauch und von Scham gequält. Lord Degedd rief Befehle und drängte sich durch die Menge, das gebrochene linke Handgelenk mit der Rechten umklammernd. Rhodry und Renydd holten einen Verwundeten aus dem Sattel, bevor er das Bewußtsein verlor und sich den Schädel auf den Pflastersteinen brach. Sie trugen ihn in die Halle, wo Degedds Frau und ihre Dienerinnen hektisch damit beschäftigt waren, sich um die Verwundeten zu kümmern. In der Halle wimmelte es so von Männern und Dienern, daß es schwer war, einen Platz zu finden, wo sie ihre Last ablegen konnten.

»Drüben an der Feuerstelle«, sagte Renydd.

Rhodry fluchte, und sie drängten sich durch, bis sie den Mann schließlich in einer Reihe anderer Verwundeter auf dem Boden niederlegen konnten, dann machten sie sich wieder auf den Weg nach draußen, um andere zu holen, die getragen werden mußten. Nachdem die Verwundeten erst einmal alle in der Halle waren, mußten sie sich um die Pferde kümmern. Degedds kleine Festung war von einer Wand zur anderen mit den Resten der Armee seiner Verbündeten gefüllt. Sie waren aus der Schlacht entkommen, aber der Krieg war noch nicht vorüber. Als Rhodry und Renydd in die große Halle zurückkehrten, wurde Rhodry vor Erschöpfung schwindlig. Sie bekamen ein paar Stücke Brot und etwas kaltes Fleisch von einem Diener, dann setzten sie sich auf den Boden und aßen schweigend.

An der Ehrenfeuerstelle arbeiteten die Frauen immer noch. Lord Degedd, dessen Handgelenk nun geschient war, saß mit den anderen Adligen – Erddyr, Oldadd und Comerr – auf dem Boden, und sie unterhielten sich eindringlich. Obwohl die Halle von Männern gefüllt war, war es seltsam still. Als Renydd fertig gegessen hatte, lehnte er sich gegen die Wand und schlief ein. Die meisten Männer taten dasselbe, an die Wand gelehnt oder auf dem Boden zusammengerollt. Die Adligen steckten derweil die Köpfe zusammen und redeten weiter. Rhodry glaubte, von seinem Sturz zu viel Schmerzen zu haben, um gleich einschlafen zu können, aber er war auch zu erschöpft, um auf den Beinen zu bleiben. Er war jetzt schon einen ganzen Tag wach und zu Pferd gewesen.

Als er sich neben Renydd setzte, regte sich der Hauptmann, sah ihn aus verquollenen Augen an und lehnte sich dann an seine Schulter. Rhodry legte den Arm um ihn, um des einfachen menschlichen Trostes willen. Plötzlich holte seine Müdigkeit ihn ein. Sein letzter bewußter Gedanke war, daß sie heute abend alle beschämte Männer waren, nicht nur er.

Er erwachte plötzlich von Lord Erddyrs Stimme. Mit einem Grunzen richtete sich Renydd neben ihm auf. Erddyr stand in der Mitte der Halle und brüllte die Männer an, sie sollten aufwachen und ihm zuhören. Seufzend und fluchend erwachte der müde Kriegshaufen, und alle wandten sich ihren Lords zu.

»Hört zu, Jungs«, sagte Erddyr. »Ich werde etwas sehr Schweres von euch verlangen, aber es muß sein. Wir können nicht wie Ratten in einer Falle hier sitzenbleiben. Wir lassen die Verwundeten zurück und reiten zu meiner Festung.«

Ein leises, erschöpftes Seufzen erklang.

»Ich weiß, wie ihr euch fühlt«, fuhr Erddyr fort. »Bei den warzigen Eiern des Höllenfürsten, glaubt ihr denn, ich würde nicht auch lieber in meinen Decken liegen statt auf dem Pferderücken sitzen? Aber wenn wir hierbleiben, haben uns diese Mistkerle, wo sie uns wollen. Degedd hat nicht genug Vorräte, um eine Belagerung zu überstehen. Wir brauchen Zeit, um unsere Männer zu holen, die wir als Festungswache zurückgelassen haben, und dann können wir die Dreckskerle wieder angreifen. Habt ihr das alle verstanden? Wenn wir hierbleiben, verlieren wir den Krieg und jeden Fetzen von Ehre, den wir je hatten. Kommt ihr also mit mir oder nicht?«

Die Männer jubelten, so laut sie konnten, rafften sich mühsam auf und nahmen Schilde und Ausrüstung vom Boden.

»Spart euch euren Atem«, rief Erddyr. »Laßt uns reiten!«

Ein paar Stunden vor Einbruch der Morgendämmerung ging Yraen auf Wache. Gähnend und aus Gewohnheit fluchend, kletterte er auf die Mauer und nahm seinen Platz neben Geddryc, dem Hauptmann der Festungswache, ein, der ihn mit einem Nicken begrüßte. Zusammen lehnten sie sich auf die Zinnen und spähten in die Hügel hinaus, die dunkel im Mondlicht lagen. Einige Zeit später, als gerade der Mond unterging, sah Yraen etwas noch Dunkleres über das dunkle Land ziehen und eine Art Wolke darüber – wahrscheinlich Staub.

»Wer ist das?« fragte Geddryc. »Sag mir, daß es nicht unsere Lords sind! Ihr Götter!«

Innerhalb kürzester Zeit löste sich der dunkle Fleck in eine lange Linie von Reitern auf, und etwas an der zusammengesackten Art, wie sie saßen, und am Hinken und Stolpern der Pferde verriet deutlich genug, was passiert war.

»Eine Niederlage«, sagte Geddryc. »Lauf und weck alle in der Festung, Junge.«

Als Yraen die Leiter hinabkletterte, wurde ihm ganz elend, weil er sich fragte, ob Rhodry noch am Leben war. Irgendwie war ihm vor diesem Augenblick noch nicht bewußt geworden, daß einer seiner Freunde in diesem Krieg sterben könnte. Er rannte zu den Unterkünften über dem Stall, weckte den Rest der Wache und lief dann in die große Halle und die Küchenhütte, um die Diener zu wecken. Als er wieder auf den Hof hinauskam, hörte er die Männer auf der Mauer rufen.

»Ja, es ist Lord Erddyr! Öffnet die Tore!«

Die Diener stürzten in den Hof hinaus, um der Wache zu helfen, die schweren, eisenbeschlagenen Tore zu öffnen. Fakkellicht flackerte im Hof auf, als die Armee hineinritt. Die Pferde taumelten blind auf die Zuflucht zu. Mit einem schwarzen Umhang über dem Nachthemd kam Lady Melynda aus dem Broch gerannt, als Lord Erddyr abstieg und einem Stallburschen die Zügel zuwarf.

»Dein Mann ist besiegt und entehrt zurückgekehrt«, sagte Erddyr. »Aber der Krieg ist noch nicht vorbei.«

»Dann ist es gut, Herr«, sagte Melynda ruhig. »Wo sind die Verwundeten?«

»Die haben wir in Degedds Festung gelassen. Sagt den Dienern, sie sollen den Männern etwas zu essen geben.«

Yraen fand Rhodry am Tor. Er war abgestiegen, um sein Pferd hineinzuführen und dem Tier für die letzten paar Schritte sein Gewicht zu ersparen. Als Yraen ihn am Arm packte, konnte der Silberdolch ihn nur blind und wie betrunken anlächeln.

»Ich kümmere mich um das Pferd«, sagte Yraen. »Hol dir etwas zu essen.«

Nachdem er das Pferd versorgt hatte, ging Yraen zurück in die große Halle, die inzwischen voller Männer war – einige aßen noch, die meisten schliefen schon. Am Ehrentisch saßen die Adligen schweigend, während Lady Melynda sie verängstigt betrachtete. Yraen suchte sich seinen Weg durch die Schlafenden und setzte sich zu Rhodry, der mit Renydd an der Wand hockte und langsam ein Stück Brot aß, als wäre selbst diese Anstrengung zuviel für ihn.

»Warum habt ihr verloren?« fragte Yraen Rhodry.

»Was für ein Trost mein Freund doch ist«, meinte Rhodry. »Von ihm hört man keine Ausreden und keine Prahlerei, um die Schande eines Mannes zu verringern, sondern nur die unangenehme Wahrheit.« Er hielt inne und gähnte. »Wir haben verloren, weil die anderen in der Überzahl waren, das ist alles.«

»Also gut. Ich bin verdammt froh, daß du noch lebst, du Mistkerl.«

Rhodry grinste und lehnte sich an die Wand.

»Wir haben uns auf dem Feld hervorragend geschlagen«, sagte Rhodry. »Renydd und ich haben jeder etwa siebzig Männer getötet, aber es waren Tausende, die uns angriffen.«

»Pferdedreck«, sagte Renydd mit vollem Mund.

»Kein Pferdedreck.« Rhodry gähnte gewaltig. »Es gab Flüsse von Blut auf dem Feld, und die Leichen stapelten sich hoch wie Berge. Nie wieder wird dieses Gras grün wachsen, es wird scharlachrot sein, vor Kummer um dieses Gemetzel.«

Yraen beugte sich vor und packte Rhodry am Arm: Ihm wurde langsam klar, was es bedeutete, wenn sein Freund so vor sich hin schwatzte.

»Und das Schwertklirren war wie Donnergrollen«, fuhr Rhodry fort. »Wir flogen auf sie zu wie Raben, und niemand konnte uns standhalten. Wir haben sie zertrampelt wie Gras ...«

»Das reicht jetzt!« Yraen schüttelte den Arm fest. »Rhodry,

halt den Mund! Du hast von der Niederlage beinahe den Verstand verloren.«

Rhodry starrte ihn an, und er hatte Tränen in den Augen.

»Es tut mir leid«, sagte Rhodry. »Du hast recht.«

Er rollte sich wie ein Hund im Stroh zusammen und schlief auf der Stelle ein, ohne auch nur noch einmal zu gähnen.

Den ganzen Tag schliefen die Männer, wo immer sie in der Festung Platz finden konnten. Bevor Erddyr selbst ins Bett ging, schickte er die Männer der Festungswache mit Botschaften zu den Festungen seiner Alliierten, damit die dortigen Wachen sich ihren Lords anschlossen. Andere Männer ritten als Späher aus und hielten Ausschau nach Adrys Armee. Die Diener gingen die Vorräte durch. Die Armee hatte all ihre Wagen, Decken, Lebensmittel und vor allem die zusätzlichen Waffen verloren. Alles Suchen der Welt konnte nicht mehr als zwanzig Wurfspeere für die gesamte Armee zutage fördern. Yraen hatte noch zwei, die er von zu Hause mitgebracht hatte, aber einen davon gab er Rhodry.

»Hier ist auch deine Satteltasche«, sagte Yraen. »Ich hatte keinen Ärger damit.«

»Gut. Dann würde ich sagen, daß unser Feind die Pfeife nicht mit Dweomer verfolgen kann, aber wenn das stimmt, wie hat er dann herausgefunden, daß ich das häßliche Ding überhaupt besitze?«

»Nun, gab es jemanden, der ihm das sagen konnte?«

Rhodry fluchte leise.

»Ja, und ich wette, es war unsere reizende Alshandra.«

Yraen hätte gern noch mehr über dieses geheimnisvolle Wesen erfahren, aber ein paar andere Männer kamen auf sie zu, um über die neuesten Gerüchte zu sprechen.

Am Nachmittag unterhielt sich Yraen mit Lady Melynda, die tapfer ihr schmallippiges Lächeln lächelte und davon sprach, daß ihr Mann am Ende siegen würde. Es sah so aus, als hätte allein Comerr noch dreißig Männer in seiner Festung, gar nicht zu reden von den anderen Verbündeten.

»Wenn wir sie alle zusammenziehen, sagt mein Mann, sind wir dem Feind zahlenmäßig überlegen. Er hat erzählt, daß Adry und Tewdyr bei der Belagerung bereits jeden ihrer Männer ins Feld geführt haben.« Dann verschwand ihr strahlendes Lächeln abrupt. »Ich frage mich, ob das stimmt oder ob er nur versucht, mich zu schonen?«

»Es ist vermutlich wahr, Herrin, denn die schlimmsten Nachrichten kennen wir ja bereits. Nun ist es wichtig, ob die restlichen Männer rechtzeitig herkommen können. Rhodry sagt, das sei das Schwierigste.«

»Ja.« Melynda schwieg längere Zeit. »Ich werde meinem Mann gut zureden, einen Boten zum Gwerbret zu schicken und es Seiner Gnaden zu überlassen, die ganze Angelegenheit in einem Malover zu regeln.«

»Glaubt Ihr, daß er das tun wird?«

Melynda schüttelte den Kopf und starrte zu Boden.

»Nicht, solange ihn diese Niederlage quält. Er wäre zu beschämt.« Nach dem Gespräch mit der Lady stieg Yraen auf die Mauer und schaute auf die stillen Hügel hinab. Irgendwo da draußen war die feindliche Armee, kam vielleicht schon auf sie zu, vielleicht leckten sie auch noch ihre Wunden. Er fragte sich, ob Erddyr sich belagern ließ oder sofort einen Ausfall riskieren würde, sobald Adry vor seinem Tor erschien. Aber am Ende beschlossen die Lords, die Festung so bald wie möglich zu verlassen und übers Land zu ziehen, um ihre Verbündeten zusammenzuziehen, statt sich hier in der Falle erwischen zu lassen. Eine Festung mit einer Armee darin war eine Belagerung wert, aber es war unwahrscheinlich, daß Tewdyr und Adry versuchen würden, eine leere Festung zu erobern, weil sie dadurch selbst zu verwundbar wären. In jedem Krieg gab es einen Punkt, an dem es besser war, die Angelegenheit auf offenem Land auszutragen, statt auf Steinmauern zu vertrauen – das sagte Rhodry jedenfalls immer.

Später an diesem Nachmittag kehrte einer der Späher zurück, stürzte in die große Halle und schrie seine Nachricht heraus: Adry und seine Verbündeten waren auf dem Weg und hatten ihr Lager keine fünfzehn Meilen entfernt aufgeschlagen.

»Es sind beinahe zweihundert Männer, Herr«, endete der Späher. »Mit Wagen und Ausrüstung.«

»Nur zweihundert?« sagte Erddyr grinsend. »Nun, dann haben wir wohl ein paar Narben hinterlassen, ehe wir uns zurückzogen.«

»Mag sein«, sagte Comerr, »aber wir sollten sehen, daß wir wegkommen, ehe sie uns noch am Tor erwischen.«

Die Festung verwandelte sich in ein geordnetes Chaos. Die Männer des Kriegshaufens rannten, um ihre Ausrüstung und die Pferde zu holen. Diener beluden hektisch die letzten in der Festung verbliebenen Wagen und zusätzliche Pferde mit allem, was sie an Ausrüstung hatten zusammenkratzen können. Yraen holte sein Pferd, legte die Rüstung an, und ihm wurde klar, daß ihm nun alles, was er sich gewünscht hatte, endlich bevorstand. Bald würde er sich und seine Schwertkunst beweisen können. Bald würde er selbst erfahren, was Krieg und Kriegsruhm einen Mann lehren konnten. Nun, da die Zeit gekommen war, fühlte er sich unnatürlich ruhig und seltsam leicht, als triebe er durch das Gedränge auf dem Hof auf Rhodry zu. Nur sein Herz weigerte sich, ruhiger zu werden. Er konnte es in seinem Hals zucken spüren wie ein wildes Tier in einer Falle.

»Wir werden in der Nachhut reiten«, meinte Rhodry. »Silberdolche bekommen immer den Staub der ganzen verfluchten Armee zu schlucken.«

Yraen nickte nur. Rhodry warf ihm einen Blick zu, der so scharf wie eine Messerklinge war.

»Sag mir eins, Junge – hast du je zuvor im Kampf gestanden?«

Die Zeit für Prahlerei war vergangen. Yraen schüttelte den Kopf. Rhodry schimpfte leise und wollte mehr sagen, aber an der Spitze der Linie ertönte das Hornsignal zum Aufsitzen. Die Männer schwangen sich in den Sattel, setzten sich in Bewegung und versuchten, sich auf dem zu kleinen Raum in einzelne Trupps zu teilen. Yraen wurde von Rhodry getrennt und hatte keine Zeit, ihn wiederzufinden, als die Truppe sich in Marsch setzte. Als sie die Straße erreichten, hielt Yraen vergeblich nach Rhodry Ausschau, dann fiel er zu den Männern zurück, die die Vorräte bewachten.

Sobald der Mond aufgegangen war, hell und beinahe voll, führten die Lords ihre Männer von der Straße weg und zogen durch Hügel und Schluchten nach Norden. Wegen der Wagen und der Packtiere kamen sie nur langsam voran. Die Fuhrleute fluchten, als die Wagen über Steine und durch Gebüsch rumpelten. Da er ganz am Ende ritt, war Yraen der einzige, der bemerkte, daß ihnen jemand folgte.

Als sie einen Hügel hinabritten, sah Yraen aus dem Augenwinkel eine Bewegung, drehte sich um und entdeckte die Silhouette eines Mannes zu Fuß, der durch das hohe Gras hinter ihnen schlich. Er mußte sein Pferd irgendwo zurückgelassen haben – ein Fehler, der ihn das Leben kostete. Mit einem Warnschrei riß Yraen sein Pferd aus der Linie und zog in derselben Bewegung den Speer. Der feindliche Späher drehte sich um und versuchte zu entkommen, aber Yraen galoppierte hinter ihm her und betete dabei, daß sein Pferd im Gras nicht stolpern möge. Seine Beute rannte verzweifelt im Zickzack auf die Bäume zu, aber Yraen holte ihn schnell ein und stellte sich in die Steigbügel, um den Speer zu werfen. Die

Speerspitze glitzerte im Mondlicht, als sie auf das Ziel zuschoß und den Späher direkt in den Rücken traf. Mit einem häßlichen Kreischen fiel er nach vorn ins Gras. Yraen trabte hinüber und stieg aus dem Sattel, aber der Mann war bereits tot. Ein paar Krieger aus seinem Kriegshaufen kamen heran und umkreisten sie.

»Gute Arbeit, Junge«, rief einer von ihnen. »Wir haben verdammtes Glück, daß du so gute Augen hast.«

Yraen gab sich bescheiden, zuckte nur mit den Schultern und zog den Speer aus dem Rücken des Feindes. Im Mondlicht sah das aufwallende Blut aus wie dunkles Wasser, eine seltsame Substanz wie aus einem Traum. Yraen fragte sich, wie es möglich war, daß er gerade einen Menschen getötet hatte und nichts empfand – weder Kummer noch das Bedürfnis zu prahlen.

»Laß ihn einfach liegen«, fuhr der Reiter fort. »Wir müssen zum Kriegshaufen zurückkehren, aber morgen werde ich dafür sorgen, daß Lord Oldadd erfährt, was du getan hast.«

Aber offensichtlich wußten die Adligen bereits, was geschehen war. Als Yraen zum Kriegshaufen zurückkehrte, hielten sie die Armee an und besprachen sich kurz an der Spitze. Yraen strengte sich an zu hören, was Erddyr sagte, als der Lord sich im Sattel vorbeugte und seine Argumente unterstrich, indem er mit dem Handschuh herumwedelte. Plötzlich lachte Lord Comerr und versetzte Erddyr einen freundschaftlichen Schlag auf die Schulter. Erddyr wendete sein Pferd und trabte hinüber zum Kriegshaufen.

»Nachdem der Späher nun tot ist, haben wir die Gelegenheit, ein wenig Unheil zu stiften, Jungs«, rief Erddyr. »Ich brauche fünfzig Männer, die bereit sind, ihre Hälse zu riskieren. Wir werden Adrys Lager überfallen, um dem Mistkerl einen Dorn in den Arsch zu treiben.«

Yraen lenkte sein Pferd aus der Reihe, um sich freiwillig

zu melden. Als sich die Truppe um Erddyr versammelte, hielt er weiter Ausschau nach Rhodry, und endlich sah er ihn auf der anderen Seite, genauer gesagt seinen Silberdolch, der unverwechselbar im Mondlicht schimmerte. Obwohl er winkte, hatte er keine Ahnung, ob Rhodry ihn gesehen hatte oder nicht.

Erddyr beugte sich im Sattel vor und erklärte die Situation. Comerr und der Rest der Armee würden weiter zu Comerrs Festung ziehen, in der Hoffnung, der Verstärkung schon unterwegs zu begegnen, während Erddyr und seine fünfzig Männer versuchen würden, den Feind zu verlangsamen. Es sollte ein schneller Überfall werden, das betonte Erddyr mehrere Male. Sie sollten nur einmal schnell zuschlagen und sich dann ebenso schnell zurückziehen.

»Das wichtigste dabei ist, Jungs, ihre Pferde auseinanderzutreiben, und nicht, sie zu töten. Konzentriert euch auf die Herde. Wenn euch jemand in den Weg gerät, tötet ihn, aber wir heben uns die eigentliche Schlacht für später auf. Wir wollen eigentlich nur, daß sie damit beschäftigt sind, ihren wurmbefallenen Gäulen hinterherzujagen, statt uns zu verfolgen.«

Erddyr schickte Rhodry und einen Mann, den Yraen nicht kannte, als Kundschafter voraus, dann führte er seine Truppe den Weg, den sie gekommen waren, wieder zurück. Als die Späher zurückkamen, verließen sie die Straße, um durch das Gebüsch und durch ein schmales Tal zu ziehen. Auf der anderen Seite kletterten sie einen Hügel hoch, und von der Kuppe aus konnten sie schließlich das Lager sehen, die Kreise schlafender Männer und die klotzigen Umrisse der Vorratswagen. An der Seite döste die Pferdeherde. Am Rand des Lagers waren Wachen aufgestellt. Erddyr flüsterte Rhodry etwas zu, der seinerseits mit dem Mann hinter ihm flüsterte. Der Befehl erreichte schließlich die ganze Truppe: die Wachen überreiten, sich auf die Pferde stürzen, dann wenden und zurückziehen, bevor die Gegner auch nur richtig aufgewacht waren und die Waffen in den Händen hatten.

Stahl blitzte im Mondlicht auf, als sie ihre Schwerter zogen. Yraen zog sein eigenes und spürte wieder, wie ihm das Herz bis zum Hals schlug, aber langsam fragte er sich, ob er je wirklich eine echte Schlacht sehen würde – eine Schlacht, wie sie die Barden immer besangen, mit richtigen Armeen und Strategien und all diesen Dingen. Im Schrittempo ritten sie über die Hügelkuppe, hielten kurz inne, wie eine Welle, die gleich brechen wird, dann galoppierten sie unter Zaumzeug- und Waffenklirren den Hügel hinab. Im Lager schreckten die Wachen auf und gaben Alarm.

»Jetzt!« schrie Erddyr.

Mit lauten Kriegsschreien und Flüchen spornten die Männer ihre Pferde an. Als sie das Tal erreichten, schwärmten sie aus und fegten durch die Pferdeherde. Obwohl die Wachen sich beeilten, ihnen entgegenzutreten, rasten sie einfach vorbei. Yraen galoppierte an einem Soldaten vorbei und schlug zu, aber er verfehlte den Mann. Als die Krieger schreiend auf die Herde zugaloppierten, gerieten die Pferde in Panik, bäumten sich auf und spannten die Seile, mit denen sie angebunden waren, so daß es einfach war, sie mit einem Schwertschlag zu durchtrennen. Yraen fluchte und kreischte und versuchte, alle erschreckenden Geräusche zu machen, die ihm einfielen, während er die Seile durchschnitt und Pferd um Pferd davontrieb. Am Ende brachte ihn dieser wilde Ritt an den Rand des Tals. Als er sein Pferd wendete, sah er, wie Männer mit Schwertern und Schilden auf die Reiter zurannten. Es war Zeit zum Rückzug.

Yraen gab seinem Pferd die Sporen und galoppierte durch das Tal zurück zum Rest der Truppe. Hier und da bockte und trat ein erschrockenes Pferd, das immer noch angebunden war.

Yraen schnitt ein letztes Seil durch, dann wandte er seine Aufmerksamkeit den Männern zu, die versuchten, sie aufzuhalten. Plötzlich stieß eines der erschrockenen Pferde gegen den Reiter vor ihm. Dessen Pferd bäumte sich auf, der Reiter stürzte, und Yraen sah das Aufblitzen eines goldumrandeten Schildes. Er konnte sein Pferd gerade noch rechtzeitig zügeln, bevor es Lord Erddyr über den Haufen rannte. Die bewaffneten und wütenden Feinde kamen direkt auf sie zu. Yraen sprang aus dem Sattel und packte Erddyr am Arm.

»Nehmt mein Pferd, Herr«, schrie er. »Ich werde Euch den Rücken decken.«

»Bei den Höllen, wir reiten zusammen oder sterben zusammen! Da, kommen sie, Junge.«

Yraen drehte Erddyr den Rücken zu und ging in Kampfstellung, als die ersten Feinde sie erreichten. Es waren vier, und im Mondlicht war es schwer, ihre Bewegungen zu erkennen, und vollkommen unmöglich, jene subtilen Veränderungen zu beobachten, die den nächsten Schlag eines Feindes ankündigen. Yraen konnte nur wild um sich schlagen und verzweifelt die ebenso blinden Angriffe parieren. Erddyr stieß einen lauten Kriegsschrei aus, aber Yraen kämpfte schweigend und kalt, duckte sich vor, um nach dem Arm eines Feindes zu schlagen, dann wich er wieder zurück und stieß gegen Erddyrs Rücken, als mehr Feinde sie bedrängten. Laut Erddyrs Namen brüllend, schnitt und trampelte sich die Reitertruppe ihren Weg durch die Gegner am Boden.

Direkt vor Yraen tauchte einer der Feinde auf. Yraen schlug zu und erwischte ihn, ohne es in dem schlechten Licht richtig zu bemerken. Er spürte eher, als daß er sah, wie sein Schwert tief in etwas Weiches eindrang und dann steckenblieb. Als er es losriß, fiel ein Mann zu seinen Füßen nieder. Er riß den Schild hoch, um einen Schlag von der Seite zu parieren, schlug auf einen anderen Mann ein, fehlte und sah ihn fallen, niedergestreckt von einem Berittenen. Erddyr lachte laut, während Reiter wild um sie herumgaloppierten.

»Steig hinter mir auf, Junge!« rief ein Mann.

Yraen steckte sein blutiges Schwert ein und sprang aufs Pferd, wo er ungeschickt auf der Deckenrolle des Reiters landete. Der Reiter wendete sein Pferd, gab ihm die Sporen und schlug mit dem Schwert nach einem Feind, der im Weg war. Yraen beugte sich vor und traf denselben Mann abermals, als das Pferd sie in ungelenkem Galopp vorbeitrug.

»Reitet!« schrie Erddyr. »Rückzug!«

Schreiend schlugen sich die Reiter ihren Weg durchs Tal und auf die Hügel zu. Yraen sah, wie ein paar von Erddyrs Männern die restlichen Pferde direkt aufs Lager zutrieben. Vor Wut schäumend, verließ die Hälfte der Feinde die Kampflinie, und sie rannten zum Lager, um ihre Ausrüstung zu retten. Die Truppe ritt unentwegt weiter. Yraen beugte sich zur Seite und schlug eher zufällig nach Männern zu Fuß, denen wenig nach Kampf zumute war. Endlich erreichten sie den Hügel, und das Pferd stolperte müde auf die Kuppe zu. Dort kam Rhodry ihnen entgegen, einen reiterlosen Braunen am Zügel.

»Spring rüber«, schrie Rhodry. »Wir müssen uns beeilen.«

Als Yraen das frische Pferd bestieg, sah er am Zaumzeug, daß es einmal Lord Erddyr gehört hatte, der natürlich immer noch auf Yraens eigenem Grauen saß. Vor ihnen brach die Truppe bereits durch das Gebüsch und ritt den Hügel hinab. Als er ihnen folgte, sah Yraen Lord Erddyr, der sich hektisch in den Steigbügeln erhob und versuchte, seine Männer zu zählen. Sie trabten durch das nächste Tal und sammelten sich schließlich in einer lachenden, einander schubsenden Menge auf der Kuppe des nächsten Hügels.

»Wo ist der Junge, dessen Pferd ich reite?« rief Erddyr laut. »Reite neben mir, und dann sollten wir zusehen, daß wir unsere Ärsche hier wegschaffen.«

Yraen führte sein Pferd durch den Kriegshaufen, und die Männer überschütteten ihn mit gutgelaunten Frotzeleien, um zu zeigen, wie hoch sie ihn dafür achteten, daß er ihren Lord gerettet hatte. Erddyr winkte sie alle vorwärts. Vorsichtig suchten sie sich ihren Weg durch die dunklen Täler, bis sie die Stelle erreichten, wo sie die Hauptarmee verlassen hatten. Niemand versuchte ihnen zu folgen. Zweifellos waren Adry und seine Männer zu sehr damit beschäftigt, ihre Pferde wieder einzufangen.

»Ein guter Streich«, rief Erddyr, als sich der Kriegshaufen wieder um ihn sammelte. »Es ist eine Schande, daß unser Lord hier beinahe das ganze Manöver ruiniert hat, aber wir werden nun einmal in unsere Stellung geboren und nicht wegen unserer Klugheit ausgewählt.«

Die Männer lachten und jubelten ihm zu.

»Es ist verflucht gut, daß ich diesen Silberdolchlehrling eingestellt habe«, fuhr Erddyr fort. »Aber wir haben zuwenig Zeit, als daß der Barde ein Lied über dich schreiben könnte, Junge. Machen wir uns wieder auf den Weg.«

Als sie weiterzogen, ritten Yraen und Rhodry nebeneinander. Inzwischen dämmerte es, und im heller werdenden Licht sah Yraen sich um und entdeckte, daß sie keine Verluste erlitten hatten. Er erinnerte sich an den Mann, der zu seinen Füßen niedergefallen war, als er Lord Erddyr verteidigt hatte. Ich habe ihn getötet, dachte er – er blieb so still liegen. Er schüttelte fest den Kopf und fragte sich, wieso ihm nichts wirklich oder auch nur wichtig vorkam, dann blickte er auf und bemerkte, daß Rhodry ihn ansah.

»Nicht schlecht«, sagte Rhodry. »Du hast scharfe Augen, und das ist verdammt gut gewesen.«

»Meinst du den Späher?«

»Den auch, aber ich dachte an Lord Erddyr. Gut gemacht.«

Yraen spürte, daß er errötete wie die aufgehende Sonne. Das

Lob, das die Waffenmeister seines Vaters dem jungen Prinzen gegeben hatten, verlor, verglichen mit diesen Worten, alle Bedeutung.

»Das stimmt, gute Kräuterfrau«, sagte Lady Melynda. »Mein Mann hat tatsächlich einen Silberdolch namens Rhodry in seinen Sold genommen, und auch den Jungen Yraen. Ihr seid leider ein wenig zu spät, um mit ihnen zu sprechen. Die Armee hat die Festung mitten in der Nacht verlassen.«

Einen Moment verlor die Lady beinahe ihre sorgfältig bewahrte Ruhe. Mit zitternden Händen wischte sie sich die Tränen aus den Augen, dann nahm sie sich mit einem tiefen Seufzen, das einem Schluchzen sehr nahe kam, wieder zusammen. Dallandra sah sich in der großen Halle um, die leer war und in der das Schweigen widerhallte. Von ein paar Dienern abgesehen, wurde die Lady nur noch von drei Verwundeten bewacht.

»Nun, Herrin, bevor ich weiterreite, werde ich sehen, was ich für diese Männer hier tun kann.«

»Ich danke Euch, aber ich wäre sehr froh, wenn Ihr die Armee tatsächlich einholen würdet. Mein Mann hat nämlich keinen richtigen Wundarzt bei seinem Kriegshaufen, also wäre Eure Hilfe sehr willkommen.«

»Dann werde ich mich morgen früh gleich auf den Weg machen. Zweifellos haben sie Spuren hinterlassen, denen ich leicht folgen kann.«

Da es ein paar Jahre her war, seit Dallandra zum letzten Mal Wunden verbunden hatte, hatte sie Angst vor dieser Tätigkeit, aber kaum hatte sie dem ersten Patienten die ungeschickten Verbände abgenommen, kehrte ihr alter professioneller Abstand zurück. Das aufgerissene und blutige Fleisch des Mannes wurde einfach zu einem Problem, das sie mit den Arzneien und anderen Mitteln, die sie zur Hand hatte, lösen mußte. Es war kein Gegenstand des Widerwillens mehr, und die Dankbarkeit des Mannes war ein würdiger Lohn. Als sie mit den Verwundeten fertig war, war es bereits spät am Tag. Sie wusch sich, dann setzte sie sich zu der Lady und ihren Damen an den Ehrentisch. Während sie verzweifelt versuchten, über etwas anderes als den Krieg und die Angst der Lady um ihren Mann zu sprechen, wurde Dallandra von einem derart intensiven Gefühl der Bedrohung überwältigt, daß sie wußte, es mußte sich um eine Art Dweomerwarnung handeln. Aber wovor, hätte sie nicht sagen können.

Bei Sonnenuntergang kam die Antwort in Form eines Schreis von einem der Diener, der die Tore bewachte. Dallandra lief hinter Melynda her, als die Lady nach draußen rannte, und sah, wie die Stallburschen und der ältliche Kämmerer die Tore schlossen. Die beiden Frauen kletterten die Leiter zu den Zinnen hoch und beugten sich darüber. Unten auf der staubigen Straße führte Lord Tewdyr vierzig bewaffnete Männer vor die Festung.

»Und was wollt Ihr mit mir und meinen Frauen anfangen?« rief Melynda nach unten. »Mein Mann und seine Männer sind lange weg.«

»Dessen bin ich mir bewußt, Herrin«, rief Tewdyr zurück. »Und ich schwöre zu jedem Gott und zu jeder Göttin, daß Euch und Euren Frauen nichts geschehen wird, solange Ihr unter meinem Schutz steht.«

»Das ist sehr ehrenhaft von Eurer Lordschaft, aber wir stehen nicht unter Eurem Schutz, und ich sehe keinen Grund, darum zu bitten.«

»Ach ja?« Tewdyr lächelte dünn. »Ich fürchte, Ihr werdet in den Genuß dieses Schutzes kommen, ob Ihr es wollt oder nicht, weil ich Euch jetzt mit in meine Festung nehme und dort festhalten werde, bis Euer Mann den Krieg beendet und Euch zurückkauft.«

»Ach ja?« Melynda warf den Kopf zurück. »Ich hätte wissen sollen, daß Euch das Lösegeld weh tut, aber ich hätte nie geglaubt, daß es Euch so weit in die Unehre treiben würde.«

»Es besteht keine Notwendigkeit für Euch, mich zu beleidigen, vor allem, da Ihr nicht mehr als eine Handvoll Männer in der Festung haben könnt.«

Melynda biß sich auf die Lippe und wurde ein wenig bleich. Dallandra trat vor und beugte sich über die Zinnen.

»Die Lady hat alle Männer, die sie braucht«, rief Dallandra. »Ihr habt vor, eine sündhafte, ehrlose und elende Tat zu begehen, Herr. Jeder Barde in Deverry wird noch in Jahren über Euch spotten.«

»Ist das so?« lachte Tewdyr. »Und haltet Ihr Euch für einen Barden, alte Frau?«

Seine Stimme troff vor Verachtung für alles Alte und Weibliche. In eisiger Wut hob Dallandra die Hände und rief die Elementargeister herbei, das Wildvolk von Luft und Feuer. In einem rasch ausschwärmenden glitzernden Heer antworteten sie auf ihren Ruf und stürzten sich auf Männer und Pferde. Obwohl die Menschen sie nicht sehen konnten, spürten sie sie, wie wenn eine Wolke die Sonne verdunkelt und das Licht im Zimmer trübe wird. Die Reiter bewegten sich unruhig in ihren Sätteln, die Pferde tänzelten und schnaubten, Tewdyr sah sich hektisch um.

»Wir brauchen keine Bewaffneten«, sagte Dallandra. »Seid Ihr dumm genug, Stahl gegen die Gesetze der Ehre und der Götter einzusetzen?«

Das Wildvolk verteilte sich und zwickte die Pferde, riß an der Kleidung der Männer und rasselte mit ihren Schwertern in den Scheiden, bis der ganze Kriegshaufen vor Angst zitterte. Sie wandten sich hierhin und dorthin, fluchten und schlugen nach Feinden, die sie nicht sehen konnten. Dallandra hob den rechten Arm und beschwor ein blaues Feuer herauf –

ein vollkommen harmloses ätherisches Licht, aber es sah aus, als würde es heiß brennen. Sie machte es zu einer langen, glühenden Fackel, die im verblassenden Sonnenlicht hell aufflackerte. Tewdyr keuchte und begann, sein Pferd zurückzudrängen.

»Hebt Euch hinweg!« rief Dallandra.

Mit einer Bewegung der Hand sandte sie den Lichtblitz abwärts wie einen Speer. Als er vor Tewdyrs Pferd auf den Boden traf, zerfiel er in hundert Pfeile und Funken illusionären Feuers. Dallandra warf Blitz um Blitz, schleuderte sie auf den Boden rund um den Kriegshaufen, während das Wildvolk die Pferde heftig zwickte und die Männer kratzte. Schreiend und fluchend galoppierten die Krieger den Hügel hinab. Tewdyr gab seinem Pferd ebenfalls die Sporen und versuchte keinen Augenblick, den Rückzug aufzuhalten.

Dallandra schickte das Wildvolk hinter ihnen her, und dann lachte sie laut. Lady Melynda war bleich und wie im Fieber zitternd zu ihren Füßen auf die Knie gesunken. Hinter ihr drängten sich die Diener zusammen, als fürchteten sie, Dallandra würde nun auch sie angreifen, einfach so zum Spaß. Erst jetzt erinnerte sich Dallandra, daß sie unter Menschen war und nicht unter Elfen, denen die Kraft des Dweomer geläufig war.

»Schon gut, Herrin, steht bitte auf«, sagte Dallandra. »Es war mir eine Ehre, Euch zu Diensten sein zu können. Es waren nichts weiter als ein paar billige Kunststücke, aber ich bezweifle, daß diese edlen Krieger zurückkehren werden, um Euch weiter zu belästigen.«

»Wahrscheinlich nicht, aber ich kann sie deshalb kaum als Feiglinge bezeichnen.«

Den ganzen Abend bedienten die Lady und ihre Frauen Dallandra, als wäre sie die Königin selbst, aber keine von ihnen versuchte, mit ihr zu sprechen. Sobald sie konnte, ging Dallandra hinauf in die Kammer, die man für sie vorbereitet hatte.

Obwohl sie versuchte, die Pfeife mit dem Zweiten Gesicht zu verfolgen, blieb der gesuchte Gegenstand verschwunden und Rhodry mit ihm, und Dallandra verfluchte im stillen die Grenzen des Dweomer, der die Lady und ihren Haushalt so beeindruckt hatte.

Auf den Wiesen hinter Lord Comerrs Festung schlug die eilig zusammengezogene Armee von zweihundertsechsunddreißig Mann ihr Lager auf. Am ersten Tag nach Erddyrs Ankunft im Morgengrauen ruhten sich die Männer aus, während die Lords über die Neuigkeiten, die ihnen Späher und Boten brachten, Kriegsrat hielten. Rhodry verbrachte den Tag damit, über sich selbst zu spotten, weil er feststellte, wie gerne er an diesen Besprechungen teilgenommen hätte. Er war daran gewöhnt zu befehlen, und darüber hinaus wußte er, daß er ein guter Stratege war, erheblich besser als der übervorsichtige Comerr und der allzu waghalsige Erddyr. Aber er konnte nur dasitzen und sich daran erinnern, daß er nur ein Silberdolch war. Außerdem machte er sich Sorgen um Yraen, der seine ersten Gegner vielleicht nur aus reinem Glück getötet hatte. Der Junge selbst schien wie betäubt und sagte kaum etwas. Endlich, als sie ihre knappen Rationen zum Abendessen erhielten, führte ihn Rhodry von den anderen Männern weg, um sich mit ihm zu unterhalten.

»Hör zu, du weißt genug über den Krieg, um zu begreifen, daß du noch nicht bereit bist, bei einem Angriff an der Spitze zu reiten. Jeder Reiter macht eine Zeit durch, in der er einfach lernt, mit sich selbst umzugehen, und es ist keine Schande, wenn ein unerprobter Mann sich am Rand hält. Inzwischen scheinen alle herausgefunden zu haben, daß dies dein erster Ritt ist.«

»Das stimmt«, meinte Yraen. »Aber wird es einen Rand geben, an den man sich halten kann? Die Situation kommt mir verflucht verzweifelt vor. Der letzte Späher sagte, Adry habe beinahe dreihundert Mann zusammengekratzt.«

»Da magst du recht haben. Leider. Dennoch, es gibt eins, was du tun kannst, nämlich nachdenken, bevor du dich direkt in den Kampf stürzt. Es sind mehr Männer dadurch gerettet worden, daß sie sich einmal gut umgesehen haben, als durch die beste Schwertarbeit der Welt.«

Als die Armee am Morgen in den Sattel stieg und losritt, befahl Lord Erddyr Yraen, direkt hinter ihm zu reiten, um den Jungen dafür zu ehren, daß er ihm das Leben gerettet hatte, und er gestattete Rhodry, sich zu seinem »Lehrling« zu gesellen. Sie kehrten nach Osten zurück, in der Hoffnung, sich ihr Schlachtfeld selbst wählen zu können. Die Logik sagte voraus, daß Adry zu Comerrs Festung reiten würde, aber die Späher, die vor der Armee ritten, brachten keine Nachrichten von ihm. Endlich, gegen Mittag, kamen ein paar Männer, die berichteten, daß sie Adrys Lager vom Abend zuvor gefunden hatten, aber die Spuren seiner Armee führten nach Süden, von Comerrs Festung weg zu Tewdyrs Dun. Die Adligen hielten, umgeben von ihren nervösen Kriegern, einen raschen Kriegsrat.

»Warum, bei den Höllen, umgeht er uns, wenn er genügend Männer hat?« wollte Erddyr wissen.

»Das kann mehrere Gründe haben«, meinte Comerr. »Zum Beispiel könnte er uns in eine Falle locken wollen. Aber ich frage mich – er reitet zu Tewdyrs Festung, nicht wahr? Könnte es etwa sein, daß Tewdyr aus dem Krieg geflohen ist und Adry ihm jetzt nachsetzt?«

»Tewdyr würde sich niemals jetzt zurückziehen. Dazu ist er viel zu wütend auf mich. He – beim schwarzen, haarigen Arsch des Höllenfürsten! Was, wenn der alte Geizkragen einen Angriff auf meine Festung führt?«

»Das wäre ihm durchaus zuzutrauen«, zischte Comerr. »Ich denke, wir sollten zurückreiten und uns umsehen.«

Als der Kriegshaufen weiterritt, ließen sie den Nachschubzug zurück, der ihnen langsam folgen sollte. Lord Erddyr versank in kaltes, verbissenes Schweigen, das jedem deutlich machte, wie sehr er um das Leben seiner Frau fürchtete. Zwei Stunden lang zogen sie mit Kavalleriegeschwindigkeit abwechselnd im Schritt und Trab weiter, dann verließen sie die Straße und ritten geradeaus durch Felder und Wiesen und über die wilden, mit Unterholz überwucherten Hügel. Endlich kam ein Späher zurück, der grinste wie ein Kind, das ein paar Kupferstücke auf dem Jahrmarkt ausgeben darf.

»Ihr Herren!« rief der Späher. »Tewdyr ist nicht weit entfernt, und der blöde Mistkerl hat nur vierzig Mann bei sich!«

Sowohl Lords als auch Reiter jubelten.

Nur kurze Zeit später trabte der Kriegshaufen in ein kleines Tal und entdeckte dort Tewdyr und seine Männer, die in Schlachtordnung bereitstanden. Offenbar hatte Tewdyr selbst Späher ausgeschickt, und ihm war klargeworden, daß er in der Falle saß. Als Lord Erddyr Befehle ausgab, den Feind zu umzingeln, löste sich der Kriegshaufen in eine unregelmäßige Linie auf und kam diesem Befehl rasch nach. Rhodry zog einen Speer und rief Yraen zu, ihm zu folgen. Als er einen Blick zurückwarf, war Yraen direkt hinter ihm. Mürrisch und unzufrieden zog sich der Feind zu einer Gruppe hinter Tewdyr und seinem Sohn zusammen. Tewdyr saß aufrecht im Sattel, einen Speer in der Hand.

»Tewdyr!« rief Comerr. »Ergebt Euch! Wir haben Euch mit der ganzen Armee umzingelt.«

»Das sehe ich selbst«, zischte Tewdyr.

Lachend verbeugte sich Comerr im Sattel.

»Zweifellos schmerzt Euch der Gedanke an weiteres Lösegeld, aber fürchtet nichts – Euer Rückzug aus dem Krieg wird genügen. Wir alle wissen, daß Unehre Euch weniger schmerzlich sein wird als der Verlust von Geld.«

Mit einem wütenden Aufheulen spornte Tewdyr sein Pferd an und warf den Speer direkt nach Comerr, der gerade noch rechtzeitig seinen Schild hochriß. Der Speer durchstieß den Schild und blieb dort hängen. Brüllend eilte der gesamte Kriegshaufen an Comerrs Seite, der seinen nutzlosen Schild wegwarf und nach dem Schwert griff. Tewdyrs Männer hatten keine Wahl, sie mußten angreifen. Erddyr versuchte verzweifelt, die Metzelei zu verhindern, aber der Kriegshaufen bedrängte Tewdyrs Männer bereits wie zu viele Fliegen ein Stück Fleisch. Ihre Schwerter blitzen rot im Sonnenlicht. Rhodry rief Yraen zu, sich zurückzuhalten, dann trabte er zu Erddyr, der ungläubig zusah.

»Zumindest ihr beiden seid meinen Befehlen gefolgt, wie?« rief der Lord. »Ach, beim schwarzen, haarigen Arsch des Höllenfürsten!«

Sie saßen da wie Zuschauer bei einem Turnier, während der Staub dicht über dem Schlachtfeld aufstieg, aber dies war kein Scheingefecht mit stumpfen, vergoldeten Waffen am Hof von Dun Deverry. Pferde bäumten sich auf, Blut lief ihnen über die Hälse. Tewdyrs Männer fielen, ohne auch nur eine rechte Gelegenheit zur Verteidigung zu erhalten. Zu viert oder zu fünft gleichzeitig bedrängten sie die Männer von Comerrs Kriegshaufen, und die Hälfte hatte nicht einmal die Gelegenheit zuzuschlagen. Sie ritten rund um die Schlacht, übertönten mit ihrem Kriegsgeschrei die Schmerzensschreie und das Schwerterklirren. Als Rhodry Yraen ansah, bemerkte er, daß der Junge ausgesprochen blaß war, aber er hatte die Lippen fest zusammengekniffen und die Augen weit offen, als zwänge er sich dazu zuzusehen, wie ein Lehrling bei einer Vorführung seines Meisters zusieht.

»Kein schöner Anblick, wie?« sagte Rhodry.

Yraen schüttelte den Kopf und sah weiter zu. Der Kampf war zu einem verzweifelten Scharmützel rund um Tewdyr geworden, der blutend im Sattel saß, aber immer noch in wilder Wut um sich schlug. Plötzlich wendete Yraen sein Pferd und galoppierte ins Tal hinab. Rhodry wollte ihm folgen, aber er sah, wie der junge Mann abstieg, ein paar Schritte auf den Bach zutrat und dort stehenblieb, die Hände vors Gesicht geschlagen und zitternd. Wahrscheinlich weinte er. Das konnte Rhodry ihm nicht übelnehmen. Ihm selbst war beinahe übel von dem Gemetzel. Als er Erddyr ansah, begegnete sein Blick dem des Lords, und er wußte, daß Erddyr ähnlich empfand.

Plötzlich drangen entfernte Geräusche heran und rissen Rhodry aus seiner Nachdenklichkeit. Erddyr schrie eine Warnung, als bereits Silberhörner auf der Hügelkuppe erklangen. Zu spät, um seine Verbündeten zu retten, aber noch rechtzeitig zur Rache kam Lord Adry mit seiner Armee in die Schlacht geritten. Laut schreiend umkreiste Erddyr das Gefecht im Tal, und es gelang ihm, ein paar Männer dazu zu bewegen, sich umzudrehen und sich auf die neue Bedrohung vorzubereiten. Rhodry folgte laut lachend und entdeckte einen Reiter, der nur ein Adliger sein konnte, ein schlanker Mann mit einem wunderbar gearbeiteten Schild auf einem schönen Rappen. Aufheulend ritt er direkt auf ihn zu. Erst als es zu spät war, sich zurückzuziehen, erinnerte er sich an Yraen, und noch später fiel ihm ein, daß er wieder ein Silberdolch war und kein Adliger mehr, der einen anderen herausfordern konnte.

Nachdem er aufgehört hatte zu weinen, kniete sich Yraen an den Bach und wusch sich das Gesicht, aber die Scham, die er für etwas empfand, das er als weibische Schwäche betrachtete, konnte er nicht so rasch wegwaschen. Einen Augenblick blieb er dort allein und fragte sich, ob er Rhodry je wieder gegenübertreten könnte, aber dann wurde ihm klar, daß er keine andere Wahl hatte. Er kehrte gerade zu seinem Pferd zurück, als er die Hörner des Feindes hörte und die feindliche Armee sah, die wie Wasser über den Hügel schwappte. Er rannte, konnte gerade noch die Zügel packen, bevor das Tier durchging, und schwang sich in den Sattel. Keine der kunstvollen Lektionen im Schwertkampf war nun mehr wichtig, es zählte nur noch, in die Sicherheit der eigenen Reihen zurückzukehren. Als er ins Tal hinabgaloppierte, sah er die feindliche Armee sich ausbreiten und seine eigene umzingeln.

Ein feindlicher Reiter, der einen Schild mit einem Falkenkopf trug, raste an ihm vorbei. Yraen riß sein Pferd herum und schlug nach der Seite des Feindes. Er verfehlte zwar den Reiter, traf aber das Pferd, das einmal bockte und stolperte. Als sich der Feind ihm zuwandte, sah Yraen Augen mit Tränensäcken und ein stoppeliges Kinn. Die Kämpfer schlugen zu, parierten, umkreisten einander, tauschten Schlag um Schlag aus. Der Feind stieß seinen Kriegsschrei aus, und Yraen murmelte leise Flüche. Der Falke war gut und konnte beinahe gegen Yraen bestehen – beinahe. Yraen fing einen Schlag mit seinem Schild ab, hörte das Holz bersten und drang in die offene Deckung ein, um seinen Gegner auf der Rückseite des rechten Arms zu treffen. Blut schoß durch das Kettenhemd, und der Knochen knackte. Mit einem letzten Aufschrei wendete der Gegner sein Pferd und floh, wobei er sich an den Hals des Tieres klammern mußte, um nicht herunterzustürzen.

Yraen ließ ihn ziehen und ritt weiter, wand sich durch die Kämpfenden und hielt verzweifelt nach Rhodry Ausschau. Seine Angst war zu einer Trockenheit im Mund geschrumpft, einem kleinen Schmerz rund um sein Herz, nichts weiter. Unter einer Staubwolke tobte im Tal die Schlacht. Hier und da sah er größere Gruppen von Kämpfern, die den einen oder anderen Lord umgaben. Tote lagen am Boden, und verwundete Pferde versuchten, auf die Beine zu kommen. Als er endlich hörte, wie jemand Erddyrs Namen rief und lachte – ein kaltes, verzweifeltes Berserkerlachen –, drehte er sich um und sah, daß Rhodry und Renydd von sechs Feinden bedrängt wurden. Sie hatten ihre Pferde Nase an Schweif gestellt und parierten eher, als daß sie selbst zuschlagen konnten, während Adrys Männer sie nach Rache schreiend umdrängten. Yraen gab seinem Pferd die Sporen und galoppierte direkt auf sie zu.

Yraen schlug das Pferd mit der flachen Seite der Klinge und zwang es, die Flanke eines feindlichen Tieres zu rammen. Bevor der Feind sich umdrehen konnte, hatte Yraen ihn schon in den Rücken getroffen und wandte sich um, um auf einen anderen einzuschlagen. Trüb wurde er sich bewußt, daß ihm Männer, die Erddyrs Namen riefen, zur Hilfe kamen, aber er kämpfte verbissen weiter und hackte sich seinen Weg durch die Gegner, von denen es nur einem gelang, sich rechtzeitig umzudrehen, um ihn anzugreifen. Er parierte und stieß zu, traf aber nicht. Dann wieherte das Pferd des Feindes und bäumte sich auf. Renydd hatte von hinten zugestochen, und als das Tier die Hufe wieder absetzte, konnte Yraen den Reiter töten. Endlich war er durchgebrochen und riß sein Pferd herum, um es Nase an Schweif mit Renydds Tier zu stellen.

»Ich habe gesehen, wie du angegriffen hast«, rief Rhodry und ritt neben ihn, um seine linke Seite zu bewachen.

Schweiß lief Yraen über den Rücken, als er in dieser kurzen Kampfpause nach Luft rang. Fünf Männer kamen direkt auf sie zu. Yraen hörte, wie sie einander zuschrien: »Da ist er, holt euch den verfluchten Silberdolch!« Yraen fiel plötzlich ein, daß er wieder Wurfspeere hatte, die am Abend zuvor ausgegeben worden waren. Er nahm das Schwert in die Linke, zog einen Speer aus der Scheide und warf ihn direkt auf ein feindliches Pferd. Noch fast in derselben Bewegung griff er nach dem zweiten. In die Brust getroffen, stürzte das Pferd des Feindes und warf seinen Reiter direkt unter die Hufe seiner angreifenden Freunde. Yraen hörte Rhodrys Dämonenlachen, als die feindlichen Reiter verwirrt ins Stolpern gerieten. Yraen hatte gerade noch Zeit, sein Schwert wieder in die rechte Hand zu nehmen, bevor sie aufeinanderprallten.

Als die drei die Stellung hielten, ritten die Feinde um sie herum, um sie von hinten anzugreifen. Yraen war gezwungen, sein Pferd aus der Linie zu lenken. Das tat er nur mit den Knien, duckte sich, wich aus und schlug zurück, als sein Angreifer plötzlich sein Pferd herumriß und wieder in den Hauptkampf zurückkehrte. Yraen folgte, und einen Moment konnte er Rhodry kämpfen sehen: Selbst inmitten all dieser Gefahr war es atemberaubend zuzusehen, wie der Silberdolch sich wand und duckte und mit kalter Präzision zuschlug. Rhodrys Feind griff an, fehlte und zog sich ungeschickt zurück, während Rhodry ein Schlag auf seine Schulter gelang. Der Falke wollte ihn töten – das sah Yraen genau –, und es war kein unpersönlicher Kampf zwischen Soldaten, sondern reiner, glühender Haß.

»Silberdolch!« zischte er. »Verfluchter Bastard von einem Silberdolch!«

Als der Gegner wieder angriff, fing Rhodry den Schlag mit seinem Schwert ab. Einen Augenblick maßen sie ihre Kräfte, aber Yraen sah nie, wie sie sich losrissen. Plötzlich brannte sein Rücken wie Feuer, weil ihn jemand von hinten getroffen hatte. Gerade noch rechtzeitig riß er sein Pferd herum, um den Falken zu entdecken. Yraen stach zu, und seine größere Geschwindigkeit brachte ihm den Sieg. Bevor der Feind seinen Schild hochreißen konnte, um zu parieren, stach ihm Yraen die Schwertspitze ins rechte Auge. Mit einem grauenhaften Schrei sackte der Gegner im Sattel zurück, ließ sein Schwert fallen und versuchte vergeblich, die Klinge zu umklammern, die Yraen wieder herausriß. Yraen holte aus und schlug ihn mit der flachen Seite vom Pferd. Der Mann geriet direkt unter die Hufe eines Pferdes, das hinter seinem war. Als das Tier sich aufbäumte, fiel die Gruppe von Angreifern ebenfalls zurück, fluchend und immer noch nach Rache brüllend.

Hörner ertönten über dem Schlachtfeld. Die Gegner vor ihnen zögerten, wandten sich dann aber ab. Yraen wollte ihnen nachsetzen, aber dann drang Rhodrys Stimme durch sein Schlachtenfieber.

»Laß sie gehen!« schrie Rhodry. »Diesmal bläst der Feind zum Rückzug.«

Der Staub über dem Feld legte sich, als Adrys Männer und seine Verbündeten um ihr Leben galoppierten. Yraen sah Lord Erddyr, der das Feld umkreiste und seine Männer anbrüllte, die Stellung zu halten und die Feinde gehen zu lassen. Keuchend und schwitzend schoben Yraen, Rhodry und Renydd ihre Kettenhemdkapuzen zurück und starrten einander an.

»Seht euch das an«, sagte Yraen. »Haben wir denn so gut gekämpft?«

»Nein«, keuchte Renydd. »Ihnen ist nichts geblieben, wofür sie kämpfen können. Rhodry hat Lord Adry gleich beim ersten Angriff getötet.«

Rhodry verbeugte sich so vergnügt vor ihm, als hätte er gerade einen guten Witz erzählt und genösse das Amüsement des Zuhörers.

»Ich habe schon vor dem Kampf Schande über mich gebracht«, sagte Yraen zu ihm. »Wirst du mir verzeihen?«

»Wovon redest du da, Junge? Du hast nichts dergleichen getan.«

Aber ganz gleich, wie sehr er es sich wünschte, Yraen konnte ihm nicht glauben. Er wußte, daß die Erinnerung an Tränen auf seinen Wangen ihn sein Leben lang heimsuchen würde.

Die Überlebenden des Kriegshaufens suchten sich ihren Weg vorbei an den Toten und Verwundeten und sammelten sich um sie. Es gab keine Prahlerei, keine Freude über den Sieg wie in einem Bardenlied – sie saßen einfach im Sattel und warteten, bis Erddyr zu ihnen kam, das Gesicht gerötet, den Bart strähnig vor Schweiß.

»Steigt von diesen Pferden, ihr Mistkerle«, brüllte er sie an. »Wir haben da drüben Verwundete!« Er zeigte mit dem Schwert auf eine Gruppe von Männern, die Yraen einschloß. »Treibt die Tiere zusammen. Sie rennen überall in diesem verfluchten Tal herum.«

Froh wendete Yraen sein Pferd und trabte davon. Unten am Bach warteten die Pferde, die geflohen waren, nachdem sie ihre Reiter verloren hatten. Als die Männer die Zügel von einigen packten, folgte der Rest der Tiere zahm. Yraen ritt weiter bachabwärts, angeblich um nachzusehen, ob sich noch einige Tiere hinter dem Haselgebüsch am Wasser befanden, aber in Wahrheit einfach, um allein sein zu können. Ganz plötzlich hätte er am liebsten wieder geweint und geschluchzt wie ein Kind. Seine Schande fraß an ihm – was stimmte nicht mit ihm, daß er sich im Augenblick des Sieges so fühlte?

Auf der anderen Seite des Gehölzes fand Yraen einen braunen Wallach. Er stieg ab und lockerte die Trensen beider Pferde, damit sie trinken konnten. Dann fiel er auf die Knie und schöpfte Wasser mit beiden Händen. Kein Met hatte ihm je so gut geschmeckt. Als er auf das schimmernde Wasser hinaussah, auf die kleinen Wellen über dem Kies im Bachbett, dachte er an all jene Barden, die sangen, daß das Menschenleben schneller davonlief als Wasser. Der Beweis dafür lag ein paar hundert Schritt hinter ihm auf dem Feld. Er stand auf und bemühte sich, genug Willenskraft aufzubringen, um zurückzukehren und den Verwundeten zu helfen. Er wollte einfach nur stehenbleiben und sich das grüne Gras ansehen, das so hell in der Sonne leuchtete, er wollte spüren, daß er noch lebte.

Weit entfernt bachabwärts sah er einen einzelnen Reiter, der rasch herankam und offenbar ein Packmaultier mitführte.

Er stieg selbst wieder aufs Pferd, und als der Reiter näher kam, bemerkte Yraen, daß es sich um eine Frau handelte, eine alte, weißhaarige Frau. Ihre Stimme, so jung und kräftig wie die eines Mädchens, traf ihn wie ein Schock.

»Yraen, Yraen!« rief sie laut. »Wo ist Rhodry? Hat er diese schreckliche Schlacht überlebt?«

Yraen glotzte und nickte verblüfft. Sie lachte über seine Überraschung.

»Ich erkläre es später. Nun sollten wir uns beeilen. Ich fürchte, es gibt dort Männer, die meine Hilfe brauchen.«

Seite an Seite trabten sie, so schnell das Packmaultier konnte, ins Tal hinab. Auf dem Feld eilten Männer zu Fuß hin und her, zogen Verletzte unter toten oder verwundeten Pferden hervor. Nahe der Pferdeherde kniete Lord Erddyr neben einem Verwundeten. Als Yraen Dallandra zu ihm führte, sprang Erddyr auf die Beine.

»Eine Kräuterfrau!« rief er. »Dank sei den Göttern! Comerr verblutet!«

Yraen trieb seine Pferde zur Herde und überließ Dallandra ihrer Arbeit. Er zwang sich, nun ebenfalls über das Schlachtfeld zu gehen, vorbei an den Toten und Sterbenden, einfach, um sich zu beweisen, daß er den Anblick des Todes ertragen konnte, ohne daß ihm übel wurde, wie man es von einem echten Mann erwartete, aber es fiel ihm sehr schwer. Endlich fand er Rhodry, der neben Lord Adrys Leiche kniete und methodisch dessen Taschen durchsuchte, wie Silberdolche es nun einmal tun.

»Eine Kräuterfrau ist gekommen«, sagte Yraen. »Sie kam einfach aus dem Nichts geritten.«

»Die Götter müssen sie geschickt haben. Hast du von Comerr gehört? Tewdyr hat ihn ein- oder zweimal getroffen, bevor er starb. Tewdyrs Sohn ist ebenfalls tot.«

»Das dachte ich mir.«

Rhodry steckte sich einen Beutel Geld ins Hemd, stand auf und fuhr sich durchs verschwitzte Haar.

»Bist du sicher, daß du immer noch nicht nach Hause zurückkehren willst?«

»Ach, halt den Mund! Damit ich den Rest meines Lebens weiß, daß ich ein Feigling bin, der nicht zum Leben taugt?«

»Yraen, du schweinsköpfiger Maultierarsch! Muß ich dir wieder und wieder sagen, daß du nicht der erste bist, der nach seiner ersten Schlacht zusammenbricht? Ich ...«

»Es ist mir gleich, was du sagst. Ich bin entehrt, und ich werde mich schämen, bis ich eine Gelegenheit hatte, mich zu bewähren.«

»Also tu, was du willst.« Mit einem absurd strahlenden Lächeln betrachtete Rhodry die Leiche. »Welcher Mann kann schon etwas gegen sein Wyrd ausrichten? Ich wäre ein Narr zu glauben, daß ich dir deins ersparen könnte.«

In diesem Augenblick erkannte Yraen plötzlich, daß Rhodry ein echter Berserker war, so in den eigenen Tod verliebt, daß er andere umbringen konnte, ohne groß darüber nachzudenken. Die Zeiten des Friedens, in denen er herumscherzte oder höflich war, waren nur Ruhetage bis zur nächsten Gelegenheit zum Blutvergießen. Und so bin ich nicht, dachte Yraen. Oh, bei den Göttern, ich glaubte so zu sein, aber ich bin es nicht. Als Rhodry ihn am Ellbogen packte, um ihn zu stützen, hatte Yraen das Gefühl, einer der Kriegsgötter hätte ihn berührt.

»Was ist denn los?« fragte Rhodry. »Du bist kreidebleich geworden.«

»Ich bin nur müde. Ich meine, ich ...«

»Komm mit, Junge, wir finden eine Stelle, wo du dich hinsetzen und nachdenken kannst. Ich muß zugeben, daß ich selbst müde bin.«

Unten am Bach schlug die Armee ein Lager auf. Ein Trupp

Männer ritt davon, die Wagen und Packpferde zu holen. Die anderen sicherten das Lager, für den Fall, daß Adrys Männer zurückkehrten. Da die Schaufeln alle auf den Wagen waren, konnten die verbliebenen Männer die Toten nicht begraben. Sie legten die Leichen nebeneinander und deckten sie mit Decken zu. Dennoch kamen die Vögel wie durch Dweomer angezogen, ein flatternder Schwarm von Raben, der zornig krächzte, daß die Menschen sie von so viel gutem Fleisch vertrieben. Nachdem die Arbeit getan war, legten die Männer die Rüstungen ab, dann setzten sie sich nieder. Sie waren zu müde, um zu sprechen, zu müde, um ein Feuer zu entzünden. Sie saßen einfach da und dachten an ihre toten Freunde. Es war erst kurz vor der Abenddämmerung, als Yraen sich an die Kräuterfrau erinnerte.

»Es war seltsam. Sie kannte unsere Namen, Rhodry. Die alte Kräuterfrau, meine ich. Sie hat gefragt, ob du noch am Leben wärst.«

Rhodry riß den Kopf hoch wie ein erschrockenes Pferd und fluchte.

»Ach ja? Wie sieht sie aus?«

»Ich weiß nicht. Ich meine, sie ist einfach eine alte Frau, weißhaarig und faltig.«

Rhodry kam auf die Beine und winkte Yraen, ihm zu folgen.

»Suchen wir sie, Junge. Ich habe meine Gründe dafür.«

Als die einbrechende Nacht die erschöpften Männer zwang, wieder auf die Beine zu kommen und sich um Feuer und solche Dinge zu kümmern, fanden sie die Kräuterfrau am Rand des Lagers. Inzwischen waren die Wagen eingetroffen, und sie nutzte einen von ihnen als Tisch für ihre Arbeit, während Diener umherrannten, ihr Wasser holten oder ihr Verbandsmaterial reichten. Blutüberströmt wie ein Krieger, bückte sie sich über einen Mann und verband im Licht des Feuers seine Wunden. Yraen und Rhodry sahen zu, während sie an einem von Adrys Reitern ein paar oberflächliche Schnitte nähte, dann übergab sie den Gefangenen wieder der Wache.

»*Alte* Frau?« sagte Rhodry. »Hast du den Verstand verloren?«

»Nein, aber was ist mir dir? Was redest du da? Für mich sieht sie alt aus.«

»Schon gut. Ach, ich dachte eine Weile einfach, es wäre jemand, den ich kenne, aber sie ist es nicht. Reden wir trotzdem mit ihr.«

Dallandra, die zu den Brigga nur noch ein Unterhemd trug, wusch sich in einem großen Kessel warmen Wassers, während ein Diener ihr blutbeflecktes Hemd wegbrachte. Sie sah für Yraen noch älter aus als zuvor, jetzt, da ihre dicklichen, faltigen Arme und vorstehenden Schlüsselbeine zu sehen waren, aber Rhodry starrte sie an wie ein Wunder.

»Gut, dich zu sehen, Rhodry«, sagte sie, als sie aufblickte. »Ich bin froh, daß ich dich nicht unter Nadel und Faden hatte.«

»Das bin ich ebenfalls, gute Kräuterfrau. Bist du aus dem Westland hergekommen, um mich zu finden?«

»Nicht direkt.« Sie warf einen warnenden Blick in Richtung der Diener. »Ich habe jetzt zuviel zu tun, als daß wir uns unterhalten könnten, aber ich erkläre es später.«

»Eine letzte Frage habe ich noch.« Rhodry verbeugte sich. »Wie geht es Lord Comerr?«

»Ich mußte ihm den linken Arm an der Schulter amputieren. Vielleicht wird er es überleben, vielleicht nicht.« Dallandra spähte zweifelnd in die Hügel hinauf. »Die Götter werden tun, was sie wollen, und dagegen kann keiner von uns etwas unternehmen.«

Yraen und Rhodry entzündeten ihr eigenes Feuer, dann aßen sie Fladenbrot und Trockenfleisch aus ihren Satteltaschen – die Mittagsmahlzeit, zu der sie vor der Schlacht keine Zeit mehr gefunden hatten. Yraen stellte fest, daß er alles gierig herunterschlang, noch während er sich fragte, wie er nach all dem, was er heute gesehen und getan hatte, überhaupt hungrig sein konnte.

»Nun, mein Freund«, meinte Rhodry. »Du hattest einen großartigen Anfang, aber glaub jetzt nur nicht, daß du schon alles über den Krieg weißt.«

»So dumm wäre ich nie. Mach dir deshalb keine Gedanken.«

»Hast du erwartet, daß es so sein würde?«

»Nicht im geringsten.«

Dennoch hatte er ein seltsames, traumähnliches Gefühl, tatsächlich vollkommen vertraut – zu vertraut. Seine ungeheure Erschöpfung öffnete eine Tür in seinem Geist, hinter der sich etwas lange Vergrabenes befand, keine Erinnerung, nichts so Deutliches, aber ein Wiedererkennen, ein Gefühl von Vertrautheit, als er seine eigenen blutfleckigen Kleider sah, als er spürte, wie jeder Muskel in seinem Körper von den zurückliegenden Kämpfen schmerzte. Selbst das Entsetzen, der Abscheu – irgendwie hätte er das wissen müssen, irgendwie hatte er immer gewußt, daß Ruhm diesen Preis forderte. Einen Augenblick verspürte er ein so intensives Bedürfnis zu weinen, daß nur Rhodrys forschender Blick ihn davon abhielt.

»Warum reitest du nicht einfach nach Hause?« fragte Rhodry.

Er schüttelte den Kopf und zwang sich weiterzuessen.

»Warum nicht?«

Zur Antwort konnte er nur mit den Schultern zucken. Rhodry seufzte und starrte ins Feuer.

»Ich nehme an, du würdest dir wie ein Feigling vorkommen, wenn du nach Hause gingest?«

»Richtig geraten.« Endlich gelang es Yraen, wieder zu sprechen. »Ich hasse ihn, aber er zieht mich gleichzeitig auch an. Der Krieg, meine ich. Ich verstehe das nicht.«

»Zweifellos, oh, zweifellos.«

Es sah aus, als wollte Rhodry mehr sagen, aber in diesem Augenblick kam Dallandra aus dem Schatten. Sie trug ein sauberes Hemd, das viel zu groß für sie war, und knabberte an einem Stück Käse, das sie wie eine Bauersfrau in der Hand hielt. Yraen war verblüfft darüber, wie geschmeidig und zielgerichtet sie sich bewegte. Wenn sie so alt war, wie sie aussah, hätte sie nach einem solch anstrengenden Tag bestenfalls hinken können. Ohne zu warten, daß man sie bat, setzte sie sich neben Rhodry auf den Boden.

»Yraen hat mir gesagt, daß du unsere Namen kennst«, begann Rhodry sofort und ohne Gruß. »Woher?«

»Ich bin eine Freundin von Evandar.«

Rhodry gab eine Reihe wirklich widerwärtiger Flüche von sich, aber sie lachte nur und biß abermals von ihrem Käse ab.

»Und wer soll das sein?« fragte Yraen. »Ach, warte! Doch nicht dieser seltsame Kerl, der dir die Pfeife gegeben hat!«

»Genau der.« Abermals warf Rhodry der Kräuterfrau einen Blick zu. »Darf ich dich fragen, was du von mir willst?«

»Nur die Pfeife, die dein junger Freund gerade erwähnt hat. Ich fürchte, dieses Ding wird dir kein Glück bringen, Rhodry, und es ist gefährlich, wenn du es bei dir trägst.«

»Aha. Das dachte ich selbst ebenfalls. Die seltsamsten Leute – nun, ich nehme an, Leute ist nicht das beste Wort dafür –, die seltsamsten Wesen tauchen auf und versuchen, sie mir zu stehlen.«

Erst jetzt erinnerte Yraen sich wieder an diesen merkwürdigen Schatten, den er in Lord Elddyrs Hof gesehen hatte.

»Du wärest ohne dieses Ding wirklich besser dran«, sagte Dallandra. »Und Evandar hat sie eigentlich auch nicht bei dir lassen wollen. Er ist nur in letzter Zeit ziemlich zerstreut.«

Rhodry zog ein säuerliches Gesicht und sah sich rasch um, zog seine Satteltaschen zu sich und wühlte darin herum. Dann holte er die Pfeife heraus und hielt sie ins Feuerlicht.

»Sag mir eins«, meinte er. »Was ist es eigentlich?«

»Ich habe keine Ahnung, aber sie kommt mir irgendwie böse vor.«

Als sie die Hand nach der Pfeife ausstreckte, grinste Rhodry, entzog sie ihr und steckte sie wieder in die Satteltasche.

»Sag Evandar, er soll sie sich selbst holen.«

»Rhodry, das ist nicht der richtige Zeitpunkt, störrisch zu sein.«

»Ich muß ihm eine oder zwei Fragen stellen. Sag ihm, er soll selber kommen.«

Dallandra machte eine ärgerliche Bemerkung in einer Sprache, die Yraen noch nie gehört hatte. Rhodry lachte nur.

»Nun, ich möchte jedenfalls nicht dafür verantwortlich sein, daß du wegen dieses schrecklichen Dings umkommst«, fuhr die Kräuterfrau fort. »Also gebe ich dir etwas zu deinem Schutz.« Sie nestelte an ihrem Gürtel herum, wo etwas in einer dreieckigen Lederscheide hing. »Hier.«

Als Rhodry die Scheide nahm, konnte Yraen einen hölzernen Stiel – man konnte es kaum einen Griff nennen – sehen, der aus dem fleckigen und gerissenen Leder ragte. Rhodry holte ein Bronzemesser mit blattförmiger Klinge heraus, die aussah, als wäre sie zunächst flach gehämmert und dann wie die Hacke eines Bauern mit einer Feile geschliffen worden.

»Ihr Götter, alte Frau!« sagte Yraen. »Das da kann einen doch nicht schützen!«

»Sei still!« zischte Rhodry. »Oder noch besser, entschuldige dich bei der Dame.«

Als Yraen ihn ungläubig anstarrte, erwiderte Rhodry diesen Blick mit all seiner Berserkerwut.

»Ich bitte untertänigst um Verzeihung, gute Kräuterfrau«, stotterte Yraen. »Ich ducke mich beschämt zu deinen Füßen.«

»Es sei dir verziehen, Junge.« Sie lächelte kurz. »Und ich

weiß, es sieht seltsam aus, aber Rhodrys Feinde können auch ein wenig seltsam sein, nicht wahr?«

»Derjenige, den ich gesehen habe, war es jedenfalls. Ich meine, ich habe ihn nicht direkt gesehen, nur seinen Schatten, aber seltsam ist schon das passende Wort.«

Rhodry nickte zustimmend. Er war damit beschäftigt, die neue Waffe rechts an seinem Gürtel zu befestigen, da er links bereits den Silberdolch trug. Kopfschüttelnd stand die alte Frau auf, reckte sich und gähnte.

»Ich bin wirklich erschöpft«, meinte sie. »Also gut, Rhodry ap Devaberiel. Aber ich habe jetzt hier gewisse Verpflichtungen, zumindest, bis wir diese Verwundeten zu einem Wundarzt gebracht haben, und das mag länger dauern, als du glaubst. Dann kann ich Evandar sagen, daß er die Pfeife selbst holen soll. Bis dahin wirst du in Gefahr sein, ganz gleich, wie viele Messer ich dir gebe.«

»Das werde ich in Kauf nehmen. Ich will ein paar Antworten von deinem Freund, gute Kräuterfrau.«

»Ich ebenfalls.« Sie lachte so unbeschwert und harmonisch wie ein junges Mädchen. »Aber ich kann ihn selten dazu bringen, mir etwas zu verraten, daher bezweifle ich sehr, daß du mehr Glück haben wirst.«

Als sie sich umdrehte und ging, starrte Yraen ihr verblüfft nach. Lächelnd schnürte Rhodry die Satteltasche wieder zu und stellte sie direkt neben sich.

»Warum hast du ihr das verfluchte Ding nicht gegeben?« wollte Yraen wissen.

»Das weiß ich eigentlich auch nicht. Sie hat vermutlich recht, was Evandar und meine Fragen angeht.«

»Wer oder was ist dieser Evandar eigentlich?«

»Ich weiß es nicht. Das ist eine der Fragen, die ich ihm stellen will.«

»Oh. Nun, er und diese seltsame Hexe scheinen dich gut zu

kennen. Warte einen Augenblick. Sie hat dich Rhodry ap Devadingsbums genannt. Was für eine Art Name ist das? Der deines Vaters?«

Rhodry sah ihn lange nachdenklich an.

»Das ist elfisch«, sagte er schließlich, und dann warf er den Kopf zurück und brüllte vor Lachen.

Yraen wäre keinen Augenblick lang eingefallen, eine Erklärung von ihm zu erwarten, wenn er in dieser Stimmung war.

»Ich hole noch ein wenig Feuerholz.« Er stand auf. »Das Feuer ist beinahe niedergebrannt, und ich hätte nichts gegen etwas mehr Licht.«

Während er zu den Wagen mit den Vorräten ging, mußte Yraen an die alten Kindergeschichten denken, die er über die sogenannten Elcyon Lacar oder Elfen gehört hatte. Falls es sie tatsächlich geben sollte, dachte er, wäre Rhodry der beste Kandidat, zu ihnen zu gehören, einfach, weil er Yraen so unglaublich fremd vorkam.

Als Rhodry sich an diesem Abend zum Schlafen niederlegte, steckte er sich die Knochenpfeife ins Hemd. Er bezweifelte zwar, daß Dallandra versuchen würde, sie zu stehlen, aber es wäre ja durchaus möglich, daß eines der seltsamen Geschöpfe seine Erschöpfung ausnutzte, und daher legte er auch das Bronzemesser neben seine Decken. Tatsächlich erwachte er mitten in der Nacht von Geräuschen, die jemand verursachte, der seine Satteltasche auskippte. Als er sich aufsetzte und nach dem Messer griff, floh das Wesen. Rhodry konnte nichts weiter sehen als seine verstreuten Besitztümer. Die Pfeife war immer noch sicher in seinem Hemd. Leise stand er auf und packte seine Sachen wieder ein, dann zog er die Stiefel an, um sich umzusehen und mit den Wachen zu sprechen. Obwohl das Lager von Wachposten umgeben war, hatte keiner irgend etwas gesehen, weder im Lager noch draußen im stillen Tal.

Mitten zwischen zwei Wachposten blieb Rhodry stehen, rieb sich das Gesicht und gähnte, während er überlegte, ob er einem der Männer anbieten sollte, seinen Posten zu übernehmen. Von dort, wo er stand, konnte er die Reihen der Toten sehen, die unter ihren Decken auf ihr Begräbnis am nächsten Morgen warteten. Seufzend wandte er sich ab und sah Dallandra auf sich zukommen. Im Mondlicht sah er sie deutlich als eine junge und schöne Elfenfrau. Das lange silbrig-blonde Haar nachlässig zurückgebunden, schien sie kaum älter als ein Mädchen, aber er hatte genug gehört, um zu wissen, wer sie war.

»Guten Abend«, sagte er auf elfisch. »Suchst du mich?«

»Nein, ich konnte nur nicht schlafen«, antwortete sie in derselben Sprache. »Dieses Gemetzel! Ich würde am liebsten weinen, aber wenn ich damit anfinge, könnte ich lange nicht mehr aufhören.«

»Ja, so geht es manchen.«

»Dir nicht?«

»Anfangs schon. Ich bin darüber hinweggekommen, und ich hoffe, das wird unserem jungen Yraen auch gelingen. Wenn er weiterhin darauf besteht, mit mir zu reiten, wird er noch viel davon zu sehen bekommen.«

Sie nickte nur und starrte mit ihren stahlgrauen Augen ins Leere.

»Sag mir eins«, meinte Rhodry. »Du bist eine Dweomermeisterin, nicht wahr? Alle anderen in diesem Lager glauben, du wärst eine häßliche alte Vettel.«

»Das ist Evandars Dweomer, nicht meiner. Ich hätte wissen sollen, daß ein Mann vom Volk ihn durchschauen kann. Wir sind uns zuvor schon begegnet, Rhodry, auf eher seltsame Weise. Ich glaube jedenfalls, daß du mich gesehen hast, selbst wenn ich nicht wirklich auf der physischen Ebene anwesend war. Es war vor langer Zeit, als Jill und Aderyn dich aus einer recht schwierigen Situation gerettet haben.«

Rhodry verzog das Gesicht. Silberdolch oder nicht, es gab ein paar schändliche Dinge in seinem Leben, an die er sich nicht gerne erinnerte.

»Ich habe damals nicht sonderlich viel wahrgenommen«, sagte er schließlich. Plötzlich fiel ihm etwas ein. »Oh, ich habe traurige Nachrichten für dich. Oder wußtest du schon von Aderyn?«

»Ist er tot?«

»Ja – er starb an Altersschwäche.«

Tränen traten ihr in die Augen, und sie drehte sich um und verbarg ihr Gesicht in der Ellbogenbeuge. Als Rhodry ihr zögernd die Hand auf die Schultern legte, um sie zu trösten, wandte sie sich ihm blind zu und schluchzte an seiner Brust.

»Das tut weh«, sagte sie schließlich. »Ich bin überrascht, wie sehr.«

»Dann verzeih mir, daß ich dir diese Nachricht gebracht habe.«

Sie nickte, trat einen Schritt zurück und wischte sich das Gesicht mit dem Hemd ab.

»Ich rede später mit dir«, sagte sie, immer noch mit belegter Stimme. »Jetzt brauche ich einen Augenblick mit mir allein.«

Sie ging davon, selbst in ihrem Kummer mit so entschlossenem Schritt, daß er sich tatsächlich über die Blindheit der Menschen wundern mußte, die den Dweomer nicht durchschauten, der ihr das Aussehen einer alten Frau gab.

Lord Comerr lag auf einem Bett aus Decken an Lord Erddyrs Feuer. Sein Gesicht war totenbleich, er atmete flach, und seine Haut war kalt – drei Vorzeichen, die Dallandra zutiefst beunruhigten. Während sie die Verbände an seinen Wunden wechselte, kniete Erddyr neben ihr und tat sein Bestes, ihr zu helfen, indem er ihr die Dinge reichte, um die sie bat. Comerr rührte sich ein- oder zweimal, sagte aber kein Wort.

»Sagt mir ehrlich«, meinte Erddyr. »Wird er leben?«

»Vielleicht. Er ist ein zäher Mann, und es gibt einige Hoffnung, aber hat schrecklich viel Blut verloren.«

Erddyr hockte sich auf die Fersen und betrachtete Comerrs Gesicht.

»Darf ich Euch eine unverschämte Frage stellen, Herr«, fuhr Dallandra fort. »Habt Ihr je daran gedacht, den Gwerbret um Hilfe zu bitten? Lord Adry ist tot, und Comerr wird vielleicht ebenfalls nicht überleben. Es scheint ein wenig überflüssig zu sein, jetzt noch darum zu kämpfen, wer von ihnen eines Tages Tieryn sein wird.«

»Das ist wahr. Und sie sind nicht die einzigen Adligen, die bei dieser Schlacht gestorben sind. Ich habe wirklich darüber nachgedacht, eine Botschaft an den Gwerbret zu senden.«

»Das freut mich. Glaubt Ihr, die andere Seite wird nachgeben?«

»Es wird ihnen wenig übrigbleiben, wenn der Gwerbret sich der Angelegenheit annimmt. Außerdem ist Nomyr der einzige Adlige, der an ihrer Seite verblieben ist, und er ist nur aus Pflichtgefühl mit dabei.«

»Hat Adry keinen Sohn?«

»Ja, aber der Junge ist erst sieben.«

Dallandra fluchte leise. Erddyr betrachtete seinen gnädigerweise bewußtlosen Verbündeten.

»Ach, bei allem Eis der Höllen, es tut mir leid, ihn so verstümmelt zu sehen.«

»Besser als tot. Der Arm hätte nicht gerettet werden können, und ich wäre nie imstande gewesen, die Blutung rechtzeitig zu stillen.«

»Oh, ich wollte Eure Entscheidung nicht in Frage stellen.« Erddyr schauderte wie ein nasser Hund. »Ich denke, ich werde meine Chance nutzen, ihn aus dieser Sache herauszubringen, solange er noch nicht selbst reden kann. Ich werde die Boten morgen abschicken.«

»Die Götter werden Euch dafür ehren. Wißt Ihr, Herr, ich habe zufällig einen Geleitbrief mit dem Siegel des Gwerbret bei mir. Ihr könnt ihn gerne benutzen.«

»Tausend Dank, das werde ich tun.«

»Ich frage mich, ob Euer Lordschaft mir vielleicht einen Gefallen tun könnten. Ich wäre auch froh, wenn mein Freund Rhodry aus dieser Sache herausgehalten würde. Könnt Ihr nicht Eure beiden Silberdolche als Boten schicken?«

»Oh, ich würde Euch gerne einen Gefallen tun, aber sie werden dort in größerer Gefahr sein als hier. Ihr vergeßt, daß Rhodry derjenige war, der Lord Adry getötet hat. Wenn Adrys Männer ihn auf der Straße erwischen, werden sie ihn umbringen, selbst wenn er einen Geleitbrief vom Höllenfürsten persönlich hat.«

»Daran hatte ich nicht gedacht.«

Erddyr rieb sich den Bart und sah Comerr an, der im Schlaf den Kopf drehte und vor Schmerz leise aufstöhnte. Dallandra, die plötzlich zu müde war, um noch stehenzubleiben, setzte sich auf den Boden und stützte den Kopf auf beide Hände.

»Ich bitte um Verzeihung, gute Kräuterfrau«, sagte Erddyr. »Ich hätte Euch nie so lange aufhalten dürfen. In Eurem Alter braucht Ihr Euren Schlaf.«

»Ja. Werden Euer Lordschaft mich also entschuldigen?«

Aber sobald sie sich niedergelegt hatte, mußte Dallandra an Aderyn denken. Die Überraschung über ihre Trauer beunruhigte sie mehr als die Trauer selbst, bis ihr klar wurde, daß sie nicht so sehr um den Mann trauerte als darum, was ihre Liebe hätte sein können, wenn Evandar und sein Volk sie nicht beansprucht hätten. Eine andere schmerzliche Nachricht war, daß Aderyn einfach an Altersschwäche gestorben war. Obwohl sie ein paar Monate mit ihm verbracht hatte, als er selbst schon längst älter gewesen war, als Menschen normalerweise werden, sah sie ihn in ihrem Geist immer noch als ihren jungen Geliebten, mit seinem liebenswerten Lächeln und dem ernsten Blick. Sie weinte sich allein am Rand des Lagers in den Schlaf.

Die Armee brauchte zwei Tage, um in Comerrs Festung zurückzukehren, weil das Leben des Lords an einem seidenen Faden hing. In einem Wagen durchgeschüttelt zu werden ermüdete ihn so schrecklich, daß sie hier und da gezwungen waren anzuhalten, damit er sich ein wenig ausruhen konnte. Endlich, kurz vor Sonnenuntergang des zweiten Tages, ritten sie durch die großen, eisenbeschlagenen Tore in den Hof, wo Comerrs junge Frau weinend wartete, um ihren Mann in Empfang zu nehmen. Dallandra half der Lady, Comerr in sein eigenes Bett zu bringen und sich um seine Wunden zu kümmern, dann ging sie zum Essen hinunter in die große Halle.

Alle Männer drängten sich hier auf der Reiterseite und aßen auf dem Boden oder auf Bänken sitzend. Lord Erddyr saß allein am Ehrentisch. Als Dallandra zu ihm ging, um kurz mit ihm zu sprechen, bestand der Lord darauf, daß sie sich zu ihm setzte.

»Was haltet Ihr jetzt von Comerrs Chancen?« fragte Erddyr.

»Sie sind gut. Er hat das Schlimmste hinter sich, und noch gibt es kein Anzeichen von Wundbrand oder Starrkrampf.«

Mit einem erleichterten Seufzer reichte Erddyr Dallandra ein Stück Brot und goß ihr selbst das Bier ein. Schweigend aßen sie Schweinebraten und Brot von derselben Holzplatte. Endlich lehnte der Lord sich in seinem Sessel zurück.

»Nun, im Augenblick kann ich nur auf die Antwort des Gwerbret auf meine Botschaft warten. Ich frage mich, ob Nomyr bereits einen ähnlichen Brief an ihn geschickt hat.« Er hob eine fettige Hand und zählte an den Fingern ab. »Adry ist tot, Tewdyr und sein Erbe sind tot, Oldadd ist tot, Paedyn ist tot, und Degedd ist tot. Pferdedreck, ich bin überhaupt nicht mehr sicher, ob ich auch nur noch einen Schweinefurz um diesen Krieg gebe, aber ich flehe Euch an, gute Frau, erzählt niemandem, daß ich je etwas so Ehrloses gesagt habe.«

Nach zwei Tagen kehrten die Boten mit der Nachricht zurück, daß der Gwerbret mit seinem gesamten Kriegshaufen von fünfhundert Mann auf dem Weg war, sich der Angelegenheit anzunehmen. Erddyr sollte fünfundzwanzig Männer als Ehrengarde auswählen und sich auf neutrales Gebiet begeben. Nomyr würde dasselbe tun oder zum Verräter erklärt werden. Obwohl Dallandra gerne mitgekommen wäre, um zu erfahren, wie es weiterging, galt ihre erste Pflicht den Verwundeten. Gut die Hälfte von ihnen war auf dem Weg zurück zur Festung gestorben, aber es waren immer noch über zwanzig Mann übrig, die mehr Pflege brauchten, als die Diener ihnen geben konnten. Spät an diesem Abend, als sie sich in den Mannschaftsunterkünften um die Kranken kümmerte, kam der Bote zu ihr. Er hatte in der Festung des Gwerbret auch einen Brief für sie erhalten.

»Könnt Ihr lesen, gute Frau, oder soll ich den Schreiber holen?«

»Ich kann ein wenig lesen. Laßt es mich versuchen.«

Es fiel ihr recht schwer, deverrianisch zu lesen, aber der Brief war nur kurz.

»Ah, er ist von Timryc, dem Wundarzt! Er kommt so schnell wie möglich hierher, und er bringt eigene Arzneien mit.«

Sie war so erleichtert, daß sie weinte – nur ein paar kurze Tränen, während der Bote mitfühlend nickte und einen Blick auf die Männer warf, die soviel weniger Glück gehabt hatten als er. Sie würde ihm oder einem anderen Menschen niemals sagen können, daß sie beim Anblick all dieses zerrissenen und zerquetschten Fleischs und der zerborstenen Knochen eigentlich mehr von Ekel als von Mitgefühl erfüllt wurde.

Kurz vor Mitternacht ging Dallandra auf den Hof hinaus. Inzwischen hatte der Mond längst seinen Höchststand hinter sich gebracht. Die meisten in der Festung schliefen, aber durch die Fenster konnte sie sehen, daß ein paar Diener immer noch in der vom Feuer erleuchteten großen Halle beschäftigt waren. Sie war herausgekommen, um frische Luft zu schnappen, aber im Hof stank es nach Hühnermist und Schweinedreck. Der Boden war gerade erst aufgetaut, und es war überall schlammig und schleimig von sprießendem Unkraut und Pilzen.

Einen Augenblick hätte sie am liebsten laut geschrien und wäre davongerannt, hätte einen Weg zurück in Evandars Land gesucht, ganz gleich, wer sie hier in der Menschenwelt brauchte. Wie konnte sie Elessario oder andere Wächter zu einer so schrecklichen Existenz verdammen? Selbst das Volk, bei all seinem langen Leben, mußte Krankheiten und Verletzungen erdulden und starb am Ende. Sogar Elfen verbrachten trotz all ihres früheren Ruhms kalte, feuchte Winter in übelriechenden Zelten, bei wenig Vorräten und Brennstoff. Vielleicht hatte Evandar ja recht. Vielleicht wäre es besser, nie geboren zu sein, eine kurze Zeit in der sich stets verändernden Astralwelt wie Flammen in einem Feuer zu leben und dann friedlich zu verblassen.

Sie blickte zum Mond auf, der nun blasser wurde und bald im Dunkeln verschwinden würde. Aber in der nächsten Nacht würde er weiterscheinen und anwachsen, bis er wieder voll und hoch am Himmel stand – ein deutliches Symbol für das Ab- und Zunehmen des Lichts, das Sinken und Aufsteigen von Geburt und Tod. Früher einmal hätte Dallandra Trost in der Meditation über ein solches Symbol gefunden. In dieser Nacht, in dem stinkenden, feuchten Hof, war sie einfach zu müde und fühlte sich zu elend.

»Evandar, ich wünschte, du wärest hier.«

Obwohl sie nur geflüstert hatte, war sie überrascht, überhaupt gesprochen zu haben. Es gab Zeiten, da konnte sie ihn mit konzentrierten Gedanken herbeirufen, aber als sie das in dieser Nacht versuchte, verspürte sie nur, daß er sich weit außerhalb ihrer Reichweite befand, vielleicht mit eigenen Angelegenheiten beschäftigt, statt in ihrer Nähe zu warten in jener Welt, die er das Torland nannte. Vielleicht hatte sein Bruder den Waffenstillstand gebrochen? Sich an den Fuchskrieger zu erinnern und sich zu fragen, ob ein seltsamer Kampf bereits begonnen hatte, ließ sie vor Abneigung schaudern.

»Evandar!«

Kein Gedanke, kein Hauch seiner Präsenz kam zu ihr, aber sie war sicher, sie würde wissen, wenn er tot war oder wenn man ihn gegen seinen Willen von ihr fernhielt.

»Evandar!«

Sie konnte ihre Stimme hören, das Jammern eines Kindes, das sich verlaufen hatte. Dennoch spürte sie nichts als gewaltige Leere. Sie hatte keine Wahl, als sich allein ihrer Melancholie zu stellen.

In der Hoffnung, sauberere Luft zu finden, ging Dallandra aufs Tor zu, nur um festzustellen, daß jemand vor ihr die Leiter von den Zinnen herabkletterte. Als er sich umdrehte, erkannte sie mit ihren Elfenaugen, daß es Rhodry war, der gähnend von der Wache kam. Sie blieb im Schatten der Festung stehen, verbarg sich, weil sie mit niemandem sprechen wollte, aber da er selbst ein halber Elf war, waren seine Augen so gut, daß er sie bemerkte.

»Du bist noch spät wach«, meinte er.

»Ich habe mich um die Verwundeten gekümmert. Bei den Göttern unserer beiden Völker, ich hoffe, der Wundarzt kommt bald.«

»Es sollte nicht mehr lange dauern. Soll ich dich zu deinem luxuriösen Quartier begleiten? Ich hoffe zumindest, daß unser Lord dir einen sauberen Schlafplatz besorgt hat.«

»Ja, obwohl es nichts Großartiges ist. Einer der Vorratsschuppen.« Plötzlich gähnte sie. »Ich bin müder, als ich dachte.«

Schweigend gingen sie um die Festung herum und an der Küchenhütte vorbei zu dem baufälligen kleinen Schuppen, der ihr als Schlafkammer diente. Da selbst die vom Volk nicht in völliger Dunkelheit sehen konnten, hatte sie eine kleine Kerzenlaterne auf ein Bierfaß gestellt, so weit wie möglich entfernt von dem Strohhaufen, auf dem sie ihre Decken ausgebreitet hatte. Als sie die Kerze mit einem Fingerschnippen entzündete, zuckte Rhodry zusammen.

»Daran kann man sich nie wirklich gewöhnen«, sagte er, aber er grinste. »Kann ich eine Weile mit dir sprechen? Ich möchte dir ein paar Fragen stellen, aber ich sehe, daß du müde bist, also schick mich weg, wenn du willst.«

Dallandra zögerte, aber es ging nicht nur darum, daß er die Antworten wirklich verdient hatte – sie wollte auch einfach nicht allein sein.

»Ich bin nicht zu müde. Verriegle bitte die Tür.«

Sie setzte sich auf ihre Decken und sah zu, wie er sich neben das Faß hockte. Sie war verblüfft, wie gut er in den tanzenden Schatten des Kerzenlichts aussah, besonders für einen Mann, der halb Mensch war. Irgendwie war ihr das bei all den Gefahren und der schweren Arbeit der vergangenen Tage einfach nicht aufgefallen. In der finsteren Stimmung, in der sie sich befand, ließen ihn die graue Strähne in seinem Haar und die Falten um seine Augen nur noch attraktiver erscheinen. Er war ein Mann, der Niederlagen und Leid kannte.

»Wer oder was ist Evandar?« sagte er abrupt. »Er gehört nicht zum Volk, nicht wahr?«

»Nein, und er ist auch kein Mensch. Er ist überhaupt nicht inkarniert oder ein körperliches Wesen. Weißt du, was diese Worte bedeuten?«

»Einigermaßen.« Er grinste. »Ich habe nicht nur ein paar Jahre in der Gesellschaft von Zauberern verbracht, sondern ich wurde als Maelwaedd erzogen. Ich bin ein bißchen gebildeter als die meisten Lords im Grenzland und auch als die meisten Silberdolche.«

»Verzeih ...«

»Das ist nicht nötig. Ich glaube nicht, daß irgend jemand sonst in der Festung wüßte, wovon du sprichst, vielleicht mit Ausnahme des jungen Yraen, und er würde dir nicht glauben.«

Beide lachten leise.

»Aber Evandar ist nur einer von einer ganzen Schar von Wesen. Einige sind wie er – wirkliche Individuen, meine ich. Die anderen haben etwa so viel Bewußtsein wie kluge Tiere, aber nicht mehr, und es gibt auch einige, die sich nie zu etwas entwickelt haben, was man als Mann oder Frau bezeichnen könnte.«

»Ach ja? Und was ist mit diesem dachsköpfigen Ding, das versucht, diese Pfeife zu stehlen?« Rhodry legte die Hand auf sein Hemd, direkt über dem Gürtel. »Gehört der Bursche auch zu Evandars Leuten?«

»Nein. Er ist ein Abtrünniger von einer anderen Gruppe, deren Herrscher Evandars Bruder ist, und das ist ein reichlich seltsames Geschöpf.« Wieder schauderte sie, als sie sich an die schiere Bosheit in den schwarzen Fuchsaugen erinnerte. »Ich verstehe sie selbst nicht wirklich, Rhodry. Ich versuche nicht, dich hinzuhalten. Du denkst vielleicht an die alten Geschichten, wie ich Aderyn vor Hunderten von Jahren verlassen habe, aber du darfst nicht vergessen, daß ich nach den Maßstäben von Evandars Welt gerade mal einen Monat dort gewesen bin.«

Er öffnete den Mund zu einem leisen, überraschten »Oh«.

»Und ich habe auch keine Ahnung, was diese Pfeife sein

könnte«, fuhr sie fort. »Ich nehme an, sie ist überhaupt nicht magisch, sondern nur ein Gegenstand wie dieser Ring, den du hast.«

»Warte! Wenn auf diesem Ring kein Dweomer liegt, warum versucht diese Frau dann, ihn mir abzunehmen?«

»Alshandra? Evandar hat mir von deinen Begegnungen mit ihr erzählt. Ich glaube, sie versteht selbst nicht, was sie tut. Ich fürchte, sie hat den Verstand verloren.«

»Na wunderbar!« zischte Rhodry. »Hier bin ich und werde von einem Ding aus den Anderlanden und einem verrückten Geist durch zwei Königreiche gescheucht, und niemand weiß auch nur, warum! Ich könnte genausogut selbst verrückt werden.«

»Das könnte ich dir nicht übelnehmen, aber es wäre schade. Du wirst deinen Geist brauchen.«

»Zweifellos. Das ging mir immer so, mein ganzes elendes Leben lang – vielleicht mit Ausnahme der paar Jahre im Grasland. Das war der einzige Friede, den ich je gekannt habe, Dalla, diese Jahre beim Volk.«

Plötzlich sah er so erschöpft, so abgehärmt aus, daß sie sich vorbeugte und ihm die Hand aufs Knie legte.

»Es tut mir leid, dich so traurig zu sehen, aber du hast wirklich ein verworrenes Wyrd, und es gibt nichts, was ich oder ein anderer Dweomermeister dagegen tun kann.«

Er nickte und legte seine Hand auf ihre – zunächst nur eine freundliche Geste, aber es kam ihr so vor, als entstünde so etwas wie Wärme zwischen ihnen. Seine Finger, die rauhen, schwieligen Finger eines Kriegers, schlossen sich fester um ihre Hand. Sie zögerte und dachte an Evandar, aber als sie ihren Geist nach ihm aussandte, spürte sie nichts anderes als eine gewaltige Entfernung zwischen ihnen. Als Rhodry ihre Hand hob und ihre Fingerspitzen küßte, nur ganz leicht, spürte sie die Wärme sich wie Met in ihrem Blut ausbreiten. Er kam auf die Knie, zog sie mit sich hoch. Sie legte ihre freie Hand flach auf seine Brust.

»In ein paar Tagen muß ich diese Welt verlassen und in jene zurückkehren, die ich zu meiner Heimat gemacht habe. Wenn du mit Seiner Lordschaft zu der Verhandlung reitest, könnte ich gut schon verschwunden sein, ehe du wiederkehrst, und bis ich zurückkomme, sind in deiner Welt vielleicht hundert Jahre vergangen.«

»Und würde es dich traurig machen, wenn du zurückkämest und ich wäre weg?«

»Ja, aber nicht genug, daß ich hierbleiben würde. Es ist nur gerecht, dir das zu sagen.«

Er lächelte, aber im Kerzenlicht wurden seine Augen wie Brunnen vor Traurigkeit.

»Ein Silberdolch ist niemand, der Forderungen an eine Frau stellen oder ihr Kommen und Gehen beeinflussen kann.«

Sie hätte gerne etwas gesagt, um ihn zu trösten, aber er küßte sie, zunächst zögernd, dann immer leidenschaftlicher, als sie sich in seine Arme drängte. Zunächst war sie entsetzt darüber, wie stark, wie fest er war, wirkliche Muskeln und Knochen, warme Haut und der Geruch nach Pferden und Schweiß. Als er sie ins Stroh legte, spürte sie sein Gewicht, und sein Mund schien auf ihren Lippen, auf ihrem Gesicht und ihrem Hals zu brennen, während er sie wieder und wieder küßte, als hätte sie Fieber und er wäre der Heiler. Sie grub ihre Fingerspitzen in seinen Rücken, nur um einen festen Körper unter ihren Händen zu spüren. Sie drängte sich so dicht wie möglich an ihn, nur um seine Wärme zu atmen – eine animalische Wärme, wie ihr plötzlich klar wurde. Irgendwie hatte sie offenbar vergessen, daß auch sie ein Tier war, ganz gleich, wie groß ihre Dweomermacht war, ganz gleich, wie weit sie sich von der Welt des Fleisches entfernt hatte. In diesem Augenblick war sie nur froh, daß er sie erinnerte.

Danach lag sie keuchend und schwitzend in seinen Armen und hörte sein Herz dicht an ihrem schlagen. Die Kerze warf flackernde Schatten auf die Holzwände, als leiser Wind sich draußen erhob und im Strohdach zu flüstern begann. Rhodry küßte Dallandras Augen, ihren Mund, dann ließ er sie los und rückte ein Stück von ihr ab. Er sah so traurig aus, daß sie ihm die Hand auf die Wange legte. Er drehte den Kopf und küßte ihre Finger, aber er sagte nichts, sah nur zu, wie die Schatten hierhin und dorthin sprangen. Sie setzte sich, fuhr mit beiden Händen durch ihr Haar und strich es sich aus dem Gesicht.

»Mußt du wirklich mit Erddyr reiten?« sagte sie.

Er grinste und sah sie wieder an.

»Ich habe bereits gesagt, daß Yraen und ich mitkommen würden.«

»Wirst du denn in Sicherheit sein? Erddyr sagte etwas darüber, daß Adrys Männer dich umbringen wollen.«

»Und die Gesetze werden den Gwerbret dazu veranlassen, es ihnen zu verbieten, wenn ich mich seinem Gericht stelle. Ich möchte, daß diese Angelegenheit geregelt ist, bevor wir weiterreiten.« Er setzte sich, reckte sich und gähnte. »Du hast nicht zufällig Lust, mit einem Silberdolch auf den langen Weg zu kommen? Du mußt mir keine Antwort geben – ich habe mich nur gefragt. Ich weiß, daß du zu tun hast, und ich – Ihr Götter! Was ist das?«

Dallandra fuhr herum und sah jemanden – oder etwas – im Schatten der Ecke hocken. Es war zu klein, um das dachsköpfige Geschöpf zu sein, das sie zuvor bemerkt hatte. Es war eher hundeähnlich, hatte winzige rote Augen, die wie Kohlen glühten, und lange, glitzernde Reißzähne. Als Dallandra die Hand hochriß und etwas in die Luft zeichnete, schrie es auf und verschwand. Rhodry fluchte leise.

»Ich wünschte, du würdest mir diese elende Pfeife geben«, sagte sie.

»Was? Und zulassen, daß du dich diesen Geschöpfen stellst?«

»Ich weiß zufällig, wie man mit ihnen umgeht.«

»Das stimmt. Aber wenn ich sie dir gebe, was wirst du dann tun? In dieses andere Land zurückkehren?« Plötzlich lächelte er sanft. »Es wäre mir lieber, wenn du hier noch ein wenig aufgehalten würdest.«

»Ach ja?«

Sie sah die Pfeife, die nicht weit entfernt lag, wo sie hingerollt war, als er das Hemd ausgezogen hatte, und sie versuchte danach zu greifen. Aber Rhodry war schneller. Er packte ihre Handgelenke und hielt sie zurück, obwohl sie sich wehrte. Sie mußte lachen, ließ zu, daß er sie an sich zog, und küßte ihn, bis er sie losließ, damit sie wieder beieinanderliegen konnten. Aber bevor sie sich noch einmal liebten, griff er nach der Pfeife und steckte sie ins Stroh unter ihrem Kopf, wo nichts sie stehlen konnte.

Diesmal schlief er ein, als sie fertig waren – so plötzlich und tief, daß es schien, als sänke er ins Stroh und würde verschwinden. Sie glitt aus seinen Armen und stand auf. So nackt wie eine Bauersfrau, die auf dem Feld zu ihrer Göttin betet, hob sie die Arme und beschwor das Licht. Sie nutzte ihre ausgestreckte Hand als Waffe, um einen Kreis blauen Lichts um die Hütte zu zeichnen und sie in alle vier Himmelsrichtungen mit dem Zeichen der Könige der Elemente zu versiegeln. Mit einem Fingerschnippen ließ sie den Kreis rotieren und rotgolden aufglühen, bis er zu einer drehenden Kuppel wurde, in deren Mitte der schlafende Rhodry lag. Kein Angehöriger eines elementaren oder astralen Volks konnte diese Mauer durchdringen.

So leise sie konnte, setzte sie sich neben ihn und holte die Pfeife aus dem Stroh. Sie hätte sie jetzt stehlen, in die Nacht davonschleichen und wieder in Evandars Land sein können, bevor Rhodry auch nur erwachte. Zweifellos würde Timryc am nächsten Morgen dasein, um sich um die Verwundeten zu kümmern. Sie konnte sogar mit dem Zweiten Gesicht nachsehen und sich davon überzeugen und dann mit ruhigem Gewissen gehen. Aber als sie ihren menschlichen Geliebten im Licht der flackernden Kerze schlafen sah, fragte sie sich, ob sie überhaupt zu Evandar zurückkehren wollte. Sie fühlte sich wegen ihres Betrugs nicht schuldig, falls Betrug überhaupt das angemessene Wort war. Die fleischliche, verschwitzte Liebe, die sie gerade mit Rhodry geteilt hatte, war so vollkommen anders als alles, was sie je mit Evandar erlebt hatte, daß sie die beiden einfach nicht miteinander vergleichen konnte. Sie gehören tatsächlich zu verschiedenen Welten, dachte sie bei sich. Und ich? Ich nehme an, ich gehöre in diese hier, ganz gleich, was ich mir wünsche oder was ich denke, egal, wie sehr es mich quält.

Irgendwann würde sie in die Welt und ins Westland zurückkehren, wenn ihre Arbeit getan, ihr Dienst für Evandars Volk geleistet war. Obwohl sie ihr Leben immer als Last betrachten würde, ganz gleich, welchen Trost es von nun an bot, mußte sie Rhodry danken, daß er sie daran erinnert hatte, daß sie zum Leben dieser Welt gehörte. In der Zwischenzeit hing zu viel von ihr ab, nicht nur Evandars Glück, sondern seine Seele und die seiner Tochter und seines ganzen Volkes, als daß sie sich hätte länger im Land der Menschen aufhalten können. Ganz gleich, wie viele Zweifel sie hatte, sie liebte Elessario und Evandar zu sehr, um sie der Verdammnis zu überlassen.

Rhodry regte sich im Schlaf, seufzte und vergrub sein Gesicht in der Ellbogenbeuge wie ein Kind. Einen Augenblick fragte sie sich, wie es wohl wäre, ein wenig länger bei ihm zu bleiben und über die Straßen Deverrys zu reiten, aber sie wußte, daß er sie irgendwann nur langweilen würde, und all das Schöne, was sie geteilt hatten, würde dadurch befleckt. Sie würde Rhodry zurücklassen müssen, aber sie wollte keine Diebin sein. Sie warf die Pfeife auf sein Hemd, löschte die Kerze mit einem Fingerschnippen, dann legte sie sich wieder hin, um sich diese letzten, wenigen Stunden an ihn zu schmiegen.

Ein paar Stunden nach der Morgendämmerung erwachte Dallandra und stellte fest, daß Rhodry bereits gegangen war und die Pfeife mitgenommen hatte. Hastig zog sie sich an und eilte in den leeren, stillen Hof. Als sie in die große Halle kam, informierte ein Page sie, daß Erddyr und sein Gefolge, darunter Yraen und Rhodry, bereits im Morgengrauen losgeritten waren.

»Soll ich Euch etwas zu essen bringen, gute Frau?«

»Danke, aber ich sollte mich lieber erst um die Verwundeten kümmern.«

»Ach, damit befaßt sich schon Timryc, der Wundarzt. Er und einer seiner Schüler sind eingetroffen, als unsere Männer davonritten.«

Wieder war sie so erleichtert, daß sie weinte. Während der Page sie ernst betrachtete, wischte sie sich das Gesicht mit dem Ärmel ab.

»Dann werde ich jetzt frühstücken, Junge, und ich danke dir für die Nachricht.«

Dallandra brauchte noch einige Zeit, um mit Timryc über ihre Patienten zu sprechen und sich zu verabschieden. Gerade als sie durchs Tor ritt, kam Lord Comerrs Kammerherr hinter ihr hergerannt und bestand darauf, daß sie einen Beutel Silbermünzen zum Dank annahm, bevor sie weiterritt. Als sie die Türme der Festung von der Straße aus nicht mehr sehen konnte, hatte die Sonne schon ihren Höchststand erreicht. In der Mitte des Weidelandes fand sie einen Bach, der durch ein kleines Gehölz floß. Sie schickte ihr Pferd und ihr Maultier zum Grasen, dann nahm sie ein Bad, wie es die Elfen tun:

im rasch dahinströmenden, sauberen Wasser statt in einem schmutzigen Holzzuber.

Nachdem sie sich abgetrocknet und wieder angezogen hatte, setzte sie sich ans Ufer und sah zu, wie die Sonne kleine Lichtflecken auf die Wellen warf. Sie dachte an Evandar. Diesmal kam er zu ihr. Zunächst spürte sie seine Gegenwart wie einen Klang, als riefe jemand aus großer Entfernung ihren Namen. Dann hatte sie dasselbe Gefühl wie jemand, der lesend in einem Zimmer sitzt und eher spürt als sieht, daß eine andere Person leise zur Tür hereinkommt. Schließlich trat er zwischen zwei Bäumen hervor, und ungeachtet dessen, was sie in der Nacht zuvor mit Rhodry getan hatte, lächelte sie ihn strahlend an. Lachend nahm er sie in die Arme und gab ihr einen seiner seltsam kalten Küsse. Er roch sauber wie das Bachwasser und überhaupt nicht wie ein Mensch.

»Du siehst blaß aus, meine Liebste«, bemerkte er auf deverrianisch. »Beunruhigt dich etwas?«

»Ich habe nur eine grausige Woche oder zwei verbracht, in der ich mich um Verwundete gekümmert habe, und viele von ihnen sind gestorben, so sehr ich auch versucht habe, ihnen zu helfen.«

»Das ist traurig.«

Sie wußte, daß er kein wirkliches Mitgefühl empfand, aber es war tröstlich genug, daß er sich um ihretwillen bemühte.

»Rhodry hat die Pfeife immer noch«, sagte sie. »Er wollte sie nicht hergeben. Er sagt, er möchte mit dir sprechen und daß du sie selbst holen mußt.«

Evandar lachte mit einem Aufblitzen seiner scharfen, weißen Zähne.

»Dann werde ich mit ihm sprechen. Ich habe etwas übrig für mutige Männer. Nun, ich denke, ich sollte am besten gleich hierbleiben. Wenn ich mit dir zurückkehre, verfehle ich ihn vielleicht.«

»Du hast recht. Wo warst du eigentlich? Ich habe nach dir gerufen – nun, hier war es in der vergangenen Nacht, wann immer das in deinem Land gewesen sein mag.«

Einen Moment lang schien er verwirrt.

»Ah! Ich war auf den Inseln, um nachzusehen, wie es Jill ergeht. Sie ist offenbar krank gewesen, aber nun geht es ihr gut, und sie erfährt viel über den Dweomer. Wenn sie so weitermacht, werden ihr bald Flügel wachsen wie uns.«

»Es ist gefährlich, wenn ein Mensch so etwas lernt. Ich frage mich, wie gut ihre Lehrer sind und ob sie die Unterschiede von einer Seele zur anderen kennen.«

Evandar lachte laut.

»Darauf würde ich wetten, meine Liebste, aber du siehst aus wie eine Katzenmutter, die die kleinen Kätzchen von der Gefahr wegscheuchen will! Mach dich auf den Rückweg. Ich werde dein Pferd nehmen und Rhodry folgen. Ich bezweifle, daß ich ihm sagen werde, was er wissen will, aber vielleicht können wir ja Rätsel tauschen.«

»Also gut.« Sie küßte ihn. »Und du hast mir versprochen, dieses gestohlene Maultier und all die anderen Sachen zurückzugeben, nicht wahr?«

»Das habe ich. Ich werde sofort einen meiner Leute damit beauftragen, das verspreche ich dir.«

»Danke. Wir treffen uns an unserem Fluß.«

Da er so nah bei ihr war, konnte sie seinen Dweomer nutzen, um die Ebenen zu durchbrechen. Sie trieb auf der Oberfläche des Baches, sah, wie der Nebel des Torlandes sich öffnete, und trat hindurch. Sie hatte gerade noch Zeit, Evandar, der am Bachufer stand, zuzuwinken, bevor sich der Nebel um sie schloß. Wieder hing die kleine Amethyststatue an ihrem Hals. Sie ging durch die neblige Landschaft hinter dem Tor, bis sie sicher sein konnte, daß Evandar und das Land der Menschen weit hinter ihr lagen. Dann setzte sie sich an einen feuchten

Hügelabhang und weinte um Rhodry Maelwaedd, den sie wahrscheinlich nie wiedersehen würde.

Das neutrale Gelände war anderthalb Tagesritte von Lord Comerrs Ländereien entfernt und befand sich auf den Ebenen der deverrianischen Seite der Hügel von Pyrdon. Vor der ummauerten Festung eines gewissen Tieryn Magryn, der sich vor allem dadurch auszeichnete, daß er weder Verbindungen zu Comerr noch zu Adry hatte, lagerte der Kriegshaufen des Gwerbret auf einer üppigen Frühlingswiese. Sobald Lord Erddyr und seine Eskorte aus dem Sattel stiegen, waren sie von hundert Männern umgeben – all das geschah ausgesprochen freundlich, aber Yraen wußte, daß man sie unter Arrest gestellt hatte, um sie von Lord Nomyr und seinen Reitern fernzuhalten. Ein paar der Männer des Gwerbret nahmen ihre Pferde, andere eskortierten sie auf einem festgelegten Weg durch die Zeltreihen.

Am anderen Ende, nur ein paar hundert Schritt von der Festung entfernt, stand ein langgezogener Pavillon mit den grünen und blauen Bannern der Gwerbrets von Dun Trebyc. Gwerbret Drwmyc, ein hochgewachsener, blonder Mann Anfang Dreißig, saß auf einem Lehnstuhl, in den das Adlerwappen seines Clans eingeschnitzt war. Hinter ihm standen zwei Berater, und an einem winzigen Tisch in der Nähe saß ein Schreiber.

Lord Nomyr war bereits anwesend und kniete rechts vom Gwerbret, seine Ehrengarde saß in ordentlichen Reihen hinter ihm. Erddyr bedeutete seinen Männern, sich ebenfalls niederzulassen, und kniete zur Linken des Gwerbret nieder. Die Männer des Gwerbret standen rund um diese Szene, die Hände auf den Schwertgriffen, um beim ersten Anzeichen von Ärger bereit zu sein.

»Ich bin erfreut, daß Ihr beide so pünktlich eingetroffen

seid«, sagte Drwmyc. »Nun, Lord Erddyr, wer hat Euch geschickt?«

»Comerr selbst, Euer Gnaden. Er hat mir dieses Siegel gegeben und vor Zeugen geschworen, sich an jede Entscheidung zu halten, die ich in seinem Namen treffe.«

»Gut. Lord Nomyr?«

»Ich bin hier im Auftrag von Lady Talyan, Regentin für ihren Sohn Lord Gwandyc, Adrys Erben. Auch sie hat zugestimmt, sich dem Urteil Eurer Gnaden zu unterwerfen.«

»Nun gut. Lord Erddyr, da Ihr derjenige seid, der sich an mich gewandt hat, sprecht als erster und berichtet über die Gründe dieses Krieges.«

Erddyr erzählte die Geschichte der Auseinandersetzung um die Weiderechte und viele andere Gründe für böses Blut zwischen Adry und Comerr. Als er fertig war, hatte Nomyr die Gelegenheit, seine etwas andere Version von sich zu geben. Dann ging es hin und her, von einem Ereignis zum nächsten, Kampf um Kampf, während die Männer unruhig wurden. Für die Reiter war diese Gerichtssitzung eine jämmerliche Art, den Kampf zu beenden: die Ausflucht eines Feiglings. Während sich die beiden Lords über Tewdyrs Überfall auf Erddyrs Festung stritten, beugten sich die Männer der Kriegshaufen vor und starrten einander feindselig an. Yraen bemerkte, daß vier aus Nomyrs Wache Rhodry mit kaum verborgener Wut betrachteten. Er gab ihm einen Ellbogenstoß und zeigte auf sie.

»Adrys Männer«, flüsterte Rhodry. »Mit dem Falkenwappen.«

Yraen war ausgesprochen froh, daß sie vom Kriegshaufen des Gwerbret umgeben waren. Während sich die beiden Lords wütend stritten, wurde es im Pavillon immer heißer, was niemandes Laune verbesserte. Endlich beendete der Gwerbret die Auseinandersetzung mit einer Geste.

»Ich habe genug gehört. Ich werde alle Anklagen wegen ungebührlichen Betragens während des tatsächlichen Kampfes beiseite lassen, denn auf jedes Unrecht, das auf einer Seite geschah, folgte eines auf der anderen. Werdet Ihr mir zustimmen?«

»Für meinen Teil, ja.« Nomyr verbeugte sich vor seinem Lehnsherrn.

Erddyr dachte einige Zeit nach.

»Ich ebenfalls, Euer Gnaden«, sagte er schließlich. »Immerhin ist meiner Frau nicht wirklich etwas geschehen, und Tewdyr ist tot.«

»Also gut.« Drwmyc winkte dem Schreiber, die Übereinkunft festzuhalten. »Wir wenden uns jetzt den Ursachen zu.«

Adrys vier Männer warfen einander Blicke zu und begannen zu flüstern. Nomyr starrte sie wütend an und bedeutete ihnen mit einer Geste zu schweigen.

»Was ... was beunruhigt Eure Männer, Lord Nomyr?« fragte Drwmyc.

»Sie ritten einmal für Lord Adry, Euer Gnaden, und es ist der Tod Seiner Lordschaft, der sie bekümmert.«

»Bei den Göttern!« Drwmyc hatte die Geduld für rituelle Höflichkeit verloren. »Der Tod so mancher Männer bedrückt uns, aber es ist nun einmal so, daß im Krieg gestorben wird.«

»Ich bitte Euer Gnaden um Verzeihung.« Ein untersetzter, blonder Reiter erhob sich und verbeugte sich vor dem Gwerbret. »Wir haben nicht vor, Euer Gnaden Verhandlung zu stören, aber wir fühlen uns alle beschämt, und es ist schwer, das Schweigen zu ertragen. Unser Lord wurde von einem verfluchten Silberdolch getötet, und Lord Nomyr hat zum Rückzug gerufen, bevor wir ihn rächen konnten. Wie können wir damit leben?«

Unruhig wandten sich die Männer des Kriegshaufens dem Sprecher zu.

»Ihr werdet damit leben müssen«, antwortete Drwmyc. »Wenn Ihr Euch auf den Befehl eines treuen Verbündeten Eures Lords hin zurückgezogen habt, dann kann Euch das niemand vorwerfen.«

»Wir betrachten es als Schande, Euer Gnaden. Es war bitter, nur die Wahl zu haben, dem Befehl nicht zu gehorchen oder unseren Lord ungerächt zu lassen. Und nun sitzt dieser Silberdolch hier vor Gericht, zwischen ehrlichen Männern. Das bedrückt uns in der Tat, Euer Gnaden.«

Yraen packte Rhodrys Arm und zog ihn vom Schwert weg. Nomyr drehte sich um und sah den Reiter an.

»Gwar, sei still und setz dich«, zischte er. »Wir stehen hier vor dem Gwerbret.«

»So ist es, Herr, aber ich bitte Euer Lordschaft um Verzeihung, ich habe Lord Adry Treue geschworen, nicht Euch.«

Als seine drei Begleiter sich ebenfalls erhoben, wurde die allgemeine Unruhe nur größer. Der Gwerbret stand auf, zog sein Schwert und hielt es mit der Spitze nach oben – ein deutliches Zeichen der Gerechtigkeit.

»Es wird an meinem Hof keinen Mord geben«, rief Drwmyc. »Gwar, wenn der Silberdolch Euren Lord in einem gerechten Kampf getötet hat, gibt es dazu nichts mehr zu sagen.«

Die vier Männer sahen einander an, als überlegten sie, was nun zu tun sei. Da ihre Ehre mit Lord Adry zu Grab getragen war, würden sie Nomyrs Dienst wahrscheinlich verlassen und Rhodry jagen, ganz gleich um welchen Preis. Rhodry entzog sich Yraens Hand und stand auf.

»Euer Gnaden«, rief er. »Ich bin der Silberdolch, von dem sie sprechen, und ich werde beschwören, daß es ein gerechter Kampf war. Ich möchte Euer Gnaden bitten, dies gleich hier zu entscheiden. Ich will nicht auf der Straße gejagt werden wie ein Fuchs.« Er wandte sich Gwar zu. »Euer Lord ist im offenen Kampf gestorben. Was habt Ihr gegen mich vorzubringen?«

»Daß Ihr ihn für ein Silberstück getötet habt! Was glaubt Ihr wohl? Ein guter Mann wie er, getötet für Geld.«

»Ich habe ihn nicht für Geld getötet. Ich habe ihn getötet, um mein Leben zu retten, denn Euer Lord war ein guter Kämpfer.«

»Ihr wärt überhaupt nicht auf dem Feld gewesen, wenn es nicht um Geld ginge.« Gwar hielt inne und spuckte auf den Boden. »Silberdolch.«

Yraen und Renydd tauschten einen Blick aus und kamen auf die Knie hoch, bereit, Rhodry zu verteidigen, wenn Gwar und seine Freunde angreifen sollten. Drwmyc packte sein Schwert fester, als er sie bemerkte.

»Niemand rührt sich«, sagte der Gwerbret. »Der erste Mann, der in meinem Gerichtshof ein Schwert zieht, wird aufgehängt wie ein Hund. Habt Ihr mich verstanden?«

Alle setzten sich wieder hin, selbst Gwar.

»Gut«, fuhr Drwmyc fort. »Silberdolch, wollt Ihr offiziell an mich appellieren?«

»Ja, Euer Gnaden, nach menschlichen und göttlichen Gesetzen, und ich schwöre bei meinem Leben, mich an Eure Entscheidung zu halten. Sprecht mich entweder von meiner Schuld frei, oder setzt ein Lwdd fest, das ich für Lord Adrys Tod bezahlen muß.«

»Das werde ich tun.« Der Gwerbret dachte einen Augenblick nach. »Aber erst morgen früh. Ich habe noch eine andere Entscheidung zu treffen.«

»Das weiß ich, Euer Gnaden, und ich würde meine eigenen Angelegenheiten nie über die ehrenhafter Männer stellen.«

Als Yraen einen Blick auf Gwar und seine Freunde warf, bemerkte er, daß sie so säuerlich dreinschauten, als hätten sie in eine Zitrone aus Bardek gebissen. Offenbar hatten sie von einem schmutzigen Silberdolch alles andere als Eloquenz erwartet.

»Bis ich mein Urteil über die Angelegenheit des Silberdolchs und des Tods von Lord Adry gesprochen habe, ist sein Leben nach den Gesetzen des großen Bel heilig«, sagte der Gwerbret. »Gwar, habt Ihr und Eure Freunde das verstanden?«

»Ja, Euer Gnaden, und wir würden diese Gesetze niemals brechen.«

»Gut.« Drwmyc lächelte dünn. »Aber nur für den Fall, daß Euch die Versuchung doch noch packen sollte, werde ich den Silberdolch bewachen lassen. Hauptmann?« Er wandte sich einem der Männer zu, die hinter ihm standen. »Kümmert Euch darum, wenn wir den Pavillon verlassen.«

Am Morgen wurde die Gerichtssitzung fortgesetzt, und wieder ging es um den Krieg. Gegen Mittag entschied dann der Gwerbret zugunsten Comerrs, daß sein Clan das neue Tierynrhyn regieren solle. Da Tewdyr keinen Erben hatte, teilte Seine Gnaden dessen Ländereien zwischen Erddyr und Nomyr auf, als Belohnung dafür, daß sie die Angelegenheit vor Gericht gebracht hatten. Da man aber noch ein ganzes Meer von Einzelheiten überqueren mußte, wurde es fast Abend, bevor alles erledigt war. Yraen erwartete fast, daß Rhodrys Angelegenheit weiter verschoben würde, aber der Gwerbret hatte auch seine Verpflichtungen gegenüber selbst dem geringsten Mann in seinem Rhan nicht vergessen. Nachdem alles zur Zufriedenheit der Lords geregelt war, erhob sich Drwmyc und sah die Versammelten an.

»Da seid Ihr, Silberdolch. Kümmern wir uns jetzt um Eure Angelegenheit, und dann werden wir alles mit einem guten Essen feiern. Vielleicht kann ich Tieryn Magryn überreden, uns allen ein wenig Met auszugeben. Tretet vor. Wir werden hören, was Ihr und der andere Bursche – Gwar hieß er – zu sagen habt.«

Yraen nahm an, daß die gute Laune des Gwerbret sich positiv für Rhodry auswirken würde. Rhodry trat nun vor, verbeugte sich, reichte sein Schwert einem Mann aus dem Kriegshaufen und kniete zu Füßen Seiner Gnaden nieder. Gwar jedoch schien verschwunden zu sein, obwohl seine drei Freunde noch auf der rechten Seite des Pavillons saßen. Sie standen auf und begannen sich zu verbeugen und zu entschuldigen, während alle anderen grinsten und Latrinenwitze rissen. Kurze Zeit später tauchte Gwar tatsächlich auf und drängte sich eilig nach vorn. Yraen war verblüfft: Nachdem der Mann am Tag zuvor so dreist gewesen war, blickte er nun zu Boden, als könne er niemandem in die Augen sehen.

»Gut, gut. Eil dich, Junge«, sagte der Gwerbret. »Und ihr anderen seid nun still! Fangen wir an.«

Yraen sah, wie Rhodry Gwar forschend betrachtete, als dieser sein Schwert abgab, und obwohl er den Silberdolch aus dieser Entfernung nicht genau sehen konnte, hätte er schwören können, daß Rhodry ein wenig bleich geworden war. Ganz sicher erhob er sich halb aus seiner knienden Stellung. Gwar trat vor, scheinbar, um sich auf die andere Seite des Sessels des Gwerbret zu stellen. Plötzlich zögerte er für einen winzigen Augenblick, dann fuhr er herum und stürzte sich auf Rhodry, der nicht einmal mehr die Zeit hatte, auf die Beine zu kommen. Yraen sah, wie Gwar sich auf Rhodry warf und ihn am Hals packte. Dann blitzte das Bronzemesser in Rhodrys Hand auf, bevor noch alle im Pavillon aufschreien konnten. Männer sprangen auf und drängten sich vorwärts. Mit einem Schrei rannte Yraen ebenfalls nach vorn und dankte den Göttern, daß sie ihn groß genug gemacht hatten, um über die meisten hinwegsehen zu können.

Der Gwerbret war selbst ebenfalls auf den Beinen, das Schwert in der Hand, und schlug nach dem Mann, der die Ordnung in seinem Malover gestört hatte, aber Gwar war bereits tot und über Rhodrys Schulter zusammengesackt wie ein Sack Mehl. Als Yraen sich weiter vorwärts drängte, erhob sich Rhodry langsam, schob die Leiche von sich und kam taumelnd auf die Beine, das blutrote Bronzemesser in der Hand. Sein Hals blutete von Kratzern, als hätte ihn eine riesige Katze umschlungen.

»Wundarzt!« rief der Gwerbret. »Holt einen Arzt!«

»Es ist nur ein Kratzer, Euer Gnaden.« Rhodrys Stimme war erstickt und rauh, sein Gesicht totenbleich. »Aber Ihr Götter!«

Es gelang Yraen, an Rhodrys Seite zu treten, gerade als der Hauptmann der Wache des Gwerbret sich niederkniete und die Leiche umdrehte. Einen Augenblick starrte er sie an, dann begann er zu fluchen. Der Gwerbret schaute hin und wurde selber bleich. Zu Rhodrys Füßen lag in Gwars Kleidung ein dachsköpfiges Wesen, mit großen Reißzähnen. Aus seinen Ärmeln ragten haarige Tatzen mit dicken, schwarzen Krallen. Rhodry hob das Bronzemesser.

»Ich habe dir doch gesagt, du sollst nicht über die Kräuterfrau spotten«, krächzte er. »Ohne das hier hätte er mich erwürgt.«

Rings um sie her drängten sich Männer vor, um zu sehen, was geschehen war, fluchten oder schrien auf und gaben die Nachricht an jene weiter, die nicht nahe genug herankommen konnten. Nur Yraen fiel das Offensichtliche ein.

»Gwar!« rief er. »Was ist mit ihm passiert?«

Während der Schüler des Wundarztes Rhodrys Hals wusch und die schlimmsten Wunden versorgte, begann der gesamte Kriegshaufen Seiner Gnaden das Gelände abzusuchen. Es dauerte nicht lange, bis sie Gwar nackt und erwürgt hinter der Festung fanden. Dies war der Punkt, an dem sämtliche Krieger, so erfahren sie auch sein mochten, in Panik gerieten. Obwohl der Gwerbret in die nächste Stadt um jeden Priester schickte, den man finden konnte, bröckelte die Moral unter einer Flut von Gerüchten und Spekulationen schnell ab. Seine Gnaden rief die Lords zu sich.

»Bringt Eure Männer weg«, sagte er. »Wir können die letzten Kleinigkeiten durch Herolde erledigen. Sucht Eure Männer zusammen und reitet nach Hause, und zwar sofort.«

Die Lords waren für Yraens Geschmack nur zu bereit zu gehorchen, aber er wunderte sich tatsächlich darüber, daß er zu den Ruhigsten im Pavillon gehörte.

»Das kommt wahrscheinlich, weil ich diesen Schatten gesehen habe und anwesend war, als die Kräuterfrau dir das Messer gab. Einen Augenblick – Kräuterfrau, wie? Wer war sie, Rhodry?«

Rhodry zuckte nur mit den Achseln.

»Er sollte nicht sprechen«, sagte der Wundarzt.

»Nur eine Sache noch, Junge.« Rhodry verstieß sofort gegen die vernünftige Regel. »Lord Erddyr. Such ihn und laß uns auszahlen.«

»Ich kann ihn doch jetzt nicht um Geld bitten!«

Rhodry zog nur die Braue hoch.

»Also gut«, seufzte Yraen. »Ich bin schon auf dem Weg.«

Yraen fand Seine Lordschaft in seinem Zelt, wo er zusah, wie ein Diener seinen Besitz in die Satteltaschen stopfte. Der Lord war mehr als nur ein wenig bleich, und er rieb sich wieder und wieder Kinn und Schnurrbart. Als er Yraen sah, versuchte er allerdings, sich zusammenzunehmen und seine Würde zu bewahren.

»Ich weiß, ich schulde Euch Euren Sold«, sagte er. »Ihr kommt nicht mit uns zurück, nicht wahr?«

Die Frage enthielt ein offensichtliches »ihr seid nicht willkommen«.

»Ich glaube nicht, daß Rhodry gleich reiten sollte, Herr.« Yraen hatte nichts dagegen, die Angelegenheit höflich zu regeln. »Wir werden ein Gasthaus finden, in dem er sich ausruhen kann, und dann machen wir uns auf den Weg.«

Erddyr nickte und konzentrierte sich darauf, den Beutel an

seinem Gürtel aufzuschnüren. Er holte eine Handvoll Münzen heraus und schob sie Yraen zu. Yraen dachte kurz daran, sie zu zählen, aber so weit war er in seinen Bemühungen, zum Silberdolch zu werden, doch noch nicht gekommen.

Obwohl Rhodry immer wieder sagte, seine Wunden seien nur Kratzer, war er so bleich, als der Arzt mit ihm fertig war, daß Yraen ihn anflehte, sich irgendwo hinzulegen. Der Gwerbret hatte allerdings andere Vorstellungen.

»Ich denke, Ihr solltet gleich weiterreiten, Silberdolch. Ich hasse es, so unfreundlich zu jemandem zu sein, der mir nichts getan hat, aber wenn sich diese Angelegenheit herumspricht ...«

»Ich verstehe, Euer Gnaden«, krächzte Rhodry.

»Versucht nicht zu reden, Mann.« Drwmyc wandte sich Yraen zu. »Habt Ihr beide anständige Pferde?«

»Ja, Euer Gnaden. Rhodry hat seins im Kampf verloren, aber Lord Erddyr hat es ihm ersetzt.«

»Gut. Dann sattelt sie und geht.« Er drehte sich um und sah die Leiche an. »Ich werde dieses Ding verbrennen lassen. Wenn das gemeine Volk es sieht oder davon hört, dann mögen die Götter wissen, was sie tun werden, und ich bezweifle, daß Ihr hier sicher seid.«

»Euer Gnaden, das ist so ungerecht! Rhodry ist das Opfer, nicht der Verbrecher.«

»Sei still!« Es gelang Rhodry, mit einigem Nachdruck zu sprechen. »Hör auf Seine Gnaden. Er hat recht.«

Yraen suchte die Pferde, sattelte sie und lud die Ausrüstung auf, dann brachte er sie hinter den Pavillon, wo Rhodry auf ihn wartete, immer noch bewacht. Diesmal waren die Männer vermutlich da, um ihn davon abzuhalten, sich anderen zu nähern, als wäre er der Überträger jener übernatürlichen Pest und könnte sie weiterverbreiten. Die Ungerechtigkeit der Situation nagte an Yraen, aber da er nicht vorhatte, in den

Verliesen der Festung des Gwerbret zu verschimmeln, schwieg er.

Zumindest konnten sie unbelästigt weiterziehen. Er bezweifelte, daß Gwars drei Freunde ihnen jetzt noch folgen würden, und nachdem der alte Dachskopf tot war, war Rhodry vielleicht auch sicher vor diesen Geschöpfen, was immer sie sein mochten. Aber als er weiter darüber nachdachte, wußte Yraen nicht mehr, was wahrscheinlich war und was nicht. Seine ganze Auffassung des Universums war soeben zerbrochen wie ein tönerner Becher, der auf den Steinboden fällt. Die ruhige, gebildete Atmosphäre des Hofs seines Vaters, wo Barden und Philosophen immer willkommen waren, schien ihm weiter entfernt und seltsamer als die Anderlande. Als sie die Festung verließen, wußte er nicht, was er sagen sollte. Er konnte nur noch darüber staunen, wieso er jemals die heilige Stadt hinter sich gelassen hatte.

Die Sonne stand schon niedrig und brachte ein paar fedrig dünne Wolken am Himmel dazu, wie Gold zu glühen – das versprach Regen. Ein paar Meilen von der Festung entfernt überquerten sie einen Hügel und sahen unter sich eine ungekennzeichnete Kreuzung, an der ein Weg von Osten nach Westen führte, der andere dagegen nach Norden weiterging. Dort wartete ein Reiter auf sie, ein hochgewachsener blonder Mann auf einem weißen Pferd mit rostbraunen Ohren.

»Es ist Evandar«, flüsterte Rhodry. »Und ich bin zu heiser, um reden zu können!« Er wollte lachen, aber es kam nur ein rostiges Geräusch heraus, das Yraen erschauern ließ.

»Dann sei einfach still! Ich werde versuchen, mit ihm zu feilschen.«

Als sie auf ihn zukamen, lächelte Evandar, der lässig zu Pferd saß, zum Gruß, aber sobald sie nahe genug waren, kniff er die Augen halb zu einem forschenden Blick zusammen.

»Was ist mit deinem Hals passiert?« fragte er Rhodry.

»Dieses Ding hat versucht, ihn zu erwürgen«, warf Yraen ein. »Ein Dämon aus der Hölle mit einem Dachskopf und Klauen. Rhodry hat es mit dem Bronzemesser getötet, das die alte Kräuterfrau ihm gegeben hat.«

»Gut.« Immer noch sah Evandar Rhodry an.

»Dieses Geschöpf wollte die Pfeife haben. Warum gibst du sie mir nicht wieder? Dann werden sie dich nicht mehr belästigen.«

»Wer seid Ihr überhaupt?« fragte Yraen mit aller Autorität, die er aufbringen konnte. »Wir wollen Antworten.«

»Ach ja?« Evandar lächelte. »Nun, ich habe mit Dallandra gesprochen, und sie hat es ebenfalls erwähnt, aber ich habe keine Antworten für euch. Diese Pfeife gehört mir, einem Vertrag entsprechend, der in meinem eigenen Land besiegelt wurde, und ich möchte sie wiederhaben. Ihr wollt doch nicht, daß ich zum Gwerbret reite und euch des Diebstahls bezichtige, oder?«

Rhodry gab ein schmerzlich gurgelndes Geräusch von sich, und Evandar runzelte die Stirn.

»Er hat dich schwer verletzt, nicht wahr? Es tut mir leid, daß du wegen meiner Angelegenheiten verwundet wurdest. Ich gehe davon aus, daß du unter meinem Schutz stehst.« Evandar streckte eine schlanke, bleiche Hand aus. »Rhodry, bitte.«

Rhodry überlegte, dann zuckte er die Achseln. Er wickelte die Zügel um den Sattelknauf, dann lockerte er seinen Gürtel und griff in sein Hemd, um die Pfeife herauszuholen. Im gräulichen Zwielicht schimmerte sie unnatürlich weiß.

»Warte«, rief Yraen. »Du kannst sie nach all dem, was passiert ist, nicht einfach zurückgeben. Er sollte zumindest dafür bezahlen.«

»Da hast du recht, Junge.« Evandar hob die Hand, schnippte mit den Fingern und griff einen Lederbeutel aus der Luft. »Hier ist ein Beutel Silber, den dieser Lord Dallandra gegeben hat, aber in meinem Land braucht sie es nicht.« Er warf ihn Yraen zu. »Genügt das?«

»Nein. Ich werde das Silber im Austausch für Antworten wieder zurückgeben.«

»Behalte das Silber, denn ihr werdet keine Antworten bekommen, es sei denn, ihr erratet sie. Ich stelle Rätsel, und die Menschen müssen die Antworten finden. Ich löse nie ein Rätsel umsonst, Junge, und es ist unklug von dir, mich weiter darum zu bitten.«

Vielleicht war es nur das nachlassende Licht oder der kühle Frühlingswind, der sein Haar zerzauste, aber Yraen schauderte plötzlich. Als er Rhodry ansah, bemerkte er, daß der Silberdolch auf seine übliche verrückte Weise grinste, als wolle er diesen Austausch seinem Lehrling überlassen.

»Also gut«, meinte Yraen. »Wir nehmen das Silber.«

Als Rhodry die Pfeife warf, fing Evandar sie mit einer Hand auf und verbeugte sich.

»Ich werde euch als Dank für eure Freundlichkeit noch etwas geben. Wohin reitet ihr?«

»Ich denke, nach Norden, nach Cerrgonny.« Yraen warf Rhodry einen Blick zu, und dieser nickte zustimmend. »Im Norden gibt es immer Arbeit für einen Silberdolch.«

»Oder im Osten.« Rhodry räusperte sich gequält. »Vielleicht in Auddglyn.«

»Aber ich darf auf dem Weg dorthin nicht durch Deverry reiten.«

»Und Rhodry sollte sich am besten von Eldidd fernhalten«, wandte Evandar ein. »Warum Auddglyn, Rhodry?«

»Wir brauchen einen Schmied, und ich kannte einen unten in Dun Mannannan.«

»Otho der Zwerg!« Evandar lächelte plötzlich und verbeugte sich abermals. »Wußtest du, daß er den Ring hergestellt hat, den du trägst? Ah, das dachte ich mir. Nun, er ist nicht mehr in Dun Mannannan, aber sein Geselle hat die Werkstatt übernommen, und er ist für einen Menschen ein recht geschickter Mann. Folgt mir.«

Als Evandar sein Pferd wendete und auf den nach Osten führenden Weg lenkte, folgte Rhodry automatisch. Yraen zögerte, weil er ohne ein Wort wußte, daß sie ringsum vom Dweomer umgeben waren. An dieser Kreuzung hatte er den Kreuzweg seines ganzen Lebens erreicht. Er konnte hierbleiben und sein Pferd zügeln und sie allein davonreiten lassen, und dann zu seinem behüteten Leben in Dun Deverry zurückkehren. Sein Clan würde ihm über der Freude, ihn zurückzuhaben, verzeihen. Er würde dieses Abenteuer in seiner Erinnerung verschließen wie einen Edelstein in einer Truhe und die Pflichten eines jüngeren Prinzen wiederaufnehmen. Weder Rhodry noch Evandar warfen einen Blick zurück, und während Yraen ihnen hinterherschaute, bemerkte er, daß so etwas wie grauer Nebel von der Straße aufstieg und sie zu verbergen begann – oder verbarg es ihn, um ihn vor dieser verrückten Wahl zu schützen, die er getroffen hatte, als er sein Zuhause verließ?

»Wartet! Rhodry, warte auf mich!«

Yraen spornte sein Pferd an und galoppierte in den Nebel hinein. Vor sich konnte er das weiße Pferd sehen und Hufschlag hören, der klang, als bewegten sie sich über Pflastersteine. Plötzlich schimmerte das Sonnenlicht, und er sah Rhodry auf seinem neuen Fuchswallach und Evandar auf dem Schimmel. Sonne? dachte Yraen, Sonne? Ihr Götter! Aber er trabte weiter und holte den Silberdolch ein, der sich umdrehte, um ihn anzugrinsen.

»Du solltest dich hier lieber nicht verlaufen, Junge.«

Rhodrys Stimme klang vollkommen normal, und als Yraen genauer hinsah, bemerkte er, daß sein Freund am Hals nur noch ein paar grünliche und gelbliche Flecke hatte, die bald verblassen würden.

Vor ihnen lichtete sich der Nebel über einem sonnigen Tag, und Yraen konnte das Meer hören, das an einem Kiesstrand murmelte. Evandar zügelte sein Pferd und winkte ihnen zu weiterzureiten.

»Ihr seid ein wenig westlich von Dun Mannannan und der Werkstatt von Cardyl, dem Silberschmied«, rief er. »Lebt wohl, Silberdolche, und mögen Eure Götter Euch Glück und die dazu passenden Pferde schenken.«

Nebel schloß sich um ihn, dann wurde er von einem sonnigen Frühlingswind davongeweht, der nach Meer roch. Die beiden Silberdolche befanden sich auf einer festgestampften Straße, die durch Felder führte, auf denen das junge Korn etwa zwei Fuß hoch stand und hellgrün im Morgenwind nickte. Links von ihnen fielen Klippen steil zum Meer ab. Ganz plötzlich bemerkte Yraen, daß er Schwierigkeiten hatte, etwas zu sehen, daß er schwitzte und zitterte und kaum mehr die Zügel halten konnte. Rhodry beugte sich hinüber und nahm sie ihm ab, dann brachte er beide Pferde zum Stehen.

»Zittere ruhig weiter«, sagte Rhodry. »Das ist keine Schande.«

Yraen nickte und umklammerte schwer atmend den Sattelknauf. Rhodry wandte sich ab und starrte aufs Meer hinaus, während er sprach.

»Ich bin froh, daß ich daran gedacht habe, Evandar gegenüber den Schmied zu erwähnen. Es ist Zeit, daß du deinen Dolch bekommst. Willst du ihn immer noch?«

Yraen hätte nie geglaubt, daß er jemals solchen Stolz empfinden würde – die Art Stolz, die daher rührt, daß man etwas selbst verdient hat, was man für beinahe unmöglich hielt.

»Du magst mich für verrückt halten, aber ich will.«

»Gut. Weißt du, mir ist gerade etwas klargeworden, das ich schon vor Jahren hätte begreifen müssen. Wenn einen der elende Dweomer erst einmal berührt hat, gibt es kein Zurück mehr. Es hat keinen Sinn, so zu tun, als würde weiterhin alles ruhig und friedlich und alltäglich laufen wie zuvor.« Er drehte sich wieder zu Yraen um.

»Du bist jetzt ein Silberdolch, ebenso ein Ausgestoßener wie jeder andere von uns.«

Yraen wollte einen Scherz machen, aber plötzlich fiel ihm nicht ein, was er sagen sollte, weil er die bittere Wahrheit in den Worten seines Freundes begriff.

Als Dallandra Bardek erreichte, war es in Deverry bereits Sommer, obwohl die Reise für sie nur einen Tag gedauert hatte. Wie üblich begann sie im Torland, an einer Stelle nahe dem Fluß, wo das Wasser weiß über schwarzen Felsen schäumte.

Als sie an Jill dachte, war das Bild, das auftauchte, so durchscheinend, daß Dalla beinahe in Panik geriet. Sie eilte darauf zu und sah es verschwinden, beschwor ein anderes Bild herauf, folgte diesem, ging schneller und schneller, bis schließlich der Fluß weit hinter ihr lag und sie das Meer hörte. In einem Wirbel von Nebel auf einem Kiesstrand erschien Jills Abbild abermals, diesmal ein wenig fester und leuchtender. Als sie sich ihm näherte, spürte Dallandra, wie der Kies unter ihren Füßen sich in rauhes Gras verwandelte, das an ihren Fußgelenken kratzte. Das Murmeln des Meeres verschwand. Sie zögerte, spähte über eine braune, baumlose Ebene und fragte sich, ob sie etwas falsch gemacht hatte, aber die Verfolgung von Abbildern der Gesuchten hatte sie noch nie in die Irre geführt.

Während sie weiterging, erwartete sie immer wieder, als nächstes einen Dschungel vor sich zu sehen, aber die Luft blieb kühl und die Landschaft kahl. Es schien, als hätte sich selbst das Sonnenlicht verändert, wäre blasser geworden, während sie ihren Weg an riesigen, grauen Felsblöcken vorbei über eine

Hügelkuppe fand. Plötzlich bemerkte sie, daß die Amethyststatue weg war. Sie war wieder vollkommen in ihrem Körper, zitternd vor Kälte und schwer atmend in der dünnen Luft. Vor ihr fielen Felsen steil in ein langgezogenes, ausgetrocknetes Tal ab, das von einem trockenen Flußbett durchschnitten wurde. In der Ferne erhoben sich Berggipfel, schwarz und erschreckend. Der Wind pfiff über das Gras. Der schräge Wuchs der wenigen Bäume sagte ihr, daß der Wind hier selten nachließ.

Als sie sich umdrehte, sah sie direkt hinter sich weitere von diesen deformierten Bäumen, die ein paar niedrige Holzhäuser umgaben, langgezogene Rondelle mit Ziegeldächern. Sie waren mit Schnitzereien bedeckt, jeder Zoll der Wände, jeder Fensterrahmen, jeder Türsturz zeigte Tiere, Vögel, Blumen, Worte in elfischer Silbenschrift, alle mit matten Farben bemalt, überwiegend Blau- und Rottöne. Sie hörte entferntes Wiehern, und ein Gesangsfetzen wurde auf dem wirbelnden Staub zu ihr hingeweht. Vor dem nächstgelegenen Gebäude saß eine grauhaarige Frau lesend auf einer Holzbank, und ein paar große braune Hunde hatten sich zu ihren Füßen zusammengerollt.

»Jill! Bei den Göttern!«

Die Hunde sprangen auf und begannen zu bellen, aber Jill brachte sie mit einem Wort zum Schweigen und legte eine schmale Schriftrolle beiseite, als Dallandra auf sie zukam. Jill war erheblich dünner, und das Haar an ihren Schläfen war weiß geworden, aber als sie Dallandras Hand schüttelte, war ihr Griff kräftig und fest und ihre Stimme frisch.

»Es freut mich, dich zu sehen«, sagte Jill auf deverrianisch. »Was bringt dich zu mir?«

»Nur Sorge. Evandar sagte, du seist krank gewesen.«

»Ja, und man sagt mir, ich bin es immer noch, obwohl ich mich wieder gesund fühle. Ich hatte Schüttelfieber. Das habe ich mir im Dschungel zugezogen. Es gibt dort einen Baum, dessen Rinde die Symptome beseitigt, aber sie sagen, wenn man es erst einmal im Blut hat, spürt man manchmal jahrelang nichts, und dann flackert es wieder auf, wenn man friert oder müde ist.«

»Dann ist es eine schwerwiegende Sache.«

Jill zuckte nur die Achseln und drehte sich um, um die Hunde anzuschreien, die um sie herumtobten. Winselnd ließen sie sich wieder auf dem festen, rötlichen Boden nieder.

»Wo sind wir?« fragte Dallandra.

»Vor dem Gästehaus von … nun, der einzige Begriff, den ich in meiner eigenen Sprache dafür finden kann, ist Tempel, aber es ist keiner. Es ist ein Ort, an dem ein paar Gelehrte des Volkes das Wissen am Leben halten und es an alle weitergeben, die darum bitten.«

»Ich habe gehört, daß es in den Tagen der sieben Könige solche Orte gab. Ich denke, das Volk hat seine Kinder dorthin geschickt, aber ich bin nicht sicher, warum.«

Die beiden drehten sich um und betrachteten die niedrigen Langhäuser, einige kaum mehr als Hütten, die nun die Überreste dessen beherbergten, was einmal eines der besten Bildungssysteme der Welt gewesen war. Dallandra sah einen Mann vom Volk, in ein langes Hemd gekleidet, das er mit einem Seil gegürtet hatte. Der Mann ging von einem Haus zum anderen, blickte aber nicht einmal in ihre Richtung.

»Es ist so einsam hier oben«, meinte Dallandra schließlich. »Warum haben sie diesen Ort ausgewählt?«

»Siehst du diese Berge dort drüben? Auf der anderen Seite und darunter liegt der Dschungel. Alle Wolken, die vom Meer aufsteigen, bleiben an diesen Gipfeln hängen und regnen sich ab. Also ist hier oben die Luft knochentrocken, und Bücher und Schriftrollen halten sich erheblich länger, als es unten im Dschungel der Fall wäre. Es war eine lange, schwere Reise hierher, das kann ich dir sagen, und natürlich mußte ich unterwegs auch noch krank werden.«

»Ach, komm schon! Gib dir nicht die Schuld dafür.«

»Ich hätte imstande sein müssen, es abzuwehren.« Jill klang ernstlich bekümmert. »Nun, jetzt ist es zu spät, sich darum Gedanken zu machen. Was geschehen ist, ist geschehen. Ich muß sagen, ich habe große Hochachtung vor den Heilkünsten deines Volkes.«

»Bei den Göttern! Verzeih mir, ich komme mir vor wie eine Idiotin, aber weißt du, ich habe erst jetzt begriffen, was das alles bedeutet.« Dallandra zeigte auf die Gebäude. »Es stimmt, nicht wahr? Flüchtlinge haben diese Inseln erreicht.«

»Sogar ziemlich viele von ihnen, Dalla.« Plötzlich grinste sie, ein Aufblitzen ihrer alten guten Laune. »Ich habe meine Höflichkeit ganz vergessen! Warum kommst du nicht herein?«

Dallandra zögerte, plötzlich ängstlich geworden, und dann fragte sie sich, wieso sie nicht begierig sein sollte, das alte Wissen ihres Volkes zu erlernen.

»Ich kann nicht lange bleiben. Ich muß zu Elessario zurück. Sie könnte in Gefahr sein.«

»Oh. Verzeih mir. Du hast selbstverständlich deine eigenen Pflichten. Mach dir um mich keine Sorgen. Es geht mir gut. Und nun weißt du, wo du mich finden kannst.«

»Ja. Ich nehme an, du wirst noch länger hierbleiben?«

»Oh, man könnte ein ganzes Leben hier verbringen, wenn man noch eins hätte. Es ist erstaunlich, Dalla, es ist einfach erstaunlich! Sie haben so viel erhalten können, ich würde wetten, den größten Teil dessen, was sie mitgebracht haben. Einige haben ihr ganzes Leben hier oben verbracht und Schriften kopiert. Weißt du, mein Lehrer hier – Meranaldan heißt er – hat mir erzählt, daß einige sogar dafür gestorben sind, beim Fall der Städte diese Bücher zu retten.« Sie schüttelte traurig den Kopf. »Die Geschichte deines Volkes, seine Lieder und Gedichte, einiges von seiner Magie, obwohl nicht so viel, wie mir lieb gewesen wäre, und alle möglichen Arten von Handwerkswissen und Bildung – Rollen und Kodizes, ganze Berge davon. Es ist ein wahres Wunder.«

Auf einmal wußte Dallandra, wieso sie Angst hatte und daß sie sich dieser Angst stellen mußte.

»Und was ist mit den Wächtern? Hast du auch etwas über sie gefunden?«

»Ja, aber ich glaube nicht, daß sie viel über ihr wahres Wesen wußten. Ich wette, du weißt mehr über Evandars Volk als jedes lebende Wesen, Mann oder Frau.«

Dallandra lächelte und wandte den Blick ab, um zu verbergen, wie erleichtert sie war, daß niemand außer ihr wußte, wie seltsam ihr Geliebter war und was für eine unnatürliche Liebe sie teilten.

»Weißt du, vielleicht sollte ich doch hereinkommen und mich ein wenig mit dir unterhalten. Jill, die Zeit, da das Kind geboren wird, kommt näher. Ich spüre es tief in meinem Herzen. Wenn ich Erfolg haben will, muß ich bald handeln.«

»Wenn du mich brauchst, können wir zusammen nach Deverry zurückkehren.« Sie zögerte und schaute ins Tal. »Und wir werden beten, daß dieses verfluchte Fieber endgültig verschwunden ist.«

Aber noch während Jill sprach, sah Dallandra, wie ein Schatten über ihre Miene fiel – nicht wegen einer Veränderung des Lichts, sondern als Dweomerwarnung, als hätte der dunkle Todesvogel sie mit einem Flügelflattern bedacht.

ZUKUNFT

Wie werde ich dann also wissen, wann sich die Vorzeichen erfüllt haben? Wenn all die verwobenen Stränge der Zeit zum letzten Knoten zusammenkommen, wirst du es wissen. Wenn du es nicht weißt, dann ist deine Begabung zur Magie so erbärmlich, daß du besser nie begonnen hättest, dich mit ihr zu befassen.

Die Pseudo-Iamblichus-Rolle

I
DIE KÖNIGIN DES GOLDES
ARCODD, SOMMER 1116

Ich lasse mich von diesen Brigga nicht täuschen. Ich erkenne ein hübsches Mädchen, wenn ich eins sehe.«

Das Mädchen blickte von der Schale Eintopf auf und sah, daß der Mann sich über den Tisch lehnte, der ihrem direkt gegenüberstand, ein betrunkenes Grinsen im schmutzigen Gesicht. Rings um sie her wurde es still im Schankraum, als sich alle Gäste umdrehten, abgesehen von einer alten Frau, die in einer Ecke einen Krug Bier trank. Die meisten grinsten.

»Wie heißt du, Mädchen?« Sein Atem stank nach faulen Zähnen.

Im vagen Feuerlicht schien sich der ganze Schankraum auf verschwommene höhnische Gesichter und das Klopfen ihres Herzens zu reduzieren.

»Ich habe dich gefragt, wie du heißt, Schlampe.«

Er beugte sich weiter vor – ein rothaariger Mann mit einem vom Essen fettigen Bart, der nun seinen stinkenden Mund zu einem Grinsen verzog, als er mit dicklichen, schmutzigen Fingern nach ihr griff. Sie hätte am liebsten laut geschrien, aber ihr Hals war knochentrocken.

»Äh … nun … ich würde sie lieber nicht anfassen.«

Der Mann sprang auf und fuhr herum, zu dem anderen, der so leise näher getreten war, daß es niemandem aufgefallen war. Er war alt und deutlich gebeugt, obwohl in seinem weißen Haar noch ein paar rötliche Flecke zu sehen waren, und er hatte die verblüffendsten Tränensäcke, die sie je unter den Augen eines Menschen gesehen hatte, aber der Betrunkene wich vor ihm zurück, als stünde er einem jungen Krieger gegenüber.

»Ach, Euer Heiligkeit, ich habe nur Spaß gemacht.«

»Für sie ist es kein Spaß, würde ich sagen. Sie ist ziemlich blaß geworden, siehst du das? Äh … nun … ich würde an deiner Stelle lieber gehen.«

Jetzt bemerkte sie die beiden riesigen Hunde – sie sahen aus wie Wölfe –, die an der Seite des Priesters standen und die Zähne fletschten. Als sie knurrten, stieß der Mann einen leisen Schrei aus und floh unter dem Johlen und den Pfiffen der anderen Gäste zur Tür hinaus. Der Priester drehte sich nach den anderen um und bedachte sie mit einem unendlich traurigen Blick.

»Äh … ihr seid auch nicht besser. Wenn ich nicht hereingekommen wäre …«

Das Lachen verklang, und die Männer begannen zu Boden oder auf die Tische zu starren; sie sahen überall hin, nur nicht in sein trauriges, geduldiges Gesicht. Seufzend ließ der Priester sich nieder, raffte sein graues Hemd zusammen, und die Hunde legten sich auf seine Füße.

»Wenn du fertig gegessen hast, Mädchen, solltest du mit mir kommen. Du hast dir das schlimmste Gasthaus in ganz Arcodd für dein Essen ausgesucht.«

»So sieht es aus, Euer Heiligkeit.« Sie war überrascht, noch sprechen zu können. »Ich danke Euch untertänigst. Darf ich Euch ein Bier ausgeben?«

»Nicht so früh am Nachmittag, danke. Abends trinke ich gern einen Tropfen, aber um ehrlich zu sein, bekommt es mir dieser Tage nicht sonderlich gut.« Er seufzte abermals. »Äh … nun … wie heißt du denn nun wirklich?«

Sie überlegte, dann kam sie zu der Ansicht, daß es sich nicht gehörte, einen Priester und ihren Retter anzulügen. Außerdem hatte man sie ohnehin schon entdeckt.

»Carramaena, aber nennt mich ruhig Carra. Das tun alle – das *taten* alle, die mich kennen. Ich versuche, als Junge durchzugehen, und nenne mich Gwyl, aber es scheint nicht zu funktionieren.«

»Nun ja … das tut es wirklich nicht. Gwyl? Der Dunkle?« Er lächelte überraschend liebenswert. »Paßt nicht zu dir. Mit deinem hellen Haar und so. Mein Name paßt allerdings wirklich. Ich heiße Perryn, der Verrückte.«

»Ihr kommt mir überhaupt nicht verrückt vor.«

»Ach, das liegt daran, daß du mich nicht kennst. Wahrscheinlich wirst du mich auch nicht kennenlernen, weil es so aussieht, als wärst du eilig irgendwohin unterwegs, nur in Begleitung einer Lüge.« Er hielt inne und starrte stirnrunzelnd die gegenüberliegende Wand an. »Dagegen müssen wir etwas unternehmen – ich meine, dagegen, daß du allein reist. Wirst du diesen Eintopf noch essen?«

»Nein. Ich habe keinen Hunger mehr, und ich habe eine Schabe darin gefunden. Ob die Hunde ihn mögen?«

»Vielleicht, aber sie werden sich danach nur übergeben. Komm mit.«

Als er aufstand und zur Tür ging, nahm Carra ihren Umhang von der Bank und eilte hinter ihm her, den Kopf so hoch erhoben, wie sie konnte, als sie an den Männern am Feuer vorbeiging. Draußen stand ihr Pferd dösend in der warmen Frühlingssonne, ein reinblütiger Westjäger, ein falber Wallach.

»Ich bin wegen des Pferdes hineingegangen«, sagte Perryn. »Ich fragte mich, wem wohl ein solches Tier gehört. In dieser Gegend solltest du es nicht einfach so angebunden lassen. Äh … nun … es könnte gestohlen werden.«

»Oh, es wird treten wie ein Dämon, wenn jemand außer mir sich ihm nähert. Ich bin die einzige, die es je berühren konnte, von reiten nicht zu sprechen. Deshalb gehört es mir.«

»Ah. Hat dein Vater es dir gegeben?«

»Mein älterer Bruder.« Ganz gleich, wie sehr sie versuchte,

es zu verbergen, kroch doch Bitterkeit in ihre Stimme. »Er ist jetzt das Oberhaupt unseres Clans.«

»Ah. Dann stammst du also tatsächlich aus einem adligen Haus. Ich … äh … hatte mir das schon gedacht.«

Sie spürte, wie ihre Wangen brannten.

»Wirklich, du bist keine gute Lügnerin, Carra. Also, jetzt hol dein Pferd und komm mit. Magst du Hunde?«

»Ja. Warum?«

»Ich habe zu Hause ein paar, die ich dir mitgeben werde. Wenn sie dich mögen – und ich glaube, das werden sie –, werden sie auf der Straße auf dich aufpassen.« Er seufzte betrübt. »Ich habe so viele von ihnen. Und Katzen. Wir hatten immer Katzen, meine Frau und ich. Sie ist jetzt tot, weißt du. Sie ist im Winter gestorben.«

»Das tut mir sehr leid.«

»Mir auch. Nun, ich werde ihr hoffentlich bald folgen, wenn Kerun das will. Er sollte. Ich werde wirklich alt. Es hat keinen Sinn, länger zu bleiben, als man irgendwo gelitten ist, nicht wahr?«

Carra war erst sechzehn, und sie wußte nicht, was sie darauf entgegnen sollte, daher beschäftigte sie sich damit, ihr Pferd loszubinden. Der Priester stand mitten auf der Straße und blickte ins Leere, als unterhielte er sich im Geist mit seinem Gott. Seine Hunde standen schwanzwedelnd neben ihm.

Das Haus des Priesters lag außerhalb des Dorfes. Er öffnete ein Tor in einer Erdmauer und führte sie in einen schlammigen Hof, wo Hühner vor einem großen strohgedeckten Rundhaus scharrten. Katzen und Hundewelpen lagen an schattigen Flecken unter zwei Apfelbäumen, unter einer Tränke, unter einem alten Wagen. Mit einem vergnügten Gruß kam eine untersetzte Frau von etwa vierzig Jahren aus dem Haus.

»Da bist du ja, Vater. Hast du Besuch mitgebracht? Ihr kommt gerade rechtzeitig zum Essen.«

»Gut, und vielen Dank, Braema.« Der Priester warf Carra einen Blick zu. »Meine jüngste Tochter. Sie ist die einzige … äh … nun ja … die einzige wirklich Menschliche der Bande.«

Über diese Bemerkung lachte Braema laut. Carra lächelte pflichtschuldigst und nahm an, es handelte sich um einen alten Familienwitz.

»Wir haben jede Menge Schinken und gutes Gemüse, Mädchen, also komm ruhig herein. O warte, dein Pferd.« Sie wandte sich zur Tür und rief: »Nedd, komm raus, ja? Wir haben einen Gast, und ihr Pferd braucht Wasser und einen Platz im Schatten.«

Einen Augenblick später kam ein junger Mann aus der Tür hinter ihr und blieb blinzelnd in der Sonne stehen. Er war kaum größer als fünf Fuß, schlank und geschmeidig wie eine junge Katze, sein Haar war so kupferrot wie ein Sonnenuntergang, und sein schmales Gesicht wurde von riesengroßen grünen Augen beherrscht. Als er gähnte, rollte er seine leuchtend rosa Zunge wie eine Katze.

»Braemas Sohn, mein Enkel«, verkündete Perryn seufzend. »Und … äh … ein typisches Exemplar. Meiner Nachkommen, meine ich.«

Nedd nickte Carra zu und nahm ihr die Zügel des Pferdes ab. Carra wollte ihn aufhalten, aber der Wallach senkte nur den Kopf und gestand dem Jungen zu, ihm die Ohren zu kraulen, ohne wie üblich die Augen zu verdrehen und die Zähne zu fletschen.

»Er heißt Gwerlas.«

Der Junge lächelte und führte den Falben weg, ohne Carra auch nur einmal anzusehen. Gwer schien darüber so erfreut zu sein, daß Carra beinahe eifersüchtig geworden wäre.

»Jetzt komm herein und iß.« Braema winkte Carra zu. »Du siehst aus, als wärst du schon lange unterwegs.«

»Lange genug. Ich komme aus Drwloc.«

»Die ganze Strecke? Ihr Götter! Und wohin willst du, wenn ich fragen darf?«

»Das weiß ich nicht.« Einen Augenblick hätte Carra beinahe geweint.

Der Priester und seine Tochter baten sie, sich an einem langen Tisch in der sonnigen Küche niederzusetzen, in der ebenfalls mehrere Katzen dösten, und beluden ihr einen Teller mit Schinken und Gemüse und frisch gebackenem Brot – die erste richtige Mahlzeit, die sie seit Tagen zu sich genommen hatte. Nachdem sie sich vollgestopft hatte, wurde sie redselig, zum Teil, weil sie das Gefühl hatte, ihnen eine Erklärung zu schulden, zum Teil, weil es so guttat, mit mitfühlenden Menschen zu reden.

»Wißt Ihr, ich bin die jüngste von sechs Geschwistern, drei Söhnen und drei Töchtern, und mein ältester Bruder ist jetzt Oberhaupt des Clans, und er ist ein elender Geizkragen. Er hat Maeylla – das ist meine älteste Schwester – eine anständige Mitgift gegeben, aber es war nicht gerade so viel, daß ein Barde sich daran erinnern würde, und Raeffa bekam nur noch etwas, was er irgendwo zusammenkratzte. Und jetzt bin ich dran, und er will überhaupt nichts mehr ausgeben, also hat er diesen fetten alten Lord gefunden, der fast keine Zähne mehr hat und der mich aus reiner Gier heiraten will und keine Mitgift verlangt, und ich würde lieber sterben, als ihn zu heiraten, also bin ich weggerannt.«

»Das würde ich auch tun«, sagte Braema und nickte ihr zu. »Glaubst du, er ist immer noch hinter dir her?«

»Ich weiß es nicht, aber ich wette schon. Ich habe ihn wütend gemacht, und er haßt es sehr, wenn ihm jemand widerspricht, also verfolgt er mich wahrscheinlich, schon um mich rein aus Prinzip durchzuprügeln. Aber ich habe einen guten Vorsprung. Das habe ich mit einer Freundin zusammen geschafft. Ich habe sie und ihren neuen Mann besucht, meinem Bruder aber erzählt, ich würde zwei Wochen bleiben, während sie ihrem Mann sagte, ich würde nach einer Woche wieder abreisen. Und nach einer Woche bin ich tatsächlich gegangen, aber nach Norden geritten und nicht nach Hause, und mein Bruder hat sicherlich erst Tage später Verdacht geschöpft. Also kann er mich kaum einholen, solange ich immer weiterziehe.«

»Äh … äh … ich verstehe.« Perryn seufzte tief. »Ich weiß, wie geldgierig adlige Verwandte sein können. Meine waren es immer.«

»Aha. Ich dachte daran, nach Westen zu gehen.«

»Nach Westen?« Braema beugte sich vor. »Da draußen gibt es nichts mehr, Mädchen, gar nichts.«

»Da bin ich nicht so sicher. Man hört unten in Drwloc das eine oder andere. Von Kaufleuten.«

Die Frau starrte sie so verwirrt an, daß Carra spürte, wie sie abermals errötete.

»Du könntest da draußen verhungern!« Braema war empört. »Selbst ein fetter Lord wäre besser als das!«

»Ihr habt ihn nicht gesehen.«

Als Braema den Mund öffnete, um weiterzusprechen, brachte ihr Vater sie mit einer Geste zum Schweigen.

»Du verbirgst uns etwas, Mädchen. Du bist schwanger, nicht wahr?«

»Woher wißt Ihr das? Ich habe es gerade erst selbst herausgefunden!«

»Das weiß ich immer. Das ist eine Art … äh … nun … Begabung von mir.«

»Ja, ich bin schwanger.« Sie spürte, wie ihr Tränen in die Augen traten. »Und er – mein Geliebter – er ist … nun ja …«

»Einer vom Westvolk!« Braemas Stimme war vor Schreck ganz heiser. »Und ich nehme an, er hat dich verlassen.«

»Nichts dergleichen! Er sagte, er würde zurückkommen, bevor der Winterregen beginnt, aber er wußte nicht, daß ich …

nun, Ihr wißt schon. Und mein Bruder weiß es auch nicht, deshalb hat er ja versucht, mich zu verheiraten, aber ich habe nicht gewagt, es ihm zu sagen.«

»Er hätte dich halb totgeschlagen, nehme ich an.« Braema seufzte und schüttelte den Kopf. »Glaubst du, daß du wirklich eine Chance hast, deinen Mann zu finden?«

»Ich weiß es nicht. Ich hoffe es. Er hat mir ein Geschenk gegeben, einen Anhänger.« Sie berührte das kühle Metall, das an einer Kette unter ihrem Hemd hing. »Es ist eine Rose darauf und ein paar Worte auf elfisch, und er sagt, jeder von seinem Volk würde es erkennen.«

»Hmm, und ich frage mich, ob das wohl stimmt! Die vom Westvolk reden viel, aber was sie damit meinen ...«

»Das genügt jetzt, Braema.« Perryn schnitt ihr mit einer knappen Geste das Wort ab. »Du kannst dich nicht in das Wyrd anderer einmischen. Wenn sie in den Westen gehen will, wird sie das tun. Sie scheint zu wissen ... äh ... nun, was sie tut. Aber ... äh ... äh, ich will ihr diese Hunde mitgeben.« Diese Worte galten nun Carra. »Komm mit mir in den Stall, ja?«

Der Stall befand sich ein ganzes Stück hinter dem Haus. Vor dem langgezogenen Gebäude stand Nedd und sah Gwerlas zu, der aus einem Eimer trank.

»Euer Heiligkeit? Die meisten halten mich für verrückt, weil ich meinem Daralanteriel folgen will.«

»Vielleicht bist du das ja, aber welche Wahl hast du schon?«

»Keine. Es sei denn, ich will mich erst verprügeln lassen und dann den alten Misthaufen heiraten.«

Die Hunde erwiesen sich als zwei Rüden, mit ihren langen Schnauzen und spitzen Ohren mehr als nur Halbwölfe und kaum älter als ein Jahr. Der eine war grau, schaute finster drein und hieß Donner, und der andere war von einem hellen Silberton mit einem schwarzen Streifen auf dem Rücken.

Perryn hatte ihn Blitz genannt. Als der Priester sie ihr vorstellte, schnupperten sie an ihrer ausgestreckten Hand und wedelten mit dem Schwanz.

»Sie mögen dich«, verkündete Perryn. »Glaubst du nicht auch, Nedd?«

Der Junge nickte.

»Ich werde sie Carra mitgeben. Weißt du, sie reitet nach Westen, und sie wird jemanden brauchen, der auf sie aufpaßt.«

Nedd nickte abermals und drehte sich um, um wieder in den Stall zu gehen. Genauer gesagt, ging er weniger, als daß er von Schatten zu Schatten glitt – in einem Augenblick war er noch da und im nächsten verschwunden.

»Euer Heiligkeit, kann er sprechen?«

»Nicht sonderlich gut. Nur, wenn er unbedingt muß, und dann nur ein Wort oder zwei, aber er versteht alles. Äh ... ja, das erinnert mich an etwas. Ich habe diesen Hunden beigebracht, Handzeichen zu gehorchen, und ich sollte dir lieber zeigen, was sie können. Selbstverständlich hören sie auch auf ihre Namen.« Er hockte sich hin und sah die Hunde an, die sich umdrehten, um ihm in die Augen zu starren. »Jetzt gehört ihr beiden Carra. Geht mit ihr. Paßt auf sie auf.«

Eine lange Weile schienen sie sich lautlos miteinander zu verständigen, und Carra war der Ansicht, daß die Hunde, entgegen jeder Vernunft, genau begriffen, was er ihnen gesagt hatte. Nedd kam pfeifend wieder aus dem Stall heraus. Er führte einen unauffälligen braunen Wallach mit einem alten Sattel, Bettzeug, einer Holzfälleraxt und vollen Satteltaschen heraus. Perryn stand auf und rieb sich mit der Hand übers Gesicht.

»Was soll das? Willst du mitgehen?«

Nedd nickte und sah hierhin und dorthin. »Du wirst Carra um Erlaubnis fragen müssen.«

Der Junge drehte sich um und schaute sie an.

»Du willst mit mir nach Westen kommen? Wenn mein Bruder uns erwischt, wird er dir weh tun. Er wird dich vielleicht sogar umbringen.«

Nedd überlegte einen Augenblick, dann zuckte er mit den Achseln und starrte seinen Großvater an.

»Es hat keinen Zweck, jemanden aufzuhalten, der nicht bleiben will, oder?« sagte der Priester. »Aber paß gut auf die Dame auf. Sie ist eine Adlige. Mach ihr keinen Ärger, oder Kerun wird böse auf dich. Verstehst du das?«

Nedd nickte.

»Also gut. Lauf ins Haus. Ich wette, deine Mutter packt gerade Schinken und Brot für Carra ein.« Nedd grinste und trabte davon. Perryn wandte sich Carra mit einem entschuldigenden Lächeln zu.

»Ich hoffe, es stört dich nicht, wenn er mitkommt. Vielleicht ist er sogar eine Hilfe, weil er gerne etwas für andere tut. Der arme Junge – es gibt ihm irgendwie das Gefühl, zu etwas nütze zu sein. Und er kann dir zeigen, wie du mit den Hunden umgehen mußt.«

»Gut, aber wird seine Mutter nicht wütend sein, daß er einfach … nun … einfach so davongeht?«

»Ach, das bezweifle ich. Er ist wie ich und seine Onkel. Wir kommen und gehen, wie wir wollen, und es hat keinen Zweck, uns aufzuhalten.« Wieder seufzte er tief. »Überhaupt keinen Zweck.«

Sie verließen das Anwesen durch das hintere Tor und machten sich außer Sichtweite des Hauses auf zur Straße nach Westen. Carra ritt voraus, und die Hunde liefen entweder ein Stück vorneweg oder an ihrer Seite, wie sie gerade wollten, während Nedd hinter ihr ritt wie ein Diener, der er auf seine Weise nun wohl auch war. Sie hoffte nur, daß sie ordentlich für ihn und die Hunde sorgen könnte, obwohl sie annahm, daß die Tiere wild genug waren, ihr eigenes Fressen zu erjagen, wenn es notwendig wäre. Sie hatte eine Handvoll Münzen, meist Kupferstücke, die sie von ihrem Bruder statt der Mitgift, die ihr zustand, gestohlen hatte, aber das Geld würde nicht ewig reichen. Plötzlich hatte sie eine Idee, drehte sich im Sattel herum und winkte Nedd, zu ihr zu kommen.

»Du hast doch sicher auch Geschichten über das Westvolk gehört. Daß sie sehr seltsam, aber gut zu Fremden sind?«

Der Junge nickte, und sein Haar glitzerte in der hellen Frühlingssonne wie Metall.

»Glaubst du, daß sie wirklich freundlich sind?«

Er grinste, zuckte mit den Achseln, um seine Unkenntnis zu demonstrieren, schien aber dennoch aufgeregt.

»Das hoffe ich zumindest, denn ich weiß nicht, wie wir Dar ohne Hilfe finden können. Er sagt mir, daß er mit seinem Stamm und ihren Pferden umherzieht, aber ich bin mir nicht sicher, wie groß dieses Westland ist.«

»Im Sommer nach Norden, im Regen nach Süden.«

Er sprach so leise, daß sie ihn kaum verstehen konnte.

»Hat dir das jemand erzählt?«

Er nickte.

»Reist das Westvolk so? Nun, das kommt mir vernünftig vor. Und es ist mehr, als ich bisher wußte. Aber dann sollten wir vielleicht nach Süden reiten, um ihnen zu begegnen, wenn sie nach Norden kommen. Oder direkt nach Westen. Aber vielleicht sind sie bereits an uns vorbeigezogen, wenn sie ihre Winterlager früh verlassen haben.«

Nedd nickte und runzelte die Stirn.

»Also reiten wir nach Norden«, fuhr Carra fort. »Dort werden wir ihnen entweder begegnen oder doch zumindest am richtigen Ort sein, um auf sie zu warten.«

Den Rest des Tages und einen Teil des nächsten ritten sie durch Bauernland. Die wenigen Leute, mit denen sie ab und zu sprachen, verspotteten sie nur, weil sie zum Westvolk wollten. Die Provinz Arcodd befand sich ganz am Rand des Königreichs Deverry, und in jenen Tagen war sie ein einsamer Ort, wo kleine Flächen besiedelten Landes beinahe in einer Wildnis von Grasland und Mischwald verschwanden. Und mehr als weitere Wildnis war im Westen nicht zu erwarten, das sagte man ihnen jedenfalls. Außer Wildnis gab es im Westen nur noch die umherziehenden Clans des Westvolks, die allesamt Diebe waren, Schlangen aßen, mit Dämonen im Bund waren, sich niemals wuschen, und die Götter allein wußten, was sie sonst noch taten. Am dritten Tag war Carra entmutigt genug, den Leuten zu glauben, aber umzukehren hätte bedeutet, sich von ihrem Bruder verprügeln lassen und Lord Scraev mit dem Schweineatem heiraten zu müssen. Nachts lagerten sie in kleinen Gehölzen am Weg, und hier zeigte Nedd, wie nützlich er sein konnte. Er bestand nicht nur darauf, sich um die Pferde zu kümmern, er besorgte auch immer Feuerholz und etwas zu essen, fing Fische und Kaninchen und fand süße Kräuter und wildes Gemüse zu dem Brot, das sie in den Dörfern kauften. Auf seine stille Art war er auch ein guter Begleiter und sehr geduldig, wenn es darum ging, ihr beizubringen, auf welche kaum merklichen Handbewegungen und Worte die Hunde hörten. Es störte ihn nicht, auf dem Boden zu schlafen. Er rollte sich in seine Decke, Donner schmiegte sich an seinen Rücken, und er schlief rasch ein, während Carra sich noch hin und her warf und mit dem geduldigen Blitz zu ihren Füßen zu schlafen versuchte. Und obwohl sie daran gewöhnt war, lange Zeit zu reiten, sei es um ihre Freundinnen zu besuchen oder mit ihren Brüdern zu jagen, war das Schlafen auf hartem, feuchtem Boden etwas anderes. Nach ein paar Nächten tat ihr alles so schrecklich weh, daß sie begann, sich um ihr ungeborenes Kind zu sorgen, das nur ein winziger Knoten tief in ihr, aber für sie so wirklich war wie Nedd und die Hunde. Als sie daher an ihrem vierten Abend in ein Dorf kamen, das über ein Gasthaus verfügte, war sie müde genug, um ein paar Münzen für ein Zimmer auszugeben.

»Und ein Bad«, sagte sie zu Nedd. »Ein anständiges heißes Bad mit einem Stück Seife.«

Er zuckte nur mit den Achseln.

Von draußen sah das Gasthaus nach nicht viel aus: ein niedriges Rundhaus, dick mit Stroh gedeckt, in der Mitte eines schlammigen, umzäunten Hofs, aber als sie das Tor aufschob und ihr Pferd hineinführte, konnte sie gebratene Hühner riechen. Der Wirt, ein untersetzter, schmieriger kleiner Mann, kam heraus und warf ihr einen mißtrauischen Blick zu.

»Der Gemeinschaftsraum ist voll«, verkündete er. »Und wir haben keine Privatzimmer.«

»Können wir in Eurem Stall schlafen?« Carra gab ihren Traum von einem heißen Bad auf. »Zum Beispiel auf dem Heuboden?«

»Solange ihr keine Laternen mitnehmt. Ich will nicht, daß ihr mir das Haus anzündet.«

Der Heuboden war groß und luftig, und es gab jede Menge Heu – ein besseres Bett, nahm Carra an, als sie im Gasthaus selbst bekommen hätte. Nachdem die Pferde versorgt waren, machten sich Carra und Nedd, gefolgt von den Hunden, zum Schankraum auf. In dem halbrunden Raum, der durch Flechtwerk von den Zimmern des Wirts abgetrennt war, standen einige wacklige Tische. An einem saßen ein paar Bauern und klatschten über ihrem Bier, am anderen Tisch zwei Männer, beide bewaffnet. Carra blieb im Schatten an der Tür stehen. Als sie mit den Fingern schnippte und zu Boden zeigte, setzten sich die Hunde, und Nedd fiel einen Schritt oder zwei hinter ihr zurück. Im rauchigen Licht eines niedergebrannten Feuers konnte sie die beiden Männer ziemlich genau sehen: Ihrer lässigen, arroganten Haltung nach zu schließen, waren sie Krieger, aber ihre fleckigen Leinenhemden zeigten keine Wappen. Einer, blond und kräftig, mit einem dichten blonden Schnurrbart, war jung, der andere, der mit dem Rücken zu ihr saß, war schlanker und hatte lockiges, rabenschwarzes Haar. Als der Wirt im Vorbeigehen ein paar kleine Äste ins Feuer warf, flackerte es auf und schien auf den Griff der Messer, die beide in ihren Gürteln trugen. Am Griff waren deutlich drei Kugeln zu sehen. Silberdolche, kaum besser als Verbrecher, wenn sie überhaupt besser waren – das hatte man ihr zumindest gesagt. Hinter ihr knurrte Nedd wie einer der Hunde.

»Du hast recht«, flüsterte sie. »Laß uns hier verschwinden.«

Aber als sie zurückwich, entdeckte der Blonde sie und hob ihr grinsend einen verbeulten Bierkrug entgegen.

»Junge, setz dich zu uns, an unserem Tisch ist noch viel Platz.« Seine Stimme klang für einen Mann seiner Art recht vernünftig.

Sie wollte sich gerade höflich weigern, als der Dunkelhaarige sich umdrehte und sie mit seinen großen, kornblumenblauen Augen ansah. Er war ordentlich rasiert und beinahe auf mädchenhafte Art schön. Tatsächlich hatte sie bei ihrem eigenen Volk noch nie einen so gutaussehenden Mann gesehen. Als sie darüber nachdachte, erinnerten sie seine feinen Züge ans Westvolk und sogar an ihren Dar. Er erhob sich, stand mit einer Spur von Nedds katzenhafter Anmut auf, verbeugte sich, und die Wärme seines Lächelns ließ sie erröten.

»Junge – ach ja?« Seine Stimme war ein leiser Tenor, und auch sein Akzent erinnerte sie ans Westvolk. »Yraen, du wirst alt und blind! Meine Dame, wenn Ihr Euch zu uns gesellen wollt, schwöre ich bei der Ehre, die mir verblieben ist, daß Ihr vollkommen in Sicherheit sein werdet.«

Die Hunde wedelten zur Begrüßung mit dem Schwanz. Als Carra Nedd einen Blick zuwarf, bemerkte sie, daß er den schwarzhaarigen Fremden anstarrte.

»Er kommt mir ganz vernünftig vor«, flüsterte sie.

Nedd zuckte nur mit den Schultern und schien ein wenig überrascht, hier am Rand der Welt einem solchen Mann zu begegnen. Carra bedeutete den Hunden mit einer Geste aufzustehen, und alle gingen zum Tisch der beiden Männer, aber Nedd bestand darauf, bei Donner und Blitz auf dem Boden zu sitzen. Carra setzte sich auf die freie Bank, während der schwarzhaarige Bursche um den Tisch herumging und sich neben seinen Freund hockte.

»Ich heiße Rhodry«, sagte er, als er sich wieder setzte. »Und das da ist Yraen, denn er hat nur einen Spitznamen.«

Yraen lächelte frostig.

»Ich heiße Carra, das da ist Nedd, der irgendwie mein Diener ist und irgendwie nicht, und das hier sind Donner und Blitz.«

Die Hunde wedelten, und Nedd nickte. Der Wirt kam mit einem großen Korb warmen Brotes herüber und stellte einen Krug Bier vor Carra. Er erzählte auch von Brathühnern, und während er und Yraen darüber feilschten, wie viele es sein sollten und wieviel sie kosteten, hatte Carra kurz die Gelegenheit, die Silberdolche zu betrachten, wobei sie den größten Teil ihrer Aufmerksamkeit Rhodry zuwandte. Das lag nicht nur daran, daß er gut aussah. Sie konnte einfach nicht schätzen, wie alt er war. Wenn er grinste, schien er nicht älter zu sein als sie selbst. Dann wieder stand eine Melancholie in seinen Augen und spielte wie ein Fieber über sein Gesicht, und es kam ihr vor, als müsse er mindestens hundert Jahre alt sein, um solche Trauer zu verdienen.

»Wirt?« sagte Rhodry. »Bring ein paar Reste für die Hunde der Dame, ja?«

»Gut. Wir haben gestern ein Schaf geschlachtet. Es ist viel Milz und ähnliches übrig.«

Carra gab dem Mann ein Kupferstück. Yraen zog seinen Dolch und begann, das Brot in dicke Scheiben zu schneiden.

»Und wohin seid Ihr unterwegs, meine Dame?« Seine Stimme war dunkel und heiser, aber beruhigend normal.

»Ich … äh … nun … nach Westen. Um Verwandte zu besuchen.«

Yraen grinste und zog eine Braue hoch, aber er reichte ihr ohne Kommentar ein Stück Brot. Obwohl Carra sich selbst sagte, sie müsse verrückt sein, diesen Männern zu vertrauen, fühlte sie sich plötzlich zum ersten Mal seit Wochen in Sicherheit. Als Rhodry nach dem Brot griff, bemerkte sie, daß er einen Ring trug, ein flaches silbernes Band, in das Rosen eingraviert waren. Sie starrte ihn verblüfft an.

»Das ist ein hübsches Schmuckstück, nicht wahr?« sagte Rhodry.

»Ja, verzeiht mir, wenn ich unhöflich war. Ich habe zufällig selbst ein Schmuckstück mit Rosen. Ich meine, sie sind sehr anders ausgeführt, und das Metall ist anders, aber es kam mir einfach seltsam vor …« Plötzlich wußte sie nicht mehr, was sie sagen sollte.

Rhodry reichte Nedd das Brot. Einige Zeit aßen sie alle schweigend, bis Carra das Gefühl hatte, einfach etwas sagen zu müssen.

»Wohin seid Ihr unterwegs, wenn ich fragen darf?«

»Nach Norden, nach Cengarn«, sagte Yraen. »Wir haben nämlich einen Auftraggeber, obwohl er sich für die Nacht im Holzschuppen verbarrikadiert hat. Er traut dem Wirt nicht, und er traut auch uns nicht, obwohl er uns als Wachen bezahlt. Er nennt sich Kaufmann, aber ich habe meine Zweifel. Aber ganz gleich, wie er sein Geld verdient, er ist ein schlechtgelaunter kleiner Mistkerl, und ich habe wirklich genug von ihm.«

»Im Augenblick fehlt es deiner Laune ebenfalls an einer gewissen Sonnigkeit.« Rhodry grinste. »Unser Otho trägt Edelsteine mit sich, und zwar eine ganze Menge davon, und das macht ihn unruhig und läßt ihn sogar noch unangenehmer sein, als er normalerweise ist – und das will was heißen. Aber wir haben seinen Auftrag angenommen, weil er uns zu Besserem führen kann. Ich dachte, daß Gwerbret Cadmar an der Grenze vielleicht Männer wie uns braucht. Es geht in seinem Rhan ziemlich rauh zu.«

»Ist das Cadmar von Cengarn?«

»Ja. Habt Ihr von ihm gehört?«

»Mein ... nun, ein Freund von mir hat Cengarn hin und wieder erwähnt. Liegt das westlich von hier?«

»Eher nördlich, nun, vielleicht nordwestlich. Glaubt Ihr, Eure Verwandten sind dorthin unterwegs?«

»Das kann schon sein.« Sie beschäftigte sich damit, eingebildete Krümel von ihrem Hemd zu fegen.

»Was hat der Mann getan?« Rhodrys Stimme hing zwischen Mitgefühl und einem gewissen abstrakten Zorn. »Hat er Euch geschwängert und dann verlassen?«

»Woher wißt Ihr das?« Sie blickte auf, wurde dunkelrot und spürte, daß ihr Tränen in die Augen traten.

»Es ist nicht gerade eine neue Geschichte, Mädchen.«

»Aber er hat gesagt, er würde zurückkommen.«

»Das tun sie alle«, murmelte Yraen in sein Bier.

»Aber er hat mir ...« Sie zögerte und zupfte unwillkürlich an ihrem Hemd, unter dem das Medaillon hing. »Er hat mir etwas geschenkt.«

Als Rhodry die Hand ausstreckte, überlegte sie lange.

»Wir sind keine Diebe, Mädchen«, sagte Rhodry so sanft, daß sie ihm glaubte.

Sie griff an ihren Hals, löste die Kette und holte den Anhänger heraus. Es war ein riesiger Saphir, so blau wie das Meer im Winter, in einer Fassung rötlichen Goldes von etwa drei Zoll Durchmesser und geschmückt mit goldenen Rosen. Als er es sah, pfiff Rhodry leise, und Yraen stieß einen lauten

Fluch aus. Nedd rutschte ein Stück näher heran, um es sich anzusehen.

»Ihr Götter!« sagte Yraen. »Es ist gut, daß Ihr das verborgen habt. Es ist ein Vermögen wert.«

»Das Lösegeld für einen König, und das meine ich wörtlich.« Rhodry betrachtete es so genau, wie es in dem schwachen Licht möglich war, und murmelte ein paar Wörter in der Sprache des Westvolks, bevor er fortfuhr: »Das hier gehörte einmal Ranadar vom hohen Berg, dem letzten wahren König des Westvolks, und es ist von einem seiner Nachfahren zum nächsten weitergegeben worden. Wenn die Familie Eures Dar herausfindet, daß er es Euch gegeben hat, Mädchen, dann werden sie ihn grün und blau schlagen.«

»Ihr kennt ihn? Ihr müßt ihn kennen!«

»Ja.« Rhodry reichte ihr den Edelstein zurück. »Jeder, der das Westvolk kennt, kennt auch Daralanteriel. Hat er Euch erzählt, wer er ist?«

Sie hängte sich den Anhänger wieder um und schüttelte gleichzeitig den Kopf.

»Er ist der einzige Erbprinz, den das Westvolk je haben wird. Der Erbe zu ihrem Thron, falls es einen gäbe, da sein Königreich weit im Westen in Trümmern liegt.«

Sie begann zu lachen, ein nervöses, ungläubiges Kichern.

»Königreich?« warf Yraen ein. »Ich habe nie gehört, daß das Westvolk ein Königreich hätte.«

»Selbstverständlich nicht.« Rhodry grinste plötzlich. »Das liegt daran, daß du das Westvolk noch nie gehört hast, oder zugehört hast, was sie sagen. Yraen, du bist eben ein typisches Rundohr.«

»Du machst Witze.«

»Nein.« Aber sein Lächeln machte es schwer, ihm zu glauben. »Es ist die reine Wahrheit.«

Zu ihrem Entsetzen bemerkte Carra, daß sie nicht aufhören

konnte zu kichern, daß ihr Kichern zu einem hysterischen Lachen wurde. Die Hunde winselten, drängten sich dicht an sie und schubsten ihre Hände mit ihren Schnauzen, während Nedd Rhodry ansah und knurrte wie ein Wolf. Der Silberdolch schien ihn zum erstenmal zu bemerken.

»Nedd heißt er?« Rhodry sprach Carra an. »Er hat nicht zufällig einen Onkel namens Perryn?«

»Perryn ist sein Großvater.« Endlich war es ihr gelungen, das Lachen genügend zu unterdrücken, um antworten zu können. »Ein Priester des Kerun.«

Rhodry saß wie erstarrt, und im tanzenden Feuerlicht sah es so aus, als wäre er bleich geworden.

»Was ist los mit dir?« Yraen versetzte ihm einen Rippenstoß.

»Nichts.« Yraen drehte sich um und winkte dem Wirt. »Noch mehr Bier, bitte. In diesem elenden Gasthaus kann man verdursten.«

Der Mann brachte nicht nur mehr Bier, sondern seine Frau kam nun auch mit den Brathühnern, dem Gemüse und noch mehr Brot, was nach den langen Wochen auf der Straße ein Festessen für Carra war, ebenso wie für die Silberdolche, wenn man sah, wie sie sich auf die Mahlzeit stürzten. Während des Essens hatte Carra Gelegenheit, Rhodry genauer zu betrachten. Seine Tischmanieren waren die eines Mannes, der an einem Hof erzogen worden war – tatsächlich waren sie besser als die jedes Mannes, den sie je am Tisch ihres Bruders gesehen hatte. Gelegentlich sah er sie mit einer Miene an, die sie einfach nicht deuten konnte. Manchmal schien er Angst vor ihr zu haben, manchmal schien er ihr zu mißtrauen – endlich kam sie zu der Ansicht, daß sie in ihrer Erschöpfung wahrscheinlich phantasierte. Sie konnte sich nicht vorstellen, wieso ein kampferfahrener Silberdolch vor einem müden Mädchen Angst haben sollte, das außerdem auch noch schwanger war. Nachdem sie erst gegessen hatte, wurde sie aber wieder wach genug, um sich auf eine seiner letzten Bemerkungen zu konzentrieren.

»Ihr kennt also Dar.« Das sagte sie so abrupt, daß er verblüfft aufblickte. »Wo ist er? Werdet Ihr mir das sagen?«

»Wenn ich es sicher wüßte, ja, aber ich habe ihn seit Jahren nicht mehr gesehen, und ich nehme an, er ist mit den Herden seines Alars irgendwo im Norden.« Rhodry trank einen Schluck Bier. »Hör zu, Mädchen, wenn Ihr schwanger seid, seid Ihr seine Frau, ist Euch das klar? Nicht eine verlassene Frau, sondern seine Ehefrau. Das Westvolk sieht diese Dinge ein wenig anders als die Männer in Deverry.«

Nun flossen die Tränen, bevor sie sie aufhalten konnte. Winselnd legten ihr die Hunde die Köpfe in den Schoß. Ohne nachzudenken, legte sie die Arme um Donner und ließ ihn die Tränen weglecken, während sie weiterweinte. Nur schwach war sie sich bewußt, daß Yraen etwas sagte. Als sie schließlich aufblickte, war er weg und der Wirt mit ihm, aber Rhodry saß ihr immer noch gegenüber, stützte sich auf den Ellbogen und trank sein Bier.

»Es tut mir leid«, schniefte sie. »Ich hatte nur solche Angst und habe mich die ganze Zeit gefragt, ob er mich wirklich jemals wiedersehen will.«

»Oh, das wird er schon. Er ist ein guter Junge, obwohl er noch so jung ist, und ich glaube, Ihr könnt ihm vertrauen.« Rhodry grinste plötzlich. »Ich würde sagen, er ist verdammt vertrauenswürdiger, als ich in seinem Alter war, aber das soll wirklich nicht viel heißen. Zumindest werden seine Verwandten Euch aufnehmen, sobald Ihr sie findet – jeder Alar würde das tun! Ihr habt es immer noch nicht verstanden. Dieses Kind in Eurem Bauch ist ebenso von königlichem Blut wie jeder Prinz drüben in Dun Deverry. Und Ihr habt diesen Edelstein, um es zu beweisen. Macht Euch keine Gedanken. Wir finden ihn schon.«

»Wir?«

»Wir. Ihr habt gerade einen Silberdolch angeheuert, Euch zu Eurer neuen Heimat zu begleiten – nun, zumindest sobald wir Otho nach Cengarn gebracht haben, aber das liegt ohnehin auf dem Weg.« Er wandte sich ab, und in diesem Augenblick schien er so alt wie die Felsen in den Bergen und so müde wie die Flüsse selbst. »Ob Yraen dumm genug ist, mit uns zu kommen, weiß ich nicht. Um seinetwillen hoffe ich, daß er das nicht tut.«

»Aber ich kann Euch nicht bezahlen.«

»Oh, wenn ich Geld brauche, wird sich Dars Alar schon darum kümmern. He, Ihr seht immer noch aus, als hättet Ihr vor Angst den Verstand verloren.«

»Es ist einfach alles so schrecklich gewesen.« Sie schniefte laut und versuchte, sich die Tränen zu verkneifen. »Festzustellen, daß ich schwanger bin, und dann wegzulaufen und mich zu fragen, ob Dar mich einfach verlassen hat, wie es Männer manchmal tun. Und dann bin ich Nedds Großvater begegnet, und das war auf seine Art seltsam genug, und hier stolpern wir über Euch, und Ihr erzählt mir diese seltsamen Dinge, und ich habe Euch noch nie zuvor gesehen. Es ist so seltsam, plötzlich jemanden zu finden, der Dar kennt, daß ich ...« Sie hielt inne und wurde rot, denn sie war kurz davor, ihn als Lügner zu bezeichnen.

»Ja, es ist wirklich seltsam, aber nicht einfach nur ein Zufall. Es ist mein Wyrd, Carra, und vielleicht auch das Eure; aber niemand kann sagen, was das Wyrd eines anderen wirklich sein kann. Wyrd und der Dweomer, den das Wyrd mit sich bringt – ich kann geradezu sehen, daß wir davon umgeben sind.«

»Ihr seht ebenfalls ängstlich aus.«

»Ja. Ihr tragt meinen Tod bei Euch.«

Nedd, der kurz davor war, einzuschlafen, riß plötzlich den

Kopf hoch und starrte Rhodry an. Carra wollte etwas sagen, konnte aber nur stottern. Rhodry lachte, das langgezogene, heulende Lachen eines Berserkers, und prostete ihr mit dem Krug zu.

»Ich nehme es Euch nicht übel. Ich habe viele Frauen geliebt, aber keine so sehr wie die Lady Tod. Ich weiß, was Ihr fragen wollt, Carra – selbstverständlich, ich bin betrunken, aber nicht so betrunken, daß ich anfange Unsinn zu reden. Habt ein wenig Geduld mit mir, meine Dame, da ich Euch gerade mein Leben verschworen habe, und laßt mich ein wenig weiterreden. Ich habe erheblich länger gelebt, als Ihr glauben würdet, und hier und da werfe ich einen Blick zurück, wie es alte Männer eben tun, und jetzt wird mit klar, daß ich nie jemanden so geliebt habe wie sie. Ich habe einmal geglaubt, die Ehre zu lieben, aber die Ehre ist nur ein anderer Name meiner Lady Tod, weil die Ehre eines Mannes ihn früher oder später in ihr Bett führen wird.« Plötzlich beugte er sich vor. »Glaubt Ihr an Zauberei, Carra? An den Dweomer und jene, die sich damit auskennen?«

»Nun ja, irgendwie schon. Ich weiß es nicht genau, aber man hört all diese Dinge …«

»Einige davon sind wahr. Ich weiß es. Ich weiß es tief in meinem Herzen, und das ist auf seine Art schwer zu ertragen.« Er bedachte sie mit einem schiefen Grinsen, das ihn wieder wie einen Jungen von zwanzig aussehen ließ. »Haltet Ihr mich für verrückt?«

»Nein, aber für ein wenig seltsam – das kann ich nicht leugnen.«

»Ihr seid ein praktisch denkendes Mädchen, und das müßt Ihr auch sein.« Er trank seinen Krug leer, dann füllte er ihn mit zitternder Hand wieder. »Es gab nur eine einzige Frau in meinem Leben, die ich mehr geliebt habe als die Lady Tod, aber sie liebte den Dweomer mehr als mich. Das genügt, um einem Mann den Verstand zu rauben. Aber wie dem auch sei, sie hat mir etwas prophezeit. Lauf, wohin du willst, Rhodry, sagte sie, aber der Dweomer wird dich am Ende einholen. Oder etwas in dieser Richtung. Es ist jetzt schon Jahre her, und ich erinnere mich nicht mehr an ihre genauen Worte. Aber ich erinnere mich, wie ich mich fühlte, als sie das sagte. Ich wußte, daß sie mir die Wahrheit sagt. Irgendwie weiß ich auch, wenn diese Zeit kommt und mein Wyrd mich anspringt, werde ich seine Klauen tief in mir spüren, und ich werde wissen, daß die Lady Tod sich endlich darauf vorbereitet, mich als ihren wahren Geliebten anzunehmen, der ich all die Jahre schon war. Und als Ihr mir Eure Geschichte erzähltet, spürte ich diese Klauen. Bald werde ich endlich bei ihr liegen, obwohl es ein kaltes und schmales Bett ist, das wir teilen werden, meine Lady und ich.«

Nedd war neben den Hunden im Stroh eingeschlafen. Das Feuer in der Feuerstelle verglühte und warf einen Mantel von Schatten über Rhodrys Gesicht. Carra nahm sich zusammen, stand auf und legte mehr Holz nach. Ihr war so kalt, daß sie die Wärme ebenso brauchte wie das Licht. Als das Feuer aufflackerte, hörte sie, wie Rhodry sich hinter ihr bewegte, und als sie sich umdrehte, kniete er im Stroh zu ihren Füßen.

»Werdet Ihr mich in Euren Dienst nehmen, Herrin?«

»Wie bitte? Aber selbstverständlich. Ich meine, ich habe keine große Wahl, oder? Immerhin kennt Ihr Dar.«

»Ein praktisch denkendes Mädchen.« Er grinste sie an, erhob sich und wischte sich die Knie seiner schmutzigen Brigga ab, als ob das einen Unterschied machen würde. »Gut. Nedd! Wach auf! Führe deine Herrin in ihre elegante Kammer. Und denk daran, sie heute nacht gut zu bewachen, denn ich spüre, daß uns Ärger droht und dieser eine ganze Armee mitgebracht hat.«

Obwohl er schon reichlich betrunken war, verbeugte er sich gewandt, dann verließ er den Schankraum. Nedd stand auf und bedeutete den Hunden, ihm zu folgen.

»Was hältst von diesem Silberdolch, Nedd? Magst du ihn?«

Nedd nickte.

»Selbst wenn er halb verrückt ist?«

Nedd kniff nachdenklich die Lippen zusammen. Endlich zuckte er mit den Achseln und öffnete die Tür mit einer ungeschickten Imitation von Rhodrys Verbeugung. Als sie ihm in den Stall folgte, dachte Carra daran, daß sie nie Königin hatte sein wollen, und wünschte sich, sie würde sich mehr wie eine vorkommen.

Früh am nächsten Morgen weckte Yraen sie, indem er sich vor den Heuboden stellte und brüllte. Als sie alle zum Frühstück in den Schankraum zurückkehrten, verkündete er, er werde mit ihnen nach Norden reiten.

»Gegen meine Vernunft, möchte ich hinzufügen. Erst lassen wir uns von diesem verfluchten Silberschmied anheuern, und nun fängt Rhodry an, von Wyrd und Dweomer und Prophezeiungen zu schwätzen, und die Götter allein wissen, was ihm sonst noch durch den Kopf geht! Wenn Ihr mich fragt, ist er verrückt, so verrückt wie ein Barde. Und er trinkt mehr als jeder Mann, den ich je getroffen habe, und das ist eine Menge, wenn Ihr wißt, was ich meine – nicht, daß man es ihm anmerken würde wie einem gewöhnlichen Mann, aber ich weiß verdammt genau, daß ich lieber zurück nach Osten reiten und einen anderen Auftrag finden sollte, aber wenn er anfängt zu reden …« Er schüttelte den Kopf wie ein verstörter Bär. »Also komme ich mit, obwohl er mich gewarnt hat, daß ich vielleicht sterben werde, wenn ich das tue. Ich muß ebenso verrückt sein wie er.«

Endlich hatte Carra die Gelegenheit, sich ihn genauer anzusehen. Dieser Yraen war ein recht gutaussehender Mann mit gleichmäßigen Zügen und einer Mähne dichten, goldblonden Haares, das zu seinem Schnurrbart paßte, aber seine eisblauen Augen waren so kalt und hart wie das Eisen seines Spitznamens. Die Hunde und Nedd betrachteten ihn mißtrauisch.

»Kennt Ihr Rhodry schon lange?« fragte Carra.

»Wir reiten jetzt seit vier Jahren zusammen.«

»Wißt Ihr, wie typische Silberdolche kommt ihr mir nicht vor.«

»Ich nehme an, Ihr meint es gut.« Yraen runzelte die Stirn. »Meine Dame, nehmt es mir nicht übel, aber einem Silberdolch Fragen zu stellen ist nicht sehr angenehm – für beide Seiten, wenn ich das hinzufügen darf.«

Carra glaubte zu verstehen und hielt den Mund, obwohl sie immer neugieriger wurde. Im Schankraum saß Rhodry im Schneidersitz unter einem Fenster auf dem Boden und rasierte sich mit einem langen Messer und mit Hilfe einer Spiegelscherbe, die er an die Wand gelehnt hatte.

»Ich bin gleich fertig«, sagte er. »Yraen, besorge der Dame ein wenig Brot und Milch. Der Wirt sitzt wieder betrunken in der Küche, und die junge Frau braucht ihre Kraft.«

Aber mit einem hundeähnlichen Knurren bestand Nedd darauf, daß er seine Herrin bediente.

»Ich habe nachgedacht«, sagte Yraen abrupt. »Wenn es bei diesem verrückten Abenteuer darum geht, den Mann dieser Dame hier zu finden, warum reiten wir nicht direkt nach Osten?«

»Du vergißt Otho.«

»Genau darauf wollte ich hinaus. Ich will Otho vergessen. Können wir ihm sein Geld nicht zurückgeben?«

»Dann könnten wir immer noch nicht direkt nach Westen reiten. Das Grasland ist riesig, und es gibt dort keine Straßen, und wir könnten monatelang umherirren, bis wir verhungern.« Immer noch ein wenig feucht im Gesicht, setzte sich Rhodry zu ihnen, als Nedd und der verquollene Wirt mit Brot und

Schinken kamen. »Cadmar von Cengarn kauft Pferde vom Westvolk, und daher werden wir dort sicher einige vom Volk finden – oder sie werden früher oder später auftauchen. Und dann können wir die Nachricht weitergeben, daß Dars Frau unter dem Schutz des Gwerbret auf ihn wartet.«

»Das klingt alles viel zu einfach. Du verbirgst doch etwas, Rhodry.«

»Nein. Ich habe keine Ahnung, überhaupt keine, was passieren könnte.«

»Warum schwatzt du dann dauernd vom Wyrd und vom Dweomer?«

Rhodry zuckte mit den Achseln und brach das Brot mit seinen schmalen, anmutigen Händen.

»Wenn ich mehr wüßte, würde ich mehr sagen.« Er blickte mit einem vollkommen unangemessenen Grinsen auf. »Aber genau deshalb habe ich dich gewarnt. Verlaß Otho, wenn du willst – verlaß uns alle. Reite nach Osten und kümmere dich nicht um mich und die Meinen.«

Yraen schnaubte nur und spießte mit einem teuer aussehenden Tischdolch ein Stück Schinken auf. In diesem Augenblick hörte Carra, wie jemand den Wirt verfluchte. Die Hunde legten die Ohren an und drehten sich nach dem Geräusch um, als die Flüche zu einer wahrhaften Litanei anschwollen, zu einem Lexikon von Beschimpfungen, die alle zu behalten man das Gedächtnis eines Barden gebraucht hätte. Rhodry sprang auf und schrie: »Sei still! Wir haben eine Dame hier.«

Schnaubend kam ein Mann ins Gastzimmer gestampft. Er war nicht größer als fünf Fuß, aber kräftig gebaut, und sah aus wie die verkleinerte Ausgabe eines Hufschmieds. Allerdings bewegte er sich steif und langsam. Sein Haar und sein langer Bart waren schneeweiß. Es mochte das Alter sein, das diese Steifheit bewirkte, aber nach dem, was Rhodry am Abend zuvor erwähnt hatte, nahm Carra an, daß er in seiner schweren

Lederweste Edelsteine eingenäht trug. Er hatte auch ein kurzes Schwert an der Hüfte und ein langes Messer auf der anderen Seite.

»Schrei mich nicht an, verfluchter Silberdolch«, sagte Otho, aber diesmal leiser. »Der Tag, an dem ich Befehle eines verfluchten Elfen befolge, wird der Tag sein, an dem ich meine Zehen zum Himmel strecke und meinen letzten Atemzug tue. Ich ...«

Er entdeckte Carra, hielt inne, riß den Mund auf, und Tränen traten ihm in die Augen.

»Herrin«, flüsterte er. »Oh! Herrin.«

Er kniete vor ihr nieder und ergriff ihre Hand, um sie zu küssen wie ein Höfling. Carra war vollkommen verblüfft, während Rhodry und Yraen die beiden anstarrten. Plötzlich wurde Otho dunkelrot, sprang auf die Beine und putzte sich mit großem Getöse die Nase mit einem alten Lappen.

»Nun gut«, fauchte er. »Ich weiß nicht, was über mich gekommen ist, Mädchen. Entschuldigung. Ich habe Euch mit jemandem verwechselt. Hmpf. Nun gut. Verzeiht mir, ja? Ich muß kurz nach draußen.«

Er rannte davon, bevor jemand auch nur ein Wort sagen konnte. Minutenlang blieben sie einfach nur verblüfft und schweigend sitzen. Endlich seufzte Yraen laut.

»Also gut, Rhodry. Es ist Dweomer, und nach allem, was ich weiß, ist es auch Wyrd. Ich werde dir nicht mehr widersprechen.«

Nachdem Rhodry bezahlt hatte, machten sie sich auf den Weg nach Norden, direkt – wie die Dorfleute versprachen – nach Cengarn und zu Gwerbret Cadmar. Die Straße verlief an Bauernhöfen entlang, auf deren Feldern golden der Winterweizen reifte, aber im Norden hing wie ein Streifen Sturmwolken eine dunkle Linie von Hügeln und Wäldern. Diese Linie wurde breiter, und das Land hob sich stetig darauf zu, bis sie schließlich, als sie mittags eine Rast einlegten, Welle um Welle von Waldland vor sich sahen.

»Wie geht es Euch, Mädchen?« fragte Otho, als er Carra vom Pferd half. »Rhodry hat mir gesagt, daß Ihr schwanger seid.«

»Oh, es geht mir gut. Ihr braucht Euch wegen mir keine Gedanken zu machen. Es wird noch einige Zeit dauern.«

»Wie Ihr meint. Ich wünschte nur, wir hätten eine Frau vom Volk dabei, jemanden, der sich mit diesen Dingen auskennt.«

»Es geht mir hervorragend.«

Aber als Carra sich ins weiche Gras setzte, war sie überrascht, wie gut es sich anfühlte, aus dem Sattel herauszusein. Sie hatte mit drei Jahren reiten gelernt, hatte ihr halbes Leben im Sattel verbracht, aber nun war sie schon nach wenigen Stunden müde. Sie entschied, daß sie es nicht ausstehen konnte, schwanger zu sein, ob sie nun verheiratet war oder nicht. Donner und Blitz ließen sich mit lauten hündischen Seufzern links und rechts von ihr nieder. Als Nedd davoneilte, um ihr Wasser und etwas zu essen zu holen, setzte sich Otho zu ihr, als müsse er sie bewachen.

»Wenn ich nun wirklich eine Königin bin«, sagte sie, »sind die Hunde meine Leibwächter und Nedd mein Stallmeister. Wollt Ihr mein Berater sein, Otho? Ich frage mich, ob ich Hofdamen haben werde. Vielleicht hätte ich ein paar der Katzen Seiner Heiligkeit mitnehmen sollen.«

Otho runzelte nachdenklich die Stirn und tat so, als nehme er das Spiel ernst.

»Nun, Euer Gnaden«, sagte er schließlich. »Ich wäre lieber Euer oberster Handwerker und dafür zuständig, Eure große Halle zu erbauen.«

»Das ist gut so – in der, die wir jetzt haben, zieht es gewaltig.« Sie zeigte auf die Landschaft. »Denken wir nach, wer Berater sein könnte. Nun, Rhodry kann es nicht sein, denn der ist verrückt. Ich weiß – ich brauche einen Zauberer! Einen uralten Zauberer wie in den alten Geschichten. Gibt es nicht solche Geschichten? Über wunderbare Dweomermeister, die dann auftauchen, wenn man sie unbedingt braucht?«

Otho wurde ein wenig bleich. Sie hätte schwören können, daß er Angst hatte, konnte sich aber nicht vorstellen, warum. Plötzlich selbst beunruhigt, blickte sie zum Himmel auf.

»Seht Ihr den Vogel, der dort kreist?« Sie zeigte auf einen weit entfernten, schwarzen Fleck. »Ist das ein Rabe?«

»Sieht so aus. Warum?«

»Ich sehe ihn schon den ganzen Morgen. Ach, ich bin einfach nur albern. Es gibt selbstverständlich viele Raben …« Sie hielt inne, weil Otho zum Himmel hinaufstarrte, seine Augen mit einer Hand abschirmte und sie erkennen konnte, wie grimmig er unter dem schmutzigen Bart den Mund verzog.

»Was ist denn?« Rhodry kam herüber, ein Stück Käse in der Hand.

»Vielleicht gar nichts«, sagte Otho. »Aber das da ist ein verflucht großer Rabe, oder?«

Noch während er sprach, brach der Vogel seinen Kreis und flatterte mit einem heiseren Schrei nach Westen davon, als wüßte er, daß man ihn entdeckt hatte. Otho schüttelte den Kopf.

»Hast du eine gute Hand mit dem Jagdbogen, Silberdolch? Du bist doch jahrelang mit dem Westvolk geritten.«

»Das stimmt, und ich sehne mich jetzt nach einem Langbogen.«

Carra war es plötzlich kalt geworden, und sie stand auf, als Nedd und Yraen zu ihnen kamen.

»War etwas mit dem Raben nicht in Ordnung?« fragte sie.

»Mag sein. Ihr habt gute Augen, Mädchen und ich fürchte, Ihr werdet sie brauchen.«

»Wartet.« Yraen klang gereizt. »Ein Vogel ist ein Vogel, ganz gleich, wie groß er ist.«

»Oder es ist ein Zauberer.« Rhodry grinste ihn an. »Was würdest du sagen, wenn ich dir erzählte, daß es Dweomerleute gibt, die sich in Vögel verwandeln und fliegen können?«

»Ich würde sagen, daß du noch verrückter bist, als ich dachte.«

»Dann sage ich es dir lieber nicht. Es ist immer noch nicht zu spät für dich, zurückzukehren.«

»Willst du bitte endlich den Mund halten?«

»Also gut, denn nun habe ich dich dreimal gewarnt, und das ist alles, was Gesetze und Götter von mir verlangen können.«

Als sie an diesem Nachmittag weiterritten, hielt Carra unruhig nach dem Raben Ausschau, aber sie sah nur normale Vögel, die in der üblichen Weise unterwegs waren. Jedesmal, wenn sie einen Raben oder eine Krähe entdeckte, sagte sie sich, daß Rhodrys Gerede von Gestaltwandlern schlimmstenfalls mit seiner Verrücktheit zu tun hatte und bestenfalls ein dummer Witz war.

Sie kamen immer höher in die Hügel, und die Straße wand sich durch die Senken und überquerte ein paar kleinere Bäche. Bei Sonnenuntergang erreichten sie eine Hügelkuppe und entdeckten zwei oder drei Meilen voraus einen wilden Wald, der sich über Hügel und Täler erstreckte. Zwischen ihnen und dem Waldrand, so dunkel wie Schatten, drängte sich ein Dorf hinter einer Holzpalisade. Yraen murmelte etwas.

»Das gefällt mir nicht, Rhodry. Diese Palisade ist brandneu.«

»Sieht so aus. Wir sollten uns lieber beeilen, bevor sie uns für die Nacht ausschließen.«

Trotz der Befestigungen war das Dorf gastfreundlich. Carra hatte erwartet, daß die Bauern Otho anstarrten oder zumindest Bemerkungen über seine Größe machten, aber sie taten, als wäre das nichts Ungewöhnliches. Der Schmied brachte ihre

Pferde in seinem Schuppen unter, und eine Bauersfrau setzte ihnen für ein paar Kupferstücke eine Mahlzeit vor und ließ sie für ein paar weitere Münzen auf dem Heuboden schlafen. Das halbe Dorf drängte sich schließlich in ihr Haus, um mit den Fremden zu sprechen und sie zu warnen.

»Es sind Banditen unterwegs«, sagte der Schmied. »Wir hatten hier zuvor niemals Banditen. Wir haben einen Jungen zu Gwerbret Cadmar geschickt, um ihn um Hilfe zu bitten. Seine Gnaden hat uns benachrichtigt, er tue sein Bestes, mit den Kerlen fertig zu werden. Er sagte uns, wir sollten uns lieber zur Sicherheit eine Art Mauer bauen.«

»Sieht aus, als könnten wir in Cengarn Arbeit finden«, meinte Rhodry. »Er braucht vielleicht noch ein paar Männer.«

»Kann schon sein.« Der Schmied hielt inne und sah Carra an. »Was machst du auf der Straße, Mädchen?«

Carra setzte gerade dazu an, mit der Wahrheit herauszuplatzen, aber Rhodry war schneller.

»Sie reitet mit mir«, fauchte er ziemlich glaubwürdig. »Irgendwas dagegen?«

»Da ich nicht ihr Vater bin, habe ich dazu nichts zu sagen. Und ich will keinen Ärger.«

»Heb dir das für die Banditen auf, Rhodry«, meinte Yraen seufzend. »Wie weit reicht dieser Wald überhaupt? Wenn man von Süden nach Norden reitet, meine ich.«

»Sehen wir mal.« Der Schmied rieb sich das Kinn. »Ich selbst war nie im Norden, aber er reicht ziemlich weit. Dann kommt Ihr durch mehr Bauernland und dann in noch mehr Wald. Cengarn liegt oben in den Hügeln. Eine Menge Kaufleute kommen da durch.«

»Kaufleute?« sagte Carra verblüfft. »Die mit dem Westvolk handeln?«

»Mit denen auch, Mädchen.« Der Schmied zwinkerte Otho verschwörerisch zu. »Ich nehme an, sie war noch nie in dieser

Gegend. Ich glaube, das Mädchen wird ein paar Überraschungen erleben.«

Der Heuboden war groß genug für alle. Nedd bestand allerdings darauf, eine Barriere aus Heu aufzutürmen, damit Carra mit sich allein war. Bevor sie sich in diese improvisierte Laube begab, fragte sie Rhodry, wieso er den Schmied angelogen hatte.

»Weil die Wahrheit gefährlich sein könnte. Man hat schon öfter davon gehört, daß Banditen wichtige Leute als Geiseln nehmen.«

»Wichtig …«

»Carra, glaubt mir, das Westvolk wird jedes Pferd, das es besitzt, hergeben, um Dars Frau und seine Erben auszulösen, gar nicht zu reden von dem Schmuckstück, das Ihr tragt. Von jetzt an tut Ihr so, als wärt Ihr mit mir durchgebrannt. Das ist vollkommen glaubwürdig.«

»Die Eitelkeit dieses Mannes ist unglaublich!« meinte Otho. »Aber Frauen tun manchmal dumme Dinge, das weiß ich.«

»Und Männer strotzen nur so vor Taktgefühl«, fauchte Carra.

»Es ist ja nicht so, als wärt Ihr wirklich mit Rhodry durchgebrannt. Euer Mann kann auf keinen Fall schlimmer sein als der da, selbst wenn er ein Elf ist.«

Blitz paßte sich Carras Stimmung an und knurrte. Bei dem Geräusch drehte Donner sich um und fletschte die Zähne.

»Ich bitte um Verzeihung«, sagte Otho rasch. »Es war nicht böse gemeint.«

Carra fand, daß diese Hunde als Leibwächter wirklich empfehlenswert waren.

Bevor sie am Morgen weiterritten, besprachen Rhodry und Yraen sich ein letztes Mal mit dem Schmied, dann beschlossen sie, lieber die Kettenhemden überzuziehen, die sie bei sich trugen. Sehr zu Carras Überraschung besaß auch

Otho eines. Als sie der Straße in den Wald folgten, bedeutete Nedd den Hunden, besonders aufmerksam zu sein. Ihre Nasen waren der beste Schutz gegen mögliche Hinterhalte. Obwohl Carra versuchte, weiter mutig zu sein, war sie nach einiger Zeit doch am Rande eines Nervenzusammenbruchs. Die geringsten Bewegungen im Unterholz, der Wind in den Zweigen, das Hämmern eines Spechtes bewirkten, daß sie zusammenzuckte.

Rhodry und Yraen ritten schweigend und ebenso aufmerksam wie die Hunde. Als sie den Wald am frühen Nachmittag schließlich hinter sich ließen, sprach Carra ein lautloses Dankgebet zur Göttin. Aber seltsamerweise wurde sie sich hier im offenen Bauernland der Gefahr erst wirklich bewußt, und es traf sie wie ein Schlag ins Gesicht. Da die hiesigen Bauern eifrig Holz geschlagen hatten, endete der Wald in einer Reihe abgeschlagener Baumstümpfe am Rand eines breiten Tals. Als die Pferde ins Freie hinaustrabten, knurrten die Hunde leise und hoben die Köpfe, um den plötzlichen Brandgeruch zu schnuppern, der sie begrüßte. Carra blickte auf und konnte erkennen, wie eine träge Rauchwolke den Himmel gelb färbte. Hoch darüber kreiste der Rabe. Yraen fluchte – er hatte ihn ebenfalls gesehen. Zu Carras Überraschung begann Rhodry zu singen, nur ein paar Zeilen in der Sprache des Westvolks.

»Ich wünschte, ich hätte meinen guten Eibenbogen zur Hand, um dir einen Pfeil ins verlogene Herz zu schicken«, übersetzte er. »So daß dein Blut den Baum meiner Rache bewässern könnte – aber die Stelle paßt eigentlich nicht, da dieser verfluchte Vogel uns noch nichts getan hat. Ich denke nur, er hat gewisse Pläne. Was meinst du, Otho?«

»Ich denke, wir sollten umdrehen.«

Der Rabe flog nach Westen und verschwand in der hellen Sonne hinter dem Rauch.

»Normalerweise würde ich zustimmen, aber dort drüben

brennt ein Bauernhof.« Rhodry stellte sich in den Steigbügeln auf und spähte ins Tal. »Es könnte noch jemand am Leben sein.«

Aber die Götter waren nicht so freundlich. In raschem Trab ritten sie über die Felder und erreichten schließlich den Bauernhof, wo sie feststellten, daß nur noch das Dach und ein paar Balken qualmten. Direkt an der Straße lag die Leiche einer Frau, den Kopf halb vom Körper getrennt, in einer schwärzlichen Blutlache. Sie lag auf dem Rücken, die Arme ausgebreitet, und sie war hochschwanger.

»Zurück!« Rhodry drehte sich im Sattel um und schrie Carra an. »Zurück, und nehmt die Hunde mit!«

Sie wendete ihr Pferd, aber es war zu spät. In der Luft hing ein süßlicher Geruch, dem von verbranntem Fleisch viel zu ähnlich. Sie zügelte Gwerlas nach ein paar Längen, stieg so rasch sie konnte aus dem Sattel und übergab sich ins hohe Gras. Zitternd vor Kälte wischte sie sich ihren Mund an ein paar Halmen ab, stand auf und taumelte zu ihrem Pferd zurück, während sich die Hunde winselnd an sie drängten. Sie legte ihnen die Hände auf den Rücken, während sie zum Himmel aufblickte und entschlossen versuchte, den Anblick der ermordeten Frau zu verdrängen. Es war unmöglich.

»Schon gut, Mädchen.« Das war Otho, der ungewohnt leise und besorgt klang. »Es geht Euch gleich besser.«

Als sie versuchte zu sprechen, blieben ihr die Worte im Hals stecken. Endlich entschied sie, daß sie sich den Dingen stellen müßte, und drehte sich um. Rhodry und Yraen ritten um den brennenden Hof herum, und Nedd folgte ihnen. Ihr fiel ein, daß die Hunde mögliche in der Falle sitzende Überlebende am besten finden konnten. Sie schnippte mit den Fingern und zeigte. »Nedd. Geht zu Nedd.«

Die Hunde sprangen davon.

»Also gut«, fuhr Carra fort. »Es ist immer noch besser, als

Lord Scraev zu heiraten. Ich werde Euch eines Tages von ihm erzählen, Otho. Ihr werdet Euch halb totlachen.«

Ihre Stimme kam ihr selbst so schwach und zittrig vor, daß sie beinahe geweint hätte. Otho legte ihr eine überraschend sanfte Hand auf die Schulter. »Tränen helfen, Mädchen.«

»Ich kann nicht weinen. Ich bin jetzt eine Königin. Jedenfalls irgendwie. Die Königinnen in den alten Geschichten hatten für solche Sachen nur stolze, höhnische Blicke oder übernatürliche Ruhe übrig. Wie König Maryns Frau, als ihre Feinde ihr Ehebruch vorwarfen.«

Otho wurde ganz bleich.

»Kennt Ihr diese alte Geschichte nicht? Bellyra, so hieß sie, und sie starrte alle nieder, bis ihr Zeuge eintraf und ihre Feinde davon abhielt, sie umzubringen.«

»Ich habe diese Geschichte oft und von vielen Barden gehört.«

»Wißt Ihr, er war ein Schmied, genau wie Ihr. Ich glaube, so ging die Geschichte. Er war ihr Goldschmied oder so.« Carra zwang sich zu einem Lächeln. »Und sie wurde nicht getötet, und daher werde ich das als gutes Vorzeichen nehmen.«

»Hört zu, Mädchen, es sieht nicht gut aus. Ich will Euch nicht belügen. Aber so gerne ich ihn auch beschimpfe, Rhodry ap Devaberiel ist der beste Schwertkämpfer in diesem Königreich und auch weit über dessen Grenzen hinaus, und der junge Yraen ist kaum schlechter als er. Wir werden schon nach Cengarn kommen.«

»Sollten wir nicht umkehren?«

»Die Banditen haben viele Spuren hinterlassen. Die arroganten Mistkerle sahen keinen Grund, sie zu verwischen. Ich würde sagen, sie sind jetzt auf dem Weg nach Süden. Es wäre wohl unvernünftig, ihnen hinterherzureiten.«

»O Göttin, ich wünschte, Dar wäre hier! Ich … wartet einen

Augenblick! Sagtet Ihr gerade, daß Rhodrys Vater einer vom Westvolk ist? Mit einem solchen Namen …«

»Könnte er nichts anderes als ein Elf sein. Das habe ich gesagt, genau, aber ich werde ansonsten darüber schweigen. Das ist Rhodrys Angelegenheit und nicht meine.«

Kurz darauf kamen die anderen zurück, Rhodry und Yraen mit verbissener Miene und kopfschüttelnd, Nedd totenbleich und schwitzend, die Hunde beinahe schleichend, mit hängenden Ohren und eingeklemmten Schwänzen. Als sie an der Leiche der toten Frau vorbeikamen, schickte Rhodry die anderen voraus und kniete neben ihr nieder. Carra wandte ihm den Rücken zu und holte tief Luft.

»Gibt es noch mehr Tote?« fragte sie Yraen, als er sie erreichte.

»Ja. Wir können für die Armen nichts mehr tun. Drei tote Männer, darunter ein Junge von etwa fünfzehn. Diese Frau, die wir zuerst gesehen haben. Und selbstverständlich das Kind in ihrem Bauch.«

»Das sind alle? Normalerweise arbeiten auf einem Hof dieser Größe mehrere Familien.«

»Ich weiß.« Yraen fluchte leise, dann fuhr er fort: »Ich frage mich, ob diese Banditen die anderen Frauen und die Kinder vielleicht mitgenommen haben.«

»Für so etwas sind wir nicht dicht genug an der Küste.« Jetzt kam auch Rhodry zurück. »Ich verstehe das nicht.«

»Was?« warf Carra ein. »Wovon redet Ihr?«

»Sklaven für den Handel mit Bardek. Aber die Banditen würden sie bis zur Küste bringen und dabei sowohl dem Westvolk als auch den Deverrianern ausweichen müssen. Ich kann mir nicht vorstellen, daß sie sich solche Mühe machen.«

»Nun«, Yraen rieb sich die Wange mit einer behandschuhten Hand, »sie wollten die Frauen vielleicht, weil sie …«

»Sei still!« Rhodry versetzte ihm einen Schlag. »Sieh mal, was ich in der Hand der Toten gefunden habe. Sie muß sich gewehrt haben.«

Er hielt eine Strähne strohfarbenen Haares hoch, die etwa einen Fuß lang war.

»Ich finde, das sieht wie Pferdehaar aus«, meinte Yraen.

Nedd schnupperte daran, dann schüttelte er heftig den Kopf.

»Es waren auch nirgendwo Hufabdrücke zu sehen, aber Stiefelspuren, also glaube ich, daß Nedd recht hat.«

Rhodry rieb die Strähne zwischen Daumen und Zeigefinger. »Der Bursche hat sein Haar vielleicht mit Zitrone eingerieben, wie es der Hochkönig tut – wie es die Männer in der Dämmerungszeit taten, meine ich. Davon wird das Haar hell und strohig wie dieses hier.«

»Oh, und ich nehme an, du bist dem König nahe genug gekommen, um das zu wissen«, murmelte Yraen.

Rhodry grinste, aber nur müde.

»Verschwinden wir hier.« Nedd sprach so selten, daß alle plötzlich zusammenzuckten und sich zu ihm umdrehten. Obwohl er immer noch bleich war, hatte er die Lippen fest zusammengepreßt, und in seinen Augen brannte ein Blick, den Carra nur wütend nennen konnte. »Wir müssen es dem Gwerbret sagen. Wir müssen gehen.«

»Das sollten wir.« Rhodry warf Otho einen Blick zu. »Sieht aus, als hätten sie sich nach Süden gewandt.«

»Das habe ich unserer Herrin auch gesagt. Wir können nicht umkehren.«

»Von mir aus kann es weitergehen.« Carra dachte an die Königinnen früherer Jahrhunderte und zwang sich, mit fester Stimme zu sprechen. »Ich sage, wir sollten so schnell wie möglich zum Gwerbret reiten.«

»Also gut.« Rhodry blickte auf. »Nedd, kannst du einen der Hunde aufs Pferd nehmen und Carra den anderen? Ihr könnt sie vorn über den Sattel legen, wenn sie das mit sich machen lassen.«

Nedd nickte, um anzuzeigen, daß die Hunde sich das gefallen lassen würden.

»Gut. Dann sind wir nämlich schneller.«

Als sie an diesem Abend das Lager aufschlugen, wachten Rhodry und Yraen jeweils mit einem Hund. Das wurde zu einem Muster: früh aufstehen, die Pferde versorgen, dann den ganzen Tag reiten, spät ein bewachtes Lager aufschlagen, besonders sobald sie den zweiten Wald erreichten, wo niemand viel Schlaf bekam. Vor allem die Hunde waren unruhig, winselten und knurrten. Wenn man sie ließ, liefen sie rund um die Pferde und blickten hier und da auf, um den Himmel anzubellen. Carra fragte sich, ob der Rabe ihnen über den Baumwipfeln folgte, wo sie ihn nicht sehen konnten. Während sie weiter nach Norden reisten, kamen sie immer höher in die Berge. Es wurde felsig. Riesige schwarze Blöcke schoben sich aus dem Boden und verhinderten, daß die Kiefern sonderlich hoch wuchsen. Der schlammige Pfad, dem sie folgten, wand sich kreuz und quer durch die Hügel, bis Carra sich schließlich fragte, ob sie Cengarn je erreichen würden.

Endlich, am dritten Tag, nachdem sie den niedergebrannten Hof entdeckt hatten, erreichten sie eine Straße, die mit Holz gepflastert war, das man kleingehackt und Scheit um Scheit halb im Boden versenkt hatte. Am abrupten Beginn dieser Straße stand ein Stein, in den eine strahlende Sonne und ein paar Buchstaben eingemeißelt waren. Zu ihrer Überraschung erfuhr Carra, daß Rhodry lesen konnte.

»Wir sind nur noch zwanzig Meilen von Cadmars Stadt entfernt.« Er zeigte auf die gemeißelte Sonne. »Das hier ist sein Wappen.«

Das Land hier war eher eine von Schluchten durchzogene Ebene. Auf dem flachen Gelände wuchs der Kiefernwald hoch, und das Unterholz war auf beiden Seiten der Straße dicht wie eine Hecke, nur um plötzlich abzubrechen, wo eine kleine Schlucht sich öffnete oder riesige Felsen aufragten, die wie die Bauklötze eines Riesen aufeinandergestapelt waren. Als das Sonnenlicht in langen, staubig-goldenen Strahlen durch die Bäume fiel, wurde die Straße schließlich gerader. Kurz darauf hörte Carra in der Ferne ein Geräusch, erstarrte vor Angst und stellte dann fest, daß es nur das Rauschen eines Flusses war, der über Felsen floß. Da die Straße sich nach Westen bog, konnten sie am Ende eines grünen Tunnels sowohl den Fluß als auch ein Anzeichen dafür erkennen, daß Menschen ganz in der Nähe lebten: beide Seiten des Flußufers waren gerodet. Die Felsen im Wasser hatte man so verschoben, daß sich eine gerade, wenn auch relativ tiefe Furt ergab. Aber noch während sie sich im Wald befanden, hob Rhodry die Hand und gab das Zeichen zum Anhalten.

»Was ist denn?« wollte Carra wissen. »Können wir hier nicht lagern? Ich wäre so froh, wieder einmal den Himmel zu sehen.«

Plötzlich begannen die Hunde zu knurren und sich derart zu winden, daß weder Carra noch Nedd sie weiter auf den Pferden halten konnten. Die Tiere sprangen nach unten und rannten zur Spitze der kleinen Gruppe, wo sie mit gesträubtem Fell und gefletschten Zähnen stehenblieben. Sofort schrie Rhodry Carra und Nedd an, sie sollten zurück in den Wald reiten. Verwirrt taten sie das. Als Carra zum Himmel aufblickte, sah sie den Raben davonfliegen. Pfeifend und schreiend brachte Nedd die Hunde dazu zurückzukommen, aber sie knurrten weiter. Rhodry, Yraen und Otho spähten über den Fluß in den Wald auf der anderen Seite. Nichts regte sich. Es war totenstill, kein Vogel war zu hören, kein noch so kleines Waldtier zu entdecken.

»Solche Furten sind immer schlechte Vorzeichen«, meinte Yraen.

»Das stimmt.« Rhodry stellte sich in den Steigbügeln auf und starrte hinüber, als wolle er jeden Baum auf der anderen Seite zählen. »Glaubst du, auf der anderen Seite wartet jemand?«

»Die Hunde glauben das«, warf Otho ein. »Ich sage, wir reiten flußaufwärts.«

»Flußaufwärts?« fragte Yraen. »Was ist denn flußaufwärts?«

»Nichts, nehme ich an. Also werden sie nicht erwarten, daß wir dorthin reiten.«

Rhodry lachte leise. Carra wurde eiskalt. Sie würde sterben. Das war ihr plötzlich ganz klar: Auf der anderen Flußseite wartete der Tod auf sie, und sie konnte ihm nicht entgehen. Sie konnten nicht umkehren, sie konnten nicht mehr vorwärts reiten, es wäre das beste, gleich in die Anderlande zu gehen und es hinter sich zu bringen. Aber obwohl sie versuchte, das den anderen zu sagen, bekam sie kein Wort heraus, als sie den Mund öffnete. Sie konnte nicht einmal keuchen oder schreien.

»Also gut, Otho, mein Freund«, sagte Rhodry schließlich. »Versuchen wir es. Seht ihr diese Felsen da drüben? Die bieten eine Art von Schutz. Aber wir sollten lieber absteigen.«

Da die Bäume am Rand der Lichtung nicht mehr so dicht standen, konnten sie ihre Pferde hintereinander führen, ohne den unvollkommenen Schutz der Bäume zu verlassen, aber das war nicht möglich, ohne Geräusche im Unterholz zu verursachen. Nach etwa zwanzig Schritten begannen die Hunde zu knurren, ganz gleich, wie sehr Nedd sich anstrengte, sie zu beruhigen.

»Sie wissen, daß wir hier sind«, sagte Rhodry schließlich zu dem Jungen. »Spar dir die Mühe. Aber es können nicht viele sein, sonst hätten sie sich bereits auf uns gestürzt.« Er zeigte über den Fluß. »Sieh doch.«

Unter den Bäumen auf der anderen Seite des Flusses bewegte sich jemand oder etwas und folgte ihnen, vielleicht drei oder vier Gestalten.

»Otho«, sagte Rhodry. »Du und Nedd, ihr bringt Carra tiefer in den Wald. Wir werden ihnen nichts vormachen können, aber vielleicht …«

Carra sollte nie erfahren, was er vorhatte. Donner verlor die Geduld und begann zu bellen, dann rannte er davon, direkt zum Fluß, bevor Nedd ihn erwischen konnte. Sobald er den Schutz der Bäume verließ, blitzte etwas auf und zischte in der Luft: ein Pfeil. Carra warf sich auf Blitz, um ihn zurückzuhalten, und schrie, als Donner von einem Pfeil in der Seite getroffen wurde. Ein weiterer Pfeil folgte, dann noch einer, der den Hund traf und ihn regelrecht auf den Boden nagelte, aber immer noch lebte das Tier und heulte gequält. Die Pferde begannen zu tänzeln und entsetzt die Köpfe hochzuwerfen. Schweigend wie immer, rannte Nedd los.

»Nein!« schrien Rhodry und Yraen gleichzeitig.

Zu spät. Nedd erreichte den Hund und warf sich neben das sterbende Tier, als weitere Pfeile niedergingen und der Tod hell im verblassenden Sonnenlicht aufblitzte. Er schrie nicht, zuckte nur, als die Geschosse ihn trafen, bis am Ende sowohl er als auch Donner reglos in einer größer werdenden Blutpfütze lagen. Carra schluchzte und würgte, aber sie nahm das nur seltsam entfernt wahr, als stünde sie neben sich und beobachtete dieses Mädchen Carra, das heulte und sich übergab, bis sie kaum mehr atmen konnte. Ebenso entfernt war sie sich wiehernder Pferde und fluchender und schreiender Männer bewußt, dann hörte sie, wie ein großes Tier durchs Unterholz brach. Plötzlich packte Otho sie mit einer Hand an der Schulter und mit der anderen Hand Blitz' Halsband.

»Bewegt Euch!« schrie er. »Lauft, Mädchen!«

Für einen so kleinen Mann war er erschreckend stark. Halb gezogen, halb stolpernd schaffte es Carra zusammen mit dem

Hund in eine Senke zwischen den Felsen und fiel beinahe auf den winselnden, knurrenden Blitz. Otho warf sich neben ihr nieder. Er fluchte ununterbrochen in einer Sprache, die sie noch nie gehört hatte.

»Rhodry, Yraen?« keuchte sie.

»Hier.« Rhodry duckte sich neben sie. »Still, Mädchen. Sie werden uns hier nicht erreichen.«

Ihre Tränen versiegten schließlich. Sie wischte sich das klebrige, schmutzige Gesicht, so gut sie konnte, am ebenso schmutzigen Ärmel ab, dann sah sie sich um. In diesem letzten panikartigen Vorstoß hatten sie eine Gruppe von Felsblöcken erreicht und dahinter Zuflucht gefunden. Im Norden wurde der Fluß zu tief, um ihn überqueren zu können, im Süden war der Wald beinahe ein Urwald, die Felsen erhoben sich und wurden westlich hinter ihnen schließlich zu einer Klippe. Vor ihnen und nach Osten konnten sie die Furt und die dunklen, am Boden liegenden Leichen von Nedd und Donner sehen.

»Sie können nicht herkommen, ohne daß der Hund es merkt.« Das war Yraen, der sich an den Felsen nach unten gleiten ließ. »Und wenn wir hierbleiben, sind wir vor ihren Pfeilen sicher, und wir können sie sehen, wenn sie angreifen. Es können nicht mehr als zehn gewesen sein, Rhodry. Wenn sie versuchen, sich hier heranzupirschen, können wir sie leicht töten.«

»Das stimmt. Glaubst du, wir können auch eine kleine Armee abwehren? Ich wette, die haben sich auf den Weg gemacht, um ein paar Freunde zu holen.«

»Oder ein oder zwei von ihnen. Ich würde sagen, sie haben einige zurückgelassen, vor allem Bogenschützen, für den Fall, daß wir es uns doch noch in den Kopf setzen, den Fluß zu überqueren. Hmm, ich habe dir doch gesagt, daß mit dieser Furt etwas nicht stimmt.«

»Habe ich dir widersprochen?«

Inzwischen war Carra zu erschöpft, um noch Angst zu haben. Sie lehnte sich an einen Felsen und starrte geradeaus, obwohl sie kaum mehr etwas sah.

»Haben wir Wasser?« flüsterte sie.

»Nein«, sagte Otho. »Und auch nichts zu essen. Die Pferde sind davongerannt.«

»Aha. Wir werden sterben, nicht wahr?«

Niemand sagte ein Wort.

»Es tut mir nur wegen des Kindes leid.« Plötzlich war es ihr wichtig, daß die anderen sie verstanden. »Es ist so ungerecht gegenüber dem armen kleinen Ding. Es hatte nie eine Chance zu leben, und nun wird es sterben. Ich meine, was mich angeht, ich wäre vielleicht sowieso im Kindbett gestorben, und das ist immer noch besser als Lord Scraev, aber …«

»Still, Herrin!« Die Worte klangen, als hätte man Otho gefoltert, um sie ihm zu entreißen. »Ihr Götter! Verzeiht mir, daß ich je zugelassen habe, daß Euch so etwas geschieht!«

»Es ist ja nicht so, als hättet Ihr eine Wahl gehabt.« Carra legte ihm die Hand auf den Arm.

Sie war entsetzt, die Tränen in seinen Augen zu sehen. Er wischte sie heftig mit beiden Händen weg, bevor er fortfuhr.

»Sobald es dunkel wird, werde ich versuchen, mich ein Stück in den Wald zu schleichen. Unsereins kann sich recht lautlos bewegen, wenn wir uns anstrengen. So, wie die Pferde durchs Unterholz gebrochen sind, ist vielleicht die eine oder andere Satteltasche abgerissen.«

»Und wenn da draußen irgend etwas ist?« fragte Yraen. »Etwas, das nur darauf wartet, daß wir so etwas tun?«

Otho zuckte nur die Achseln. Rhodry sah sich den Lederbeutel an, den er am Gürtel trug.

»Das hier sollte eigentlich einige Zeit wasserdicht sein.« Er ließ die Münzen klirrend zu Boden fallen. »Ich denke, ich kann zum Fluß und wieder zurück kriechen. Ich möchte nicht, daß unsere Herrin Durst hat.«

»Ich werde das tun.« Otho entriß ihm den Beutel. »Du mußt hierbleiben.«

Als es dämmrig wurde, glitt Otho davon, bewegte sich lautlos und sicheren Fußes über die Felsen. Kurze Zeit später jedoch hörten sie ihn kichern.

»Herrin, kommt her«, rief er. »Ich glaube, Ihr könnt Euch durchquetschen, und wir haben hier einen netten kleinen Bach. Bringt auch den Hund mit.«

Tatsächlich – als Carra sich zwischen zwei Felsen durchdrängte, erreichte sie eine flache Öffnung, die groß genug war, daß sie geduckt und Otho aufrecht stehen konnte. Dort lief ein Rinnsal über einen Felsen, bildete eine Pfütze und verschwand dann in Richtung des Flusses. Sie warf sich nieder und trank so gierig wie der Hund neben ihr, dann wusch sie sich das Gesicht. Otho sah sich mit triumphierendem Grinsen um.

»Wenn sie uns suchen, Herrin, könnt Ihr Euch hier verbergen. Wir werden sie vertreiben, zum Beispiel zur Furt. Sobald das ganze Geschrei vorbei ist, habt Ihr die Gelegenheit, nach Norden zum Gwerbret zu gelangen. Es ist keine große Chance, aber besser als keine. Wenn wir diesem verfluchten Hund das Maul zubinden könnten, könnten wir ihn ebenfalls verstecken, und Ihr würdet auf Eurer Reise nicht allein sein. Es wird mir leichter fallen zu sterben, wenn ich das weiß. Denkt an das Kind, Herrin. Das wird Euch bei Kräften halten.«

»Ja. Es wäre den Versuch wert, nicht wahr?«

Aber mit der Hoffnung kehrte auch die Angst zurück, und größerer Kummer, als sie ihn je gekannt hatte. Otho, Yraen, Rhodry – alle sollten um ihretwillen sterben? Wie Nedd bereits gestorben war. Blitz winselte, drängte sich auf ihren Schoß und reckte den Kopf, um ihr das Gesicht zu lecken und wieder und wieder zu winseln. Sie umarmte den Hund und hätte geweint, aber sie hatte keine Tränen mehr.

»Schon gut, Mädchen, schon gut.« Othos Stimme war sehr leise. »Ich wollte ohnehin nur nach Hause gehen, um zu sterben, und Rhodry liebt den Tod mehr, als er das Leben je geliebt hat, und, nun ja, Yraen tut mir leid. Nicht, daß Ihr ihm das sagen solltet, aber er hat seine Wahl getroffen, als er sich auf den langen Weg machte, und wer kann schon gegen sein Wyrd ankommen? Seid nun still. Wir bringen ihnen ein wenig Wasser und erzählen ihnen, was wir gefunden haben.«

Inzwischen war der Mond aufgegangen und hüllte den Fluß in Silber. Nedds und Donners Leichen und die Pfeile im Gras zeichneten sich deutlich ab. Carra wünschte aus ganzem Herzen, daß sie sie begraben könnten, aber es schien unwesentlich, das gegenüber Männern zu erwähnen, die zweifellos am Morgen selbst tot und unbegraben sein würden. Sie lehnte sich mit dem Rücken an einen Felsen und starrte geradeaus, während Otho den beiden Silberdolchen Wasser brachte. Plötzlich fiel ihr auf, daß ihr Körper nach anderem verlangte, und zwar dringend. Seit sie schwanger war, half es nicht mehr, sich zusammenzunehmen, wenn sie sich erleichtern mußte. Sie stand auf und schlüpfte davon, hielt sich im Schutz der Felsen, um eine geeignete Stelle zu finden.

Als sie fertig war, ging sie ein paar Schritte auf den Wald zu und starrte in die silbrig umrissenen Schatten. Meilenweit erstreckten sich die Bäume, verbargen vielleicht Feinde oder versprachen Sicherheit. Sie fragte sich, wie weit die restlichen Banditen entfernt waren und wie bald ihre Späher sie erreichen würden. Sie würden nicht vor dem Morgengrauen angreifen, dachte sie. Soviel Zeit hatten sie noch. Im Schatten bewegte sich etwas. Das Herz schlug ihr plötzlich bis zum Hals. Sie ballte die Fäuste so fest, daß sich ihre Nägel in die Handflächen bohrten. Es sah so aus, als fiele ein Vogel, ein großer, silberfarbener Vogel, vom Himmel und ließe sich zwischen den Bäumen nieder.

Es mußte am Mondlicht liegen – es war bestimmt nur ein Schatten und nichts anderes –, aber nun raschelte ein Zweig, ein Ast zitterte. Etwas zerbrach. Carra wollte losrennen, sie versuchte zu rufen, aber sie war wie erstarrt, eiskalt und versteinert, als etwas – nein, jemand – durch die Bäume kam. Eine Frau mit silbrigem Haar, in Männerkleidung, aber zu anmutig und schlank, um ein Mann zu sein, trat auf die Lichtung hinaus. Sie trug einen Sack in einer Hand, und an ihrem Gürtel glitzerte ein Silberdolch.

»Ich bin eine Freundin. Wo ist Rhodry?«

Carra konnte nur die Hand heben und stumm auf die Felsen zeigen. Sie hörte, daß die Frau ihr folgte, aber sie hatte zu große Angst, sich umzudrehen und noch einmal hinzusehen, weil sie befürchtete, die andere würde dann verschwinden. Alles, was Rhodry von Gestaltwandlern erzählt hatte, fiel ihr wieder ein und schwebte im Mondlicht wie ein Vogel über ihr. Zwischen den Felsen fanden sie die Männer, die im Kreis saßen, die Köpfe zusammengesteckt hatten und sich leise über den kommenden Kampf unterhielten. Carra bemerkte plötzlich, daß sie sie klar erkennen und ihre Mienen lesen konnte, als sie verblüfft aufblickten. Erst jetzt sah sie, daß die Frau ein schwaches silbernes Licht ausstrahlte, das sie wie ein Duft umgab.

»Jill!« Rhodry sprang auf und wich wie erschrocken zurück. »Jill. Ich – Ihr Götter! Jill!«

»So hat mein Vater mich genannt, das stimmt. Kommt mit, ihr alle! Wir müssen hier weg, und zwar sofort.«

»Aber die da drüben haben Bogenschützen …« Dann schwieg Yraen.

»Die nicht mehr wichtig sind.« Jill warf Otho einen Blick zu. »Eilt euch! Macht schon!«

Blitz sprang auf, und Otho folgte ein wenig langsamer und vor sich hin schimpfend.

»Gut.« Jill warf Carra einen Blick zu. »Du hast Mut, Mädchen. Du bist doch Carramaena?«

»Ja. Aber woher ...«

»Jemand hat es mir erzählt. Ich habe jetzt keine Zeit für Erklärungen. Laß uns hier verschwinden. Ich werde nicht mit einer ganzen Armee von Banditen fertig, und die ist auf dem Weg hierher. Rhodry, komm her. Yraen, du hältst dich mit Carra ganz hinten. Otho, halt den Hund am Halsband fest, ja? Ich will nicht, daß er davonrennt.«

Als sie wieder auf die Furt zukamen, ging Jill ein Stück voraus. Carra sah, wie sie sich umblickte, hin und wieder die Stirn runzelte und sich auf die Unterlippe biß, wie jemand, der versucht, sich an etwas zu erinnern. So seltsam ihr das vorkam, konnte Carra doch nicht weiter darauf achten, weil sie direkt auf die Furt zugingen, wo Nedd und Donner lagen.

Sie hörte Blitz' Winseln und Othos tröstliches Flüstern, klammerte sich an diese Geräusche wie an jemandes Hand. Als sie die Leichen erreichten, wandte sie den Kopf ab und starrte über den Fluß. Unter den Bäumen bewegte sich etwas. Selbst in dem schlechten Licht konnte sie – konnten sie alle – sehen, wie das Unterholz bebte, weil sich jemand oder etwas näherte.

»Geht weiter«, zischte Jill. »Ihr müßt mir vertrauen. Geht weiter geradeaus.«

Keiner zögerte, alle bewegten sich weiter vorwärts, obwohl Carra annahm, daß sie alle auf das Zischen eines Pfeiles warteten, auf den Tod, der auf sie zuflog. Sie gingen ein paar Schritte, ein paar mehr, und weiter und weiter, bis Carra plötzlich auffiel, daß sie eigentlich im Wasser hätten sein müssen statt auf trockenem Land. Rings um sie erhoben sich riesige Bäume. Die Männer begannen laut zu fluchen.

»Bei allen Göttern!« zischte Yraen. »Wie habt Ihr das gemacht?«

»Das geht dich nichts an, Silberdolch«, warf Otho ein. »Wir sind auf der anderen Seite, nicht wahr? Das ist alles, was zählt, und ich werde nicht anfangen, eine Dweomerfrau anzumeckern.«

Erst jetzt bemerkte Carra, daß der Fluß tatsächlich hinter ihnen lag – weit hinter ihnen, vollkommen außer Sichtweite. Sie konnte nur noch das leise Rauschen weit entfernten Wassers hören, das über Felsen fließt.

»Unsere Feinde können so lange im Hinterhalt liegen, wie sie wollen«, meinte Jill. »Und sie können in den Felsen herumstochern, als jagten sie Dachse, wenn die Morgendämmerung kommt, aber wir sollten uns lieber beeilen.«

Carra sah sich ein letztes Mal um.

»Leb wohl, Nedd. Es tut mir so leid, dich zu verlieren. Ich wünschte nur, ich könnte dir einen Grabhügel bauen.«

»Das ist schön gesagt.« Rhodry legte ihr eine tröstende Hand auf die Schulter. »Aber ich bezweifle, daß es seiner Seele etwas ausmacht, und die Götter wissen alle, daß wir ihn bald genug in den Anderlanden wiedersehen werden.«

Jill trieb sie weiter an, und sie zogen auf einem Wildpfad weiter, der nach Osten und flußabwärts führte. In der Mitte der Marschlinie stolperte Carra weiter, schaudernd und erschöpft, und betete hin und wieder zur Göttin, daß sie das ungeborene Kind schützen solle. Es kam ihr wie eine Ewigkeit vor, aber als sie endlich stehenblieben, bemerkte sie, daß der Mond immer noch dicht an seinem Höchststand war. In einer Lichtung standen all ihre Pferde, und die Ausrüstung war immer noch da, sogar Nedds.

»Wie hast du …«, sagte Rhodry.

»Das Wildvolk hat sie geholt«, unterbrach ihn Jill. »Und hat sie durch eine andere Furt gebracht.«

Carra kicherte, weil sie glaubte, Jill würde einen Witz machen.

»Und wie hast du uns gefunden?« fuhr Rhodry fort.

»Wir haben jetzt keine Zeit zum Reden. Hör zu, ihr werdet so schnell reiten müssen, wie diese armen Tiere euch tragen können. Ich kann euch nicht in die Stadt bringen, denn sonst gibt es Probleme wegen der Zeit. Ihr müßt sofort dort eintreffen, nicht erst in Wochen, versteht ihr?«

Carra verstand es nicht, und sie hätte gewettet, daß das den anderen ebenso ging, aber niemand fragte.

»Folgt dem Fluß zurück zur Straße, und dann beeilt euch, so gut ihr könnt«, fuhr Jill fort. »Der Wald endet etwa zehn Meilen nördlich des Flusses, und dann kommt ihr auf Bauernland und schließlich in die Stadt des Gwerbret. Ich wünschte bei allen Göttern, daß ihr aus dem Osten gekommen wärt. Ihr wärt in Sicherheit gewesen – das Land ist überall besiedelt.«

»Meinen untertänigsten Dank, schöne Zauberin.« Rhodry verbeugte sich spöttisch vor ihr. »Aber wenn du so freundlich gewesen wärst, uns zu erscheinen und uns vor den Banditen zu warnen, hätte ich …«

»Keine Banditen. Aber wir haben keine Zeit. Geht zu Gwerbret Cadmar. Sagt ihm, ihr seid diesen Leuten begegnet und ihr seid Freunde von mir.«

»Kommst du nicht mit uns?« warf Otho ein.

»Nicht direkt.« Sie lächelte kurz. »Ich werde schon dort sein.«

Carra erinnerte sich wieder an den Vogel, der sich so anmutig aus dem silbernen Himmel geschwungen hatte, und schauderte.

»Herrin, Ihr müßt halb erfroren sein«, sagte Otho. »Ich hole Euren Umhang.«

Sobald sie auf dem Pferd saß und sich in das schwere Wolltuch gewickelt hatte, drehte sich Carra um, um sich von

Jill zu verabschieden, aber die Zauberin war bereits verschwunden, war offenbar wieder in den Wald zurückgekehrt, als keiner von ihnen hingesehen hatte. Aber während des ganzen langen, elenden Rittes auf der Holzstraße sah Carra hin und wieder nach oben und glaubte, einen Vogel im Mondlicht zu sehen, hoch über ihnen, als bewachte er sie.

Den Rest des Rittes legte sie in jenem geistigen Land zurück, das beides sein konnte: Wirklichkeit oder Traum. Manchmal döste sie, einmal so tief, daß Otho sie mit einem Ruf weckte. Danach nahm er ihr die Zügel ab und führte ihr Pferd. Zu anderen Zeiten hatte sie das Gefühl, in ihrem ganzen Leben nie so hellwach gewesen zu sein. Sie sah eine Einzelheit des Waldes, einen Strahl Mondlicht auf einem Zweig oder einen gemeißelten Stein auf einer Lichtung, so deutlich, daß sie das Gefühl hatte, das Bild würde sich für immer in ihr Bewußtsein einbrennen. Aber wenn sie dann versuchte, es in einen Zusammenhang zu bringen, fiel ihr auf, daß sie wieder halb eingeschlafen war und das schon seit Meilen.

Gegen Morgengrauen taumelten sie aus dem Wald heraus, in die relative Sicherheit offenen, bearbeiteten Landes. Reife Weizenfelder wogten in langgezogenen, flachen Tälern, unterbrochen von grünen Weiden, auf denen weiße Kühe mit rostbraunen Ohren in der Morgensonne träge auf die Beine kamen. Ein paar weitere Meilen brachten sie zu einer Spirale von Erdwällen, die ein rundes, strohbedecktes Bauernhaus umgab. Sehr zu Yraens Überraschung gab Otho einige seiner kostbaren Münzen her – Rhodrys Geld lag immer noch im Schmutz zwischen den Felsen –, um ihnen eine warme Mahlzeit zu kaufen. Die Bauersfrau, eine untersetzte Person, der die Hälfte der Zähne fehlte, gluckte über Carra und brachte ihr eine dampfende Tasse Kräuterwasser.

»Um deine Eingeweide zu wärmen, weißt du. Du siehst aus, als bräuchtest du Schlaf, Mädchen.«

»Ja, aber wir müssen unbedingt zum Gwerbret. Und außerdem bin ich auch noch schwanger.«

»Möge die Göttin dich segnen!« Die Frau lächelte gutgelaunt mit braunen Zahnstümpfen. »Ist es dein erstes?«

»Ja. Zumindest, wenn ich das arme Ding nicht verliere oder selber sterbe.«

»Ach, mach dir keine Gedanken. Ich selbst hatte sechs Mädchen, und am besten solltest du den feinen Damen in der Stadt nicht zuhören, die die ganze Zeit stöhnen und ächzen, wie weh es getan hat. Kein Grund, daß es so schlimm sein muß! Mein erstes, nun, das hat mir ein wenig Ärger gemacht, aber das letzte – nun, ich bekam sie morgens, und abends grub ich schon wieder Rüben aus.«

Später, als die Pferde schon müde stolperten und Carra selbst so erschöpft war, daß sie am liebsten laut geschluchzt hätte, bogen sie um einen letzten Bauernhof und sahen die wuchtigen Steinmauern von Cengarn, der Stadt von Gwerbret Cadmar, die drei Hügel umgab. Hinter den Mauern zogen sich Dächer und Türme die Hänge hinauf. Auf der felsigen Kuppe des höchsten Hügels stand ein hoher Steinbroch mit goldfarbenen Bannern. Als sie näher kamen, sahen sie, daß ein Fluß durch einen steinernen Bogen aus der Stadt floß, bewacht von einem Fallgitter in der Mauer. Rhodry und Yraen waren schon besorgt gewesen, welchen Empfang man ihnen bereiten würde, aber die Stadtwachen am Tor empfingen sie freundlich, ja beinahe drängend.

»Ihr seid Silberdolche, nicht wahr? Ist diese junge Frau bei Euch Lady Carramaena vom Westland?«

»Ja, ich bin tatsächlich Carramaena.« Carra trieb ihr Pferd ein wenig nach vorn. »Woher wißt Ihr …«

»Euer Mann wartet in der Festung auf Euch, Herrin. Kommt bitte mit. Ich werde Euch sofort dorthin eskortieren.«

Die Männer stiegen ab, um den Pferden auf dem steilen

Hang ihr Gewicht zu ersparen, aber Rhodry bestand darauf, daß Carra ritt, ob Gwerlas müde war oder nicht, und sie war zu erschöpft und schauderte vor Sorge um ihr ungeborenes Kind, als daß sie mit ihm streiten wollte. Der Mann von der Stadtwache führte sie, und Carra klammerte sich mit beiden Händen an den Sattelknauf und bemerkte kaum die neugierigen Städter, die ihnen aus dem Weg huschten. Ihr Weg führte sie offenbar durch die halbe Stadt, aber sie kamen immer höher und höher, bis sie schließlich die Festung des Gwerbret erreichten.

Obwohl Cengarn zu dieser Zeit noch keine sonderlich zivilisierte Stadt war, war sie bereits der bemerkenswerteste Ort in ganz Deverry, ebenso grün von Bäumen und Gärten wie grau von Steinen. Auf den ersten Blick wirkten die runden, strohgedeckten Häuser, die wie ungeplant an kurvigen Straßen standen, ganz gewöhnlich, aber hier und da führten kleine Gassen an den steilen Abhängen zu riesigen Holztoren, die direkt in die Erde gesenkt waren. Nicht nur zog sich der Fluß, überspannt von einem Dutzend Holzbrücken, durch das Tal zwischen den Hügeln, mitten in der Stadt stürzte auch ein Wasserfall den steilsten der Abhänge hinab. Ihr Führer wies mit einem gewissen Stolz darauf hin.

»Oben in der Zitadelle befindet sich eine Quelle«, bemerkte er. »Das ist bei Belagerungen verdammt praktisch.«

»Und reichlich merkwürdig«, sagte Rhodry. »Eine Quelle oben auf einem Hügel, meine ich.«

Der Soldat zwinkerte nur und grinste.

Die Festung selbst war ganz aus gemeißeltem Stein und Schieferplatten errichtet und befand sich hinter einer zweiten Mauer mit eisenbeschlagenen Eichentoren. Am Eingang zum Hauptturm erlaubte Carra Rhodry, ihr beim Absteigen zu helfen – tatsächlich fiel sie beinahe in seine Arme. Als sie dort stand und versuchte, ihre Energie für die letzten Schritte in den Broch zu sammeln, hörte sie eine Stimme, die ihren Namen rief, und als sie aufblickte, sah sie Dar. Gefolgt von einer Eskorte von zehn Männern des Westvolks, rannte er auf sie zu. In der Sonne schimmerte sein dunkles Haar bläulich wie ein Rabenflügel. Er geht nie allein irgendwohin, dachte sie verwirrt. Ich hätte daran schon erkennen sollen, daß er ein Prinz ist.

Blitz sprang zwischen sie und knurrte, die Nackenhaare gesträubt, die Ohren angelegt.

»Das ist in Ordnung.« Carra winkte den Hund an ihre Seite zurück. »Er ist ein Freund.«

Dar lachte und nahm sie fest in die Arme, und dann konnte sie nur noch an ihn denken.

»Oh, meine Liebste, mein Herz!« Er stotterte und weinte und lachte, alles gleichzeitig. »Den Göttern sei Dank, daß du in Sicherheit bist, den Göttern und dem Dweomer sei Dank! Ich war so dumm, ein solcher Idiot! Kannst du mir je verzeihen?«

»Was verzeihen?« Sie blickte auf, verstört von dieser Flut von Worten und ganz berauscht von der Wärme und der Sicherheit.

»Ich hätte dich keinen Augenblick allein lassen dürfen. Ich werde mir nie verzeihen, daß du mir so nachreiten mußtest. Ich hätte wissen müssen, daß dieses schweinegesichtige Rundohr von einem Bruder versuchen würde, dich zu verheiraten.«

»Nun, ich habe es nicht zugelassen. Bitte, Dar, ich muß mich hinsetzen. Kann ich dir später verzeihen?«

Er hob sie hoch wie ein Kind und trug sie auf die Tür zu, aber sie schlief schon in seinen Armen, noch bevor er die Schwelle erreichte.

Sobald Dar mit Carra auf den Armen und Blitz, der treu hinterhertrabte, in der großen Halle auftauchte, umgab sie ein ganzer Schwarm Frauen wie ein Wirbelwind, drängte sich um sie und überzog sie mit einer Flut praktischer Ratschläge.

Rhodry stand am Fuß der Wendeltreppe und sah zu, wie Dar Carra nach oben trug. Der Elf hatte einen so sicheren Schritt wie eine Ziege auf einem schrägen Steindach. Hinter ihm kamen die Frauen, die älteren Hofdamen schnaubten und redeten gleichzeitig, die Frau des Gwerbret gab ruhig ihre Anweisungen.

»Silberdolch?«

Ein Page stand neben ihm. »Seine Gnaden möchte mit Euch sprechen.«

»Was ist mit unseren Pferden?«

»Oh, die Stallburschen kümmern sich schon darum. Macht Euch keine Gedanken. Sie werden gutes Futter und Pflege bekommen. Der Gwerbret ist ein wahrhaft großzügiger Mann.«

Wie zum Beweis dieser Äußerung führte der Page sie direkt zum Ehrentisch, wo eine Dienerin ihnen Bier und einen großen Korb Brot brachte. Während sie sich daraus bedienten, wurde auch noch eine Platte mit kaltem Schweinebraten gebracht. Yraen und Otho aßen mit der Ernsthaftigkeit von Männern, die nicht wissen, wann sie wieder etwas Gutes bekommen, aber Rhodry stocherte nur im Essen herum und trank vorsichtig, obwohl er hungrig war. Er war übermäßig wach und so angespannt wie eine Stahlsaite, und eine kleine Weile wollte er noch in diesem Zustand verharren. Er drehte sich auf der Bank herum und betrachtete die runde, große Halle, die das gesamte Erdgeschoß des Brochs einnahm. Auf der einen Seite, an der Hintertür, standen genug Tische für einen Kriegshaufen von gut über hundert Mann. An der Feuerstelle, neben dem Ehrentisch selbst, gab es fünf weitere Tische für Gäste und adlige Bedienstete. Auf dem Boden lag ein Teppich aus geflochtenen Binsen. Die Wände und die riesige Feuerstelle bestanden aus hellbraunem Stein, wunderbar bearbeitet und gemeißelt. Nie hatte Rhodry einen Raum mit so guter Steinmetzarbeit gesehen: Riesige dekorierte Steinplatten umgaben die Fenster, und ringsum waren abwechselnd Spiralen und Phantasietiere eingehauen. Die Feuerstelle war von einem gewaltigen Steindrachen umgeben, dessen Kopf auf den Tatzen am Boden ruhte, der geflügelte Rücken bildete das Sims, und der lange Schwanz wand sich über die andere Seite.

»Gute Arbeit, das«, meinte Otho mit vollem Mund.

»Der Drache? Ja. Hat einer von deinem Volk ihn gemeißelt?«

»Zweifellos, ja.« Otho trank einen großen Schluck Bier. »Glaubst du, daß unsere Herrin in Sicherheit ist?«

»Ja. Jill hat uns schließlich gesagt, wir sollten sie herbringen.«

»Stimmt. Hmm. Ich nehme an, sie weiß, was sie tut.«

»Ihr Götter!« Yraen blickte von seiner Platte auf. »Ihr *nehmt an*, daß sie weiß ... Die Frau ist eine verdammte Zauberin, oder? Genügt das etwa nicht?«

»Warum sollte es? Die Frage ist doch, ist sie eine kompetente Zauberin?«

»Nachdem sie uns über diesen Fluß gebracht hat, würde ich sagen, ja.«

»Nun, es mag sein. Hmm, ihr müßt wissen, daß ich sie kenne, seit sie ein kleines Mädchen war, und es ist schwer, sich vorzustellen, daß dieses liebenswerte junge Ding zu einer ...«

»Jetzt seid still, und zwar beide!« warf Rhodry ein. »Hier kommt Seine Gnaden.«

Obwohl er gewaltig hinkte, war Gwerbret Cadmar ein beeindruckender Mann, über sechs Fuß groß, mit breiten Schultern und großen Händen. Sein schiefergraues Haar und sein Bart waren zerzaust, sein Gesicht wettergegerbt und dunkel, seine Augen blitzten in verblüffendem Blau unter dichten Brauen. Als er sich hinsetzte, sah er Rhodry und Yraen kurz an, dann wandte er sich Otho zu.

»Guten Morgen, guter Mann, und willkommen in meiner

bescheidenen Festung. Ich nehme an, Ihr seid auf der Durchreise zu Eurer Heimat.«

Yraen verschluckte sich an seinem Bier und mußte husten.

»Ja, Euer Gnaden«, sagte Otho. »Aber ich bitte Euch um die Erlaubnis, eine Weile in Eurer Stadt bleiben zu dürfen. Ich muß Botschaften an meine Familie schicken, weil ich nun schon lange von ihr getrennt war, und ich weiß nicht, ob ich willkommen bin.«

»Eine Familienangelegenheit, wie?«

»Das war es, aber ich würde es vorziehen, nicht darüber zu sprechen, es sei denn, Euer Gnaden verlangen es von mir.«

»Es liegt mir fern, mich in die Clan-Angelegenheiten eines anderen Mannes einzumischen. Ihr seid selbstverständlich in meiner Stadt willkommen. Zweifellos werdet Ihr ein Gasthaus finden, das Euch angemessen erscheint.«

Yraen hatte sich inzwischen erholt und starrte Otho ärgerlich und verblüfft an.

»Nun, Silberdolche«, fuhr der Gwerbret fort. »Ich schulde Euch meinen Dank, daß Ihr Lady Carramaena sicher hierhergebracht habt. Zweifellos wird der Prinz Euch mit etwas Besserem belohnen als nur mit Dank.«

»Prinz?« fragte Yraen. »Euer Gnaden, Ihr meint, er ist wirklich ein Prinz?«

»Selbstverständlich.« Cadmar bedachte ihn mit einem knappen Lächeln. »Und seine Gunst ist uns hier an der Grenze sehr wichtig. Ich habe nicht das Land, um Pferde zu züchten. Niemand hat das in diesen elenden Hügeln. Wenn das Westvolk nicht hierherkäme, um Handel zu treiben, würden wie bald alle zu Fuß in die Schlacht ziehen.«

»Ein Punkt für dich, Rhodry. Ich muß zugeben, ich habe dir kein Wort geglaubt, als du angefangen hast, von Elfenprinzen zu erzählen.«

»Vielleicht wird dir das eine Lehre sein. Euer Gnaden, ich

muß Euch etwas sagen. Eines der Dörfer im Süden wurde bei einem Überfall zerstört, und man hat uns auf der Straße hierher beinahe umgebracht.«

Sehr aufmerksam beugte sich der Gwerbret vor, um zuzuhören, als Rhodry die Geschichte ihres Rittes nach Norden und des Hinterhalts an der Furt erzählte. Als sie allerdings zu ihrer Flucht kamen, zögerte Rhodry und fragte sich, wie er von den Ereignissen berichten sollte, ohne den Dweomer zu erwähnen.

»Wie seid Ihr dieser Falle entkommen, Silberdolch?«

»Nun, Euer Gnaden, das ist das Allerseltsamste, und ich kann Euch nur bitten, mir zu glauben, denn wenn es mir nicht selbst passiert wäre, würde ich es nicht glauben können.«

»Ah. Jill hat Euch da rausgeholt, wie?«

Nun war es an Rhodry zu staunen. Er starrte den Gwerbret mit weit aufgerissenem Mund an und suchte nach Worten, während Cadmar leise lachte.

»Sie tauchte im letzten Herbst hier auf – gerade noch rechtzeitig, um mein Bein zu retten.« Der Gwerbret legte eine Hand auf seinen verrenkten Oberschenkel.

»Der Wundarzt wollte es amputieren, aber unsere umherreisende Kräuterfrau hielt ihn auf, und bei den Göttern, sie hat tatsächlich mein Fieber geheilt und das Bein so gerichtet, daß ich wieder laufen kann. Nicht sonderlich gut, aber es ist immer noch besser, als auf einem Holzbein umherzustolpern. Und ich brauche wohl nicht zu sagen, daß ich mich gerne angemessen bedankt hätte. Sie wollte aber nur eine kleine Hütte draußen in der Wildnis, und die habe ich ihr gern gegeben, zusammen mit allen Vorräten, die sie brauchte. Sie hat im Lauf des Winters meinen Leuten viel Gutes getan, und sie sagen alle, sie sei eine Dweomerfrau, und ich habe selbst genug gesehen, um es zu glauben.«

»Nun, Euer Gnaden, sie hat uns tatsächlich von den Feinden weggebracht und uns auch unsere Pferde zurückgeben können, und dann hat sie uns beauftragt, Euch unsere Geschichte zu erzählen. Was hiermit geschehen ist.«

Cadmar nickte, lehnte sich zurück und schaute in die Halle hinein. Die Männer seines Kriegshaufens saßen auf ihrer Seite, tranken schweigend und spitzten die Ohren, um zu hören, was diese Fremden ihrem Herrn erzählten.

»Hat sie gesagt, wann sie zur Festung zurückkehren wird?«

»Nein, Euer Gnaden.«

»Hm, nun gut.« Cadmar dachte nach. »Nun, Silberdolche, wir sollten zumindest noch einen Tag warten. Ihr braucht Schlaf, und ich werde meine Vasallen herbeirufen. Dann machen wir uns auf die Suche nach diesen Bastarden. Wollt Ihr in meinen Dienst treten?«

»Sehr gern, Euer Gnaden.«

»Ich auch«, warf Yraen ein. »Ich habe immer noch dieses Dorf vor Augen und diese arme Frau, die wir gefunden haben.«

»War sie schwanger?« Cadmar wandte sich ihm zu.

»Ja, Euer Gnaden, und man hat sie umgebracht.«

Cadmar zuckte zusammen.

»Genau das tun sie. Sie töten die schwangeren Frauen. Es ist beinahe, als … nun, das klingt lächerlich, aber es ist beinahe so, als sei das der Grund ihrer Überfälle – alle schwangeren Frauen zu töten. Hin und wieder hat einer der Überlebenden Dinge belauscht. Ein Junge, der sich unter einem umgekippten Wagen verstecken konnte, sagte mir, zwei von ihnen hätten etwas in der Richtung von ›Zeit weiterzureiten, wir haben alle trächtigen Säue in diesem Pferch erwischt‹ gehört.«

Rhodry wurde eiskalt, als er an Carra dachte.

»Und wer sind sie, Euer Gnaden?« wollte Yraen wissen.

»Eine Bande von Marodeuren. Männer wie Ihr und ich, kein Westvolk und keine Zwerge. Das haben sämtliche Überlebenden klar bestätigt. Sie tauchten im vergangenen Sommer auf und begannen, die umliegenden Bauernhöfe zu überfallen.

Banditen, dachte ich, hungrig und verzweifelt. Wir versuchten, sie zu finden. Bei der Gelegenheit habe ich mir diese Wunde zugezogen.« Nachdenklich rieb er sich über den Oberschenkel. »Die Mistkerle sind uns damals entkommen, aber sie kehrten nicht zurück. Ich dachte, ich hätte sie vertrieben, aber mit dem Frühling tauchten sie wieder auf und wüteten schlimmer denn je. Ich bezweifle inzwischen, daß es sich um gewöhnliche Banditen handelt. Sie sind viel zu schlau. Und sie haben gute Waffen, gute Rüstungen und sind ausgebildet, als Truppe zu kämpfen.«

»Das klingt wirklich nicht nach Banditen, Euer Gnaden«, meinte Rhodry. »Sie müssen eine Art Anführer haben. Hat keiner der Überlebenden ihn gesehen?«

»Einer oder zwei vielleicht. Ein gewaltig großer Mann, sagen sie, in dunkelblauem Umhang mit Kapuze, der seine Befehle mit seltsam knurrender Stimme erteilt. Alles, was sie genau gesehen haben, waren seine Hände: riesige Hände mit Haaren auf dem Rücken, und alle schwören, er hätte nur drei Finger an jeder Hand.«

Rhodry fielen Bruchstücke einer alten Geschichte ein, und ihm wurde noch kälter. Er war zu müde, sich genau daran zu erinnern, aber er wußte irgendwie, daß diese fehlenden Finger etwas zu bedeuten hatten, etwas Wichtiges und überhaupt nichts Gutes.

»Ihr schlaft beinahe im Sitzen, Silberdolche«, sagte Cadmar grinsend. Er stand auf und winkte zu seinem Kriegshaufen. »Maen, Dwic, kommt her. Besorgt diesen Silberdolchen Strohsäcke und ein paar saubere Decken.« Dann wandte er sich Otho zu. »Braucht Ihr eine Eskorte in die Stadt?«

»Wenn Ihr mir einen Mann mitgeben könntet, der mir den Weg zu einem Gasthaus zeigt, Euer Gnaden, wäre ich wirklich dankbar.«

Yraen riß die Augen auf, als ein Page auftauchte und den

Zwerg unterwürfig wegführte. An der Tür drehte sich Otho um und bedachte sie mit einem vergnügten Winken. Es war das erste Mal, daß Rhodry ihn je hatte grinsen sehen.

»Also wirklich!« zischte Yraen. »Bei allen Göttern und einem Rattenarsch!«

»Ich habe dir doch gesagt, daß jeder, der reich genug ist, uns anzuheuern, eine wichtige Persönlichkeit sein muß, oder?«

Yraen drohte noch eine weitere Überraschung. Als sie die Halle verließen, kamen sie an dem Tisch vorbei, an dem Daralanteriels Eskorte saß, obwohl Dar selbst offenbar noch bei seiner Frau verweilte. Als sie Rhodry sahen, sprangen alle Männer auf, riefen seinen Namen, umdrängten ihn, schlugen ihm auf die Schulter und redeten auf elfisch auf ihn ein. Rhodry antwortete in derselben Sprache. So müde er war, war er doch den Tränen nahe, diese wohlklingenden Laute wiederzuhören.

»Und Calonderiel«, sagte er schließlich. »Wie geht es ihm?«

»Er ist so boshaft und stur wie immer«, meinte einer der Bogenschützen grinsend. »Wenn er gewußt hätte, daß du auf dem Weg hierher bist, wäre er selbstverständlich mit uns nach Osten geritten.«

Rhodry setzte zu einem Scherz an, dann sah er, daß Yraen mit weit aufgerissenem Mund dastand. Auch der Mann des Gwerbret schien recht überrascht.

»Ich sollte lieber gehen«, sagte Rhodry zu den Bogenschützen. »Ich komme später und trinke mit euch.«

Als Rhodry sich ihm wieder zuwandte, wollte Yraen etwas sagen, dann zuckte er einfach mit den Achseln und verdrehte die Augen, als wollte er die Götter tadeln.

»Komm schon«, sagte Rhodry. »Oder willst du weiter hier herumstehen? Sehen wir, wie die Mannschaftsunterkünfte unseres neuen Herrn aussehen.«

Diese erwiesen sich als recht anständig. Sie lagen oberhalb der Ställe und waren aus gutem Eichenholz gebaut und frisch gekalkt. Die Pritschen waren fest, die Strohsäcke neu, und Maen gab ihnen beiden gute Wolldecken.

»Der Gwerbret muß ein guter Herr sein«, meinte Rhodry, »wenn er selbst einen Silberdolch so behandelt.«

»Ja.« Maen, ein schlanker, bleicher Junge, betrachtete sie einen Augenblick nachdenklich. »Nun, wir brauchen jetzt jeden Mann.«

Yraen knurrte leise, aber Rhodry trat vor ihn.

»Danke für deine Hilfe. Wir werden jetzt erst mal schlafen.«

Maen zuckte mit den Achseln und schlurfte aus dem Zimmer. Yraen spuckte demonstrativ auf den strohbestreuten Boden.

»Ich habe dich immer vor dem langen Weg gewarnt.« Rhodry gähnte plötzlich und setzte sich auf die Kante seiner Pritsche, um sich die Stiefel auszuziehen. »Ihr Götter, mir ist gerade etwas aufgefallen. Otho hat uns nicht bezahlt.«

»Kleiner Mistkerl! Nun, wir werden es ihm aus den Taschen oder aus der Haut schneiden. Rhodry – diese Männer da ... die Eskorte des Prinzen, meine ich. Äh, sie sind keine Menschen.«

Das war keine Frage.

»Nein, sind sie nicht. Erinnerst du dich, als wir uns vor Jahren begegnet sind und eines Abends über Dinge gesprochen haben, die man nicht sehen kann?«

»Und über das Buch Maels des Sehers und darüber, daß er hin und wieder Elfen erwähnt. Ja. Ich gebe es ungern zu, aber ich erinnere mich.«

»Also gut, dann brauche ich wohl nicht mehr zu sagen.«

Yraen seufzte einfach nur und beschäftigte sich damit, sein Bett zu machen. Rhodry legte sich hin, wickelte sich in die Decken und schlief, noch bevor Yraen zu schnarchen begann.

Als er aufwachte, war es stockfinster in der Unterkunft, und Jill saß am Fußende seiner Pritsche. Er konnte sie in der silbernen Wolke sehen, die sie umgab, ein sich stetig bewegendes Licht, das auf weitere, halb sichtbare Gestalten verwies. Er unterdrückte einen überraschten Aufschrei und setzte sich hin.

»Tut mir leid«, sagte sie. »Ich wollte dich nicht erschrecken.«

»Es würde jeden erschrecken, eine Frau zu sehen, die er einmal geliebt hat und die jetzt leuchtet wie der Mond. Jill, bist du ein Geist oder so?«

»Nicht weit davon entfernt.« Sie lächelte ihn an. »Aber Geister aus den Anderlanden können keine gebrochenen Beine schienen, also kannst du dich wieder beruhigen. Ich bin wirklich. Das Licht kommt nur vom Wildvolk des Aethyr. Ich bin überrascht, daß du sie nicht sehen kannst. Sie haben sich angewöhnt, mir zu folgen, und ich habe nicht das Herz, sie zu verscheuchen.«

»Nun, ich kann schon sehen, daß sich da etwas bewegt. Es macht mir immer noch eine Gänsehaut.«

Nun hatte er endlich die Gelegenheit, sie sich gut anzusehen. Ihr Haar, wie immer kurz geschnitten, war vollkommen weiß geworden, und ihr Gesicht war schmal, zu schmal, so daß ihre Augen riesig schienen und ihr Gesicht beherrschten, wie es bei Kindern der Fall ist. Sie war insgesamt erschreckend dünn und ziemlich bleich, aber sie wirkte alles andere als schwach. Es war, als wären ihre Haut, ihr Blut, ihre Knochen von einer feineren Substanz ersetzt worden, einem magischen Element, irgendwo zwischen Glas und Silber, oder einer Art lebendiger Seide.

»Bist du krank gewesen?« fragte Rhodry.

»Ja. Das war auf den Inseln, und sie nennen es dort Schüttelfieber. Ich hatte es jetzt schon ein paarmal, und es gibt keine Garantie, daß ich es los bin. Sie sagen, wenn man es erst einmal im Blut hat, gehört es einem für immer.«

»Das tut mir leid.«

»Nicht halb so leid, wie es mir tut.« Sie grinste mit einem

Aufblitzen ihrer alten guten Laune. »Ich sehe wahrscheinlich schrecklich alt aus.«

»Du siehst aus, als wärst du nicht ganz hier. Es ist, als hättest du uns bereits verlassen und wärst in die Anderlande gezogen.«

»In gewisser Weise ist das auch so.«

»Aha. Weißt du, du siehst aus, wie Nevyn aussah. Ich meine, man hätte angenommen, daß er eigentlich alt war, und dann sprach er oder tat etwas, und man wußte, daß es überhaupt nichts mehr ausmachte, wie alt er war.«

Sie nickte nachdenklich.

»Aber wo ist Yraen? Und ist das Mädchen in Sicherheit? Geht es ihr gut?«

»Sie ist in Sicherheit, und Labanna – das ist die Frau des Gwerbret – sagte mir, es werde ihr in ein, zwei Tagen wieder gutgehen. Ich habe mir wirklich Sorgen um das Kind gemacht, aber die Frauen meinen, die Schwangerschaft sei noch nicht weit genug fortgeschritten, daß sie jetzt eine Fehlgeburt haben könnte, nur weil sie müde ist und gefroren hat. Was Yraen angeht, der ißt gerade unten in der Halle sein Abendessen. Ich bin raufgekommen, um dich zu holen.«

Gähnend und sich reckend, suchte Rhodry seine Stiefel und zog sie an. »Was Yraen angeht …«, sagte er. »Weißt du, wer er wirklich ist?«

»Selbstverständlich. Du nicht?«

»Ein Sohn aus einem adligen Haus, der vor ein paar Jahren den Verstand verloren hat und davongerannt ist – aber ich kenne seinen wahren Namen nicht.«

Sie lachte. »Nun, dann wird es dir vielleicht früher oder später wieder einfallen.«

»Wie bitte? Behauptest du etwa, daß ich ihn kenne?«

»Nun, ich würde nicht von ›kennen‹ sprechen, jedenfalls nicht sonderlich gut. Du warst nicht in der Situation, dich mit ihm anzufreunden.«

»Jill, verflucht sollst du sein! Ich habe wirklich genug von diesen Dweomerrätseln!«

»Ach ja? Was willst du also wissen?«

»Zunächst einmal, woher wußtest du, wo ich war?«

»Ich habe dich mit Hilfe des Zweiten Gesichts gesucht. Im Feuer und im Wasser.«

Rhodry kam sich ausgesprochen dumm vor.

»Ach, verdammt! Laß uns in die große Halle gehen. Ich will ein Bier, und je dunkler, desto besser.«

»Was? Keine Antworten mehr?«

Sie lächelte, als wollte sie ihn necken, ihn sogar herausfordern, ihr die Fragen zu stellen, die ihn plötzlich erschreckten, ganz gleich, wie dringend er zuvor die Antwort hatte wissen wollen.

»Nur noch eins. Yraen? Hat er königliches Blut?«

»Ja, aber er ist weit vom Thron entfernt – der jüngste Sohn eines jüngsten Sohnes. Er wird dem Königreich nicht fehlen. Ich bin froh, daß du dich entschieden hast, ihn zum Silberdolch zu machen und ihm zu helfen, seinem Wyrd zu folgen.«

»Ich habe mich entschlossen? Seit wann hatte ich jemals die Möglichkeit, selbst etwas zu entscheiden, ob für mich oder einen anderen?«

»Nun, du hast das Recht, dich zu beschweren.« Sie legte ihm die Hand auf den Arm, so leicht wie die Berührung eines Vogelflügels. »Du bist hin und her geworfen worden wie ein Schiffbrüchiger auf See. Aber ich glaube, jetzt ist endlich Land in Sicht. Gehen wir zu den anderen.« Sie stand auf. »Cadmar hält eine Art Kriegsrat, und ich habe ihn gebeten, dich dabei teilnehmen zu lassen. Und du solltest auch nicht hier in den Mannschaftsunterkünften schlafen.«

»Warum nicht? Es ist gut genug.«

»Darum geht es nicht. Ich könnte dich brauchen, damit du auf Carra aufpaßt.«

»Also wirklich! Dar ist bei ihr und hat zwanzig Kämpfer dabei.«

»Aber sie haben alle nicht deine Erfahrung mit dem Dweomer und auch nicht so viele Schlachten überlebt wie du. Rhoddo, versuch nicht, mir zu erzählen, du hättest nicht begriffen, daß es hier um Dweomer geht.«

»Also gut, aber ich hatte gehofft, daß ich mich irre. Weißt du, was diese Leute wollen, die die Dörfer überfallen?«

»Ich habe eine Idee, aber ich hoffe ebenfalls, daß ich mich irre. Ich würde gerne denken, daß es ihnen nur um Gold und Sklaven geht, aber ich habe meine Zweifel.«

»Sie haben es doch nicht auf Carra abgesehen?«

Jill verzog das Gesicht.

»Es geht ihnen um ihr Kind. Jemand hat damit gedroht.«

»Wer? Wir sollten es dem Gwerbret sagen, und er kann den Schuldigen vor Gericht stellen.«

»Der Schuldige lebt an einem Ort, den der Gwerbret nicht erreichen kann, aber ich bezweifle, daß ich das erklären könnte.«

»Ihr Götter, ich habe genug davon, daß du mich wie einen Idioten behandelst!«

»Entschuldige, Rhodry, aber die traurige Wahrheit ist, daß ich es selbst nicht recht verstehe. Es geht hier um – oh, warte, du bist Dallandra begegnet, also weißt du schon ein wenig davon. Sie hat eine Feindin, die …«

»Alshandra! Habe ich recht? Die Wächterin, die mich vom Grasland vertrieben hat.«

»Genau die. Sie hat geschworen, Carra zu töten.«

»Ist sie verrückt? Alshandra, meine ich. Sie hat mich zu Tode erschreckt, als sie von ihrer Tochter schwätzte und erzählte, jemand wolle sie ihr stehlen.«

»In gewisser Weise hatte sie damit sogar recht. Carra und Dar haben genau das getan – nicht, daß sie es geplant hätten.

Aber ich weiß nicht, ob diese angeblichen Banditen tatsächlich etwas mit Alshandra zu tun haben oder nur eine andere Bedrohung darstellen. Bis ich das herausfinde, ist es schwer, genau zu wissen, was ich tun soll.«

»Das verstehe ich. Man kann einen Feind nicht bekämpfen, wenn man nicht weiß, wer ihn unterstützt und woher er seine Kraft bezieht.«

»Genau.« Jill legte ihm die Hand auf den Arm. »Ich bin froh, daß du hier bist, wirklich. Große Dinge kündigen sich an. Carras Wyrd, dein Wyrd – das Wyrd der Elfen vielleicht ebenfalls. Ich weiß es alles noch nicht genau.«

»Ich verstehe.« Nicht, daß er es wirklich verstanden hätte. »Soll ich dir noch etwas Seltsames erzählen? Dieser Hund, den Carra dabei hat, den hat Perryn ihr gegeben.«

Jill fluchte wie ein Silberdolch.

»Weißt du, das ist eine weitere dieser Kleinigkeiten, die vielleicht viel zu bedeuten haben, wenn man sich mit Vorzeichen beschäftigt. Also hatte Perryn auch mit dieser Sache zu tun.«

»Nun, er hat mehr als nur einen Hund geopfert. Erinnerst du dich an den Jungen, der tot an der Furt lag? Das war sein Enkel. Er war ein merkwürdiger Junge, aber es hat mir das Herz zerrissen, als er starb.«

»Zweifellos.« Sie klang sehr traurig. »Armer Junge! Nun, du wirst morgen Gelegenheit haben, ihn zu rächen. Cadmar will seine Männer im Morgengrauen in den Kampf führen.«

»Gut. Aber wird Carra sicher sein, wenn wir alle die Festung verlassen? Gut, das ist eine dumme Frage. Wir sind hier mitten in einer Stadt.«

»Die Frage ist überhaupt nicht dumm. Das meine ich, wenn ich von deinen Instinkten spreche, Rhoddo. Tatsächlich, eine Armee könnte die Stadt nicht einfach erobern, aber ein Verräter könnte Unheil anrichten. Ich werde sie zu Otho bringen, bis der Kriegshaufen zurückkehrt. Dort wird sie wirklich sicher sein.« Sie zögerte kurz. »Du würdest wohl nicht selbst bei ihr bleiben?«

»Wenn du es mir befiehlst, werde ich es tun, aber ich will tatsächlich Rache. Für Nedd und für diese Leute in dem Bauernhof.«

Nachdenklich blieb sie mitten im Hof stehen. Vor ihnen erhob sich der Broch in den Himmel, und aus seinen Fenstern fiel Licht. Lachen und Gespräche waren zu hören – eine vertraute Szene, vertraute Geräusche, aber in Jills Gegenwart hatte Rhodry das Gefühl, als hätte er durch eine unsichtbare Tür eine andere Welt betreten.

»Geh mit dem Gwerbret«, sagte sie schließlich. »Ich möchte auch, daß sich jemand, der verläßlich ist, um Dar kümmert – er ist entschlossen, zusammen mit seinen Männern mit dem Kriegshaufen zu reiten, und ich möchte ihn ebenfalls nicht verlieren.«

»Dann werde ich ein Auge auf ihn halten. Ich muß sagen, ich bin froh, die Bogenschützen dabeizuhaben. Sie werden sich als verdammt nützlich erweisen, wenn wir diese Schweine finden.«

»Ich habe das Wildvolk ausgeschickt, um nach ihnen zu suchen, und ich werde ebenfalls mitkommen. Wir finden sie. Mach dir deshalb keine Gedanken.«

Etwa eine Stunde vor Sonnenaufgang saß Carra in einem Seidenkleid, das die Frau des Gwerbret ihr geschenkt hatte, auf der Bettkante, als Jill kam, um sie zu holen. Blitz wedelte freundlich mit dem Schwanz, als die ältere Frau die Tür öffnete.

»Jetzt leuchtet Ihr überhaupt nicht«, sagte Carra.

»Nein. Das wurde ein wenig lästig, obwohl es manchmal auch ganz praktisch sein kann. Wie geht es dir?«

»Sehr gut. Ich bin nur immer noch müde. Ich hätte vielleicht tagelang geschlafen, wenn Ihre Gnaden mich nicht geweckt hätten.«

»Sehr wahrscheinlich. Carra, ich muß dich etwas fragen – du mußt nicht unbedingt antworten. Wie hast du Dar kennengelernt?«

»Auf dem Pferdemarkt nahe der Festung meines Bruders. Das ist jetzt mehr als ein Jahr her. Er und seine Leute kamen, um Handel zu treiben, und ich war zufällig mit meinem Bruder dort. Und er hat diesen schrecklichen Witz gemacht – mein Bruder, meine ich. Er fragte einen der Männer des Westvolks, ob er mich im Austausch gegen ein Pferd nehmen würde. Und als mein Bruder lachte, kam Dar auf ihn zu und erklärte, er werde ihm nicht die Wallache verkaufen, die er wollte. Und mein Bruder wurde ungeheuer wütend und wollte wissen, warum.« Carra grinste bei der Erinnerung. »Und Dar sagte, jeder Mann, der so grausam zu seiner Schwester wäre, würde wahrscheinlich auch seine Tiere halb totschlagen. Was selbstverständlich nicht stimmt. Mein Bruder ist gut zu seinen Pferden. Jedenfalls, später an diesem Tag, als ich mich alleine auf dem Markt umgesehen, habe, kam Dar zu mir, und wir haben uns unterhalten.«

»Aha.« Ein flüchtiges Lächeln. »Liebe auf den ersten Blick?«

»Nein, überhaupt nicht. Ich war ihm dankbar, aber er mußte den ganzen Sommer um mich werben, bevor ich mich in ihn verliebte. Wißt Ihr, Jill, er ist der erste Mann, dem ich je begegnet bin, der *mich* wollte, nicht die Gunst meines Bruders oder eine Allianz. Selbstverständlich hat Lord Scraev mich begehrt, aber er ist so widerlich, und er stinkt aus dem Mund!« Sie schauderte bei der Erinnerung. »Aber selbst wenn mein Bruder mir einen anständigen Ehemann ausgewählt hätte, wäre es immer noch um die Mitgift gegangen. Ich denke, Dar weiß nicht einmal, was eine Mitgift ist, und ich bezweifle, daß es ihn interessieren würde.«

»Da bin ich ganz deiner Meinung. Dich gegen ein Pferd einzutauschen – diese Unverschämtheit! Nun, es ist Zeit, daß wir uns auf den Weg machen. Holt einen Umhang. Otho wartet wohl schon auf uns. Ich habe ihm gestern abend eine Botschaft geschickt.«

In der großen Halle drängten sich die Bewaffneten, aßen Brot und tranken einen letzten Krug Bier, wo sie standen oder saßen. Am Ehrentisch steckten der Gwerbret und zwei Adlige – zweifellos seine Vasallen – die Köpfe zusammen und betrachteten im Feuerlicht eine Landkarte. Dar löste sich aus dieser Gruppe und kam zu den Frauen. Er winkte zehn Männern seiner Eskorte, ihnen zu folgen. Respektvoll verbeugte er sich vor Jill.

»Guten Morgen, meine Liebste«, sagte er zu Carra. »Ich sehe, du hast den Hund bei dir. Gut. Er wird der beste Wächter sein, den du haben kannst.«

»Ich bin sicher, mir wird nichts passieren. Dar, du wirst doch vorsichtig sein? Es würde mir das Herz brechen, dich zu verlieren.«

Er lachte nur und warf den Kopf zurück, sein Haar so dunkel wie Loc Drw im Winter, und ergriff sie an den Schultern, um sie zu küssen.

Unter Bewachung von Dar und seinen Männern verließen sie die Festung und eilten durch die gewundenen Straßen von Cengarn. Hier und da fiel das Licht einer Kerze durch einen Riß in den Fensterläden, oder Feuer glühte in einer Feuerstelle, die man durch eine offene Tür sehen konnte, aber zum größten Teil lag die Stadt noch im letzten Schlaf vor der Dämmerung. Sie zogen ein Stück den Hügel hinab, dann bogen sie in eine Gasse zwischen zwei Rundhäusern ein, keuchten wieder nach oben, gingen abermals abwärts, kamen an einem kleinen Bach in einer Schlucht vorbei, überquerten ihn auf einer Brücke. Als Carra zurückblickte, sah sie, daß die

Festung des Gwerbret viel weiter entfernt war, als ihr möglich schien, und sie gab auf, darüber nachzudenken, wohin sie gingen. Endlich kamen sie an einen Abhang, der so steil wie eine Klippe war. Direkt in den Hang eingelassen, zwischen zwei verkrüppelten kleinen Kiefern, war ein hölzernes Tor mit großen Eisenbeschlägen. Dort wartete Otho mit einer Kerzenlaterne.

»Kommt herein, kommt herein, Herrin. Ich bin froh, Euch zu sehen, und ich danke Euch, daß Ihr meine bescheidene Gastfreundschaft annehmt. Mach dir keine Gedanken, Jill, wenn wir sie bewachen, wird keiner dem Mädchen auch nur nahe kommen.«

»Das bezweifle ich nicht, und ich danke dir.«

Carra küßte Dar ein letztes Mal mit Tränen in den Augen und klammerte sich an ihn. Sie konnte an nichts anderes denken, als daß die Göttin ihr ein Vorzeichen einer nahenden Katastrophe geschickt hatte.

»Bitte sei vorsichtig, Liebster. Versprich mir, daß du vorsichtig sein wirst.«

»So vorsichtig, wie ich kann. Das verspreche ich.« Sanft, aber bestimmt entzog er sich ihren Armen. »Ich werde meine eigenen Männer bei mir haben und außerdem Rhodry ap Devaberiel, und wenn mir mit dieser Eskorte noch etwas geschieht, dann ist es wirklich mein Wyrd, und es gibt nichts, was ich hätte dagegen tun können.«

»Ich weiß.« Sie verbiß sich die Tränen und zwang sich zu einem Lächeln. »Dann töte so viele Banditen, wie du kannst. Ich muß immer wieder an diese arme Frau denken.«

»Auch das verspreche ich dir, Liebste. Leb wohl – wir sehen uns, wenn ich zurückkomme.«

Im heller werdenden Licht ging er davon, während sie ihm nachwinkte und aus reiner Willenskraft so lange weiterlächelte, wie er sich umdrehen und es sehen konnte. Otho räusperte sich, dann blies er – immer sparsam – die Kerze in der Laterne aus.

»Wir sollten hineingehen. Die Stadt erwacht langsam.«

»Ja«, sagte Jill. »Carra, versuch, dir keine Sorgen zu machen. Ich werde ebenfalls mit dem Kriegshaufen ziehen.«

»Das erleichtert mich.«

Jill ging davon, den Hügel hinauf, und sie drehte sich noch einmal um, bevor sie zwischen den Häusern verschwand. Etwas löste sich von ihrem geflickten, braunen Umhang, etwas so Helles wie ein Mondstrahl, und trieb im Wind nach oben. Ohne darüber nachzudenken, fing Carra es auf: eine silbergraue Feder, etwa einen Fuß lang. Sie starrte sie an, während Otho leise vor sich hin murmelte und Blitz winselte, als sei er derselben Ansicht wie der Zwerg.

»Herrin, wir müssen wirklich von der Straße weg.«

»Selbstverständlich, Otho, entschuldigt. Aber diese Feder! Es ist wirklich wahr, nicht wahr – sie kann sich tatsächlich in einen Vogel verwandeln!«

»Ja. War Euch das nicht klar? Hmm, was lehren sie das junge Volk dieser Tage eigentlich? Nun laßt uns hineingehen, wo wir sicher sind.«

Carra steckte die Feder in ihre Schärpe, dann eilte sie hinter ihm durch das Holztor.

Dahinter befand sich ein Tunnel aus wunderbar gehauenen Steinblöcken, der tief in den Hügel hineinführte. Hier und da sonderten Pilze in Körben auf schmalen Simsen etwa sechs Fuß oberhalb des Bodens ein bläuliches Licht ab und beleuchteten ihren Weg. Die Luft war erstaunlich kühl und frisch. Nach ein paar hundert Schritten kamen sie in eine runde Kammer von etwa fünfzig Fuß Durchmesser, in der niedrige Tische und Bänke um eine offene Feuerstelle in der Mitte standen, in der ein kleines Feuer brannte. Ein gewaltiger Kessel hing darüber. Automatisch blickte Carra auf und sah, daß der Rauch durch ein Abzugsloch in der Decke verschwand. Dort oben gab es noch mehrere andere Luftschächte, die offenbar die Quelle der frischen Luft waren. Drei Durchgänge in den Mauern öffneten sich zu anderen Tunneln, die tiefer ins Gasthaus führten. An einem der Tische saßen zwei Männer, die zwar ein wenig kleiner waren als Otho, aber jünger, muskulös und schwer bewaffnet. Sie gähnten und dösten über metallenen Bechern mit einem Getränk.

»Alle anderen sind noch im Bett«, sagte Otho. »Als ich gestern herkam, war ich müde genug, daß ich die ganze Nacht geschlafen habe.«

Er drehte sich um und sprach die beiden Männer in einer Sprache an, die Carra noch nie zuvor gehört hatte. Beide sprangen auf und verbeugten sich vor ihr, dann sagten sie etwas.

»Sie sind die Wachen für diese Tageszeit, Herrin. Sie haben gerade fertig gefrühstückt. Nun setzt Euch hier drüben an die Wand. Ich hole Euch etwas zu essen.«

Neben einer Holztruhe fand Carra einen hölzernen Stuhl mit einem Kissen und einer guten Rückenlehne, niedrig, aber bequem. Blitz ließ sich zu ihren Füßen nieder und legte den Kopf auf die Pfoten. Otho hantierte geschäftig an der Feuerstelle und kam dann mit einer Schale Haferbrei, in dem ein Klumpen Butter schwamm, und einem Stück Brot zurück. Dann ging er wieder davon, um einen Krug Milch zu holen.

»Jill sagte, Ihr solltet viel Milch trinken, für das Kind«, sagte er.

Während Carra aß, öffnete Otho die Truhe neben ihr und wühlte darin herum. Endlich holte er eine Anzahl von Gegenständen heraus: zwei ovale Holztabletts, einen Sack, der anscheinend mit Sand gefüllt war, ein paar spitze Stöcke und ein aus Knochen geschnitztes Ding, das aussah wie ein kleiner Kamm. All das legte er auf den Tisch. Den hellen, weißen

Flußsand schüttete er auf die Tabletts, dann glättete er ihn mit dem Kamm so flach wie Pergament. Mit einem der Stöcke zog er Linien auf der Oberfläche und teilte das Tablett in vier Dreiecke. Dann fand er den Mittelpunkt der Basis jeden Dreiecks, verband diese und legte damit ein Rechteck über die Dreiecke, so daß die gesamte Oberfläche nun in zwölf Dreiecke aufgeteilt war.

»Das Land auf der Landkarte«, verkündete er. »So erhalten wir Zwerge unsere Vorzeichen, Herrin, und wenn ein Mann jemals ein Vorzeichen oder zwei brauchte, dann war ich das. Wißt Ihr, jedes Dreieck ist die wahre Heimat eines Metalls. Nummer eins hier ist Eisen, Nummer zwei Kupfer und so weiter. Das fünfte ist Gold, und es steht für die Kunst eines Mannes, ob in der Bearbeitung von Stein oder von Metallen, und neun ist Zinn für unsere Religion, denn die Götter sind wie Zinn – häufig billig.«

»Otho! Wie könnt Ihr etwas so Schreckliches sagen!«

»Ach, die von Eurem Volk können bei Euren Göttern so viel fluchen, wie sie wollen, aber sie tun Euch wenig Gutes, was immer Ihr ihnen opfern und wie immer Ihr für sie singen mögt. Also, jedes Land ist die Heimat eines Metalls, bis auf das letzte, Nummer zwölf hier, direkt oberhalb von eins, damit sich der Kreis schließt. Das hier ist die Heimat des Salzes – kein Metall. Und dieses Land steht für die verborgenen Dinge des Lebens, Fehden und dergleichen, und für den Dweomer.«

»Das ist faszinierend. Wie könnt Ihr damit die Zukunft weissagen?«

»Paßt auf. Ich werde es Euch zeigen.«

Otho nahm den zweiten Stock, hielt ihn über das zweite Tablett, dann wandte er den Kopf ab und begann, so schnell er konnte, Löcher in den Sand zu stechen. Als er fertig war, hatte er sechzehn Linien von Punkten und Flächen, um darüber nachzudenken.

»Also, diese Linien sind die Mütter. Ihr nehmt die erste davon, um die erste Tochter zu finden, die zweite für die zweite und so weiter. Ich werde jetzt nicht alle Regeln erklären können. Ich würde den ganzen Tag brauchen und Euch zweifellos langweilen. Aber setzen wir den Kopf des Drachen hier ins Land des Eisens, nur für den Anfang.« Rasch stach er eine Gestalt in den wartenden Sand, zwei dicht nebeneinanderliegende Punkte und darunter noch drei für den Drachenkörper. »Und wirklich, ich kann nicht widerstehen, schon hinzusehen. Wunderbar! Das kleine Glück landet im Salzland. Das freut mich, weil es bedeutet, daß die Vorzeichen nicht schrecklich sein werden. Sie werden vielleicht nicht gut sein, aber auch nicht schrecklich.«

Carra beugte sich vor, um zuzusehen, während er in einer Mischung aus mehreren Sprachen vor sich hin murmelte, über der Reihe von Löchern brütete und hin und wieder dazu passende Figuren in die Länder der Karte eintrug. Als er fertig war, starrte er die Karte lange Zeit an und schüttelte den Kopf.

»Nun macht schon, Otho, sagt mir, was es bedeutet.«

»Ich bin nicht sicher … das ist das Problem mit solchem Unsinn wie der Zukunftsdeutung. Wenn man es am nötigsten braucht, ist es am unklarsten. Aber es sieht so aus, als würde am Ende alles gutgehen. Wißt Ihr, ich habe gerade Briefe an meine Verwandten abgeschickt und sie gefragt, ob ich wieder nach Hause kommen dürfe. Als ich jung war, hatte ich einigen Ärger, aber das ist … nun, eine lange Zeit her, und ich habe ein paar nette kleine Edelsteine mitgebracht, mit denen ich die eine oder andere Strafe zahlen könnte, falls sie eine über mich verhängen wollen.« Er hielt inne und kaute auf den Enden seines Schnurrbarts. »Nun, es sieht so aus, als würden sie mich zurückwollen, aber das hier verstehe ich nicht.« Er zeigte auf das dritte Land. »Quecksilber mit der Straße darin. Es bedeutet normalerweise eine lange Reise und eine, die man eigentlich nicht geplant hat. Und das beunruhigt mich.«

Carra beugte sich vor, um genauer sehen zu können, aber die Straße war einfach nur eine Linie von vier Punkten und nicht sonderlich vielsagend.

»Könnte es nicht die Reise bedeuten, die Ihr bereits hinter Euch habt? Um hierherzugelangen, meine ich. Ich …«

Ein Zischen wie von Wasser auf einem heißen Rost – Carra riß den Kopf hoch und sah einen der jungen Zwerge mit gezogenem Schwert auf den Tisch zukommen. Auch Otho zischte plötzlich beim Luftholen.

»Rührt Euch nicht, Herrin. Seid reglos wie Stein.«

So ruhig, daß Blitz weder bellte noch sich bewegte, kam der junge Zwerg zum Tisch, hob langsam sein Schwert, zögerte einen winzigen Augenblick und ließ es dann mit der flachen Seite auf die Holzbretter knallen, keinen Fuß von Carras Ellbogen entfernt. Carra wich zurück, als etwas unter der Klinge knirschte – und unter Absonderung einer hellen Flüssigkeit zerplatzte. Auch der zweite Soldat kam jetzt fluchend angerannt. Otho eilte zum Ende des Tisches, als der junge Mann seine Klinge hob und das zerdrückte, langbeinige Geschöpf mit der Schwertspitze umdrehte. Alle drei Männer unterhielten sich einen Augenblick leise.

»Seht Ihr den braunen Fleck auf dem Bauch, der aussieht wie ein Kelch mit langem Stiel? Wir nennen ihn den Kelch des Todes.« Otho wandte sich wieder Carra zu. »Dieses Geschöpf hier ist eine Spinne – nun, ich sollte lieber sagen, es war einmal eine. So groß wie Eure Faust. So giftig, wie Ihr wollt – oder nicht wollt.«

»Das ist ja widerlich!« Sie blickte zur Decke, schauderte und erwartete halb, ein ganzes Nest von ihnen zu sehen, bereit, sich auf sie niederfallen zu lassen. »Wie verbreitet sind sie?«

»Sie sind nicht sonderlich verbreitet, Herrin. Man findet so gut wie nie welche in zivilisierten Tunneln. Sie sind scheu wie die meisten Wildtiere. Wenn überhaupt, findet man sie versteckt unter Felsen in den hohen Bergen.«

»Wie kann es dann geschehen, daß …« Sie schwieg, als sie die Antwort in ihren Gesichtern sah. »Jemand hat sie hergebracht, nicht wahr?«

»Ja.« Otho starrte zur Decke. »Und wer immer sie in einen der Luftschächte geworfen hat, ist vermutlich längst verschwunden. Es gibt noch ein Stockwerk dort oben, eine Art Galerie, damit die Arbeiter von dort die Schächte reinigen können. Es ist einfach hinaufzuklettern. Niemand würde es vermuten.« Er drehte sich um und rief einem der jungen Männer etwas in der Zwergensprache zu. Der Soldat rannte davon. »Ich habe ihn zum Wirt geschickt, damit er alle aufweckt. Wenn wir deshalb ein großes Getöse machen, werden sie nicht wagen, so etwas zu wiederholen. Macht Euch keine Gedanken, Herrin.«

Carra ließ Blitz' Halsband los und setzte sich wieder hin. Ihr wurde ein wenig übel, als ihr die Wahrheit klar wurde. Jemand hatte gerade versucht, sie umzubringen, und sie wußte nicht einmal, warum.

Dank der Unterstützung durch seine Vasallen hatte Gwerbret Cadmar an diesem Morgen beinahe zweihundert Männer zur Verfügung, viel zu viele, um sie im Hof seiner Festung zu versammeln. Also breiteten sie sich über die Straßen der Stadt aus und verließen sie durch mehrere Tore, dann formierten sie sich auf der Ebene unterhalb des Stadthügels wieder zu einem Kriegshaufen. Obwohl Rhodry und Yraen als Silberdolche erwarteten, man würde sie in der Nachhut reiten und den üblichen Staub schlucken lassen, suchte sie einer der Männer des Gwerbret auf und informierte sie widerwillig, sie sollten neben Seiner Gnaden reiten.

»Es ist wegen der Zauberin. Sie hat unserem Lord gesagt, Ihr beiden wäret die einzigen, die ihren Anweisungen folgen können. Ich will verflucht sein, wenn ich weiß, was sie damit gemeint hat.«

»Ich weiß es ebensowenig«, sagte Rhodry. »Jill hat eine gute Hand, wenn es um Rätsel geht, und das auch noch so früh am Morgen.« Aber er sollte die Antwort schon bald erhalten. Sie folgten dem Reiter zur Spitze der Armee, wo der Gwerbret und seine Lords eine Besprechung zu Pferde abhielten. Cadmar begrüßte die beiden mit einem Lächeln und einem Nicken, aber die Lords Matyc und Gwinardd schauten säuerlich drein. Während sie darauf warteten, daß der Gwerbret die Zeit fand, mit ihnen zu reden, sah Rhodry sich um und betrachtete die Männer in dem Kriegshaufen abschätzend. Sie hatten alle gute Pferde, gute Waffen, und hier und da entdeckte er einen Mann mit der selbstsicheren Haltung eines Veteranen. An einer Seite warteten Dar und seine Bogenschützen zu Pferd auf die Befehle des Gwerbret. Jeder Mann hatte seinen ungespannten Langbogen unter das rechte Bein gesteckt wie einen Wurfspeer und den kurzen Jagdbogen am Sattelknauf bereit. Rhodry winkte Dar zu, warf dann einen Blick zum Himmel und fluchte laut. Über ihnen schwebte ein riesiger Vogel mit der Silhouette eines Falken, aber soweit er im hellen Morgenlicht blinzelnd sehen konnte, von silberner Farbe. Er schien auch etwas in seinen Krallen zu halten, eine Art Sack. Noch während Rhodry zusah, kreiste der Vogel und flog dann nach Westen davon. Mit kalter Sicherheit wußte er, daß Jill nun den elfischen Dweomer ebenso beherrschte wie den der Menschen.

»Euer Gnaden? Entschuldigt die Unterbrechung, aber wir reiten nach Westen. Unser Führer ist gerade gekommen.«

»Ach ja?« Cadmar blickte automatisch auf und sah den Vogel, der in einiger Entfernung mit dem Wind segelte – zu weit entfernt, als daß er mit seinen Menschenaugen die Größe abschätzen konnte. »Was ist das? Ein dressierter Falke oder so?«

»Ganz recht, Euer Gnaden. Jill konnte immer gut mit Tieren umgehen. Zweifellos reitet sie ihm voraus.«

»Was immer sie für angemessen hält. Also reiten wir. Meine Herren, nach Westen!«

Den ganzen Morgen führte der Falke sie. Manchmal kreiste er direkt über ihnen, aber nur einen kurzen Augenblick, als wollte Jill sich überzeugen, daß Rhodry sie aufmerksam beobachtete. Die meiste Zeit hielt er sich so weit entfernt, daß nur Elfenaugen ihn sehen konnten, bewegte sich aber immer weiter stetig nach Westen und abwärts, da die Hügel rund um Cengarn zu den Hochebenen hin abfielen. Nach und nach kamen sie in flachere Hügel, deren Kuppen mit Bäumen bedeckt waren, während in den flachen Tälern dazwischen dichtes Unterholz wuchs. Das war gutes Land für Banditen, dachte Rhodry. Sie konnten ihr Lager verbergen, auf den Hügelkuppen Wachen aufstellen und auch Späher aussenden, wenn sie einen Überfall durchführen wollten. Er war verflucht froh, daß der Gwerbret und seine Männer bei diesem kleinen Versteckspiel den Dweomer an ihrer Seite hatten.

Während sie weiterritten, hatte er die Gelegenheit, die beiden Lords zu betrachten, die mit dem Gwerbret ritten. Gwinardd von Brin Coc war nicht älter als neunzehn und hatte, dem Klatsch in der Festung nach zu schließen, die Ländereien erst vor einem Jahr von seinem Vater geerbt, der am Fieber gestorben war. Der braunhaarige junge Mann schien weder besonders klug noch besonders dumm zu sein, ein ganz gewöhnlicher Bursche, der offenbar dem Gwerbret sehr ergeben war. Matyc von Cun Mawrelin war da ganz anders. Es mochte durchaus Elfenblut in seinem Clan geben, denn sein Haar war von hellem Blond und seine Augen stahlgrau, aber er hatte nichts von der Offenheit und dem Humor dieses Volkes. Sein Gesicht erinnerte Rhodry eher an eine aus Holz geschnitzte Maske. Den ganzen Tag lang runzelte er kaum einmal die Stirn und lächelte nie. Er schien alles, was ihn umgab, nur aus großer Entfernung wahrzunehmen. Selbst wenn der Gwerbret ihn direkt ansprach, antwortete er nur kurz – selbstverständlich immer höflich – und schien unglaublich sparsam mit seinen Worten.

Als die Lords einmal ein ganzes Stück vorausgeritten waren, hatte Rhodry die Gelegenheit zu einem Wort mit Yraen.

»Was hältst du von Matyc?«

»Nicht viel.«

»Halt ein Auge auf ihn. Er hat etwas an sich, das mich unruhig macht.«

»Warum?«

»Ich frage mich, wie loyal er zu Seiner Gnaden steht.«

Die Fragen standen deutlich in Yraens Augen, aber da die Lords vor ihnen angehalten hatten und sie langsam aufholten, konnte er nicht weitersprechen.

Sie hatten immer noch einige Zeit bis zum Einbruch der Dunkelheit, als die Kriegshaufen die Kuppe eines Hügels erreichten, der von hohen Buchen umgeben war. Rhodry sah, wie der Falke den Hügel umkreiste und sich dann träge in einem Haselgebüsch im Tal darunter niederließ.

»Herr?« rief er. »Jill will offenbar, daß wir hier haltmachen. Wir haben hier Wasser für ein Lager. Soll ich ins Tal reiten und nachsehen, ob sie da ist?«

»Tut das, Silberdolch. Wir warten hier auf Euer Zeichen.«

Rhodry stieg aus dem Sattel, warf Yraen seine Zügel zu und ging dann zu Fuß ins Tal hinab. Tatsächlich fand er Jill in menschlicher Gestalt, am Bach kniend und Wasser trinkend. Sie war barfuß, aber sie trug ein dünnes Hemd im Stil von Bardek über einer Brigga. Neben ihr auf dem Boden lag ein leerer Sack. Es kam Rhodry so vor, als wäre sie ebenso gewichts- und beinahe substanzlos wie der dünne Leinenstoff.

»Frierst du nicht?«

»Nein.« Sie schüttelte ihre Hände trocken und stand auf. »Aber heute nacht könntest du mir eine Decke abgeben. Der Falke kann nicht sonderlich viel tragen, verstehst du?«

»Zweifellos.« Trotz all der Jahre, die er in der Nähe des Dweomer verbracht hatte, schauderte Rhodry darüber, wie lässig sie ihre Verwandlungen hinnahm. »Ich nehme an, wir sind auf dem richtigen Weg.«

»Ja. Unsere Gegner sind nicht weit weg. Ich dachte, die Armee sollte an diesem Bach ihr Lager aufschlagen, damit sich die Pferde ausruhen können, und dann angreifen. Die Feinde haben Wachen aufgestellt, aber du könntest ein paar von Dars Männern schicken, um sie zum Schweigen zu bringen.«

»Das könnte ich.« Rhodry lächelte. »Laß mich die anderen herbringen, und dann können wir mit dem Gwerbret reden.«

»Gut. Ach, und sag Cadmar, er soll alle Feuer verbieten. Ich möchte nicht, daß der Rauch uns verrät. Ich werde warten, bis ihr das Lager aufgeschlagen habt, und dann hole ich dich und Seine Gnaden.«

Sie tätschelte ihm freundlich den Arm, ging bachabwärts weiter und verschwand zwischen den Bäumen, so daß selbst seine Elfenaugen sie nicht mehr erkennen konnten. Dweomer, nahm er an. Leise vor sich hin fluchend, eilte er zurück zum Gwerbret und der wartenden Armee.

Es stellte sich heraus, daß ihre Feinde keine fünf Meilen entfernt ihr Lager aufgeschlagen hatten. Als Jill kurz vor Sonnenuntergang wieder auftauchte, führte sie Rhodry und den Gwerbret ein Stück bachabwärts, an eine Stelle, wo das Wasser gurgelnd über Felsen lief, um sich tiefer unten mit einem Fluß zu vereinigen. Wenn sie durch die Bäume spähten, konnten sie sehen, wie sich der Fluß grau und schimmernd wie ein Silberband im Zwielicht über eine grasbewachsene Ebene wand. Weit im Westen hing Nebel rosafarben vor der untergehenden Sonne.

»Dort!« Rhodry zeigte darauf. »Rauch von den Lagerfeuern! Bei dieser großen Biegung des Flusses im Westen, Euer Gnaden.«

»Erzählt mir nicht, Ihr habt kein Elfenblut. Nicht bei solchen Augen, Silberdolch!« Cadmar blinzelte angestrengt. »Ich sehe überhaupt nichts. Aber gut, ich nehme Euer Wort dafür.«

»Ich habe sie ausgespäht, Euer Gnaden«, sagte Jill. »Etwa fünfzig Mann, und alle haben sich ganz unverschämt mit Zelten am Fluß niedergelassen. Sie haben sogar ein paar Wagen dabei. Für die Beute, nehme ich an.«

Cadmar fluchte leise.

»Nun, wir werden es ihnen bald zeigen. Was ist mit den Gefangenen?«

»Man hat sie gebunden und angekettet, sie befinden sich zwischen dem eigentlichen Lager und den Wagen.«

»Ich würde sagen, wir reiten vor dem Morgengrauen. Es wird nicht leicht sein, sich im Dunkeln zu bewegen, aber wenn wir bei Sonnenaufgang über sie herfallen, können wir sie vernichten wie das Ungeziefer, das sie sind.«

Jill nahm zwar die Decke und das Essen, das Rhodry ihr brachte, weigerte sich aber, mit ihnen ins Lager zurückzukehren. Rhodry führte den Gwerbret zurück zu Lord Gwinardds Seite, dann machte er sich auf die Suche nach Yraen. Er fand ihn bei Lord Matyc am Rand des Lagers. Da Seine Lordschaft Yraen eine komplizierte Geschichte über die Blutlinien von Pferden erzählte, wartete Rhodry in einiger Entfernung. Es schien offensichtlich, daß Matyc die Geschichte gern abgekürzt hätte, aber Yraen stellte so höfliche und so kundige Fragen, daß Matyc sich gezwungen sah zu antworten. Endlich, als bereits das Zwielicht über dem Lager hing, dankte Yraen

Seiner Lordschaft mit einer Flut von Höflichkeiten und ließ ihn entkommen. Rhodry wartete, während Matyc ins Lager zurückkehrte, bis der Lord weit außer Hörweite war.

»Worum ging es da?« fragte Rhodry.

»Vielleicht um gar nichts, aber du hast mir doch gesagt, ich sollte ein Auge auf ihn haben. Also habe ich erst unser Gepäck ausgepackt und mich dann auf die Suche nach Seiner Lordschaft gemacht. Er war gerade dabei, das Lager zu verlassen, dort hinter diesen Bäumen, und ich hätte nur daran gedacht, daß er sich vielleicht erleichtern will, aber er hatte den Dolch gezogen.«

»Er hatte was?«

»Er hielt ihn in einer Hand, aber aufwärts, als betrachtete er die Klinge. Er hat sie auch hin und her gewendet, und jedesmal, wenn er das tat, blitzte sie im Licht.«

»Ihr Götter! Auf diese Weise kann man Signale geben – jemandem, der sich bei Sonnenuntergang im Westen aufhielt.«

»Das dachte ich mir auch.« Yraen lächelte grimmig. »Wir können nichts beweisen, und es kann sein, daß ich mich irre und daß es einfach nur eine nervöse Angewohnheit ist, so mit dem Dolch herumzufuchteln.«

»Das könnte sein.«

»Aber ich dachte, nun gut, wenn er nur nervös ist, dann wird es ihm bessergehen, wenn er sich ein wenig unterhalten kann. Also habe ich ihn dort mit meinem Geschwätz festgehalten, bis die Sonne im Nebel unterging.«

»Wenn ich ein großer Herr wäre, würde ich dir heute abend das beste Stück Schweinefleisch an den Ehrentisch bringen lassen.«

»Aber wie die Dinge nun einmal sind, haben wir nur Fladenbrot und Käse. Ich bin allerdings hungrig genug, um einen Wolf zu verschlingen, mit Fell und allem.«

Später an diesem Abend hatte Rhodry schließlich die Gelegenheit, mit Dar allein zu sprechen. Dar war vielleicht ein Prinz, gehörte aber auch zum Westvolk, und er kümmerte sich lieber selbst um seine Pferde, als sie einem seiner Männer zu überlassen. Rhodry sah ihn zur Herde gehen und folgte ihm.

»Es ist gut, dich wiederzusehen«, sagte Dar auf elfisch. »Du hast uns allen gefehlt.«

»Ich habe das Volk ebenso vermißt. Geht es deinem Vater gut?«

»O ja, sehr gut. Er ist immer noch mit Calonderiels Alar unterwegs, aber ich habe sie vor einiger Zeit verlassen. Ich weiß nicht, warum. Ich wollte nur einige Zeit allein unterwegs sein, aber Cal hat darauf bestanden, mir die Eskorte mitzugeben.«

»Hat er erklärt, warum? Es ist beim Volk nicht üblich, jemandem eine Ehrengarde mitzugeben.«

In dem trüben Licht konnte er sehen, wie der Prinz grinste.

»Das dachte ich auch. Aber Cal sagte, eine Dweomerfrau sei ihm im Traum erschienen und habe es ihm geraten.«

»Dallandra?«

»Genauso hieß sie.«

Rhodry schüttelte sich wie ein nasser Hund. Hier waren wirklich große Dinge am Werk, sagte er sich. Dar wandte sich ab, und eine andere Art von Lächeln umspielte seine Lippen.

»Was hältst du von meiner Carramaena?«

»Oh, sie ist reizend und ein vernünftiges Mädchen.«

Dars Grinsen wurde breiter. Er senkte den Blick und begann, mit der Spitze seines Stiefels das Gras hin und her zu schieben.

»Aber ich sage es nur ungern«, fuhr Rhodry fort. »Wird euch nicht einiger Kummer bevorstehen? Ich meine, du bist noch jung für einen vom Volk, und du wirst zehnmal so lange leben wie sie.«

»Das will ich nicht hören!« Dar blickte trotzig auf. »Das sagen alle, und es ist mir gleich! Wir werden so viel Freude haben, wie wir können, und mehr sage ich dazu nicht!«

»Ich entschuldige mich ...«

»Oh, ich denke schon, daß du recht hast. Aber Ihr Götter, von dem Augenblick an, als ich sie sah – sie war so schön, wie sie da auf dem Markt stand, und sie brauchte mich, mit diesem elenden Bruder, den sie hatte, und ich ... nun, ich habe versucht, es mir auszureden, aber ich bin immer wieder zu ihr geritten, um zu sehen, wie es ihr ging, ob alles in Ordnung war und ...« Er zuckte mit den Achseln. »Und weißt du was? Sie ist das erste erwachsene Mädchen, das ich je kennengelernt habe, das jünger ist als ich. Das hat mich fasziniert.«

Rhodry fluchte leise, aber nicht wegen Dars Liebesgeschichte. Der junge Prinz hatte die Wahrheit gesagt: Bei den Elfen waren junge Leute inzwischen sehr selten geworden. Wie lang würde es noch dauern, fragte er sich, bis das Volk für immer verschwunden war?

»Nun, du wirst jedenfalls eine schöne Tochter haben«, sagte Rhodry schließlich.

»Eine Tochter? Woher bei der Dunklen Sonne weißt du das?«

»Nenn es das Zweite Gesicht, Junge. Wir sollten jetzt lieber zurückkehren.«

Ein paar Stunden vor dem Morgengrauen ging der Hauptmann des Gwerbret durchs Lager und weckte leise seine Männer. Im Dunkeln bewaffneten sie sich und sattelten ihre Pferde, dann ritten sie los. Es war immer noch zu finster, um sich schneller als im Schritt zu bewegen. Ein paar hundert Schritte vom Lager entfernt stand Jill neben der Straße und wartete auf sie. Rhodry verließ die Linie und lenkte sein Pferd zu ihr, und Yraen folgte ihm.

»Dieses Pferd da kann uns beide tragen«, sagte sie. »Ich trage keine Rüstung und bin nicht sonderlich schwer.«

»Ihr Götter, ich glaube nicht, daß du dieser Tage mehr als ein Kind wiegst. Kommst du mit uns?«

»Als Führer. Laß mich aufsteigen, und dann reiten wir zu den Adligen.«

Rhodry stieg ab, setzte sie in den Sattel und sprang dann hinter ihr aufs Pferd. Als sie die Armee wieder einholten, erinnerte er Yraen daran, während der Schlacht auf Lord Matyc aufzupassen – wenn sie den Angriff alle gemeinsam durchführten, war es vielleicht möglich, daß Yraen ihn im Auge behielt. Jill führte sie den Hügel hinab und über die Grasebene, aber auf einem Umweg, der ihnen erlaubte, immer im Schutz von Hecken oder Bäumen zu bleiben.

Ob es nun Dweomer oder nur kluges Fährtenlesen war, würde Rhodry nie erfahren. Es kam ihm so vor, als erreichten sie das Banditenlager erstaunlich rasch und in einer verblüffend guten Position: auf einem waldigen Hügel hinter dem Lager des Feindes, gerade eben außerhalb der Hörweite. Von dort aus schickte Dar vier seiner Männer zu Fuß los, um die Wachen des Feindes auszuschalten. Als sich das erste Morgengrau am Himmel zeigte, kehrten die vier zurück und grinsten darüber, wie leicht die Banditen es ihnen gemacht hatten. Jill schwang sich aus dem Sattel und ließ Rhodry seinen Platz wieder einnehmen.

»Euer Gnaden?« flüsterte sie dem Gwerbret zu. »Mögen die Götter mit Euch reiten. Wir sehen uns nach der Schlacht.«

Sie drehte sich um und ging den Weg entlang, den sie gekommen waren, aber Rhodry hatte keine Zeit nachzusehen, wohin sie verschwand. Es wäre unmöglich, den Überraschungseffekt auszunutzen, wenn sie noch länger zögerten. Als der Gwerbret einen Speer unter seinem rechten Bein vorzog, taten alle in der Armee dasselbe – mit schrecklich lautem Zaumzeugklirren.

»Also los!« schrie Cadmar.

Die Männer spornten ihre Pferde zum Trab an, und unten im Lager hörte man erste Schreie. Der Kriegshaufen ergoß sich wie eine Welle ins Tal und griff an. Sie konnten sehen, wie die Feinde umherrannten, sich aus den Decken freizappelten, nach ihren Waffen griffen. Hinter dem Lager verlief der Fluß und verhinderte einen Rückzug. Links davon, ein paar hundert Schritt vom Hauptlager entfernt, sprangen die gefesselten Gefangenen auf die Beine und begannen zu jubeln und zu schluchzen und den Namen des Gwerbret zu rufen. Zu ihrer Rechten, etwa in derselben Entfernung, wieherten und bäumten sich erschrockene Pferde auf.

»Werft!« schrie Cadmar.

Ein Regen von Wurfspeeren flog dem Angriff voran und ging auf die Banditen nieder. Mit einem flüsternden Zischen folgten Elfenpfeile. Rhodry sah ein paar Treffer, aber er hatte vor allem auf Panik gehofft, und Panik war es, die entstand. Schreiend und einander aus dem Weg schubsend, versuchten die Banditen, sich zu bewaffnen. Zwischen ihnen, in einen Umhang gewickelt, rannte ein ungewöhnlich großer Mann umher, der mit einem Schwert fuchtelte und Befehle herausbellte. Niemand hörte auf ihn. Die Banditen rannten davon, als der Kriegshaufen mit gezogenen Schwertern über sie kam. Sich aus dem Sattel lehnend und um sich schlagend, rasten die Reiter des Gwerbret durchs Lager, teilten sich wie Wasser an einem Felsen und drehten am Flußufer wieder um, um zurückzugaloppieren. Hier und da versuchten ein paar Verzweifelte sich zu wehren, aber die meisten flohen. Einige rannten mit gezogenen Schwertern auf die Gefangenen zu.

»Haltet sie auf!« brüllte Rhodry, dann stieß er sein Berserkerlachen aus.

Mit einem Trupp von Männern hinter sich raste er auf die Möchtegernmörder zu. Schwerter blitzten ihm entgegen. Die kleine Gruppe von Banditen vor ihm hörte den Hufschlag und wandte sich zu ihm um. Die Truppe prallte regelrecht auf sie. Rhodrys Pferd wieherte plötzlich und bäumte sich auf. Er brachte es wieder auf den Boden, sprang ab, als es in die Knie ging, und stach mit dem Schwert nach oben und tötete den Mann, der nach ihm ausgeholt hatte. Irgendwo rief Yraen ihm etwas zu, aber Rhodry konnte nur lachen. Er packte den Schild eines anderen Mannes und schlug damit einem dritten Banditen gegen die Knie. Als der Mann stürzte, kam Rhodry auf die Beine und stach ihm durch die Kehle.

Endlich fanden Yraens Worte ihren Weg zu seinem Geist.

»Wir haben sie! Der Anführer versucht zu fliehen.«

Yraen fuchtelte mit dem blutroten Schwert in Richtung der Wagen, die hinter den Gefangenen standen. Während die Truppe ihm folgte wie einem Hauptmann, raste Rhodry weiter, wich den schluchzenden Frauen und Kindern aus und sah den Umhang seines Feindes vor sich flattern, als dieser an den Wagen und Deichseln vorbeirannte. Obwohl dahinter ein paar Pferde angebunden waren, würde der Anführer sie nie rechtzeitig erreichen. Er mochte riesig groß sein, bewegte sich aber zu Fuß eher ungeschickt, und er hatte solche O-Beine, daß er eher watschelte als lief.

Nun fuhr er zu Rhodry herum, und während er sich umdrehte, riß er sich den Umhang ab und wirbelte ihn als improvisierten Schild um einen Unterarm. Die Männer hinter Rhodry heulten auf, halb aus Angst und halb war es Kriegsgeschrei, und selbst Rhodry zögerte einen winzigen Augenblick, gerade lange genug, daß ihr Feind seinen Rücken gegen einen Wagen lehnen konnte. Sie standen keinem menschlichen Wesen gegenüber. Durch irgendein Kunststück schien er ohne den Mantel noch größer, weit über sechs Fuß und gekrönt von einer Mähne von Haar, das so steif war wie das der Helden der Dämmerungszeit – es schien tatsächlich mit Zitrone gebleicht, so daß es sich starr und totenbleich nach hinten bog und ihm wie ein Wasserfall über den Rücken fiel. Man hätte nicht sagen können, was für eine Farbe sein Gesicht natürlicherweise hatte, denn blaue, purpurfarbene und grüne Tätowierungen bedeckten es so dicht, daß man keine Spur von Haut mehr sah. Auch seine gewaltigen Hände waren mit roten und purpurfarbenen Tätowierungen bedeckt wie mit Handschuhen. Er zog die schmalen Lippen von weißen Zähnen zurück – von Reißzähnen wie im Maul eines Wolfes – und fauchte.

Rhodry fing an zu lachen.

»Zurück!« brachte er zwischen dämonischem Geheul heraus. »Zurück, überlaßt ihn mir!«

Er war vielleicht nur ein Silberdolch, aber jeder hinter ihm folgte seinem Befehl erfreut. Auch sein Gegner lachte, ein dumpfes Knurren, und ging in Kampfstellung.

»Du hast einen Schild, Mensch. Aber ich bin größer.«

»Dann ist es ja ein gerechter Kampf.«

Obwohl er lachte wie ein verrückt gewordenes Frettchen, war Rhodrys Geist eiskalt und sagte ihm, daß der Sieg in diesem Kampf von der Kraft seines linken Armes abhing. Er würde seinen Schild hochhalten müssen wie die feinen Damen am Hof von Dun Deverry ihre Sonnenschirme, und beten, daß er den Schlägen des anderen standhielt. Mit gesenktem Schild täuschte er langsam, unendlich langsam, wie es ihm schien, auf dem unebenen Boden, dann sah er das Glitzern sich bewegenden Stahls, riß den Schild hoch und fing die riesige Klinge mit dem Mittelbeschlag ab. Die Bronzeplatte wurde durchschnitten wie Butter. Die Klinge blieb einen winzigen Augenblick stecken, und es gelang Rhodry, auf den Oberarm des Feindes einzustechen. Blut quoll heraus und floß langsam den Ärmel entlang.

Rhodry tänzelte gerade noch rechtzeitig zurück, als sein Gegner einen Rückhandschlag ausführte, der ihn zweigeteilt hätte. Einen Moment standen sie sich keuchend gegenüber und starrten einander an. Dann begann Rhodry, sich zur Linken seines Gegners zu bewegen. Der, immer noch mit dem Rücken zum Wagen, war gezwungen, sich ein wenig umzudrehen – dann sprang er plötzlich vor. Gerade noch rechtzeitig konnte Rhodry den Schild hochreißen, hörte das Holz bersten und stach so fest zu, wie er konnte. Erst später wurde ihm klar, daß dieser Stich seine letzte und einzige Chance gewesen war, aber als die beiden Teile des Schildes links und rechts des Griffes niederfielen, konnte er nur lachen. Das Gelächter brach wie ein Feuerstoß aus ihm heraus, als er mit aller Kraft und aller Kunstfertigkeit zustach. Das riesige Schwert hing über seinem Kopf, verharrte dort, kam zitternd nieder und fiel aus einer erschlaffenden Hand, als sein Gegner grunzte und über Rhodrys Waffe fiel. Als Rhodry sein Schwert herauszog, bemerkte er, daß reiner Instinkt ihn dazu gebracht hatte, die Klinge zu drehen. Dunkles Herzblut folgte dem Stahl.

Als sich der Berserkernebel von seinen Augen hob, taumelte Rhodry zurück, nach Luft schnappend, halb schwindelig, wie betäubt, unsicher, wo er war und welchen Kampf er gerade gewonnen hatte. Rund um sich hörte er Jubel und Schreie, dann erkannte er Cadmars Stimme, als der Gwerbret sich durch die Menge schob.

»Möge der große Bel uns beschützen«, flüsterte der Gwerbret. »Was ist das?«

»Das weiß ich nicht, Euer Gnaden.«

Während er versuchte, wieder zu Atem zu kommen, betrachtete Rhodry das Gesicht seines toten Feindes und erhielt den zweiten Schock des Tages. Die Muster der Tätowierungen waren sämtlich elfisch. Er hatte sie oft auf Zaumzeug und den bemalten Zelten im Westland gesehen: Tiergestalten, Blütenranken und sogar hier und da einen Buchstaben der elfischen Silbenschrift.

»Laßt Jill durch«, schrie Cadmar. »Ihr Götter, bringt Rhodry Wasser.«

Jill brachte, wie sich herausstellte, einen ganzen Wasserschlauch. Sie reichte ihn Rhodry, dann stand sie lange Zeit da und starrte die Leiche an. In der hellen Sonne war Rhodry abermals erschrocken darüber, wie schmal ihr Gesicht war, wie bleich ihre Haut, wie vogelhaft zart ihre Knochen. Er trank das Wasser, während sie weiter den Toten betrachtete.

»Das hatte ich befürchtet«, sagte sie schließlich. »Er ist genau das, was ich dachte.«

»Ach ja?« sagte Cadmar. »Und würde es Euch etwas ausmachen, uns zu sagen, was er ist?«

»Überhaupt nicht, Euer Gnaden.« Sie griff in ihr Hemd und holte einen fleckigen, verblichenen Seidenbeutel heraus, öffnete ihn und reichte dem Gwerbret eine dünne Knochenplatte, ein Quadrat von etwa drei Zoll Seitenlänge.

Rhodry kam näher, um dem Gwerbret über die Schulter zu spähen. Auf der Platte war ein Bild eingraviert und mit Spuren von Farbe versehen. Das Portrait war vermutlich einmal so bunt wie ein Blumengarten gewesen, aber selbst sein vollkommen ungeübtes Auge erkannte, daß dieses Dokument uralt sein mußte, älter als alles, was er je gesehen hatte, vielleicht sogar älter als das Königreich selbst. Es war so hervorragend gezeichnet, daß jedes Haar, jede Stoffalte wirklich und beinahe berührbar schien, und zeigte den Kopf und die Schultern eines Wesens, das dem, welches nun tot zu ihren Füßen lag, ausgesprochen ähnlich sah: Dieselbe Haarmähne, dasselbe starre Gesicht mit schwerem Unterkiefer, aber während auch dieses Gesicht tätowiert war, bestand der Hauptschmuck hier nur aus groben Linien und Punkten. Cadmar fluchte leise.

»Jill, woher habt Ihr das? Was sind diese Geschöpfe?«

»Ich habe es südlich von Bardek gefunden, Euer Gnaden, auf einer Insel, wo einige vom Westvolk leben. Die Elfen nennen sie Meradan, Dämonen, aber ihr eigener Name für sich ist Gel da' Thae: das Pferdevolk.«

Alle alten Geschichten, an die er sich zuvor schon versucht hatte zu erinnern, fielen Rhodry nun plötzlich vollständig wieder ein.

»Die Horden!«

»Genau, Silberdolch.« Jill verzog den Mund zu einem kurzen Lächeln. »Euer Gnaden erinnern sich zweifellos auch an die alten Geschichten über die Städte des Westvolks, jene, die in der Zeit der Dämmerung von Dämonen zerstört wurden? Nun, sie wurden tatsächlich zerstört, aber von Wesen aus Fleisch und Blut.« Sie schubste die Leiche mit dem Fuß. »Das hier ist Fleisch und Blut. Hm, sie scheinen sich nicht sonderlich verändert zu haben. Sie haben ein wenig besser tätowieren gelernt, das ist alles. Blutrünstig sind sie immer noch.«

Cadmar nickte und reichte die Knochenplatte zurück.

»Und sie kommen nach Osten«, warf Rhodry ein. »Das läßt nichts Gutes erwarten.«

»Du hattest immer schon eine Begabung zur Untertreibung.« Jill steckte die Knochenplatte wieder weg.

»Aber was wollen sie?« sagte Cadmar.

»Das weiß ich nicht sicher, aber ich wette, es ist dasselbe, was sie immer wollten: Land, Sklaven, Edelsteine und solche Dinge.« Endlich blickte Jill auf. »Seht Euch seine Hände an, Euer Gnaden. Seht Ihr, daß ihm jeweils zwei Finger fehlen? Ihre Krieger tun sich das selbst an, so daß sie zu keinem Handwerk außer dem des Krieges fähig sind.«

Cadmar schauderte.

»Und woher wißt Ihr das alles?«

»Ich habe es in einem elfischen Buch gelesen, das von einem der Überlebenden der großen Verbrennung geschrieben wurde. So bezeichnen sie den Sturz ihrer Städte. Es geschah vor über tausend Jahren, aber die Elfen erinnern sich noch deutlich daran. Ich wünschte, ich hätte dieses Buch mitbringen können, damit Euer Schreiber es Euch laut vorlesen kann. Ihr und Eure Männer, Ihr müßt wissen, was uns bevorsteht.«

Cadmar riß den Kopf hoch wie ein erschrockener Hirsch. Rhodry lachte laut.

»Oh, meine Lady Tod wird gute Zeiten erleben. Ihre Festung wird sich mit Gästen füllen, ihre Tische werden Tausenden Platz bieten. Ist es das, was du meinst, Jill?«

»Ja. Euer Gnaden, betet zu jedem Gott im Himmel und unter der Erde, daß ich mich irre, aber ich weiß tief im Herzen, daß der schlimmste Krieg, den das Westland je gesehen hat, vor uns liegt.«

»Und bald?« fragte der Gwerbret.

»Es wird bald sein, Euer Gnaden. Sehr bald.«

Rhodry warf den Kopf zurück und heulte vor Lachen, das tief aus seiner Seele aufstieg. Im ganzen Lager hörten ihm die Männer schweigend zu, und es war keiner unter ihnen, dem nicht eiskalt wurde.

Mit all den Gefangenen brauchte der Kriegshaufen zwei ganze Tage, um nach Hause zu reiten. Carra, begleitet von Otho und einer Truppe zwergischer Axtkämpfer, stand am Tor von Cadmars Festung, als sie den Hügel hinaufgeritten kamen. Zunächst fiel es ihr bei dem Staub und der Verwirrung schwer, einen Mann vom anderen zu unterscheiden, und ihr Herz klopfte erschrocken, aber dann riß sich Dar aus der Menge los und rannte auf sie zu.

»Allen Göttern des Himmels sei Dank!« Sie warf sich in seine Arme. Während sie in sein schmutziges Hemd weinte, strich er ihr übers Haar.

»Schon gut, meine Liebste! Ich bin wieder zu Hause, wie ich es dir versprochen habe.«

Otho schnaubte.

»Egoistischer junger Dummkopf«, meinte er beiläufig. »Wir haben uns nicht um Euch gesorgt.«

»Wie bitte?« Dar ließ sie los und wandte sich dem Zwerg zu. »Was sagt Ihr da, alter Mann?«

»Ich sage, was ich sage, du dummer elfischer Geck. Während du unterwegs warst und Krieger gespielt hast, hat jemand versucht, deine Frau umzubringen.«

Dar erstarrte.

»Ja, aber es ist ihnen nicht gelungen«, meinte Carra. »Otho und seine Männer haben wirklich für meine Sicherheit gesorgt.«

»Und dafür gebührt ihnen auf ewig mein Dank.«

Sie hatte Dar nie so reden hören, so ruhig, so tief, jedes Wort so präzise ausgesprochen, und nun zitterte er vor Wut.

»Wo ist der Mann, der versucht hat, ihr etwas zu tun?«

»Weiß ich nicht, Euer Hoheit.« Othos Verhalten änderte sich abrupt. »Er hat es heimlich versucht, und wir konnten ihn nicht erwischen.«

»Wenn wir ihn erst haben, werde ich ihn mit eigenen Händen töten.« Er legte den Arm um Carras Schultern und zog sie an sich. »Was verlangst du als Belohnung?«

Otho dachte einen Augenblick nach, dann seufzte er.

»Ich brauche keine, Euer Hoheit. Es hat uns gefreut, Eurer Herrin dienen zu können. Aber eines Tages werden wir uns vielleicht daran erinnern und einen Gefallen von Euch erwarten.«

Rund um sie stiegen Männer von den Pferden. Pagen und Stallburschen kamen angerannt, um die Tiere abzuholen und Ausrüstungen abzuladen, Krieger gingen vorbei, auf die große Halle und das Bier zu. Dars Bogenschützen sammelten sich rund um das Paar wie eine Festungswand, um es vor all der möglicherweise gefährlichen Unruhe zu schützen.

»Ist Jill bei Euch?« fragte Carra.

»Die Weise?« fragte Dar. »Nein. Sie hat uns verlassen, bevor wir die Stadt erreichten. Aber dort ist Rhodry. Und siehst du das Pferd direkt hinter ihm, das Yraen führt? Es gehörte ihrem Anführer.«

Carra schaute hin und keuchte dann. Nie hatte sie so ein riesiges Tier gesehen, beinahe achtzehn Spannen hoch, breit und mit einem gewaltig gebogenen Hals. Rötlich braun, mit weißer Mähne und Schweif, schritt es feierlich einher und setzte jeden gewaltigen Fuß nieder, als wisse es, daß alle es beobachteten. Rhodry übergab sein eigenes Pferd einem Pagen, dann kam er zu ihnen.

»Otho«, sagte er. »Ich habe noch ein Hühnchen mit dir zu rupfen.«

»Es ist dir wieder eingefallen, nicht wahr?« Otho schien enttäuscht. »Nun gut, ich bin euch noch etwas schuldig – obwohl, wenn ich all den Ärger bedenke, in den ihr mich verstrickt habt, den Hinterhalt an der Furt und so, dann sehe ich nicht ein, wieso ich euch auch nur eine einzige Münze zahlen sollte.«

»Wärst du ohne mich und Yraen nach Norden geritten, hättest du nicht einmal lange genug gelebt, um die verfluchte Furt zu erreichen.«

»Das entbehrt nicht einer gewissen Logik. Ich habe das Geld im Gasthaus.«

»Gut, dann sorg dafür, daß wir es bekommen.«

Carra war ernstlich entsetzt, daß ein Mann wie Rhodry, den sie inzwischen für so edel hielt, sich um eine Handvoll Geld sorgte.

An diesem Abend gab es in der großen Halle des Gwerbret ein Festessen, um den Sieg zu feiern, und Cadmars Frau sorgte auch dafür, daß Carras Ehe auf die Art der Menschen gesegnet wurde. Bevor der Barde sein Loblied für die Kämpfenden sang und das Trinken ernsthaft begann, hielt der Gwerbret selbst eine blumige Rede und trank einen Kelch Met auf das junge Paar. Der Barde gab eine feierliche Erklärung ab, zusammengestückelt aus Strophen, die er zu anderen Gelegenheiten verfaßt hatte, aber dennoch elegant. Carra und Dar, die Arme umeinander gelegt, tranken abwechselnd Met aus einem echten Glaskelch, der den ganzen Weg aus Bardek hierhergebracht worden war. Der Brauch verlangte zwar, daß sie das Ding auf den Boden warfen, aber es war viel zu wertvoll, und wie Carra ihrem Ehemann zuflüsterte, war sie ohnehin keine Jungfrau mehr. Lachend stimmte Dar zu und reichte den Kelch dem unruhig wartenden Haushofmeister zurück.

Nach dem Bardenlied, nach dem Met und dem Festessen rief der Gwerbret nach Musik, und sie tanzten die Kreistänze der Grenze, halb Elfen-, halb Menschentänze, zu Harfe und Trommel. Weil der Brauch es so wollte, tanzte Carra einmal mit Dar, dann setzte sie sich wieder neben die Frau des Gwerbret, die ihre Hand faßte und sie drückte.

»Ich danke Euch, Herrin«, sagte Carra. »Dafür, daß Ihr mich so ehrt.«

»Das tue ich wirklich gern, und außerdem denke ich, daß wir ein wenig Spaß haben sollten, solange wir noch können.« In Labannas Augen stand ein gequälter Blick. »Die Vorzeichen sind schlecht und die Nachrichten noch schlechter.« Carra nickte und rutschte instinktiv ein wenig näher zu der älteren Frau. In der großen Halle ging die Musik weiter, und die Tänzer bewegten sich feierlich im Kreis. Carra kam es so vor, als wöben sie einen uralten und gewaltigen Zauber und feierten nicht nur ein so gewöhnliches Ereignis wie eine Hochzeit. Und als sie sich zum Fenster wandte, glaubte sie über die Musik hinweg den Schrei eines Falken zu hören, als segelte ein riesiger Vogel auf dem Nachtwind über sie hinweg.

Die Inkarnationen der Personen in diesem und den bisherigen Büchern der Deverry-Chroniken

(jede Spalte steht für eine Seele, jede Zeile für eine Geschichte)

643	Brangwen	Blaern	Gerraent	Madoc	Rhodda	Ysolla
696	Lyssa	Gweran	Tanyc	***	Cabrylla	Cadda
718	***	***	Cinvan	Addryc	***	***
773	Gweniver	Ricyn	Dannyn	Glyn	Dolyan	Macla
835	Branoic	Maddyn	Owaen	Caradoc	***	Clwna
918	***	Maer	Danry	***	***	Braed
980	***	Meddry	***	***	***	***
1052	Jill	Rhodry	Cullyn	Blaern	Lovyan	Serya
1116	Jill	Rhodry	***	***	***	****

‹alrion						
‹evyn						
‹”-						
”-	Dagwyn					
”-	Aethan	Bellyra	Tibryn	Elyssa	Merodda	Maryn
”-	Leomyr	***	***	***	***	***
”-	***	***	***	***	***	***
‹evyn	Gwin	***	Sarcyn	Alaena	Mallona	***
**	Blaedd	Carra	Verrarc	Marka	Naena	Yraen